我的名字叫紅

諾貝爾文學獎得主

奧罕・帕慕克

李佳姍……譯

帕慕克奠定國際名聲之經典作品！

本書以酒館說書人的遣辭用字敘述一則歷史懸疑故事……帕慕克的小說將在國際間引起一陣風潮，就如同在土耳其一樣大受歡迎。本書有三個層面；它是一個謀殺推理故事……一本哲思小說……也是一則愛情詩篇。珠玉般的詩文、引人入勝的旁徵博引、糾結羅織的故事，讓人不禁讚嘆。如引用書中細密畫大師奧斯曼的用詞，帕慕克擁有的是「迷人的藝術天賦及邪靈般的智慧」。這本易讀、優美、充滿智慧的作品，將能吸引廣大的讀者。

——《出版家週刊》

令人目眩神迷……歡樂、睿智、加上一場纏綿悱惻的愛情故事，以及一幅栩栩如生的角色刻劃。《我的名字叫紅》將使廣大讀者愛不釋手。

——《密爾瓦基新聞衛報》

同樣的人性與哲學詭計交織糾纏，也出現在《玫瑰的名字》中，伴隨著緩慢、濃稠的開端，逐漸加快節奏……然而，我個人認為，帕慕克的書更勝於《玫瑰的名字》……他不僅捕捉了伊斯坦堡過去和現在的衝突，更展現了城市的詭譎、永恆之美。可以說，這本書近乎完美，只差諾貝爾獎的榮耀。

——《新政治家》

透徹、深奧、無限犀利且引人入勝，彷彿把波赫士一篇晶瑩剔透的作品延長成為整部長篇小說。我從沒讀過如此精湛的作品。每個人都應該讀讀奧罕．帕慕克。

——《英國新政治家》

完美展現了帕慕克的小說功力——在易讀的故事中融入文學的狡計，讓人一頁接一頁地讀下去……

——《每日電訊報》

讀者將發現自己被誘入一個富麗堂皇的世界……閱讀這本小說就好像在作一場魔幻的異國美夢……一本可以讓你徹底沉浸其中的書。

——《蘇格蘭人報》

一具屍體、一隻狗、一個凶手、一枚金幣、兩位戀人和一棵樹，共同說出這篇迷人的故事……這個充滿智慧的懸疑小說，必然會吸引所有喜愛艾可的書迷。

——《書單》

帕慕克是一位偉大的小說家……《我的名字叫紅》是他至今最輝煌也最撼人的內在東西方戰爭……書本中溢滿了無限的聖潔與罪惡。

——《紐約時報書評》

帕慕克的作品內容博學多聞，形式前衛實驗，但又流暢好讀，讓人不忍釋手，其小說成就為他贏得世界性的聲譽。

——《紐約時報》

帕慕克有能耐跨立於兩個世界，無論在國內外，都因此在商業上獲得極大的成功，無疑地，他是土耳其最暢銷的作家，他的作品被翻譯成二十多種語言……他的小說豐富華麗，間接援引舊蘇菲派的故事與伊斯蘭傳說並富涵大眾文化……無庸置疑，他是土耳其這一代小說家中能夠置身歐洲文學主流的第一人。

——《時代雜誌》

帕慕克不帶感情的真知灼見，與阿拉伯花紋式的內省觀察，讓人聯想起普魯斯特。……而將讀者帶回十六世紀伊斯坦堡細密畫家的謀殺事件，也像湯瑪斯．曼的《浮士德遊地獄》般具有音樂性，他探索民族的靈魂。

——約翰．厄普戴克／《紐約客》

《我的名字叫紅》已臻至經典的層次……閱讀帕慕克已經超越世俗主義與基要主義的紛爭。

——強納森．李維／《洛杉磯時報書評》

跨立於達達尼爾海峽的伊斯坦堡……奧罕．帕慕克是一位清醒的城市編年史家……他的小說洞察東方與西方的不同……推理謀殺……被瘋狂的神學駕馭的人……帕慕克承繼了從海德格到德希達的現代思潮……《我的名字叫紅》是一本說服力、原創性，以及強大企圖心的作品。

——《芝加哥論壇報》

土耳其最重要的小說家，各地矚目的人物、第一流的說書人。《我的名字叫紅》就像杜思妥也夫斯基的《卡拉馬助夫兄弟們》一般，超越一切既有界線，雖然是以古典的伊斯蘭文學技巧來說故事，卻富涵十九世紀歐洲小說處理細節的手法。帕慕克的小說技法融合東西方技藝，於兩者之間遊刃有餘並具獨創性……形式出色，措詞巧妙詼諧，有高潮迭起的情節，以完整且具說服力的手法充分傳達情感。

——《泰晤士報文學副刊》

一部很動人的作品！帕慕克帶領讀者進入奇妙且華麗的伊斯蘭藝術世界……在上個世紀結束前，他以這部作品帶領我們進入一個全新而有力量的小說世界。

——《觀察家報》

一本精采的小說，如夢似幻、熱情洋溢，令人肅然尊敬，極具原創性以及令人興奮的觀點，無庸置疑，奧罕．帕慕克是非常重要的小說家。

——《目擊者報》

《我的名字叫紅》是一本令人驚喜的豐富小說，非常令人注目……這是一本重要的作品，這本小說為帕慕克奠定全世界最好小說家之一的重要地位。

——《獨立報》

目次

導讀

故事的拼圖

文◎加州大學聖地牙哥分校川流台灣研究講座教授／廖炳惠

到過伊斯坦堡的遊客，都會被那宏偉的氣象所震懾：海天一色、紅河波光粼粼，來往船隻萬紫千紅，猶如一幅奇美無比的圖畫，而整個城市裡，寺院教堂的黃金圓頂掩映成趣，交織出迴腸蕩氣的雄渾瑰麗景觀。不過，真正精采而值得一再玩味的卻是那蜿蜒曲折的巷弄及多重阻隔的牆面，從斷壁殘垣的歷史古蹟到細膩精緻的牆面圖案，充分顯示了「柳暗花明又一村」、「橫看是嶺側成峰」的百般變化。

在當代最出名的土耳其小說家奧罕．帕慕克的筆下，「數萬個細密畫學徒眼睛的牆壁紋飾；懸掛於門和牆上的花紋小盤；祕密寫入插畫邊框的對句；藏匿於牆底、角落、建築外牆紋飾中、腳跟底下、灌木叢裡和岩石縫隙間的卑微簽名」，任何一個圖案、色彩、空隙、陰影、磚瓦都在牆面上留下歷史、人物、貓狗、飛禽、雲朵、花卉、草木的印記、銘刻及線索，「重複出現在千萬幅畫中」，一片片編織出帖木兒、塔哈瑪斯普的往事。歷史故事以牆面一再被印刻繪畫的謄寫方式（palimpsest）呈現出真相與虛構、藝術與政治、美學與宗教之間的穿梭縮影與萬花筒。

享譽全球的土耳其作家帕慕克是多本小說的作者，《我的名字叫紅》於一九九八年推出後，已被譯成至少二十種語文之多，可算是帕慕克最享盛名的代表作。整部小說以色彩、景物、圖畫為背景，道出十六世紀鄂圖曼帝國的祕辛。透過一位遭到謀殺的畫家（鍍金師高雅．埃芬迪），去鋪陳各種敘事聲音，由死者本身、凶手，到周邊的各種人物及動植物：姨丈、小孩奧罕、守活寡的莎庫兒及追求她的布拉克，或以斯帖、奧斯曼、三位畫師、撒旦，乃至馬、狗、樹、金幣、死亡、紅色等。帕慕克不斷就謀殺事件的歷史與社會脈絡、個人與國家、藝術與宗教、公共與私人、個別境遇與共同命運，扣緊三本書的插畫（尤其針對蘇丹特別屬意的《慶典之書》及主角正在進行的「一本祕密編纂的書籍」），去「圖」顯政治、愛情、美學信仰的衝突及其暴力。這部作品與其說是以謀殺與偵探情節為主軸，不如說它是個故事拼圖、歷史縮影及權力重新被謄寫的版面，一再以新色彩、布局、主題、人物去再度建構、理解，讓個別敘事者的真相再現方式化入更大的圖畫展軸的縫隙之中。一方面運用有如電影的「縫合」（suture）技巧，連結情節，擴充人物心理之發展面向，另一方面則又引爆更多的問題，把敘事體的完整、封閉性予以質疑和解除，以便讀者仔細玩味，看出景物在細部鋪寫（detail）、小節複製（miniature）、背景祕辛揭露、重新謄寫的過程裡，一再以新的面貌出土。每一位敘事者的故事真實性也因而成為水中明月，不斷引發漣漪作用，跟著其他繼起的敘事角度而起伏、波動、蛻變、破裂、瓦解。

以「紅」這個主色調為例，它充斥了全書的篇幅，由鮮血（王子弒父兄、畫師殺同事）到紅地毯、紅蠟燭、紅墨水、紅衣裳、紅絲紗、遠方紅船，或紅色所象徵的熱情、真誠，可算得上是既能與各種歷史謀殺篡位、情色角逐、劇烈痛楚等聯想在一起，但也與個人的死亡、記憶、作畫活動，乃至喜悅、自由等情感彼此輻輳。如在二二四頁，「我的思想，我面前的事物，我的記憶，我的眼睛，全部，融合在一起，化為恐懼。我分辨不出任何單一顏色，接著，我才明白，所有色彩全變成了紅色。我以為是血的，其實是紅色的墨水；我以為他手上的是墨水，但那才是我飛濺的鮮血」。不過，到了二四〇頁，色彩則是「眼睛的觸摸，聾子的音樂，黑暗吐露的話語」，紅色是「炙熱、強壯」的象徵，與情慾、純正幾乎畫上等號，「紅」這位敘事者更透過兩位畫家的對話，問「紅」的感覺、意義及氣味，視紅為對阿拉的狂熱信仰，及對伊斯蘭藝術的堅定理念（本土藝術超過威尼斯的藝術）之表徵，「紅」的意義在於「它出現在我們面前……我們無法向一個看不見的人解釋紅色」，一如「受撒旦誘惑的人為了否定真主的存在，堅持說我們無法看見真主」。反諷的是，這兩位熱烈討論紅色的畫家卻是盲者！在摯愛姨丈的靈魂飄上天際之時，他肉身所染上的血汗卻引導他迎向陽光、天使，他突然察覺到自由的真諦，「頓時，驚懼狂喜之中我明白了自己就在祂身旁。在此同時，我感覺到四周湧入一股無以匹敵的紅」。「短短的一瞬間，紅色染透了一切。這豔麗的色彩溢滿了我和全宇宙」，但是血汗的深紅也令他在被帶到祂面前時「感到羞恥難堪」。

紅色是物質與精神兼具，世俗而又神聖的色彩，透過紅色，敘事者將一五九〇年左右的伊斯蘭世界日常生活的細節予以著色、勾勒、再現，每一種色彩就像小說中的人物及其觀點一樣，也瀰漫了紅，但大致是血汗、熱情與孤獨，只有在純正的紅加以照亮之下，也就是與真主產生信仰接觸之時，才綻放出紅色火花。小說是在這兩種文本技巧（多元聲音彼此交織及紅顏料與純紅之對照）之下展開它的歷史魔幻情節，成為既富偵探色彩又具文學、政治、宗教、自傳、浪漫、流浪、成長，乃至後設小說（metafiction）各種文類的故事拼圖。

《我的名字叫紅》是文類混雜、多音交響、各種畫面不斷重疊的故事拼圖。「故事」的大畫面是以一個歷史重要轉折場景為其視域中心，也就是十六世紀的帝國與宗教、政治、藝術興亡史，而這幅畫的遠近交點（vanishing point）則放在東西文明的橋樑伊斯坦堡，因此可說極具關鍵地位。一五〇一年到一七三六年是薩非王朝統治時期，伊斯蘭什葉派為當時的國教，如火如荼地展開對其他教派及其教義的擠壓排斥作用。一五一四年鄂圖曼蘇丹在察地倫擊敗了薩非王朝的軍隊，大舉掠奪波斯大不里士的宮殿，將精美的細密畫、書籍帶回伊斯坦堡，於一五二〇年至一五六六年締建鄂圖曼文化的黃金時期，將帝國的版圖加以擴充，往東西方延伸。繼位之蘇丹穆拉德三世登基，《我的名字叫紅》便是在蘇丹三世的任內（1574～

1595），以鄂圖曼蘇丹在伊斯坦堡下令編纂《技藝之書》、《慶典之書》、《勝利之書》的繪製工作此一歷史事件為背景，深入鋪陳細密畫家奧斯曼大師及他的徒弟（橄欖、蝴蝶、鸛鳥、高雅）的作畫工程。

故事一開始是高雅這位鍍金師被殺之後，他以屍體的位勢，作出自我表白及回溯。但是，小說並不是以偵察凶手為其主軸，反而是從不同的觀點一一拼出整個歷史的圖象，先是高雅的屍體說話，他請讀者注意追究他死亡背後所隱藏的「一個駭人的陰謀」，因為它「極可能瓦解我們的宗教、傳統，以及世界觀」。死者的記憶其實相當含糊，而且他每一段的敘事長短不一，反而是另一位敘事者，也就是出國十二年浪子回頭，剛從東方返回伊斯坦堡的布拉克，提供了較詳細且立足於個人成長經歷的集體記憶與心理認同戲劇。除此之外，有趣的是：狗、馬、樹、小孩也都來講述所見所聞，一幅一幅由遠而近，個人與群體、公共與私下彼此交織的史詩圖畫長軸於焉展開。值得注意的是：眾多敘事者中有個小孩，也就是原配丈夫一去不回的莎庫兒的第二個兒子，名字也叫奧罕。據帕慕克在訪談中供稱，莎庫兒的孤獨及她與兒子的關係大致是他本身的親身經歷，兄弟之間的爭吵、打鬥，他們與母親的不斷妥協、和好，其實頗具自傳色彩，這在某一意義上加深了此一小說將歷史與個人傳記交織的面向。但是歷史與魔幻的面向並不出現於歷史、帝王、人物、畫師，乃至作者本人的童年往事彼此糾纏而已。年代紀（如布拉克是於一五九一年回到伊斯坦堡）往往與更重要或隱而不彰的事件連結而在無意識中產生其意義，尤其這些畫師正在奧斯曼的引領之下，紛紛由邊飾、畫馬、著色、鍍金去呈現《慶典之書》的各種面貌。他們是在伊斯蘭教派之間對政教偶像、宗教儀式、繪畫再現的詮釋衝突、族群暴力，乃至伊斯蘭面對基督教勢力，細密畫傳統與威尼斯藝術、東方時間與西方時鐘（伊莉莎白女王所贈）彼此角力的背景之下展現個人的創意及局限，同時四位畫師與師父、同事、宮廷、行政長官之間也充滿了矛盾，高雅被謀殺之後，他所遭謀殺的原因，不斷在各種敘事聲音中呈現出不同的緣由：貪人錢財、同行相嫉、愛情三角、宗教迫害等，似乎莫衷一是，很難下定論。這些歷史、文化上無法輕易釐清的衝突、變化、暴力、掠奪及協議，扣緊了公共與私人的大小事件，從內到外，由遠而近，或以大型敘事（如布拉克的歷史回憶）及其國家轉型敘事，或以細節（如奧罕、莎庫兒及死者本身的枝節敘事），彼此交會、紋飾、掩蓋，構成了各種交互肯定、指涉或質疑的存在。什麼是主？何者是客？而真相又如何彰顯？這些議題在中古或文藝復興早期的繪畫，尤其一些插圖本（illuminated text）中，其實並非日後的空氣遠近法，以觀賞者之主體位置為準所統合的視域及其世界觀所能比擬。在伊斯蘭的繪畫美學中，畫與隱藏的世界秩序，賞畫者的精神狀態及其宗教情操之間，存在著多重神祕的聯繫，誠如布拉克指出：

> 趁著每一段寂靜，我研究面前的圖畫，想像畫紙上的顏色分別出自熱情的橄欖、美麗的蝴蝶與亡故的鍍金師之手。我忍不住想學學恩尼須帖對著圖畫大喊「撒旦！」或「死亡！」，但恐懼阻止了我。不僅如此，這些插畫讓我心煩意亂，因為儘管我的恩尼須帖再三堅持，我卻實在寫不出一則可以配合它們的適當故事。而且，慢慢地，我愈來愈肯定他的死亡與這些圖有關，感到焦躁不安。

畫與死亡、謀殺、失序、焦躁，尤其與故事背後所隱含的線索有密切的關係。

模仿或複寫是《我的名字叫紅》非常重要的手法。其實不只是畫師做插圖，重新再現畫的意境，人物之間也不斷複製彼此，而畫師們個別講述的三個寓言故事，乃至皇室之中的家庭血腥史，都一再複述出人類的宿命。「凶手」在二十三章結束時的告白也許是個註腳，說明這部作品何以會透過繪畫之細節複製畫師及其心路歷程，去鋪陳一個大時代的變化及其潛在的多元衝突、轉機：

我們兩人愛上了同一個女人。他走在我的前方，渾然不覺我的存在。我們穿越伊斯坦堡蜿蜒扭曲的街道，上坡又下坡，如兄弟般行經野狗群聚打架的荒涼巷弄，跨越邪靈徘徊的火災廢墟、天使斜倚圓頂熟睡的清真寺後院。我們沿著對死者靈魂低語的扁柏，繞過幽魂聚集的積雪墓園，看不見的遠方盜匪正在勒殺他們的犧牲者。我們走過數不完的商店、馬廄、苦行僧修院、蠟燭工廠、皮革工廠和石牆。隨著我們持續前進，我感覺到自己不是在跟蹤他，相反地，我其實是在模仿他。

踏著古人走過的足跡，穿越荒涼但又熟悉的街道，置身於廢墟與聖殿之間，主角們突然發現自己已進入虛實難分難解的敘事魔域。在這種詭異的情境中，歷史想像、現實世界、小說情節、藝術再現彼此複製，一再可被重新謄寫，此一驚悚體驗大概是這部作品最耐人尋味的面向吧。

獻給魯雅（Rüya）

當時，你們殺了一個人，你們互相抵賴。

——《古蘭經》〈黃牛章〉七十二節

盲人和明眼人不平等。

——《古蘭經》〈創造者章〉十九節

東方和西方都是真主的。

——《古蘭經》〈黃牛章〉一一五節

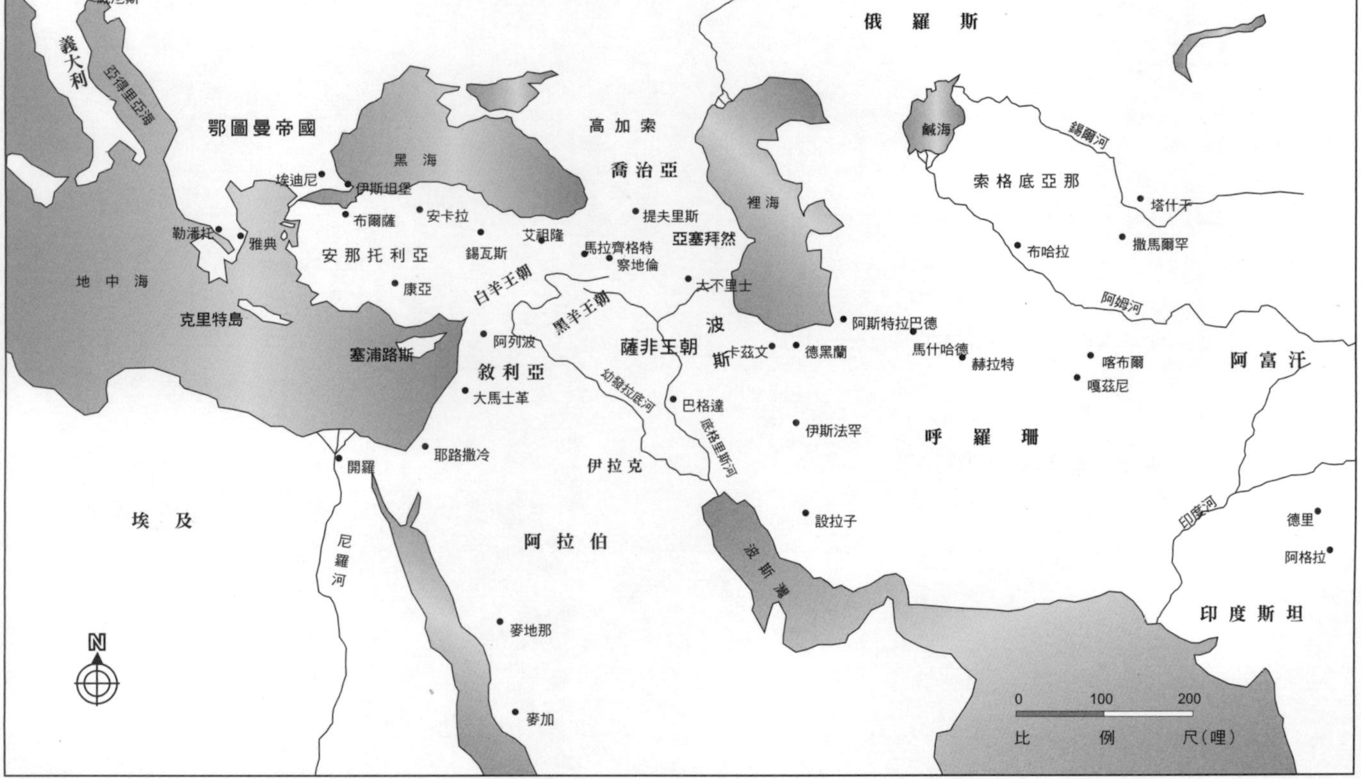

威尼斯
義大利
亞得里亞海
鄂圖曼帝國
黑海
高加索
喬治亞
俄羅斯
鹹海
錫爾河
索格底亞那
塔什干
撒馬爾罕
布哈拉
阿姆河
埃迪尼
伊斯坦堡
布爾薩
安卡拉
勒潘托
雅典
安那托利亞
錫瓦斯
艾祖隆
馬拉齊格特
察地倫
提夫里斯
亞塞拜然
裡海
地中海
康亞
白羊王朝
黑羊王朝
太不里士
克里特島
塞浦路斯
阿列波
薩非王朝
波斯
卡茲文
德黑蘭
阿斯特拉巴德
馬什哈德
赫拉特
喀布爾
嘎茲尼
阿富汗
敘利亞
大馬士革
幼發拉底河
巴格達
底格里斯河
伊斯法罕
呼羅珊
開羅
耶路撒冷
伊拉克
埃及
設拉子
印度河
德里
阿格拉
尼羅河
阿拉伯
波斯灣
印度斯坦
麥地那
麥加
N
0
100
200
比例尺(哩)

我的名字叫紅

1 我是一具屍體

如今我只是一具屍體，一具躺在井底的屍首。儘管我已經死了很久，心臟早已停止跳動，然而，除了那個卑鄙的殺人凶手之外，沒半個人知道我發生了什麼事。至於那個混蛋，他先摸了摸我的脈搏，傾聽我是否還有呼吸，確定我死了之後，又狠狠朝我的肚子踢了幾腳，然後才把我扛到井邊，抬起我的身體往下丟。當我跌落井底時，先前被他用石頭砸爛的腦袋摔裂開來；我的臉、我的額頭和臉頰，全部擠爛成一團；我全身的骨頭都散了，滿嘴都是鮮血。

我已經失蹤了將近四天，妻子和兒女一定到處找我。我的女兒在哭累了之後，一定正焦躁不安地瞪著庭院大門發呆。沒錯，我知道他們全都站在窗口，引頸期盼我的歸來。

不過，他們是真的在等待嗎？甚至我也不能確定。或許他們對於我的缺席早就習以為常。真可悲呀！因為在這邊，生死線上的另一邊，讓人覺得好像自己昔日的生命仍然繼續走下去。在我出生前，已經存在著無窮的時間，而在我死後，時間更是沒有止盡。我以前從沒想過這一點：一直以來，我明晰地生活在兩團永恆的黑暗之間。

我很快樂，此時我才明白自己以前過得很快樂。在蘇丹殿下的工匠坊，我畫的書頁插畫最為精緻華麗，沒有人能夠匹敵。我私底下做的工作每個月為我賺進九百塊銀幣，這一切自然而然只讓此時此刻的情況更教人難以接受。

我的工作內容是替書本畫插畫及紋飾。我在書頁的邊緣畫上裝飾圖案，用鮮豔的色彩在它們周圍勾勒極為生動的花紋，像是葉子、枝幹、玫瑰、花朵和小鳥。我畫上中國樣式的扇形雲朵、糾結纏繞的串串藤蔓，以及隱約藏在層層色彩之下的瞪羚、遠洋帆船、蘇丹、樹木、宮殿、馬匹與獵人。當我年輕的時候，還會紋飾盤子、鏡子的背面，以及小櫃子，有時候我會畫一棟豪宅或博斯普魯斯宅邸的天花板，甚至只是一支木湯匙。然而這幾年來，我只專精於裝飾手抄本的頁面，因為蘇丹殿下願意支付高額的酬勞。我不能說這些現在都已經不再重要。就算你死了，你也知道金錢的價值。

聽過我奇蹟般的聲音後，你們也許會想：「誰管你活著的時候賺多少錢，告訴我們你看見什麼。死後還有生命嗎？你的靈魂到哪去了？究竟有沒有天堂和地獄？死是什麼感覺？你很痛苦嗎？」問得沒錯，活著的人對於死後的世界總是極度好奇。或許你聽過這個故事，有一個人因為對這些問題太過好奇，以致於跑上戰場在士兵當中亂晃，於一群躺在血泊裡做生死掙扎的傷兵中，找到一個死而復生的人，心想這個人必定能告訴他另一個世界的祕密。然而一位帖木兒汗國的戰士誤以為這位追尋者是敵人，拔出彎刀俐落地把他劈成兩半，使他最後得出一個結論：在死後的世界裡人都會分成兩半。

荒唐！恰巧相反，我甚至要說，活著的時候分開的靈魂在死後融合了。那些沉淪於魔鬼召喚下的罪惡異教徒們，宣稱死後沒有生命，大錯特錯，確實有另一個世界，感謝真主。證據呢，就是我現在正從這個世界對你們說話。我已經死了，不過你們可以很清楚地看出，我並沒有消失。很遺憾地，我得承認，我沒有看見偉大古蘭經中描述的情景，像是從天堂的金銀色涼亭旁蜿蜒流過的河流、長著碩大果實的寬葉樹木或是美麗的處女——雖然我記得很清楚，自己以前常常在腦中熱切地想像〈大事〉[1]這一章描寫的大眼美

1 譯注：〈大事章〉為古蘭經第五十六章。

女是什麼模樣。除此之外，儘管古蘭經沒有提到，但在一些想像力豐富的夢想家如伊本．阿拉比[2]生花妙筆的描繪中，天堂有許多河流，流滿了牛奶、醇酒、清水與蜂蜜，事實上，這裡我沒看到半條河的蹤跡。不過對於那些藉由幻想期盼來世過活的正直人士，我絲毫無意挑戰他們的信仰，因此，容我說明，我所見到的一切全來自於個人的特別處境。任何相信或稍微了解死後世界的人都會明白，處於我目前的狀況，全身被憤怒擠壓，實在也不太可能見到天堂之河。

簡言之，我，人們稱為高雅．埃芬迪[3]大師的這位，死了。然而我還沒有被埋葬，也因此我的靈魂尚未完全脫離軀體。儘管我的處境想當然不是史上第一宗，但滯留於此種特殊狀態，卻使我身體不滅的那部分感受到難以言喻的痛苦。雖然感覺不到自己碎裂的頭骨、傷痕累累逐漸腐敗的軀體、一身斷骨，以及一半泡在冰水裡的身體，但我確實感覺到我的靈魂正深受折磨，絕望地掙扎想逃脫塵世的枷鎖。那就像整個世界，包括我的軀體，正收縮成為緊緊一團痛苦。

唯一能與這種痛苦收縮相提並論的，是在死亡的那個駭人剎那，我感覺到一種出人意料的輕鬆感。是的，當那個混蛋猛然拿石頭砸我的頭、打破我的腦袋時，我立刻明白他想殺死我，但我並不相信他會成功。突然間，我發現自己原來是個樂觀的人，以前在工匠坊和家庭的陰影下生活時，從不曾察覺這一點。我狂熱地緊抓住生命，我的指甲、手指及牙齒陷入他的皮膚裡。關於接下來他怎麼毒打我的慘痛細節，這裡就不再多加贅述。

在這場痛楚中我知道自己難逃一死，頓時一股不可思議的輕鬆感湧上心頭。離開人世的剎那，我感受到這股輕鬆；通往死亡的過程非常平順，彷彿在夢中看著自己沉睡。我最後一件注意到的東西，是凶手那雙沾滿泥雪的鞋子。我閉上眼睛，彷彿逐漸沉入睡眠，接著慢慢地失去知覺。

此時我的焦慮不在於我的牙齒像堅果般掉進滿是鮮血的嘴裡，也不在於我的臉摔爛以至於無法辨認，更不是因為我被棄屍在一口深不見底的井裡——而是每個人都以為我還活著。我騷動的靈魂之所以痛苦不堪，是因為我的家人以及，是的，關心我的親友，可能猜想我正在伊斯坦堡某個地方處理瑣事，或甚至正在調戲另一個女人。夠了！趕快找到我的屍體，祭拜我，並把我好好埋葬。最重要的，找出殺我的凶手！因為就算你們把我葬在最富麗堂皇的陵墓，只要那個混蛋仍舊自由逍遙，我就會在墳墓裡輾轉難安，日日等待，並且夜夜騷擾你們。快找到那個婊子養的凶手，我就告訴你們死後世界的所有細節。不過記住，抓到他之後，一定要凌遲他一番，把他的骨頭一段一段拆成八塊，最好是他的肋骨；在用專為酷刑特製的尖針戳進他的頭皮前，先拿支鉗子把他噁心的油膩頭髮拔光，一根一根拔，讓他一次又一次地尖叫。

這個讓我憤恨難當的凶手究竟是誰？他為什麼用如此出其不意的手段殺我？請注意並探究這些細節。你們說世界上充滿了卑微低賤的罪犯，不是這個人幹的，就是那個人做的？如果你這麼想的話，讓我提醒你們：我死亡的背後隱藏著一個駭人的陰謀，極可能瓦解我們的宗教、傳統，以及世界觀。張大你們的眼睛，探究你們信仰並生活其中的伊斯蘭世界，存在著何種敵人，他們為什麼要除掉我？甚至試著去體認為什麼有一天他們也可能同樣對你下毒手。偉大的傳道士，艾祖隆的努索瑞教長，我曾流淚傾聽他的布道，他所預測的所有事情，將一件接著一件全部成真。讓我再這麼說，如果把我們如今陷入的處境寫進書裡，就連最精湛的細密畫家也永遠無法配以圖畫呈現。至於古蘭經——若我誤解的話，求真主責罰——這本書之所以擁有如此強大的力量，正是由於它絕不可能被描繪。我懷疑你們是否徹底明瞭這個事實。

聽我的話。我當學徒的時候，也因為害怕而忽視了隱藏的真相及上天的話語。過去我總以開玩笑的口

---

2 譯注：伊本·阿拉比（Ibn Arabi, Muhyiuddin Muhammad, 1165-1240），穆斯林世界的偉大性靈導師及宗教復興者。

3 譯注：埃芬迪（Effendi）為尊稱，意指「尊敬的閣下」。

氣談論。結果，我落得這種下場，躺在一口可悲的井底！留心了，它也可能發生在你身上。現在，我什麼都不能做了，只希望我能徹底腐爛，用我的屍臭引他們來找到我。我什麼都不能做了，只剩下一點希望，想像那個齷齪的殺人凶手被抓到後，某個善心人士會用什麼恐怖的手段凌虐他。

2 我的名字叫布拉克

離開伊斯坦堡十二年後，我像個夢遊者再度歸來。「土地召喚他回來。」他們這麼形容快死的人，就我的情況而言，是死亡引領我返回自己從小生長的城市。初抵舊地時，我以為這裡只有死亡；雖然之後我也將遇見愛情。只不過，如同我對這個城市的記憶一樣，愛情是一段遙遠而早已忘卻的過去。十二年前，就是在伊斯坦堡，我無可救藥地愛上我的表妹。

離開伊斯坦堡的最初四年，我行遍廣袤無垠的大草原、積雪覆蓋的山脈、哀傷憂愁的波斯城市，遞送信件並收集稅款，那時，我向自己坦承，我已慢慢淡忘了遺留在身後的童年摯愛面容。在逐漸累積的驚恐中，我絕望地試圖記起她，但終究發現除了愛情之外，那張久未見面的臉孔已經褪去。待在東方的第六年，我擔任帕夏[4]的祕書，工作或旅行，這時我明白幻想中的臉孔不再是我愛人的。之後，到了第八年，我忘記了自己在第六年時心中誤認的那張臉，於是再度編織出一張截然不同的臉孔。就這樣，到了第十二年，我以三十六歲的年紀回到這座城市時，痛苦地察覺愛人的容顏早已離我而去。

浪跡天涯十二年這段期間，我的許多朋友及親戚相繼死去。我前往俯瞰金角灣的墓園探視，為在我離開時過世的母親及叔伯們禱告。泥土的氣味混入我的回憶。母親的墳墓旁，有人打破了一只陶水罐，不知道為什麼，我凝視著地上的碎片，哭了起來。我是為死去的人流淚嗎？還是因為，很奇怪的，經過這麼多

4 譯注：帕夏（Pasha），土耳其高級文武官員。

年，我仍然只是在生命的開端？或者因為，我已經來到了人生旅途的終點？雪輕柔地落下。我失神望著雪花四處飄散，腦中昏亂地想像生命的種種，以致沒有注意到墓園的陰暗角落，一隻黑狗正盯著我瞧。

淚水止息後，我擦淨鼻子。離開墓園時，我看見那隻黑狗友善地搖尾巴。稍晚，我在城中找到一個地方安頓下來，租下一間父親的親戚以前住過的房子。女房東看到我，似乎想起她在戰場上被薩非波斯王朝士兵殺死的兒子，因此同意幫我打掃房間並為我煮飯。

我出發展開漫長而滿足的散步，穿梭於街道間，彷彿現在停留的城市不是伊斯坦堡，而是暫時來到位於世界另一端的某座阿拉伯城市。馬路變得比以前窄，至少在我看來是如此。在某些區域，道路擠在緊緊相鄰的房屋之間，我得全身貼上牆壁和大門，才不會被滿載物品的馬匹撞上。城裡多了許多有錢人，至少在我看來是如此。我看見一輛裝飾華麗的馬車，如同一座堡壘，由高傲的馬匹拖著，類似的車在阿拉伯或波斯是看不到的。在「焚毀的石柱」附近，我看到幾個一身襤褸的討厭乞丐擠成一堆，四周飄散著從雞販市場傳出的內臟殘渣氣味。其中一個瞎子空瞪著落下的雪花微笑。

如果有人告訴我，伊斯坦堡以前是個較為貧窮、狹小、快樂的城市，我大概不會相信，但我的內心正是這麼對我說。儘管我摯愛的屋子仍在原處，隱藏在菩提樹和栗樹之間，但待我敲門詢問後，才知道屋子的主人已經換人了。我得知愛人的母親，我的阿姨，已經去世，而她的丈夫，我的恩尼須帖[5]，以及他的女兒皆已搬走。從應門的陌生人口中，我得知父親及女兒淪為某種厄運的受害者。這些陌生人非常熱心地回答我的問題，卻絲毫沒有察覺自己如何殘忍地傷透了你的心，摧毀了你的夢想。我不打算將這一切描述給你們聽，但允許我這麼說：當回憶起舊日花園裡青蔥翠綠、陽光普照的溫暖夏日，我同時察覺到一根根小指粗細的冰柱垂懸在菩提枝枒上。如今這個充滿苦痛、積雪而疏於照顧的花園裡，能讓人聯想到的，只有死亡。

從我的恩尼須帖寄到大不里士給我的一封信中，我已經得知一些親戚們的遭遇。信中他邀請我回到伊斯坦堡，解釋說他正在為蘇丹殿下編纂一本祕密書籍，而他需要我的幫助。他聽說我在大不里士時，有段時間曾為鄂圖曼帕夏、地方官員及伊斯坦堡人製作書本。伊斯坦堡的客戶會付錢下訂單委託手稿編寫，我的職責是拿這筆錢到附近城市尋找細密畫家及書法家。當時許多畫師受到戰爭以及鄂圖曼士兵的壓迫，流散各處，但還沒有投靠西北部的卡茲文或其他波斯城市，我委託這些飽嘗貧窮、懷才不遇的專家，請他們書寫、繪畫並裝訂手抄本的書頁，再找人把完成的書送回伊斯坦堡。要不是年少時，我的恩尼須帖灌輸我對繪畫與精緻書本的熱愛，我絕不可能有機會從事這項職業。

街道的盡頭通往市場，在這個我的恩尼須帖曾經居住的馬路邊，我找到那位技藝精湛的理髮師，他待在同樣的小店裡，身旁圍繞著同樣的鏡子、剃刀、水罐和肥皂刷。我們目光相遇，但我不確定他是否認得我。店裡有一只連著鍊子從天花板懸垂而下的洗頭盆，我很高興看見他往裡頭倒熱水的時候，它仍然依循著舊日的拋物線，前後擺盪。

有一些我年少時往來頻繁的區域和街道已經灰飛煙滅，取而代之的是焦黑的殘骸，成為野狗聚集的場所以及瘋癲的流浪漢嚇壞當地孩童的角落。其他被大火夷為平地的區域中，富麗堂皇的房屋拔地而起，奢華的程度令我震驚不已，屋子的窗戶鑲上最昂貴的威尼斯彩繪玻璃，豪華的樓房二樓裝設著凸窗，拱出高牆之外。

和其他城市一樣，金錢在伊斯坦堡不再具有任何價值。從東方回來後，我發現以前一個銀幣可以買到

---

5 譯注：恩尼須帖（Enishte），「姨丈」或「叔叔」。

一百特拉姆[6]那麼重的麵包，如今同樣的價錢只能換得縮水成一半的麵包，而且嘗起來味道也不如我孩提時代。要是死去的母親知道如今她得花三塊銀幣買一打雞蛋，一定會說：「不能待了，再沒多久那些雞會驕傲到爬上我們頭頂大便。」但我知道金錢貶值的問題哪裡都一樣。有謠言傳說法蘭德斯和威尼斯的商船載滿一箱箱偽幣運至伊斯坦堡。過去，官方的鑄幣是用一百特拉姆的銀子鑄成五百個硬幣，然而現在，由於與波斯連年征戰，同樣的銀子卻可以鑄成八百個硬幣。當土耳其禁衛步兵發現賺來的硬幣居然可以飄浮在金角灣上，就像菜販碼頭上掉落的乾豆子一樣，群起暴動，把蘇丹殿下的宮殿當作敵人的城堡團團圍繞。

在這段道德淪喪、物價飛漲、偷竊和犯罪盛行的時期，一位在巴耶塞特清真寺傳道，並宣稱是我們榮耀的先知穆罕默德後裔的傳道士努索瑞，自封為王。這位來自艾祖隆小城的傳道士，把這十年間降臨伊斯坦堡的災難——包括巴切卡比和卡珊吉拉地區的大火、奪去上萬人性命的瘟疫、與波斯人長年不斷損失無數人命的戰爭，以及西部地方被基督教叛徒占據的鄂圖曼堡壘——歸咎於人們偏離了先知的道路、輕忽偉大古蘭經的教誨、過於縱容基督徒、公開販賣酒類，以及在苦行僧修院彈奏樂器。

賣醬菜的小販口沫橫飛說完了艾祖隆傳道士的故事，又談到偽幣，新鑄的、上面刻著獅子的假銀幣，以及含銀量逐年降低的鄂圖曼硬幣。這些錢幣充斥市場和商店，就像馬路上摩肩接踵的切爾克斯人、阿布哈茲人、明加利亞人、波士尼亞人、喬治亞人和亞美尼亞人，把我們拖往墮落的深淵，難以翻身。他告訴我，流氓和叛徒都聚集在咖啡館，密謀叛亂直到清晨；猥瑣的窮人、酗鴉片的瘋子，以及非法的卡連德里苦行教派追隨者，這群人宣稱依循阿拉的道路，徹夜在苦行僧修院裡隨著音樂跳舞，用尖針穿刺自己的身體，從事各種邪惡的行為，最後再野蠻地彼此相姦，或對任何他們找得到的男孩下手。

我不知道是因為遠方傳來一陣優美的魯特琴琴聲吸引我跟隨，或者在我混沌的記憶與慾望中，再也無法忍受這個口出穢言的醬菜小販，總之，我以樂聲為藉口，逃離和他的對話。然而，我確實知道一點：當你熱愛一座城市並且時常漫步探索其間時，你的身體，更不要說你的靈魂，會變得對這些街道極為熟悉，以致於多年之後，在一股或許因為憂傷飄落的輕雪所引起的哀愁情緒中，你會發現你的腿自動帶著你來到最喜愛的一個岬角。

我就是如此離開了蹄鐵市場，來到蘇里曼清真寺旁一個地方，望著雪片落入金角灣。清真寺面北的屋頂，以及圓頂上迎著東北風的幾個部分，已經開始積雪。一艘逐漸駛近的船隻，降下了船帆，撲拍的帆布向我招呼。金角灣的水面泛著鉛灰的霧氣，映上船帆的顏色。眼前的柏樹和梧桐樹、屋頂、淒涼的黃昏、下方住宅區傳來的聲響、小販的叫賣、清真寺庭院孩童的玩耍叫喊，這一切揉入我的腦海，決絕地宣布：從今而後，除了這裡，我將無法在其他城市定居。我莫名地感覺到，那張逃離多年的我所摯愛的臉孔，很可能驀然出現在面前。

我開始走下山丘，融入人群。晚禱[7]過後，我在一間食堂填飽肚子。我坐在空無一人的店鋪裡，仔細聆聽老闆的談話，他慈愛地望著我一口一口進食，好像在餵貓一樣。我根據他提供的線索，轉進奴隸市場後面其中一條小巷子，到一家咖啡館，這時街上已經暗了下來。

咖啡館內擁擠而溫暖。一個說書人，如同我在大不里士和波斯城市看到的「表演明星」，坐在燒木柴火爐旁一座架高的平台上。他展開一張圖畫，掛在觀眾正前方，粗糙的紙上有一條狗，儘管線條潦草，卻頗具架式。說書人扮演起狗的角色說故事，不時伸手指向圖畫。

6 譯注：特拉姆（drachma）約等於兩公克。
7 譯注：伊斯蘭教徒每週一次的大眾祈禱時段。

3 我是一條狗

親愛的朋友，想必你們看得出來，我的犬齒又尖又長，幾乎塞不進我的嘴巴。我知道這讓我看起來很凶惡，不過我很滿意。曾經有一個屠夫注意到我巨大的犬齒，他居然有膽子說：「我的老天，那根本不是狗，是頭野豬！」

我狠狠地咬進他的腿裡，犬齒深深陷進肥膩的肉中，卡上他硬邦邦的大腿骨。對一條狗而言，確實，沒有什麼比在一股本能的憤怒下，用牙齒深深咬進可憐敵人的身上更教他愉快的。當這種機會自己送上門時，也就是，當我那活該被咬的受害人無知而愚蠢地經過時，我的牙齒因期待而發疼，腦袋渴望得頭暈目眩；不但如此，我還不由自主地發出一聲令人寒毛直豎的嗥叫。

我是一條狗，但因為你們人類是一種比我還沒大腦的動物，所以你們就告訴自己：「狗不會說話。」儘管如此，你們卻願意相信眼前這個故事，故事裡不但屍體會說話，其中的角色還會用連他們自己也看不懂的字。狗會說話，不過他們只對懂得聽的人講。

好久、好久以前，在一個很遠、很遠的地方，有一名無禮的傳道士從一個鄉下小鎮來到一座大城市最大的一間清真寺，好吧，我們就叫它巴耶塞特清真寺好了。這裡不太適合透露他的名字，所以我們姑且稱他為「胡索瑞教長」。可是我幹嘛還要隱瞞？這個人根本是個呆頭傳道士。他利用口才彌補自己知識的不足，老天保佑。每個星期五，他成功煽動他的追隨群眾，讓他們感動落淚，有些人甚至哭到昏厥、喘不過氣般死去活來。別搞錯我的意思，他不像其他有說教天賦的傳道士，自己可是一滴眼淚也不流。相反地，當大家都在哭的時候，他反而更專注於他的演講，眼睛眨也不眨，彷彿在責備他的追隨群眾。就這樣，園丁們、宮廷僕役、做哈發糕點[8]的人、低賤的貧民，以及像他一樣的傳道士都變成了他的跟班，顯然正是因為他們享受這種口舌的鞭笞。嗯，這個人畢竟不是狗，不是的，先生，他是人類，身為人類就是會犯錯。因此，當他面對著這群死心塌地的群眾，他發現嚇唬這一票人就跟逼他們痛哭流涕一樣有趣時，他昏了頭。了解到在這項新興事業中還大大有利可圖時，他簡直飛上了天，並厚臉皮地說出下面的話：

「物價上漲、瘟疫與軍事失敗的唯一原因，在於我們忘記了我們榮耀的先知那個時代的伊斯蘭訓示，墮入錯誤之道。以前，當我們祭拜死者的時候，會誦讀先知的出生史詩嗎？當時曾舉行第四十天祭禮嗎？會用哈發糕或炸甜餅之類的甜食祭祀死者嗎？穆罕默德在世時，偉大的古蘭經是像唱歌一樣地配著音調背誦嗎？當時會誇張而高傲地唸祈禱文，彷彿在炫耀誰的阿拉伯文說得最接近阿拉伯人嗎？那時會有男人用花腔模仿女人的聲音、羞怯地複誦拜功的召喚嗎？今天，人們在墳前乞求寬恕，他們希望死去的人可以替他們的所作所為出力幫忙，他們拜訪聖人的墓園，像異教徒一樣朝一塊塊石頭墓碑膜拜。他們在衣服裡裡外外綁滿了許願信物，然後發誓會做某些犧牲來還願。穆罕默德的時代，有散布這種信仰的苦行宗派嗎？這些宗派的性靈導師伊本．阿拉比，由於發誓說異教的法老王以信徒身分死亡，因此成為罪人。梅夫里維、哈爾維提、卡連德里等信徒[9]，以及那些配合音樂吟唱古蘭經的人，或是理直氣壯地與孩童及青年跳舞的人，他們居然說：『反正我們一起祈禱，有何不可？』這些苦行僧全部是走旁門左道的人。苦行僧

8 譯注：哈發糕點（halva），用磨碎的芝麻、果仁及蜂蜜做成的甜點。

9 譯注：梅夫里維（Mevlevi）、哈爾維提（Halveti）、卡連德里（Kalenderi）皆為伊斯蘭教的神祕主義教派，追求苦行修道。

修院應該被摧毀，把地基以下七厄爾深[10]的土全挖空，拿去填海。只有這樣，那些地方才能再舉行拜功儀式。」

我聽到這個胡索瑞教長更變本加厲，口沫橫飛地大聲宣布：「啊，我忠實的信徒呀！飲用咖啡是一項嚴重的罪行！我們榮耀的先知半滴咖啡都不沾，因為祂明白它矇昧神志、引起潰瘍、疝氣與不孕；祂了解咖啡根本是魔鬼的詭計。咖啡館這種地方，讓追逐享樂的人和遊手好閒的有錢人促膝而坐，從事各種粗鄙的活動；事實上，比起關閉苦行僧修院，咖啡館更應該被禁止。窮人們有錢喝咖啡嗎？男人經常光顧這些地方，沉溺於咖啡中，喪失控制自己心智思想的能力，甚而聽信雜種狗的話。不過，那些詛咒我和我們信仰的人，他們才是真正的雜種狗。」

如果你們允許的話，我想針對這位自以為是傳道士的最後幾句話做些回應。當然啦，大家都知道教士、教長、傳道士和講道者瞧不起我們狗。我認為，這整件事歸因於我們尊崇的先知穆罕默德，願祂平安而幸福，祂曾經為了不吵醒一隻躺在長袍上睡覺的貓，割斷自己的衣服。由於祂對貓的特別寵愛，不經意地排除了我們狗類，加上我們與這種貓科動物的宿敵關係（而就連最愚笨的人都認為貓是一種忘恩負義的生物），因此人們私自解釋先知自己討厭狗。他們相信我們會褻瀆實行齋戒沐浴儀式的人，基於這種惡意中傷的錯誤認知，以致好幾世紀以來，我們被禁止進入清真寺，並且在清真寺庭院飽受揮舞掃把的門房毒打。

容我提醒你們古蘭經中最優美的一章：〈山洞章〉。我之所以提醒你們，不是因為我懷疑這間高尚的咖啡館裡可能有些人從沒讀過古蘭經，而是想喚醒你們的記憶：這一章敘述一個有關七個年輕人的故事，他們因為再也受不了居住在異教徒之中，躲進一個洞穴，在那裡陷入熟睡。阿拉封住了他們的耳朵，使他們整整睡了三百零九年。等他們醒來，其中一個人回到人類社會，試圖用一枚過時的銀幣買東西，這才發現已經過了這麼多年。得知事情的真相後，所有人都驚訝地呆住了。這個篇章巧妙地描述人類對阿拉的依賴、真主的神蹟、時間的短暫，以及熟睡的愉悅。儘管我的職責不在此，但容我提醒你們，第十八行詩句裡，提到有一條狗在七個年輕人熟睡的山洞口休息。無庸置疑地，任何人只要能夠出現在古蘭經中都該感到驕傲。身為一條狗，我對這一章引以為傲，不但如此，我更意圖藉由這個章節，說服那些把敵人比喻成骯髒雜種狗的艾祖隆教徒重新省悟。

既然這樣，對於狗的仇恨，真正原因究竟從何而來？你們為什麼堅持說狗是不純潔的，只要有條狗不小心闖進屋內，你們就要從裡到外清潔打掃一遍？你們為什麼相信只要碰觸到我們，就會毀了齋戒沐浴？如果你們的長衫拂過我們潮濕的毛皮，為什麼非得像個瘋女人似地把那件長衫洗七次？如果一個瓶子被狗舔過了，一定要丟掉或重新鑄錫，這種謠言顯然是錫匠傳播的，或者很可能，是貓散布的……

當人們離開村落來到城市定居時，牧羊犬被留在鄉下；狗是骯髒的這種謠言就是在這時候傳開的。但是伊斯蘭降臨之前，一年中有兩個月被稱為「狗月」。然而如今，狗卻被視為惡兆。我親愛的朋友，我並不想用自己的煩惱增加你們的負擔，你們來到這裡是要聽故事，思考其中的教誨。老實說，我的憤怒來自於那位自以為是的傳道士攻擊我們的咖啡館。

如果我說這位艾祖隆的胡索瑞身世可疑，你們會怎麼看我呢？他們也這麼說過我：「你以為自己是何等狗啊？你辱罵德高望重的傳道士，只因為你的主人是個在咖啡館講故事的掛圖說書人，而你想為他辯護。出去，滾！」上天禁止，我不是要抹黑任何人。但我非常仰慕我們的咖啡館。要知道，我不介意我的肖像被畫在一張廉價的紙上，也不在乎自己是隻四條腿的動物，但我確實很遺憾自己不能像人類一樣，跟

---

10 編注：一厄爾（ell）約四十五英吋。

你們坐在一起喝杯咖啡。我們想死了能擁有自己的咖啡和咖啡館。什麼？看吧，我的主人從小咖啡壺裡幫我倒咖啡。你說圖畫不能喝咖啡？拜託！你們自己看呀，這條狗正開心地舔著呢。

啊，真好，心滿意足，咖啡讓我全身暖和，目光變得銳利，思想也活躍起來。現在，仔細聽我要說的話：除了一捲捲中國絲綢和繪上藍色花朵的中國瓷器之外，威尼斯總督送給我們崇高蘇丹的高尚女兒妮哈雅蘇丹什麼禮物？一隻毛皮像黑貂和絲緞，柔軟而黏人的威尼斯母狗。我聽說這隻母狗被驕寵得不像話，她甚至還有一件紅色的絲洋裝。我們有一個朋友真的操過她，所以我才知道，她做那檔事的時候甚至不肯脫掉衣服。反正，在她們法蘭克地區，所有的狗都像那樣穿著衣服。我聽說在那邊，有一個所謂優雅而有教養的威尼斯女士看到一條沒穿衣服的狗——或者她看到了他的傢伙，我不確定——總之，她尖叫道：「我親愛的上帝，這條狗光著身子！」然後昏死過去。

在異教法蘭克人或者所謂歐洲人居住的地區，每條狗都有一個主人。這些可憐的動物脖子上拴著鎖鍊，被牽上街道展示。他們像最悲慘的奴隸一樣被單獨綁著，到處拖來拖去。法蘭克人逼迫可憐的動物進他們的屋子，甚至睡在他們的床上。他們不准狗彼此接近，更別說互相嗅聞或舔舐。在那種卑賤的狀態下，鎖鍊拴著，他們只能趁彼此在街頭擦身而過的時候，嚮往地凝視對方。異教徒們完全無法想像，狗能自由自在成群結隊在伊斯坦堡的街道上亂跑，就像我們一樣；他們也無法想像，必要的時候狗會恐嚇人類；也可以蜷縮在一個溫暖的角落，或是在陰涼處伸懶腰，安詳地睡覺；更可以隨地大便，隨便咬人。我不是沒有想過，很可能就是因為這樣，艾祖隆的追隨者才反對為狗禱告，也不在伊斯坦堡街頭餵狗吃肉以換取上天的恩寵，甚至因此反對建立提供這些服務的慈善機構。如果他們不僅企圖把我們當作敵人，還想使我們成為異教徒，讓我提醒他們，對狗來說，成為敵人和成為異教徒是同一回事。我希望在不久的將來這些可恥的人們會被處決，而我祈禱我們的劊子手朋友會邀請我們來咬一口，就像他們有時故意立下嚇阻示範一樣。

在我結束之前，讓我說這段話：我前一個主人是極正直的人。半夜出發偷竊時，我們互相合作：我大聲吠叫，讓他割斷受害者的喉嚨時，對方的慘叫聲被我的狂吠聲壓過。為了回報我的協助，他會砍碎那些被他懲罰的罪人，煮了他們餵我吃。我不喜歡生肉。老天幫忙，希望未來的劊子手處決那個從艾祖隆來的傳道士時，會把這點列入考慮，如此我才不會因為那無賴的生肉而吃壞肚子。

4 我將被稱為凶手

不，我以前絕不相信自己會奪去任何人的生命，甚至在我殺死那個蠢蛋前幾分鐘如果有人這麼告訴我，我也不會相信；因此，我的罪行常常從心中消退，如同外國的遠洋帆船消失在地平線一樣。有時，我甚至覺得我根本不曾犯下任何罪。自從被迫幹掉親如兄弟的倒楣鬼高雅之後，已經過了四天，但一直到現在，我才多多少少接受自己目前的處境。

要是能夠不用做掉任何人，便解決這個意外而恐怖的難題，我一定寧願那麼做，但我知道自己別無選擇。我擔負起重大的責任，在當下就把這件事情處理掉了。我不能任由一個魯莽的傢伙以不實的指控危害整個細密畫家社群。

儘管如此，殺人凶手的身分需要一點時間來習慣。我無法忍受待在家裡，只好出門上街。我無法忍受這條街道，所以走上另一條街，再另一條。當我瞪視著人們的臉孔時，發現許多人之所以自認為清白，只因為他們還沒有機會幹掉一條人命。很難相信大部分的人比我正直而高尚，只是基於命運的小小轉折。他們最多帶著某種愚蠢的表情，因為他們還不曾殺過人，而如同所有白痴，他們外表看起來往往心地善良。處理掉那個可悲的傢伙後，我在伊斯坦堡的街頭遊蕩了四天，多日的觀察讓我得出結論，任何一個人，如果眼中閃爍出一絲聰慧、臉上籠罩一抹靈魂的陰影，他顯然是一個隱藏的刺客。只有低能兒才是純潔無知的。

舉例來說，我今天晚上窩在奴隸市場後巷一間溫暖的咖啡館裡，端著一杯熱騰騰的咖啡，凝視掛在後牆上一隻狗的肖像畫，我逐漸忘記自己的處境，跟其他人一起聆聽從狗嘴裡吐出的每一句話，哄堂大笑。接著，我感覺到身旁其中一人，也和我一樣是個殺人凶手。雖然他只不過和我一樣朝說書人大笑，但我的直覺突然敏感起來，可能是因為他的手臂擺放在我手邊的姿勢，或者是他不安地用手指敲打杯子的動作。我不確定自己是怎麼知道的，但我陡然轉身，直視他的眼睛。他嚇了一跳，臉孔扭曲。群眾散場時，他的一個朋友抓住他的手臂說：「努索瑞教長的人鐵定會突擊這個地方。」

他揚起眉毛，示意那人安靜。他們的恐懼感染了我。誰也不能信賴，每個人都準備隨時會被隔壁的人給做掉。

外頭更冷了，街角和牆底都已積雪。暗不見物的夜裡，我必須在狹窄的巷弄伸手摸索才找得到路。偶爾，一盞微弱的油燈光芒，從某處一間木造房屋黑暗的窗戶及拉下的百葉窗內透出，映照在雪上。但大部分時間，我什麼都看不見，只能憑藉著聲音找路，像是守夜人用木棍敲擊石頭的聲響、瘋狗的嗥叫或是屋內傳來的聲音。有時候，雪中似乎發出一絲神祕的光線，照亮城市狹窄而可怕的街道。在這團黑暗裡，廢墟和樹影之間，我以為瞥見了千百年來不祥地出沒於伊斯坦堡的鬼魂。我斷斷續續地聽見屋裡的各種雜音，悲苦的人們一陣陣地咳嗽、呻吟或是呼喊，彷彿從睡夢中驚醒。有時我聽見丈夫與妻子的爭吵，彷彿試圖勒死對方，他們的孩子則蜷在他們腳邊低聲啜泣。

連續幾個晚上，我來到這間咖啡館，重溫成為殺人凶手之前的快樂，提振精神，並聆聽說書人的故事。我的許多細密畫家朋友，我花了一輩子相處的弟兄們，每晚都會到這裡。自從讓那個從小到大一起繪畫的鄙夫閉嘴之後，我就一點也不想見到他們。兄弟們的生活實在教我覺得丟臉，他們只會論人是非，這裡瀰漫的可恥歡樂氣氛也讓我難堪不已。我甚至隨手替說書人描了幾張圖畫，讓大家不致指控我吹牛，結果卻無法平息他們的嫉妒。

他們的羨慕是合理的。沒有人有辦法超越我的能力，無論是調色、繪畫並裝飾頁緣、編排書頁、選擇題材、勾勒臉孔、描繪紛亂的戰爭及狩獵場景、刻畫野獸、蘇丹、船艦、馬匹、戰士與情侶。沒有人能接近我把靈魂的詩歌融入繪畫中的專精，甚至我鍍金的技巧也無人能匹敵。我不是自吹自擂，只是解釋給你們聽，讓你們能徹底了解我。時間久了，嫉妒變得跟顏料一樣，成為一位藝術大師生命中不可缺少的要素。

散步時間隨著我的焦躁不安逐漸加長，在散步的途中，我偶爾會迎面遇見一、兩個我們最純潔而真誠的虔敬鄉下人。突然間，我腦中油然升起一股奇異的念頭：如果我現在腦中想著自己是個凶手，面前的人將能從我臉上讀出來，因此，我逼迫自己去想別的事情，如同青春期的我在禱告時尷尬地掙扎著驅逐滿腦子的女人。然而，不像年少衝動的那些日子，腦中怎麼樣都趕不走交媾的畫面，如今，我的確能忘記自己犯下的殺人罪。

你們很清楚，事實上，我之所以解釋這一切是因為它們關係到我的處境。但哪怕我只是揭露一絲絲凶案細節，你們將會豁然開朗，使我從一個像幽魂般在人群中遊蕩、沒有名字沒有臉孔的凶手解放出來，並把我歸類為一個平凡、自首的罪犯，一個自己投案，即將被砍頭抵罪的凶手。請准許我不描述每一個小細節，容我隱瞞一些線索：試著從我選擇的字句及顏色中推測我是誰，就好像認真的人們一樣透過審視腳印來抓賊。如此一來，我們必然要提到「風格」這個如今廣受注意的話題：一位細密畫家有沒有、該不該有自己的個人風格？使用一種屬於他自己的色彩、他自己的聲音？

讓我們思考一下大師中的大師、所有細密畫家的保護聖人畢薩德[11]的一幅畫。在赫拉特畫派[12]九十年前製作的一本完美手抄本書頁中，我碰巧看過這幅經典之作，這幅畫剛好很適合我的處境，因為主題正是一場謀殺。一個波斯王子在一場殘酷的繼承權爭奪戰中被殺後，這本書從他的圖書館流傳出世，內容敘述胡索瑞夫與席琳的愛情故事。你們當然知道胡索瑞夫與席琳的悲劇，我指的是內札米[13]的版本，而不是菲爾多西[14]的。

經歷一連串的考驗與苦難，這對情侶終於如願成婚；然而，胡索瑞夫與前一任妻子所生的兒子——年輕凶殘的席瑞伊不肯讓他們稱心如意。這位王子不但覬覦父親的王位，更垂涎父親的年輕妻子席琳。內札米筆下形容為「嘴裡吐出獅子口臭」的席瑞伊，不擇手段地軟禁自己的父親，繼承了王位。一天夜裡，他摸黑潛進父親與席琳的臥房，找到床上的兩個人，拔出匕首刺入父親的胸膛。就這樣，在與美麗席琳共枕的床上，父親流血到清晨，慢慢死去；在他身旁，席琳仍安穩地熟睡。

偉大畫師畢薩德的繪畫，如同故事本身，觸動了我心中埋藏多年的陰沉恐懼：在黑夜裡醒來，聽見微弱的聲響，驚駭地察覺一個陌生人正爬入黑暗的房間！想像潛入者一手掐住你的脖子，一手揮舞著匕首。精雕細琢的牆壁、窗戶、框櫺；紅色地毯上彎曲、圓形的圖案；從勒緊喉嚨中溢散的無聲尖叫所暈染的色彩；當你的冷血凶手踩著汙穢的赤腳一步步上前結束你的生命時，華麗刺繡的被單上無比精巧細膩、鮮豔狂放的黃色與紫色花朵，被踐踏在腳下；所有這些細節都是為了相同的目的：除了凸顯繪畫本身的華美，它們同時提醒你，瀕臨死亡的你身處的這個房間、這個世界，是多麼精緻美麗。繪畫本身的華美如同這個

---

11 譯注：畢薩德（Kamal-udin Bihzad, 1450-1536），波斯手抄繪本畫家，生於赫拉特，作品以風格優雅和色彩鮮豔著稱，深深影響後世的伊斯蘭畫家。

12 譯注：赫拉特畫派（Herat School），建立於十五世紀，特色是著重人物和臉孔的描繪。

13 譯注：內札米（Nizami Ganjavi，約1141-1209），波斯文學史中最偉大的抒情詩人，為波斯史詩注入口語和寫實的風格。

14 譯注：菲爾多西（Firdusi，約935-1020），寫下偉大的民族史詩《君王之書》，全詩共十二萬行，敘述五十個君王統治時期的大事，時間跨越四千六百年之久。詩人將此詩獻給蘇丹瑪哈姆，反遭其迫害。菲爾多西晚年顛沛流離，生活淒苦。

世界，與你的死毫不相干，儘管你的妻子就在身旁，但面對死亡時你注定孑然孤獨。是這個無可逃避的意義震撼了你。

「這是畢薩德的畫。」二十年前，當我用顫抖的雙手捧起這本書，與年老的大師一同檢視時，他告訴我。他的臉孔發亮，不是因為一旁燭光的反射，而是湧自觀看的歡愉。「這實在太畢薩德了，甚至不需要簽名。」

畢薩德非常明白這個事實，也因此從不在畫中暗藏自己的簽名。而且，根據年老大師的說法，作出這樣的決定，畢薩德隱約帶著某種難堪及羞恥感。唯有真正的藝術天賦與鑑賞力，才能讓一位藝術家畫出無可匹敵的作品，而無需留下任何痕跡透露自己的身分。

為保自己的性命，我選擇以平凡粗糙的手法殺死倒楣的受害人。一夜又一夜，每當我返回那片唯存火災殘骸的區域，確定沒有留下任何痕跡揭露身分時，風格的問題愈發在腦中湧現。人們所敬奉的風格，只不過是洩露犯罪者的一個不完美瑕疵。

即使沒有紛飛的大雪，我也能輕易找到這個地方，因為我就是在這個被火夷平的地點，殺害了相處二十五年的夥伴。此時，白雪覆蓋並抹去所有可能被解讀為簽名的線索，證明了在風格與簽名這個議題上，阿拉是與畢薩德和我有同樣的看法。如果我們真的因為繪製那本書而犯下無可寬恕的罪行——正如四天前那個智障堅持的——即使我們是在不知不覺中犯下錯誤，阿拉也不會允許我們細密畫家做出這種事。

那天晚上，當我和高雅．埃芬迪來到此地時，還沒有開始下雪。我們可以聽見野狗的嗥叫在遠處迴蕩。

「請問，我們到這裡的目的是什麼？」倒楣的傢伙問：「這麼晚了，在這種地方，你打算要給我看什麼？」

「正前方有一口井，再往前走十二步，我把存了好幾年的錢都埋在那裡。」我說：「如果你保守祕密，不說出我剛剛解釋給你聽的話，那麼恩尼須帖．埃芬迪和我會很高興給你報酬。」

「你的意思是，你承認一開始就知道自己在做什麼？」他激動地說。

「我承認。」我順從地撒謊。

「你曉得你所製作的圖畫是褻瀆神聖，是不是？」他直率地說：「那是邪魔外道，沒有一個正直的人膽敢犯下這種褻瀆。你會下地獄被火焚燒。你會遭受永恆的折磨與痛苦，而你居然使我成為共犯。」

我聽他說話，恐懼地感覺到他的字句含有如此的力量與嚴重性，不管願不願意，人們都會留意，希望它們證實那些與自己無關的可憐傢伙的謠傳所言不假。許多有關恩尼須帖．埃芬迪的謠言已經沸沸揚揚，一方面是他正在編纂這本祕密書籍，一方面因為他支付高額代價——也導因於繪畫總督奧斯曼大師憎惡他。我不禁聯想，或許我的鍍金師弟兄高雅，其實意圖不軌，想利用這些謠傳來支持自己的誹謗指控。他的話中究竟有幾分誠實？

我任由他重複這件讓我們反目的指控，而他坦率的言語也毫不留情。他似乎想刺激我去隱瞞錯誤，就如同在我們學徒時代，他要我隱匿錯誤以逃避奧斯曼大師的責打。當時我覺得他的誠懇令人信服。學徒時代的他，兩隻眼睛會睜得大大的，就像現在一樣，只不過當時它們還未因長年的插畫工作而變得晦暗不明。然而我終究硬起心腸；他已經準備好向大家招供一切。

「聽我說，」我刻意憤怒地說：「我們繪製插畫、設計頁緣花紋、在頁面上描繪框界，我們用美麗的金色調巧妙地塗飾一頁又一頁，我們製作最偉大的圖畫，我們紋飾衣櫃與盒子。多年來我們只做這些，沒做別的。這是我們的天職。他們委託我們繪畫，指定我們在特定的書頁框界裡安插一艘船艦、羚羊或蘇丹，他們要求我們畫某種樣式的鳥、某種樣式的人物、從故事中選取這個特定的場景、略過這個或那個。不管他們要求些什麼，我們照做就是了。『聽我說，』恩尼須帖．埃芬迪告訴我：『這裡，畫一匹你自己心目中的馬。』整整三天，我像前輩畫師一樣，試畫了幾百匹馬，為了想知道到底什麼才是『我自己心目中的馬』。為了讓我的手習慣，我在一張粗糙的撒馬爾罕紙[15]上畫了一系列馬匹。」

我拿出這些草稿給高雅看。他興趣盎然地彎身觀看紙張，在昏暗的月光下研究起這些黑白的馬匹。

「設拉子及赫拉特的前輩大師認為，」我說：「一位細密畫家必須花五十年時間，不停地練習畫馬，才能夠真實地描繪出阿拉擬想期望的馬匹。他們聲稱最完美的馬匹圖畫應該是在黑暗中完成的，因為一位真正的細密畫家在經過五十年的工作後，必然已經失明，但在練習的過程中，他的手將記得如何畫馬。」

他臉上天真無知的表情，那多年以前當我們還小時我也看過的表情，告訴我他已經全然沉溺於我的馬匹圖畫當中。

「他們僱用我們，而我們努力畫出最神祕、最難達成的馬匹，就像前輩大師一樣。沒有別的目的。若他們要我們為繪畫之外的任何事情負責，那是不公正的。」

「我不確定這麼說是對的，」他說：「我們也一樣有責任和自由意志。除了阿拉，我不怕任何人。是祂賦予我們理智，使我們能夠分辨善與惡。」

頗為合理的回答。

「阿拉看見並知曉一切……」我用阿拉伯語說：「祂知道我和你，我們是在毫不知情的情況下做了這件工作。你要向誰告發恩尼須帖．埃芬迪呢？你難道不知道，這件事背後是榮耀的蘇丹殿下的旨意？」

靜默。

我懷疑他到底是不是個小丑，只是在演戲？還是剛才的失控和鬼吼鬼叫迸發於對阿拉的真實恐懼？

我們在井邊停下來。黑暗中，我依稀瞥見他的眼睛，看得出來他很害怕。我憐憫他。可是已經太遲了。我祈求真主再給我一個信號，證明站在我面前的這個人不但是智能不足的膽小鬼，更是一個不可赦免的恥辱。

「往前數十二步然後開始往下挖。」我說。

「然後，你打算怎麼做？」

「我會把一切向恩尼須帖．埃芬迪解釋，他將燒毀所有圖畫。還有別的選擇嗎？只要有一個胡索瑞教長的信徒聽見這個推論，不管我們或是手抄本繪畫工匠坊都完了。你跟艾祖隆教徒很熟嗎？收下這筆錢，讓我們相信你不會舉發我們。」

「錢裝在什麼東西裡？」

「那裡有一個老舊的醬菜陶甕，裡面有七十五塊威尼斯金幣。」

威尼斯金幣聽起來頗為合理，但我是從哪兒編出醬菜陶甕的？真是愚蠢到充滿說服力。因此我再次確認真主果然站在我這邊，而且已給了我信號。我舊時的學徒同伴，隨著年歲增長愈發貪婪，他此刻已經朝我指的方向跨步，興奮地開始數著步伐。

那一剎那我心中想著兩件事。第一，那裡根本沒埋半毛威尼斯錢幣或類似的東西！如果我不設法變出一些錢來，這個小丑將會毀了我們。忽然間我很想一把抱住這個白痴，親吻他的臉頰，就像當學徒的時候偶爾會做的，但歲月已經不允許！第二，我滿腦子思考著我們到底該怎麼挖？用指甲嗎？不過，這段沉思的過程，如果稱得上沉思的話，才閃過就瞬間消失了。

恐慌之下，我抓起牆邊的一塊石頭。當他還在數第七步或第八步的時候，我追上他，用盡全力狠狠砸

---

15 編注：撒馬爾罕紙（Samarkand paper），西元七五〇年阿拉伯人從撒馬爾罕的中國戰虜獲知製紙術。

向他的後腦。速度之快、動作之粗暴，連我自己都嚇得楞住了，彷彿石頭是敲在我的頭上。啊，我感覺到他的痛苦。

與其為自己的舉動感到折磨，我只想儘快結束這項工作。此時他開始在地上猛烈抽搐，更加深了我的恐慌。

把他丟進井裡後過了很久，我仍不斷思索著，自己粗暴的行徑一點也不符合細密畫家的優雅細緻。

5 我是你摯愛的姨丈

我是布拉克的姨丈，他的恩尼須帖，不過其他人也叫我「恩尼須帖」。有一陣子布拉克的母親鼓勵他稱呼我為「恩尼須帖．埃芬迪」，之後不只布拉克，大家也都開始這麼稱呼我。三十年前，當我們搬進阿克薩瑞地區外被栗樹與菩提樹遮蓋的濕暗街道後，布拉克開始經常造訪我們的屋子。那是我們的前一個居所。那段時間，如果夏天我出遠門與瑪哈姆帕夏一同出征作戰，秋天回來的時候往往會發現布拉克與他母親來到我們家避難。布拉克的母親，願她安息，是我親愛亡妻的姊姊。曾經有一陣子，冬夜裡回家時，我會發現妻子和他母親正相擁落淚，彼此安慰。布拉克的父親不但脾氣暴躁，還酗酒，他在遠方的小宗教學校教書，但始終保不住職位。當時布拉克六歲，母親哭他也跟著哭，母親靜下來他也跟著安靜。當他面對我，他的恩尼須帖，總是帶著敬畏。

現在我很高興看見在我面前的他，已長成一個堅毅、成熟而有禮的外甥。他對我展現尊敬、認真親吻我的手並用額頭碰觸、獻上蒙古的墨水瓶做為禮物時態度誠懇地說「特別用來裝紅色」，以及禮貌而端莊的舉止、坐在我面前時細心地併攏膝蓋。這一切不但顯示他正如自己期望的，是一個正直的成年人，同時也提醒我，自己確實如我所期望的，是一個受人尊敬的長者。

他有幾分神似他的父親，我見過後者一、兩次：他高而瘦，雙手偶爾做出略微緊張但還算合宜的動作。他習慣把雙手放在膝上；或者當我告訴他某些重點時，他會專注而深沉地望入我的眼中，彷彿在說：「我了解，我帶著敬意聆聽。」或者他會巧妙地配合我言語的快慢，有韻律地點頭。這一切都頗為合宜。

活到我這把年紀，我明白真正的尊敬不是發自內心，而是源於各種不同的規範和順服。

那些年間，布拉克的母親用盡各種理由帶他往來我們家，因為她期望他在這裡有前途。我明白他很喜歡書，這一點讓我們有了共同的愛好。依照家裡人的說法，他可以做為我的「學徒」。我向他解釋，設拉子的細密畫家如何創造了一種新的風格，把地平線清楚地抬高到頁緣的上方。此外，每個人都描繪莫札那為了瘋狂愛戀的莉拉所苦，落魄地在沙漠中遊蕩時，偉大的畢薩德大師則以更巧妙的方法傳達莫札那的孤獨，描繪他漫步於一群試圖生火、煮飯或行走在帳篷間的婦女之中。我指出一件荒謬的可笑事實：許多插畫家描繪胡索瑞夫瞥見赤裸的席琳在瀰漫月光的湖裡沐浴那一刻時，突發奇想地為這對愛侶的馬匹和衣服塗上顏色，這些人甚至沒有讀過內札米的詩。我的觀點是，一位細密畫家如果沒有細心而勤勉地閱讀過他所繪畫的文章就拿起畫筆，那麼他的動機除了貪婪之外，別無其他。

現在，我滿意地發現布拉克擁有另一項必備的優點：為了避免對藝術失望，一個人絕不能視它為一項職業。無論一個人擁有多麼豐富的藝術美感和天賦，他必須在別處尋找金錢及權力，如此一來，當發現自己的才華和努力得不到同等的回報時，才不會因此放棄他的藝術熱忱。

布拉克敘述他為帕夏官員、有錢的伊斯坦堡人，以及外省的贊助者製作書籍那段時間，如何一個又一個見到了所有大不里士的插畫家和書法大師。我聽說這些藝術家不但貧困潦倒，更為他們同伴的懷才不遇心灰意懶。不只在大不里士，馬什哈德與阿列波也一樣，許多細密畫家已經放棄繪畫書籍，製作起可以吸引歐洲遊客的新奇單張圖畫，甚至淫穢的圖片。謠言盛傳當年阿拔斯沙皇簽署和平條約時呈獻給蘇丹殿下的手抄繪本，早已被拆散，圖畫被拿去用在別本書上。根據推測，印度斯坦的君王阿克巴正為了一本龐大的新書撒出大筆金錢，吸引大不里士和卡茲文城裡最優秀的插畫家拋下手邊的工作，群集湧進他的皇宮。

告訴我這些事情的同時，他也輕鬆地穿插其他故事：譬如，他帶著微笑講述麥哈地偽造品的有趣故事，以及烏茲別克人廣為談論的事件，一個白痴王子被薩非波斯王朝送到烏茲別克做為和平談判的人質，然而不到三天就身染重病，一命嗚呼。儘管如此，他臉上隱約閃現的陰影告訴我，雖然我們兩人都沒有提起，但有一件困擾著彼此的難題尚未解決。

很自然地，布拉克，就如同每一個時常拜訪我們屋子，或聽過別人談論我們，或者從傳言中獲悉我有一個美麗女兒莎庫兒的年輕男子一樣，也愛上了她。也許當時，我並不覺得事態嚴重到需要留意，因為每一個人都愛上了我的女兒，美人中的美人，包括那些從未親眼見過她的人。不同的是，布拉克不但可以自由進出我們的屋子，受到家人的接納與喜愛，更有機會親眼看見莎庫兒，一切的優勢，都使這位命運乖舛的年輕人被狂烈的熱情折磨得痛苦難當。他沒有如我所希望的，壓抑自己的愛意，反而犯下錯誤，向我的女兒表達他的狂熱愛慕。

結果，他被迫不得再踏入我們的家門。

我相信布拉克現在也知道，在他離開伊斯坦堡三年後，我的女兒，正當她青春年華之際，嫁給了一位土耳其騎兵，生了兩個男孩。雖然如此，這位士兵仍缺乏常識地離開家庭出征作戰，從此沒有再回來。打從四年前起，就沒有人知道這位騎兵的下落了。我猜想布拉克知道這件事，不只是因為這種閒話在伊斯坦堡蔓延迅速，同時也是在我們兩人偶爾的沉默中，從他直直望進我眼睛的神情判斷，我感覺他早已知悉完整的故事。甚至此刻，當他瞥向攤開在X型折疊閱讀架上的《靈魂之書》時，我明白他正側耳傾聽她的孩子在屋裡跑動的聲響；我明白他心裡清楚，我的女兒帶著兩個兒子返回了父親的家裡。

我忽略了提起這棟在布拉克離開期間我蓋的新房子。布拉克很可能就像任何一個決心朝富裕和聲望之路發展的年輕人一樣，認為提出這種話題不甚禮貌。雖然如此，我們進屋後，我在樓梯口告訴他，因為二樓通常比較不那麼潮濕，搬到二樓可以減輕我關節痛的毛病。當我說「二樓」的時候，感到有點莫名的羞慚。但是聽我說：收入比我少很多的人，就連一個平凡的土耳其騎兵，只領到一塊小小的封地，也會很快地建造起兩層的樓房。

我們來到有扇藍門的房裡，冬天的時候，我將這間房間做為畫室。我察覺布拉克曉得莎庫兒正在隔壁房間，於是趕緊告訴他什麼事情促使我寫信到大不里士，邀請他返回伊斯坦堡。

「正如你與大不里士的書法家和細密畫家協力工作一樣，我也正著手編纂一本手抄繪本。」我說：「我的客戶，事實上，正是世界的根基，榮耀的蘇丹殿下。由於這本書是個祕密，蘇丹殿下隱瞞財務總督支付我報酬。慢慢地，我認識了蘇丹殿下畫室裡每一位最具天分及成就的藝術家。工作已經在進行，我委託其中一位畫一條狗，另一位畫一棵樹，第三位我請他繪製頁緣裝飾及地平線上的雲朵，還有一位則負責畫馬。我想透過我所描繪的各種事物呈現蘇丹殿下的帝國全貌，就好像威尼斯大師們在畫中表達的。然而，我的作品和威尼斯畫家不同，不僅描述有形體的物品，還要自然地反映內在的豐足，表現蘇丹殿下統治的領土中包含的種種喜悅及恐懼。如果我最後加入一張金幣的圖畫，它的目的是在貶低金錢；我囊括了死亡與撒旦，是因為我們害怕它們，雖然我不知道謠言是怎麼說的。我想要藉由樹的不朽、馬的疲倦和狗的粗鄙，呈現榮耀的蘇丹殿下與他的塵世領土。我也要求我的核心插畫家，暱稱為『鸛鳥』、『橄欖』、『高雅』及『蝴蝶』的這四個人，選擇他們自己的題材。蘇丹的插畫家通常在夜裡祕密來訪，把他為書本繪製的圖畫拿給我看，即使最寒冷、最嚴峻的冬夜也風雨無阻。」

「我們究竟在畫哪種圖畫？為什麼我們要用這種方式畫？目前我真的無法回答你。不是因為我保留祕密，也不是自始至終都不打算告訴你，而是我自己也不很清楚它們將會呈現何種意思。不過，我非常清楚它們應該是哪種圖畫。」

信寄出後四個月，我從我們舊居的理髮師那裡聽說布拉克已經回到伊斯坦堡，接著邀請他來家裡。我相當清楚，我這段同時預見悲傷與幸福的故事，將把我們兩人聯繫在一起。

「每一張圖畫的功能都是在說一個故事，」我說：「為了美化我們閱讀的手抄本，細密畫家描繪出最鮮活的場景：情人們第一次四目交投的剎那；英雄魯斯坦砍下一個邪惡怪獸的腦袋；當魯斯坦發現所殺的陌生人竟是自己兒子的悲痛；為愛憔悴的莫札那，遊蕩於貧瘠而荒蕪的大地，置身獅子、老虎、雄鹿與豺狼之間；飽受折磨的亞歷山大，在一場戰役前夕來到森林裡，想用禽鳥占卜戰爭的結果，卻目睹一隻巨鵰撕裂自己的山鷸。我們的眼睛在讀累了故事的文字後，便落到圖畫上。如果文字中有些內容連我們用智慧及想像力絞盡腦汁也無法聯想，那時，插畫便能立刻幫助我們。圖畫是故事的彩色花朵，然而，一張沒有故事內容的圖畫是不可能存在的。

「或者，這是我以前的想法，」我接著說，語帶遺憾：「不過，事實上極有可能。兩年前，我以蘇丹大使的身分，再度旅行到威尼斯。我仔細地觀察了威尼斯大師繪製的肖像畫。我完全不知道這些圖畫出自哪些故事、哪個場景，只是單純地觀看，並努力從畫面上萃取其中的故事。有一天在一間展覽廳裡，我意外看見一張掛在牆上的畫，頓時目瞪口呆。」

「最教人吃驚的，那張畫裡是一個人，某個像我一樣的人。當然，畫中的人不像我們，而是一個異教徒。儘管如此，當我瞪著他時，覺得我和他長得十分神似，雖然事實上他跟我長得一點也不像。他有一張圓圓的胖臉，好像沒有顴骨；除此之外，他也沒有我堅挺的下巴。雖然他看起來一點也不像我，但當我凝視著圖畫時，心臟卻莫名地狂跳，彷彿那是我自己的肖像。」

「引領我參觀這間展覽廳的是一位威尼斯紳士，他告訴我這幅肖像是他的一位朋友，和他一樣是貴族。在他的肖像畫中，還加入了所有他生命中的重要物品：背景中一扇打開的窗戶外是一座農場、一個村落，以及一片揉合各種顏色、看起來很寫實的森林。這位紳士面前的桌子上，放置著一個時鐘、書籍、一本《時間、邪惡與生命》、一枝書寫筆、一張地圖、一個指南針、裝滿金幣的盒子、各種小古玩、零星雜物，以及許多畫得很清晰但不知是什麼東西的物品，可能在別的圖畫中也常出現。畫中還能看到邪靈與魔鬼的陰影，除此之外，紳士身邊是一幅美麗懾人的女兒的畫像。」

「這張圖畫的目的究竟是為了修飾或補足哪一個故事？在觀看這幅作品的過程中，我逐漸察覺，它所蘊含的故事便是圖畫自身。這幅畫不是任何一個故事的延伸，它的目的就是畫本身。」

「我永遠忘不了那幅令我目眩神迷的畫。我離開展覽廳，回到暫時客居的屋子。一整夜，我反覆思索著那幅畫。我也想要被人用同樣的方式畫下來。可是，不行，那是不合宜的。應該被如此描繪的，是蘇丹殿下！蘇丹殿下應該與他所擁有的一切一起被呈現，與所有組成並反映出他的王國的事物，一起被呈現。我作出決定，這本手抄本可以依此構想繪製。」

「威尼斯巨匠筆下的貴族肖像，讓你可以一眼看出這個人是誰。即使從沒見過此人，但如果人們要你從一千個人中指認他，借助肖像，你將能選出正確的那個人。威尼斯畫師們發現了此種繪畫的技巧，使人們能夠分辨個別的人物，無需仰賴他的服裝或勛章，純粹透過他獨一無二的臉型。這便是『肖像畫』的精髓。」

「你的臉孔只要曾經用這種方式畫出來，沒有人能忘得了你。而且就算你身在遠方，凡是見到你肖像的人，都會感覺到你彷彿正在他身旁。那些不曾活生生親眼見過你的人，即使在你死後多年，也會好像面對面地看見你，彷彿你就站在他們眼前。」

我們沉默了許久。外頭一絲凜冽的光線，從走廊一扇面向街道的小窗上半部滲入；這扇窗戶下半部的百葉窗從未開啟，最近我才拿一塊浸了蜂蠟的布把它封死。

「有一位細密畫家，」我說：「為了製作蘇丹殿下的祕密手稿，也和其他藝術家一樣常來我這裡，與我並肩工作到清晨。他最擅長的是鍍金。這位不幸的高雅·埃芬迪，有一天晚上從這裡離開後，再也沒有回家。我擔心他們可能已經把他幹掉了，我這位可憐的鍍金大師。」

6 我是奧罕

布拉克說：「他們真的殺了他嗎？」

這位布拉克長得又高又瘦，有點嚇人。當外公說「他們可能已經把他幹掉了」的時候，我剛好走進他們坐著聊天的那間有藍門的二樓畫室，朝他們走去。外公話才說完就看見我，「你來這裡做什麼？」他望著我的樣子，讓我說不出話來，只是爬上他的腿。可是他馬上把我抱下來。

「親吻布拉克的手。」他說。

我親吻他的手背，用額頭輕觸。他的手沒有味道。

「他長得真可愛。」布拉克說，親親我的臉頰：「將來會是一個勇敢的年輕人。」

「他是奧罕，六歲。還有一個大一點的，席夫克，七歲。他是一個固執的小鬼頭。」

「我去過阿克薩瑞的舊街，」布拉克說：「天氣很冷，一切都被冰雪覆蓋。然而感覺好像完全沒變。」

「唉呀！凡事都變了，一切變得更糟。」外公說：「明顯地愈來愈糟。」他轉向我說：「你哥哥在哪兒？」

「他在我們的裝訂大師那裡。」

「那麼，你在這兒幹嘛？」

「大師對我說：『做得好，你可以走了。』」

「你自己一個人走到這裡來？」外公問：「你哥哥應該陪你來的。」接著他對布拉克說：「每個星期有兩天他們古蘭經學校下課後，會去我一個裝訂師朋友那裡。他們當他的學徒，學習裝訂的藝術。」

「你像外公一樣喜歡畫插畫嗎？」布拉克問。

我沒有回答。

「好吧，」外公說：「現在出去吧。」

熱氣從火盆傳出來，溫暖了整個房間，感覺好舒服，我不想離開。我站在原地待了一會兒，聞著顏料和漿糊的氣味，還聞到咖啡的香氣。

「然而，以一種新的方式繪畫，是否意謂以新的方式觀看？」外公開口：「這是他們殺害可憐鍍金師的原因，儘管他以舊的風格作畫。我甚至不確定他已經遇害，只知道他失蹤了。我的細密畫家們平日聽命於繪畫總督奧斯曼大師，最近他們正在為蘇丹殿下製作一本紀念敘事詩，一本《慶典之書》。他們在各自的家中作畫，而奧斯曼大師則駐守皇宮的手抄本繪畫工匠坊。首先，我要你去那兒觀察每件事情。我擔心其他人，也就是其他細密畫家們，已經陷入爭端，並且自相殘殺。他們的名字，依照多年前繪畫總督奧斯曼大師為他們取的工匠坊稱號，分別是：『蝴蝶』、『橄欖』、『鸛鳥』……你也必須前往他們家中，觀察他們的工作。」

我沒有走下樓梯，而是轉個身。隔壁哈莉葉睡覺的房間裡有一個小櫥櫃間，我聽見那裡傳來聲響。我走進去，哈莉葉不在裡面，只有我母親。她看見我有點尷尬。她有半個身體站在櫥櫃間裡。

「你跑去哪裡了？」她問。

可是她明明知道我去了哪裡。櫥櫃後面有一個小窺孔，可以看見我外公的畫室；如果畫室的門開著的話，還可以看到寬敞的走廊，以及走廊對面、樓梯旁邊外公的臥房——當然，如果他臥房的門也打開的話。

「我跟外公在一起。」我說：「母親，妳在這裡做什麼？」

「我不是告訴過你，外公有客人，不准你去打擾他們？」她責罵我，但不是很大聲，因為她不想讓客人聽見。「他們剛才在做什麼？」過了一會兒她問，聲音甜甜的。

「他們坐著。可是沒有在畫畫。外公說話，另一個人聽。」

「他是用什麼姿勢坐著呢？」

我一屁股坐到地上，模仿客人的樣子。「現在，我是一個非常嚴肅的人，母親，看。我皺著眉頭專心聽外公講話，就好像在聽別人背誦出生史詩。現在我依著拍子點頭，非常認真地，就像客人一樣。」

「下樓去，」母親說：「叫哈莉葉馬上過來。」

她坐下來，拿出帶上樓的寫字板，開始在一張小紙片上寫字。

「母親，妳在寫什麼？」

「現在，快點，我不是叫你下樓去叫哈莉葉嗎？」

我下樓到廚房。哥哥席夫克已經回來了，哈莉葉在他面前擺了一盤為客人準備的肉飯。

「叛徒，」哥哥說：「你就這樣溜掉了，留我一個人在大師那邊。我自己一個人折完所有裝訂的書頁，手指頭痛得發紫了。」

「哈莉葉，我母親要找妳。」

「等我吃完飯，一定要好好揍你一頓。」哥哥說：「你得為自己的懶惰和背叛付出代價。」

等哈莉葉離開後，哥哥站起來，他甚至連肉飯都還沒有吃完，就凶惡地衝向我。我來不及逃走，他抓住我的手腕用力扭。

「住手，席夫克。不要，你弄得我好痛。」

「你以後還敢再逃避責任自己開溜嗎？」

「不會，我再也不會溜了。」

「發誓。」

「我發誓。」

「以古蘭經發誓。」

「以古蘭經……」

他沒有放手。他把我拖向我們平常當桌子吃飯的銅托盤邊，壓著我跪下來。他的力氣實在太大了，甚至可以一邊繼續吃肉飯，一邊扭著我的手臂。

「不要虐待你弟弟，暴君。」哈莉葉說。她包上頭巾準備出門。「放開他。」

「管妳自己的閒事，女奴。」哥哥說，仍扭著我的手臂不放：「妳出門要上哪兒？」

「去買檸檬。」哈莉葉說。

「妳這個騙子，」哥哥說：「櫥櫃裡塞滿了檸檬。」

這時他已經鬆開了我的手臂，我突然重獲自由。我踢他一腳，抓起燭台的底座，可是他猛撲向我，用身體悶住我。他打掉我手上的燭台，弄翻了銅托盤。

「你們這兩個真主的禍害！」母親說。她壓低聲音避免客人聽見。她如何能經過畫室敞開的門，穿過走廊，走下樓梯，而沒有被布拉克看見？

她把我們分開。「你們兩個只會一直丟我的臉，是不是？」

「奧罕對裝訂大師撒謊，」席夫克說：「他留我一個人在那裡做全部的工作。」

「噓！」母親說，打了他一巴掌。

她打得很輕，哥哥沒有哭。「我要找我父親。」他說：「等他回來以後，他會接收哈珊叔叔那把紅寶石劍柄的寶劍，然後我們會搬回去跟哈珊叔叔住。」

「閉嘴！」母親說。她忽然變得非常生氣，一把抓起席夫克的手臂，把他拖過廚房，經過樓梯，來到面向庭院陰暗處的一個房間。我跟上他們。母親打開門，當她看見我的時候說道：「你們兩個都進去。」

「可是我什麼事都沒做。」我說。但我還是進去了。母親在我們身後關上門。雖然裡面不是完全烏漆抹黑，牆壁上有一扇百葉窗面對庭院的石榴樹，一絲光線從縫隙間射進來，但我很害怕。

「開門，母親。」我說：「我好冷。」

「別哭哭啼啼的，你這個膽小鬼。」席夫克說：「她馬上就會開門了。」

母親打開門。「在客人離開之前，你們會不會乖乖的？」她說：「好吧，在布拉克離開以前，你們去廚房的火爐邊坐著，不准上樓。聽懂了沒？」

「待在那邊好無聊。」席夫克說：「哈莉葉上哪兒去了？」

「別老是愛管別人的閒事。」母親說。

我們聽見馬廄傳來一聲微弱的馬嘶，馬兒又低嘶了一聲。那不是我們外公的馬，而是布拉克的。我們開心極了，好像今天是愉快的一天。母親微微一笑，希望我們也跟著笑。她往前踏出兩步，打開面向廚房外面台階的馬廄大門。

「得——嘶。」她朝著馬廄輕呼。

她轉過身，牽著我們走進聞起來油膩膩、老鼠橫行的哈莉葉的廚房。她要我們坐下。「在我們的客人離開以前，別想站起來。還有，不准打架，不然別人會認為你們被寵壞了。」

「母親，」趁她關上廚房門之前，我說：「我想說一件事，母親。他們幹掉了我們外公的鍍金師。」

7 我的名字叫布拉克

當我第一眼見到她的孩子時，立刻知道自己多年來念念不忘的莎庫兒臉孔，是哪裡錯了。她的臉和奧罕一樣瘦長，不過下巴比我記憶中的尖一點。因此，我摯愛的嘴也必定比我想像中的小而薄。這十二年來，闖蕩於不同的城市之間，我在慾望的驅使下總會把莎庫兒的嘴想像得大一些，以為她的唇要更為豐潤，讓人無法抗拒，就如同一顆晶瑩、飽滿的櫻桃。

若我有機會隨身攜帶以威尼斯大師手法描繪而成的莎庫兒肖像，那麼在我漫長的旅途中，一定不會因為忘記了被我遺留在身後的摯愛臉龐，而感覺如此失落。因為，只要愛人的臉孔仍銘刻於心，世界就還是你的家。

遇見莎庫兒的小兒子，對他說話，看著他仰起的臉如此靠近，親吻他，不禁激起我內心一種只有不幸的人、殺人犯、罪人們才有的騷動不安。一個聲音從心裡驅迫我：「快，現在，去見她。」

有一會兒，我認真考慮從我的恩尼須帖面前離開，推開寬敞走廊裡的每一扇門——我從眼角餘光數了數，五扇黑色的門，其中一扇當然是通往樓梯間的——直到找到莎庫兒為止。然而，我之所以與我的摯愛分離十二年，正是因為當年我魯莽地表露心意。我決定小心謹慎地等待，一邊傾聽我恩尼須帖的談話，一邊欣賞曾被莎庫兒觸摸過的物品，以及那一只不知被她倚靠過多少次的大枕頭。

他告訴我，蘇丹希望這本書在黑蚩拉[16]千年紀念之前完成。蘇丹殿下，世界的庇護，希望在穆斯林曆的第一千年時，宣示他與他的王國可以運用法蘭克人的風格，就好像法蘭克人一樣。由於他同時也安排了《慶典之書》的編纂，蘇丹特別准允這些極為忙碌的細密畫師們無需待在擁擠的工匠坊，可以隱遁入自己的家中安靜工作。當然，他也囑咐每個人必須定期暗中拜訪我的恩尼須帖。

「你將拜訪繪畫總督奧斯曼大師，」我的恩尼須帖說：「有些人說他已經瞎了，有些人傳言他神智不清。我認為他既盲又老。」

儘管我的恩尼須帖沒有繪畫大師的地位，也談不上藝術專精，但他確實能夠掌控一本手抄繪本的製作。這一點，事實上是經過蘇丹的應允及鼓勵，也因而理所當然地，使得他與年老的奧斯曼大師關係緊繃。

我沉浸於過往的童年時光，任由自己的注意力在屋裡的家具和物品中漫遊。事隔十二年，我依然記得鋪在地上的藍色庫拉織錦地毯、銅製寬口水罐、咖啡壺具及托盤、銅製大桶，以及遠從中國經由葡萄牙跋涉而來的精巧咖啡杯，已故的阿姨每每提到它們便驕傲不已。這些家庭物品，例如鑲嵌珍珠母貝的低矮X型閱讀桌、釘在牆上的包頭巾架、一觸摸便憶起其柔軟的紅色絲絨枕頭，都是來自阿克薩瑞的舊家，我在那間屋子裡與莎庫兒度過了我的童年。當年經歷的幸福繪畫歲月，仍保留在這些物品中。

繪畫和快樂。我希望那些認真留意我的故事及命運的親愛讀者們，牢記這兩件事，因為它們是我的世界之泉源。曾經，我心滿意足地被書籍、書法毛筆及圖畫圍繞。接著，我墜入情網，被逐出這個樂園。承受著感情放逐的那些年裡，我時常想，我其實受恩於莎庫兒與自己的痴情太多，因為它們使我能夠樂觀地接受生命與世界。因為我曾經基於幼稚的天真，堅信自己的愛將獲得回報；我不但愈發有自信，並逐漸認為世界是美好的。是的，我便是以同樣的熱情投入書籍，並愛上了它們，愛上我的恩尼須帖當時要求我閱讀的功課，愛上我宗教學校的課程，愛上我的彩繪和插畫。然而，如同我學習過程中陽光、歡樂、豐沛的前半段要歸功於我對莎庫兒的愛，我也必須將毒殺後半時光的黑暗智慧，歸功於被拒之門外。冰凍夜晚的慾望，像商隊旅舍鐵製火爐裡逐漸熄滅的火花，噴濺出星火，但終究消失；一夜盲目衝動的狂歡後，無論身旁躺著哪個女人，總是重複夢見同樣的絕望深淵，以及自暴自棄的念頭——這一切都是莎庫兒給的。

「你知不知道，」過了很久我的恩尼須帖說：「當我們死後，我們的靈魂可以遇見熟睡在床上的世間男女的心靈？」

「不，我不知道。」

「我們死後會經歷漫長的旅程，所以我並不怕死亡。我害怕的是死前無法完成蘇丹殿下的書。」

有一部分的我，覺得自己比我的恩尼須帖更為強壯、理智而可信賴。但有另一部分的我，滿腦子卻只是想著，來見這位拒絕把女兒交給我的人之前，我花了多少錢購置身上的長衫，以及套在馬匹身上的銀質馬轡和手工打造的馬鞍，等一會兒下樓後，我就要把馬兒牽出馬廄，騎上牠揚長而去。

我告訴他，拜訪過各個細密畫家後，會向他報告我觀察的結果。我親吻他的手，並以額頭輕觸。我走下樓梯，來到庭院，感覺雪花冰冷地落在身上，我承認自己如今既不是個孩子也不是老人：透過我的皮膚，我愉快地感覺這個世界。關上馬廄大門後，一陣微風吹來。我拉起馬轡，領著白色的馬兒跨過石頭步道，踏上庭院的泥土地，我們不約而同打了一個寒顫：我感覺牠強壯而青筋粗大的腿、牠的不耐煩，以及牠的固執彷彿正反映出我自己。走上街道後，我本來打算就這樣跳上坐騎，像傳說中的騎士般隱入窄小街巷，永不回頭，但這時忽然有一個碩壯的猶太女人，一身粉紅衣衫，手裡拿著一個布包，從暗處冒出來叫

---

16 譯注：黑蚩拉（Hegira），意即「大遷徙」，西元六二二年，穆罕默德和支持者從麥加逃亡至麥地那，開始了伊斯蘭教的曆法。

住我。儘管又肥又壯如同一個雕花衣櫃，但她舉手投足不但靈活、急躁，甚至賣弄風騷。「我勇敢的男士，我年輕的英雄，你果真像大家講的一樣，俊俏得很。」她說：「你結婚了嗎？或者你可能是個單身漢？你願不願意大恩大德，向伊斯坦堡首屈一指的高級布販以斯帖買條絲手帕，送給你的祕密情人？」

「不了。」

「一條紅色的阿特拉絲綢腰帶？」

「不了。」

「別那樣一直『不了，不了』地對我唱！像你這麼勇敢的英雄怎麼可能沒有一個未婚妻或祕密情人？天曉得有多少淚眼汪汪的姑娘正為你慾火中燒呢？」

她的身體像練過軟骨功般拉長，整個人以一種優雅的姿勢靠向我。在此同時，她像一個魔術師從空氣中抽出物品那樣，手裡變出一封信。我悄悄把信抓過來，彷彿為了這一刻早已練習多年，接著迅速而巧妙地把它塞入腰帶。那是一封厚厚的信，貼在我肚子和背部之間冰冷的肌膚上，感覺像火燒一樣。

「慢慢騎，」布販以斯帖說：「到了街角右轉，沿著蜿蜒的牆壁一步步走不要停，等到了石榴樹旁，轉身朝向你剛才離開的房子，看你右邊的窗戶。」

接著她便離開，瞬間就消失了。

我跨上馬背，笨拙的動作彷彿第一次騎馬。我的心臟狂跳，內心激動萬分，手已經忘了該如何控制轡繩，然而當我的腿緊緊夾住馬的身體時，直覺和技巧替我駕馭起馬匹。我聰明的馬兒依照以斯帖的指示穩穩地踏步，然後，多麼美妙呀，我們右轉進入了小巷！

當下我忽然覺得自己或許真的很英俊。如同神話故事一樣，在每一片百葉窗和每一扇格子窗櫺後面，好像都有一個嬌羞的女人正注視著我。我感覺自己似乎將被過去毀滅我的烈火再次焚燒。這是我渴望的嗎?我是否又重新屈服於折磨我多年的相思病痛?陽光陡然破雲而出，照得我一驚。

石榴樹在哪裡?是眼前這棵瘦小而淒涼的樹嗎?是的!我稍微挪動馬鞍上的身體向右轉，望向石榴樹後方的一扇窗戶，然而那裡沒有半個人影。我被以斯帖那鄉下匹婦給耍了!

正當腦中這麼想時，窗戶上冰雪覆蓋的百葉窗砰的一聲打開，彷彿爆炸開來。然後，歷經十二年之後，在積雪的枝枒之間，我看見我摯愛的絕麗容顏，鑲嵌在閃閃映射著陽光的結冰窗框之間。

究竟，我摯愛的黝黑眼睛是看著我，還是望向我身後的另一個人?我分辨不出她是哀傷，是微笑，還是哀傷地微笑?笨馬兒，不明白我的心，慢下來!我再度輕輕扭轉馬鞍上的身體，渴望的眼睛用盡全力緊緊盯著，直到她憔悴、優雅、難以捉摸的臉孔消失在樹枝後面。

稍晚，打開她的信、看見裡面的圖畫之後，我才了解，從馬背上瞥見她站在窗戶裡的這場邂逅，正好神似被畫過千萬次的那個瞬間，當胡索瑞夫來到席琳的窗下與她相會的一刻。只不過在我們的故事中，有一棵淒涼的樹隔開了我們。察覺到兩者之間的雷同時，噢，我心中燃起熊熊的愛戀，就如同他們在我們珍愛的書本中描述的一樣。

8 我是以斯帖

我明白，你們每一個人都極想知道莎庫兒在我交給布拉克的信中究竟寫了些什麼。由於我自己也挺好奇的，所以去打聽了所有查得到的消息。那麼，麻煩你們假裝自己往故事的前面翻過幾頁，讓我告訴你們在我送信之前，發生了什麼事。

現在，傍晚的夜色愈來愈重，我已經回家休息了。我和丈夫奈辛住在金角灣口一個小猶太區，兩個老人家又吹又呼地把木柴塞進火爐，想把屋子弄暖一點。我形容自己「老」，你們別太在意。那時，我正把我的貨品塞進一疊疊折好的絲手帕、手套、床單和一捆葡萄牙船隻運來的五顏六色衣服布料裡，這些貨有便宜的也有貴的，都是小姐、太太們抗拒不了的東西，戒指啦、耳環、項鍊和小玩意兒。嘿，只要我把布包甩上肩膀，伊斯坦堡就是我以斯帖桌上的鍋子，沒有一條街道我沒走過。任何一句閒話或任何一封信，我以斯帖一定老老實實挨家挨戶傳送，更別提伊斯坦堡有一半的姑娘都是我作的媒，不過這裡我不打算重複我的自誇。我剛剛說到，當我們正在家裡休息的時候，忽然聽見有人在門外「啪啪」敲門。我走上前打開門，只見那個愚蠢的女奴哈莉葉站在面前。她手裡拿著一封信。我也看不出是外頭冷還是興奮過度，反正她一邊發抖一邊解釋莎庫兒的意思。

一開始，我還以為這封信是給哈珊的，所以聽她說完之後，差點嚇壞了。你們知道漂亮莎庫兒的丈夫，那個跑去打仗從沒回來的——如果你們問我，他早就已經被砍死了。唉，是這樣的，那個一去不回的軍人丈夫有一個熱情而害相思病的弟弟，名叫哈珊，所以想像一下，發現莎庫兒的信不是給哈珊而是另一個人時，我有多震驚。信裡講什麼？以斯帖好奇得快瘋了，還好，我終於成功地看到內容。

可是，唉呀，我們也沒那麼熟，對不對？老實說，我真覺得很丟臉，也很擔心。我不會告訴你們我是怎麼讀到信的，也許你們會瞧不起我打探別人的事，好像你們自己並不像理髮師一樣好管閒事似地。我只打算告訴你們我在信裡看到的內容。甜美的莎庫兒信上是這麼寫的：

布拉克．埃芬迪：由於你與我父親的親近關係，使得你來我家拜訪。但別期待我的首肯。自從你離去後發生了許多事，我嫁了人，生了兩個健壯活潑的兒子。其中一個叫奧罕，他剛剛才來到畫室，你已經見過他了。等待丈夫歸來這四年間，我腦中不曾有過任何遐想。與兩個孩子及年邁的父親住在一起，我或許會感到寂寞、絕望和軟弱，即便想念男人的力量及保護，但我不會讓任何人以為他有機會利用我的處境占我便宜。因此，如果你不再拜訪我們，我會非常高興。過去你曾經使我困窘難堪，從那之後，我遭受許多責難，才重獲父親眼中的敬重！這封信裡，我把當年你還是一個理智不足的衝動青年時畫給我的圖畫，一併歸還。我這麼做，是為了不讓你心存任何幻想，或曲解任何暗示。相信人可以藉由觀賞一幅圖畫墜入情網，這是錯誤的想法。你最好不要再踏進我們家大門。

我可憐的莎庫兒，妳甚至沒有貴族或帕夏的華麗封印可以蓋在妳的信上！她在信紙下方簽上了名字的第一個字母，看起來像隻弱小、受驚的鳥兒。沒有別的了。

我說到「封印」，你們可能猜想，我是怎麼把這些蠟印封住的信件打開又密封。事實上，這些信件根本沒有封起來。「那以斯帖是個不識字的猶太人，」我親愛的莎庫兒這麼想：「她絕對看不懂我寫的字。」沒錯，我讀不懂信上寫的，可是我總有辦法找別人唸給我聽。至於那些沒有寫出來的，我自己可以輕易

「讀」懂。很複雜，對不對？

讓我簡單講吧，這樣就算你們之中最遲鈍的人也聽得懂：一封信不只是靠文字傳達訊息，就好像一本書，一封信可以用聞的、摸的和玩的來讀它。所以，有智慧的人會說：「那麼，去讀讀這封信告訴你什麼！」愚笨的人則說：「那麼，去讀讀他寫了些什麼！」現在，我們聽聽莎庫兒還說了些什麼：

一，雖然我偷偷送出這封信，然而透過以斯帖，使得送信這件事變成一種管道和習慣，顯示我根本不打算隱藏那麼多。

二，把信折得像一塊法國小餅乾，暗示它的祕密和神祕，沒錯。但信並沒有密封，還附了一大張圖畫，意思很明顯：「請不計代價保守我們的祕密。」這一點，比較像愛情的邀請而非斥責的信件。

三，不只這樣，信紙上的香味更肯定了這種解讀。香味淡得讓人捉摸不定，令人思索她故意在信上灑香水嗎？卻又誘惑得足以燃起讀者的好奇，令人猜想這是玫瑰花油的氣味，還是她手裡的幽香？這樣一股淡香，都已經引得幫我讀信的可憐男人神魂顛倒了，想必對布拉克也有同樣的效果。

四，雖然以斯帖我不會讀也不會寫，但我知道一點：儘管筆跡流動的樣子似乎在說：「唉呀，我很匆忙，我沒有很認真或很小心地寫這封信。」可是這些字母，彷彿在溫柔微風中優美地吟唱，卻透露出完全相反的訊息。不但如此，她寫到奧罕「剛剛才來到」，暗示這封信正是在那個時刻寫下的，無意間洩露每一句話中隱晦而小心的計謀。

五，附在信裡的圖畫，描繪美麗的席琳凝視著英俊的胡索瑞夫畫像而墜入情網，這個故事就連猶太人以斯帖我也很熟悉。全伊斯坦堡所有思春姑娘都崇拜這個故事，但我從來沒聽說有人會寄一張關於這個故事的圖畫。

你們這些幸運的識字者，一定常碰到這種事：一位不識字的姑娘求你幫忙讀一封她收到的情書。儘管被你洞悉最隱密的私事會讓信的主人難堪不已，然而由於信的內容實在太驚奇、刺激且教人心神不寧，在絕望而丟臉中，她忍不住拜託你再讀一次。你再讀一遍，到最後，你把那封信讀了又讀，結果你們兩個都背起來了。不用多久，她會把信抓在手裡，問你：「他是在這裡寫了那段話嗎？」或：「他這裡是說這個嗎？」等你指出正確的位置，她會凝視著那些段落，雖然還是完全看不懂上面的字。看見她凝望彎曲的筆跡，任由眼淚掉到信紙上，有時候我會感動到忘記自己不會讀也不會寫，只想衝動地抱住那些不識字的姑娘。

但是也有一些實在很可惡的讀信人，希望你們不要變成像他們一樣：等到姑娘把信拿回自己手裡，觸摸著它，渴望看看信上不知道在哪裡講了什麼的文字，那些混蛋會對她說：「妳想要幹嘛？妳又不識字，妳還想看什麼？」有些人甚至不歸還信件，從此把它當成好像自己的東西。有時候，去拜託他們把信拿回來的工作就落到我以斯帖身上。我就是這種善良的女人。只要以斯帖喜歡你，她就會來助你一臂之力。

9 我，莎庫兒

噢，為什麼布拉克騎著白馬經過時，我會站在窗前？為什麼我會在那一刻剛好直覺地打開百葉窗，並從積雪覆蓋的石榴樹枝後，望著他那麼久？我沒辦法肯定地告訴你們。是我透過哈莉葉轉告以斯帖，因此，我當然很清楚布拉克會經過那條路。在此同時，我獨自走上有櫥櫃間的那個房間，檢查箱子裡的床單，房間的窗子正對石榴樹，恰巧就在那一刻，一個念頭忽然閃過，我使盡全力推開百葉窗，陽光流瀉一室：站在窗戶內，我面對面看見布拉克，而他，正如陽光一般，使我頭昏目眩。噢，這是何等美妙。

他長大了，也更成熟了，褪去以前生澀青年的瘦小模樣，如今成為一個瀟灑的男人。聽著，莎庫兒，我的心這麼告訴我：他不但外表英俊，看進他的眼裡，會發現他擁有一顆孩童的心，純真、孤獨。嫁給他。然而，我卻寄給他一封透露相反訊息的信。

儘管他年紀比我大十二歲，但在我十二歲時，卻比他成熟得多。那個時候，他不像一般男人會以又直又挺的姿態站在我面前，大聲宣布他要做這或做那，從這一點跳到那裡或爬到什麼東西上面；相反地，他只是埋首書本或圖畫中，好像凡事都讓他不自在似地躲起來。到最後，他也愛上了我。他畫了一幅畫表達愛意。那時我們兩人都長大了。當我到了十二歲時，感覺到布拉克無法再直視我的眼睛，好像很害怕我會發現他愛上我。比如當他說「將那把象牙柄刀子拿給我。」的時候，會望著刀子而不是我。又比如如果我問他：「你喜歡櫻桃蛋奶嗎？」他沒辦法只是輕輕微笑或點點頭表示喜歡，就像我們嘴裡塞滿食物時會做的那樣；相反地，他會扯開喉嚨大叫：「喜歡。」彷彿在對一個聾子說話。他害怕看我的臉。當時，我是美麗絕倫的少女，任何一個男人，就算隔得遠遠的，也許透過拉開的簾幕或微啟的門，或甚至隔著我臉上層層的頭紗，只要瞥見一眼，都會立刻迷戀上我。我不是自誇，只是解釋給你們聽，讓你們能明白我的故事，並因此更能分擔我的悲傷。

胡索瑞夫與席琳這段家喻戶曉的故事中，我和布拉克曾詳盡地討論某一個場景。胡索瑞夫的朋友夏波試圖撮合胡索瑞夫與席琳。有一天，席琳與宮廷裡的女伴們一同出遊鄉間，郊遊的人群在樹蔭處停下休息時，席琳看見上方的一根樹幹上，有一幅夏波偷偷懸掛的胡索瑞夫的畫像。在美麗的花園裡，看見英俊的胡索瑞夫的畫像，席琳立刻墜入情網。許多繪畫描述過這個剎那——或細密畫家所稱的「場景」——刻畫出席琳仰頭凝望胡索瑞夫的樣貌時，臉上迷惘與愛慕的神情。當布拉克與我父親一起工作時，見過這幅畫許多次，也曾經看著原畫比照臨摹了一模一樣的兩幅畫作。愛上我之後，他為自己臨摹了一幅，但是在胡索瑞夫與席琳的位置上，卻畫下了自己和我，布拉克與莎庫兒。如果人物下方沒有加上名字標示，只有我才認得出畫中的男人與少女是誰，因為偶爾我們開玩笑鬧著玩的時候，他會以同樣的方式和顏色畫我們：我一身藍衣，他一身紅色。好像怕這樣的標示不夠清楚，他還在人物下方寫下我們的名字。他把畫放在我找得到的地方，然後跑掉，從旁偷看我見到這幅作品之後，有什麼樣的反應。

我非常清楚自己無法像席琳那樣愛他，於是佯裝不知情。布拉克將他的圖畫交給我的那個夏日夜晚，為了驅散炎熱，我們喝著冰涼的酸櫻桃蛋奶，裡頭加入聽說遠從冰雪覆蓋的烏魯山運送下來的冰塊；然後我告訴父親，布拉克向我示愛。當時，布拉克剛從宗教學校畢業，在遠地教書；同時，比較像是基於我父親的堅持而非他自己的意願，布拉克正試圖從位高而尊貴的奈姆帕夏那兒尋求贊助。但根據父親的看法，布拉克的能力尚且不足。父親用盡各種努力幫助布拉克在奈姆帕夏手下謀得一官半職，至少從一個小官開始做起，但顯然父親抱怨他自己不夠努力：換句話說，布拉克表現得像個蠢材。當天晚上，聽見我提及布拉克和我的事後，父親宣布：「我想他把眼光放得太高了，這個身無長物的外甥。」接著，不顧我母親在場，他又說：「他比我們想像的精明得多。」

我悲痛地憶起接下來幾天父親的作為，我如何避開布拉克，他又如何停止拜訪我們家，不過我不打算解釋太多，不然你們會討厭我和父親。我向你們發誓，我們別無選擇。你們也知道，在這種情況下，理智的人會立刻明白，無望的愛情怎麼樣都是絕望，明白了心中那條非理性的界線後，最好快刀斬亂麻，禮貌地宣布：「他們認為我們門不當戶不對。事情就是這樣。」話雖如此，我想讓你們知道我母親說過好多次：「至少別傷了這男孩的心。」母親稱之為「男孩」的布拉克，當時二十四歲，而我只有他的一半年紀。由於父親把布拉克的示愛看作一個無禮的舉動，因此他並沒有遷就母親的希望。

當我們聽說他離開伊斯坦堡的消息，儘管還沒有全然忘記他，但決定讓他徹底脫離我們的關心與注意。因為許多年來，我們都沒有再從任何城市聽說他的任何消息，我心想可以留下他畫給我的圖畫，做為我們童年回憶及友誼的信物。為了不讓父親與我後來的軍人丈夫發現這幅畫，惹得他們生氣或嫉妒，我仔細塗掉人物下方的名字「莎庫兒」與「布拉克」，讓它們看起來好像有人不小心在上面滴到了父親的哈珊帕夏墨水，意外發生後再刻意畫成花朵掩飾。既然今天我已經把這幅畫還給他，你們之中那些看不起我在窗口向他現身的人，或許會覺得有點不好意思，並重新思考你們對我的偏見。

向他展露我的臉孔後，我在窗口多待了一會兒，沐浴在晚霞的深紅餘暉中，虔敬地望著浸淫在橘紅光芒下的花園，直到晚風的寒意把我喚醒。外頭沒有風。我不在乎如果街上有人經過，看見我站在敞開的窗口，會說些什麼。梅絲茹是齊佛帕夏的女兒，每星期我們興高采烈地到公共澡堂洗澡時，她總會挑一些最不恰當的時機說些最嚇人的話，然後自己得意洋洋地大笑。有一次她告訴我，一個人永遠無法徹底明白自己在想什麼。我所知道的是：有時候我會隨口說出一句話，一開口才發覺那是內心的想法；一旦察覺到這點，我又轉念認為事實完全相反。

可憐的高雅．埃芬迪，父親經常邀請至家中的細密畫家——我不想假裝從不曾偷窺他們每一位——當他像我不幸的丈夫一樣失蹤之後，我覺得很難過。「高雅」是那些畫家中最醜、也是最死氣沉沉的一位。

我掩上百葉窗，退出房間，下樓來到廚房。

「母親，席夫克沒聽妳的話，」奧罕說：「剛剛布拉克到馬廄牽馬出來時，席夫克溜出廚房，跑到門洞後面偷看他。」

「又怎樣！」席夫克說，揮舞著手：「母親從櫥櫃間的洞偷看他。」

「哈莉葉，」我說：「拿奶油煎幾片麵包，淋一點杏糖漿和砂糖給他們吃。」

奧罕開心地跳上跳下，席夫克則沒有反應。然而當我轉身上樓時，他們兩個卻趕上我，興奮地尖叫、從我身旁推擠而過。「慢一點，慢一點。」我笑著說：「兩個小搗蛋。」我拍拍他們瘦小的背。

多美好呀！夜晚降臨時，與孩子們一起待在家裡。父親已經安靜地埋首書中。

「你的客人走了，」我說：「我希望他沒有太煩你？」

「恰巧相反，」他說：「他讓我很開心，他非常尊敬他的恩尼須帖。」

「那很好。」

「但如今他也很小心謹慎。」

他這麼說，與其說是想觀察我的反應，還不如說是用輕視布拉克的態度結束這個話題。若是在別的時候，我一定會像平常那樣反唇相稽，可是此時，我只想到布拉克坐在白馬上的神態，微微一顫。

我不確定是怎麼回事，但稍晚在有櫥櫃間的房間，我緊緊抱住奧罕。席夫克加入我們，他們兩個推擠了一會兒，在他們的扭打中，我們全部滾到地板上。我親吻他們的頸背和頭髮，把他們緊摟胸前，感覺他們的重量壓在我的乳房上。

「啊唷，」我說：「你們的頭髮臭死了。明天我要叫哈莉葉帶你們去澡堂。」

「我再也不要跟哈莉葉去澡堂了。」席夫克說。

「為什麼？你已經太大了？」我說。

「母親，妳為什麼要穿那件漂亮的紫色短衫？」席夫克問。

我進到另一個房間脫下紫色上衣，換上平日穿的舊綠短衫。換衣服的時候，我覺得有點冷，微微發抖，但能感覺到我的皮膚灼燙，身體精力旺盛，充滿活力。我本來在臉頰上塗了一點胭脂，剛剛和孩子們滾來滾去時大概抹壞了，但我舔了舔手心，把頰上的紅暈抹勻。你們知道嗎？我的親戚、澡堂裡的女人，以及所有看到我的人，都發誓說我看起來像一個十六歲的少女，不像二十四歲、有兩個小孩、年華已逝的母親。別懷疑她們，千萬相信她們，不然我就不講下去了。

我對你們說話，你們可別驚訝。好多年來，我尋遍父親書籍中的圖畫，尋找女人和佳麗的畫像。她們確實存在，不過數量很少，僅零星散布，而且總是一臉害羞、靦腆、好像做錯事般互相凝視。她們從不曾抬起頭、站直身子，或是像士兵和君主那樣面向廣大的人群。只有在不用心的畫家所繪製、廉價粗糙的書本中，有些女人的眼睛才不會瞄準地面或是畫中的某樣東西——噢，我不知道，像是一個情人或一只酒杯——而是直接朝向讀者。我一直很好奇那個讀者究竟是誰。

一想到那些兩百年前製作的書籍，我就興奮得發抖。為了這些可以回溯到帖木兒時代的一冊冊書本，貪婪的異教徒們心甘情願地貢獻黃金，大老遠運回自己的國家：或許有一天，某個來自遙遠國度的人，將會聽見我的故事。難道這不就是人們渴望自己被刻畫在書頁中的原因嗎？難道不就是這種喜悅，使蘇丹與大臣們樂意提供一袋袋黃金，請人寫下他們的歷史？我感覺到這種喜悅，正如同那些美麗的女人，一眼看著書中的世界，一眼望向外面的世界，我也極想和你們這些天曉得從哪個遙遠時空觀察著我的人們說話。我是個迷人而聰明的女子，很喜歡被人觀看。如果偶爾不小心撒了一、兩個小謊，希望你們別妄下結論評斷我。

你們大概已經注意到，父親非常疼愛我。在我之前他有三個兒子，但真主把他們一個個帶走，只留下我，他的女兒。父親很溺愛我，但我卻嫁給一個他不滿意的男人，奔向一位我遇見而愛慕的土耳其騎兵。如果留給父親選擇，我的丈夫將不僅是最偉大的學者、對繪畫與藝術極具鑑賞力、有權有勢，而且會像古蘭經裡最有錢的富翁卡蘭一樣富裕。這種男人，就算在父親的書裡也找不到半點蹤影，要是非這種男人不嫁，那我想必注定一輩子待在家裡衰老憔悴。

我丈夫的英俊眾所周知，透過媒人的中介，我給他善意的回應。他找到機會，趁我從公共澡堂回家的路上與我偶遇。他的眼睛像火一樣明亮，我立刻就愛上了他。他有一頭黑髮、光滑的皮膚、綠色眼睛及強壯的臂膀；不過在內心深處，他卻像一個發睏的小孩，安靜而無邪。儘管他在家中如少女般溫柔而文靜，但是，至少我自己能感覺到，他身上似乎還瀰漫著一絲血腥的氣息，或許那是因為他把所有力氣花在戰場上殺人和掠奪戰利品。這個男人在父親眼中只是一個身無分文的士兵，因而遭到極力反對，但最後他終於娶到我，只因為我恐嚇說如果不讓我嫁給他就自殺。不過，由於他在接連的戰役中表現過人的勇敢，為了獎賞他的英雄功績，軍隊封給他一塊價值一萬銀幣的領地，從此以後大家都羨慕我們。

四年前，一場對抗薩非波斯的戰役結束後，他沒有隨其餘的軍隊回來，一開始我並不擔心。因為如果在戰場上經驗愈豐富，他會變得愈精明老練，知道如何為自己製造機會，掠奪更好的戰利品帶回家，爭取更大的領地，為自己的部隊召募更多士兵。有些目擊者說，與軍隊分散後，他便帶著自己的士兵逃入山裡。最初，我懷疑其中別有計謀，殷切期盼著他回來；然而兩年後，我慢慢習慣了他不在身邊。直到後來我才發覺，原來整個伊斯坦堡有那麼多寂寞的女人和我一樣，丈夫出外打仗一去不返，這時，我才順從了自己的命運。

夜裡，躺在我們的床上，我們這些女人只能緊緊抱著孩子，抑鬱地哭泣。為了平撫他們的眼淚，我對他們說一些充滿希望的謊言，比如某某事情證明他們的父親在春天來臨前就會回家。我的謊言不斷地改變、擴張，最後不但可以自圓其說，更回過頭來說服自己，結果，我反而變成最相信這些好消息的人。

家中主要的經濟支柱消失後，我們陷入困境。那時我們住在恰席卡比一間租來的房子，與丈夫溫和善良、從沒過過好日子的父親阿布哈茲，以及丈夫那同樣有著綠眼珠的弟弟哈珊住在一起。我公公原本從事製造鏡子的行業，但大兒子從軍賺錢後便中斷了，如今老年重拾舊業。我的獨身小叔哈珊在海關工作，隨著事業的成功，開始計畫爭奪「一家之主」的地位。某個冬天，因為害怕付不出房租，他們匆匆忙忙把負責家務雜工的女奴帶去奴隸市場賣了，從此要我接手廚房的工作、洗衣服，甚至還代替她上市集採買。我沒有抗議，沒有說：「我是做苦工幹粗活的那種女人嗎？」我嚥下自尊，接下工作。然而，如今當小叔哈珊夜裡不再有女奴可以帶進房後，他開始試圖闖進我的房門，我真的不知道該怎麼辦。

我當然可以馬上回到父親的家裡，但是根據伊斯蘭教法官所言，我丈夫在法律上仍然活著，如果我激怒了夫家的人，他們可能不僅逼迫我和孩子回到丈夫家中，甚至會進一步侮辱我們，讓我與「扣留」我的父親受到處罰。說實話，我其實有可能愛上哈珊，因為我發覺他比我丈夫人性而理智，而且他顯然深愛著我。但是，如果我沒有想清楚就莽撞行事，真主責罰，到頭來很可能發現自己變成他的奴隸而不是妻子。不管怎樣，由於他們害怕我要求取得我的那一份財產，然後拋下他們，帶著孩子回我父親家，所以也不太願意請法官裁決，正式宣布我丈夫的死訊。如果在法官眼中，我的丈夫沒有死，那麼我自然不能嫁給哈珊，也不能嫁給別人。因為這種進退兩難的處境，可以把我綁在那間屋子和那場婚姻裡，因此夫家寧願我有一個「失蹤」丈夫，並希望這種模糊的情況繼續下去。你們別忘了，我可是負責他們家中所有家務雜事，從煮飯到洗衣什麼都做；不但如此，其中一個人還瘋狂地愛著我。

要是哪一天這樣的安排漸漸滿足不了公公和哈珊，他們決定該是我嫁給哈珊的時候，那麼為了說服法官，第一件事就是必須安排證人證明我丈夫的死亡。這樣一來，如果失蹤丈夫的血親，他的父親及弟弟，接受了他的死亡，也沒有任何人反對關於他死亡的宣告，還有如果，只需要花幾個銀幣給證人作證在戰場上看見他的屍首，那麼法官也必須認定這件事實。只不過，很難讓哈珊相信的是，一旦被宣告寡婦的身分，我不會離開這個家，不會要求我的遺產繼承權，或是向他要一筆錢才肯嫁給他；他更不可能相信我將心甘情願嫁給他。我自然知道如果想在這點上取得他的信任，必須以一種令他信服的態度與他同床，如此一來他才能確定我是真的把自己給了他，不是為了取得他的同意與丈夫離婚，而是因為我誠摯地愛著他。

我的確可能經過些許努力愛上哈珊。他比我失蹤的丈夫小八歲，丈夫在家時，哈珊就像我的小弟弟，而我也一直以這樣的情感疼愛他。我喜歡他謙遜和熱情的態度、他陪我的孩子玩耍時的開心、甚至他望著我的飢渴神情，彷彿他快渴死了，而我是一杯冰涼的酸櫻桃蛋奶。另一方面，我也明白得強迫自己才可能愛上這樣的男人，他不但叫我洗衣服，也不在乎要我拋頭露面像個普通奴隸般上市場趕市集。那些日子，我常常回到父親的家中，盯著鍋碗瓢盆淚流不止；深夜裡，我和孩子們總是擠在一起，相擁而眠。那段時間，哈珊從來不曾給我機會改變心意。他沒有絲毫信心，不認為我會愛上他，或者我們婚姻的必要基本前提將會不證自明。由於毫無自信，他總是採取錯誤的舉動。他試過圍堵我、吻我和調戲我。他大聲宣布我的丈夫永遠不會再回來，還說他會殺了我。他恐嚇我，哭得像個嬰兒。他焦急又慌亂，從來不給予時間讓真實、高貴的愛情發酵。我知道我永遠不會嫁給他。

一天夜裡，當我與孩子們在房裡熟睡時，他試圖闖入房門。我立刻起身，沒有多想是否會嚇到孩子，扯開喉嚨放聲尖叫，大喊房間裡闖入了可怕的邪靈。尖叫聲和見鬼的亂吼吵醒了公公，他趕來一探究竟，卻撞見哈珊，他全身上下仍充滿興奮的暴力。在我歇斯底里狂吼著邪靈入侵的吵鬧中，這個沉著的老人羞慚地發現眼前可怕的事實：他的兒子竟色慾薰心到想侵犯哥哥的妻子，兩個孩子的母親。當我說天亮之前不敢閉眼睡覺時，公公沒有回答，只是守在門口，保護我的孩子抵擋「邪靈」。隔天，我向他們宣布將帶我的孩子回父親家住一陣子，照顧生病的父親；這個時候，哈珊才接受他的失敗。我返回父親家，隨身帶走幾件物品，做為婚姻生活的紀念：一只丈夫從匈牙利國土掠奪來的鳴鐘（他一直不捨得把它賣掉）、一根用最慓悍阿拉伯駿馬的筋腱製成的鞭子、一副大不里士出產的象牙棋盤組，裡面的棋子常被孩子們拿來玩戰爭遊戲，以及銀燭台（那吉瓦戰役的戰利品），家裡缺錢時，我可是用盡手段才保住它們沒有被拿去變賣。

正如我預料，搬離失蹤丈夫的家，使得哈珊偏執而粗暴的愛情轉化為絕望的煉獄。他很清楚自己的父親不會支持他，因此與其恐嚇我，他轉而尋求我的憐憫，寄給我一封封情書，在信紙的角落畫上失戀的鳥兒、淚眼汪汪的獅子與哀傷的瞪羚。我不打算對你們隱瞞，最近我重新開始閱讀這些信件，它們透露出哈珊豐富的想像力，當我們住在同一個屋簷下時，我從來不曾察覺這一點——假設這些信不是拜託某個比較有詩意美感的朋友替他寫和畫的。最近的一封信中，哈珊發誓他會賺很多錢，絕不再讓我成為家事的奴隸。發現他貼心、敬重、幽默的口吻，加上孩子們無休無止的爭吵和哀求，以及父親的抱怨，使得我的腦袋變成一個敲打不停的鼓。真的，我之所以打開那扇百葉窗，只是為了向世界長嘆一口氣。

趁哈莉葉還沒有擺出餐桌，我用最高級的阿拉伯椰棗花調製了一杯苦酒，在裡面攙入一匙蜂蜜和幾滴檸檬汁，接著安靜地來到父親跟前，他正在閱讀《靈魂之書》。我像個幽魂，靜悄悄不讓人察覺地把酒放到他的面前，他喜歡這樣。

「下雪了嗎？」他問，聲音如此微弱而憂傷。當下我就明白，這將是可憐父親看見的最後一場雪。

10 我是一棵樹

我是一棵樹，而且我很寂寞，我在雨中哭泣。看在阿拉的份上，聽聽我想說的話。喝下你們的咖啡，叫你們的瞌睡蟲遠離你，讓你們睜大眼睛。瞪著我瞧吧，彷彿你們看到邪靈一樣，並聽我解釋為什麼我會如此寂寞。

一，他們堅持把我潦草地畫在一張表面未塗膠的粗紙上，以便把一棵樹的圖畫掛在說書大師身後。的確是這樣。此刻，我身旁沒有其他修長的樹，沒有草原上的七葉草，沒有常用來象徵撒旦的層層黑色岩石形體，沒有人，也沒有蜷曲的中國式雲朵。只有土地、天空、我和地平線。但我的故事比這複雜得多。

二，身為一棵樹，我不需要成為書的一部分。然而，身為一棵樹的圖畫，我卻不是某手抄本中的一頁，這點讓我很困擾。既然我不是用來表現某本書中的故事，那麼可以聯想到，我的圖畫將被釘在牆上，而異教徒和邪教徒之類的人將會匍匐在我面前崇拜我。希望艾祖隆教長的信徒不會聽見我偷偷為這種念頭自豪，雖然我馬上就被深切的恐懼和羞慚吞沒。

三，我的寂寞，最根本的原因是我甚至不知道自己屬於哪裡。照理說我應該是某個故事的一部分，然而我卻像秋天的落葉一樣，從那裡飄落。讓我告訴你：

像秋天的落葉般從我的故事飄落

四十年前，波斯沙皇塔哈瑪斯普，這位鄂圖曼帝國的大敵，也是全世界最偉大的繪畫藝術贊助君王，隨著年歲的衰老，失去了對美酒、音樂、詩歌，以及繪畫的熱愛；不僅如此，他還戒除了咖啡，結果他的腦袋自然也停止運作。由於老是擔心有個長臉的邪惡怪老頭陰魂不散，他把帝國的首都從當時仍屬於波斯領土的大不里士，遷移到遠離鄂圖曼軍隊的卡茲文。晚年有一天，他被邪靈纏身，一陣精神錯亂中，他祈求真主的寬恕，發誓一輩子再也不碰酒、漂亮男孩和繪畫。這個事件明顯地證明，喪失對咖啡的品味之後，這位偉大的沙皇也同時喪失了他的神智。

由於這個原因，許多天賦異稟的裝訂師、書法家、鍍金師與細密畫家們，二十年來曾在大不里士創造出世上珍貴的經典著作，那時卻全部像鳥獸般散入其他城市。於是塔哈瑪斯普的姪兒及女婿，也就是馬什哈德的省長亞伯拉罕．默薩蘇丹，邀請到其中最優秀的幾位來到他管轄的城市，把他們安置在他的細密畫家工匠坊，要他們臨摹一本繪製得驚奇細緻的手抄本：雅米的《七君》中七個故事，那是帖木兒統治時期赫拉特城最偉大詩人的著作。對於這位聰明而英俊的姪兒，塔哈瑪斯普原本就是又嫉妒又仰慕，也後悔把自己的女兒嫁給他。當他聽說關於這本華麗的書本時，妒火中燒，憤怒地免除姪兒馬什哈德省長的職位，把他驅逐到肯因市；這樣還不夠，有一陣子他突然火氣又來，再把他趕到一個更小的城鎮瑟布齊法。馬什哈德的書法家和插畫家於是流散到別的城市及區域，投靠其他蘇丹和王子旗下的手抄本繪畫工匠坊。

然而，奇蹟似地，亞伯拉罕．默薩蘇丹的精美書冊並沒有就此停擺。原來，他手下有一位忠心耿耿的圖書館員。這個人騎著馬，大老遠跑到最優秀的鍍金大師居住的設拉子；然後他再帶著幾張書頁來到伊斯法罕，尋找最擅長書寫奈斯塔力克體書法[17]的書法家；接著他穿越高山峻嶺，一路來到布哈拉，在那裡請人設計插畫的構圖，並請烏茲別克汗國最偉大的繪畫大師描繪人像；之後，他南下赫拉特，委託一位半盲的年老大師根據記憶畫出蜿蜒扭曲的藤蔓和枝葉；在赫拉特，他會拜訪另一位書法家，指示他以金色的瑞卡體書法[18]，為圖畫中一扇門楣撰寫標示；最後，他再度出發往南到肯因，向亞伯拉罕·默薩蘇丹展示自己長途跋涉六個月所完成的半張書頁，屆時，他將獲得極大的讚美。

依照這種速度，這本書顯然永遠畫不完，因此蘇丹僱用了韃靼快騎作為信差。除了準備讓大師繪畫和書寫的手稿書頁外，每一位快騎還攜帶一封信，詳細描述要求藝術家繪製的內容。就這樣，信差們帶著手稿書頁，穿越波斯、呼羅珊、烏茲別克領土，以及索格底亞那。信差的快馬疾馳加速了書本的製作。有時，在一個下雪的夜晚，舉例來說，第五十九頁和第一百六十二頁會在一間屋外狼嗥聲依稀可聞的旅店相遇。兩位信差友善地交談後，會發現彼此正參與同一本書的製作，於是他們把各自的書頁從房裡拿出來，彼此討論手上這些未完成的書頁，努力分辨它們究竟屬於哪一個故事，又是故事的哪一部分。

我原本應該屬於這本手抄繪本的一頁，然而如今很難過地聽說它已經完成了。一個寒冷的冬夜，很不幸地，運送我的那位韃靼快騎穿越一座崎嶇的高山時，被埋伏的盜賊突襲。他們先是痛打可憐的韃靼人一頓，然後這群無恥的盜賊剝光了他的物品，並狠狠輪姦他一番，最後才殘酷地殺害他。結果是導致我無從得知自己原本究竟屬於哪一頁。我請求你們看著我問：「有沒有可能，你本來是準備在莫札那喬裝成牧羊人去探視莉拉的帳篷時，做為他的遮蔭？」或者「你是否本來準備隱沒在黑夜裡，象徵一個悲慘絕望的人靈魂中的幽暗？」我多麼希望自己能為一對逃離全世界、橫越大海、最後在一座鳥語花香的島嶼上找到慰

17 編注：奈斯塔力克體書法（Nestalik script），起源於伊朗，據說是塔利茲（Mir Ali Tabrizi, 1340-1420）夢到飛翔的鴨子而創造的。

18 編注：瑞卡體書法（Rika script），有許多裝飾符號的鄂圖曼字體。

藉的情侶，增添幸福的色彩！我很願意，當亞歷山大在征服印度斯坦的戰役中，受到暑熱以致鼻血流不止而身亡時，自己能在他生命的最後一刻為其遮蔭。或者，一位父親向兒子提供關於愛與生命的忠告時，我是否本來計畫用來象徵他的力量和智慧？啊，究竟我原本是要為哪一個故事增添意義及裝飾？

這群土匪殺死了信差，把我帶在身邊，魯莽地揣著我跨越無數山脈及城市，其中一個盜賊略微明白我的價值，並且還有點風雅，知道一張樹木的圖畫比一棵真正的樹賞心悅目。然而由於他不知道我屬於哪一個故事，很快就厭倦了我。這個流氓揣著我走過一座又一座的城市，幸好他並沒有如我所害怕的，把我撕了亂丟，反而來到一家旅店，以一壺酒的價格把我賣給一個有教養的人。這位敏感纖細、時運不濟的男人，有時會在夜裡就著燭光凝視我哭泣。沒多久，他就悲傷而亡，人們賣掉他的所有物品。感謝說書大師買下了我，讓我大老遠來到伊斯坦堡。如今，我萬分快樂與榮幸，今晚能夠在此面對你們，一群鄂圖曼蘇丹手下天賦異稟、目光如鷹、意志堅定、下筆精巧、心思細膩的細密畫家及書法家——看在上天的份上，我乞求你們別相信別人的瞎扯，說我是某個細密畫大師隨便亂畫在粗紙上用來糊牆壁的東西。

但再聽聽別的謊言，各種誹謗和下流的謠言四處傳播！你們大概還記得，昨天晚上我的主人在這面牆上釘了一張狗的圖畫，敘述這隻禽獸的冒險故事；同時他還說了關於艾祖隆的胡索瑞教長的故事！是這樣的，努索瑞教長殿下的追隨者完全誤解了這個故事，他們以為他是我們談論的目標。我們怎麼可能說這位偉大的傳道士、尊貴的殿下身世可疑呢？真主責罰！我們怎麼可能有這種念頭？多麼可悲、多麼粗糙的謊言呀！顯然，艾祖隆的胡索瑞被搞混成艾祖隆的努索瑞了。所以，接下來讓我告訴你們「錫瓦斯的鬥雞眼涅德瑞教長與樹」的故事。

除了公開斥責追求漂亮男孩和繪畫藝術，錫瓦斯的鬥雞眼涅德瑞教長堅持咖啡是魔鬼的產物，喝咖啡的人全該下地獄。喂，你這從錫瓦斯來的人，難道你忘了我這根巨大的枝幹為何彎曲嗎？那麼，讓我告訴你原因，不過你得發誓不告訴別人，並請阿拉保佑你不聽信無恥的謠言。一天早晨，我醒來時發現一個巨大的傢伙爬到我這根樹幹上，真主保佑他，他像叫拜樓[19]一樣高，兩隻手像獅爪一樣大，他帶著之前提到的那位教長一起躲在我茂盛的樹葉下；接著，原諒我的用詞，他們就像發情的狗一樣搞了起來。當這個巨人，後來我才明白原來是魔鬼，正和我們的英雄辦事的時候，一邊溫柔地親吻他迷人的耳朵，一邊對之細語：「咖啡是罪，咖啡是惡……」因此，那些相信咖啡帶來不良影響的人們，相信的不是我們正統宗教的戒律，反而是魔鬼本人。

最後，我該提一下法蘭克畫家，如此一來，如果你們之中有些墮落的人自詡為像他們的話，希望你們留意我的警告，改變想法。是的，這些法蘭克畫家用驚人的技巧描繪君王、教士、貴族、甚至女人的臉孔，使你們看過一張肖像之後，能夠在街上指認出畫中的人。畢竟他們的妻子可以隨便在街上遊蕩——所以，其餘的可想而知。好像這還不夠似地，他們甚至變本加厲。我指的不是賣淫這件事，而是繪畫。

一位偉大的歐洲細密畫大師與另一位偉大的藝術大師，一起走過一片法蘭克草原，討論著藝術的鑑賞。他們走著、走著，看到前方有一座森林，其中技藝較為純熟的一位告訴另一位：「新風格的繪畫需要極高才能，因此如果你描繪了這座森林裡其中一棵樹，看過畫的人來到這裡，若他願意的話，便可從所有樹木裡正確無誤地指出那一棵樹。」

感謝阿拉，我，你們面前這棵卑微的樹，不是根據這種企圖畫出來的。這麼說不是害怕如果我是如此被畫出來的話，伊斯坦堡所有的狗都會以為我是一棵真的樹，跑來在我身上撒尿，而是因為：我不想做為一棵樹，我想成為它的意義。

---

19 譯注：叫拜樓（minaret），清真寺提醒伊斯蘭教徒禱告的尖塔。

11 我的名字叫布拉克

雪從深夜開始落下，持續到清晨。整夜，我一遍又一遍重讀莎庫兒的信。我在空洞屋子裡的空洞房間來回踱步，偶爾傾身倚向燭台。在幽暗燭火的閃爍光芒下，我望著我的摯愛憤怒的筆跡，這些字母的急躁顫動、試圖欺瞞我的扭轉翻騰，以及字尾由右而左的搖擺行進。陡然間，百葉窗在我眼前打開，我摯愛的臉龐和她悲傷的微笑出現在窗口。當我望著她真實的臉孔時，忘卻了在我想像中所有其他那些有著逐漸豐潤成熟櫻桃般嘴唇的臉孔。

夜深處，我沉浸入婚姻的夢裡：我毫不懷疑我的愛情，也相信它受到同樣的回報——我們在心滿意足之中結為連理——然而，我夢中想像的幸福，卻在一棟附有樓梯的房子裡遭受打擊；因為我找不到合適的工作，開始與妻子爭吵，無法讓她聽我的話。

我明白這些不祥的畫面，是來自葛薩利《宗教精神學的復興》一書中關於婚姻之惡的段落；獨身在阿拉伯時，我花了許多夜晚閱讀這本書。不過，我記得在同樣的段落中，確實也提及婚姻的好處，雖然此刻我只記得其中兩項：第一，使我的居家井然有序（在我想像的屋子裡沒有任何秩序）；第二，免除自瀆的罪惡，以及另一種更深的罪惡——跟隨皮條客鑽進漆黑的小巷，前往娼妓的巢穴。

深夜裡，這種獲救的想法引發了我手淫的念頭。為了解決心中此種無法克制的衝動，我在單純的慾望驅使下，依照慣例退到房裡一個角落。然而過了一會兒，我卻發現自己舉不起來——充足的證據顯示，十二年之後我又再度墜入愛河！

這個發現在我內心激起極大的興奮與恐懼，使我繞著房間，幾乎像燭火般顫抖地踱步。如果莎庫兒故意現身窗口，那麼為什麼要寫這封信，給人完全相反的信念？她的父親為什麼邀請我來？我來回踱著步，感覺到和我一樣顫抖不已的房門、牆壁及嘎吱作響的地板，正試圖尖聲回應我的每一個問題。

我望向多年前我畫的那幅畫，畫中席琳仰頭看見胡索瑞夫的畫像懸掛在樹枝上，隨即墜入情網。此時看著這幅畫，並沒有像往昔那些年，讓我每當想起它就感到難堪，但它也沒有喚起我快樂的童年回憶。天快亮時，我的心中已有了定論：莎庫兒正巧妙地引誘我進入一場愛情的棋局，藉由退還這幅畫，她已經移動了一顆棋子。我在燭光中坐下，寫了一封回信給她。

早晨，小睡了一會兒之後，我把信藏在胸前，將隨身攜帶的輕便筆墨盒夾在腰帶裡，走出家門，沿著街道走了很長一段路。積雪拓寬了伊斯坦堡狹窄的街道，清除城市裡擁擠的人群。四周變得寂靜而緩慢，正如童年時一樣；也像我年少時下雪的冬日，伊斯坦堡的屋脊、圓頂和花園似乎全被烏鴉包圍。我飛快地行走，聽著自己踩在雪上的腳步聲，看著呼吸吐出的白霧。我逐漸興奮起來，期待發現我的恩尼須帖要我去拜訪的宮廷工匠坊，也將和街道一樣安靜。走進猶太社區之前，我託路旁一個小街童替我帶口信給以斯帖，告訴她正午禱告之前到何處跟我碰面，她將能替我傳信給莎庫兒。

我提早抵達位於聖索菲亞清真寺後面的皇家藝術工匠坊。除了屋簷上懸垂的冰柱，建築物沒有絲毫改變，和我以前來拜訪我的恩尼須帖及在這裡當學徒的時候一模一樣。

我跟隨一位俊美的年輕學徒，一路經過長年浸淫在漿糊及裝訂膠水氣味中的年老裝訂大師、早已駝背的細密畫大師，以及混合顏料的年輕學徒，他們甚至看也不看放在膝蓋上的碗，而是悲傷地凝視爐裡的火焰。我看見某個角落裡有個老人把一顆鴕鳥蛋放在腿上，正在蛋殼上畫著瑣碎的圖案，另一名老者則專注地紋飾一個抽屜，一位年輕學徒恭敬地注視兩人。透過一扇敞開的門，我見到一群學生正受到斥責，他們低垂著頭，鼻尖幾乎要碰到攤開在漲紅臉孔前的書頁，努力想弄清楚自己犯的錯誤。另一個房間裡，一個憂愁而哀傷的學徒彷彿暫時忘了顏色、紙張和繪畫，只是呆望著剛才我興沖沖走過的街道。

我們爬上結冰的樓梯，穿過環繞屋內二樓的迴廊。下方積雪覆蓋的內院，有兩個年輕的學生，儘管包著粗厚的羊毛斗篷，仍然明顯地冷得發抖，他們正在等待——或許是即將來臨的一頓責打。我回想起自己年少時，對於懶惰或浪費昂貴顏料的學生處以責打和棍棒的笞蹠刑，那一棍一棍都落在他們的腳跟直到流血。

我們走進一個溫暖的房間，裡面有兩個剛結束學徒階段的見習生。由於幾位被奧斯曼大師賜予工匠坊稱號的偉大畫師們，如今都在家中工作，這個過去曾激起我無限尊崇及喜悅的房間，看起來已經不再像一位富裕偉大蘇丹的工匠坊，反而只像是某座遙遠東方高山中偏遠旅店裡的一個大房間。

就在旁邊一個長桌檯的前方，我看見了繪畫總督奧斯曼大師，我已經十五年不曾見過他了；他看起來就像個幽靈。旅行那些日子裡，每當思索關於繪畫的事時，這位偉大的大師總會出現在我心中，好像他就是畢薩德本人。此刻，雪白的光線從面向聖索菲亞清真寺的窗戶灑落，襯著他一身白衣，他看起來彷彿早已成為另一個世界的幽魂。我親吻他的手，注意到上面布滿了老人斑，接著自我介紹。我解釋年少時，我的恩尼須帖曾讓我在這裡學習，但之後我選擇了公職，離開此地。我敘述自己流浪的那些年，以及在東方各城工作擔任帕夏職員或財務大臣祕書的日子。我告訴他，我為瑟哈特帕夏等人工作那陣子，如何與大不里士的書法家及插畫家接觸，編纂書籍；我在巴格達和阿列波的工作、在凡恩和提夫里斯的日子；以及，我看過多少戰役。

「啊，提夫里斯！」偉大的大師說，眼睛望著從冰雪覆蓋的花園滲過窗上油布射入屋內的光線：「那裡正在下雪嗎？」

他的舉止正如那些長年精研技藝終至失明的波斯前輩大師，他們到了某個年紀後，過著半聖人、半退隱的生活，關於他們的各種傳奇世代流傳。當下，從他邪靈般的眼中，我看出他極為鄙視我的恩尼須帖；進一步地，他也懷疑我。儘管如此，我向他解釋，在阿拉伯的沙漠中，雪並不像它們落在聖索菲亞清真寺上面那樣，只是單純地飄落地面，雪花同時也墜入記憶中。我編織一段故事：當雪花落在提夫里斯的城牆上時，洗衣婦會唱起有著花朵色彩的歌曲，孩童則把冰淇淋藏在枕頭下為夏天預留。

「告訴我，你拜訪的國家裡那些繪者和畫家都畫些什麼？」他說：「他們描繪些什麼？」

角落裡，一個雙眼矇朧的年輕畫家正在描紙上的格線。他原本陷入沉思，聽到這句話，從折疊工作桌上抬起頭，屋裡其他人也一樣，他望著我的表情似乎在說：「用你最誠實的言語回答。」這些藝匠們，許多人不知道自己住所轉角的雜貨店，也不知道麵包的價格有多高，卻非常好奇波斯東方的最新消息：在那裡，軍隊爭戰，諸侯們互相殘殺，把城市掠奪一空之後再燒成灰燼；在那裡，戰爭與和平擺盪不休；在那裡，好幾世紀以來寫下最優美的詩歌、創造出最精緻的彩飾和繪畫。

「塔哈瑪斯普沙皇統治了五十二年。晚年時，你們也知道，他拋棄對書本、彩飾及繪畫的熱愛，冷落了詩人、插畫家及書法家，自己隱遁到宗教信仰中。他過世之後，兒子伊斯美登上王位。」我說：「塔哈瑪斯普沙皇一直很清楚兒子有著反抗和叛逆的天性，因此把這位未來的沙皇關起來，囚禁了二十年。等伊斯美一登上王位，在瘋狂的憤怒下，他吊死了自己的弟弟們，其中幾位在死前已經被他弄瞎了眼。然而最後，伊斯美的敵人引誘他吸食鴉片，摧毀他的心智。好不容易脫離他的塵世統治後，他們把他智能不足的哥哥穆罕默德·喀鉏巴地拱上皇位。在他的統治下，所有諸侯、王子、省長與烏茲別克人，也就是所有的人，全都開始叛亂。他們彼此廝殺，攻打我們的瑟哈特帕夏，猛烈的戰火將整個波斯籠罩在漫天塵土下，只餘混亂無序。確實，當前的沙皇，沒有金錢、智慧，又是半個瞎子，實在沒有能力贊助手抄本的撰寫、插畫和裝飾。因此，來自卡茲文和赫拉特的知名畫家，所有這些年長的大師及他們的學徒，這些在塔哈瑪斯普沙皇工匠坊製作各種經典的藝術家，這些畫筆一揮能讓馬兒奔騰衝刺、讓蝴蝶翩然展翅飛離書頁的畫家和著色師們，所有裝訂大師及書法家，沒有一個不是窮困潦倒、身無分文、無家可歸。他們有些人隨著烏茲別克人遷移到北方，有些到西邊的印度。其他人轉行做別的工作，糟蹋自己的才能和尊嚴。剩下的一些人則投靠各個互相為敵的小諸侯和省長，開始在他們手下畫作一些手掌大小的書籍，其中最多也只有幾頁插圖。到處可見潦草抄寫、匆促繪畫出來的廉價書本，正好符合一般軍人、粗俗帕夏和腐敗諸侯的品味。」

「他們願意為多少錢工作？」奧斯曼大師問。

「我聽說偉大的薩迪齊大人接受一位烏茲別克騎兵的委託，繪畫一本《珍禽異獸》，只收了四十金幣。我在艾祖隆一個剛從東方戰役返回的鄙俗帕夏的營帳裡，看見一本猥褻圖片的畫冊，裡頭包括名家細亞亢敘的作品。有一些尚未放棄繪畫的偉大畫師則製作單張圖畫販賣，那些畫甚至不屬於任何一個故事的內容。觀察那些單張圖畫時，你說不出它究竟在表現哪一個場景或故事；相反地，你會去欣賞圖畫本身，享受純粹觀看它的樂趣。比如說，你可能稱讚：『這跟真的馬一模一樣，美極了。』然後你會基於這點付錢給畫家。戰爭和交媾的場景相當普遍。一場激烈戰鬥的價格降到三百銀幣，但感興趣的客戶少之又少。為了賤價吸引買家，有些人乾脆只用黑色墨水畫在未上膠的粗紙上，連一絲一毫的顏色都沒有。」

「我有一位極具天賦而極為知足的鍍金師，」奧斯曼大師說：「他筆下的作品非常高雅，因此我們稱呼他為『高雅．埃芬迪』。然而他離開了我們。已經過了六天，到處都找不到他。他就這麼憑空消失了。」

「怎麼可能會有任何人想離開這麼一間工匠坊，這麼一個愉快的家庭？」我說。

「蝴蝶、橄欖、鸛鳥與高雅，這四位我從他們學徒時代訓練出來的年輕畫師，目前遵照蘇丹殿下的吩咐在家裡工作。」奧斯曼大師說。

這麼做，顯然是為了讓他們能夠更舒服地繪畫工匠坊全體參與的《慶典之書》。這一次，蘇丹並沒有在宮廷內院為他的細密畫師們設置一個特別工作室；相反地，他命令他們在家中繪製這本獨特的書。這個安排很可能是為了我恩尼須帖的書而下的命令，想到這一點，我陷入沉默。奧斯曼大師的話中到底有幾分暗示？

「努瑞．埃芬迪，」他呼喚一名蒼白而駝背的畫師：「為我們布拉克大師做一場工匠坊『巡視』！」

「巡視」是蘇丹殿下每兩個月一次參觀細密畫家畫室時的例行儀式，有一段振奮人心的時期，殿下大人非常認真注意工匠坊裡的活動。在財務總督哈辛姆、編年史詩總督拉克門，以及繪畫總督奧斯曼大師的領導下，蘇丹殿下會聽取說明什麼時刻哪一位畫師正在繪製哪一本書哪一頁的報告：誰為哪一頁鍍金、誰為哪一幅圖上色，然後再一個接一個，解釋所有參與人員的工作，包括著色師、格線師、鍍金師，以及擁有才華完成如此奇蹟的細密畫師們。看到他們舉行一場假的儀式讓我很難過，真的「巡視」再也不曾舉辦，因為負責大部分手抄繪本寫作的編年史詩總督拉克門．埃芬迪，如今年老力衰在家中養病；因為奧斯曼大師時常在一陣盛怒下消失無蹤；因為名為蝴蝶、橄欖、鸛鳥與高雅的四位大師在家裡工作；同時更因為蘇丹殿下不再像個孩子般對工匠坊盈滿熱情。就如許多細密畫家一樣，努瑞．埃芬迪一事無成地老去，不曾充實地體驗生命，也沒有專精他的技藝。不過，他花費在工作桌前那些帶給他駝背的歲月，並非徒勞無功：他始終仔細留意工匠坊裡的動靜，觀察誰畫了哪一幅精美的圖畫。

我興致勃勃地第一次欣賞到傳說中的《慶典之書》，書中描述蘇丹殿下王子的割禮慶典。還在波斯時，我就聽過許多關於這個歷時五十二天的割禮慶典故事，活動中結集了全伊斯坦堡各行各業的人們；當時做為紀念這項盛事的這本書籍尚未開始籌畫。

翻開我面前的第一幅圖畫，是已故亞伯拉罕帕夏宮殿的皇室屋舍，蘇丹殿下，世界的庇護，正在當中凝視著下方競技場裡的慶典活動，表情流露出他的滿足。他的臉孔，儘管五官沒有細膩到可以讓人在眾人中分辨出他來，筆觸卻極為熟練而充滿敬意。這幅畫橫跨兩頁，蘇丹殿下在左頁，右邊則是許多大臣、帕夏，以及波斯、韃靼、法蘭克與威尼斯的大使，他們站在圓拱形柱廊和窗戶裡。由於他們不是君王，眼睛被匆促而隨意地畫出，並沒有特別注視什麼，只是大致觀望著廣場裡的活動。稍後，我注意到在其他圖畫中，同樣的位置安排和構圖一再重複——只不過牆上的裝飾、樹木、赤土屋瓦更換成其他風格與顏色。一旦抄寫員寫上內文，插畫完成，書本裝訂好後，讀者翻閱書頁時，每翻一頁都會看到競技場舉行著完全不同的活動，並以截然不同的顏色呈現；然而整個場景將保持在蘇丹與其賓客們相同的注視下——他們始終站在一模一樣的位置，永遠凝視下方同一塊區域。

在我的面前，我看見人們爭相搶奪放在競技場裡的上百碗肉飯；我看見活生生的兔子和小鳥從一隻烤牛裡蹦出來，嚇壞了前往取肉的民眾。我看見銅匠大師公會的成員駕著一輛輪車，駛過蘇丹殿下面前，車上躺著一個人；他把鐵砧放在自己赤裸的胸膛上，其他人則拿著槌子往上頭敲打銅片，卻絲毫沒有打到他。我看見玻璃彩繪師們乘著馬車，一邊在玻璃上繪畫康乃馨和柏樹，一邊遊行經過蘇丹殿下面前。我也看見糕餅師父騎著載滿一袋袋糖的駱駝，展示一籠籠糖製的鸚鵡，同時背誦著甜美的詩歌。還有年老的鎖匠們，展示了各種各樣的掛鎖、扣鎖、門閂鎖及鍊鎖，抱怨新時代和新門窗的邪惡。蝴蝶、鶴鳥和橄欖畫出一張描繪魔術師的圖畫：其中一個魔術師正讓雞蛋隨著另一個人的鈴鼓節拍，橫越一根木棍而不掉落地面，彷彿是在一片寬闊的大理石板上滾動。在一輛馬車裡，我清楚看見船長奇里·阿里帕夏如何強迫他在海上俘虜的異教徒，要他們用泥土堆成一座「異教山」；接著他把所有奴隸塞進馬車，等來到蘇丹面前時引爆「山」裡的火藥，象徵他用大砲炸得異教徒的土地哀鴻遍野。我看見鬍子刮得乾乾淨淨的屠夫們穿著玫瑰色和紫色的制服，揮舞著屠刀，微笑面對吊在掛勾上、剝了皮的粉紅色綿羊屍骸。馴獸師們牽著一隻綁鐵鍊的獅子來到蘇丹殿下面前，逗弄並激怒牠，直到牠的眼中燃起血紅的怒火，周圍的觀眾看了鼓掌叫好。接著在下一頁，我看見這隻象徵伊斯蘭的獅子，追逐一隻灰粉紅色的豬，代表狡詐的基督異教徒。我瞇起眼睛仔細看，一張圖畫中，一輛馬車上載著一間理髮店，一位理髮師從天花板倒吊而下，為顧客刮鬍子；他的助手身穿紅衣，手裡拿著鏡子和一個裝香皂的銀碗，等著收小費。我詢問這件作品是出自哪一位了不起的細密畫家。

「一幅畫真正重要的，是透過它的美，讓我們了解生命的豐足、仁慈，讓我們尊敬真主所創造的繽紛世界，讓我們了解自省與信仰。細密畫家的身分並不重要。」

細密畫家努瑞顯然比我想的圓滑得多，他話中的保留，是否因為明白我的恩尼須帖派我來這裡調查？孩童的尖聲大叫從開往內院的門外傳來。下方，其中一位部門總管已經開始執行笞蹠刑，被打的學徒們很可能是被抓到在口袋偷藏紅色顏料粉末，或是把金箔夾藏在紙張裡；或許就是剛才我看到在寒風中顫抖等待的那兩個人。年輕的畫師們不放過嘲笑他們的機會，跑到門口觀看。

「書中所有鍍金工作都是由高雅負責的嗎？」我問：「現在是誰代替他做呢？」或者他只是複誦繪畫總督奧斯曼大師的話？

「等學徒們依照奧斯曼大師的指示，用玫瑰色塗好競技場的地面，」努瑞．埃芬迪小心謹慎地說：「我們的兄弟高雅．埃芬迪，真主祝福，無論此刻身在何方，屆時將會回來接手完成這兩頁的鍍金。我們的大師，細密畫家奧斯曼，要求高雅．埃芬迪把每一幅畫中的競技場地面塗上不同顏色。玫瑰粉紅、印度綠、番紅花黃或是鵝屎的顏色。任何人看了第一張圖畫都會明白這是一個泥土廣場，應該是土的顏色，然而在第二張、第三張圖中，他會希望看到別的顏色，為眼睛添加樂趣。書本裝飾的目的是為頁面帶來欣喜。」

我注意到一位助手把一張紙留在某個角落，上面有一些圖畫。他正在處理《勝利之書》裡的一張單頁圖畫，描繪一隊海軍船艦出發作戰。不過很明顯地，朋友被痛打腳跟的尖叫聲激起他跑去一探究竟。他拿了一塊船的圖樣描邊，重複畫出一艘艘一模一樣的船隻，看起來甚至不像浮在海上。然而畫的膚淺、看不出風吹的船帆，著實該歸咎於年輕畫師的缺乏技術，而不是照圖樣描邊的緣故。我難過地看著那塊圖樣從一本不認得的舊書上被粗暴地割下來，或許是一本圖案集。顯然，奧斯曼大師的監管頗有疏漏。

我們來到努瑞．埃芬迪的工作桌，他驕傲地表示自己花了三個星期完成一枚蘇丹殿下的鍍金皇室徽章。我滿懷敬意地欣賞努瑞．埃芬迪的黃金鑲嵌與徽章，它被畫在一張空白的紙上，確保收件人與送件的原因不會洩露。我非常清楚在東方有許多行事衝動的帕夏，單單看見蘇丹殿下崇高耀眼的皇室徽章，便壓抑了叛變之心。

接著，我們參觀書法家雅默最新的經典書籍，由他抄寫、完成並保存。然而我們飛快地翻閱它們，以免與之拮抗的顏色和裝飾喧賓奪主，真正的藝術精髓在書法本身，而裝飾性的插畫只不過用來輔助加強重點。

描邊師奈席爾把打算修補的圖片弄得一團糟，那張圖出自內札米《五部曲》的某個版本，時間可以推回帖木兒之子的年代；畫中描述胡索瑞夫望著赤裸的席琳沐浴。

一位九十二歲、半瞎的前大師，嘴裡叨叨絮絮不停說著六十年前在大不里士親吻過畢薩德大師的手，那位傳奇的大師當時又盲又醉。他用顫抖的雙手向我們展示一只筆盒上的紋飾，打算花三個月完成之後，獻給蘇丹殿下做為節日禮物。

突然間，一陣寂靜包圍整個工匠坊，近八十名在一樓許多小小隔間裡工作的畫師、學生與學徒，全部鴉雀無聲。這是責打過後的寂靜，類似的情形我經歷多次；過一會兒這樣的寂靜將被打破，有時候是一聲討人厭的輕笑或是一句玩笑，有時候是挨打的男孩發出的啜泣或悶聲的呻吟，沒多久他的哭聲會喚醒細密畫師們的回憶，想起自己學徒時代遭受的責打。然而，某一瞬間，這個半盲的九十二歲大師讓我察覺到一種更深層的感受，就在這裡，遠離所有戰爭與紛亂：萬物即將灰飛煙滅的感覺。世界末日前的一剎那，想必也是如此寂靜。

繪畫是思想的寂靜，視覺的音樂。

親吻奧斯曼大師的手道別時，我不僅對他感到無比尊敬，同時升起一股情感，使我的心靈混亂不已：憐憫混入對一個聖者的仰慕，一種奇特的罪惡感。這或許是因為我的恩尼須帖要求畫家們去模仿法蘭克大師的技巧，無論是公開或是祕密地，於是成了他的敵人。

同樣地，我忽然感覺到，這或許是我最後一次在人世間見到這位大師了。於是在一股渴望取悅他的衝動下，我提出一個問題：

「我偉大的大師，我親愛的閣下，是什麼區隔了真正的細密畫家，使他們不同於一般？」我以為這位習於如此奉承問題的繪畫總督，會給我一個敷衍了事的回應，而且此時我已全然忘記自己是誰。

「並沒有一個單獨的標準，可以分辨偉大的細密畫家與拙劣不實的畫匠。」他態度嚴肅地說：「這會隨時間改變。然而，當他面對威脅藝術的邪惡時所持有的技巧與道德卻非常重要。今日，為了評估一位年輕畫家的真誠，我會問他三個問題。」

「什麼問題？」

「他是否相信，受到最近風氣轉變，以及中國人與歐洲法蘭克人的影響下，自己應該擁有個人的繪畫技巧與自己的風格？做為一位插畫家，他是否想要擁有某種特色，某種與眾不同的觀點？而且為了證明這一點，他是否企圖像法蘭克畫師一樣，在作品某處簽上自己的名字？為了精準判斷這些事情，我會先問他一個關於『風格』與『簽名』的問題。」

「接著呢？」我尊敬地問。

「接著，我會想知道這位插畫家如何看待書籍被轉手、被拆散，書中我們的圖畫，在最初委託製作原書的沙皇和蘇丹死後，於別的年代被放入其他書本中。這是個微妙的議題，答案應該遠超過他會不會因此生氣或高興。所以，我會問插畫家一個關於『時間』的問題——插畫家的時間與阿拉的時間。你聽得懂嗎，我的孩子？」

不懂。但我沒這麼說。相反地，我問道：「那麼，第三個問題呢？」

「第三個問題是『失明』！」偉大的繪畫總督奧斯曼大師說，然後他陷入沉默，彷彿無需再做解釋。

「關於『失明』是怎麼樣呢？」我羞愧地問。

「失明是寂靜。如果你結合我剛才說的第一個和第二個問題，『失明』便會浮現。它是一個人繪畫的極限；它是在阿拉的黑暗中看見事物。」

我不再說話。我走出屋外，不疾不徐地走下結冰的樓梯。我知道我將會拿大師的三個偉大問題去問蝴蝶、橄欖和鸛鳥，不只是為了有話題可聊，而是想更了解這三位當代的傳奇人物。

雖然如此，我並沒有立刻前往繪畫大師們的家。我來到猶太社區附近一個新的市場，那裡可以居高臨下俯瞰金角灣匯流入博斯普魯斯海峽，我到那兒與以斯帖碰面。以斯帖被迫像個猶太人那樣，全身上下一身粉紅色長袍。她的身體肥胖而靈活，一張嘴永遠動個不停，瘋狂地向我擠眉弄眼示意。沒錯，她就是這副模樣擠在一群採買的女奴之間，這些女人穿著貧民區那種鬆鬆垮垮的褪色長衫，聚精會神挑揀紅蘿蔔、荸薺與一串串洋蔥和蕪菁。

她以一種老練而神祕的姿勢，把我交給她的信塞進燈籠褲裡，好像整個市場都在窺視我們。她告訴我，莎庫兒正在想著我。她收下小費，當我說「拜託快點，馬上就把信送去」時，指了指布包，表示還有一大堆事情要忙，然後告訴我中午之後才可能把信交給莎庫兒。我請她轉告莎庫兒，我正要前往拜訪三位年輕的知名細密畫大師。

12 我的名字叫「蝴蝶」

正午禱告的時間還未到，敲門聲響起：開門發現是布拉克・埃芬迪，以前有一陣子他曾和我們一起當學徒。我們互相擁抱，親吻臉頰。我心裡猜想是不是他的恩尼須帖要他傳幾句話，但他卻說是以朋友的身分來訪，想參觀我的繪畫及目前進行中的書頁，而且還將以蘇丹殿下之名問我一個問題。「好極了，」我說：「要我回答什麼問題？」

他告訴了我。的確，好極了！

風格與簽名

「低劣的藝術家為了金錢與名聲作畫，並不是為了觀看的歡愉，以及對自己能力的肯定。只要這種人的數目增加，」我說：「我們就會看到愈來愈多虛榮與貪婪，反映在他們對『風格』和『簽名』的狂熱執念上。」我如此開場，並不是我相信自己的話，而是因為應該這麼回答。真正的才華與天賦不會因為對黃金或名聲的熱愛而受損。不僅如此，說實話，就我而言，金錢與名聲是天才必要的權利，並且只會激發我們創造出更偉大的成就。但如果我公開這麼說，細密畫家部門裡那些平庸插畫家必定嫉妒得發狂，跳上來攻擊我。所以，為了證明我比他們任何一個人都熱愛這份職業，我會在一粒米上畫一棵樹，讓他們心服口服。「我很清楚這股對於『風格』、『簽名』與『特色』的渴求，是從遙遠的東方傳來我們這裡的，某些不幸的中國大師看見耶穌會教士自西方帶去的圖畫後，受到歐洲人的影響誤入歧途。雖然如此，讓我告訴你三個寓言，故事皆圍繞這個主題。」

三個關於風格與簽名的故事

其一

很久以前，在赫拉特北方一座高山城堡裡，住著一位著迷裝飾及繪畫的年輕大汗。這位大汗只喜歡後宮一個女人，並瘋狂地愛戀她，而這位豔麗無雙的韃靼女子同樣愛他。他們翻雲覆雨地做愛，汗水淋漓直到天亮，每天過著這種狂放的生活，唯一的願望便是活到永遠。很快地，他們發現要實現這個願望，最好的方法是翻開書本，連續好幾個小時、好幾天，注視著前輩大師所繪驚人無瑕的圖畫。凝視那些筆觸堅決的完美圖片時，他們感覺時間彷彿停止了，而他們的快樂也與故事中黃金年代的幸福融合為一。在皇室書籍工匠坊中，有一位細密畫家，大師中的大師，曾一次又一次複製同樣書籍裡相同的書頁，臨摹出同樣完美無瑕的圖畫。依照習慣，這位大師描繪佛哈德對席琳的痛苦愛戀，或者莉拉與莫札那之間愛慕渴望的目光交會，或是胡索瑞夫與席琳在寓言中的天堂花園曖昧暗示的四目交投——不過多加了一點變化：在這些傳奇愛侶的位置，畫家畫上了大汗與他的韃靼美女。大汗與他的情人望著這些書頁，深信兩人的熱戀永不止息，因此賞賜給細密畫大師數不清的讚美與黃金。然而，到最後，太多阿諛諂媚使得這位細密畫家步上歪道：在魔鬼的煽動下，他忘記自己的完美圖畫其實是仰賴前輩大師的恩賜，高傲地以為若加入一點自己的天才，將使他的作品更為迷人。只不過這些創新的細密畫大師個人風格筆觸，看在大汗與他的情人眼中，卻只覺得是瑕疵，因而深感不悅。大汗花了很長時間細察這些畫作，覺得自己之前的幸福在許多方面都受到破壞。對於畫家以個人筆觸描繪的韃靼美女，他愈來愈覺得妒忌。於是，為了讓美麗的韃靼情人吃醋，他故意與另一個嬪妃燕好。情人從後宮流言聽說他的背叛後，傷心欲絕，靜悄悄地跑到後宮內院一棵香柏樹下上吊自盡。大汗這才了解自己的錯誤，並明白整件悲劇全由細密畫家對風格的偏執引起，立刻下令刺瞎這位受魔鬼誘惑的藝術大師。

其二

很久以前，在東方一個國家裡，有一位喜愛彩繪、裝飾及細密畫的年老蘇丹，他和美麗絕倫的中國妻子快樂地生活在一起。不料，他很快便發現自己和前任妻子所生的英俊兒子，與自己的年輕妻子彼此愛慕。這個兒子因為恐懼自己對父親的背叛，羞於這份不被允許的愛情，隱遁到書籍工匠坊，全心投入繪畫。他藉著悲傷而強烈的愛情作畫，每一幅畫都精美萬分，讓仰慕者分辨不出哪些是他的畫、哪些是前輩大師的作品。蘇丹對自己的兒子萬分驕傲，年輕的中國妻子觀賞畫作時則會稱讚：「啊，美麗極了！」「可是如果他不在作品上簽名，日子久了以後，沒有人知道這些偉大的繪畫出自他之手。」蘇丹回應：「不過，如果我的兒子在畫上簽名，便是不公正地把他從前輩大師那裡學來的技巧和風格，當作自己的功勞，不是嗎？而且，如果他簽上名字，不正是說明：『我的圖畫透露出我的缺陷』？」中國妻子明白，關於簽名這一點，自己無法說服年邁的丈夫。然而，最終她卻成功地說服埋首書籍工匠坊的年輕兒子。這個兒子為了必須隱瞞自己的愛情而感到羞辱，在美麗繼母的勸說及魔鬼的強迫下，於畫中一角，牆壁與草叢之間，某個他以為不會有人發覺的地方，簽下了自己的名字。第一張有他簽名的畫作，是《胡索瑞夫與席琳》故事中的某個場景。你們知道這一場：胡索瑞夫與席琳結婚後，胡索瑞夫第一次婚姻所生的兒子席瑞伊，愛上了席琳。一天夜裡，席瑞伊從窗戶潛入他們的臥房，拿出匕首猛然刺入父親的胸膛。蘇丹看見兒子這幅圖畫時，強烈地感覺到畫中有某種缺陷；他看到了簽名，但沒有意識到，只是單純對畫反映出這樣的想法：「這幅畫有缺陷。」由於前輩大師的作品絕不可能給人此種感覺，蘇丹心中突然升起一股恐慌，懷疑自己讀的這本書並不是敘述某個故事或傳說，反而是最不應該出現在書本中的現實事件。當老人察覺到這一點時，充滿了驚懼。說時遲那時快，他的繪畫家兒子從窗戶爬進來，就和畫中一樣，他沒有朝父親驚凸的眼珠多看一眼，猛然揮出和畫中一樣大的匕首，刺入父親的胸膛。

其三

卡茲文的拉敘度丁在其《歷史》一書中，愉快地寫到兩百五十年前在卡茲文，手抄本的紋飾、書法及插畫是所有藝術中最受推崇與喜愛的。當時卡茲文在位的沙皇統治著四十多個國家，從拜占庭到中國，或許對手抄繪本的熱愛是國力強盛的祕訣。可惜，他膝下無子。沙皇擔心征服的土地在他死後被瓜分，決定為美麗的女兒尋找一位聰明的細密畫家丈夫。為了這個目的，他安排了一場比賽，測驗他畫室中三位著名的單身年輕畫師。根據拉敘度丁的《歷史》記載，比賽的題目非常簡單：誰能夠畫出一張最出色的繪畫，他就是勝利者！年輕的細密畫家和拉敘度丁自己一樣，知道這意謂依前輩大師的方式作畫，因此，三個人都翻製了最受喜愛的場景：在一座彷彿天堂的花園中，一位美麗少女站在扁柏與香柏樹之間，四周圍繞著害羞的兔子與活潑的燕子，少女凝視地面，沉浸在相思的哀愁中。不知不覺地，三位細密畫家都以前輩大師的手法，分毫不差地畫出同樣的場景。儘管如此，其中一人想要凸顯自己，把圖畫的美麗歸功於己，因此在花園最偏僻角落的水仙花叢中藏入自己的簽名。這位藝術家厚顏無恥的行為，違反了前輩大師的謙卑態度，立刻被逐出卡茲文，流放到中國。這麼一來，比賽在兩位留下的細密畫家間重新展開。這一次，兩人都畫了一幅優美如詩的圖畫，描繪一位美麗的少女騎馬走過一座迷人的花園。可是其中一位細密畫家為有一對中國鳳眼與高顴骨的少女所騎的那匹白馬，畫了一對奇怪的鼻孔，究竟是筆誤還是故意？沒有人曉得。這一點立刻被沙皇和他的女兒視為一個瑕疵。確實，這位細密畫家並沒有簽名，然而在他華麗的圖畫中，顯然為了凸顯自己的作品，在馬的鼻孔上加了一筆純熟的變化。沙皇表示「瑕疵是風格之母」，於是把這位插畫家放逐到拜占庭。然而根據卡茲文的拉敘度丁所著《歷史》一書，最後還發生了一個重要事件。天才細密畫家藉著完全仿照前輩大師的畫法，沒有任何簽名或改變，得到了沙皇的女兒。就在準備他們的婚禮時，發生了一件事：婚禮前一整天，沙皇的女兒滿懷悲傷地凝視未來丈夫的畫作，這位年輕英俊的著名大師隔天就要成為她的丈夫。那天晚上，當黑夜降臨，她來到父親跟前。「確實，沒錯，前輩大師們在他們精緻華美的圖畫中，都將那美麗的少女畫成中國人，這也是從東方傳來、一個不能更改的規則。」她說：「可是當畫家深愛一個人時，他們會把情人的形象畫入美麗少女的眉、眼、唇、髮、微笑、甚至睫毛中。繪畫中這種祕密的更改應該是某種情人間可以讀出的暗示，也只有情人才看得出來。然而，我親愛的父親，今天一整天，我凝視著騎馬的美麗少女，我發覺她身上絲毫沒有我的痕跡！這位細密畫家或許是個了不起的大師，年輕又英俊，然而他並不愛我。」就這樣，沙皇馬上取消了婚禮。從此以後，父親和女兒相依為命度過餘生。

「這麼說，根據第三個寓言，缺陷造成了我們所謂的『風格』。」布拉克畢恭畢敬地說：「從隱藏在畫中美女的臉孔、眼睛或微笑中的『符號』，是否可以明白得知這位細密畫家墜入愛河？」

「不，」我以自信而驕傲的語氣說：「畫中少女流露的是細密畫師專注的愛情，然而這一點，對於他的圖畫而言，並不盡然是瑕疵或缺陷，而成為一種新的藝術規則。因為，經過一段歲月和模仿後，每個人都將開始依照那張獨特的美麗少女臉孔，描繪其他的少女。」

我們陷入沉默。我看見之前一直專心聆聽我說故事的布拉克，此時轉移了注意，側耳傾聽我美豔的妻子漫步於迴廊與隔壁房間的腳步聲。我警告地瞪著他。

「第一個故事證明『風格』是瑕疵；」我說：「第二個故事表示一幅完美的圖畫無需簽名；而第三個結合了第一個與第二個故事的主旨，解釋『簽名』與『風格』只不過是畫家對於瑕疵作品愚蠢而無恥的沾沾自喜。」

我給這個男人上了如此珍貴的一課，他究竟對繪畫懂得多少？我說：「從我的故事裡，你明白我是什麼樣的人了嗎？」

「當然。」他說，語氣毫無說服力。

所以你們別企圖從他的眼睛與觀察中辨別我是什麼人，容我直言不諱。我可以做任何事情。我可以像卡茲文的前輩大師們一樣，歡欣愉快地繪畫。我帶著自信的微笑說：我比誰都優秀。如果我的直覺沒錯的話，不管布拉克來訪的目的是不是為了鍍金師高雅．埃芬迪的失蹤，都與我無關。

布拉克問我關於婚姻與藝術之間的相互影響。

我喜歡我的工作，而且內容繁重。最近我娶了附近人家一位最美麗的少女。當我沒有作畫時，我們發瘋似地做愛，然後我再度去工作。當然我沒有這麼回答。「這是一個嚴肅的議題，」我說：「如果說經典之作是從一位細密畫家的畫筆下所生，那麼，拿它來面對自己的妻子時，他將很難挑起同樣的歡愉。」「反之亦成立：如果一個男人的蘆稈筆滿足了妻子，那麼他繪畫的蘆稈筆將相形失色。」我補充道。就如每個妒忌細密畫家才華的人一樣，布拉克也滿心愉悅地相信了這些謊言。

他說想看我手邊進行中的書頁。我讓他坐在我的工作桌前，包圍在各種顏料、墨水瓶、磨光石、毛筆、硬筆與削蘆稈筆的板子之間。布拉克細心研究我止在為《慶典之書》進行的一幅雙頁圖畫，內容描述王子殿下的割禮儀式。我坐在他身旁一只紅色坐墊上，微溫的坐墊讓我想起美麗妻子的誘人大腿不久前才坐過這裡。的確，我的蘆稈筆畫出了蘇丹殿下面前那些可憐囚犯的悲傷，同時我男性的蘆稈筆也讓聰慧的妻子流連忘返。

我的雙頁畫中的場景，內容描述一群被判罪而囚禁的債務人，以及他們的家人，被運送到蘇丹殿下跟前。我把蘇丹安排在一張地毯的角落，地毯上堆滿一袋袋銀幣，就如同我在類似慶典中親眼目睹的一樣。蘇丹身後，我畫出財務總督，他手裡拿著債務帳本，大聲宣讀。被判罪的囚犯們脖子上架著鐵製枷鎖，彼此鍊在一起，在我的筆下，他們皺著眉、拖長臉、甚至淚眼汪汪，透露出悲慘和痛苦。我用紅色調畫出魯特琴樂手，他們聽見蘇丹頒布赦免囚犯的仁慈禮物，滿臉欣喜地加入歡樂的禱告與詩歌吟唱。雖然我起初並不如此打算，但為了強調從欠債的痛苦及恥辱中解脫，我在最前方一位悲慘囚犯身旁，加上他一身紫色長衫、絕望不幸的妻子，以及長髮的女兒，她全身包覆在深紅色斗篷中，哀傷而美麗。布拉克皺著眉頭研究，為了讓他明白繪畫如何同等於生命之愛，我準備向他解釋，為什麼這群被鐵鍊串連的債務人要橫跨兩頁；我準備告訴他圖畫中的紅色蘊含什麼道理；我準備闡釋畫中某些我和妻子時常邊觀賞邊笑著討論的小細節，例如我為何情有獨鍾地為蹲在角落的那隻狗塗上與蘇丹的阿特拉絲綢衫一模一樣的顏色——前輩大師從不曾這麼做。但他問了我一個相當粗魯無禮的問題：

我是否，或許，知道不幸的高雅．埃芬迪可能在哪裡？

他說「不幸」是什麼意思！我並不是說高雅．埃芬迪是個卑劣的抄襲者，一個沒有半點才華、只為金錢鍍金的笨蛋。「不，」我說：「我不知道。」

我有沒有想過，可能是艾祖隆的傳道士手下那些激進、暴力的追隨者，傷害了高雅．埃芬迪？

我面不改色克制自己，沒有回答說高雅．埃芬迪根本就是他們那一夥的。「沒，」我說：「為什麼？」

今日的伊斯坦堡瀰漫著貧窮、瘟疫、世風日下、道德頹喪，我們之所以沉淪於此，完全是因為遠離了我們的先知，真主的使者，那個時代的伊斯蘭教義，轉而接受新穎的邪惡習俗，並任由歐洲法蘭克人的思想在我們之中蔓延。艾祖隆的傳道士強調的就是這一點，然而他的敵人卻試圖說服蘇丹不要信以為真，宣稱艾祖隆信徒正在攻擊苦行僧修院，因為那裡有音樂的演奏，同時他們著手破壞聖人的墳墓。他們知道我並不像他們一樣仇視崇高的艾祖隆殿下，於是客氣地暗示：「你是不是對我們的兄弟高雅．埃芬迪做了什麼？」

突然間，我恍然大悟，原來這些謠言早在細密畫家之間流傳。那群沒天賦、沒才華的廢物，洋洋得意地指責我只不過是一個殘暴的殺人凶手。這個蠢蛋布拉克竟然把這群妒忌的細密畫家的誹謗當真，單單這一點，就教我忍不住想拿起一只墨水瓶砸入他那顆切爾克斯腦袋。

布拉克仔細觀察我的工作室，努力記下眼睛看到的一切。他專注地看著我剪紙的長剪刀、裝滿黃色顏料的陶碗、一碗碗顏料、我一邊工作一邊啃食的蘋果、安放在後面爐子邊緣的咖啡壺、我的迷你咖啡杯、坐墊、從半掩的窗戶滲透而入的光線、我用來檢查頁面構圖的鏡子、我的襯衫，以及旁邊，像某種罪行般落在一角的、我妻子的紅色腰帶。剛才一聽見前門傳來布拉克的敲門聲，她趕緊退出房間，匆忙中遺落了腰間的飾帶。

儘管我對他隱瞞腦中的想法，卻把我的圖畫及居住的房間，毫無保留地呈現在他無禮而粗暴的注目下。我相信你們若聽見我內心狂妄自大的想法，一定萬分震驚：我是其中賺最多錢的，因此，我是所有細密畫家中最優秀的！是的，真主一定希望繪畫藝術是一種狂喜，這麼一來，祂便能向那些真正看得見的人展現，世界本身正是狂喜。

13 我的名字叫「鸛鳥」

接近正午禱告的時候，我聽見門口有人敲門。是很久以前、我們小時候就認識的布拉克。我們相互擁抱。外頭很冷，於是我邀請他進屋。我甚至沒有問他怎麼找到這間屋子的。一定是他的恩尼須帖派他來問我高雅．埃芬迪失蹤的事，以及他的下落。不僅如此，他還帶來奧斯曼大師的話。「容我問你一個問題，」他說：「依照奧斯曼大師的說法，『時間』證明一位真正的細密畫家與眾不同：繪畫的時間。」我對此有何意見？仔細聽了。

繪畫與時間

大家普遍知道，很久以前，我們伊斯蘭地區的插畫家，比如說，包括了阿拉伯前輩大師們，對世界的觀察與今日的法蘭克異教徒一樣。他們看見一切，然後以一種流浪漢、無賴或小販在店裡工作的層次把它們畫下來。他們不懂得今日被法蘭克大師引以為傲的透視技巧，他們的世界單調而狹窄，受限於無賴或商店小販的單純眼界。接著發生了一個偉大的事件，徹底改變我們整個繪畫世界。讓我從這裡開始。

三個關於繪畫與時間的故事

其一

三百五十年前，撒發爾月[20]寒冷的一天，蒙古人占領了巴格達，並展開殘暴的掠奪。伊本．沙克是當時阿拉伯地區、甚至整個伊斯蘭世界最負盛名且技術純熟的書法家和抄寫家。雖然年紀很輕，他卻已經抄寫了二十二冊書籍，其中大部分是古蘭經的篇章，保存在巴格達幾座世界知名的圖書館。伊本．沙克相信這些書本將流傳至世界末日，因此對於時間的永恆有著深刻而強烈的體認。一整夜，他不眠不休地在搖曳的燭火下抄寫最後幾部傳奇的書籍，如今這些書本不為我們所知，因為在短短幾天的時間內，它們就被蒙古大汗旭烈兀手下的士兵一本本撕碎、燒毀、丟入底格里斯河。阿拉伯書法大師們，畢生執著於追求傳統和書本、永恆的不移，過去五個世紀來，他們習慣背對初升的太陽望向西方地平線，藉這種讓眼睛休息的方法預防失明。伊本．沙克也不例外，他在微涼的清晨登上卡里非特清真寺的叫拜樓，站在穆耶辛[21]呼叫信徒禱告的陽台上，目睹即將結束五世紀來抄寫藝術傳統的暴行。他先是看見了旭烈兀凶殘的士兵攻入巴格達，但他並沒有離開，仍繼續留在叫拜樓塔頂。他看著士兵燒殺擄掠，摧毀整座城市，屠殺城裡千百萬平民。他看著統治巴格達五百年的最後一位伊斯蘭哈里發[22]被殺害，婦女被姦淫，圖書館被焚毀，上萬冊手抄本被拋入底格里斯河銷毀殆盡。兩天後，在屍臭瀰漫與死亡的哀號聲中，他望著底格里斯河的河水被

---

20 譯注：撒發爾月（Safar month），回曆的二月。根據陰曆計算，西元六二二年七月十六日為回曆一年一月一日。
21 譯注：穆耶辛（muezzin），在清真寺叫拜樓上報呼禱告時刻的人。
22 譯注：哈里發（Caliph），意指「代表」，以真主和先知的代表身分治國，穆罕默德之後伊斯蘭教領導者的稱號。

書本裡流出的墨水染成一片血紅；然後想到所有他以優美書法抄寫的書籍，這些如今蕩然無存的書本，居然沒有一絲一毫的力量能夠阻止這場血腥殺戮與毀滅。從那天起，他發誓永遠不再書寫。不僅如此，一股強烈的渴望湧入心中，他想要透過繪畫呈現自己親眼目睹的痛苦與災難，雖然直到那天之前，他對繪畫始終不屑一顧，認為它是對阿拉的侮辱。就這樣，他在隨身攜帶的紙上，畫下自己從叫拜樓頂看見的一切。蒙古入侵過後，伊斯蘭繪畫歷經三百多年的復興，這個美好的奇蹟全都要歸功於一項繪畫要素，它區隔了異教徒與基督徒的藝術形式。那就是，只靠著畫出一條地平線，呈現居於真主般的高聳位置，俯瞰世間的悲苦景象。復興的功勞全是那一條地平線，以及沙克本人。他在親眼目睹大屠殺之後，帶著他的圖畫及對繪畫的熱情，往北方走——迎向蒙古軍隊前來的方向。簡單說，他向中國大師學習了繪畫的技巧，為復興帶來極大的影響。就這樣，五百年來，阿拉伯書法抄寫大師始終認為永恆的時間存在於書寫，然而不證自明地，繪畫才是保存了永恆的時間。最好的證明是，當手抄本與書籍被撕碎銷毀之後，其中的繪畫卻仍會流傳至其他書冊，永遠不滅，繼續呈現阿拉的塵世領土。

其二

從前，離現在不是很久遠但也非很近，那時所有東西互相模仿，也因此，除了衰老和死亡，人們從來不會想到時間的流逝。的確，凡間的世界一再透過同樣的故事及圖畫重複出現，彷彿時間靜止不動。當時法何沙皇人數不多的軍隊打敗了瑟拉哈丁汗的士兵——根據撒馬爾罕的沙林著作之簡明《歷史》一書所述。勝利的法何沙皇俘虜了瑟拉哈丁汗、將他凌遲致死後，依照習俗，法何沙皇立刻入主戰敗大汗的圖書館與後宮，做為確立其統治的第一要務。前瑟拉哈丁汗手下老練的裝訂師在圖書館裡拆散了已故國王的書籍，將它們重新編排，組合成新的書冊。他的書法家把「永遠不敗的瑟拉哈丁汗」稱號，更改為「不敗的法何沙皇」。他的細密畫家開始畫下年輕的法何沙皇，取代當時已逐漸被人民忘卻的故瑟拉哈丁汗——他精巧的肖像被描繪在最美麗的手抄本書頁上。才剛踏進後宮，法何沙皇便輕易找到了裡面最美麗的女人，然而由於他是精通詩畫的文雅之士，並沒有用暴力占有她，而是藉著與她聊天交談，試圖贏得芳心。最後，故瑟拉哈丁汗眾佳麗中的美女、他淚眼汪汪的妻子奈麗曼蘇丹，向法何沙皇提出唯一的要求：請他不要更改在浪漫故事《莉拉與莫札那》一書中她丈夫的畫像，在其中一張畫裡，莉拉被畫成奈麗曼蘇丹，而莫札那則是瑟拉哈丁汗。她希望，至少在這一頁中，丈夫長年以來企圖藉由書本達到的不朽，不會被銷毀。不敗的法何沙皇勇敢地允諾了這個簡單的要求，他的書本大師於是放過這張圖畫。就這樣，奈麗曼與法何很快地上床做愛，沒有多久，他們就忘記恐怖的過去，真心愛上彼此。只不過，法何沙皇仍舊忘不了《莉拉與莫札那》書中那張圖畫。不，讓他不安的不是嫉妒，也不是因為他的妻子與前任丈夫同在畫中。啃噬著他內心的是：由於他自己沒有出現在那本華麗書本的古老傳說中，他將無法與妻子共同達到不朽。這隻憂慮的蠹蟲在法何沙皇心中嚙食了五年，直到最後，某個歡愉的夜裡，在與奈麗曼多次雲雨翻騰之後，他拿起蠟燭，像個竊賊般溜進圖書館，翻開《莉拉與莫札那》這本書，然後在奈麗曼亡夫的臉孔上，畫下了自己的臉。雖然他就如許多喜愛彩飾及繪畫的大汗，自己也能拿筆，不過畢竟是個業餘的藝術家，無法把自己畫得很好。到了早晨，他的圖書館員發現凌亂的痕跡，心存懷疑地打開書本，看見在畫成奈麗曼的莉拉旁邊，已故的瑟拉哈丁汗被換上了另一張臉孔。他非但認不出那是法何沙皇，更宣布畫中人是法何沙皇的大敵——年輕英俊的阿布杜拉沙皇。謠言傳遍了法何沙皇的軍隊，使得士氣大亂，更鼓舞了鄰國的新統治者、年輕好鬥的阿布杜拉沙皇。隨後阿布杜拉沙皇發動攻擊，在第一次戰役中便擊敗、俘虜並殺死了法何沙皇，占領敵人的圖書館與後宮，確立自己的統治權，並且成為永遠美麗的奈麗曼的新丈夫。

其二

伊斯坦堡的細密畫家，每當談論到傳奇的塔爾·穆哈瑪，也就是波斯呼羅珊的穆罕默德，總拿他做為長壽與失明的例子。不過，塔爾·穆哈瑪的傳說其實也是一則繪畫與時間的寓言。這位大師九歲開始學徒生涯，持續作畫了一百一十年左右卻沒有失明；他最大的特色，就是他沒有特色。我這麼說不是揶揄，而是表達最誠摯的仰慕。塔爾·穆哈瑪不僅像所有人一樣，依照前輩偉大畫師的技法繪畫，甚至更為刻苦堅持。因為如此，使他成為最偉大的大師。他視繪畫藝術為對阿拉的服侍，不僅謙卑，而且全心奉獻，超然地看待當時他工作的手抄本繪畫工匠坊內的紛紛擾擾，以及他因為具備適當年齡和才華而可能對成為細密畫家總督抱持的野心。身為一位細密畫家，一百一十年來，他耐心地描繪每一個繁瑣的細節：填滿書頁邊緣的細草、千萬片樹葉、蜷曲的雲絮、精筆重複描出的馬鬃、磚牆、蜿蜒不止的牆壁紋飾，以及上萬張一模一樣細眼睛、巧下巴的臉孔。塔爾·穆哈瑪極為知足含蓄，從不妄想凸顯自己，或是堅持個人風格。任何時候，無論自己碰巧在哪一位大汗或諸侯的工匠坊工作，他都把它當作自己的家，並視自己為那間房屋的附屬家具。無論時局如何動盪，大汗與沙皇們互相殘殺，細密畫家如同後宮嬪妃，跟著新主人重新聚集，從這個城市遷移到另一個城市。每當一間新手抄本繪畫工匠坊成立時，風格的定位總是遵循塔爾·穆哈瑪所畫的樹葉、他的細草、岩石的弧度，以及他耐心繪製的隱藏輪廓。當他八十歲時，人們忘記他是血肉之軀，開始相信他活在自己筆下的傳說故事中。或許是這個原因，有些人認為他超脫了時間，永遠不會衰老、死亡。有些人則將他沒有失明——儘管沒有自己的家可住，每晚睡在作為細密畫家工匠坊的房間或帳篷裡，所有時間幾乎都盯著手抄本書頁——歸功於一項奇蹟：時間已經在他身上停駐。有些人聲稱他其實已經瞎了，也不再需要觀看，因為他用記憶來繪畫。一百一十九歲時，這位沒結過婚、甚至沒做過愛的傳奇大師，遇見了一世紀以來，他筆下細眼睛、尖下巴、月亮臉，一個有血有肉的理想美少年：一位中國與克羅埃西亞混血的十六歲少年，塔哈瑪斯普沙皇細密畫家工匠坊的學徒。出乎意料但可以理解地，大師立刻愛上了他。和所有陷入愛河的人一樣，為了誘惑這位俊美無雙的少年學徒，大師運用計策加入細密畫家之間的權力鬥爭，投身謊言、欺騙與陰謀之中。一開始，這位呼羅珊的細密畫大師充滿熱情，企圖追上自己一百年來成功抵抗的藝術風潮，但這項努力也迫使他遠離了過去的永恆傳奇歲月。一天傍晚，他站在一扇敞開的窗戶前，迷濛地凝視俊美的學徒，結果在大不里士冰冷的晚風中受了風寒。隔天，一陣噴嚏猛發，導致他雙眼全盲。兩天後，他從工匠坊高聳的石階上跌落，就這樣摔死了。

「我聽過呼羅珊的塔爾．穆哈瑪這個名字，但從不知道這段故事。」布拉克說。

他巧妙地提出這個評語，表示他知道故事已經說完了，而且腦中正專心思考我的陳述。我靜默不語好一陣子，讓他可以盡情打量我。由於只要手一閒下來就覺得不自在，第二個故事才開始沒多久，我又開始畫圖，接續剛才布拉克敲門時停下的地方。我漂亮的學徒瑪哈姆靜靜坐在我身旁，聆聽、凝望。平常，他總是坐在跟前替我調顏料，幫我削蘆稈筆，偶爾為我擦拭錯誤。屋子裡，妻子走動的聲響清晰可聞。

「啊哈，」布拉克說：「蘇丹起身了。」

他敬畏地盯著圖畫，我假裝那個令他敬畏的原因微不足道，不過讓我坦白告訴你們：《慶典之書》所有兩百張割禮儀式的圖畫中，崇高的蘇丹殿下都是以坐姿呈現。五十二天來，他坐著，透過特別為此節慶建造的皇室宮殿窗戶，觀看商人、工會、觀眾、士兵及囚犯遊行經過。只有在我的一張畫中，他起身站立，從裝滿銀幣的袋子掏出錢幣，拋給廣場上的群眾。我的重點是捕捉群眾的驚訝與興奮，他們互相推擠、扭打、踐踏，爭先恐後搶奪掉在地上的銀幣，屁股高高地翹向天空。

「如果愛情是畫中的部分主題，那麼作品中必須蘊藏著愛；」我說：「如果是關於痛苦，那麼畫中應該透露出痛苦。然而，表達痛苦的並不是畫中的人物或是他們的淚水，痛苦應生自圖畫內部的和諧，儘管第一眼看不出來，但感覺得到。我描繪驚訝的方法，不像幾世紀來成千上百的大師們一樣，畫出一個人把食指伸進闔不攏的嘴裡；相反地，我讓整張畫蘊含著驚訝。為了達到這個效果，我邀請統治殿下起身站立。」

布拉克仔細檢視我的物品及繪畫用具，不對，是我整個生活，試圖尋找線索。他的專注令我感到不悅，但同時也激起了好奇，於是，我開始透過他的眼睛觀察自己的房子。

大家都知道，有一陣子宮殿、澡堂與城堡的圖片，風行於大不里士與設拉子。為了讓圖畫看起來好像是透過全知全能、崇高阿拉的銳利眼神所見，細密畫家描繪宮殿的橫切面，彷彿用一把巨大、神奇的剃刀把房子切成兩半，然後畫出平常從外面絕對看不見的全部室內細節，包括所有瓶瓶罐罐、玻璃水杯、牆壁裝飾、簾幕、籠中的鸚鵡、最私密的角落、枕頭，以及斜倚在枕頭上向來不見天日的美麗少女。布拉克像一個好奇而著迷的讀者，仔細研究我的顏料、我的紙張、我的書、我可愛的助手、我為《服飾之書》所繪的書頁、我替一個法蘭克旅人所畫的圖案集、我祕密為一位帕夏隨手亂畫的春宮畫和其他猥褻圖片、我各種用彩繪玻璃、青銅、陶土製造的墨水瓶、我的象牙筆刀、我的金柄毛筆，還有，沒錯，我俊俏學徒的眼神。

「我和前輩大師不同，看過很多場戰爭，很多。」我開口填滿在場的沉默：「戰爭的器具、大砲、軍隊、屍體。我曾替蘇丹殿下和其他將軍的營帳紋飾天花板。戰役結束，軍隊返回伊斯坦堡後，為了不讓人們遺忘，是我，用圖畫記錄下戰爭的場景，砍成兩半的屍體、敵軍的互相攻擊、卑賤的異教士兵被我們的砲火震撼摧毀、被圍困在城堡裡的軍隊躲在高塔牆垛後孤注一擲、叛賊被斬首、憤怒的馬匹衝鋒陷陣。我把眼睛所見的一切，刻印在腦中：一台新式咖啡豆研磨器、某種我從沒見過的窗戶柵欄、一具大砲、一把新式法蘭克來福槍的扳機、宴會中誰穿了哪種顏色的長袍、誰吃了什麼、誰的手怎麼放在哪裡……」

「你剛才說的三個故事，有什麼寓意？」布拉克以一種下結論的語氣說，微微示意我回到正題。

「其一，」我說：「有關叫拜樓的第一則故事，顯示出無論一位細密畫家多有才華，唯有時間才能使一幅畫『完美』。其二，關於後宮和圖書館的第二則故事，說明只有靠技巧和繪畫，才能夠超越時間。至於第三個故事，這樣吧，由你來告訴我。」

「其三！」布拉克信心滿滿地說：「關於一百一十九歲細密畫家的第三則故事，結合了『其一』與『其二』，告訴我們，時間如何拒絕一位放棄完美生活與完美繪畫的人，只留下死亡。的確，這就是它的寓意。」

14 我的名字叫「橄欖」

午禱過後，當我正愉快地揮筆描繪男孩們甜美的臉孔時，聽見門口傳來敲門聲。我嚇了一跳，手微微一抖。放下畫筆後，我小心地把膝上的畫板放到一旁。我像風似地衝向門邊，開門之前輕聲禱告。我不會對你們隱瞞任何事，因為能夠從這本書裡聽見我說話的你們，比起居住在這片汙穢、悲慘世界中的我們，還要接近阿拉。印度斯坦的君王阿克巴汗，世上最富有的人，正在籌畫一本未來將成為傳奇的書籍。為了實現計畫，他傳話到伊斯蘭世界各個角落，邀請全世界最偉大的藝術家加入。他派遣到伊斯坦堡的使者們，昨天拜訪過我，邀請我前往印度斯坦。這一次，我打開門發現並不是他們，而是童年舊識布拉克，我根本早已忘了他。當年他沒能留下來與我們共事，他嫉妒我們。「什麼事？」

他說是來友誼拜訪，來聊聊天，並看看我的繪畫。我迎他進門，讓他自己瞧個夠。我聽說今天他才去拜訪繪畫總督奧斯曼大師，並親吻了他的手。他解釋道：這位偉大的大師給了他幾句哲言，讓他思考。「從一位畫家對失明與記憶的看法中，可以顯露出他的特質。」他說。那麼，就讓我顯露吧。

失明與記憶

在繪畫藝術開始之前，只有黑暗；當它結束之後，也只有黑暗。透過我們的色彩、顏料、技巧與熱情，我們記得阿拉曾命令我們「看」！知曉，是記住你曾經看見；看見，是知曉而無需記憶。因此，繪畫正是記住黑暗。熱愛繪畫，並從黑暗中看見色彩與影像的前輩大師們，渴望藉由顏色，返回阿拉的黑暗。缺乏記憶的藝術家們非但不記得阿拉，也不記得祂的黑暗。所有偉大的畫師，在自己的畫裡，都一直在尋找潛藏於顏色中、超越時間外的深沉空虛。讓我說一個赫拉特知名前輩大師的故事給你聽，解釋什麼叫記住這份黑暗。

三個關於失明與記憶的故事

其一

波斯詩人雅米的《親密之禮》內容講述聖人的故事，根據拉米葉．卻勒比[23]的土耳其文翻譯，其中有一則故事。黑羊王朝統治者吉罕沙皇的書籍工匠坊中，著名的大師、大不里士的謝赫．阿里繪製了一冊精美的《胡索瑞夫與席琳》。根據我所聽說的，在這本歷時十一年才完成的偉大手抄本裡，細密畫大師中的巨匠謝赫．阿里展現了無與倫比的才華與技巧，畫出極為華美精緻的圖畫，只有過去最偉大的大師畢薩德才可能與之匹敵。甚至手抄繪本方完成一半，吉罕沙皇就已經知道，他即將擁有一本全世界最富麗堂皇的書本。從此之後，他便活在恐懼和妒忌中，憂慮著白羊王朝的統治者、年輕的塔爾．哈珊，並宣布他為自己的大敵。不僅如此，吉罕沙皇很快察覺到，雖然書本完成後他的威望將大幅提升，但塔爾．哈珊也可能製作出另一本更完美的手抄本。身為極端好猜忌的人，吉罕沙皇被滿腦子的壞念頭折磨：「如果別人有幸得到如此才華，該怎麼辦？」他立刻明白，如果這位細密畫巨匠再畫另一本，甚至是更好的一本，那將一

23　譯注：拉米葉．卻勒比（Lami'i Chelebi），一般尊稱，特別是宗教組織領導者的敬稱。

定是替他的敵人塔爾．哈珊所繪。所以，為了防止自己以外的人擁有這本偉大巨作，吉罕沙皇決定等到細密畫大師謝赫．阿里一完成書之後，就殺了他。然而後宮一位善良的切爾克斯美女勸告他，弄瞎細密畫大師就已足夠。吉罕沙皇毫不猶豫地接納了這個聰明的意見，並將自己的決定講給周圍阿諛奉承之士聽，直到最後傳進謝赫．阿里的耳裡。儘管得知自己的下場，謝赫．阿里並不像其他普通畫家可能會做的，放下手中半完成的書，逃離大不里士。他也不玩把戲，像是放慢手抄本的進度，或是畫出較為拙劣的圖畫，讓書本無法「完美」，藉此逃過失明的命運。相反地，他甚至更熱情執著地投入工作。在獨居的房子裡，晨禱過後他便開始工作，不間斷地一次又一次畫著同樣的馬匹、柏樹、愛侶、惡龍，以及英俊的王子，在燭光中畫到深夜，直到流出灼痛的淚水。許多時候，他會好幾天凝視著一張赫拉特偉大前輩大師的圖畫，然後原封不動地複製在另一張紙上。終於，他完成了黑羊王朝吉罕沙皇的書。接著，正如細密畫大師預期的，他先是得到無數讚美與黃金，然後就被一根用來固定包頭巾的尖銳羽毛針刺瞎了雙眼。痛楚尚未消退，謝赫．阿里即離開赫拉特，投奔白羊王朝的塔爾．哈珊。「是的，沒錯，我瞎了。」他向塔爾．哈珊解釋：「但我記得過去十一年來繪畫的手抄本中每一項華麗的細節，每一絲痕跡，每一個筆觸。而我的手能夠依照記憶再畫一遍。偉大的殿下，我可以為您畫出絕世經典。既然我的眼睛不再受世間的汙穢所擾，我將能從記憶中，描繪出阿拉的一切榮耀，展現它們最純淨的樣貌。」塔爾．哈珊相信了偉大細密畫大師的話；而這位細密畫大師也信守諾言，憑藉記憶，為白羊王朝的統治者畫出一本最輝煌的書本。大家都知道，這本新書提供一股精神力量，支持著塔爾．哈珊，使他之後打敗黑羊王朝，並幫助這位不敗的大汗在靠近賓戈省的一場突擊中，殺死了吉罕沙皇。後來，征服者穆哈瑪汗蘇丹，願他安息，在奧特盧貝利戰役擊敗永遠不敗的塔爾．哈珊，於是這本輝煌的書籍，以及大不里士的謝赫．阿里為已故吉罕沙皇所繪的那本書，便成為蘇丹殿下的財寶，保存在伊斯坦堡。那些能真正看見的人，便可知曉。

其二

由於身為天堂的居民、律法的制訂者的蘇里曼汗蘇丹偏好書法勝於繪畫，當時有志難伸的細密畫家便講述這個故事，視其為繪畫超越書法的例子。然而，任何一個用心的讀者都會明白，這個故事其實是關於失明與記憶。世界的統治者帖木兒死後，他的子孫之間展開殘暴的廝殺。一旦其中一人成功地征服了另一座城市，他的第一個動作就是鑄造自己的錢幣，並在清真寺舉行講道。身為勝利者的第二件事，是把被他占有的書籍全部拆散，寫上新的獻詞，誇耀征服者為「世界的統治者」，並在書末加入新的題辭，然後重新裝訂，讓所有看見征服者書本的人相信他真的是世界的統治者。帖木兒之孫烏魯大人的兒子阿布杜拉地，占領赫拉特之後，迅速動員他的細密畫家、書法家及裝訂師，強迫他們編輯一本書頌揚他的父親，一位書本插畫藝術的鑑賞家。由於當時書冊已被拆散，寫著文字的書頁也遭焚燒、摧毀，許多對照的圖畫因而混亂無序。烏魯大人的兒子知道，若不細心依照故事的內容編輯圖畫、裝訂書本，將是對父親的不敬，因此他召集了全赫拉特的細密畫家，要求他們講述書中的故事，這麼一來，每一張圖畫才可以被放入正確的位置。只不過，每一位細密畫家講的故事都不一樣，結果反而讓正確的排版順序更加混亂。最後，他們找到最年長的細密畫總督。這位大師過去五十四年來，為所有曾經統治過赫拉特的沙皇與諸侯繪畫書籍，長年的勞力投入早已熄滅了他眼中的光芒。當人們發現此刻望著圖畫的年老大師其實已經瞎了，騷動四起，有些人大笑。年老的大師要求他們找來一個聰慧、不滿七歲、不會讀也不會寫的男孩，並帶到他跟前。年老的大師把好幾張圖畫放在他面前。「說說你看到了什麼。」他指示。當男孩開始描述圖畫時，年老的細密畫家抬起盲眼望向天空，細心聆聽，然後回答：「亞歷山大環抱著瀕死的大流士，出自菲爾多西的《君王之書》……這是記錄一位教師愛上了自己英俊的學生，出自薩地的《玫瑰花園》……醫生之間的比賽，出自內札米的《祕密之寶》……」其他細密畫家惱怒於年老失明的同儕說：「我們也能夠告訴你，這些都是最知名故事中最家喻戶曉的場景。」然而，年老失明的細密畫家把最困難的圖畫放在男孩面前，繼續專注傾聽。「胡爾穆茲連續毒殺書法家，出自菲爾多西的《君王之書》。」他說，仍舊望向天空。「一個恐怖事件的拙劣複製品，戴綠帽的丈夫逮到妻子與情人躲在梨樹間，出自魯米的《瑪斯那威》[24]。」他說。藉由此種方法，透過男孩的描述，他指認出所有看不見的圖畫，成功地讓書本重新正確裝訂。烏魯大人帶兵進入赫拉特後，問年邁的細密畫家，究竟什麼祕密讓身為盲人的他，能夠指認其他細密畫大師就算親眼看見也無法分辨的故事。「並不像別人猜想的，我的記憶彌補了我的失明。」年邁的插畫家回答：「故事不僅藉由圖畫流傳，同時也透過文字，這一點我從沒忘記。」烏魯大人說，他自己的細密畫家也知道那些文字和故事，卻仍然無法按順序排列圖畫。「因為，」年老的細密畫家說：「他們很清楚關於繪畫的事情，因為那是他們的技巧和能力，但並不明白前輩大師卻是從阿拉真主的記憶中創造出那些圖畫。」烏魯大人問，一個小孩子怎麼會知道這些事。「小男孩並不知道，」年老的細密畫家說：「可是我，一個年老的失明細密畫家，明白阿拉創造的凡間世界可以讓一個聰慧的七歲男孩看懂。不但如此，阿拉創造這個塵間世界的目的，最主要是讓它能夠被人們觀看。之後，祂賜予我們文字，所以我們才能彼此分享，討論我們看見的事物。我們誤以為這些故事起源於文字，圖畫只是用來裝飾故事而已。完全相反，繪畫的用意在於尋求阿拉的記憶，從祂觀看世界的角度來觀看世界。」

其三

兩百五十年前，阿拉伯細密畫家習慣在破曉時凝望西方地平線，以此種方式減輕所有細密畫家內心揮之不去的失明焦慮。同樣的道理，一世紀之後，許多設拉子的插畫家會在早晨空腹時，吃些揉碎的核桃與玫瑰花瓣。同一個時期，伊斯法罕的年老細密畫家相信陽光是失明的主因，使得他們像染瘟疫般，一個接一個屈服其下。因此他們通常會憑藉燭光，在房間一個幽暗的角落工作，避免陽光直射他們的工作桌。當一天結束，布哈拉的烏茲別克藝術家工匠坊裡，細密畫大師會用長老祝福過的清水洗滌眼睛。然而所有預防措施之中，只有赫拉特的細密畫家西以葉特．梅瑞克，偉大大師畢薩德的導師，發現了面對失明最純粹的方法。依照細密畫大師梅瑞克的想法，失明並不是一項懲罰，反而是阿拉賜予的冠冕，表揚終生為真主榮耀奉獻的繪畫家。原因在於，細密畫家藉由繪畫尋求阿拉眼中的凡間世界。然而這種獨特的眼界，只有在失明降臨後，才能從沉思中獲得；只有經過一輩子的辛苦作畫，當細密畫家耗盡一生，消磨殆盡眼力之後，才可能獲得。因此，唯有透過失明細密畫家的記憶，阿拉眼中的世界才會明晰。當衰老的細密畫家得到這幅影像後，也就是說，當他從記憶與失明的黑暗中看見了阿拉所見的世界時，他的手已經經歷一生的訓練，有能力把這輝煌的景色呈現於書頁。寫下無數赫拉特細密畫家傳奇的歷史學者默薩．穆罕默德．黑德．杜格拉在書中寫道，西以葉特．梅瑞克大師解釋前述繪畫概念時，舉了一個畫家畫馬的例子。他解釋，就算最愚鈍的畫家，腦袋空空如今天的威尼斯畫家，當他看著一隻馬來畫馬時，畫出來的仍是記憶中的景象。因為，是這樣的，一個人不可能同時看著真的馬又看著畫紙上的馬。插畫家會先觀看馬匹，接著迅速把停留在腦中的印象轉換到紙上。在這當中，即使只是一眨眼的時間，畫家表現在紙上的並不是眼前的馬，而是記憶中剛才看到的那匹馬。這證明了，就算是最拙劣的插畫家，一幅畫也只有靠記憶才可能產生。延伸這個概念的邏輯，可以說一位細密畫家活躍的工作生涯，只是為了準備最終幸福的失明與失明記憶。也因此赫拉特的大師們，把他們為藏書家沙皇和諸侯創作的圖畫，當作手的訓練——如同練習。他們

---

24 譯注：魯米（Jalal ad-Din Rumi, 1207-1273）被譽為最偉大的波斯伊斯蘭教神祕主義詩人，詩作論及形上學、神祕主義、宗教、倫理，詩作《瑪斯那威》（Masnawi）被視為波斯文的古蘭經。

接受這些工作，在燭火下一天又一天無休無止地繪畫、觀看書頁，把工作的辛苦視為通往失明之路的愉快勞動。終其一生，細密畫大師梅瑞克不斷尋求能在最適當的時刻，得到這份最榮耀的可能結果。為了刻意加速失明，他會在指甲、米粒、甚至頭髮上，精雕細琢地描繪樹與樹上所有葉片。或者，為了小心地延遲無可避免的黑暗，他會輕鬆隨意地繪畫陽光普照的歡樂花園。他七十歲時，胡賽因·貝卡拉蘇丹為了獎賞這位偉大的畫師，允許他進入寶庫，那裡除了鎖著上萬冊蘇丹蒐集、珍藏的手抄繪本，還保存著武器、黃金、一匹匹堆疊的綢緞和絲絨。在金色枝狀燭台的燭光下，梅瑞克大師凝視赫拉特前輩大師畫筆下的華美書頁，每一篇皆是傳奇之作。經過三天三夜不眠不休的專注欣賞，偉大的大師瞎了。他成熟而順從地接受了這個事實，有如迎接阿拉的天使般，從此不再說話，也不再繪畫。《拉序德歷史》的作者默薩·穆罕默德·黑德·杜格拉，將事件的發展歸因於此：「一位細密畫家，在融入了阿拉永恆不朽的眼界和視野之後，永遠無法再返回為尋常人類所繪的手抄本圖畫。」他更補充：「當失明細密畫家的記憶達到阿拉之處時，那裡是絕對的寂靜、賜福的黑暗，以及一張白紙的永恆無限。」

布拉克之所以問有關失明與記憶的問題，顯然不完全是因為渴望聽我對奧斯曼大師這個問題的答案，而比較像是找藉口讓自己心安，因為他同時觀察著我的物品、我的房間與我的圖畫。但話說回來，我很高興看到我的故事對他有影響。「失明是幸福的境界，那裡不受魔鬼與罪惡的侵擾。」我告訴他。

「在大不里士，」布拉克說：「受到梅瑞克大師的影響，有些老派細密畫家仍舊認為失明是阿拉最至高無上的榮耀，若是年老而沒有失明，他們會覺得很難堪。甚至到今天，因為害怕別人認為這證明他們缺乏才華和技巧，他們會假裝失明。這種失明象徵道德崇高的觀念，加上受到卡茲文的亞默列丁影響，促使有些人會花好幾個星期坐在黑暗中，包圍在鏡子間，靠著一盞油燈微弱的火光，不吃不喝，只是瞪著赫拉特前輩大師所繪的書頁，目的是想學習一個瞎子觀看世界的方法，儘管自己並沒有真的失明。」

有人敲門。我打開門後，發現是一位俊美的工匠坊學徒，迷人的杏眼睜得大大的。他說我們的弟兄、鍍金師高雅．埃芬迪的屍體已經在一口廢棄的井裡被人發現，他的葬禮將於下午禱告時在米希瑪清真寺舉行。說完他便快跑離開，向其他人傳遞這個消息。阿拉，願您保佑我們。

15 我是以斯帖

告訴我，究竟是愛情讓一個人變成呆子，還是只有呆子才會談戀愛？我作布販和媒人那麼多年了，卻一點也搞不懂。有些男人或情侶會隨著熱情加深變得更為聰明，也更圓滑機巧，每當遇到這種人時，我總會欣喜莫名。不過我也很清楚：如果一個男人採取詭計、詐騙或小手段，表示他根本沒有真的戀愛。至於布拉克．埃芬迪，他顯然已經失去鎮定，一談到莎庫兒，他就完全克制不住自己。

在市集裡，我倒背如流地用我告訴每個人的台詞哄他：莎庫兒一直在想他、她問我當他看到她的信時有何反應，以及我從沒看過她這個樣子等等。他看我的眼神，讓我忍不住憐憫他。他叫我馬上把信交給莎庫兒。每個白痴都以為自己的愛情火燒眉頭，非得快馬加鞭才行，結果只是坦白地暴露了他的愛情濃度，不智地把一項武器交入情人手中。要是他的情人聰明的話，她會故意遲遲不應。其中的道理是：欲速則不達，急躁延遲愛情的果實。

如果患了相思病的布拉克知道，我帶著他命令我「火速」傳遞的信件閒晃了一圈，他將會感謝我。我在市集廣場凍得快死地等他，他走了之後，我想到可以去拜訪一個「女兒」暖暖身子。那些我曾經幫忙送信、汗流浹背把她們嫁出去的姑娘們，我稱她們為我的「女兒」。我的這位醜姑娘對我實在感激萬分，因此每次我登門時，她不但全心全意伺候我，像隻飛蛾忙東忙西，還會在我手裡塞幾枚銀幣。如今她懷孕了，心情極佳。她煮了一壺菩提茶，我一口一口細細品嘗。當她留下我一個人時，我數了數布拉克．埃芬迪給我的錢幣。二十枚銀幣。

我再度出發。我走過小巷，穿越陰森的弄道，地上泥濘、結冰，幾乎無法通行。敲門的時候，一股歡樂湧上心頭，我不禁放聲大喊。

「賣布的來了！賣布的！」我說：「來看看我最好的、皇室等級的皺棉紗。來買從喀什米爾來的華麗頭巾、布爾薩的絲絨腰帶布、精緻的絲綢滾邊埃及襯衫布、繡花棉紗桌巾、床墊和床單，還有各種彩色小手帕。賣布的來了！」

門開了。我走進屋裡。一如往常，屋子裡瀰漫著床單、睡眠、炸油和濕氣的味道，一種逐漸衰老的單身漢特有的可怕氣味。

「老巫婆，」他說：「妳鬼叫什麼？」

我沉默地拿出信，遞向他。昏暗的房間裡，他安靜鬼祟地朝我靠近，然後從我手中一把搶走信。他走進隔壁始終點著一盞油燈的房間。我在門邊等待。

「你親愛的父親不在家嗎？」

他沒有回答，專心看信。我不打擾他，讓他好好讀信。他站在油燈後，我看不見他的臉。看完之後，他又從頭讀起。

「是的，」我說：「他寫了什麼？」

哈珊朗讀：

我最親愛的莎庫兒，因為多年來我夢中也有那麼一個人，支撐著我到現在，所以我尊敬並明瞭妳始終等待著妳的丈夫，從沒想過別人。像妳這樣高貴的女人，除了誠實與品德之外，我怎敢想像其他？（哈珊咯咯笑！）我前來拜訪妳父親的目的，只是為了繪畫，並不是想要騷擾妳。我心中從來不曾有此種念頭。

我絕不敢說我從妳那兒得到了一點暗示，或是任何鼓勵。當妳的臉孔如一道神聖的光芒從窗口出現在我面前時，我只把它看作真主的賜福。看見妳的面容，就已帶給我足夠的歡愉。（「這句話是從內札米那兒抄來的。」哈珊插嘴，滿心不悅。）然而妳要求我保持距離；那麼，告訴我，難道妳是一位天使，讓人害怕得不敢靠近嗎？我必須告訴妳，聽我說：過去，我時常投宿在邊遠偏僻、杳無人跡的旅店，那裡，除了一位絕望的客棧主人和幾個亡命天涯的殺人犯之外，別無他客。許多失眠的夜裡，在那裡，深夜時分，望著月光灑落荒蕪的山脊，傾聽著比我更孤獨而不幸的狼群仰天長嗥，我時常想像，有一天妳將驀然出現在我面前，就如妳出現在窗口一樣。

仔細讀了：如今我為了編書的緣故，回到妳父親身旁，而妳卻退回了我童年時繪製的圖畫。我明白這不是妳心已死的暗示，而是說明我再度找到了妳。我見到了妳其中一個孩子奧罕。沒有父親的可憐男孩，有一天我將成為他的父親！

「真主保佑，他寫得真好。」我說：「這傢伙可變成了一個詩人。」

「『難道妳是一位天使，讓人害怕得不敢靠近嗎？』」他複誦：「他這句話是從伊本．索哈尼那裡偷來的。我可以寫得更好。」他從口袋裡拿出自己的信。「拿去交給莎庫兒。」

有史以來頭一次，接受金錢收下信件讓我覺得不安。對於這個男人，他的痴迷、他得不到回報的愛情，我感到某種厭惡。彷彿要強化我這種感覺似地，長久以來哈珊第一次拋開他的禮貌，粗魯地說：

「告訴她，如果我們願意的話，可以透過法官的壓力逼迫她回到這裡。」

「你真的要我那麼說？」

沉默。「不要。」他說。油燈的光芒照亮他的臉，我看見他像個犯錯的小孩般垂著頭。因為我知道哈珊性格中也有這一面，所以才會多少尊重他的感情，為他傳信。並不是如你們所想的，完全只為了錢。

正當我要踏出屋外時，哈珊在門口叫住我。

「妳告訴過莎庫兒我多麼愛她嗎？」他興奮而痴傻地問我。

「你之前的信裡沒有告訴她嗎？」

「告訴我，我該如何說服她和她父親？我該如何讓他們相信？」

「當一個好人。」我說，走向門口。

「到了這把年紀，太遲了……」他憂傷地說。

「你已經開始賺很多錢了，海關官員哈珊。這可以讓一個人變成好人。」說完我趕緊逃走。

屋子裡又暗又憂鬱，使得外頭的空氣彷佛還溫暖得多。陽光打在我臉上。我祈求莎庫兒得到幸福，但是也同情住在那間濕冷陰暗屋子的可憐男人。我突發奇想，轉身走進拉里里的香料市場，心想肉桂、番紅花和胡椒的氣味或許能重振我的精神。我錯了。

來到莎庫兒家中，她才一拿起信件，便詢問布拉克的消息。我告訴她，他整個人已經被戀愛的熱情徹底吞噬。她聽了很高興。

「就連忙著織毛線的寂寞老處女們，也在討論高雅．埃芬迪為什麼會被殺害。」接著我改變話題。

「哈莉葉，準備一些哈發糕拿去送給可憐的高雅．埃芬迪的遺孀卡比葉，做為慰問之禮。」莎庫兒說。

「所有艾祖隆教徒及其他許多人都會去參加他的葬禮。」我說：「他的親戚發誓要為他報仇雪恨。」

莎庫兒已經開始讀起布拉克的信了。我細心而生氣地觀察她的臉，這個女人想必是隻狐狸精，竟然能夠控制反映在臉上的熱情。當她讀信的時候，我感覺我的沉默讓她很高興，她似乎覺得這代表我贊成她對布拉克的信特別在意。讀完信後，莎庫兒對我微笑。為了迎合她，我不得不問：「他寫了些什麼？」

「就像他年少的時候一樣……他愛上我了。」

「妳有什麼想法？」

「我是個結了婚的女人，我在等待我的丈夫。」

和你們預期的恰巧相反，在請我幫了這麼多忙之後，她卻仍對我說謊，這一點並沒有激怒我。事實上，她的結論讓我鬆了一口氣。那些我幫忙傳信、用盡方法提供建議的年輕姑娘和女人中，如果能多幾個人像莎庫兒般小心謹慎，那麼一定早已減輕我們兩方一半的工作。更重要的，她們應該也會嫁得更好。

「另一個人寫了些什麼？」我反正還是問了。

「我不打算現在看哈珊的信。」她回答：「哈珊知道布拉克回伊斯坦堡了嗎？」

「他甚至不知道有這個人存在。」

「妳跟哈珊說了嗎？」她問，睜大美麗的黑眼睛。

「如妳之前要求的。」

「所以？」

「他很痛苦。他深愛著妳。就算妳的心屬於另一個人，如今想要擺脫他是相當困難的。妳接受他的信，這個動作帶給他極大的鼓勵。不過，要提防他。因為他不只想要逼妳回去那裡，而且，他還想藉由承認哥哥已死，準備娶妳為妻。」我微笑著說，想減輕這些話的重量，才不至於被看作是那位不滿者的發言人。

「那麼，另一個人怎麼說呢？」她問，連她自己也搞不清楚在問哪一個。

「那位細密畫家？」

「我的頭腦亂成一團。」她突然說，似乎很害怕自己的想法：「這些事情好像只會變得更加混亂。我父親愈來愈衰老。我們會變成什麼樣子，這些沒有父親的孩子？我感覺有某種邪惡逐漸逼近，魔鬼正在為我們醞釀某種災難。以斯帖，說一些讓我心安的事情。」

「妳一點也不要擔心，我最親愛的莎庫兒，」一股情感湧入體內，我不禁脫口而出：「妳是這麼聰慧，又那麼美麗。有一天妳將可以和英俊的丈夫共枕同眠，你們會擁抱在一起，忘記所有憂慮，妳將會快樂。我可以從妳的眼中看出這些。」

這股愛憐從心底升起，我眼中盈滿了淚水。

「也許，但是哪一個會成為我的丈夫？」

「難道聰明的心沒有給妳一個答案嗎？」

「就是因為我不明白我的心在說些什麼，所以才如此沮喪。」

有一剎那，我忽然覺得莎庫兒根本不相信我。她高明地隱藏住她的不信任，為了想探聽我知道些什麼，試圖激起我的憐憫。看見她並不準備當場寫回覆，我抓起布包走進內院，溜出大門——不過沒有忘記留下一句我告訴每位姑娘的話，即使有鬥雞眼的也一樣：

「別害怕，我親愛的，只要放亮妳美麗的眼睛，任何不幸都不會、都完全不會落在妳身上。」

16 我，莎庫兒

如果說實話，以前每次布販以斯帖來家裡，我都會幻想有一個為情所苦的男人，終於忍不住寫了一封信，攪亂一個像我一樣美麗、有教養、寡居但仍守著純淨品德的聰慧女人，讓她的心思蕩漾、狂跳不止。當發現信件是來自其中一位尋常追求者時，至少將能使我更加堅定等待丈夫歸來的決心和耐性。可是這幾天，每當以斯帖離開後，我卻只覺得更為迷惑而悲慘。

我傾聽小小世界裡的各種聲響。廚房傳來沸水煮滾的聲音和檸檬與洋蔥的氣味，哈莉葉正在煮胡瓜。席夫克與奧罕在庭院的石榴樹下嬉鬧，玩「劍士」的遊戲，我聽見他們的叫喊。父親則安靜地坐在隔壁房裡。我打開哈珊的信閱讀，再次確定自己沒有理由感到驚惶。儘管如此，我漸漸有點怕他，很慶幸當初我們還住在同一間屋子時，抵抗了他向我求愛的努力。接著，我閱讀布拉克的信，輕柔地捧著信紙，彷彿它是一隻柔弱、敏感的小鳥。讀完之後，我的思緒又一團混亂。我沒有再看那兩封信。陽光穿透雲朵灑落，我忽然想到，以前，如果哪一天夜裡我溜進哈珊的臥房，與他做愛，除了阿拉之外，將不會有半個人察覺。他的確很像我失蹤的丈夫，感覺起來也應該一樣。有時候我腦中會浮現這種奇怪的想法。陽光很快曬暖了我，我可以感覺到自己的身體：我的皮膚、我的脖子，甚至我的乳頭。奧罕趁陽光打在我身上時，溜進敞開的房門。

「媽媽，妳在讀什麼？」他說。

好吧，記得我說過我沒有重讀以斯帖剛才送來的信嗎？我說謊。我正在重讀它們，看到一半。這一次，我確實把它們折了起來，塞進短衫藏好。

「你，過來，到我腿上來。」我對奧罕說。他照著做了。「噢，我的天，你好重喔。願真主保佑你，你長這麼大了。」我一邊說一邊親他。「你冷得像冰塊……」

「妳好溫暖喔，媽媽。」他打岔，躺進我懷裡。

我們緊緊倚著彼此，安靜地享受窩在一起的感覺。我聞聞他的頸背，親吻他。我把他摟得更緊，一動也不動。

「我覺得癢癢的。」過了一會兒他說。

「我問你，」我用最嚴肅的聲音說：「如果邪靈王國的蘇丹出現，要賜給你一個願望，那麼你最想要的是什麼？」

「我要席夫克消失不見。」

「除了這個呢？你想不想要一個父親？」

「不要，等我長大以後，我要跟妳結婚。」

所有不幸中，最悲哀的不是年華老去，也不是失去丈夫或金錢，真正恐怖的是不再有任何人羨慕你。我把奧罕逐漸溫暖的身體抱下我的腿。像我這麼一個壞女人應該嫁給某個好心的男人，想到這裡，我起身去見父親。

「等榮耀的蘇丹殿下親眼看見他的書完成，他會大力獎賞你。」我說：「你又要去威尼斯了。」

「我不能確定。」父親說：「這樁謀殺案讓我痛心疾首。我們的敵人顯然力量強大。」

「我也知道，自己的處境更壯大了他們，引起誤解和荒謬的希望。」

「這是什麼意思？」

「我應該盡快嫁人。」

「什麼？」父親說。「嫁給誰？可是妳已經結婚了啊。這種念頭是哪兒來的？」他問。「誰向妳求婚了？就算我們找到一個合適而理想的候選人，」理智的父親說：「我也懷疑我們是否能接受他，妳明白不是那麼回事。」他為我不幸的處境下了一個總結：「妳很清楚，在我們把那些困難而複雜的事務處理好之前，妳沒辦法改嫁。」一段很長的沉默之後，他又開口：「我親愛的女兒，妳是不是想離開我？」

「昨天夜裡我夢見我的丈夫已經死了。」我說。我並沒有放聲哭泣，像一個確實在夢中目睹悲劇的女人那樣。

「就像解釋一幅畫一樣，一個人也該知道如何解釋一場夢。」

「如果我形容我的夢，你覺得適當嗎？」

短暫的沉默：我們彼此微笑，心裡飛快地衡量——就像所有聰明人一樣——眼前情況所有可能的結論。

「解讀過妳的夢境後，我或許會相信他的死訊。然而妳的公公、妳的小叔和站在他們那邊的法官，則會要求更多證據。」

「我帶著孩子回到這裡已經過了兩年，而夫家始終無法逼我回去……」

「因為他們非常清楚必須為自己的惡行負責，」父親說：「但這並不表示他們願意讓妳訴請離婚。」

「如果我們是馬立奇或漢拔里學派[25]的信徒，」我說：「法官只要證實已經過了四年，他不但會允許我離婚，還會確保我有一份贍養費。然而，由於我們屬於漢那非學派，多謝阿拉，我們沒有這種選擇。」

「別跟我提起烏斯庫達法官的沙菲儀學派代理人，那不是個好主意。」

「伊斯坦堡所有丈夫在戰場上失蹤的女人，都帶著證人去找他，訴請離婚。因為他是個沙菲儀學者，只會問：『妳的丈夫失蹤了嗎？』『他失蹤了多久？』『妳無法維持家計嗎？』『這些是妳的證人嗎？』然後立刻批准離婚。」

「我親愛的莎庫兒，是誰在妳腦中植入這種計謀的？」他說：「是誰奪走了妳的理智？」

「等我從此離婚了之後，如果真有個男人可以奪走我的理智，你當然會告訴我那個人是誰，而我將絕不會質疑你為我選擇的丈夫。」

我精明的父親，很清楚他的女兒跟他一樣精明，開始眨眼。父親會像這樣快速眨眼有三個原因：一，他身陷困境，而他的頭腦正飛快地轉動，想找出一個聰明的解決之道；二，他絕望而悲傷的淚水盈眶；三，他身陷困境，於是機巧地結合第一個和第二個原因，讓人以為他即將因悲傷落淚。

「妳打算帶著孩子遺棄老邁的父親嗎？妳了解由於我們的書……」沒錯，他說「我們的書」。「我很擔心被謀殺嗎？不過既然妳想帶著孩子離開，那麼我歡迎死亡。」

「我親愛的父親，難道不就是因為你總是說只有離婚才能拯救我脫離那沒用的小叔嗎？」

「我不要妳遺棄我。有一天妳的丈夫將會回來。縱使他不回來，妳已婚的身分也沒有傷害——只要妳與妳的父親一起住在這間屋子裡。」

「我只想要和你一起住在這間屋子裡。」

「親愛的，妳剛才不是說想要盡快嫁人嗎？」

與父親爭執只會把妳推進死胡同：到頭來，妳反而會相信自己錯了。

25 譯注：馬立奇（Maliki）、漢拔里（Hanbeli）、漢那非（Hanefis）、沙菲儀（Shafiite）為伊斯蘭教素尼派之下的四個教法學派，依據伊斯蘭教條制訂日常生活的法律。

「我剛才是這麼說。」我望著面前的地板說。接著，忍住眼淚，在內心深處真實想法的支持下，我說：

「好吧，那我是不是永遠不該再嫁了？」

「我心中將非常感激那位不會把妳帶離我身邊的女婿。誰在追求妳？他願意與我們一起住在這間屋子嗎？」

我沉默不語。當然，我們都知道，父親絕對不會尊敬一個願意與我們同住的女婿，他會愈來愈看不起他，逼他窒息。隨著父親用狡詐而老練的手段，逐漸貶抑搬入妻子家中的男人，很快地我也會不想再當他的妻子。

「妳知道以妳的處境，若是沒有父親的同意，要嫁人根本是不可能的，不是嗎？我不要妳嫁人，而且我拒絕允許妳這麼做——」

「我不要嫁人，我要離婚。」

「——因為某個自私、只在乎自己好處、禽獸般的男人將會傷害妳。妳知道我多麼愛妳，對不對，我親愛的莎庫兒？而且，我們必須完成這本書。」

我沒有說話。因為如果一開口，我會當著父親的面告訴他，我知道他晚上跟哈莉葉同床，受到魔鬼的刺激，他非常清楚我的憤怒。可是，像我這樣的女人，怎麼能承認自己知道年邁的父親跟一個女奴睡呢？

「是誰想要娶妳？」

我望著眼前的地板，沉默不語，不是出於尷尬，而是因為憤怒。察覺自己憤怒至極，卻又找不到發洩的方法，這讓我更加狂怒。在那一剎那，腦中浮現父親與哈莉葉躺在床上，擺出可笑而令人作嘔的姿勢。淚水奪眶之際，我說：

「胡瓜還在爐子上煮，我不要它燒焦了。」

我跨步走入樓梯旁的房間，這個房間有一扇永遠緊閉的窗戶，面對外面的水井。黑暗中，我摸索著很快找到了捲收起來的床墊，把它打開來，躺上去：啊，多舒服呀，躺下來哭到睡著，像一個被誣告責罵的孩子！知道全世界除了自己沒有別人喜歡我，教人多麼難過。孤獨哭泣時，只有聽得見我的啜泣和嗚咽的你們，能夠來幫助我。

過了一會兒，我發現奧罕已經爬上我的床。他把頭放在我的乳房間。我知道他在嘆氣，跟著我哭泣。我把他拉入懷中，抱緊他。

「不要哭，母親。」一會兒後他說：「父親會從戰場上回來。」

「你怎麼知道？」

他沒有回答。我真的好愛他，把他緊緊壓在胸前，忘掉自己一切悲傷。擁著我纖瘦、小巧的奧罕沉入夢鄉之前，讓我吐露心中唯一的憂慮：我很後悔剛才一時氣憤，告訴你們父親和哈莉葉之間的事。不，我沒有說謊，但覺得非常難堪，如果你們能忘掉它最好不過。假裝我什麼都沒說，好像父親和哈莉葉之間沒那種關係，好嗎？

17 我是你摯愛的姨丈

唉呀，養一個女兒真難，真難。當她在隔壁房間哭泣時，我能聽見她的啜泣聲，但只能看著手上那本書，什麼都不能做。我嘗試閱讀的這本《末日之書》，其中有一頁寫道，死者的靈魂在死後三天，得到阿拉的准許，會前來探望生前居住的軀體。看見自己可憐的身體躺在墳墓裡，血跡斑斑、腐爛發臭、屍水流溢，靈魂會傷心、哀憐、嗚咽地悲號：「噢，我悲慘的軀殼，我親愛的可憐身體。」我馬上聯想到高雅・埃芬迪慘死井底的下場，當他不知情的靈魂前來探望時，發現自己不是在墳墓中，而是在井裡，一定悲痛萬分。

等莎庫兒的啜泣聲逐漸平息，我放下關於死亡的書。我添加一件羊毛襯衣，拿一條厚羊毛腰帶纏緊腰際，保持腹部溫暖，然後套上一條兔毛滾邊的燈籠褲。正當我準備踏出家門時，轉頭發現席夫克站在門口。

「你要去哪裡，外公？」

「你回屋裡。我要去參加葬禮。」

我沿著積雪覆蓋的街道，穿越兩旁東倒西歪、幾乎快站不住的破敗房舍，走過大火肆虐後殘留的區域。我走了很久，踩著老人的步伐，小心翼翼深怕在冰上滑倒。我穿過荒僻的街弄、花園和空地。前往城牆的路上，我行經買賣馬車和車輪的商店，路過鐵匠、馬具修理匠、馬轡製造匠和蹄鐵匠的店鋪。

我不確定他們為何決定在這裡舉行葬禮，大老遠來到伊斯坦堡埃迪尼城門附近的米希瑪清真寺。到達清真寺後，我擁抱死者高傲而困惑的兄弟，他們一臉憤怒和倔強。我們細密畫家和書法家彼此擁抱，低聲啜泣。禱告的過程中，一陣鉛灰色的濃霧陡然降臨，吞噬了一切。我凝視著安放在清真寺葬禮石台上的棺材，心中對犯下這件罪行的惡棍感到無比憤恨，相信我，就連「阿拉呼米巴力克」[26]禱詞也在我腦中亂成一團。

拜禱結束後，集會的人群用肩膀扛起棺材，這時我身邊仍聚集著細密畫家和書法家。鸛鳥與我忘記了以前有幾個夜晚，我們坐在昏暗的油燈下，徹夜畫作我的書本直到清晨。當時他曾試圖說服我高雅・埃芬迪的鍍金技巧低劣，上的顏色缺乏層次──為了讓東西看起來更貴氣，他把它們全部塗成深藍色！我們都忘了我確實曾經附和他，說出「可是除他之外，沒人有能力做這項工作」的話。不管怎樣，我們互相擁抱，再一次低泣。稍後，橄欖先是友善而恭敬地看我一眼，然後才摟摟我，知道如何擁抱的男人是一個好男人。他的動作讓我很開心，並使我想起工匠坊所有藝術家中，他對我的書抱有最強的信念。

來到庭院大門的台階時，我發現繪畫總督奧斯曼大師就在身旁。我們都不知道該說什麼，氣氛詭異而緊張。死者一個兄弟開始大哭起來，旁邊一個人跟著誇張地叫喊：「偉大的真主。」

「到哪一個墓園？」為了說點什麼，奧斯曼大師問我。

若回答「我不知道」似乎有點敵意。狼狽之下，我沒有多想，轉頭問站在旁邊階梯上的人相同的問題。「到哪一個墓園？埃迪尼城門邊那一個？」

「埃烏普。」一個脾氣暴躁、留鬍子的年輕蠢材說。

26　譯注：阿拉呼米巴力克（Allahümme），通常在朝聖之旅中複誦，意為「哦！阿拉！我回應祢的呼召，我順服祢的指令」。

「埃烏普。」我轉向大師說，不過反正他已經聽見脾氣暴躁的蠢材說的話了。接著，他望了我一眼，彷彿說：「我知道了。」他的眼神告訴我，他認為我們的對話到此為止就夠了。

蘇丹殿下指定我監督我形容為「祕密」的這本插畫書，負責其內容寫作、頁緣飾畫和內頁插畫，這件事早讓奧斯曼大師極為反感。再加上我對蘇丹殿下的影響，逐漸加深了他對法蘭克風格繪畫的興趣，更教奧斯曼大師滿心不悅。有一次，蘇丹逼迫偉大的奧斯曼大師仿製一位威尼斯畫家繪製的殿下肖像。我知道奧斯曼大師怪罪我害他不得不模仿那位畫家、不得不畫那種畸形的圖畫，他對這項工作厭惡至極，形容這次經驗為「酷刑」。他的憤怒是合理的。

我在階梯中間站了一會兒，望著天空。確信自己已經落後很多時，又繼續踏下積雪的台階。我才非常緩慢地跨下兩步，有個人已經抓住我的手臂，擁抱我，是布拉克。

「空氣又冰又凍，」他說：「你一定很冷。」

我毫不懷疑就是這個人攪亂了莎庫兒的心。他抓住我手臂時的自信，已經足資證明。他的儀態中有某樣東西宣布：「我已經努力了十二年，如今真的長大了。」當我們來到階梯底時，我告訴他待會兒要向我報告在工匠坊看到的情形。

「你先走吧，我的孩子。」我說：「跟上集會的人群。」

他有點吃驚，但沒有表露出來。他謹慎地放開我的手臂，朝前方走去，這個動作更讓我滿意。如果我把莎庫兒嫁給他，他會同意和我們住在一起嗎？

我們穿過埃迪尼城門，走出城外。我看見一群插畫家、書法家與學徒，扛著棺材，逐漸隱沒在濃霧裡。他們飛快地走下山坡，朝金角灣行去。他們走得很快，沿著冰雪覆蓋的山谷通往下方埃烏普的泥濘道路，一下子就被他們走完了一半。寂靜的霧裡，向左望去，哈寧蘇丹慈善團蠟燭製造廠的煙囪，正雀躍地噴出白煙。城牆的陰影下是幾間製革廠和忙亂的屠宰場，專門供應埃烏普的希臘肉販。殘渣肉屑的氣味從這裡傳出，飄入山谷。山谷的盡頭，依稀可辨的是埃烏普清真寺的圓頂，以及整齊排列著柏樹的墓園。再往下走一段路，我聽見巴刺區的新興猶太區裡，傳來孩童嬉鬧玩耍的叫喊。

當我們抵達埃烏普所在的平原，蝴蝶朝我走來。他以慣常的熱烈態度，唐突地切入正題：

「橄欖和鸛鳥是這起凶案背後的主謀，」他說：「他們和其他人一樣，都知道我與死者關係不佳。他們知道大家都察覺了這一點。關於誰將繼奧斯曼大師之後領導工匠坊這點，我們之間彼此嫉妒，甚至公開仇恨、敵對。現在他們期待這項罪行落在我肩上，至少能使得財務總督及受到他影響的蘇丹殿下，與他們同聲一氣疏離我，不，我們。」

「你所謂的『我們』指的是誰？」

「相信工匠坊應該堅守過去倫理的我們這些人，認為我們應該追隨波斯大師的腳步，認為一位藝術家不應該只為了金錢，什麼內容都畫。我們相信古老的神話、傳說和故事，應該取代武器、軍隊、奴隸和戰爭，重新呈現於我們的書中。我們不應該揚棄過去的典範。真正的細密畫家不應該在市集店鋪裡混日子，為了多賺幾塊錢，替任何行經的路人畫些老玩意兒或猥褻的圖片。榮耀的蘇丹殿下會證明我們是正確的。」

「你這是在不智地貶低自己，」我這麼說，希望能制止他的叫嚷：「我深信畫室裡不會藏匿任何膽敢犯下此種罪行的人。你們全是弟兄，就算畫了幾幅從前不曾畫過的題材，也不會造成多大傷害，至少不會嚴重到讓你們反目成仇。」

最初聽說這個恐怖的消息時，腦中靈光閃現一個想法。謀殺高雅．埃芬迪的凶手，正是宮廷工匠坊其中一位首席大師，他此刻正混雜在我面前的人群中，爬上通往墓園的山坡。我深信這個凶手將繼續他的叛亂惡行，他不但是我手上這本書的敵人，而且非常可能曾經拜訪過我家，接受繪畫和插圖工作。蝴蝶是否也和大部分經常造訪我家的畫家們一樣，愛上了莎庫兒？在他妄下斷言時，難道忘了有好幾次，我要求他畫一些與他的觀念相反的繪畫？或者他只是用高明的手段在耍我？

不，過了一會兒我心想，他不可能在耍我。蝴蝶，以及其他細密畫師，顯然都對我心存感激：由於戰爭的緣故，加上蘇丹興致低落，細密畫家得到的金錢和獎賞逐年遞減，好一段時間以來，他們額外收入的主要來源是替我工作。我知道他們彼此嫉妒，認為我偏愛某幾個人。由於這個原因——但不只是這個原因——我單獨與他們在家中會面，這更不可能導致對我的敵意。我所有細密畫家都足夠成熟，能夠理智地行事，並誠心找到一個理由仰慕施恩給他們的人。

為了緩和沉默，並確保之前的話題不再被提起，我說：「噢，真主的神蹟無限！他們扛棺材上坡的速度跟他們下坡時一樣快。」

蝴蝶親切地微笑，露出整排牙齒說：「因為天氣冷。」

我懷疑這個人真的有可能殺人嗎？好比說出於嫉妒？他可能殺了我嗎？他有藉口：這個人鄙視我的信仰。不，可是他是個偉大的細密畫家，才華洋溢，為何要訴諸謀殺？衰老不只意謂沒有體力爬坡，同時，我想，也表示沒那麼怕死。它意謂缺乏慾望，走進一個女奴的臥房，不是基於一陣興奮，而是習慣使然。一股直覺衝動下，我當著他的面告知我的決定：

「那本書我不想再繼續了。」

「什麼？」蝴蝶說，臉色一變。

「那本書隱含著某種不幸。蘇丹殿下終止了資金。你去把這件事告訴橄欖和鸛鳥。」

或許他本來打算繼續問下去，但這時我們已來到斜坡，前方的墓園緊密排列著聳立的柏樹、高大的蕨類和墓碑。一大群人圍繞在墳地四周，我只能藉由逐漸增強的哭泣聲，以及「必斯米拉亥」和「阿拉米列地芮蘇路哈」的叫喊，了解屍體此刻正被放入墳墓。

「把他臉上的布完全掀開。」有人說。

他們掀開白色的屍布，如果那顆砸爛的頭顱上還有眼睛的話，他們這時一定正和屍體眼對眼相望。我站在後面，什麼都看不見。我曾經有一次望進死神的眼睛，不是在墳邊，而是一個截然不同的地方……

一段回憶：三十年前，蘇丹殿下的祖父，天堂的居民，下定決心從威尼斯人手中奪取塞浦路斯。席庫力斯蘭．埃布蘇．埃芬迪想起這座島曾經被指定為麥加和麥地那的軍需供應處，頒定一則法帝瓦[27]，聲明一座當年協助供給聖地物資的島嶼，如今流落在基督異教徒的掌控中，這是不正當的。最後，是我被指派了這項艱困的任務，去告知威尼斯人這個突如其來的決定，並要求交出他們的島嶼。因為這樣，我有機會參觀了威尼斯各個教堂。雖然他們的橋樑與宮殿都讓我大感驚奇，但我最為著迷的卻是威尼斯人屋裡懸掛的繪畫。我處於迷亂之中，又太過相信威尼斯人展現的好客，遞出了那封充滿威脅的訊息，並用傲慢、盛氣凌人的態度，告訴他們蘇丹殿下想要塞浦路斯。威尼斯人氣極了，在他們迅速召集的會議中，大家決定連討論這封信的議程都無法接受。憤怒的暴民迫使我把自己關在總督宅邸。幾個流氓設法穿越守衛和門房，溜進屋內想勒死我，這時還好有兩位總督的隨身護衛槍兵，成功地護送我經由一條祕密通道溜出宅院，來到運河邊。那裡正瀰漫著如此刻的濃霧，剎那間我以為那個抓著我手臂、高眺而蒼白、一身白衣的運河船夫，正是死神。我在他的眼裡，瞥見自己的身影。

27 譯注：法帝瓦（fatwa），一項法律觀點或法令，由專司回答伊斯蘭教律法問題的穆法帝提出。

我渴望地夢想著祕密完成我的書本，回到威尼斯。我走向已經用泥土仔細覆蓋好的墳墓：此時此刻，天使正在上面審訊他，問他是男還是女，他的宗教信仰是什麼，他視何人為他的先知。我想到自己也可能會死。

一隻烏鴉飄然飛落在我身旁。我慈愛地望進布拉克的眼睛，請他攙扶我，一起往回走。我告訴他，我希望他隔天一早來我家，繼續書本的工作。我確實已經想像過我的死亡，並且再度了解到，這本書一定得完成，不計代價。

18 我將被稱為凶手

他們把冰冷、濕黏的泥土抛在不幸的高雅·埃芬迪稀爛變形的屍體上，我哭得比誰都大聲。我叫喊：「我想跟他一起死！」還有「讓我和他埋葬在一起！」他們抓住我的腰，防止我跌進去。我大口喘氣，他們用手掌壓住我的額頭，扳起頭讓我可以呼吸。死者的親戚斜眼看我，我察覺自己可能哭叫得太誇張了。我平復自己的情緒。根據我過度的悲痛判斷，工匠坊裡的傳言可能會以為我和高雅·埃芬迪是一對戀人。

為了避免引起更多注意，我躲到一棵梧桐樹後面，直到葬禮結束。被我送下地獄的白痴有個親戚，是個比死者更碩壯的蠢蛋，發現我在樹後，以一種自認為意味深長的眼神，直直望進我的眼睛。他抓著我擁抱了一會兒後，愚昧地說：「你是『星期六』還是『星期三』？」

「『星期三』是往生者以前的工匠坊稱號。」我說。他沉默不語。

這些工匠坊的稱號，彷彿把我們編成某種祕密組織，名字背後的典故很簡單：在我們當學徒的時候，細密畫大師奧斯曼剛從大師助理升上大師，我們對他備感尊敬、仰慕與愛戴。他是一位巨匠，把一切都傳授給我們，感謝真主賜予他神奇的藝術天賦及邪靈般的智慧。每天清晨，學徒們必須依照要求選出一個人，前往大師家中，幫他拿筆盒、袋子、裝滿紙張的卷宗夾，然後恭敬地跟在大師身後，返回工匠坊。我們每個人都極渴望接近他，時常為了決定哪一天誰去吵得不可開交。

奧斯曼大師偏愛其中一位。但如果總是他去，工匠坊中不絕於耳的各種流言蜚語和低級笑話將更被煽風點火，因此偉大的大師決定指定每個人負責一個星期中的特定一天。偉大的大師星期五工作，星期六留在家裡。他極寵愛的兒子每星期一像一個普通學徒般陪伴父親前來——之後背叛了他和我們，離開這行。一位高瘦的弟兄是我們所謂的「星期四」，這位細密畫家比我們任何人都有才華，可惜後來生了一場神祕的疾病，發高燒而英年早逝。高雅．埃芬迪，願他安息，負責每個星期三，因而被稱為「星期三」。後來，我們偉大的大師慈愛地把我們的名字刻意由「星期二」改成「橄欖」、由「星期五」改成「鸛鳥」、由「星期天」改成「蝴蝶」，並將往生者重新命名為「高雅」，表示其鍍金工作的精緻。偉大的大師一定曾像剛才歡迎我們大家那樣，對已故的高雅說過：「『星期三』，歡迎，今天早上好嗎？」

回憶起他過去如何稱呼我時，我猜我的眼中溢滿了淚水：奧斯曼大師欣賞我們，當他看見我們華美的作品時，自己會熱淚盈眶；他親吻我們的手和手臂，儘管鞭打難免，但我們覺得身為學徒彷彿置身天堂；我們的才華在他的關愛下綻放開花。即使為我們的快樂時光投下陰影，就連嫉妒當時也有不同的色彩。

如今我徹底分裂，像是某些人物像，頭和手是由一位大師描繪，身體與衣服則是另一個人所畫。當像我這樣畏懼真主的人意外變成凶手時，需要時間來調適。我開始使用第二種語調，適合凶手的，如此一來才能繼續過我的舊生活。此刻，我正使用這種嘲弄而拐彎抹角的第二種語調說話，避開日常生活的聲音。當然，你會不時聽見我熟悉的、平常的語氣，如果我沒有變成凶手，那將是我唯一的聲音。但當以我的工匠坊稱號說話時，我從不承認自己是個「凶手」。相信沒有人聽得出兩種語調的關聯，沒有技巧上的個人風格或瑕疵，能夠顯露出我的隱藏角色。的確，我相信風格，或者說任何凸顯一位藝術家差異的特色，是一個瑕疵——而不是如有些人聲稱的，是個人的特色。

我承認在我自己的情況下，這呈現一個問題。因為儘管我可能會透過我的工匠坊稱號說話——這個稱號是由奧斯曼大師慈愛賞賜、被恩尼須帖．埃芬迪欣賞並使用的——卻絕不希望你們分辨出究竟我是蝴蝶、橄欖還是鸛鳥。因為如果聽出來了，你們一定會毫不猶豫地把我交付給蘇丹皇家侍衛隊長手下的劊子手。

此外，我還得留意我想了什麼和說了什麼。事實上，我知道即使當我私下沉思事情時，你們也在聽。我承擔不起隨意沉思生命中的挫折或罪惡的細節，所要付出的代價。甚至當我講述「其一」、「其二」和「其三」的故事時，也總是留心你們的凝視。

我繪畫過上萬幅圖畫，其中的戰士、愛侶、王子和傳說的英雄都面向畫中的事物，在那個神妙的時刻——比如說，他們所攻打的敵人、屠殺的惡龍，或是讓他們哭泣的美麗少女們。然而另一方面，他們身體的另一邊，卻是面向正欣賞著精美繪畫的書本愛好者。如果我真的有風格和特色，那將不只是隱藏在我的藝術作品中，同時也出現在我的罪行與文字裡！是的，從我文字的顏色，嘗試找出我是誰吧！

我也知道如果你們逮到我，將能為不幸的高雅．埃芬迪的悲慘靈魂帶來安慰。當他們朝他身上鏟土時，我正站在樹下，被啁啾的鳥兒圍繞，望著金角灣波光粼粼的河水，以及伊斯坦堡各座耀眼的圓頂。我重新發現，活著是多麼美好。可悲的高雅．埃芬迪，當他加入艾祖隆面目猙獰的傳道士圈子後，就再也不喜歡我了。雖然，過去一起為蘇丹殿下繪製書本的二十五年中，我們也曾經感到彼此非常契合。二十年前，我們曾共同為當今蘇丹的先父製作一本皇室歷史詩，因而成為好朋友。不過我們最親密的日子，是繪製富祖里[28]詩集的八張圖畫時。當年一個夏夜，在高雅可理解但不合理的要求下——顯然一位細密畫家必須在所繪的文字中感覺到他的靈魂——我來到這裡，在一群狂亂飛舞的燕子圍繞下，耐心地傾聽他裝模作樣地背誦富祖里詩集中的句子。我還記得那天晚上背誦的一句詩句：「我不是我，而是永恆的你。」我一直很想知道這句詩句該如何描繪。

28 編注：富祖里（Fuzuli, 1495-1556），突厥詩人，對土耳其文學及近東文學的發展具重要影響。

一聽到發現他屍體的消息，我立刻跑去他家。我們曾經坐著朗誦詩詞的狹窄花園，如今蓋滿了雪，看起來好像變小了，任何一座花園如果多年後再去探訪，都會給人這種感覺。他的房子看起來也是如此。隔壁房間傳來女人的哭號，她們誇張的哀呼一句比一句大聲，彷彿在互相比賽。他的大哥說話時，我專注地傾聽：我們悲慘兄弟高雅的臉幾乎全毀，他的頭被打爛。從陳屍四天的井底被移出來之後，他的兄弟根本認不得他；而他可憐的妻子卡比葉，被他們從屋子帶到現場，被迫在黑夜中藉由破爛的衣服指認那具無法辨認的屍體。我聯想到一幅畫，米迪恩的商人合力把被嫉妒的兄弟丟入洞裡的喬瑟夫拉出來。我很喜歡繪畫《喬瑟夫與蘇莉亞》這個愛情故事的場景，因為它提醒我們，嫉妒是生命中首要的情緒。

忽然一陣安靜。我感覺他們的眼睛看著我。我該哭嗎？我瞥見布拉克的眼睛。那個卑鄙的混蛋，他在窺視我們，一副他是恩尼須帖・埃芬迪派來這裡負責調查事實的模樣。

「誰會犯下這種恐怖的罪行？」大哥高喊：「哪個冷血的禽獸會殺害我們的兄弟，連一隻螞蟻都不敢傷害的兄弟？」

他用眼淚回答自己的問題，我加入他，裝出悲痛的樣子，心裡暗想：誰是高雅的敵人？如果不是我，還有誰會想謀殺他？我回想起一段時間之前，我相信是在準備《技藝之書》時，他曾經與某些畫家發生爭執，那些人傾向摒棄前輩大師的技法，並毀壞我們插畫家辛苦完成的書頁；如此一來，他們便能用可怕的顏色塗抹頁緣，廉價而快速地畫出裝飾圖案。他們是誰？不過後來卻開始謠傳，彼此的敵對不是由於這個原因，而是為了一位在一樓工作的俊美裝訂學徒，兩方互相競爭奪愛。不過這也是陳年往事了。還有一些人，看不順眼高雅的尊貴態度、他的纖細，以及他博學柔弱的模樣，不過這完全又是另一回事：高雅服膺舊式風格，狂熱地相信鍍金和繪畫之間的顏色協調，而且會當著奧斯曼大師的面，比如說，語帶高傲地指出其他細密畫家不存在的錯誤——特別是我的。他最近一次爭吵是關於一件奧斯曼大師近年來逐漸察覺的事實：皇室細密畫家在外兼差，祕密接受非由宮廷贊助的小件委託。最近幾年，隨著蘇丹殿下的興致減退，財務總督支付的金錢也逐漸減少，所有細密畫家開始出沒於一些愚蠢年輕帕夏的兩層樓宅邸，其中最優秀的畫家則趁半夜去拜訪恩尼須帖。

我一點也不煩惱恩尼須帖打算終止他的——我們的——書本的決定，包括他認為它帶來不祥的藉口。當然，他猜到解決掉智障的高雅．埃芬迪的凶手，是替他繪製書本的我們其中一個。站在他的立場想想：你會邀請一個殺人凶手，每兩個星期在半夜到你家繪畫嗎？你難道不會先找出凶手的身分，並決定誰是最優秀的插畫家嗎？無庸置疑地，他將很快推斷出哪一位細密畫家最具天賦，在選擇顏色、鍍金、頁面分格、插畫、臉部描繪，以及版面構圖上，誰的技巧最純熟。決定這個人之後，他將繼續找我單獨合作。我無法想像他可能心胸狹窄到視我為普通殺人凶手，而不是一位真正天才的細密畫家。

從眼角餘光，我觀察著與恩尼須帖走在一起的白痴布拉克．埃芬迪。他們脫離墓園裡正在散場的人群，走下埃烏普碼頭，我跟在他們身後。他們登上一艘四槳的長船，過了一會兒，我上了一艘六槳的船，船上有許多年輕學徒，他們早已忘掉死者和葬禮，正在嬉鬧作樂。接近斐納城門時，我們的船隻一度靠得很近，船槳幾乎要卡在一起，這時我可以清楚看見布拉克正熱烈地對恩尼須帖耳語。我隨即想到，要結束一條人命實在很容易。我親愛的真主，你賜予我們每個人這項不可思議的力量，但同時也令我們害怕去執行它。

儘管如此，一個人只要曾經一度克服了這種恐懼，就會立刻變成截然不同的人。我曾經不但懼怕魔鬼，甚至害怕自己內心任何一絲邪惡的痕跡。然而如今，我不但明白邪惡是可以忍受的，甚至，對一位藝術家而言，它更是不可缺少的。在我殺了那個可悲的人渣後，過了幾天當我的手不再顫抖，我畫得更好了。我採用更為鮮豔大膽的色彩，而且最重要的，我發現自己可以從想像中召喚出神奇的景象。然而，這就不得不問：究竟伊斯坦堡有多少人能夠真正欣賞我畫中的神妙？

船駛到吉巴里附近的河岸邊，我遠從金角灣中央鄙夷地凝望伊斯坦堡。陽光陡然穿透雲層，照得白雪覆蓋的圓頂閃閃發亮。一座城市若是愈大、愈豐富，裡面就有愈多地方可以藏匿一個人的罪行與邪惡；愈是擁擠，就有愈多機會可以藏在人群之後。一座城市的智慧不應該由它有多少學者、圖書館、細密畫家、書法家和學校衡量，而該從幾千年來暗巷裡神不知鬼不覺的犯罪數目評估。依照這個邏輯，毫無疑問地，伊斯坦堡是全世界最有智慧的城市。

來到安卡帕尼碼頭，等布拉克與他的恩尼須帖下船後一會兒，我也接著跨下我的長船。他們彼此倚靠著爬上山丘，我跟在他們身後。到了蘇丹穆哈瑪清真寺附近一處最近才失火的地方時，他們停下來互相道別。恩尼須帖．埃芬迪現在獨自一人，看起來就像一個無助的老人。我忍不住想跑向他，告訴他那個我們才參加過他葬禮的野蠻人，曾經偷偷對我說過的謠言誹謗。我打算承認為了保護大家，我犯下了什麼罪行，並問他：「高雅．埃芬迪所宣稱的是真的嗎？我們是不是透過我們的繪畫踐踏了蘇丹殿下的信賴？我們的繪畫技巧是不是背叛和侮辱了我們的信仰？你已經完成了最後的大圖嗎？」

夜晚降臨，我站在積雪的街道中央，望入荒無人煙的黑暗巷道，我被遺棄在邪靈、仙子、流氓、小偷之間，周圍只有返家父子的悲傷，以及冰雪包覆的樹枝的憂愁。街道的盡頭，是恩尼須帖．埃芬迪富麗堂皇的兩層樓宅邸，屋頂之下，穿過栗樹光禿禿的枝枒看過去，那兒住著全世界最美麗的女人。不過，不，我幹嘛要把自己逼瘋？

19 我是一枚金幣

看呀！我是一枚二十二K金的鄂圖曼蘇丹金幣，我身上的光榮徽章屬於榮耀的蘇丹殿下，世界的庇護。今天，大半夜裡，在這間高級咖啡館中，瀰漫著葬禮的哀傷，蘇丹殿下手下的偉大大師鸛鳥，剛完成一幅我的圖畫，不過他還沒能夠用一層薄金來裝飾我——這就留給你們自己去想像了。你們面前所見是我的肖像，而我的本尊則是在你們親愛的弟兄、知名細密畫家鸛鳥的錢包裡。他現在站起來了，把我從錢包裡拿出來，展示給你們每個人看。哈囉，哈囉，所有藝術大師及各位賓客大家好。看見我的閃耀，你們眼睛全開，激動地看著我在油燈的光芒下閃閃發亮，最後，你們對我的主人鸛鳥大師羨慕得全身發抖。你們的反應是合理的，因為，沒有什麼比我更能衡量一位畫家的才華。

過去三個月，鸛鳥大師賺了整整四十七枚和我一樣的金幣。我們全部在這個錢包裡，而且鸛鳥大師，你們自己瞧，沒打算向任何人隱瞞我們。他知道伊斯坦堡所有細密畫家沒有人賺得比他多。負責衡量各個藝術家的才華，解決各種不必要的爭端，這讓我很驕傲。過去，當我們還不習慣喝咖啡來使頭腦明晰時，這些呆蠢的細密畫家會花許多晚上爭吵誰最有才華、誰最懂色彩、誰畫的樹最好或誰是描繪雲朵的專家，然而這樣還不滿足，他們甚至會為這些事動手互毆，打得彼此滿地找牙。現在既然由我來主持公道，工匠坊裡一片甜美和諧，不僅如此，還有一種赫拉特前輩大師般的平靜氣氛。

除了我的判斷帶來的和諧與平靜，讓我為你們舉出可以用我換得的各種事物：一個美麗年輕女奴的一隻腳，大約是她整個人總價的五十分之一；一只高級胡桃木柄的理髮師鏡子，邊上還鑲著獸骨；一個繪製精美的五斗櫃，上面裝飾著價值九十銀幣的旭日圖形和銀葉；一百二十條新鮮麵包；一塊墓地加三副棺材；一只銀臂環；十分之一匹馬；一個又老又肥姘婦的兩條腿；一頭小野牛；兩件高級瓷器；波斯細密畫家、大不里士苦行僧穆哈瑪一個月的薪水，以及我們蘇丹殿下工匠坊中多數人的月薪；一隻優秀的獵鷹加籠子；十瓶潘那優葡萄酒；與以俊美聞名於世的少年瑪哈姆欲仙欲死一小時，還有許多其他多得說不完的機會。

來這裡之前，我有十天的時間待在一個窮鞋匠學徒的臭襪子裡。每天夜裡，這落魄的傢伙會躺在床上，嘴裡唸著各種他可以用我買到的東西，唸到睡著。這首史詩的內容，如搖籃曲那般甜美，向我證明一枚錢幣可以環遊全世界通行無阻。

這又提醒了我。如果我把來此之前曾發生在身上的一切全部複述一遍，將可以寫滿好幾本書。我們之間不是陌生人，大家全是朋友，只要你們保證不告訴任何人，只要鸛鳥．埃芬迪不反對，那麼我就告訴你們一個祕密。你們發誓絕不透露？

那麼好吧，我自首，我不是一枚由錢伯里塔什鑄幣廠鑄造的真正二十二K金鄂圖曼金幣。我是贗品。他們在威尼斯用不純的金子把我製造出來，帶到這兒，當作一枚二十二K金鄂圖曼金幣招搖撞騙。我對你們的同情和體諒深表感激。

根據我在威尼斯鑄幣廠得來的消息，這樁勾當已經持續多年。直到最近，威尼斯異教徒帶到東方使用的劣質金幣，都是他們在同一間鑄幣廠鑄造的威尼斯幣。我們這些輕信白紙黑字的鄂圖曼人民，毫不懷疑每塊威尼斯幣的黃金純度，只要上面刻的字是一樣的。於是這些假的威尼斯金幣迅速淹沒了伊斯坦堡。後來，因為注意到含金量少、含銅量多的錢幣比較硬，我們開始用咬的來辨別錢幣。譬如說，你慾火焚身，跑去找人見人愛的絕世美少年瑪哈姆：首先，他會把錢幣——不是別的東西——放入柔軟的嘴裡，然後咬一咬，宣布它是假的。結果這麼一來，他只給你欲仙欲死的半小時，而不是整整一個小時。威尼斯異教徒發現他們的偽幣有這種缺點，於是決定他們也可以偽造鄂圖曼的錢幣，認為鄂圖曼人會再被騙一次。

現在，讓我將你們的注意力轉移到某件詭異的事；這些威尼斯異教徒畫畫的時候，好像不是在畫一幅圖，而是真正創造出他們筆下的物品。然而，在錢的方面，他們不做真的錢幣，反而製造出假的。

我們被裝進鐵箱子裡，抛上船，搖來晃去從威尼斯抵達伊斯坦堡。我發現自己來到一個兌幣商的店鋪，塞在店主人蒜臭沖天的嘴裡。我們等了一會兒，一個頭腦簡單的農夫走進門，希望兌換一點黃金。兌幣商大師，一個天生的騙子，宣稱他必須咬一咬黃金來辨別它是不是假的。於是他拿起農夫的金幣，丟進自己嘴裡。

當我們在他的嘴裡相遇時，我發覺農夫的金幣是一枚真正的鄂圖曼蘇丹幣。他在蒜臭味中看見我說：「你只不過是個假的。」他說得沒錯，但是高傲的姿態冒犯了我的自尊，於是我騙他：「老實說，老兄，你才是假的。」

正當此時，農夫驕傲地堅持說：「我的金幣怎麼可能是假的？二十年前我把它埋進地底下，那個時候有偽幣這種骯髒玩意兒存在嗎？」

我還在思索結果會如何時，兌幣商把我而不是農夫的金幣從嘴裡拿出來。「把你的金幣拿走吧，我才不要邪惡的威尼斯異教徒的假錢。」他說：「你有沒有羞恥心呀？」農夫回應了幾句惡毒的話，然後拿著我出門。聽到其他兌幣商同樣的聲明之後，農夫的信心瓦解，以貶值的價格只用我換得了九十銀幣。從此，我這七年的冒險故事，就在無止無盡的轉手流浪間展開。

容我驕傲地承認，我大部分時間都在伊斯坦堡流浪，從錢包到錢包，從腰袋到口袋，是一枚有智慧的錢幣。我最慘的惡夢是被藏進一個罐子，埋在某座花園的石頭後面，受苦憔悴好多年。我不是沒遇過這種事，但那些經驗都不曾維持很久。許多得到我的人，都想盡快擺脫我，特別是當他們發現我是贗品時。雖然如此，我還從來不曾碰到有任何人警告不知情的買家我是假的。一位掮客沒有察覺我是偽幣，數了一百二十枚銀幣來交換我，結果一旦發現自己受騙，悲憤欲絕地斥責自己，直到再用欺騙另一個人的手段擺脫我，氣才消退。雖然他一再努力企圖欺騙別人，但每一次都因為急躁而失敗，整場危機中，他持續不斷地詛咒當初唬騙他的人「不道德」。

待在伊斯坦堡的七年中，我被轉手了五百六十次，沒有一個家庭、商店、市場、市集、清真寺、教堂或猶太會堂沒有進去過。當我四處流浪時，聽過各種與我有關的謠言、傳說、謊話，數量之多遠超過我的想像。每一次我都不得不接受：我代表一切東西的價值；我是無情的；我是盲目的；甚至連我自己都愛上了錢；這個悲慘的世界以我為中心，不是真主；我是萬能的——沒有半句話提到我骯髒、鄙俗、低賤的天性。那些知道我是偽幣的人，甚至會提出更嚴苛的評論。當我真實的價值貶值時，隱喻的價值反而升高——證明詩歌是悲苦生命的慰藉。不過，儘管有這些無情的比較和不義的中傷，我卻明白絕大多數人是真誠地愛著我。在這個充滿仇恨的年代，如此真心甚至熱情的愛戀實在該讓我們感到振奮。

我見過伊斯坦堡每一塊土地、每一條街道和每一片區域。我看過各種人的手，從猶太人到阿布哈茲人，從阿拉伯人到明加利亞人。有一次我在一位埃迪尼傳道士的皮包裡，跟著他離開伊斯坦堡前往曼尼沙。半路上，我們不巧遇到強盜攻擊。他們其中一人大叫：「要錢還是要命！」這位倒楣的傳道士在恐慌中把我們藏進他的屁眼。這個他以為最安全的地點，聞起來比大蒜愛好者的嘴巴還臭，而且更不舒服。然而情況很快惡化，強盜們從「要錢還是要命！」，改成大喊：「要貞操還是要命！」他們排成一列，一個一個輪流上他。我不敢形容我們塞在那個洞裡承受的痛苦。就是這個原因，所以我不喜歡離開伊斯坦堡。

我在伊斯坦堡廣受歡迎。年輕女孩們把我當作她們的夢中情人般親吻；她們把我藏在枕頭下、碩大的乳房間，以及她們的內衣裡；她們甚至會在睡夢中撫摸我，確保我還在。我曾經被收藏在公共澡堂的火爐邊、在靴子裡、在一間香噴噴麝香商店的一只小瓶子底，以及一個廚師拿來裝扁豆的麻袋中、一個另縫上去的小暗袋裡。我遊遍伊斯坦堡，被塞在駱駝皮做成的皮帶裡、埃及格子布裁製的外套內裡、鞋子內裡的厚布料間，以及彩色燈籠褲的隱匿角落。鐘錶匠大師佩脫把我藏在一只老爺鐘的祕密隔間裡，一位希臘雜貨商則直接把我塞進一輪卡沙里乳酪中。人們用厚布把我與珠寶、印章、鑰匙一起包起來，收藏在煙囪裡、火爐中、窗台下、粗茅草墊裡、地下室、櫃子的祕密夾層中。我知道有些父親經常從餐桌上起身，過來檢查我是否還待在原位；有些女人莫名其妙地把我當糖果吸吮；小孩子會嗅聞我，把我塞進鼻孔；而一條腿已經跨進棺材的老人們，如果一天沒有把我從羊皮錢包裡拿出來至少七次，就會輾轉難眠。曾經一個有潔癖的切爾克斯女人，花一整天打掃完屋子後，曾把錢幣從錢包裡拿出來，用一把粗刷子刷洗我們。我記得有一個獨眼兌幣商，老是把我們一枚枚疊起來，像塔一樣；一位身上散發牽牛花香味的門房，和一家人常常像在俯瞰一片美景似地望著我們；還有那位已經離開人世，不需要講出名字的鍍金師，晚上沒事會用我們排列出各種圖案。我曾經搭乘紅木小船旅行，還拜訪過蘇丹的宮殿。我曾藏匿在赫拉特製造的裝訂邊裡、在散發玫瑰香氣的鞋跟裡，以及駝鞍的箱蓋中。我看過成千上百隻手：髒的、毛的、肥的、油的、抖的，還有老的。我曾經飽浸各地的氣味：鴉片窟、蠟燭製造店、青花魚乾，以及全伊斯坦堡的汗水。經歷過這麼多刺激和紛亂後，有一個卑賤的小偷在黑夜裡割斷了受害者的喉嚨，把我扔進他的皮包。等他回到自己邪惡的屋子，朝我臉上吐了一口口水，怒罵道：「去死，全都是因為你。」我覺得好受侮辱，好受傷，真希望自己可以消失不見。

不過，如果我不存在的話，便沒有人能夠區別好畫家與爛畫家，這將導致細密畫家間的爭執混亂，造成彼此互相殘殺。所以，我還沒有消失，而跳進一位最聰明、最天才的細密畫家的錢包裡，一路來到此地。

如果你認為自己比鸛鳥還厲害，那麼，想盡辦法，把我搶到手裡。

20 我的名字叫布拉克

我懷疑莎庫兒的父親知不知道我們在交換信件。如果想像她的語調，像個害怕自己父親的膽小少女那樣說話，我會推論他們之間沒有提到過我一個字。然而，我感覺事實並非如此。以斯帖眼裡的狡猾、莎庫兒在窗口的嫵媚身影、恩尼須帖派我拜訪其他畫家的毅然堅決，以及他命令我今天早上到訪的絕望——全都令我感到不自在。

早上，我的恩尼須帖請我在他面前坐下，接著他開始描述在威尼斯看到的肖像畫。身為世界的庇護、蘇丹殿下的使者，他參觀了許多宮殿、教堂，以及王公貴族的宅邸。好幾天時間，他佇立在上千幅肖像畫前欣賞。他見到幾千幅臉孔，呈現在帆布、木頭或直接畫在牆壁上。「每一張臉都跟另一張不同，他們是獨一無二的人臉！」他說。他深深陶醉於他們的變化多端、他們的顏色、落在他們臉上那片柔和甚至冷酷的微弱光線，以及他們眼中散發的含意。

「彷彿被一場猛烈的瘟疫感染，每個人都想要自己的肖像畫。」他說：「全威尼斯每一個有錢有勢的人都想要有自己的肖像畫，做為他們生活的紀念，並象徵他們的財富、權力和影響，如此一來他們便可以永遠在那裡，站在我們面前，向人們宣告他們的存在，不只，應該說是他們的獨一無二。」

他的話中帶著鄙夷，聽起來像發自於嫉妒、抱負與貪婪。雖然如此，當他談論起在威尼斯見到的肖像畫時，臉上卻不時突然亮起來，像個孩子般興高采烈。

肖像畫的風氣像傳染病一樣，向有錢人、王子、貴族家庭這些藝術贊助者之間蔓延，當他們委託畫家繪製聖經場景的壁畫或教堂牆壁的宗教傳說時，這些異教徒甚至會要求把自己的肖像放入作品某處。譬如在一張聖斯德望葬禮的圖畫中，你會突然看見，啊，在一群淚流滿面的墓園送葬者中，正是那位帶你參觀他的畫廊、為你解說牆上繪畫的侯爵——此時他正熱情洋溢、興致高昂，並自信滿滿。接著，在一面描繪聖彼得用自己的影子治療病人的壁畫一角，你一時間忽然覺醒，明白眼前那位痛苦掙扎的可憐病人，事實上正是你和藹主人一位體壯如牛的哥哥。接下來的一天，這次在一幅描繪耶穌復活的畫作中，你會發現午餐時在你身旁狼吞虎嚥的賓客。

「有些人甚至不擇手段，只為了被加進一幅畫裡。」我的恩尼須帖恐懼地說，彷彿正在談論撒旦的誘惑：「他們不在乎被描繪成人群中一個倒酒的僕人，或一個用石頭砸淫婦的殘忍男人，或一個雙手沾滿血腥的殺人凶手。」

我假裝不懂地問：「意思是說，就好像在那些講述古波斯傳說的繪畫書中，我們卻可以看見伊斯美沙皇登基？或者，像是我們在胡索瑞夫與席琳的故事中，發現時代遠在其後的帖木兒畫像？」

屋子裡有什麼聲音嗎？

「這就好像威尼斯的繪畫是用來恐嚇我們的。」過一會兒我的恩尼須帖說：「委託繪畫的人不僅要我們害怕他們的金錢和權勢，還要我們知道，單單是出現在這個世界上，就是一件非常特別、非常神祕的事情。他們試圖用其獨特的臉孔、眼睛、氣質，以及利用陰影所凸顯的每一道衣服皺褶，來恐嚇我們。他們讓自己成為神祕的創造物，藉此恐嚇我們。」

他解釋，有一次他拜訪一位狂熱收藏家位於科莫湖畔的奢豪別墅，結果卻在精緻華麗的肖像展覽廳迷了路。房子主人蒐集了所有法蘭克歷史上著名人物的肖像，從君王到主教，從軍官到詩人：「我好客的主人先是驕傲地帶我參觀他的展覽廳，接著在我的請求下，讓我自由走動欣賞。在那裡，我看見這些顯然地位崇高的異教徒們——幾乎全部像真人，還有幾個直視著我的眼睛——單單靠著請人繪製出自己的肖像，就已經得到他們的地位。他們的容貌充滿某種魔力，每一個人看起來都如此凸顯而獨特，身處這些畫像之中，有那麼一陣子，我覺得自己低劣而無能。如果我也能夠被用這種方式畫下來，似乎就會比較明白自己存在這個世界上的原因。」

他感到惶恐，因為他忽然了解到——或許也渴望著——在肖像畫的風潮下，赫拉特前輩大師努力臻至完美並加以鞏固的伊斯蘭繪畫藝術，將走到盡頭。「然而，似乎我也想要感覺自己與眾不同、獨一無二。」他說。彷彿受到魔鬼的鼓舞，他發現深深被自己所恐懼的念頭吸引。「我該怎麼形容呢？就好像是一種慾望之罪，好像在真主面前自我膨脹，好像自以為是最重要的人物，好像把自己放在世界的中央。」

稍後，他心中升起了一個想法：這些被法蘭克藝術家如同兒戲般驕傲把玩的技巧，不僅可以為崇高的蘇丹殿下施加魔法——事實上，更可以成為服侍宗教的一股力量，讓所有觀看的人受其左右。

我得知我的恩尼須帖就是在那個時候，興起了製作一本手抄繪本的念頭：從威尼斯回到伊斯坦堡後，我的恩尼須帖提出一個絕佳的建議，以法蘭克的風格，為蘇丹殿下繪製一幅肖像。然而崇高的殿下表示反對，取而代之地，他贊成製作一本囊括蘇丹殿下及其統治萬物的手抄繪本。

「故事才是關鍵，」智慧而榮耀的蘇丹殿下說：「一幅美麗的插畫優雅地補足了故事內容。一幅不附屬於故事的繪畫，最終，將只變成一個偽偶像。既然我們無法相信一個不存在的故事，將自然而然地開始相信圖畫本身。這就如同昔日卡巴的偶像崇拜，直到我們的先知，願和平與祝福屬於祂，摧毀他們的錯誤信仰。若圖畫不屬於某故事的場景，那麼你準備如何描繪……舉例而言，這朵康乃馨？抑或角落那個粗鄙的侏儒？」

「我將展現康乃馨的美與獨特。」

「如此說來，在你的場景構圖中，你會把花朵放在書頁的正中央嗎？」

「我感到恐懼，」我的恩尼須帖說：「一時間驚慌失措，明白了蘇丹殿下的思考會把我帶向何方。」

讓我的恩尼須帖充滿恐慌的想法，是在書頁的中央——也就是世界的中央——放置某個並非由真主安排的物品。

「之後，」蘇丹殿下說：「你就會準備呈現一幅中央畫著侏儒的圖畫了。」這正是我猜想的。「然而這幅畫不能公然展示：因為些許時日後，我們將會開始崇拜我們掛在牆上的圖畫，無論其原意為何。除非我和那些異教徒一樣，上天不允，相信先知耶穌同時也是真主阿拉，那麼我也會相信真主可以被世人所見，甚至，祂還可以人類形象現身。除非如此，我才可能接受一幅細緻模擬的人類畫像，並公開展示此等圖畫。你確實了解，最終，我們將盲目地投身崇拜任何掛在牆上的圖畫，對不對？」

我的恩尼須帖說：「我非常了解這一點，因為我了解，所以懼怕我們兩人正在想的事情。」

「基於這個理由，」蘇丹殿下結論道：「我絕不允許展示我的肖像。」

「雖然這正是他想要的。」我的恩尼須帖悄聲說，帶著邪惡的竊笑。

現在輪到我恐懼了。

「話雖如此，我的確期望用法蘭克大師的風格繪畫我的肖像。」蘇丹殿下繼續說道：「此肖像，當然，必須隱藏在一本書的書頁中。究竟它是什麼樣的一本書，由你負責告訴我。」

「在一剎那的驚懼與訝異中，我仔細考慮他的結論。」我的恩尼須帖說，比之前更為邪惡地微笑，忽然間，他好像變成另一個人。

「崇高的蘇丹殿下命令我火速展開這本書的編纂。我欣喜得頭暈目眩。殿下補充說，這本書將做為一份禮物送給威尼斯總督，屆時會再派我前去拜訪。等書本完成後，它將在黑蚩拉曆第一千年時，象徵伊斯蘭哈里發崇高蘇丹殿下的征服力量。他要求我以最高機密執行手抄繪本的工作，主要是為了隱藏它向威尼斯人伸展觸角的目的，同時避免刺激工匠坊中的妒忌。我在滿懷得意中誓言保密，接著動手展開這項任務。」

21 我是你摯愛的姨丈

於是就在那個星期五早晨，我開始描繪那本書，其中將包含以威尼斯風格繪畫的蘇丹殿下肖像。我對布拉克解釋自己如何向蘇丹殿下提議，又如何說服他資助書本的製作。我心中暗藏著一個企圖，希望由布拉克來寫作我還沒開始動手的故事內容，以配合插畫。

我告訴他，我已經完成書中大部分圖畫，最後一幅畫也接近完工。「那是一幅描繪死亡的圖畫。」我說。「我請其中最聰明的細密畫家鸛鳥，繪畫一棵樹，象徵蘇丹殿下塵世領土的和平安詳。畫中有撒旦和一匹馬，意謂誘拐我們步入歧途。其中有一條機巧而狡詐的狗，還有一枚金幣……我請細密畫師們以最精巧、美麗的筆觸畫出這些物品，」我告訴布拉克：「甚至就算只看到它們一眼，你也能馬上知道相關的故事為何。詩歌與繪畫，文字與色彩，各是彼此的兄弟，這一點你一定很清楚。」

有那麼幾秒鐘，我思索著是否應該告訴他可能會把女兒嫁給他。他願意與我們同住在這間屋子裡嗎？我告訴自己不要被他全神貫注的態度與天真的表情所騙。我知道他正計謀著與我的莎庫兒私奔。儘管如此，除了他，我不能倚賴任何人替我完成書本。

我們相偕從星期五聚禱回來後，討論起威尼斯大師在繪畫中最偉大的創新表現：「陰影」。「如果，」我說：「我們打算畫一幅畫，讓它呈現路上聊天談笑行人的觀點，從他們的眼中觀看世界。也就是說，如果我們試圖從街道上的角度作畫，那麼我們必須學習如何像法蘭克人一樣解釋那兒最普遍可見的事物：陰影。」

「陰影該如何描繪呢？」布拉克問。

當外甥傾聽時，我不時注意到他隱隱的不耐煩。他會開始把玩之前送我作禮物的蒙古墨水瓶。偶爾，他會拿起撥火的鐵棒，戳弄爐裡的柴火。我有時會想像他其實很想拿起鐵棒狠敲我的腦袋，殺死我，因為我竟敢把繪畫藝術的觀點從阿拉眼中轉移；因為我違背了赫拉特大師的夢想，以及他們一切繪畫傳統；因為我要弄蘇丹殿下答應做這件事。有時候，布拉克正襟危坐好一段時間，深深地望入我的眼睛。我能想像他在想什麼：「我願意為你做牛做馬，直到我得到你的女兒。」有一次我帶他到院子裡，就像以前他小時候那樣，試著像一個父親般，向他解釋關於樹、關於落在葉子上的光線、關於融雪，以及為什麼當我們走得比較遠時，房子看起來好像縮小了。然而這是個錯誤：只證明了我們昔日的父子情誼早已蕩然無存。如今，對一個老人錯亂囈語的耐心容忍，取代了布拉克年幼時對知識的好奇與熱情。我只是一個老人，有一個女兒是布拉克愛戀的對象。十二年來，在各個國家與城市旅行帶給我外甥的經驗及影響，已經徹底融入他的靈魂。他對我感到厭煩，而我憐憫他。我猜想，他的憤怒不只是因為十二年前我不允許他娶莎庫兒——畢竟，當時別無選擇——更是因為我夢想的繪畫風格踰越了赫拉特大師的教訓。不但如此，我還信心滿滿地亂嚷著這些無稽之談，不禁想像自己或許會死在他手下。

不過，我並不怕他。相反地，我試圖嚇唬他，因為我相信恐懼正適合我要求他的寫作內容。「在這些圖畫中，」我說：「畫家必須把自己放在世界的中央。我其中一位插畫家為我美妙地描繪出死亡。看。」

於是我開始向他展示過去一年來祕密委託細密畫師繪製的圖畫。一開始，他有點膽怯，甚至懼怕。這幅死亡的描繪，靈感是起源於《君王之書》眾書冊中家喻戶曉的場景，例如細亞兀敘被阿發西亞斬首的場景；或是魯斯坦殺死蘇拉伯，卻不曉得是自己的兒子。當布拉克明白主題是來自熟悉的故事之後，很快便生出興趣。在描繪故蘇里曼蘇丹葬禮的圖畫中，有一幅我使用了大膽而哀傷的顏色，加上從法蘭克得來的構圖概念，並融合我自己的陰影濃淡嘗試——我稍後才加上去的。我指出利用雲層與地平線交互產生的陰沉深度。我提醒他，死亡是獨一無二的，正如掛在威尼斯展覽廳的異教徒肖像，每一個人都渴盼呈現特殊的形象。「他們想要與眾不同，他們多麼熱切地渴望。」我說：「看，看進死亡的眼睛。看看人們如何不怕死亡，而是恐懼隱含其中的暴力，那種渴望成為獨一無二、舉世無雙的慾求。看看這張圖畫，根據它寫出文字。為死亡說話。這裡有紙和筆。你寫出的內容我會立刻交給書法家。」

他瞪著圖畫，沉默不語。「這是誰畫的？」稍後他問。

「蝴蝶。他是所有人中最有才華的。奧斯曼大師多年來始終深愛並敬畏著他。」

「我曾經在說書人表演的咖啡館裡，看過這幅狗的畫像的草稿。」布拉克說。

「我的插畫家們，大部分都精神效忠於奧斯曼大師及工匠坊，他們對於繪畫我的書的工作持懷疑態度。當他們晚上離開這裡，我可以想像他們會到咖啡館，對這些為錢所畫的圖畫冷嘲熱諷，並且譏笑我。而且他們絕不會忘記，蘇丹殿下曾透過我向使館吩咐，邀請一位年輕的威尼斯畫家為他畫肖像。之後，他要奧斯曼大師複製那幅油畫。被迫模仿威尼斯畫家的奧斯曼大師對我懷恨在心，認為是我造成了他痛苦的折磨及這幅可恥的肖像。他一點也沒錯。」

整整一天，我向他展示每一幅圖畫，除了最後一幅我不知什麼原因無法完成的畫作。我刺激他寫作。我談論各個細密畫家的氣質，並計算我付給他們的金錢。我們討論「透視法」，討論在威尼斯的圖畫背景裡，比例縮小的物品是否算褻瀆神聖。同樣地，我們談論到不幸的高雅．埃芬迪遇害的原因，有沒有可能是由於他過度的野心，或是出於凶手對他財富的嫉妒。

那天夜裡布拉克回家後，我相信他將遵守承諾隔天早晨再來拜訪，他會再一次傾聽我講述我書中的故事。我聽著他的腳步聲漸漸消失在敞開的大門外；寒冷的夜裡，似乎隱藏著某種不祥，讓失眠而焦躁的凶手變得更強壯，比我和我的書更為邪惡。

我在他身後緊緊關上庭院大門。我依照每晚的慣例，把我拿來種羅勒的陶水盆移到門後。回到屋內，我正準備熄滅爐火，讓壁爐裡只剩悶燒的灰燼，然後就寢，這時我仰頭瞥見莎庫兒穿著一身白袍，像一縷幽魂般站在黑暗裡。

「妳真的確定妳想要嫁給他嗎？」我問。

「不，親愛的父親。我早遺忘結婚這件事了。而且，我已經結過婚了。」

「如果妳仍想嫁給他，現在我願意給妳我的祝福。」

「我不希望嫁給他。」

「為什麼？」

「因為這違反你的意願。我真的不想要任何你不喜歡的人。」

剎那間，我注意到火爐中的煤炭映射在她眼中。她的眼睛變老了，不是因為不快樂，而是由於憤怒。

然而她的聲音裡沒有絲毫不悅。

「布拉克愛上妳了。」我彷彿洩露祕密地說。

「我知道。」

「今天他聽我說那麼多話，不是因為他對繪畫的熱愛，而是因為他對妳的愛。」

「他會完成你的書，這才是重點。」

「妳的丈夫或許有一天會回來。」我說。

「我不確定為什麼，或許是寂靜的緣故，然而今天晚上我徹底明白了，我的丈夫永遠不會再回來。我的夢似乎是真實的：他們一定已經殺了他。他早已化為塵土。」她輕聲吐出最後一句話，唯恐睡夢中的孩子聽見。她說話的聲音含著一絲異樣的憤怒。

「如果我不幸被他們殺害，」我說：「妳要繼續這本我奉獻一切的書，直到完成。發誓妳會。」

「我向你保證。誰將負責完成你的書？」

「布拉克！妳可以信賴他，他一定會完成。」

「你已經信賴他會做了，親愛的父親，」她說：「你不需要我。」

「沒錯，但他之所以服從我，是由於妳的緣故。如果他們殺了我，他可能會害怕繼續下去。」

「若是那樣，他將無法娶我。」我伶俐的女兒微笑著說。

我究竟如何知道她在微笑？整場對話中，我只看得見她眼中偶爾閃爍的光芒。我們面對面，緊繃地站在房間中央。

「你們有彼此交談、交換信件嗎？」我忍不住問道。

「怎麼可能會有這種事？」

好長一段折磨人的寂靜。遠方一隻狗在吠叫。我有點冷，打了一個哆嗦。此時房間變得一片漆黑，我們再也看不見彼此，只能感覺到對方的存在。突然間，我們緊緊相擁。她開始哭泣，說她想念母親。我親吻並輕撫她的頭，聞起來正像她母親的頭髮。我陪她走到她的臥房，扶她上床躺在並肩熟睡的孩子身旁。

接著，我回想過去兩天的日子，開始確信莎庫兒與布拉克曾經互通信息。

22 我的名字叫布拉克

那天夜裡我回到家，巧妙地躲開近日愈來愈像我母親的女房東，隱遁入自己的房間，在床墊上躺下，墜入對莎庫兒的思念幻想。

請容我描述在恩尼須帖屋子裡聽見的聲響。十二年後的第二次拜訪，她並沒有現身。然而，她卻成功地讓我感覺到她的存在，像一種神奇的賜予，使我莫名地確信自己始終在她的觀察之中。她打量著我是否適合做為未來的丈夫，自得其樂彷彿在玩一場邏輯遊戲。知道這一點後，我也想像自己一直看得到她。此刻我才真能明瞭伊本．阿拉比的說法，愛情的力量與渴望，能讓看不見的出現在眼前，能讓看不見的永遠出現在心底。

我之所以推論莎庫兒持續觀察我，是因為我一直傾聽著屋裡傳來的聲音，以及木頭地板的喀吱作響。有那麼一刻，我確信她與她的孩子正在隔壁一間面對著走廊前廳的房間。我可以聽見孩子們彼此推擠、扭打，而他們的母親，或許正試著用手勢、威脅的眼神和皺起的眉頭示意他們安靜。偶爾我會聽見他們不自然地悄聲交談，聲音不像是為了怕打擾到別人禱告刻意壓低，而是矯作的，好像強忍住即將爆發的哄堂大笑。

有一次，正當他們的外公向我解釋光線與陰影的神妙時，席夫克和奧罕走進房間，以一種顯然事先排練過的小心謹慎姿態，端來一個托盤，為我們倒咖啡。這項儀式，原本應該是哈莉葉的職責，想必是莎庫兒安排的，為了讓他們能夠觀察可能即將成為他們父親的男人。因此，我給席夫克一點讚美：「你的眼睛真漂亮。」接著，感覺到他弟弟可能有點嫉妒，我立刻轉向奧罕，補充道：「你的也是。」然後，我隨手從長袍的皺褶裡找到一片褪色的紅色康乃馨花瓣，把它放在托盤上，再親吻了兩個男孩的臉頰。過一會兒，我聽見屋裡傳來咯咯竊笑。

很多次，我都好奇地想知道她的眼睛究竟是透過哪裡窺視我，是從牆上哪一個洞、哪一扇門後，或者從天花板、從哪一個角度？當我盯著一條縫隙、一塊凹處，或是任何看起來像洞的地方，都會想像莎庫兒就隱身在後。有一次，我忽然懷疑某個黑影，就算很可能冒犯滔滔不絕、沒完沒了的恩尼須帖，但為了證明我的懷疑是否正確，我站起身來。我佯裝採取專注學徒的態度，聽得入迷而忘我。為了表現出確實聚精會神投入恩尼須帖的故事，我開始若有所思地在房裡踱步，然後慢慢接近牆上那個可疑的黑點。發現被自己誤認為是窺孔的地方，並沒有莎庫兒的眼睛時，我失望透頂，接著心裡湧起一股奇異的孤獨感，以及一種茫然無措的焦躁。

偶爾，一種唐突而強烈的感覺湧上心頭，告訴我莎庫兒正在觀察我。全心全意地相信我就在她的視線中，使得我不禁端正姿勢，努力擺出更聰明、更強壯、更能幹的模樣，企圖為所愛的女人留下好印象。稍後，我幻想著莎庫兒和她的兒子們正在比較我和她的丈夫，也就是男孩們失蹤的父親，過一會兒才拉回心思，把注意力放到我的恩尼須帖此刻繼續延伸的道理上，關於不知道哪一個有名的威尼斯插畫家的什麼繪畫技巧之類的。我渴望自己也能像那些新出名的畫家，單單只是因為莎庫兒從她父親那兒聽說了許多關於他們的事；這些畫家們，透過他們抄寫的手抄本或是繪畫的書頁成名，而不是像聖人藉由在密室苦修殉道，或是靠著一隻強壯的手臂和尖銳的彎刀砍斷敵兵的腦袋，就如她失蹤的丈夫一樣。我竭盡心力想像這些著名插畫家筆下富麗堂皇的作品，這些人，如我的恩尼須帖解釋的，靈感來自世界神祕的力量及其可見的黑暗。我絞盡腦汁幻想它們——見過這些畫的恩尼須帖，此時正努力向一個從沒見過的人形容它們——

儘管如此，我的想像力終究失敗了，只感到更為頹喪挫折。

我抬起頭，發現席夫克又出現在面前。他堅定地朝我走來，我猜想——如同在某些索格底亞那的阿拉伯部族和某些高加索山的切爾克斯部族中，最年長的男孩必須遵守這項禮儀——他不僅在訪客剛抵達時要親吻他的手，客人離開時也需要。我毫無準備地伸出手讓他親吻。正當此時，不遠處傳來她的笑聲。她在嘲笑我嗎？我一時手足無措，為了掩飾窘境，我抓住席夫克，親吻他的兩頰，彷彿我確實應當如此回禮。然後我向我的恩尼須帖微微一笑，好像為打斷他道歉，並表示自己沒有不尊敬的意思。同時，我輕輕把孩子拉近身旁，想聞聞他身上是否殘留著他母親的香氣。等我發現他在我手裡塞了一張皺紙片時，他早已轉身朝門口走去。

我緊緊握著紙片，彷彿它是一顆珠寶。當我明白這是莎庫兒的訊息時，興奮得幾乎忍不住對我的恩尼須帖傻笑。這難道不夠證明莎庫兒熱情地渴望著我嗎？突然，我腦中浮現我們兩人瘋狂做愛的畫面，由於深深相信幻想中的美妙事件即將發生，以至於我的陽具開始不合宜地勃起，就當著我恩尼須帖的面。莎庫兒目睹了嗎？我集中精神在恩尼須帖的談話中，轉移自己的注意力。

過了很久，當我的恩尼須帖準備向我展示他書本中的另一幅圖畫時，我偷偷打開散發著忍冬花香的紙片，卻發現上面一片空白。我不敢相信自己的眼睛，茫然地把紙片翻來覆去檢查。

「一扇窗戶，」我的恩尼須帖說：「利用透視技巧，可以像從一扇窗戶裡觀看世界……你手上拿的是什麼？」

「沒什麼，恩尼須帖．埃芬迪。」我說。等他轉頭之後，我把皺巴巴的紙片拿到鼻子前，深深吸了一口它的香氣。

用完午餐後，由於不想使用我恩尼須帖的尿壺，我告退到院子裡的戶外廁所。外頭極冷。我盡快解決了我的問題，以免臀部凍僵，這時看見席夫克鬼鬼祟祟地出現在面前，像個流氓般擋住我的去路。他手裡拿著外公的尿壺，滿滿的還冒著熱氣。他在我之後走進廁所，倒空尿壺。他走出來，漂亮的眼睛直盯著我，嘟起嘴鼓著臉頰，手裡仍抱著空壺。

「你有沒有看過死貓？」他問。他的鼻子跟他母親一模一樣。她正在觀察我們嗎？我環顧四周。二樓那扇教人迷醉的窗戶拉緊了百葉窗，就是在那兒，多年後我再次見到了莎庫兒。

「沒有。」

「要不要我帶你去吊死猶太人的屋子看死貓？」

他沒等我回答便逕自走上街道，我跟上他。我們沿著冰雪泥濘的道路走了四、五十步，來到一片雜亂無章的花園。這裡散發著潮濕和腐爛樹葉的氣味，還有一絲淡淡的霉味。席夫克像個熟知周遭環境的孩子，充滿自信地踩著堅定、平穩的步伐往前走。我們的前方是一棟黃色的屋子，隱藏在濃密的無花果和杏仁樹之後。他跨進房子大門內。

屋裡空無一物，不過乾燥而溫暖，彷彿有人住在裡面。

「這是誰的房子？」我問。

「猶太人的。丈夫死了以後，他的妻子和小孩搬到水果市場旁邊的猶太區。他們請布販以斯帖把房子賣掉。」他走進房間一個角落，又走回來。「貓不見了，消失了。」他說。

「一隻死貓會跑去哪裡？」

「我外公說死者四處飄蕩。」

「不是死者自己，」我說：「是他們的靈魂飄蕩。」

「你怎麼知道？」他說。他緊抱著腿上的尿壺，一臉嚴肅認真。

「我就是知道。你常常跑到這裡來嗎？」

「我母親和以斯帖會來。從墳墓裡爬出來的活死人，半夜會來這裡，可是我不怕這個地方。你有沒有殺過人？」

「有。」

「幾個？」

「不多，兩個。」

「用劍嗎？」

「用劍。」

「他們的靈魂四處飄蕩嗎？」

「我不知道。依照書裡寫的，他們必定也四處飄蕩。」

「哈珊叔叔有一把紅色的劍。它很銳利，你只要碰它一下就會被割傷。他還有一把匕首，刀柄上鑲著一顆紅寶石。你是殺了我父親的人嗎？」

我點點頭，不代表「是」，也不代表「否」。「你怎麼知道你父親死了？」

「我母親昨天說的。他不會回來了，她在夢裡看見他。」

如果有機會，我們將能選擇在一個崇高的名義之下，實現我們早已按捺不住的低微渴望，雖然說穿了只不過是為了我們可悲的利益，為了我們心中燃燒的慾求，為了我們心碎痛苦的愛情。因此，我再一次決定要成為這些孤兒的父親。返回屋內後，我更專注地傾聽席夫克外公的話，聽他描述那本將由我負責完成文字編輯插圖的書。

讓我說明我的恩尼須帖展示給我看的插圖，舉馬為例。這一頁沒有半個人物，馬的周圍也空無一物。

雖然如此，我不能說這完全單純是一匹馬的圖畫。沒錯，那兒有一匹馬，但很明顯地，騎師已經下了馬，或者天曉得，也許他即將從卡茲文風格的樹叢後現身。從馬匹身上帶有貴族符號和紋飾的鞍具上，一眼就明白：也許，一位劍已出鞘的男人就要從馬的身旁一躍而出。

這匹馬顯然是恩尼須帖委託一位他暗中召集的工匠坊繪畫大師所畫。因為這位畫家夜晚抵達這裡，當他畫馬的時候，只能假設它是某個故事的內容。他只有這個方法：靠強記——馬的形象如同印刷版般銘刻在他心裡。這匹馬，他在愛情和戰爭場景中見過千萬次，而當他開始畫的時候，我的恩尼須帖，受到威尼斯大師技巧的啟發，很可能指示畫家如何作畫，譬如說，或許會告訴他：「別管騎士，在那裡畫一棵樹，不過把它畫在背景中，比例小一點。」

這位夜晚拜訪的畫家，與我的恩尼須帖一同坐在工作桌前，映著燭光認真地畫出一張奇特、不尋常的圖畫，完全不同於他所熟悉記憶的任何一個場景。當然了，我的恩尼須帖支付他豐厚的金錢，不過坦白說，這種特別的繪畫方法也有其迷人之處。然而過了一陣子，這位畫家也和我的恩尼須帖一樣，再也搞不清楚這幅圖究竟是要加強或補足哪一個故事。因此，我的恩尼須帖期望我做的，便是仔細端詳這些半威尼斯、半波斯風格的插畫，然後在它們毗鄰的書頁中寫上配合它們的故事。如果我希望得到莎庫兒，就一定得寫這些故事。只不過，我腦中想到的卻全是說書人在咖啡館講的故事。

23 我將被稱為凶手

我的發條鐘滴答作響，告訴我此時已是傍晚。禱告的呼喚尚未開始，然而我早已點起蠟燭，安置在我的折疊工作桌旁。我很快地靠記憶完成了一幅酗鴉片者的圖畫，把我的蘆稈筆浸飽了黑色的哈珊帕夏墨水，流暢地揮灑在光滑平整的紙面。接著我聽見每晚重複的叫喊，呼喚我出門到街上禱告。我抗拒。我意志堅決地不出去，留在家中工作。有一陣子我甚至試圖把我的門給釘死。

這本我潦草完成的書是一位亞美尼亞人委託的，他從嘎拉塔遠道而來，今天清晨大家還在熟睡時跑來敲我的門。每當有法蘭克或威尼斯旅客想要一本《服飾之書》時，這位口吃的翻譯和嚮導就會來找我。在一場激烈的討價還價之後，我們協議以二十銀幣的價格，製作一本品質粗糙的服飾之書。於是我著手畫了十幾個伊斯坦堡人同時出現在晚禱的場景中，並特別加強他們的服裝細節。我畫了一個伊斯坦堡穆法帝[29]、一個宮廷門房、一個傳道士、一個禁衛步兵、一個苦行僧、一個騎兵、一個法官、一個熟食小販、一個劊子手——劊子手施行拷打的圖畫賣得很好——一個乞丐、一個僕役女人、一個酗鴉片者。為了賺一點外快，這種書我實在畫過太多次，以致於我替自己發明了不同的遊戲，排解畫圖時的無聊。比如說，我逼自己以不間斷的筆畫畫出法官，或是閉上眼睛畫乞丐。

每一個惡棍、詩人及憂鬱的人都知道，晚禱開始後，他們體內的邪靈和魔鬼便愈來愈躁動而叛逆，異

---

29 編注：穆法帝（Sheikhulislam），由政府指定專門回答有關伊斯蘭教律法的人。

口同聲地催促：「出去！去外頭！」騷亂的內在聲音命令：「去找尋同伴，找尋黑暗、痛苦和醜陋。」我花了很長時間壓抑心中的邪靈與魔鬼。在這些邪惡精靈的幫助下，我畫出了人們視為我手下奇蹟的圖畫。然而自從殺死那個混蛋後，這七天以來，每當黃昏過後，我再也控制不住心裡的邪靈與魔鬼。他們狂暴地嘶吼，我只能告訴自己，或許出去走走可以安撫他們。

這麼想之後，也不知道怎麼回事，當我發現時自己已經在黑夜裡遊蕩。我輕快地行走，穿越積雪的街道、泥濘的小徑、結冰的斜坡，以及空無人跡的巷道，彷彿永遠不會停止。我走著，踩入黑夜、走進城市最邊遠偏僻的角落，逐漸把自己的靈魂拋在後頭。沿著窄巷行走，我的腳步聲迴盪在客棧、學校和清真寺的石牆上，我的恐懼慢慢褪去。

我的雙腳自動自發地帶我來到城市外圍一區的荒涼街道，每天晚上，我都會來到這個連幽魂和邪靈也不敢遊蕩的地方。我聽說這個區域一半的男人都死在與波斯的戰爭中，剩下的人則全部逃散，宣稱它是個不祥之地。然而我不相信此種迷信。唯一降臨在這塊良好區域的悲劇，是四十年前薩非戰爭時期，由於懷疑敵人藏匿，關閉了卡連德里苦行僧修院。

我漫步至桑樹叢和月桂樹後，甚至在最嚴寒的天氣裡，它們也散發迷人的清香。幾片牆板倚在傾頹的煙囪與破爛百葉窗的窗戶之間，我一如往常，小心翼翼地拉開它們。我走進去，深吸了一口氣，百年焚香的氣息和濕霉的味道灌入我的肺裡。身處此地讓我感到幸福無比，感覺眼淚幾乎就要奪眶而出。

如果我之前忘了提的話，這裡必須要說我除了阿拉什麼都不怕，人世所制定的刑罰對我而言毫無意義。我所恐懼的，是像我這樣的殺人凶手，將在最後的審判日接受各式各樣的酷刑，正如榮耀的古蘭經中清楚描述的，比如在〈準則章〉這一章。許多我通常看不太懂的古書裡，常常可以看到鮮明而強烈的酷刑圖畫；或者阿拉伯細密畫家前輩在小牛皮上畫的地獄圖裡，也有許多簡單、幼稚但同樣嚇人的場景；或者，莫名其妙地，就連中國和蒙古藝術大師畫的惡鬼折磨圖也是。每當看到這些圖畫，我都會不由自主地類推得到這個邏輯：〈夜行章〉這一章第三十三句是怎麼講的？它難道不是寫著：一個人不應該沒有公理地奪走另一個人的生命，這是真主所不允許？那麼好吧：被我送入地獄的惡棍是個無神論者，不是真主所不允許殺害的對象；而且此外，我有完美的公理可以砸爛他的腦袋。

這個傢伙誹謗我們這些接受蘇丹祕密委託製作書本的人。如果我沒讓他閉嘴，他早已經公開指責恩尼須帖・埃芬迪、所有細密畫家、甚至奧斯曼大師，都是不信教者，而任由艾祖隆教長的狂熱追隨者恣意妄為。如果有人成功地指責細密畫家犯下褻瀆罪，屆時這些艾祖隆信徒——他們正巴不得有任何藉口可以展示力量——將不只滿足於殺掉細密畫師，他們還會毀掉整個工匠坊，而蘇丹殿下將束手無策，只能眼睜睜看著事情發生。

我依照每次來此的習慣，拿出藏在角落的掃帚和破抹布打掃乾淨。當我打掃時，重新振作起來，再度覺得自己是阿拉盡責的僕人。為了不讓祂收回我這種幸福的感受，我禱告了許久。刺骨的寒冷，冷到能讓一隻狐狸的大便凍成黃銅，直鑽入我的骨頭。我開始感覺喉嚨隱隱作痛。我跨步到外頭。

過沒多久，在同樣奇異的心境下，我發現自己身處截然不同的區域。我不知道發生了什麼事，不知道我從苦行僧修院的荒涼區域來到這裡的路上都在想什麼。我不知道自己究竟如何來到兩旁種植著柏樹的街道。

無論走了多久，一個折磨人的念頭始終不肯放過我，像隻蟲子囓咬著我。或許如果我告訴你們，可以減輕一點負擔：說到「齷齪的誹謗者」或「可憐的高雅・埃芬迪」——兩者基本上是同一回事——這位往生的鍍金師離開人世前幾天，激烈地控訴我們的恩尼須帖，指責他利用異教徒的透視技巧。然而當他發現我並沒有太大的反應時，這頭禽獸進一步揭露下面的事：「有一張最後的圖畫。在那幅圖中，恩尼須帖汙辱了我們信仰的一切。他的所作所為不再只是侮蔑宗教，而是徹底的褻瀆。」不僅如此，在這個混蛋指控後三個星期，恩尼須帖．埃芬迪果真叫我繪畫一些毫不相關的物品，像是一匹馬、一枚錢幣和死亡，要我以差異極大的比例畫在一張紙任意的位置。確實，這正是法蘭克繪畫的形式。在恩尼須帖要我作畫的紙上，他總是不嫌麻煩地遮蓋住上面一大部分，包括倒楣的高雅．埃芬迪已經鍍好色的地方。他似乎想要隱藏什麼，不讓我和其他細密畫家知道。

我想問恩尼須帖，在最後的大幅圖畫中，他到底計畫著什麼，然而我不敢問。如果我問了他，他一定會懷疑是我殺害了高雅．埃芬迪，並且把他的懷疑告知大家。除此之外，還有另一件事讓我不安。如果我問了他，恩尼須帖可能坦承高雅．埃芬迪的指控是正確的。偶爾，我告訴自己應該問他，假裝這個疑惑是單純地油然而生，不是從高雅．埃芬迪那兒來的。但是終究，不管問不問都教人不安。

我的腿反應總是比我的腦袋還快，它們已經依照自己的意思帶我來到恩尼須帖．埃芬迪家的街道。我找到一個隱蔽的角落蹲下來，努力在黑暗中耐心觀察他的房子。我看了很久：坐落在樹叢之後的，是一棟寬敞、奇特、有錢人的兩層樓房！我看不出莎庫兒的房間位於哪一邊。如同沙皇塔哈瑪斯普時代大不里士的許多繪畫一樣，我想像房子的剖面，彷彿用刀子切成兩半，並在心底描繪出莎庫兒的所在，在哪一扇百葉窗之後。

大門打開，我看見布拉克在黑暗中離開屋子。恩尼須帖站在庭院大門後面，關愛地目送他，過了一會兒才關上門。

我的腦中剛剛還充滿可笑的幻想，此時卻飛快而痛苦地根據眼前所見，得出三個結論：

一，由於布拉克比較廉價，也比較不危險，所以恩尼須帖．埃芬迪決定請他完成我們的書。

二，美麗的莎庫兒將會嫁給布拉克。

三，不幸的高雅．埃芬迪所說的都是真話，因此，我白白殺了他。

遇到這種情況，當我們無情的理智宣布心裡拒絕接受的痛苦結論，整個身體都會排斥我們的腦袋。一開始，我半個心智強烈地反抗第三個結論，因為那表示我只不過是個最卑賤的殺人凶手。而我的腿，再一次反應比我的腦袋更快，也更理智，已經主動帶領我追上布拉克．埃芬迪。

我們走下幾條小巷。看著走在前方志得意滿的他，我心想，要殺他是多麼容易，如此一來將能解決腦中揮之不去的前兩個痛苦結論。而且，這樣我也不算是平白無故地敲爛高雅．埃芬迪的頭顱。現在，如果我往前跑八步到十步趕上布拉克，用盡全力狠狠砸向他的腦袋，一切都將恢復正常。恩尼須帖．埃芬迪將會拜託我完成我們的書。然而這個時候，我誠實（誠實不是恐懼是什麼？）和謹慎的一面不斷告訴我，被我殺害、拋入井中的野獸確實是滿口胡言。如果是這樣的話，我便不是白白殺了他，而且，恩尼須帖的書也不再有任何需要隱藏的，他必然會邀請我回到他家。

然而，望著走在前方的布拉克，我心裡很清楚這一切都不會發生。全都是幻象。布拉克．埃芬迪比我還真實。我們都體驗過這種情形：我們一年又一年滋養著幻想，只為了對抗過度的現實，有一天我們看見某樣東西，一張臉、一件衣服、一個快樂的人，然後陡然明瞭，我們的夢想永遠不可能實現；我們終於了解某位少女絕不可能嫁給我們；我們一輩子永遠達不到某一種身分地位。

我望著布拉克忽高忽低的肩膀、他的頭和他的脖子。他走路的姿態令人厭惡至極，彷彿跨出的每一步都是紆尊降貴。我心底緊緊纏繞著深沉的仇恨。像布拉克這樣的人，不受良心之苦，未來充滿希望，把世界看作自己的家。他們打開每一扇門的時候，都如同蘇丹走進他私人的馬廄，立刻就瞧不起蹲踞在裡面的我們。我幾乎克制不住強烈的衝動，只想抓起一塊石頭衝向他背後。

我們兩人愛上了同一個女人。他走在我的前方，渾然不覺我的存在。我們穿越伊斯坦堡蜿蜒扭曲的街道，上坡又下坡，如兄弟般行經野狗群聚打架的荒涼巷弄，跨越邪靈徘徊的火災廢墟、天使斜倚圓頂熟睡的清真寺後院。我們沿著對死者靈魂低語的扁柏，繞過幽魂聚集的積雪墓園，看不見的遠方盜匪正在勒殺他們的犧牲者。我們走過數不完的商店、馬廄、苦行僧修院、蠟燭工廠、皮革工廠和石牆。隨著我們持續前進，我感覺到自己不是在跟蹤他，相反地，我其實是在模仿他。

24 我是死亡

我是死亡，你們一眼就看得出來，不過你們毋需害怕，我只是一幅畫。儘管如此，我在你們眼裡看見恐懼。雖然你們非常清楚我不是真的，你們仍像投入遊戲的孩童被驚恐所攫，彷彿真的面對死亡。這讓我很高興。當你們看著我時，你們感覺逃不掉的最後一刻已經來臨，懼怕得快要尿濕自己。這不是開玩笑。面對死亡時，人們控制不住自己的身體運作，尤其是大多數被視為勇敢象徵的那些英雄。由於這個原因，你們筆下畫過千萬遍、屍體橫陳的戰場，並不如想像中瀰漫著鮮血、火藥、灼熱盔甲的味道，而是屎尿和爛肉的氣味。

我知道這是你們頭一次看見死亡的繪畫。

一年前，受到一位高瘦、神祕老人的邀請，即將著手畫我的年輕細密畫家來到老人的家中。在兩層樓別墅一間幽暗的畫室，老人為年輕大師奉上用精緻茶杯盛裝的一杯充滿琥珀香氣的滑順咖啡，清澈了年輕人的頭腦。接著，在有著一扇藍門的陰暗房裡，老人試圖勾起細密畫師的熱情，向他炫耀來自印度斯坦的高級紙張、松鼠毛製成的畫筆、各式各樣黃金箔片、不同種類的蘆稈筆，以及珊瑚握柄的筆刀，表示他有能力支付豐厚的金錢。

「現在，為我畫死亡。」老人說。

「我畫不出死亡的圖畫，因為我這輩子從沒見過任何一張死亡的圖畫。」神奇巧手的細密畫家說，事實上，最後他很快會動手繪畫。

「你並不一定需要看過某樣東西的圖畫，才有辦法描繪那樣東西。」文雅而熱切的老人反駁。

「沒錯，也許不用。」插畫大師說：「可是，如果一幅畫要完美，必須依照前輩大師所畫的方式，所以在我嘗試畫它之前，它應該已經被畫過至少一千遍了。無論一位細密畫家技巧多麼精良，當他第一次畫一件物品時，會像一位學徒那樣畫它，而我永遠做不到這一點。我無法摒棄我的專精技巧來畫死亡；這將同等於我自己死去。」

「如此的死亡或許能使你了解這個主題。」老人敏捷地回應。

「親身經歷過主題並不能使我們成為大師，我們之所以成為大師，正是因為從沒經歷過。」

「那麼，此等的專精更該會一會死亡。」

就這樣，他們一來一往展開高論，用盡各種諧擬、隱喻、雙關語、隱晦的暗示及影射，用詞就像一些尊崇前輩大師但又對自己的才華洋洋得意的細密畫家。由於討論的是我的存在，我很專心地聆聽對話，不過，我知道完整的內容一定會讓咖啡館內的各位偉大細密畫家們感到乏味至極。容我簡單地說，他們的討論一度碰觸到下面這點：

「要衡量一位細密畫家的才華，是看他有沒有能力模擬偉大大師的完美風格，描繪每一樣物品，還是看他有沒有能力創造出無人看過的圖畫主題？」雙手靈巧、眼睛炯炯有神、才華洋溢的插畫家說，雖然他自己知道問題的答案，仍保持含蓄。

「威尼斯人衡量一位細密畫家的本領，是靠他是否有能力發掘新的主題及運用前所未有的新技巧。」老人高傲地堅持。

「威尼斯人死得像威尼斯人。」即將著手畫我的插畫家說。

「任何人的死亡都是一樣的。」老人說。

「傳說與繪畫描述人的與眾不同，而不是人與人的相同之處。」聰慧的插畫家說：「藉由描繪我們早已熟悉的獨特傳說，細密畫大師達到技巧的專精。」

就這樣，談話的主題轉移到威尼斯人與鄂圖曼人死亡的差異，再延伸至死亡的天使與阿拉的其他天使有何不同，以及為何異教徒的藝術裡從來不曾納入他們。此刻正坐在我們美妙的咖啡館裡、用一對明眸盯著我瞧的年輕大師，受到老人一席深奧談話的激勵，手開始感到不耐煩。他渴望畫我，然而完全不知道我究竟長什麼樣子。

工於心計的老人從一開始便試圖引誘年輕的大師，此時他嗅到了年輕人的熱切衝勁。幽暗的房間裡，老人的眼睛在閃爍的油燈火光中燃燒，直直地望著巧手萬能的年輕大師。

「死亡，在威尼斯大師筆下以人形出現，對我們而言則是一個像阿茲拉爾[30]的天使。」他說：「是的，一個人類的形體。正如天使加百列，化身為人形向我們的先知傳遞聖言。你懂吧，是不是？」

我察覺天賦異稟的年輕大師急躁地想要畫我，因為邪惡的老人已經成功地激起他的興趣，灌輸他這個邪惡的念頭：我們最想要畫的，是某樣在陰影中無人知曉的事物，而不是在光明中人盡皆知的東西。

「我一點也不了解死亡。」細密畫家說。

「我們都知道死亡。」老人說。

「我們恐懼它，但不了解它。」

「那麼，畫出這種恐懼便是你的責任。」老人說。

---

30 譯注：阿茲拉爾（Azrael），回教中手操生死簿的死亡天使。阿茲拉爾將世界上所有人的名字都寫在神座後生命之樹的葉子上，一個人將死時，寫著名字的葉片枯落，當阿茲拉爾拾起唸出名字，此人四十天後就會死亡。

他幾乎當下就要創造出我來。偉大細密畫師的頸背發麻；他的手臂肌肉緊繃，手指渴望抓住一枝蘆稈筆。儘管如此，由於他是最純正的大師，因此控制住自己，心裡明白這樣的緊繃只會更加深他的靈魂對繪畫的熱愛。

狡詐的老人心知肚明，確信年輕人不久便會完成我的畫。為了啟發年輕人的靈感，他開始從面前的書本裡，選取關於我的段落朗讀：伊爾．耶席葉的《靈魂之書》、葛薩利的《末日之書》，以及蘇優地。於是，神奇巧手的細密畫大師開始繪畫你們面前這幅恐怖的肖像，一面傾聽老人說明死亡的天使有千萬雙寬大的翅膀，從天堂展開到地面，從最遠的東方延伸至最遠的西方。這些翅膀給予誠心的信仰者無限寬慰，卻帶給罪人和叛軍如長釘插入體內的痛苦。既然你們大部分細密畫家注定下地獄，於是他描繪我全身載滿了長釘。他傾聽老人解釋，阿拉派來取你們性命的天使會攜帶一本帳簿，上面列滿所有人的姓名，其中有些名字用黑筆圈起。只有阿拉知道死亡的確切時辰。當時辰到來時，祂王位下方的一棵樹會落下一片葉子，看見這片葉子的人將明白死亡為誰而來。基於這些原因，細密畫家將我描繪為一個恐怖的形體，然而同時隱含著深明就裡的體貼。瘋狂的老人繼續朗讀：當死亡的天使化為人形，伸長手臂攫取塵世生命已終結之人的靈魂，會照射出一道如同陽光般擁抱萬物的光芒。因此，聰慧的細密畫家描繪我沉浸在光亮中，因為他也知道圍繞在死者身旁的人看不見這道光芒。激昂的老人從《靈魂之書》中，朗讀有關古代盜墓者的片段，這些盜墓者親眼目睹，理應被長釘刺穿的屍體部分，只看得見熊熊烈焰，以及灌滿熔鉛的頭顱。神妙的插畫家專心聆聽這些說明，並據此把我畫成嚇人的形象，讓所有瞥見我的人驚惶不已。

畫完後，他卻感到後悔。不是因為他賦予了圖畫如此的恐懼，而是後悔自己居然膽敢嘗試這麼一幅畫。至於我，我覺得好像被自己的父親視為恥辱和難堪。為什麼雙手才華橫溢的細密畫大師會後悔畫了我呢？

一，因為我，死亡之畫，並沒有反映出足夠的專精技巧。你們看得出來，我並不如偉大的威尼斯大師或赫拉特前輩大師的圖畫那麼完美。我也對自己的醜陋感到難堪。偉大大師繪畫我的風格，並不符合死亡的尊嚴。

二，受到老人狡猾的誘導，插畫大師突然發現自己不知不覺地模仿了法蘭克巨匠的技術和透視法。他的靈魂騷亂不安，因為覺得自己對前輩大師不敬，而且，他頭一次感覺到自己的可鄙。

三，他甚至如同你們當中某些開始微笑、嫌我無聊的低能兒一樣，赫然頓悟到：死亡不是一件玩笑。

創造我的細密畫大師，如今出於悔恨，每夜在街上無盡徘徊。就像某些中國大師一樣，他相信他已變成了自己筆下的人物。

25 我是以斯帖

紅叫拜樓區與黑貓區的女士們向我訂了貝列吉克鎮的紫色和紅色被單，所以，一大早我就裝滿我的臨時包袱，一個用一大塊布裝好綁成的布包。我拿出最近從葡萄牙商人那兒運來但賣不好的綠色中國絲綢，換成更為迷人的藍色。由於今年的漫長冬季大雪不停，我小心折好許多羊毛編織的彩色襪子、厚腰帶和大背心，排放在布包中央：只要一打開我的毯子，就會綻放一大把色彩，甚至最冷漠的女人也會心動。接著，我打包一些輕而昂貴的絲手帕、錢包和繡花洗面巾，專門準備給那些找我去閒聊而不是採買的太太們。我扛起包袱。我的老天，這實在太重了，會壓斷我的背。我放下布包，打開來。正當我瞪著裡面，努力決定該拿出哪些時，聽見有人敲門。奈辛去開門，叫喚我。

原來是姘婦哈莉葉，氣喘吁吁滿臉通紅。她手裡拿著一封信。

「莎庫兒送來的。」她嘶聲道。這個女奴興高采烈到讓你以為墜入愛河想結婚的人是她。

我極為嚴肅地搶過信，警告這個白痴小心回家別被人發現，於是她便離開了。奈辛投給我一個詢問的眼神。我拿起比較大但較輕的誘餌包袱，每次出門送信時我都會攜帶這包。

「恩尼須帖大師的女兒莎庫兒，正陷入熱戀。」我說：「可憐的女孩，她顯然頭腦不清楚了。」

我咯咯笑著，跨出屋外，然而馬上湧起一股慚愧的痛苦。說實話，我實在很想為莎庫兒的哀愁哭泣，而不是嘲笑她的調情。她是多麼美麗，黑眼睛的憂鬱女孩！

我飛快地大步走過我們猶太區的破爛房子，在清晨的寒冷中，這一區看起來特別荒涼悲慘。過了很久，我望見那個老是盤踞在哈珊家巷子一角的瞎眼乞丐，放聲大喊：「賣布的！」

「肥巫婆，」他說：「妳不用吼我也認得出妳的腳步聲。」

「你這個廢物瞎子，」我說：「韃靼倒楣鬼！像你這樣的瞎子是阿拉不屑的禍害。希望祂給你應得的懲罰。」

以前，這樣的對話不會激怒我。我不把它們當一回事。哈珊的父親打開門，他是阿布哈茲人，一位高尚有禮的紳士。

「我們來瞧瞧，這次妳帶了些什麼？」他說。

「你那個懶惰的兒子還在睡嗎？」

「他怎麼可能還在睡？他在等著，期待妳帶給他消息。」

屋子裡暗極了，每次來訪，我都覺得自己好像走進一座墳墓。莎庫兒從來不問他們在幹嘛，但我總是故意挑剔這個地方，讓她根本不會考慮回到這間地窖。很難想像可愛的莎庫兒曾經是這間屋子的女主人，與她調皮搗蛋的男孩們一起住在這裡。屋裡聞起來是睡眠與死亡的氣味。我走進另一個房間，往黑暗繼續深入。

這裡伸手不見五指，我甚至沒辦法把信交給哈珊。他從黑暗中冒出來，一把從我手裡搶走信。我依照慣例，留他自己一個人讀信，滿足他的好奇。他很快從信紙上抬起頭。

「沒別的了嗎？」他說。他明知沒別的了。「只有短短一段。」他說，並朗讀：

布拉克．埃芬迪，你拜訪我們家，待了好幾個白天。然而我聽說我父親的書你連一行字都還沒有開始動筆。如果沒有先完成那本書，別把希望放得太高。

他手裡拿著信，責備地瞪入我的眼睛，好像一切都是我的錯。我不喜歡這間屋子裡的寂靜。

「再也沒有半個字提到她已婚，或是她的丈夫從戰場回來的事。」他說：「為什麼？」

「我哪知道為什麼？」我說：「寫信的又不是我。」

「有時候我甚至會懷疑這一點。」他說，把信和十五枚銀幣交給我。

「有些人賺愈多錢反而愈小氣，但你不是這樣。」我說。

儘管滿懷黑暗和邪惡的計謀，這個男人依然有迷人與智慧的一面，看得出為什麼莎庫兒仍接受他的信。

「莎庫兒的父親在編什麼書？」

「你曉得！他們說蘇丹殿下贊助整個計畫。」

「細密畫家為了那本書裡的圖畫正自相殘殺。」他說：「真主責罰，是為了錢還是因為那本書褻瀆我們的信仰？他們說只要看一眼插圖，就足夠讓人失明。」

他嘴裡這麼說，臉上卻帶著一抹微笑，所以我知道不該把他的話當真。就算那是一件重要的事，至少，我是否把它當真對他來說一點也不重要。哈珊和許多仰賴我為他們居中傳信的男人一樣，當他的自尊受傷時，就會斥責我。我呢，則盡我的職責，假裝沮喪來讓他高興。姑娘們則相反，當她們感情受傷時會抱著我哭。

「妳是個有智慧的女人。」哈珊以為自己傷了我的自尊，說好話來安撫我：「火速把信送去，我很好奇那個蠢蛋的回應。」

當下，我很想說：「布拉克沒有那麼蠢。」遇到這種情況，讓敵對的追求者互相吃醋可以替媒人以斯帖多賺點銀兩。不過我怕他可能勃然大怒。

「你認識街角那個韃靼乞丐嗎？」我說：「他有夠低級，那傢伙。」

為了避免碰見瞎子，我往馬路另一個方向走，正巧經過一大早的雞市。為什麼穆斯林不吃雞頭和雞爪？因為他們很奇怪！我的祖母，願她安息，告訴我以前雞爪便宜得不得了，他們剛從葡萄牙來到這裡時，都會煮雞爪來吃。

來到克門拉拉里，我看見一個女人帶著奴隸騎在馬上，她像個男人般直挺挺地坐著，驕傲得鼻子翹得半天高，或許是某個帕夏的妻子或有錢的女兒。我嘆口氣，如果莎庫兒的父親沒有心不在焉地只顧鑽研書本，如果她的丈夫帶著戰利品從薩非戰爭回來，莎庫兒或許也能活得像那個高傲的女人。她比任何人都應該過這種日子。

轉入布拉克家的街道後，我的心跳加速。我希望莎庫兒嫁給這個男人嗎？我已經成功地讓莎庫兒與哈珊保持聯絡，同時卻又分開他們。但這個布拉克又如何呢？他在各方面似乎都是腳踏實地的人，除了對莎庫兒的愛情之外。

「賣布的！」

我很喜歡替受寂寞所苦的戀人和找不到妻子或丈夫的人傳信，這種快樂拿任何東西來我都不換。就算知道會收到最壞的消息，在他們展信閱讀之前，總會湧起一股希望的顫抖。

莎庫兒在信中完全不提丈夫的歸來，並且把她的警告「別把希望放得太高」聯結在一個條件上，這當然，給予布拉克更高的希望。我滿心歡喜地看著他讀信。他高興得心神不寧，甚至有點驚懼。他退回房裡寫回信時，我，身為一個聰明的布販，解開了我的誘餌「快遞」布包，從裡面拿出一個黑色錢包，企圖推銷給布拉克好管閒事的女房東。

「這是上好的波斯絨布做的。」我說。

「我兒子死在波斯的戰場上。」她說：「妳送誰的信給布拉克？」

從她的臉上我可以讀出，她正計畫撮合英勇的布拉克與自己瘦巴巴的女兒，或者天曉得誰的女兒。

「誰都不是。」我說：「他一個可憐的親戚重病，躺在貝蘭帕夏療養院裡，需要錢。」

「噢，老天，」她說，語帶懷疑：「這不幸的人是誰？」

「妳的兒子怎麼死在戰場上的？」我執拗地問。

我們充滿敵意地對視。她是孤零零的寡婦，生活一定過得很苦。如果你碰巧像以斯帖一樣，成為布販兼信差，很快會學到只有財富、權力和愛情傳奇能激起人們的好奇，其他一切只不過是憂慮、分離、嫉妒、孤獨、敵意、眼淚、謠言和無止無盡的貧窮。這些事情永遠不會改變，就像家裡擺設的物品：一塊褪色的舊織錦地毯、擱在空烤盤上的一支勺子和一只小銅鍋、倚在火爐邊的鉗子與煤灰箱、兩個破舊的櫃子，一大一小，一個立在那裡為了掩飾寡婦孤獨生活的包頭巾架，以及一把用來嚇跑小偷的舊劍。

布拉克很快帶著錢包回來。「賣布的女人。」他說，刻意講給管閒事的女房東而不是我聽：「把這封信帶去給我們受苦的病人，我會等著他給我任何回音。妳可以在恩尼須帖大師的家裡找到我，今天一整天我都會待在那裡。」

實在沒必要玩這些遊戲，一個像布拉克這樣年輕勇敢的男人，實在沒有道理隱藏他的戀愛伎倆、他收到的信號、他為了追求姑娘送出的手帕和信件。難道他真的對女房東的女兒有興趣？有時候，我一點也不信任布拉克，害怕他在殘忍地欺騙莎庫兒。不然為什麼一整天與莎庫兒待在同一間屋子，他卻沒辦法給她任何暗示？

一走到外頭，我便打開錢包，裡頭有十二枚銀幣和一封信。我對信的內容好奇極了，幾乎是用跑的去哈珊家。菜販在他們的店門口排出了包心菜、紅蘿蔔等蔬菜。儘管豐美的韭菜大聲呼喚著我去把玩它們，我卻連摸都不想摸。

我轉進小巷，看見韃靼瞎子等在那裡準備再次騷擾我。「呸。」我朝他的方向吐口水，只有這樣。為什麼刺骨的寒風不凍死這些流浪漢？

哈珊默默讀信時，我幾乎耐不住性子。最後，克制不了自己，我冒出一句：「怎樣？」於是他開始大聲朗讀：

我最親愛的莎庫兒，妳要求我完成妳父親的書。我向妳保證我沒有別的目標。我就是為了這個目的造訪妳家，而非如妳先前的指控，是要擾亂妳。我非常清楚對妳的愛意是我自己的問題。然而，由於這份愛，我無法好好拿起筆來寫作妳父親，也就是我親愛的姨丈要求我為他的書所寫的故事。每當我感覺到妳在屋子裡，我就全身緊繃，無法為妳父親效勞。關於這一點我思索良久，得出一個結論：十二年後，只有那麼一次，當妳在窗口現身時，我見到了妳的容顏。如今，我很害怕自己會忘卻那個影像。如果能夠再一次清晰地見到妳，我將不再恐懼失去妳，而能從容地完成妳父親的書。昨天，席夫克帶我去吊死猶太人的廢棄空屋，在那裡不會有人看見我們。今天，任何妳認為適合的時間，我會去那裡等妳。昨天，席夫克告訴我，妳夢見妳的丈夫已經死了。

哈珊嘲弄地讀著信，唸到某些地方時，他會揚起原本已經很尖銳的聲調，甚至比女人還尖；遇到某些地方，他會模仿一個失去理智的愛人的顫抖懇求。他諷刺地複誦布拉克用波斯文寫的祝語「再見妳一面」。讀完信後，他補充：「布拉克一看到莎庫兒給了他一丁點兒希望，馬上索求無度。這種討價還價的做法實在不是一個真誠的情人會做的。」

「他是真誠地愛上了莎庫兒。」我天真地說。

「妳的話證明妳站在布拉克那邊。」他說：「如果莎庫兒寫到她夢見我哥哥死了，表示她接受了丈夫死亡的事實。」

「那只是一場夢。」我痴呆地說。

「我知道席夫克很聰明又機伶。我們住在一起好幾年！如果沒有經過他母親的刺激和允許，他絕不會帶布拉克去吊死猶太人的屋子。如果莎庫兒以為她與我哥哥和我們之間已經完了，就是大錯特錯！我哥哥還活著，他會從戰場上回來。」

還來不及下結論，他已經走進隔壁房裡。他本來打算點起蠟燭，結果只是燒到自己的手。他狂吼一聲。他一邊舔著燒傷，最後終於點起蠟燭，把它放在一張折疊桌旁。他從筆盒拿出一枝蘆稈筆，浸入墨水瓶中，開始憤怒地在一張小紙片上寫字。我感覺得出他很高興我在一旁觀看，為了顯示自己並不害怕，我誇張地微笑。

「誰是吊死的猶太人？妳一定知道。」他問。

「這些房子後面有一棟黃色的屋子。他們說默許．哈門，一個受前任蘇丹寵愛的有錢醫生，把他來自阿瑪薩亞的猶太情婦和她哥哥藏在那裡。好幾年前在阿瑪薩亞，猶太踰越節的前夕，有一個希臘青年在猶太區『失蹤』了，人們宣稱他被人勒死，拿他的鮮血來製作沒發酵的麵包。在幾個偽證人的供詞下，開始了一場猶太人的屠殺。然而，蘇丹寵愛的醫生幫助這個美麗的女人和她哥哥逃跑，並在蘇丹的應允下把他們藏起來。蘇丹死後，蘇丹的敵人找不到這個美麗的女人，於是吊死她獨居屋內的哥哥。」

「如果莎庫兒不等待我哥哥從前線回來，他們會懲罰她。」哈珊說，把信交給我。

我從他的臉上看不出任何憤怒，只有失戀男人特有的悲傷與哀愁。我看著他的眼睛，忽然發現愛情已使他迅速蒼老，海關工作所賺的錢絲毫無法使他變得年輕。儘管表現出那麼多受傷的神情和恐嚇，我以為他或許會再一次問我如何才能贏得莎庫兒。但是他已經近乎徹底的邪惡，無法再問這個問題。人一旦接受了邪惡，殘酷很快隨之而來，而求愛遭拒是一個重要因素。我開始害怕自己的想法，以及男孩們談到的那把紅劍，聽說它削鐵如泥。我渴望逃跑，在近乎顛狂的狀態下，跌跌撞撞地走到街上。

結果我就這麼莽撞地掉進韃靼乞丐的咒罵中。不過我立刻振作自己，從地上撿起一顆小石頭，輕輕丟入他的手帕裡說：「給你，骯髒的韃靼。」

我忍住大笑，看著他的手充滿期待地伸向以為是硬幣的石頭。我不理會他的咒罵，逕自朝一個被我嫁了好丈夫的「女兒」家中前去。

我貼心的「女兒」為我端出一片菠菜派，雖然是吃剩的，但還很酥。她正在準備燉羊肉做為午餐，加蛋花煮了濃稠的醬汁，並用酸梅調味，正是我喜歡的口味。為了不讓她失望，我等她煮好，配著新鮮麵包吃了兩勺。她還煮了一些可口的糖漬葡萄。我毫不猶豫地要了一些玫瑰花果醬，挖一匙攪入糖漬葡萄中，再淋上我的午餐。之後，我繼續出發送信給我憂愁的莎庫兒。

26 我，莎庫兒

哈莉葉通知說以斯帖來了的時候，我正把昨天洗好晾在外頭的衣服折好收起來……或者，我打算這麼告訴你們。可是我何必說謊？好吧，當以斯帖抵達時，我正透過櫥櫃裡的窺孔偷看父親和布拉克，一邊不耐煩地等待布拉克和哈珊的信件，所以，我滿腦子都在想她。這時我感覺到父親的死亡恐懼是合理的，而且明白了布拉克對我的興趣不是永遠的。他之所以戀愛是因為想要結婚，因為他想結婚，所以會輕易地墜入愛河。若不是我，他也會愛；若不是我，他也會娶別人，並且留意在娶她之前先愛上她。

廚房裡，哈莉葉讓以斯帖坐在角落，遞給她一杯玫瑰香蛋奶，並投給我一個罪惡的眼神。我發覺由於哈莉葉已成為我父親的情婦，她可能會向他報告看到的一切。我擔心事實可能正是如此。

「我的黑眼女孩，我的厄運美人，我的絕代佳麗，我被奈辛耽擱了時間。我這頭死豬丈夫，用一堆廢話來煩我。」以斯帖說：「妳沒有丈夫跟妳無聊胡扯，我希望妳能珍惜這一點。」

她拿出信，我從她手裡抓過來。哈莉葉退到一個角落，免得礙事，然而她還是可以聽見我們每一句對話。為了不讓以斯帖看見我的表情，我轉身背向她，首先閱讀布拉克的信。當我想到吊死猶太人的空屋時，打了一陣哆嗦。「別怕，莎庫兒，任何狀況妳都處理得來。」我對自己說，接著開始讀哈珊的信。他已經近乎發狂：

莎庫兒，我慾火焚身，但我知道妳一點也不在乎。在我的夢裡，我看見自己追逐妳穿過荒涼的山頂。

每一次妳收到我的信而不回覆，我的心就被一根三支羽毛的利箭射穿——我知道妳讀了。我今天寫信，希望妳這次會回覆。話已經傳出來了，大家都在談論這個消息，甚至妳的孩子也說：妳夢見妳的丈夫已經死了，如今妳宣稱自己是自由的。我不能說那是真是假。我所知道的是妳仍然是我哥哥的妻子，隸屬於這個家庭。現在既然我父親認為我有理，我們兩人要去找法官，命令妳回到這裡來。我們會集結一群人去找妳，所以事先警告妳父親。收拾好妳的東西，妳將要回到這間屋子。馬上派以斯帖送來妳的回覆。

讀完第二遍之後，我振作精神，用詢問的眼神凝視著以斯帖。但她沒說什麼關於哈珊或布拉克的消息。

我抽出被我藏在餐櫥室角落的蘆稈筆，拿一張紙放在麵包砧板上。正當準備開始寫信給布拉克時，我僵住了。

我想到某件事。我轉向以斯帖：她正像個胖娃娃似的開心享用玫瑰香蛋奶，我以為她能察覺我心裡正在想什麼，顯然是很荒謬的假設。

「看妳笑得多甜呀，我親愛的。」她說：「別擔心，最後一切都將圓滿收場。伊斯坦堡充滿了有錢的紳士與帕夏，願意交出他們的靈魂只為了娶一位像妳這樣有才華的絕代佳麗。」

你們知道我在說什麼：有時候你說出一句深信不疑的話，可是一旦話出口後，會問自己：「儘管我自己徹頭徹尾地相信，卻為什麼說得這麼不肯定？」當我說出下面的話時，就是這種感覺：

「可是以斯帖，看在上天的份上，誰會想娶一個帶著兩個小孩的寡婦？」

「像妳這樣的寡婦？好多，一大堆男人。」她說，用手比畫出一大堆人。

我望進她的眼睛。我心想我不喜歡她。我不再說話，讓她明白我不打算給她回信，甚至希望她最好離開。以斯帖走後，我退回屋內自己的角落，該怎麼形容呢？我想讓自己感受靈魂裡的寂靜。

我倚著牆，站在黑暗裡很長一段時間。我想著自己，想著我該怎麼做，想著心底逐漸增強的恐懼。整段時間裡，我不時聽見樓上傳來席夫克與奧罕的嘰嘰咕咕。

「你像女生一樣膽小，」席夫克說：「只敢從背後攻擊。」

「我的牙齒鬆了。」奧罕說。

同時，我的另一半心思專注地傾聽父親與布拉克之間漫出的談話。畫室的藍門敞開，我很容易聽見他們：「看過威尼斯大師的肖像畫之後，我們驚恐地明瞭，」父親說：「在畫中，眼睛不再只是臉上的洞，永遠一樣，而是必須像我們自己的眼睛，如一面鏡子般反射光芒，如一口井那樣吸收光線。嘴唇不再是臉上的一條裂縫，平板如紙，而必須是充滿表情的凸起，以不同的濃淡紅色呈現。透過凸起的細微收縮或放鬆，充分表現出我們的歡樂、哀傷和情感。我們的鼻子也不再像分隔臉孔的一道牆，而是一個鮮活而奇特的器官，每個人都獨一無二。」

聽見父親提到那些肖像裡的異教紳士為「我們」，布拉克和我一樣驚訝嗎？我從窺孔望出去，看見布拉克的臉如此蒼白，一時間非常震驚。我黝黑的愛人，我受苦的英雄，你是因為徹夜思念我而無法入眠嗎？是這個原因使你臉上的紅潤消失無蹤嗎？

也許你們還不知道布拉克是個高瘦英俊的男人。他有著寬闊的前額、一雙杏眼和挺直優雅的鼻子。他的手如童年時一樣修長，指頭靈活而敏捷。他的身體瘦長有力，站得又高又直，肩膀很寬，又沒有挑水夫那麼寬。年紀輕的時候，他的身體和臉尚未完全定型。十二年後，當我從我的黑暗避難所第一次望見他時，立刻明白他已經達到了某種完美。

此刻，當我把眼睛放上洞口，在他臉上看見折磨他的憂慮。當下我感到既罪惡又驕傲，他為我受了這麼多苦。布拉克傾聽我父親的話，凝視一張為書本所繪的插畫，表情天真無邪像個孩子。就在那時，當我看見他像個孩子般張開嫩紅的嘴，陡然間，是的，我想把自己的乳房放進他嘴裡。我用手指撫摸他的頸背，勾纏他的頭髮，而布拉克則會把頭放在我的乳房間，就像我自己的孩子常做的。他會歡愉地把眼珠子往後滾，吸吮我的乳頭：等他明白只有在我的柔情中才能找到平靜，他將永遠離不開我。

我微微冒汗，想像布拉克驚異而認真地欣賞我碩大的乳房，而不是埋頭研究我父親向他展示的魔鬼圖畫。不只是我的乳房，他更會為我的形體陶醉，凝望我的頭髮、我的脖子、我的全身。他對我著迷至極，不禁喃喃唸著年少時說不出口的甜言蜜語。從他的目光裡，我明白他多麼敬畏我的驕傲態度、我的舉止、我的教養、我耐心而勇敢地等候丈夫的決心，以及我寫給他的美麗信箋。

我對父親感到憤怒，他故意設計讓我沒辦法再嫁人。我也受夠了他叫細密畫家模仿法蘭克大師所繪的那些圖畫。而我更厭惡他老是對威尼斯念念不忘。

我再度閉上眼。阿拉，這不是我自己的慾望，在我的腦海裡，布拉克輕巧地接近我，黑暗中，我可以感覺到他在身旁。忽然，我感覺他從身後過來，親吻我的頸背、我的耳垂，我可以感覺到他有多麼強壯。他結實、雄偉而挺拔，我可以倚靠著他。我覺得很安全。我的頸背發癢，乳頭硬了起來。在黑暗中，我閉著眼，好像可以感覺到他脹大的部分就在身後，貼近我。我頭昏目眩，卻也十分好奇：布拉克的那話兒是什麼樣子？

有時候在我的夢中，飽受痛苦的丈夫會向我展示他的。我慢慢看清楚，我的丈夫掙扎著撐起被波斯弓箭刺穿的身體，直挺挺地朝我走來。然而可悲的是，我們之間有一條河。他從對岸呼喊我，傷痕累累、渾身是血，我注意到他勃起了。如果公共澡堂的那位喬治亞姑娘說的是真的，如果那群老巫婆所說「是啊，它能長得那麼大」有幾分真實，那麼我丈夫的並不算太大。如果布拉克的更大、如果昨天當布拉克拿起我派席夫克送給他的空白紙片時，我在他腰帶下看見的巨大東西千真萬確的話——絕對是的——我擔心我將承受極大的痛苦，如果它進得了我的體內。

「母親，席夫克嘲笑我。」

我離開櫥櫃的黑暗角落，輕聲走進走廊對面的房間。在那裡，我從箱子裡拿出紅色細棉背心穿上。他們已經攤開了我的床墊，正在上頭嬉戲吵鬧。

「我難道沒有警告過你們，布拉克來的時候，不准大叫。我有沒有說過？」

「媽媽，妳為什麼要穿上紅色背心？」席夫克問。

「可是，母親，席夫克嘲笑我。」奧罕說。

「我不是說過不准嘲笑他嗎？為什麼這髒東西在這裡？」旁邊有一塊動物的毛皮。

「那是屍體。」奧罕說：「席夫克在馬路上找到的。」

「快點把它拿出去，丟回你發現的地方。馬上。」

「叫席夫克去。」

「我說馬上！」

我生氣地咬緊下唇，就像每次要打他們之前的動作。看見我確實是認真的，他們嚇得逃跑。我希望他們趕緊回來，免得著涼。

所有細密畫家中，我最喜歡布拉克。他比其他人都喜歡我，而且我了解他的靈魂。我拿出筆和紙，坐下來，不假思索一口氣寫出下面的話：

好吧，晚禱開始之前，我會在吊死猶太人的屋子和你會面。盡快完成我父親的書。

我沒有回信給哈珊。就算他今天真的要去找法官，我也不相信他和他父親召集的人會馬上突襲我們家。如果他確實已經準備好採取行動，不會還寫信給我，等待我的回音。他一定正在等我的回信，而且，當他始終沒有收到時，一定會發狂。只有到那時候他才會開始找人，準備綁架我。別以為我一點都不怕他，不過，我仰賴布拉克會保護我。總之，讓我告訴你們現在心裡是怎麼想的：我相信我之所以沒那麼怕哈珊，是因為我也愛著他。

如果你們反對，心裡暗想：「這份愛又是怎麼一回事？」我同意你們。並不是因為這些年來，當我們在同一個屋簷下等待我丈夫歸來時，我沒有注意到這個男人是多麼可悲、軟弱而自私，而是以斯帖告訴我他賺了很多錢，而我總是可以從她挑起的眉毛看出她所言是真是假。既然他有了錢，過去那個自負、傲慢的哈珊想必已經消失，顯露出他吸引我的黑暗、邪靈般的特質。從他固執不斷寄給我的信中，我發現他的這一面。

布拉克與哈珊同樣為愛我所苦。布拉克消失了，十二年來四處旅行。另一個人哈珊，則天天寫信給我，在信紙的角落畫上飛鳥和瞪羚。一開始我很懼怕他，但是之後，我愛上閱讀他的信，一遍又一遍。我很清楚哈珊對我的每一件事都極為好奇，所以並不驚訝他知道我夢見丈夫的屍體。我懷疑的是，以斯帖讓哈珊閱讀我給布拉克的信。這就是為什麼我不叫以斯帖轉交給布拉克的回信。我的懷疑是否正確，你們比我還清楚。

「你們跑去哪兒了？」孩子們回來後，我對他們說。

他們很快發現我並不是真的生氣。我悄悄把席夫克拉到一旁，來到黑暗櫥櫃的一角。我把他抱到腿上，親親他的頭和頸背。

「你好冰，我的寶貝。」我說：「把你的漂亮小手交給母親，讓我弄暖它們……」

他的手臭臭的，但我沒有說什麼。我把他的頭壓在胸前，給他一個長長的擁抱。他很快地暖和起來，像隻小貓那樣放鬆，開心地咕嚕低喃。

「所以，你好愛你的母親，對不對？」

「嗨——哼——」

「那是『對』的意思嗎？」

「對。」

「比誰都愛？」

「對。」

「那麼我要告訴你一件事。」我裝作要透露一個祕密：「可是你不要告訴別人，好不好？」我朝他的耳朵悄悄說：「我愛你比誰都要多，你知道嗎？」

「甚至比奧罕還多？」

「甚至比奧罕還多。奧罕還小，像隻小鳥兒，他什麼都不懂。你比較聰明，你能夠懂。」我親吻並嗅聞他的頭髮。「所以，我想請你幫我一個忙。記得昨天你偷偷把一張白紙拿給布拉克嗎？今天你再做一次，好不好？」

「他是殺死父親的人。」

「什麼？」

「他殺了我的父親。昨天在吊死猶太人的屋子裡，他自己說的。」

「他說了什麼？」

「『我殺了你的父親。』他說。『我殺過好多人。』他說。」

突然間事情變了。席夫克從我腿上滑下去，哭了起來。這孩子為什麼現在要哭？好吧，我承認，我一定是一時控制不住自己，所以打了他一巴掌。我不希望任何人覺得我很無情。可是他怎麼能這樣胡亂批評一個我計畫要嫁的男人——而且，我的想法正是為了這些孩子們好。

我可憐沒父親的小男孩哭個不停，忽然間，我感到難過極了，我也淚水盈眶。我們彼此相擁，他斷斷續續地哽咽。那一巴掌值得哭成這樣嗎？我撫摸他的頭髮。

一切都是從這裡開始的：你們知道，前一天，我不經意告訴父親夢見自己的丈夫已經死了。事實上，等待丈夫從波斯戰場回來的過去四年中，我時常短暫地夢見他，夢裡也有一具屍體，不過，那是他的屍體嗎？對我而言始終是個謎。

夢境總被利用做為達成別種目標的方法。在葡萄牙，以斯帖祖母出生的地方，夢境似乎被當作證明異端與魔鬼相遇和交媾的藉口。譬如，儘管以斯帖的祖先為了否認他們是猶太人，公開宣布：「我們已經變成和你們一樣的天主教徒。」葡萄牙教會的耶穌會拷問者仍不相信，他們折磨這些人，逼迫他們描述夢裡的邪靈和惡魔，同時灌輸一些他們從沒作過的夢。接著他們會強迫猶太人坦承這些夢，讓他們最後可以把猶太人送上火刑台燒死。這麼一來，夢境可以被篡改，證明人們與魔鬼交媾，以控告並處決猶太人。

夢有三個好處：

其一：你想要某樣東西，但就是不能開口要。於是你說你夢見它，這麼一來，你可以要求想要的東西，卻不必真的開口。

其二：你想傷害某人。譬如說，你想誹謗一個女人。於是你說某某女人犯下通姦，或者某某帕夏偷了一壺酒。我夢見的，你這麼說。靠著這個方法，就算人們不相信你，他們也忘不了這項罪惡的行為。

其三：你想要某樣東西，但甚至不知道它是什麼。於是，你描述一場困惑的夢境。你的朋友或家人將馬上解釋夢的含意，告知你需要什麼，或者他們可以為你做什麼。比如，他們會說：妳需要一個丈夫、一個孩子、一棟房子……

我們描述的夢境從來不是在睡眠中真正看見的那些。當人們說他們「看見了」，只不過是描述自己白天所作的「夢」，而且總是有隱藏的用意。只有白痴才會一五一十地描述夜晚作的夢。如果真的這麼做，大家都會嘲笑你，或者總是把夢境解釋為一個厄兆。沒有人把真正的夢當真，包括那些作夢的人。或者，拜託，你們會嗎？

透過隨口描述的一場夢，我暗示丈夫可能真的死了。雖然父親起初不認為它可以證明事實，然而從葬禮回來後，他忽然信服了，並做出我的丈夫確實已經死了的結論。因此，大家不僅相信過去四年來我永垂不朽的丈夫死在一場夢中，而且確實深信不疑，就算正式公告他的死訊也比不上夢的說服力。直到那時，男孩們才真正明白他們沒有了父親；直到那時，他們才真正開始悲傷。

「你作過夢嗎？」我問席夫克。

「有。」他微笑著說：「父親沒有回家，最後我娶了妳。」

他窄窄的鼻子、黑眼睛和寬肩膀比較像我，而不像他父親。有時候，我很遺憾沒能把他們父親的寬闊額頭遺傳給我的孩子。

「去吧，跟你弟弟去玩『劍士』。」

「我們可以用父親的舊劍嗎？」

「可以。」

我凝望天花板好一陣子，傾聽男孩們揮劍互擊的聲響，一面掙扎著壓抑心中醞釀的恐懼和焦慮。我走進廚房，對哈莉葉說：「我父親最近一直想喝魚湯。或許我該派妳去帆船碼頭。妳能不能去拿幾條席夫克喜歡吃的水果乾出來，給孩子們一些？」

席夫克在廚房吃的時候，我和奧罕上樓去。我把他抱到腿上，親親他的脖子。

「你滿身大汗。」我說：「怎麼一回事？」

「席夫克用叔叔的紅劍打我。」

「瘀青了，」我說，輕觸那一點：「會不會痛？我們的席夫克真是粗魯。聽我的話，你很聰明又敏感，我想請你做一件事。如果你照我的話做，我會告訴你一個沒有跟席夫克或任何人說過的祕密。」

「什麼事？」

「你看到這張紙了嗎？你要去外公那邊，趁他不注意的時候，把紙放在布拉克．埃芬迪的手中。你懂嗎？」

「我懂。」

「你願意做嗎？」

「是什麼祕密？」

「先把紙條拿給他。」我說。我再次親吻他的脖子，聞起來香噴噴的。既然提到香味，上一次哈莉葉帶男孩們去公共澡堂已經是好久以前的事了。自從席夫克的傢伙開始會當著那些女人的面舉起來後，他們就沒再去過。「我等一下再告訴你祕密。」我親吻他，「你好聰明、好漂亮。席夫克是個討厭鬼。他甚至有膽反抗他的母親。」

「我不要去送這個。」他說：「我怕布拉克．埃芬迪，他是殺死我父親的人。」

「席夫克告訴你的，是不是？」我說：「快點，下樓去，叫他過來這裡。」

奧罕看見我臉上的怒火。驚恐中，他溜下我的腿，跑出房間。或許他甚至有點高興惹麻煩的是席夫克。過了一會兒，兩個人都紅通通、喘吁吁地回來。席夫克一隻手拎著一條水果乾，另一手拿著一把劍。

「你告訴弟弟布拉克是殺死你們父親的人？」我說：「我不准你們在屋子裡再講這種事，你們兩個應該要尊敬和愛戴布拉克。明白了嗎？我不允許你們一輩子沒有父親。」

「我不要他。我寧願回我們的屋子，和哈珊叔叔一起住，等我的父親。」席夫克膽大包天地說。

這使我怒火中燒，打了他一巴掌。他一直沒把劍放下，此時劍從他的手裡跌落。

「我要我的父親。」他哭著說。

然而我哭得比他還難過。

「你們沒有父親了，他不會回來了。」我抽噎著說：「你們是孤兒，你們不懂嗎？你們是雜種。」我哭得很淒慘，真怕他們在裡面會聽見。

「我們不是雜種。」席夫克哭哭啼啼地說。

我們痛哭了很久。哭泣軟化了我的心，我感覺到之所以哭，是為了讓自己好過一點。我們相擁而泣，躺在捲收起來的床墊上。席夫克把頭塞進我的雙乳間，彷彿在睡覺。有時候他會這樣窩在我身旁，好像我們連在一起，不過我可以感覺得出他並沒有睡著。若不是因為我的心思被樓下的事情盤踞，很可能就這樣與他們一起睡著了。我聞到煮柳橙的香甜氣味。我猛然從床上坐起，發出聲響吵醒了男孩們。

「下樓去，叫哈莉葉填飽你們的肚子。」

我獨自在房裡。外頭已經開始飄雪。我乞求阿拉的幫助，接著打開古蘭經，再一次閱讀〈儀姆蘭的家屬章〉中的段落，上面聲明任何在戰場身亡、在阿拉之道上被殺害的人，都將回到祂身旁。我為自己亡故的丈夫感到安心許多。我的父親已經向布拉克展示過蘇丹殿下未完成的肖像了嗎？父親聲稱這幅肖像栩栩如生，任何人看見了，都會驚懼地轉開眼睛，彷彿那些試圖直接看進榮耀蘇丹殿下眼睛的人一樣。

我叫來奧罕，這一次沒有把他抱到腿上，直接親吻他的額頭、頭頂和臉頰，好久、好久。「現在，不要怕，也不要讓你外公看見，你去把這張紙交給布拉克。你懂了嗎？」

「我的牙齒鬆了。」

「等你回來，如果你願意，我幫你拔牙。」我說：「你要小心翼翼地走向他。他會一時間不知道怎麼反應，然後他會抱你。接著你偷偷把紙條放在他手裡。你懂我的話嗎？」

「我怕。」

「沒什麼好怕的。如果不是布拉克，你知道還有誰想當你的父親嗎？哈珊叔叔！你希望哈珊叔叔當你的父親嗎？」

「不要。」

「那麼好吧，看你去不去，我漂亮聰明的奧罕。」我說：「如果你不去，小心，我會很生氣……如果你哭的話，我會更生氣。」

我把信折了好幾折，塞進他無助而順從地伸出的小手中。阿拉，求您幫助我，不要讓這些沒父親的孩子到頭來只能自己保護自己。我牽著他的手，護送他到門邊。到了門口，他懼怕地望了我最後一眼。

我從窺孔看著他踩著不確定的步伐走向沙發，來到我父親和布拉克身旁。他停下來，遲疑了幾秒，不確定該怎麼做。他轉頭望向窺孔尋找我。他哭了起來。不過鼓起最後一絲力氣，他終於順服地坐上布拉克的腿。聰明得足以做我孩子父親的布拉克，發現坐在他腿上的奧罕沒來由地哭泣時，並沒有慌亂，而是檢查男孩的手裡是否有任何東西。

奧罕在我父親錯愕的瞪視下走回來，我跑去迎接他，把他抱上我的腿，不停地親吻他。我帶他下樓到廚房，拿他最愛的葡萄乾塞滿他的嘴巴。

「哈莉葉，帶男孩們去帆船碼頭，到可斯加的鋪子上買些適合煮湯的烏魚。拿這些銀幣去買魚，回來的路上用找的零錢買點黃無花果乾和櫻桃乾給奧罕，買些烤鷹嘴豆和核桃蜜餞條給席夫克。帶他們到處隨便逛，晚禱呼喚開始再回來，可是小心別讓他們著涼。」

他們裹上厚衣服出門離開，屋子裡的安靜讓我愉快。我上樓拿出公公親手打造、丈夫送我的小鏡子。我一直把它藏在有薰衣草香味的枕頭套間。我掛起鏡子。如果我站遠一點照鏡子，輕巧地擺動，可以看見自己全身。我的紅色細棉背心很適合我，但我也想穿母親嫁妝裡的一件紫色短衫。我拿出開心果綠長袍，上面有外婆刺繡的花朵，把它穿在身上，可是我不喜歡。正當試穿紫色短衫時，我感到一陣寒意。我打了一個哆嗦，蠟燭的火焰隨之顫抖。當然了，我打算把我的狐毛滾邊外出罩袍穿在最外面，然而最後一分鐘我改變了主意。我悄悄穿越走廊，拿出母親送給我的一件又長又鬆的碧藍色羊毛罩袍，穿上它。就在這時，我聽見門口有聲音，一時陷入驚惶：布拉克要離開了！我飛快地脫下母親的舊袍，換上那件紅色的狐毛滾邊。衣服的胸口繃得很緊，不過我喜歡。接著我披上一條最柔軟、最潔白的頭紗，垂覆在面前。

布拉克．埃芬迪當然還沒有離開，是我杞人憂天。如果現在出去，我可以告訴父親剛才和孩子們去買魚。我像貓一樣躡手躡腳地走下樓梯。

我關上門，喀嗒一聲，像個幽魂。我安靜地穿越庭院，來到街上後，轉頭朝房子看了一眼。隔著面紗望去，它看起來一點也不像我們的房子。

街上沒有半個人，連隻貓也沒有。雪花在空中飛舞。我打了個寒顫，走進終年不見陽光的荒廢花園。空氣中瀰漫著腐葉、潮濕和死亡的氣味。不過，當我踏進吊死猶太人的屋子，卻感覺彷彿在自己家裡。人們說夜裡邪靈在此聚集，點燃爐火，嬉笑作樂。聽見自己的腳步聲踩在空蕩的屋子裡，嚇了我一跳。我等著，一動也不動。我聽見花園裡有個聲響，但很快被寂靜吞噬。我聽見不遠處有隻狗在吠叫。我能分辨鄰居每隻狗的叫聲，但認不出這一隻。

接下來的寂靜中，我感覺到屋子裡還有別人。我僵直不動，免得他聽見我的腳步聲。外頭街上有行人經過，傳來陌生人的交談。我想到哈莉葉與孩子們，向真主祈禱別讓他們著涼。接著又是一陣寂靜，我開始感到後悔。布拉克不會來。我犯了一個大錯，我應該在自尊心還沒完全受損前趕快回家。我驚惶失措，想像哈珊正注視著我。忽然，我聽見花園裡有動靜。門開了。

我猛然移動位置。我不知道自己為何這麼做，但當我站到窗戶的左方時，一道微弱的光線從花園滲入。我明白布拉克將能看見我，借用父親的用詞，身處於「神祕的陰影中」。我拉下面紗遮住臉，等待，聆聽他的腳步聲。

布拉克跨進大門，看見我，再往前走幾步，然後停住。我們隔著五步的距離站著，互相對視。他看起來比我從窺孔裡見到的要來得健康而強壯。周圍一片寂靜。

「摘下妳的面紗。」他輕聲說：「拜託。」

「我已經嫁人了，我在等待丈夫的歸來。」

「摘下妳的面紗。」他用同樣的語調說：「妳的丈夫再也不會回來了。」

「你安排與我在這裡相會，是為了告訴我這件事？」

「不，我這麼做是想見到妳。我想了妳十二年。摘下妳的面紗，親愛的，只要再讓我看妳一眼。」

我摘下面紗。他靜靜觀察我的臉，默默望進我眼眸深處。我感到很高興。

「婚姻與母職使妳變得更為美麗。妳的臉孔與我記憶中的完全不一樣。」

「你如何記著我？」

「帶著痛苦，因為當我想起妳時，不禁會想，我所記憶的並不是妳，而是一個幻想。妳記不記得，我們童年時經常討論胡索瑞夫與席琳，他們見到彼此的形象之後便墜入情網，記得嗎？為什麼席琳第一次看見胡索瑞夫的圖畫掛在樹枝上時，並沒有立刻愛上英俊的他，而必須看了三次之後，才陷入愛河？妳以前經常說，在神話故事裡，凡事都要發生三次。而我則爭辯說，當她第一次看見圖畫，愛苗一定已經滋生。但誰有能力把胡索瑞夫畫得足夠真實，讓她能愛上他，或者足夠精準，讓她能認得他？我們從沒討論這一點。過去的十二年，如果我能擁有一張寫實的肖像，描繪妳秀麗無雙的面容，或許就不會受這麼多折磨。」

他用溫柔的語氣說了許多動聽的話，譬如觀看一幅圖畫墜入愛河的故事，以及他為我受了多少痛苦折磨。我注意到他慢慢接近我的樣子；他說出的每一個字都飛入我的內心，降落在我的記憶某處。稍後，我將一個字一個字細細咀嚼。不過此刻，他言語的魔力灌入我的五臟六腑，我不禁全心全意投向他。讓他承受了十二年的痛苦，我覺得充滿罪惡。好一個甜言蜜語的男人！布拉克真是一個善良的人！像個無辜的孩子！我可以從他眼中讀出這一切。他深愛著我的事實讓我信賴他。

我們擁抱。我覺得好愉快，一點也不感到罪惡。我放任自己被甜蜜的情感帶走。我把他抱得更緊。我讓他吻我，而我也回吻他。當我們親吻時，彷彿整個世界籠罩在一道和煦的黎明微光中。我希望每個人都能像我們這樣互相擁抱。我恍惚地回憶起，愛情應該就是這樣。他把舌頭伸進我嘴裡。我徹底心滿意足，好像整個世界浸淫在幸福的光芒下。我無法想像任何不好的事情。

如果有一天我的悲劇故事被記載到書本上，容我向你們形容，赫拉特的細密畫師們可能會以何種畫面描繪我們的擁抱。父親曾經給我看過許多驚人的插畫，上面書法激昂的流動配合著樹葉的搖擺，牆壁的紋飾呼應著頁緣鍍金的圖案，燕子歡樂的翅膀刺穿插畫的邊框，暗示著戀人的狂喜。戀人們從遙遠的地方交換眼神，用模稜兩可的詞句互相折磨。他們被畫得很小、很遠，一時間看起來會以為故事與他們毫無關係，而是在敘述繁星點點的夜晚、幽暗的樹林、他們相遇的華美宮殿、宮內的庭院與精巧的花園，其中每一片樹葉都細膩精緻地描繪。然而，如果非常仔細地觀察色彩的祕密對稱，以及籠罩整幅圖畫的神祕光線，這些只有深諳技巧的細密畫家才有能力傳達的細節，那麼，細心的觀者將能立刻明白這些插畫背後的祕密；也就是，它們是由愛情創造的。彷彿一道光芒從戀人之間迸發，自圖畫的最深處溢散。布拉克與我相擁時，幸福以同樣的方式向全世界蔓延。

感謝真主讓我經歷過夠多的人生，知道此種幸福從來不會長久。布拉克溫柔地伸手握住我的碩大乳房。感覺真好，而且昏亂中，我渴望他吸吮我的乳頭。不過他有點笨手笨腳，因為他不是很確定自己在做什麼；雖然如此，他的不確定並沒有阻止他渴求更多。我們擁抱得愈久，恐懼和尷尬便逐漸在我們之間升起。接著他抓住我的大腿把我拉近，將堅硬脹大的陽具壓上我的肚子，一開始我很喜歡，感到很好奇。我並不覺得難堪。我告訴自己，我們這種擁抱自然而然會導致另一種，像這個。儘管偏過頭去，我還是忍不住睜大眼睛盯著它的巨大。

再過一會兒，他突然試圖強迫我做那個齷齪的動作，就連在公共澡堂開黃腔的欽察女人和姘婦都不願意做的那種事。這時我驚愕而遲疑地僵住了。

「親愛的，別皺起眉頭。」他哀求。

我站起身，推開他，開始朝他怒罵，完全不在乎他是否會感到失望。

27 我的名字叫布拉克

在吊死猶太人的黑暗屋子裡，莎庫兒皺起眉頭，開始怒罵，斥責我或許可以輕易地把我手裡的龐然巨物塞進其他低賤女人的嘴裡，像是我在提夫里斯遇見的切爾克斯女孩、欽察的娼妓、客棧賣身的窮苦姑娘、土庫曼和波斯寡婦、迅速充斥伊斯坦堡的流鶯、淫蕩的明加利亞人、風騷的阿布哈茲人、亞美尼亞蕩婦、熱那亞和敘利亞老女人、扮成女人的戲子，以及慾求不滿的男孩們，然而別想進到她嘴裡。她憤怒地指責我喪失了所有禮節和自制，到處跟各種廉價、卑賤的人渣睡，從波斯到巴格達，從炎熱的阿拉伯小鎮暗巷到裏海沿岸。她怒斥我忘了有些女人仍然辛苦地維護著她們的尊嚴。她指控：我所有愛情的話語全都是虛偽的。

我尊敬地聆聽我摯愛的責罵，手裡罪惡的傢伙早已萎靡。儘管眼前被拒的窘況令我難堪不已，但有兩件事讓我很高興：一，我克制住自己，沒有降低身分，用同等語氣回應莎庫兒的怒火，因為以往遭遇類似情況時，我通常會臭罵那些女人；二，我發現莎庫兒對我的旅途經過瞭若指掌，證明她比我預期更常想起我。

看見我因為無法解決慾望垂頭喪氣，她不禁憐憫起我來。

「如果你真的愛我，熱情而迷戀，」她說，彷彿為自己找台階下：「你得試著像個紳士控制自己。你不會企圖侵犯一個認真考慮的女人的尊嚴。你不是唯一一個展開行動想要娶我的人。來這裡的路上有人看見你嗎？」

「沒有。」

她似乎聽見有人走過幽暗積雪的花園，偏過迷人的、十二年來我記不住的臉，朝向門口，讓我得以欣賞她的側面。外頭傳來一陣短暫的喧嘩聲，我們不約而同靜默等候，可是沒有人進來。我想起以前甚至當莎庫兒才十二歲時，她就激起我一種特殊的感覺，因為她知道得比我還多。

「吊死猶太人的鬼魂在此地徘徊。」她說。

「妳來過這裡嗎？」

「邪靈、幽魂、活死人……他們隨風而來，附身於物品上，在寂靜中發出聲響。一切都會說話。我不需要大老遠來這裡，我可以聽見他們。」

「席夫克帶我來這裡看死貓，可是牠不見了。」

「我知道你告訴他，是你殺死他的父親。」

「不完全對。我的話被曲解成這樣嗎？我並沒有殺他的父親，相反地，我想當他的父親。」

「你為什麼說你殺死他父親？」

「他先問我有沒有殺過人。我告訴他事實，我殺過兩個人。」

「為了炫耀嗎？」

「為了炫耀，也為了讓我深愛女人的孩子印象深刻。因為我知道，這個母親為了安慰兩個小搗蛋鬼，誇大他們父親在戰場上的英雄事蹟，並且刻意展示屋子裡他遺留的戰利品。」

「那麼繼續炫耀吧！他們不喜歡你。」

「席夫克不喜歡我，但奧罕喜歡。」我說，驕傲地挑出我摯愛的錯誤：「不過，我將成為他們兩個人的父親。」

彷彿某樣不存在東西的影子通過我們之間，我們不安地打顫，在昏暗中發抖。我振作自己，看見莎庫兒正低頭啜泣。

「我歹命的丈夫有一個弟弟，名叫哈珊。等待丈夫歸來這段時間，我與他和我公公在同一間屋子裡住了兩年。他愛上了我。最近，他開始懷疑可能發生了什麼事。想像我可能會嫁給別人，或許是你，令他極為憤怒。他傳話給我，宣稱他要強迫帶我回他們的屋子。他們說，既然在法官眼裡我並不是寡婦，他們將要以我丈夫之名逼迫我回到那裡。他們隨時可能突襲我們家。我父親也不希望透過法官判決我為寡婦，因為如果我獲准離婚，他認為我會找一個新丈夫，棄他不顧。我母親死後他承受著孤獨，我帶著孩子回到家後，帶給他極大快樂。你會同意與我們住在一起嗎？」

「妳的意思是？」

「如果我們結了婚，你願意與我父親住在一起嗎？」

「我不知道。」

「盡快想一想這件事吧。你的時間不多，相信我。我父親感覺到某種邪惡正朝我們而來，我認為他是對的。如果哈珊帶著他的人和一票禁衛步兵突襲，並帶我父親去見法官，你會願意作證說親眼看見了我丈夫的屍體嗎？你才剛從波斯回來，他們會相信你。」

「我願意作證，可是殺他的人不是我。」

「好吧。再多找一個證人，為了聲明我寡婦的身分，你願意在法官面前作證，說你在波斯的戰場上看見我丈夫血跡斑斑的屍體嗎？」

「我並沒有真的看見，親愛的，不過為了妳，我願意作證。」

「你愛我的孩子嗎？」

「我愛他們。」

「告訴我，你愛他們什麼地方？」

「我愛席夫克的力量、果決、誠實、智慧和執著。」我說：「而我愛奧罕的敏感和細心，以及他的機敏。我愛他們，因為他們是妳的孩子。」

我黑眼的摯愛微微一笑，落下幾滴淚。接著，像一個精打細算的女人，忙碌地想在短時間內達成很多事，她轉換話題。

「我父親的書必須完成，並呈給蘇丹殿下。這本書是我們一切厄運的來源。」

「除了高雅．埃芬迪被謀殺之外，我們還遭遇到什麼邪惡之事？」

這個問題令她不悅。她試圖表現真誠，卻適得其反。她說：

「努索瑞教長的信徒四處散播謠言，說我父親的書褻瀆神聖，隱含法蘭克異教思想的印記。經常出入我們家的細密畫家們，難道不是因為彼此的嫉妒加深而各懷鬼胎嗎？你曾經和他們相處過，你最清楚！」

「妳先夫的弟弟，」我說：「與這些細密畫家、妳父親的書，或者努索瑞教長的信徒有任何往來嗎？或者他謹守自己的生活？」

「他與這些都沒有關聯，但是完全謹守不住自己。」她說。

一陣神祕而奇異的靜默。

「與哈珊同住在一個屋簷下時，難道妳沒有任何辦法擺脫他嗎？」

「我盡可能待在另外那個房間裡。」

不遠處，幾條狗忘我地投入彼此的爭打嬉鬧，興奮地狂吠起來。

我提不起勇氣問莎庫兒，為什麼她已故的丈夫，一個戰功彪炳並領有封地的男人，會認為讓他的妻子與他的弟弟同住在只有兩個房間的屋子裡是一件合適的事。我遲疑而膽怯地問年少時的愛人下面的問題：

「為什麼妳決定嫁給他？」

「我，當然，必須嫁給某個人。」她說。這話沒錯，簡單明瞭解釋了她的婚姻，同時機智地避免因為讚美丈夫而使我沮喪。「你離開了，也許永遠不會再回來。憂鬱地消失或許是愛情的徵狀，然而一個憂鬱的愛人也很令人生厭，無法許諾任何未來。」這也是事實，但不足以構成她嫁給那無賴的理由。從她忸怩的表情看來，不難猜出在我離開伊斯坦堡後沒多久，莎庫兒就和其他人一樣忘了我。她告訴我這個華美的謊言只是為了彌補我的心碎，儘管作用不大，但我視其為善意的表示，我必須感激。於是我開始解釋，在漫長的旅途中自己始終惦念著她，夜裡，她的形象如幽魂般縈繞腦海。這最私密、最最深沉的痛苦長久以來折磨著我，我以為自己永遠無法向任何人表明。儘管這痛苦千真萬確，但話說出口的當下，我驚訝地發現，它聽起來絲毫不真誠。

為了讓大家能夠正確地了解我的情感和慾望，這裡我必須說明事實與真誠之間的差異，我也是第一次發現這點：用文字表達一個人的事實，無論多麼真確，都會迫使他變得不真誠。或許我們這群近來由於凶殺事件而躁動不安的細密畫家們是最好的例子。想像一幅完美的圖畫——例如，一匹馬的畫像，不管畫得多麼像一匹真馬，如同阿拉創造的細膩馬匹，或是偉大細密畫大師筆下的馬，無論如何，仍然表現不出繪畫它的天才細密畫家的真誠。細密畫家或我們這些阿拉的卑微僕人的真誠，並非源於才華與完美；相反地，它來自口誤、犯錯、疲憊與挫折。我這麼說是解釋給那些年輕女士們聽，因為她們會發現我剛才對莎庫兒的慾望——她也清楚——比起我在旅行途中遇到的一位身材姣好、古銅膚色、酒紅嘴唇的卡茲文美女所感到的昏亂慾火，並沒有不同，她們可能因此感到幻滅。還好莎庫兒擁有天賜的明理和邪靈般的直覺，深知我十二年來忍受的苦戀煎熬，也了解我為什麼像個悲慘的奴隸般受到慾望的驅迫，在我們第一次獨處時滿腦子只想著迅速滿足黑暗的飢渴。內札米曾比喻絕代佳麗席琳的嘴，說它像一只盛滿珍珠的墨水瓶。

外頭興奮的狗群再度狂吠，焦躁的莎庫兒說：「我現在得走了。」此刻我們才察覺猶太鬼魂的屋子的確變暗許多，儘管離天黑還有一段時間。我的身體不由自主衝上前去，再次擁抱她，然而她卻像一隻受傷的麻雀，猛然跳開。

「我依然美麗嗎？快點回答我。」

我告訴她。她優雅地傾聽，同意並相信我的話。

「那我的衣服呢？」

我告訴她。

「我聞起來香嗎？」

當然，莎庫兒也曉得內札米所謂的「愛情棋局」並不包含此種修辭遊戲，而是由戀人之間暗藏的情感計謀組成。

「你打算靠什麼養家？」她問：「你有能力照顧我沒有父親的孩子嗎？」

我告訴她，我有超過十二年的官員助理經驗，在戰場上目睹死亡賦予我廣博的知識，我更有明晰的未來前景。我一邊說，一邊擁抱她。

「我們剛才的擁抱多麼甜美，」她說：「但一切卻已經失去了最初的神祕。」

我把她抱得更緊，以證明我的真誠。我問她，為什麼在保存了十二年之後，又叫以斯帖退回我為她所繪的圖畫。她的眼中透露出對我軟弱的驚訝，以及從心底湧起的熱情。我們相吻。這一回，我發現自己不再受搖擺不定的慾火牽絆。一股強烈的愛情像一群麻雀般湧入我們的心臟、胸口和腹部，煽動著我們，令我們震懾不已。愛情的最佳解藥，不正是做愛嗎？

我捧玩莎庫兒的大乳房，她以一種比之前更為堅決而甜蜜的姿態推開我。她暗示我不夠成熟，不該在婚前玷汙一個想與之維持信賴婚姻的女人。我太過隨便，忘記任何衝動的行為將引來魔鬼，而且也太無知，不明白一場美滿的婚姻背後需要無盡的耐心與無言的容忍。她逃出我的懷抱，走向門口。她的亞麻面紗落在頸上。我瞥見外頭雪花飄降，先是隱沒在黑暗裡，然後才跌落地面。我忘了我們剛才一直低聲細語，或許是不想打擾吊死猶太人的靈魂。我放聲大叫：

「我們現在怎麼辦？」

「我不知道。」她說，留心著「愛情棋局」的規則。她穿越破敗的花園，在雪地上留下顯然很快會被白雪抹去的細緻足跡，然後安靜地消失無蹤。

28 我將被稱為凶手

無疑地，你們也經歷過我即將描述的情形：有時候，當我穿過伊斯坦堡蜿蜒無盡的巷道，當我在食堂挖起一勺燉蔬菜放進嘴裡，或者當我瞇眼細看蘆葦樣式邊緣飾畫中的彎曲設計時，感覺自己此刻彷彿活在過去。換句話說，當我走下一條白雪皚皚的街道時，會忍不住想說出：過去的我正走下這條街。

我即將敘述的驚人事件發生在現在，也同時發生在過去。那時是傍晚，黑夜已吞噬最後一絲天光，空中飄著微微細雪，我走上恩尼須帖．埃芬迪居住的街道。

不同於其他夜晚，今天我來此，心裡很清楚地知道自己的目的。過去別的夜裡，當我的腿帶領我來這裡時，我會心不在焉地想著雜事：我如何告訴母親我單靠一本書賺了七百銀幣；想著帖木兒時代畫著未鍍金薔薇紋飾的赫拉特書籍封面；想著震驚不已地聽說別人濫用我的名字；想著我的各種蠢行和罪過。然而，這一次，我滿懷預謀和企圖來到這裡。

巨大的庭院大門——我害怕沒有人為我開門——在我準備敲門時逕自滑開，再次向我證明阿拉與我同在。庭院裡光亮的鋪石部分空無一物，以前來此為恩尼須帖．埃芬迪的精美書本繪畫新插圖的那些夜裡，我都會走過這片空地。右邊的水井旁放著水桶，上頭有一隻顯然渾然不覺寒冷的麻雀；稍遠處有一個戶外石爐，不知為何這麼晚了還沒點燃；庭院左方，是與房屋一樓相連的訪客馬廄。一切都如我所預期。我進入馬廄旁一扇沒上鎖的門，然後依照一位不速之客為了避免撞見尷尬場面採取的動作，刻意跺了跺腳，一面咳嗽一面爬上通往起居室的木頭樓梯。

我的咳嗽聲沒有引出任何回應，跺腳的聲響也沒有引起注意。我在做為接待室的寬闊走廊入口處脫下泥濘的鞋子，放在其他整齊排列的鞋子旁。每當我拜訪的時候，都習慣在其中尋找一雙我認為可能屬於莎庫兒的秀氣綠鞋，然而找不到。屋裡可能沒有人的念頭閃過腦海。

我走進右邊的房間——二樓各個角落都有房間——想像著莎庫兒正抱著孩子熟睡。我摸索著找尋床和床墊，打開角落一個箱子，拉開一個高大雕花衣櫃的輕巧薄門。當我想到房裡淡淡的杏仁香必定來自莎庫兒的肌膚時，一個塞在櫃子裡的枕頭，掉落在我愚昧的腦袋上，接著打翻了黃銅水壺和杯子。聽見吵雜的聲響，你會忽然察覺房裡一片漆黑。我嘛，則感覺到房裡很冷。

「哈莉葉？」恩尼須帖．埃芬迪從另一間房裡喊：「莎庫兒？是妳們哪一位？」

我迅速離開房間，橫過寬闊的走廊，走進藍門的房間。今年一整個冬天，我就是在這裡與恩尼須帖．埃芬迪一起合作他的書。

「是我，恩尼須帖．埃芬迪。」我說：「我。」

「你是哪一位？」

剎那間，我明白了恩尼須帖．埃芬迪選擇的工匠坊稱號，其實無關乎保密，而是他對我們的微妙揶揄。彷彿一位高傲的抄寫家，在一本繪製精美的手抄本末頁簽上題記，我一個字一個字緩緩念出我的全名，包括父親的名號、我的出生地，以及「您可憐罪惡的僕人」謙稱。

「吭？」他說，然後又補充：「啊！」

就像我小時候在亞述寓言中聽過的那個遇見死亡的老人，恩尼須帖．埃芬迪陷入短暫而永恆的沉默。如果你們之中有人相信，既然我剛才提及「死亡」，顯然是為了處理這件事而來，若是如此，即徹底誤解了你們手中這本書。有這種計謀的人會敲門嗎？會脫下他的鞋子？連刀子也沒帶就來？

「所以，你來了。」他說，如同寓言中的老人。但接著他換上一種截然不同的語氣：「歡迎，我的孩子。告訴我，你想要什麼？」

天色已經變得很暗。微弱的光線滲入用浸了蜂蠟的布糊起的窄窗——春天時取下這塊布，將能看見一棵石榴樹和一棵梧桐樹——勾勒出屋內物品的輪廓，微弱的光線足以滿足一位謙卑的中國畫家。恩尼須帖．埃芬迪一如往常，坐在一張低矮的折疊閱讀桌前，光線落在他的左側，我看不清楚他的臉。我極盡所能試圖捕捉我們之間曾有的親密，過去，在燭火下，環繞在這些磨光石、蘆稈筆、墨水瓶和毛筆之間，我們曾並肩繪製細密畫，徹夜安詳地討論畫作。我不確定是因為疏離感，還是由於尷尬，我就是拉不下臉開口向他公開承認自己的疑懼。於是，我決定講一個故事解釋自己的心思。

你們或許也聽說過這位藝術家，伊斯法罕的謝赫．穆罕默德？沒有一個畫家能夠超越他，無論是在色彩的選擇，對稱的概念，人物角色、動物和臉孔的描繪盈滿文學詩意的畫作，以及幾何學奧祕邏輯的靈活運用。年紀輕輕，他已達到了繪畫大師的地位，往後整整三十年，這位天賦神賜的巨匠全心全意追求最大膽的創新，無論是題材、構圖還是風格。透過中國的水墨風格——經由蒙古人傳到我們這裡——配合技巧與優雅的對稱概念，他創作出恐怖的惡魔、長角的邪靈、有著大睪丸的馬匹、半人的怪獸和巨人，把它們融入極其微妙精巧的赫拉特風格繪畫。當西方的船隻從葡萄牙和法蘭德斯引進肖像畫時，他是第一個感到興趣並受其影響的人。從遠溯至成吉思汗時代的殘破舊書中，他重新挖掘被遺忘的古代技法。他膽敢領先眾人，繪畫誘人勃起的場景，像是亞歷山大偷窺裸體的佳麗在女人島上游泳，以及沐浴在月光下的席琳。他描繪我們榮耀的先知乘著飛馬布拉卡降臨，沙皇們自娛娛人、野狗交媾，以及喝醉了酒的長老們，讓這些圖畫被所有書本愛好者接納。他如此作畫，有時偷偷地，有時公開地，一邊縱情飲酒並吸食鴉片，三十年來熱情執著不曾間斷。然而晚年時，他卻成為一位虔誠長老的弟子，短短時間內，完全變了一個人。他得出結論，認為自己前三十年間所畫的每張圖畫，都是汙穢而瀆神的。他不僅棄絕它們，甚至將自己生命剩下的三十年，投身於走訪各個宮殿、各個城市，尋遍各個蘇丹和君王的圖書館及藏寶室，只為了搜尋並銷毀他繪畫過的所有手抄本。不管在哪個沙皇、諸侯或貴族的圖書館，只要發現一張自己昔日創作的繪畫，他就會毫不猶豫地毀掉它。他利用奉承和詐騙得以接觸到這些書籍，然後趁沒人注意，不是撕掉含有他插畫的書頁，就是逮住機會，在畫上潑水破壞它。我敘述這個故事做為例子，解釋一位細密畫家若在藝術的召喚下不智地拋棄自己的信仰，將承受極大的痛苦。這是為何我提起謝赫・穆罕默德焚毀了伊斯美・默薩王子的龐大圖書館，因為裡頭收藏了千百本他繪畫的書籍，多到他無法挑揀出來。我彷彿自己親身經歷般誇張地描述，這位極度哀傷而後悔的畫家，最後如何在那場慘烈的大火中被活活燒死。

「你害怕嗎，我的孩子？」恩尼須帖・埃芬迪慈祥地說：「你怕我們製作的圖畫嗎？」

此時房裡一片漆黑，我雖然看不見，但感覺得出他說話時面帶微笑。

「我們的書已經不是祕密。」我回答：「或許這不重要。但謠言正在蔓延。他們說我們偷偷摸摸犯下褻瀆罪。他們說，我們製作了一本書，並非依照蘇丹殿下的委託與期望，而是為了實踐自己的奇想。這本書不但模仿異教徒大師，甚至嘲諷我們的先知。其中有些人相信它甚至把撒旦描繪成和藹的形象。他們說我們犯下了一項不可原諒的罪行，膽敢從一條骯髒野狗的觀點，把一隻馬蠅和一座清真寺畫得幾乎同樣大小——以清真寺在背景為藉口——以此嘲笑參加禱告的信徒。我因為這樣而輾轉難眠。」

「圖是我們一起畫的，」恩尼須帖・埃芬迪說：「我們難道想過這種念頭，甚至犯下這種罪行嗎？」

「一點也沒有。」我更進一步說明：「但是人們卻不知如何聽說了，他們說有一張最後的圖畫，上面，根據謠言，公開侮辱了我們的宗教和我們視為神聖的信仰。」

「你自己也見過最後一幅圖畫。」

「不，我只是依照你的要求，在一張大紙的各個位置畫下你想要的圖畫。那張紙，想必將來是一張雙頁的圖。」我小心斟酌地說，希望能取悅恩尼須帖．埃芬迪：「但我從沒見過完成的圖畫。如果見過整幅畫，我便能問心無愧地否認所有惡言中傷。」

「你為什麼會感到罪惡？」他問：「有什麼在啃蝕著你的靈魂？是誰讓你懷疑起自己？」

「……擔憂自己花幾個月歡樂地繪畫一本書之後，卻發現侮蔑了自己所認為神聖的信仰……活著承受地獄的折磨……只要能讓我看見最後一幅畫的全貌就好了。」

「是這些事情困擾你嗎？」他說：「這是你來的原因嗎？」

突然一陣恐慌襲來。難道他想著某件可怖的事情，比如說我就是殺死倒楣鬼高雅．埃芬迪的凶手？

「希望蘇丹殿下退位由王子繼承的那些人，」我說：「更加煽動這奸惡的傳言，說蘇丹暗中贊助這本書。」

「有多少人真的相信？」他疲倦地問：「每位傳道士，只要稍有抱負，多少受到民眾一點喜愛而得意忘形，就會開始宣導說宗教被忽略、被侮辱了。這是確保他生計最可靠的方法。」

他以為我來這裡純粹只是向他報告一個謠言嗎？

「可憐的老高雅．埃芬迪，真主賜他靈魂安息。」我聲音顫抖地說：「假設，我們殺了他，因為他見到完整的最後一幅畫，確信它誹謗了我們的信仰。宮廷工匠坊一位我認識的部門總管告訴我這個猜測。你也知道學徒們是什麼樣，老的小的，到處閒言閒語。」

我維持著這條推理路徑，並且愈發激昂地繼續講了很久。我不知道我說的話有多少是自己聽來的，有多少是做掉了那惡毒中傷者之後因為恐懼編織出來的，有多少又是我即興發揮的。表達那麼多奉承阿諛後，我期待恩尼須帖．埃芬迪會拿出雙頁的圖畫給我看，讓我安心。他為什麼不能了解，只有靠這個方法，我才能克服深陷罪孽的恐懼？

我企圖嚇他，挑釁地說：「一個人有沒有可能創造出褻瀆的藝術，卻不自覺？」

他沒有回答，而是微妙優雅地比了一個手勢，彷彿警告我房裡有個熟睡的小孩，我安靜下來。「很暗了，」他輕聲說：「我們點亮蠟燭吧。」

用房間裡取暖的熱炭盆點起蠟燭後，我注意到他臉上流露出一抹我不熟悉的驕傲表情，讓我相當不悅。或者，那是憐憫的神情？他已經想通一切了嗎？他是否認為我是某個低賤的凶手，還是他對我感到害怕？我只記得自己的思緒陡然奔騰出我的掌控，留下我呆呆地聆聽好像是別人腦中的思想。比如說，我腳下的地毯：某個角落有塊狼型的圖案，但為什麼以前我不曾注意？

「所有大汗、沙皇和蘇丹對於繪畫、插圖及精緻書籍的熱愛，可以分成三個時期。」恩尼須帖．埃芬迪說：「最初他們大膽、熱心而好奇。統治者為了獲得尊敬而想要繪畫，用來影響別人如何看待他們。這段期間，他們吸收知識。到了第二個階段，由於已經真正學會如何欣賞繪畫，他們委託書本製作，來滿足自己的品味。他們積聚威望，同時也積聚書本，因為當他們死後，書本能確保他們在世界上的名聲流傳久遠。然而，在一位蘇丹生命的遲暮之秋，他不再在乎自己的塵世不朽是否將流傳久遠。所謂的『塵世不朽』，我指的是渴望被後代、我們的子孫所記憶。景仰細密畫和書籍的統治者，早已透過他們委託我們製作的手抄本達到了不朽——書頁上嵌入他們的名字，偶爾，也記下他們的歷史。之後，他們每一個人卻都得出結論，認為繪畫阻礙他們在另一個世界取得位置，而這自然是他們都渴望的。我感到最為不安與懼怕的便是這點。塔哈瑪斯普沙皇，身為一位細密畫大師，在自己的工匠坊度過年少歲月，臨死前卻關閉了他富麗堂皇的畫室，把他才華洋溢的畫家們趕出大不里士，銷毀他製造的書本，並墮入無止無盡的悔恨中。為什麼他們全都相信繪畫將阻礙他們進入天堂之門？」

「你很清楚為什麼！因為他們記得我們先知的警告，審判日來臨時，阿拉將給予畫家最嚴厲的懲罰。」

「不是畫家，」恩尼須帖．埃芬迪糾正我說：「是製造偶像的人。而且這並非出自於古蘭經，是從布哈里[31]來的。」

「審判日那一天，偶像製造者必須使他們創造的形象活過來，」我謹慎地說：「既然他們辦不到，將遭受地獄的折磨。別忘了，在榮耀的古蘭經裡，『創造者』是阿拉的屬性之一。只有阿拉才能創造，只有祂才能無中生有，賦予生命。人類不可與祂競爭。畫家犯下最重大的罪行，便是自認做了祂的工作，自認如祂一樣能創造。」

我堅定地提出我的論點，好像同時在指責他。他直直盯著我的眼睛。

「你認為我們在做這樣的事嗎？」

「從不。」我微笑著說：「然而，當高雅．埃芬迪，願他安息，見到了最後一幅畫之後，他開始作此臆測。他不停地說，你採用的透視科學和威尼斯大師的技法，純粹是撒旦的誘惑。在最後一幅畫中，你刻意採取法蘭克技巧來繪畫一張人類臉孔，讓觀者以為它是真實而非圖畫。這張肖像有如此強大的力量，能迫使人們在它面前低頭，好似看見了教堂裡的聖像。根據他的說法，這是魔鬼的作品，不僅因為圖畫的透視觀點會從真主的觀點下移至一條野狗的層級，更因為你依賴威尼斯人的技法，把我們自己穩固的傳統和異教徒的混雜在一起。這麼做，將奪走我們的純正，貶低我們成為他們的奴隸。」

「沒有任何事物是純正的。」恩尼須帖．埃芬迪說：「在書本藝術的領域裡，任何一本經典，任何一幅輝煌的圖畫，任何讓我欣喜得泛淚、感動得背脊發冷的作品，我都能肯定下面這一點：兩種直至今日從未

31　譯注：布哈里（Bukhari, 810-870），伊斯蘭學者，編寫了地位僅次於古蘭經的聖書《聖訓集》。

接觸的風格，在此融合，創造出新穎而神奇的作品。畢薩德與波斯的燦爛繪畫，要歸功於阿拉伯細緻藝術與蒙古／中國繪畫的結合。沙皇塔哈瑪斯普最優秀的畫作，揉合了波斯的風格與土庫曼的巧妙。現今，如果人們懂得讚賞印度斯坦阿克巴汗的手抄本藝術工匠坊，那是因為他鼓勵他的細密畫家們採納法蘭克大師的風格。真主統領東方和西方，願祂保佑我們遠離正統與純粹的迫害。」

無論燭光下他的臉顯得多麼柔和而明亮，投射在牆上的影子，卻相對地黑暗而恐怖。儘管他的話合理而無可辯駁，但我就是不相信他。我猜他懷疑我，因此，我也愈來愈懷疑他。我感覺他偶爾豎耳傾聽樓下的庭院大門，希望某個人會來解救他脫離我。

「你自己告訴我，伊斯法罕的謝赫．穆罕默德大師如何燒毀收藏有他畫作的偉大圖書館，以及他如何因為良心不安獻祭自己。」他說：「讓我告訴你關於這個傳說中你不知道的另一個故事。確實，他花了三十年餘生搜尋自己的作品，然而，在搜索的過程中，他漸漸發覺，許多書本中的圖畫並非他的原作，而是受他啟發的模擬作品。往後幾年中，他慢慢明瞭，自己所棄絕的繪畫，已被兩個世代的藝術家採納為典範，他們把他的圖畫銘刻於心——或者說得更確切一點，已經把它們融入靈魂之中。當謝赫．穆罕默德企圖找出自己的圖畫並將之毀壞時，卻發現在數不盡的書本中，年輕細密畫家們戒慎恐懼地複製它們，憑藉著它們繪畫別的故事，使得它們散布到世界各地，家喻戶曉。長久以來，在我們飽讀群書、遍覽繪畫之後，逐漸學到一件事：一位偉大的畫家不會滿足於用自己的經典畫作影響我們，他終極的目標，是改變我們的心靈視野。一旦一位細密畫家的藝術美學從此深入我們的靈魂，便成為世界的美感準則。伊斯法罕大師人生的晚年，雖然燒光了自己的繪畫，卻目睹自己的作品不但沒有消失，反而蓬勃茂盛；他更進一步明白如今每個人都用他以前的眼光來觀看這個世界。任何東西，若不同於他年輕時所畫的樣子，如今都被視為醜陋。」

我壓抑不住內心翻湧的敬畏及想取悅恩尼須帖．埃芬迪的慾望，跪倒在他膝前。我親吻他的手，淚水盈眶，感覺自己把靈魂裡始終為奧斯曼大師保留的位置讓給了他。

「一位細密畫家，」恩尼須帖．埃芬迪用自負的口吻說：「依循自己的良知、遵從他信仰的教條來創作藝術，一無所懼。他絲毫不在乎他的敵人、宗教狂熱者和那些嫉妒他的人怎麼說。」

可是當我在淚眼朦朧中親吻他蒼老而斑點滿布的手時，卻忽然想到，恩尼須帖．埃芬迪根本不是一個細密畫家。我對自己的想法感到羞慚。這就好像別人把這種邪惡、無恥的念頭塞入我腦中。儘管如此，你們也明白這項陳述確實沒有錯。

「我不怕他們，」恩尼須帖說：「因為我不怕死亡。」

誰是「他們」？我點點頭假裝懂。然而煩躁開始自心頭湧起。我注意到恩尼須帖身旁的古老典籍是伊爾．耶席葉的《靈魂之書》，所有找死的昏瞶老頭都很喜愛這本講述靈魂旅程的書。自從上一次來這裡後，我只看見一樣新的物品，混在托盤上的物品中，放在櫃子上，夾雜在筆盒、筆刀、削筆板、墨水瓶和毛筆之間：一只青銅墨水瓶。

「讓我們，毅然決然地，證明我們不怕他們。」我大膽地說：「拿出最後一幅圖畫，展示給他們看。」

「但這不就證明了我們在意他們的誹謗，至少是把它們當真了？我們沒有做任何需要害怕的事。你究竟為什麼如此恐懼？」

他像父親般撫摸我的頭髮，我擔心自己可能又要痛哭失聲。我擁抱他。

「我知道不幸的鍍金師高雅．埃芬迪為什麼遇害，」我激動地說：「因為他誹謗你、你的書和我們。高雅．埃芬迪正計畫鼓吹艾祖隆的努索瑞教長信徒來對付我們。他相信我們落入了魔鬼的掌握。他開始散布謠言，試圖煽動其他參與製作你的書的細密畫家反叛你。我不懂他為什麼突然開始這麼做，也許是出於妒忌，也許因為受到撒旦的影響。其他細密畫家也聽說高雅．埃芬迪是多麼堅決地計畫摧毀我們。你可以想像，大家開始害怕，更不免像我一樣感到懷疑。因為他們之中有一個人，某天半夜被高雅．埃芬迪逮到了，高雅．埃芬迪刺激他反抗你、我們、我們的書，並否定插圖、繪畫等一切我們的信仰，這位藝術家陷入恐慌，殺死了那個混蛋，把他的屍體拋入井裡。」

「混蛋？」

「高雅．埃芬迪是個惡毒、卑鄙的叛徒。人渣！」我大吼，彷彿他就在我的面前。死寂。他怕我嗎？我懼怕我自己。感覺好像我屈服於另一個人的意志和思想。不過，也不盡然是不愉快的經驗。

「是哪位細密畫家，像你和伊斯法罕的插畫家一樣陷入恐慌？誰殺了他？」

「我不知道。」我說。

然而我希望他從我的表情讀出我在撒謊。我明白自己來到這裡是犯了一個天大的錯誤，但不打算臣服於罪惡感和後悔。我看得出恩尼須帖．埃芬迪逐漸對我起疑，這讓我很高興，更加堅定了我的心意。如果他最後信服我是凶手，因而打從內心恐懼不已，那麼絕對不敢拒絕給我看最後的圖畫。我對那幅畫好奇極了，不是由於我為它犯下了任何罪行，我只是誠摯地想看看它最後變成什麼模樣。

「誰殺了那無賴真的重要嗎？」我說：「不管是誰幫我們擺脫掉他，難道不是做了一件善事嗎？」

當我發現他無法再直視我的眼睛，我深受鼓舞。自以為比別人優越而道德崇高的尊貴人士，當他們為你的行為感到難堪時，無法直視你的眼睛，或許因為他們正思考著是否該舉發你，讓你接受酷刑和處決的命運。

外頭，庭院大門的正前方，野狗群開始狂嗥。

「又開始下雪了。」我說：「這麼晚了，大家都上哪兒去了？他們為什麼留你一個人在家？他們甚至連支蠟燭都沒幫你點。」

「的確很奇怪，」他說：「我自己也不明白。」

他如此真誠，讓我無法懷疑。儘管我也和別的細密畫家一樣譏笑他，但我再次發現自己其實深愛著他。然而，他如何能這麼快察覺我突然湧起的強烈敬愛，立刻表現出父親般的無盡關愛，撫摸我的頭髮？我開始明瞭，奧斯曼大師的繪畫風格和赫拉特前輩大師的傳承，將不會有任何未來。這個可厭的想法再度令我懼怕。常常，在某件悲劇之後，我們都會這麼感覺：抓著最後一線希望，孤注一擲，不在乎自己會顯得多麼荒唐可笑，我們祈求一切能像從前一樣繼續。

「讓我們繼續畫我們的書。」我說：「讓一切像從前一樣繼續。」

「細密畫家中有一位殺人凶手。我將與布拉克．埃芬迪共同繼續我的工作。」

他是在刺激我幹掉他嗎？

「布拉克現在在哪？」我問：「你女兒和她的孩子在哪裡？」

我感覺某種特殊的力量把這些話放入我嘴裡，但控制不住自己。我再也沒有任何能力可以感到快樂和樂觀了，只剩下精明和譏諷。在智慧和憤世嫉俗這對自娛娛人的邪靈背後，我察覺魔鬼的存在，他控制著它們，驅迫著我。就在這一刻，大門外討厭的狗群又開始瘋狂嗥叫，彷彿追尋到鮮血的氣味。

我是不是好久以前曾經歷過這一刻？在一座遙遠的城市，某個距今久遠的日子，像是一片我看不見的雪花飄落，映著蠟燭的火光，我哭著向一位頑固的糟老頭努力解釋自己沒有偷他的顏料，完全是清白無辜的。當時，就像現在一樣，狗群彷彿嗅到鮮血般狂吠。從恩尼須帖．埃芬迪那屬於一個邪惡老人的堅毅下巴，從他最後終於能無情瞪視我的眼睛裡，我明白他企圖擊潰我。我憶起自己十歲時，做為一個細密畫家學徒的斑駁回憶，那就像一幅輪廓明晰但色彩早已褪去的圖畫。此刻，我活在現在，卻如置身一場清晰但褪色的回憶之中。

我起身，繞到恩尼須帖．埃芬迪背後，從他工作桌上各個熟悉的玻璃、陶土、水晶墨水瓶中，拿起又大又重的嶄新青銅墨水瓶。我體內那位奧斯曼大師灌輸到我們所有人靈魂中的細密畫家，正用清晰但褪色的顏料，繪畫出我的所作所為及我眼中所見，不像我此刻正在經歷的過程，而像一段很久以前的記憶。你們也了解在夢中當我們從外面看見自己時的顫抖感覺，我帶著同樣的疏離感，拿著巨大而窄口的青銅墨水瓶說：

「我十歲作學徒的時候，看過這樣一個墨水瓶。」

「那是一個有三百年歷史的蒙古墨水瓶，」恩尼須帖．埃芬迪說：「布拉克遠從大不里士帶來的。用來盛裝紅色。」

那一瞬間，魔鬼刺激著我舉起墨水瓶，使盡全力砸下這自負老頭的錯亂腦袋。但我沒有屈服於魔鬼，反而懷抱虛妄的希望說：「是我。殺死高雅．埃芬迪的人是我。」

你們了解為什麼我懷著希望說，對不對？我信賴恩尼須帖能夠理解，因而反過來寬恕我——我信任他將會因恐懼而助我一臂之力。

29 我是你摯愛的姨丈

他承認自己殺了高雅．埃芬迪，屋內一片死寂。我猜想他也會殺了我。我的心跳加速。他來這裡是為了結束我的生命，還是自首並恐嚇我？他究竟知道自己想要什麼嗎？我很害怕，儘管自己多年來熟悉這位偉大藝術家華美的線條和神妙的用色，但對他的內在世界卻一無所知。我可以感覺到他僵直地站在身後，面對我的頸背，拿著紅色專用的大墨水瓶，不過，我沒有轉身面對他。我知道我的沉默讓他不舒服。「野狗還在吠個不停。」我說。

我們再度陷入沉默。這一次，我知道我的死亡，或者我是否能避免這場厄運，將取決於我告訴他的話。在作品之外，我只知道他是個極聰明的人，如果你們同意一位插畫家絕對不可在作品中流露他的靈魂，那麼當然，聰明是一項優點。他是如何趁著沒人在家的時候來這裡困住我？這個問題在我衰老的心裡盤繞不去，我困惑不已，找不出頭緒。莎庫兒在哪裡？

「你知道是我，對不對？」他問。

我根本不知道，直到他向我自白。在我的內心深處，甚至思考著他殺死高雅．埃芬迪或許未嘗不是一件好事，那位已故的細密畫家可能真的屈服於自己的焦慮，給我們其他人帶來麻煩。

我甚至有點感激他，這位我獨自與他共處一室的凶手。

「我不訝異是你殺了他。」我說：「像我們這種活在書本中、永遠夢想繪畫的人，只害怕世上的一樣東西。不但如此，我們掙扎著面對更大的禁忌與危險；也就是，我們掙扎著在穆斯林社會中創作繪畫。如同伊斯法罕的謝赫．穆罕默德，我們細密畫家免不了感到罪惡與後悔。最先責怪我們的不是別人，總是我們自己。我們感到羞恥，乞求真主和社會的寬恕。我們像羞恥的罪人，偷偷摸摸地製作書本。我太清楚了，教長、傳道士、法官和神祕主義者總是指控我們犯褻瀆罪，他們無休無止的攻擊，以及我們自己無窮無盡的罪惡感，同時扼殺也滋養著藝術家的想像力。」

「那麼你不怪罪我謀殺了那個白痴細密畫家，對嗎？」

「誘使我們書寫和繪畫的渴望，始終纏繞著對報應的恐懼。我們之所以跪在我們的作品前，從早到晚，倚著燭光徹夜工作，直到雙目失明，為繪畫和書籍奉獻自己，絕不只是為了金錢和賞識，而是為了逃離外人的閒言閒語，逃離群眾。然而相對於創作的熱情，我們也想讓那些我們不屑一顧的人們，觀看欣賞我們創造出來的啟示之畫。而他們居然稱我們為罪人？噢！一位真正具備天賦才華的畫家，得為此承受多少煎熬！不過，真誠的繪畫隱藏在無人能見也無人能表現的痛苦之中，它包含在圖畫裡，乍看之下，人們會說那是劣等的、不完整的、褻瀆的或是異端邪說的。一位真正的細密畫家明白他必須達到那個境界，但在此同時，他也恐懼等待在前方的孤獨。誰會願意踏入如此可怕、焦慮的生命？藝術家透過趕在別人之前先責備自己，相信自己將能免除長年的恐懼。唯有當他坦承了罪行，其他人才會聽他所言、相信他說的話，而他接著將注定面臨地獄的火刑——伊斯法罕的插畫家為自己點燃了這把煉獄之火。」

「但你並不是細密畫家。」他說：「我不是出於恐懼才殺他的。」

「你之所以殺他是因為你想要照自己的意思繪畫，無需懼怕。」

長久以來頭一次，這位渴望殺我的細密畫家說出頗有智慧的話：「我知道你解釋這一切是為了轉移我的注意，愚弄我，好解救你的處境。」他接著又說：「但你剛才說的是事實。我要你明白，聽我說。」

我望入他的眼睛。當他說話時，已經渾然忘記我們之間慣有的禮儀。他被自己的思緒牽著走。然而，牽去哪裡？

「用不著害怕，我不會侮辱你的尊嚴。」他說。他尖酸地笑著，繞到我前方。「就算現在，」他說：「我在這裡，感覺也不像是我。我體內彷彿有什麼東西在扭動，驅迫我依照它的邪惡命令行動。不過我確實需要它，這跟繪畫的情形是一樣的。」

「關於魔鬼的事是無稽之談。」

「你認為我在撒謊，是嗎？」

他沒有足夠的勇氣殺死我，所以想要我激怒他。「不，你沒有撒謊，但也沒有表明你的感覺。」

「我清楚地表明我的感覺。我承受著生不如死的折磨。我們不明就裡地因為你而飽受罪惡之苦，可是現在你居然跟我說教，說要有『更多勇氣』。把我變成凶手的人是你。努索瑞教長的激進信徒會殺光我們。」

他愈是沒有自信，就愈大聲，而且更用力抓緊手裡的墨水瓶。會有人經過積雪的街道，聽見他的叫喊而進屋裡來嗎？

「你是如何殺他的？」我問，比較是想爭取時間而非出於好奇：「你們是怎麼碰巧在那口井邊相遇的？」

「高雅．埃芬迪離開你家那天晚上，他來找我。」他說，出乎意料地渴望自白：「他說見到了最後一幅雙頁圖畫。我費盡唇舌勸他別小題大作。我引誘他穿越被大火焚燒過的地區，告訴他我在井邊埋了錢。他聽了，相信我的話……還有什麼更能證明這位畫家的動機其實源於貪婪？這是我不覺得遺憾的另一個原因。他是一個有才華但又平庸的藝術家。這貪婪的蠢蛋馬上準備用指甲去挖冰凍的土地，你懂吧，如果我真有金子埋在井邊，就不用幹掉他了。沒錯，你僱了一個可悲的雜碎來替你做鍍金的工作。我們的往生者的確有技巧，但選色和用色平凡無奇，他的上色功夫也不過普通而已。我沒有留下一絲痕跡……告訴我，什麼是『風格』的本質？今天，法蘭克人和中國人都在談論一位畫家才華的特色，所謂的『風格』。究竟一位好畫家該不該以風格來與其他人區別？」

「別怕，」我說：「新的風格並非迸發自細密畫家一個人的努力。一個諸侯死了，一個沙皇打了敗仗，一個似乎永垂不朽的時代結束，一個工匠坊被關閉，它的成員解散，四處找尋其他庇護所和藏書家贊助他們。也許將來有一天，一位仁慈的蘇丹召集那些流亡在外、困惑但才華洋溢的細密畫家和書法家難民，邀請他們來到自己的營帳或宮殿，建立起他的手抄本繪畫工匠坊。即使這些互不熟悉的藝術家們最開始仍繼續各別的繪畫風格，過了一段時間，好像小孩子一樣不打不相識，他們會爭執、勾結、互鬥，最後達到妥協。一種新風格的誕生，是源於長年的爭執、嫉妒、對立，以及對色彩與繪畫的鑽研。通常，孕育這個形式的人，是工匠坊裡最具天賦的成員，我們也可以說他是最幸運的。其餘細密畫家背負的唯一職責，便是透過一再的模仿，不斷修飾此風格臻至完美。」

他無法直視我的眼睛，採取一個意外的溫和手段，懇求我的仁慈與誠實。他像個少女般發抖地問我：「我擁有自己的風格嗎？」

我以為自己就要掉下淚來。我鼓起所有溫柔、同情和慈愛，迫不及待地告訴他我相信的事實：「在我六十年的生命中，你是我所見過最才華橫溢、天賦異稟的藝術家，擁有最迷人的細膩筆觸和眼光。如果你在我面前放一幅由一千個細密畫家合作完成的繪畫，我將能夠立刻認出你筆下的天賜光輝。」

「同意，但我知道你有限的智慧不足以了解我技巧中的奧祕。」他說：「你在說謊，因為你怕我。你從頭開始形容我的繪畫方法有何特色。」

「你的筆似乎脫離你的控制，依照自己的意志，選擇正確的線條。你筆下的圖畫既不寫實也不輕浮！當你描繪一個擁擠的集會時，透過人物的眼神和他們的位置營造出無比張力，讓文字的意義幻化成為一聲優美永恆的呢喃。我一再返回你的圖畫，傾聽那一聲呢喃，每一次，我都愉快地發現它的意義又改變了。該怎麼說，我重新細讀你的圖畫。把裡面一層層的意義堆疊起來，顯現出的深度甚至遠超越歐洲大師的透視法。」

「說得很好。別管歐洲的大師，從頭開始。」

「你的線條華麗又有力，觀賞者反而寧可相信你的繪畫而不是真實的物品。你的才能創造出的圖畫，不僅能迫使最虔誠的信徒放棄信仰，更能引導最絕望、不知悔改的不信教者走向阿拉之道。」

「確實，可是我不確定那算不算讚美。再試一遍。」

「沒有任何細密畫家比你更懂得顏料的濃度和它們的祕訣。你總是調配並使用最光亮、最鮮活、最純正的色彩。」

「對，還有呢？」

「你知道你是繼畢薩德和默爾．謝伊德．阿里之後最偉大的畫家。」

「是的，我很清楚這一點。如果你也有同感，為什麼要和那庸才中的庸才布拉克．埃芬迪合作製書？」

「首先，他的工作並不需要細密畫家的技巧。」我說：「其次，和你不同，他不是殺人凶手。」

聽見我的玩笑，他愉快地微笑。從這裡看來，我想或許能逃離這場噩夢，多虧這個新詞──「風格」這個字。思索著這個主題，我們開始愉快地討論他手裡的青銅蒙古墨水瓶，不像父親與兒子，而像兩個經驗豐富的好奇老人。我們談論青銅的重量、墨水瓶的對稱、瓶頸的深度、舊書法蘆稈筆的長度，以及神祕的紅墨水。他在我面前輕輕搖晃墨水瓶，感覺墨水的濃稠度……我們同意如果不是蒙古人把紅顏料的祕密——他們從中國大師那兒學來的——引進呼羅珊、布哈拉和赫拉特，我們在伊斯坦堡絕對製作不出這種顏料。我們聊著，時間的濃稠度像顏料一樣，似乎改變了，順暢地流逝。在我心底一角，疑惑著為什麼還沒有人回來。真希望他放下那只沉重的物品。

他帶著我們平常工作時的輕鬆態度，問我：「等你的書完成後，那些見到我作品的人會讚賞我的技巧嗎？」

「真主保佑，如果我們可以毫無阻礙地完成這本書，當然，蘇丹殿下將會審視它，首先檢查我們是否在適當的地方用了足夠的金箔。接著，他會如任何一位蘇丹一樣，凝神觀看自己的肖像，好像閱讀自己的故事。他會震懾於畫像的神似，而不是我們精美的繪畫。再來，如果他花時間欣賞我們辛勤勞苦犧牲視力創造出的壯麗景象，那更好了。你我都知道，他將會把書本藏入他的寶庫，鎖住一個奇蹟，甚至不會問是誰畫的邊框，是誰鍍的顏色，是誰畫了這個人或那匹馬。而我們也將如所有精湛的工匠一樣，繼續回去作畫，只希望有一天奇蹟降臨，我們的作品得到認同。」

我們靜默了一會兒，彷彿耐心地等待某件事情。

「奇蹟何時才會降臨？」他問：「我們努力直到雙眼模糊的作品，什麼時候才會真正獲得賞識？人們何時才會給予我，給予我們，應得的景仰？」

「永不！」

「為什麼？」

「你永遠得不到你想要的，」我說：「未來，人們將更不會欣賞你。」

「書本流傳萬世。」他驕傲地說，但毫無信心。

「相信我，沒有一個威尼斯畫家擁有你的詩意、你的執著、你的敏銳、你用色的純粹與鮮豔，然而他們的繪畫卻更為震撼人心，因為它們更真切地描摹生命。他們畫筆下的世界不是從一座叫拜樓的陽台上看出去，忽略所謂的觀點。他們描繪從街道的角度所見的景象，或是從一位貴族的房裡看見的事物，包括他的床、棉被、書桌、鏡子、他的老虎、他的女兒以及他的錢幣。他們畫出一切，你也明白。我並不全然信服他們的一切作法。對我而言，企圖透過繪畫直接模擬世界是不敬的行為，我深感憎惡。然而他們用這些新方法所畫的圖畫，確實有不可否認的魅力。他們一五一十地描繪眼睛所見的事物。沒錯，他們畫他們看見的，我們則畫我們想像的。看著他們的作品，人們會明瞭，唯有透過法蘭克風格才能讓一個人的面孔永垂不朽。而且，不單單是威尼斯的居民迷上這個概念，整個法蘭克地區所有裁縫師、屠夫、士兵、教士和雜貨小販都一樣……他們全都請人用這種方式畫自己的肖像。只要看過那些圖畫一眼，你也會渴望這麼看自己，你會想要相信自己與眾不同，是一個獨一無二的人類。要達到此種效果，畫家不能以心靈所見的樣貌來畫人，而必須呈現出肉眼所見的形體，以新方法作畫。未來，大家都會照他們那樣畫。當提及『繪畫』時，全世界都會想到他們的作品！就算是一個愚蠢可憐的裁縫師，對繪畫一竅不通，也會想擁有這麼一幅肖像，因為藉由看見自己獨特的彎鼻，他會相信自己不是一個平凡的傻瓜，而是特別的人。」

「所以呢？我們也可以畫那樣的肖像。」機智的凶手嘲弄說。

「我們不會！」我回答：「你難道沒有從你的受害者、死去的高雅．埃芬迪身上學到，我們多麼懼怕被視為法蘭克人的模仿者？即使我們勇敢嘗試學習他們繪畫，結果還是一樣的。到最後，我們的技法會漸漸失傳，我們的顏色會慢慢褪去。沒有人會在乎我們的書本和圖畫，而那些稍感興趣的人，反正一無所知，則會輕蔑地問：為什麼畫中沒有透視觀點？或者他們根本找不到這些手抄本。忽視、時間和災難將摧毀我們的藝術。裝訂用的阿拉伯膠水含有魚、蜂蜜和骨頭，書頁表面則是用蛋白和漿糊混成的塗料上膠打亮。貪婪無恥的老鼠會咬壞這些紙張，白蟻、蛀蟲和千百種昆蟲將把我們的手抄本啃得精光。裝訂會散開，書頁會掉落。婦女們會拿它們來點爐火，盜賊、漫不經心的傭人和孩童會輕率地撕下圖畫及書頁。年幼的王子會拿玩具筆在插畫上亂塗亂畫，他們會把人物的眼睛塗黑、拿書頁擦鼻涕、拿黑墨水在頁緣空白處塗鴉。虔誠的宗教監督者則會把所剩無幾的內容全部抹黑。他們會撕下或割下我們的圖畫，或許用在別的圖畫中，或是拿來玩遊戲等娛樂。當母親們銷毀她們認為淫邪的插圖時，父親和兄長們則朝畫上的女人射精，讓書頁全黏在一起，不僅這個原因，同時也因為頁面沾染了各種泥濘、水漬、劣質漿糊、口水、食物和汙穢。黴菌和泥土的殘漬會像花朵一樣在書頁黏合處蓬勃綻放。我們的書將被雨水、漏水的屋頂、水災和泥巴摧殘蹂躪。當然了，當所有破損、褪色、無法辨別的書頁，即將被水、濕氣、蛀蟲和疏忽腐化成漿，有那麼最後一本書，奇蹟般地，從乾燥的箱子底部毫髮無傷地挖掘出來；然而終有一天它也會消失，在一場無情的大火中被烈焰吞噬。伊斯坦堡有哪個地區不是至少每二十年就被燒光一次？我們又如何能期盼一本書得以倖存？這個城市，每三年消失的書本和圖畫館，遠超過蒙古人在巴格達掠奪焚毀的數量。一位畫家又如何能期望他的經典之作流傳超過百年，或者有一天他的圖畫可能得到認同，自己被人們視為畢薩德般尊崇？不僅我們自己的藝術，過去世界上每一件作品，都將毀滅於大火、腐朽於蟲蛀或消失於漠視：席琳從窗口驕傲地看著胡索瑞夫；胡索瑞夫愉悅地偷窺席琳在月光下沐浴；戀人們優雅含蓄地對視；魯斯坦與白惡魔在一口井底肉搏至死；失戀的莫札那悽愴絕望地在沙漠裡照顧一隻白虎和一頭山羊；一隻狡詐的牧羊犬被捉並吊死，因為牠貢獻一隻羊給一頭每夜與牠交媾的母狼；鑲飾於頁緣的花朵、天使、茂密的枝葉、鳥和淚珠；哈非茲謎樣詩句插畫中的魯特琴樂手；摧殘了數千個，不，數萬個細密畫學徒眼睛的牆壁紋飾；懸掛於門和牆上的花紋小盤；祕密寫入插畫邊框的對句；藏匿於牆底、角落、建築外牆紋飾中、腳跟底下、灌木叢裡和岩石縫隙間的卑微簽名；覆蓋著情侶的碎花被單；被砍下的異教徒腦袋，耐心等待蘇丹殿下的祖父順利攻上敵人堡壘；當異教徒的大使親吻蘇丹殿下曾祖父的腳時，出現在背景的大砲、槍枝、帳篷，這些你年幼時甚至幫忙繪畫過的物品；各種魔鬼，有角的或沒角的，有尾巴的或沒尾巴的，有尖牙和利爪的；上萬種鳥類，包括索羅門王的聰慧戴勝鳥、跳躍的燕子、渡渡鳥和歌唱的夜鶯；沉靜的貓和躁動的狗；翻騰的雲朵；重複出現在千萬幅畫中的精緻細草；拙劣的陰影，籠罩住岩石和上萬棵柏樹、梧桐樹、石榴樹，每一棵樹的葉子都以約伯的耐性一片片畫出；以帖木兒或沙皇塔哈瑪斯普時代的皇宮為範本的宮殿——以及它們上面千萬塊磚瓦——用來配合更早期的故事；成千上萬個憂鬱的王子，在一整片燦爛花海間和花樹下，坐在華麗的地毯上聆聽著美麗的女孩與男孩吹奏音樂；圖畫中各種精美的陶器與地毯，歸功於過去一百五十年來從撒馬爾罕到伊斯蘭布，成千上萬個插畫學徒在鞭打責罵下的努力；富麗的花園和沖天的黑色風箏，如今你仍以舊日的熱情繪畫；你筆下駭人的戰爭和死亡場景、狩獵中的優雅蘇丹，透過同樣的精巧筆觸，你畫出了驚恐奔逃的瞪羚、垂死的沙皇、戰爭的俘虜、異教徒的帆船艦隊、敵對的城市；在你神祕的揮灑下，彷彿筆尖流出瑩瑩閃爍的黑夜、繁星、鬼魅般的柏樹；你用殷紅暈染出的愛與死亡的畫面。你的和所有其他人的，一切的繪畫終將灰飛煙滅……」

他舉起墨水瓶，用盡力氣猛砸向我的腦袋。

重擊的力量使我搖搖晃晃地向前傾倒。我感到一股恐怖的劇痛，超越言語、無法形容的痛楚。整個世界濃縮在我的疼痛裡，褪成一抹黃褐色。我心裡幾乎完全認定他的攻擊是蓄意的，可是，那一擊之後，或者因為那一擊，心中另一塊躊躇不決的部分，展露出可悲的善心，想對意圖謀殺我的瘋子說：「手下留情，你錯殺我了。」

他再度舉起墨水瓶，狠狠搥向我的腦袋。

這一次，就連心中躊躇不決的部分也明白這不是錯誤，而是很可能即將結束我生命的瘋狂與憤怒。事情演變到這個地步讓我驚恐萬分，我開始用盡力氣與痛苦，高聲哀號。號叫的顏色是銅鏽的綠色，然而在空曠的街道、夜晚的黑暗裡，沒有人聽得見它的嘶喊，也沒有人看得見它的色彩。我明白自己孤零零一個人。

他被我的哀號嚇了一跳，遲疑了一會兒。剎那間我們四目相對。我可以從他的瞳孔看出，儘管恐懼而怯懦，他仍決定聽任自己的所作所為。他不再是我認識的細密畫大師，而是一個殘酷的陌生人，來自另一個不同語言的世界，這種感覺把我此刻的孤獨延長為永恆。我想握住他的手，如同擁抱這個世界。沒有用。我乞求，或者以為自己開口說：「我的孩子，我親愛的孩子，求你不要結束我的生命。」他像是在夢中，似乎沒有聽見。

他再次拿墨水瓶敲向我的腦袋。

我的思想，我面前的事物，我的記憶，我的眼睛，全部融合在一起，化為恐懼。我分辨不出任何單一顏色，接著，我才明白，所有色彩全變成了紅色。我以為是血的，其實是紅色的墨水；我以為他手上的是墨水，但那才是我飛濺的鮮血。

在這一刻死去，對我而言是多麼不公平、殘酷與無情。然而，那正是我年老而血跡斑斑的腦袋慢慢前往的結論。接著我看見了。我的記憶如同外頭的積雪般一片慘白。我的心臟宛如就在我的口中，狂跳抽痛。

現在我應該描述一下我的死亡。也許你們早就了解這一點：死亡不是結束，無庸置疑。不過，每一本書上都提到，死亡是某種超越理解的痛苦。感覺好像不只我碎裂的頭骨和腦漿，還有身體各個部位，全部融成一團，在烈火中焚燒、凌遲扭絞。我忍受不了如此無止境的劇烈痛楚，內心的一部分反射性地——別無選擇似地——忘記疼痛，只想尋求一場平靜的睡眠。

在我死前，記起自己年少時讀過的一篇亞述寓言。一個獨居老人，一天半夜從床上起身倒杯水喝。

當他把杯子往茶几上放時，發現原本擺在那裡的蠟燭不見了。去哪裡了呢？一絲微弱的光線從房裡透隙而出。他跟隨光源，踩著重複的路徑回到臥房，卻發現有個人拿著蠟燭躺在他的床上。他問：「你是什麼人？」陌生人說：「我是死亡。」老人被一股神祕的寂靜給震懾住。接著他說：「所以，你來了。」「是的。」死亡高傲地回答。「不，」老人堅定地說：「你只不過是一場我沒作完的夢罷了。」老人倏然吹熄陌生人手裡的蠟燭，一切消失在黑暗中。老人爬回自己的空床，繼續睡覺，然後又活了二十年。

我知道這不會是我的命運。他再次拿墨水瓶狠砸我的腦袋。劇痛難耐之中，我幾乎辨別不出那一擊的差別。被燭火微微照亮的他、墨水瓶與房間已經逐漸模糊。

儘管如此，我還活著。我渴望攀附住這個世界，跑得遠遠地逃離他。我揮舞著手掌和臂膀，企圖保護我的臉和血流如注的頭。然後，我相信，我好像曾一度咬住了他的手腕，不過，等到墨水瓶砸向我的臉後，我才真的確定。

我們纏鬥了一會兒，如果算得上纏鬥的話。他既強壯又激動，把我仰天打倒在地。他用膝蓋壓住我的肩膀，把我緊緊扣在地上，一面用極為粗鄙的言語不停謾罵，斥責我，一個瀕死的老人。也許因為我聽不懂、也聽不進他的話，也許因為我刻意避開他血紅的雙眼，總之，他又狠擊我的頭一次。他的臉和身體一片豔紅，沾滿了墨水瓶濺出的墨水，以及我猜想，沾滿了我身上濺出的鮮血。

想到自己在世上見到的最後一樣東西，竟是這與我敵對的男人，我悲傷萬分地闔上眼睛。剎那間，我看見一道柔和溫暖的光芒。光線舒適而誘人，如同睡眠一般，似乎可以馬上化解我所有痛楚。我看見光裡有一個形體，孩子氣地問：「你是誰？」

「是我，阿茲拉爾，死亡的天使。」他說：「我負責終止人們在塵世的生命旅程。我負責拆散孩子與母親、妻子與丈夫、父親與女兒，以及愛侶們。世上沒有一個人躲得了我。」

當我明白死亡不可避免時，我哭了。

我的眼淚使我口渴萬分。在一邊，我浸滿鮮血的臉孔和眼睛感覺到逐漸麻木的疼痛；在另一邊，是一個瘋狂與殘酷都將終結的地方，然而那個地方陌生而恐怖。我知道它是光亮之地，亡者的國度，阿茲拉爾召喚我前往的方向，我很害怕。雖然如此，我明白自己無法久留於這個讓我痛苦得扭動哀號的世界。在這充滿駭人痛楚與折磨的塵世，我找不到任何慰藉。若要留下來，我必須臣服於這難以承受的酷刑，老邁的身軀絕不可能撐得住。

臨死之前，我的確渴望死亡的到來。在此同時，我明白了自己一生思索的問題的答案，我在書裡找不到的答案：每一個人究竟是如何，沒有例外地，都能成功地死去？原來只是這樣，一種渴望離去的簡單慾望。我也了解到，死亡將使我更有智慧。

話雖這麼說，但就像一個即將遠行的人，我充滿猶豫，克制不了自己再看一眼他的房間、他的物品、他的家。驚惶中我渴望再見到女兒最後一面。我真的好想好想，甚至準備好咬緊牙關，忍受劇痛及愈來愈迫切的口渴，再撐久一點，只要等到莎庫兒回來。

於是，我面前致命而溫和的光芒略微暗淡了些，我的心打開來，傾聽我躺著死去的世界裡各種聲響。我聽見我的凶手在房裡遊蕩，開櫃子、翻我的紙張，專心找尋最後一幅畫。當他發現一無所獲後，我聽見他掀開我的顏料箱，踢倒櫃子、盒子、墨水瓶和折疊工作桌。我感覺到自己不時發出呻吟，蒼老的手臂和疲倦的雙腿偶爾不自覺地抽搐。我等待著。

我的疼痛絲毫沒有減輕的跡象。我逐漸安靜下來，再也沒有力氣咬緊牙關，但是，我繼續撐著，等待著。

接著我突然想到，如果莎庫兒回家，她可能會遇見殘暴的凶手。這一點我根本連想都不願意去想。這時候，我感覺到我的凶手離開了房間。他大概找到了最後一幅畫。

我劇渴難耐，但仍然等待著。來吧，親愛的女兒，我美麗的莎庫兒，讓我看看妳。

她沒有出現。

我再也沒有半分力氣承受折磨了。我知道死前將見不到她最後一面。這椎心刺骨的悲傷讓我想哀痛而死。接著，一張我從沒見過的面孔出現在左側，微笑著，慈愛地遞給我一杯水。

我忘記別的一切，貪婪地伸手想取水。

他縮手拿回水杯。「承認先知穆罕默德是個騙子，」他說：「否定他說過的一切。」

是撒旦。我沒有回答。我甚至不怕他。既然從來不相信繪畫等於被他愚弄，我自信滿滿地等待。我夢想著在前方迎接我的永恆旅程，以及我的未來。

這時候，剛才看見的光亮天使朝我接近，撒旦消失了。部分的我明白這位趕跑撒旦的發光天使是阿茲拉爾，但心中叛逆的一部分則想起《末日之書》中寫到，天使阿茲拉爾擁有一千隻由東方覆蓋到西方的翅膀，整個世界都在他的掌心裡。

正當我愈來愈感到困惑時，沐浴在光芒中的天使朝我靠近，彷彿想幫助我，而沒錯，就如葛薩利在《壯麗瑰寶》中寫的，他柔和地說：

「張開嘴，讓你的靈魂得以離去。」

「除了『奉真主之名』禱文[32]之外，我不會讓任何東西離開嘴巴。」我回答他。

這不過是最後一個藉口。我知道自己再也抗拒不了，我的時辰已到。有那麼一剎那，我感到相當難

32　譯注：「奉真主之名」禱文（Besmele），伊斯蘭風俗裡的一種起首祝禱詞，接著發誓言、念經文或讚美等等。

堪，想到不得不把死狀淒滲、醜陋血汙的屍體留給我再也見不著的女兒。但我只想離開這個世界，像拋開一件緊繃的外衣。

我張開嘴，陡然間各種色彩滿溢，就像顏色鮮豔的圖畫，描繪著我們的先知拜訪天堂的升天之旅。一切都淹沒於璀璨繽紛之中，好似奢侈地鍍上各種金亮的塗料。痛苦的眼淚從我眼中滑落，一聲壓抑的嘆息通過肺部自嘴巴迸出。神祕的寂靜吞噬了一切。

現在我能看見自己的靈魂脫離軀體，被捧在阿茲拉爾的手心。我蜜蜂大小的靈魂，輕輕一顫，離開我的身體，沐浴在光裡，像水銀般在阿茲拉爾的掌心微微震動。然而我並不太注意這點，思緒沉浸於迎接我誕生的陌生新世界。

極度的痛苦過後，一陣平靜湧向我。死亡並沒有帶來我害怕的疼痛，相反地，我鬆了一口氣，很快明瞭此刻的狀態將恆久持續，我生命中所有壓迫束縛只是暫時的。從今以後，就是這樣，百年復百年，直到宇宙終結。我沒有為此感到沮喪或高興。我過去短暫經歷過的事件，如今一件接一件，同時展開呈現在廣袤無垠的空間。就好像一幅巨大的雙頁圖畫，一個聰慧的細密畫家在各個角落畫下各種不相關的事物——所有事物全部同時發生。

30 我，莎庫兒

雪下得極大，雪花偶爾穿透我的面紗，飄進眼中。我小心翼翼地踩過覆滿爛草、泥巴和斷枝的花園，走出街道後加快步伐。我知道你們全都在猜我心裡正想些什麼。我是否完全信賴布拉克？好吧，我向你們坦白，我自己也不知道該怎麼想。你們懂吧，對不對？我很困惑。然而，我確實知道一點：一如往常，我將回到往日的生活步調，三餐、小孩、父親和採買，但不用多久，甚至不需要多問，我的心會向我悄聲透露它的想法。明天中午以前，我就會知道我將嫁給誰。

抵達家門前，我想與你們分享某件事。不！別胡思亂想，不是關於布拉克那龐然怪物的大小。如果你們感興趣，這一點我們可以等會兒再談。我想討論的是布拉克的性急。並不是說他似乎只想到滿足自己的慾望，老實說，就算他真的是這樣也沒有差別。讓我驚訝的是他的愚蠢！我猜他心裡絲毫不曾想過他可以威嚇我並迫我就範，玩弄我的尊嚴然後再拋棄我，或者迎接更為危險的可能性。從他純真的表情中，我可以看出他多麼愛我並渴望我。可是，經過十二年的等待後，他為什麼不能照規則來玩遊戲，再等個十二天？

你們知道嗎？我有一種沉淪的感覺，覺得自己愛上他的無助，以及他孩子般的憂鬱神情。有時候當我應該對他生氣時，相反地，我卻憐憫他。「噢，我可憐的孩子，」我心裡有一個聲音說：「你吃了這麼多苦，卻還是這麼的手足無措。」我覺得好想保護他，甚至將因此犯下錯誤，我可能會真的全心全意奉獻給這個被寵壞的小男孩。

一想到我不幸的孩子們，我加快腳步。就在那時，在初降的黑夜和蔽目的大雪中，我看見一個幽靈般的人影差點撞上來。我一縮頭，側身通過他。

一走進庭院大門，我就知道哈莉葉與孩子們還沒回家。很好，我及時趕回來了，晚禱的呼喚還沒有開始。我爬上樓梯，屋子裡瀰漫柳橙醬的味道。父親在他那間藍門的幽暗房裡；我的腳快凍僵了。我提著一盞燈，走進樓梯右邊我的房間。當我看見櫃子被打開、枕頭掉出來、房間被亂搜過時，猜想是席夫克和奧罕搗的蛋。屋子裡一片寂靜，並不奇怪，卻也不像平常的寂靜。我換上家居服，獨自坐在黑暗裡，放任自己胡思亂想一會兒。我的心思停在樓下傳來的一個聲響，在我的正下方，不是來自廚房，而是發自馬廄隔壁、夏天做為繪畫工作室的大房間。難道父親下去那裡了，在這麼冷的天？我不記得看見那裡有油燈的光線。突然，我聽見石板步道和庭院之間的前門吱呀一聲，接著，討厭的狗群傳來凶惡陰險的吠叫，從庭院大門前經過。我嚇了一跳——用含蓄的說法形容。

「哈莉葉。」我大叫：「席夫克、奧罕……」

一陣冷風襲來。父親的炭盆一定還燒著，我應該去找他一起坐著暖暖身子。當我高舉油燈走向他的房間時，心思已經不在布拉克身上了，我想著孩子們。

我斜斜穿越寬廣的走廊，考慮著是否該下樓在火爐上燒點水，準備待會兒煮烏魚湯。我走進藍門的房間，房裡一片狼藉。想都沒想，我正要開口：「我父親做了什麼呀？」

然後我看到他倒在地板上。

我尖叫，驚駭莫名。接著我又尖叫一聲。凝望著父親的屍體，我靜了下來。

聽著，從你們閉嘴不語和冷血無情的反應看來，我想你們早已知道房裡發生的事情了。若非一清二楚，至少也知道不少。你們此刻正在猜測我對眼前的景況會做何反應，有何感覺。就像觀者研究一幅畫的時候一樣，你試圖體會主角的痛苦，想像著故事中造成這悲慘片刻的事件。接著，判斷過我的反應後，你會喜歡試圖去假想，不是我的痛苦，而是如果你同樣遭遇到我的情況，如果你的父親被如此謀殺的話，會有什麼感覺。我知道你現在正絞盡腦汁想像。

沒錯，我晚上回家，發現有人殺了我父親。沒錯，我拉扯自己的頭髮。沒錯，我像小時候那樣，用盡全身力氣緊抱住他，嗅聞他的皮膚。沒錯，我全身顫抖，無法呼吸。沒錯，我乞求阿拉扶他起來，讓他像以前一樣靜靜地坐在角落看書。起來，父親，起來，不要死。他血跡斑斑的頭被打爛了。爛得一塌糊塗，超過撕破的紙張和書本，超過碎裂四散的小茶几、顏料盒與墨水瓶，超過各式各樣被摧殘蹂躪的坐墊、工作桌、寫字板，以及被翻撿搜括的一切，甚至超過了殺死我父親的瘋狂怒火。我恐懼那摧毀房間裡每一樣東西的仇恨。我不再哭了。兩個行人經過外頭的街道，在黑夜裡談笑風生。此刻，我可以聽見內心世界恆長無盡的靜寂。我用手擦乾鼻涕，抹去臉頰上的淚水。我沉思良久，想著孩子和我們的生活。

我傾聽寂靜。我飛快地行動，抓住父親的腳踝，把他拖進走廊。不知道什麼原因，他感覺重了許多，但毫不多想地，我開始把他拉下樓梯。走到一半，我耗盡了力氣，只得往階梯上坐下。淚水正要再度決堤時，我聽見一個聲響，以為是哈莉葉帶著孩子們回來了。我抓緊父親的腳踝，用胳肢窩緊緊夾住，繼續下樓，這次加快速度。我親愛父親的腦袋爛得一塌糊塗又浸飽鮮血，敲在每一級階梯上都發出濕拖把撞地的聲音。到了樓梯底部，我轉過他現在似乎變輕了點的身體，然後一鼓作氣，拖著他穿越石板地面，把他弄進夏日畫室。為了能夠看清楚一片漆黑的房間，我跑出門，到廚房的火爐點火。等我拿著蠟燭回來，看見拖著父親進來的房間已被徹底搜過。我目瞪口呆。

是誰，我的天，是他們之中哪一個？

我的心翻騰不已。我緊緊關上門，把父親留在那間廢墟般的房裡。我從廚房抓起一個桶子，到井邊盛滿水。我爬上樓梯，靠著一盞油燈的光芒，迅速擦掉走廊裡、樓梯上及各個地方的血跡。我上樓回到我的房間，脫下沾滿血的衣服，換上乾淨的服裝。正當我拿著水桶和抹布準備進入藍門的房間時，聽見庭院的大門被推開。晚禱的呼喚已經開始，我鼓起全身的力量，拿起油燈，來到樓梯頂端等待他們。

「母親，我們回來了。」奧罕說。

「哈莉葉！你們跑到哪裡去了！」我強而有力地說，但聲音卻像低語，而不是大吼。

「可是母親，我們沒有超過晚禱的呼喚……」席夫克開始辯解。

「安靜！你們的外公病了，他在睡覺。」

「病了？」哈莉葉在樓下說。她從我的靜默不語中察覺出我在生氣。「莎庫兒，我們在可斯加那兒等了一會兒。烏魚到了之後，我們沒有耽擱，接著去揀月桂葉，然後我還給孩子們買了無花果乾和櫻桃乾。」

我有股衝動想下樓去在哈莉葉耳邊告誡她，但怕如果下樓，手裡的油燈會照亮潮濕的階梯和匆忙之中遺漏的血漬。孩子們吵吵鬧鬧地爬上樓梯，脫下腳上的鞋子。

「啊—啊—啊。」我說，領著他們走向我們的臥房：「不是那邊，你外公正在睡覺，別進去。」

「我要去有藍門的房間，去火盆邊取暖。」席夫克說：「不是要去外公房間。」

「你外公在那個房間睡著了。」我悄聲道。

但我注意到他們猶豫了一會兒。「我們要小心，別讓侵擾你外公讓他生病的壞邪靈也抓住你們兩個。」我說：「現在，進你們房間。」我一把抓住他們兩人的手，送進我們同睡的房裡。「告訴我，你們剛才在街上玩什麼，弄到這麼晚？」「我們看到幾個黑乞丐。」席夫克說。「哪裡？」我問：「他們有拿旗子嗎？」

「我們在爬坡的時候看到的。他們給哈莉葉一顆檸檬，哈莉葉給他們幾塊錢。他們全身上下都是雪。」「還有呢？」「他們在廣場上練習朝靶射箭。」「在大雪裡？」我說。「母親，我好冷，」席夫克說：「我要去有藍門的房間。」「你不准離開這個房間，」我說：「不然你會死掉。我去拿炭盆來給你。」「妳為什麼說我們會死掉？」席夫克問。「我要告訴你們一件事，」我說：「但你們不可以告訴別人，聽懂了嗎？」他們發誓不說。「你們剛才出去之後，有一個全白的人，他已經死了，身上的顏色也都掉光，從一個遙遠的國度來到這裡找你外公說話。結果原來他是一個邪靈。」他們問我這個邪靈是從哪裡來的。「從河的對岸來的。」我說。「我們父親所在的地方嗎？」席夫克問。「是的，從那裡來。」我說：「這個邪靈來這裡想看一眼你外公書裡面的圖畫，他們說如果一個罪人看到那些圖畫，會當場死掉。」

一片安靜。

「聽著，我要下樓去找哈莉葉。」我說：「我會把炭盆拿到這兒來，還有晚餐也是。想都別想離開這個房間，不然你們會死。邪靈還在屋子裡。」

「媽媽，媽媽，別走。」奧罕說。

我板起臉對席夫克說：「你負責管好你弟弟。如果你們離開房間，沒有被邪靈抓到，那麼我也會殺了你們。」我裝出每次要打他們之前的嚴厲表情。「現在，祈禱你們生病的外公不會死。如果你們乖的話，真主會聽見你們的禱告，不讓任何人傷害你們。」他們心不甘情不願地開始禱告。我下樓去。

「有人打翻了裝柳橙醬的鍋子。」哈莉葉說：「不可能是貓，沒那麼大力氣；狗也不可能進到屋裡來……」

她陡然看見我臉上的恐懼，頓住了。「怎麼回事？」她說：「發生了什麼事？妳親愛的父親出事了嗎？」

「他死了。」

她尖叫。刀子和洋蔥從她手裡跌落，撞上砧板，力道之大震得她正在處理的魚啪嗒落地。她又尖叫一聲。我們都注意到她左手上有血，那不是沾到魚身上的血，而是她意外切傷食指流出來的。我跑上樓，在臥室對面的房間尋找紗布時，聽見孩子們的吵鬧大叫。我手裡拿著撕下的紗布，走進房間，發現席夫克爬到弟弟身上，膝蓋緊壓住奧罕的肩膀。他掐住他的脖子。

「你們兩個在幹嘛！」我扯開喉嚨大叫。

「奧罕要離開房間。」席夫克說。

「騙子，」奧罕說：「席夫克打開門，我叫他別出去。」他哭了起來。

「如果你們不給我在這裡安靜坐好，我把你們兩個都殺了。」

「媽媽，別走。」奧罕說。

下樓之後，我包紮好哈莉葉的手指，止住血。聽到我說父親不是自然死亡，她嚇壞了，喃喃背誦起禱告詞祈求阿拉的庇佑。她瞪著自己受傷的食指，哭了起來。她對我父親的感情有深到讓她忍不住大哭一場嗎？她想上樓去看他。

「他不在樓上。」我說：「他在後面房裡。」

她疑心地望著我。然而等她明白我沒有辦法再多看他一眼時，反而被好奇心吞沒。她一把抓起油燈，走向房間。她走出我站立的廚房入口，向前走了四、五步，懷著敬意與憂懼，慢慢推開房門，借助手裡的油燈火光，探頭張望。一開始她沒有看見我父親，把燈舉得更高些，試著照亮長方形大房間的每個角落。

「啊！」她尖叫。她看見被我留在門邊的父親。她僵住了，呆呆地凝視著他。她的影子沿著地板投上馬廄的牆壁，一動也不動。這段時間，我想像她看見了什麼。當她回來時，並沒有哭。我鬆了一口氣，得知她還保持頭腦清醒，想必能夠清楚地理解我準備告訴她的事。

「哈莉葉，現在聽我說。」我邊說邊揮舞著手裡不自覺握起的魚刀。「樓上也被亂翻過了，同一個卑鄙的惡魔搗毀了所有東西，到處被他弄得滿目瘡痍。他就是在那裡砸爛了我父親的臉和腦袋；他就是在那裡殺了他。我把他搬下這裡來，以免被孩子們看到，我也才有機會警告妳。你們三個離家之後，我也出了門。父親獨自一個人在家。」

「我不知道這件事，」她無禮地說：「妳去哪裡了？」

我刻意停頓了一會兒，要她謹慎留意。接著我說：「我和布拉克在一起。我與布拉克在吊死猶太人的小屋見面。可是妳不准向別人透露半個字，除此之外，妳也暫時不准提起我父親被謀殺的事。」

「殺他的人是誰？」

她是真的這麼白痴，還是想要壓制我？

「如果我知道，就不會隱瞞他死亡的事實了。」我說：「我不知道，妳呢？」

「我怎麼可能會知道？」她說：「我們現在怎麼辦？」

「妳要裝出什麼事都沒發生的樣子。」我說。我突然很想哭，很想嚎啕大哭，可是努力忍住。我們都沒有出聲。

好一會兒之後，我說：「現在別管魚了，弄一點菜給孩子們吃。」

她搖頭反對，哭了起來，我伸手摟住她。我們緊緊相擁。我忽然感覺自己很愛她，一時間，不只可憐起自己和孩子們，還有我們全部。不過，即使我們互相擁抱時，一股猜疑仍如同蠹蟲般焦慮地啃噬著我。你們知道當我父親被殺害時我身在何處。為了達成我的計畫，我安排哈莉葉和孩子們出門。你們知道我父親獨自留在屋裡是一件預料之外的巧合……可是哈莉葉知道嗎？她真能了解我向她解釋的，她真的懂嗎？的確，沒錯，她很快便明白了，並且開始起疑。我把她抱得更緊；但我知道在她女奴的心裡，認為我這麼做是為了掩飾自己的詭計。過沒多久，甚至我也覺得自己好像騙了她。正當父親在這裡被人謀殺時，我忙著和布拉克談情說愛。如果這件事只有哈莉葉知道，我還不會覺得如此羞愧，不過我懷疑你們大概也這麼聯想。所以，承認吧，你們相信我隱藏了什麼。唉呀，可憐的女人！我的命運還能更黑暗嗎？我開始哭泣，接著哈莉葉也哭了，我們又抱在一起。

在樓上擺好的餐桌邊，我假裝飢餓地吃東西。其間我不時用「看看外公」的藉口，走進隔壁房間，泣不成聲。稍晚，孩子們因為恐懼不安，爬到床上緊緊瑟縮在我身旁。因為害怕邪靈，他們遲遲無法入睡，一面翻來覆去一面不停地問：「我聽見一個怪聲，妳有沒有聽見？」為了哄他們睡覺，我答應講一個愛情故事。你知道在黑暗中，話語可以多麼無邊無際。

「母親，妳不會結婚吧，會嗎？」席夫克說。

「聽我說，」我說：「很久以前有一個王子，愛上了一位美得不得了的姑娘。他是怎麼愛上她的呢？讓我告訴你們。親眼見到漂亮的姑娘之前，他已經見過了她的畫像，就是這樣。」

悲傷或煩憂時，我常常會根據當時的心情，即興編造故事，而不是從記憶中重述原本的傳說。由於以自己的回憶和憂愁做為顏料來渲染它，因此，我所敘述的故事，便成為某種配合我生命歷程的哀愁插畫。

等兩個孩子都睡著，我離開溫暖的床鋪，與哈莉葉一起打掃被殘暴的惡魔摧毀的各種殘骸。我們撿起散落一地、殘缺不全的破碎箱子、書本、布、瓷杯、陶壺、盤子和墨水瓶；我們丟掉破爛的折疊工作桌、顏料箱，以及在狂烈仇恨中被扯碎撕爛的紙張。整理的過程中，我們之間不時會有個人停下工作，崩潰痛哭。彷佛房間和家具的毀損，以及我們的隱私被野蠻侵犯，比起我父親的死，更教我們悲切難耐。我可以從經驗告訴你們，失去摯愛的不幸家屬往往能從屋裡一如往昔的日常物品中得到慰藉。一成不變的窗簾、毛毯和陽光能平撫他們，容許他們偶爾忘卻阿茲拉爾已經帶走了摯愛的親人。這棟屋子，在父親耐心關愛的照顧下，一角一隅都經過他細膩的修飾，如今卻被無情地摧殘殆盡。野蠻的罪犯不但奪走了我們的慰藉和快樂的回憶，更處處提醒我們他冷酷的邪惡靈魂，我們感到恐懼不已。

舉例來說，在我的堅持下，我們下樓自井裡汲取清水，沐浴淨身，並從父親最珍愛的赫拉特製訂版古蘭經中，複誦〈儀姆蘭的家屬章〉，那是我已逝父親極喜愛的章節，因為其中提及希望和死亡，然而這股恐懼始終縈繞不去，甚至嚇得我們誤以為庭院的大門發出吱呀聲響。什麼事也沒有。我們檢查鎖上的門閂，然後兩人通力合作，把父親每個春天早晨用井水灌溉的羅勒盆栽移到門口堵住。我們返回屋裡時已是深夜，油燈的光芒把我們的身影投射在牆上，拉得長長的；突然間，我感覺那是別人的影子。最可怕的是那股瀰漫不散的恐懼，籠罩著我們，像某種靜寂的宗教儀式。我們肅穆地清洗他血汙的臉，幫他換上乾淨的衣服，好讓我能欺騙自己相信父親其實是壽終正寢。「從下面把他的袖子遞給我。」哈莉葉輕聲對我說。

脫下他血染的衣服和內衣後，我們詫異而敬畏地發現，父親的皮膚在燭光的映照下泛出充滿活力的蒼白。因為有更多恐怖的事情值得我們害怕，我們並不會害羞地不敢直視父親張開攤平、遍布老人斑和傷口的裸體。哈莉葉上樓拿取他乾淨的內衣和綠色絲襯衫時，我克制不住自己，朝下面瞄了一眼，剎時為自己的行為感到面紅耳赤。我幫父親換上乾淨的衣服，細心拭去他脖子、臉和頭髮上的血汙；接著，我用盡全身的力氣緊緊擁抱他，把臉埋入他的鬍子裡。我深深吸了一口他身上的氣味，止不住地哭泣。

你們當中那些指責我缺乏感情甚至罪孽深重的人，讓我趕緊告訴你們另外兩次崩潰痛哭的場合：一，為了不讓孩子們察覺發生什麼事，我上樓整理樓上的房間，當我像小時候那樣，把他用來磨亮紙面的貝殼拿到耳邊時，卻只發現海的聲音早已消失不見；二，當我看見父親坐了二十年、幾乎已成他身體一部分的紅絨布坐墊被撕成碎片時。

除了無法修補的損害外，等屋裡的一切事物都重新歸回原位後，哈莉葉詢問她是否能把床墊搬來，攤開在我們的房裡一起睡，我冷酷地拒絕了。「我不要孩子們早上醒來疑心。」我向她解釋。然而，老實說，我渴望與孩子們獨處，同時也有點想懲罰她。我爬上床，久久難眠，不是因為心裡縈繞著剛才發生的恐怖事件，而是徹夜思索即將來臨的命運。

31 我是紅

我出現在嘎茲尼，當時《君王之書》的詩人菲爾多西正寫下最後一行字，完成了一首用最繁複的韻腳譜成的四行詩，擊敗沙皇瑪哈姆德的宮廷詩人，讓他們再也無法嘲笑他只不過是個農夫而已。我出現在《君王之書》英雄魯斯坦的箭囊上，隨著他浪跡天涯尋找失散的坐騎；我變成鮮血，在他用神奇寶劍把惡名昭彰的食人巨妖砍成兩半時噴湧而出；我隱藏在被單的摺縫中，當他與接待他的國王一位美麗的女兒翻雲覆雨時，鋪墊在他們身下。千真萬確，我無所不在。我現身於各個場合：背叛的圖爾砍下兄弟伊拉支的腦袋；夢境般壯麗的傳奇軍隊在大草原上廝殺戰鬥；還有，亞歷山大中暑後，鮮豔的生命之血從英挺的鼻子閃閃發亮地流下。是的，沙皇貝倫．古每天晚上都會選擇一位不同的美女，來到她遠從異國而來的彩色帳篷裡，聆聽她說故事，我，則出現在他每星期二拜訪的那位絕代佳麗的衣服上；他愛上了這位美女的畫像，就如同愛上席琳畫像的胡索瑞夫一樣，而我，也同樣出現在胡索瑞夫一身服裝中。真的，任何地方都可以看見我，在圍城軍隊的旗幟上；在舉行盛宴的餐桌桌巾上；在親吻著蘇丹腳背的使者長衫上；以及任何描繪著寶劍的場景中，它們的故事深受孩童喜愛。是的，杏眼的俊俏學徒用纖雅的毛筆蘸飽我，塗在產自印度斯坦及布哈拉的厚紙上。我點綴烏夏克地毯、牆壁紋飾、鬥雞的雞冠、石榴樹、寓言世界的果實、撒旦的嘴巴、圖畫邊框的精巧勾線、帳篷上的彎曲刺繡、畫家自得其樂所畫的肉眼無法辨別的花朵、伸長脖子從百葉窗裡探頭張望街道的佳麗身上的短衫、糖製鳥雕像上頭的酸櫻桃眼睛、牧羊人的襪子、傳說故事中的日初破曉，以及成千上萬愛侶、戰士及沙皇的屍體和傷口。我熱愛參與戰爭場面，在那兒鮮血如罌粟花盛開綻放；我喜歡出現在最精湛吟遊詩人的長衫上，與一群漂亮男孩及詩人們一起郊遊踏青，聆聽音樂，飲酒作樂；我喜愛點亮天使的翅膀、少女的嘴唇、屍體的致命傷口和血跡斑斑的斷頭。

我聽見你們就要脫口而出的問題：身為一種顏色是什麼感覺？

色彩是眼睛的觸摸，聾子的音樂，黑暗吐露的話語。因為千萬年來，從各類書籍、物品中，我曾聽過靈魂的細語，如同風中的窸窣呢喃，請允許我說，我的撫觸就好似天使的撫觸。一部分的我，嚴肅的那一半，捉住你們的視線；而歡愉的另一半，則在你們的凝望下飛入天際。

我何其有幸身為紅色！我炙熱、強壯。我知道人們注意我，我讓人無法抗拒。

我並不隱藏自己：對我而言，精緻優美並非出於柔弱或機敏，而是來自果決和毅力。因此，我吸引人們的注意。我不害怕別的顏色、陰影、擁擠，甚至是孤寂。能夠用我光榮的存在，塗覆一張期待著我的畫紙，是多麼美妙！任何地方只要有我，就會看見眼睛發亮、熱情奔騰、眉毛揚起、心跳加速。看啊，活著是多麼的美妙！看啊，觀看是多麼的美妙！看啊：活著就等於觀看。我無所不在。生命從我開始，回歸於我。不要懷疑我說的話。

安靜並聆聽我是怎麼獲得如此華麗的紅色。一位細密畫家，一位顏料的專家，把來自印度斯坦最燥熱地區品質最優良的紅甲蟲乾，用他的臼和杵猛力搗成粉末。接著，他準備五特拉姆的紅色粉末、一特拉姆的石鹼草和半特拉姆的溶劑。他在一個鍋子裡裝三奧卡的水，把石鹼草放進去煮。再來，他把溶劑倒入水裡攪勻。他讓水繼續慢煮，趁這段時間自己喝一杯上好的咖啡。當他享用咖啡時，我像個即將出世的嬰孩愈來愈不耐煩。咖啡清醒了大師的頭腦，帶給他邪靈般的銳利目光。他把紅色粉末撒入鍋裡，拿一支調色專用的乾淨細木棍，小心攪拌鍋裡的混合物。儘管我即將成為純正的紅色，但還有一個最重要的關鍵，就是我的濃稠度：不能任由溶液隨便煮乾。因此，他會用攪拌棍的尖端畫過拇指的指甲（絕對不允許用其他指頭）。噢，身為紅色真令人振奮！我優雅地塗上拇指指甲，沒有半點稀薄的液體流溢到兩旁。簡言之，我的濃稠度恰到好處，不過，我仍含有殘渣。他把鍋子從爐火上拿下來，用一塊乾淨的麻布過濾，除掉我的雜質。然後，他再度把我加熱，煮沸兩次。最後他加入一小搓明礬粉末，將我靜置一旁，等我冷卻。

我在鍋子裡靜靜待了幾天。滿心期盼被畫上書頁、被抹在各處各地，卻這樣呆呆靜置著，實在讓我頗靡心碎。就是在這段沉寂的時間裡，我開始思索身為紅色的意義。

有一次，在某座波斯城裡，一位失明的細密畫家靠著記憶畫了一匹馬，正當他的學徒用毛筆蘸著我為馬鞍布的刺繡上色時，我偷聽到兩位失明的大師正在爭執：

「因為我們花了一輩子熱忱專注繪畫，因此，如今瞎了眼的我們，自然知道紅色，記得它是什麼樣的色彩，什麼樣的感覺。」憑藉記憶畫馬的大師說：「可是，如果我們天生就瞎眼呢？我們要如何真正明瞭我們俊美學徒此刻正在使用的紅色呢？」

「好問題，」另一位說：「但別忘了，顏色不是被知道的，而是被感覺的。」

「我親愛的大師，請向一個從來不知道紅色的人解釋什麼是紅色。」

「如果我們用指尖觸摸，它感覺起來會像是鐵和黃銅之間的東西。如果我們用手掌緊握，它則會燃燒。如果我們品嘗它，它將極為濃郁，像醃肉一般。如果我們用嘴唇輕抿，它將會充滿我們的嘴。如果我們嗅聞它，它的氣味會像馬。如果它是一朵花，聞起來將會像雛菊，而不是紅玫瑰。」

一百一十年前，當時威尼斯的藝術尚未足以威脅我們，統治者們從來不為此煩憂，而著名大師也對自己的技法信心滿滿，狂熱的程度有如信仰阿拉。因此，威尼斯人選擇各種濃淡的紅色，用來畫各種普通的劍傷、甚至最平凡的粗麻布。他們這種方法，大師們不但視為粗鄙而不敬，更嗤之以鼻。只有軟弱而猶疑的細密畫家，才會使用不同的紅色調來描繪一件紅色長衫。他們這麼宣稱，陰影絕不是個藉口。而且，我們只相信一種紅。

「紅色的意義是什麼？」憑藉記憶畫馬的失明細密畫家又問。

「顏色的意義在於它出現在我們面前，而我們看到了。」另一位說：「我們無法向一個看不見的人解釋紅色。」

「受撒旦誘惑的人為了否定真主的存在，堅持說我們無法看見真主。」畫馬的瞎眼大師說。

「沒錯，祂只為那些能見的人現身。」另一位大師說：「就是這個原因，古蘭經裡寫到，盲人和明眼人不平等。」

俊美的學徒細膩地把我沾點入馬匹的馬鞍布上。這種感覺何其美妙，把飽滿、強勁、有活力的我塗入精美描繪的黑白邊框：當貓毛筆把我抹散在期待已久的書頁上，我開心得渾身發癢。就這樣，一旦我把自己的顏色呈現於紙上，彷彿我正命令這個世界：「存在！」沒錯，那些看不見的人將會否認，然而事實是，我存在於每一個地方。

32 我，莎庫兒

趁孩子睡醒前，我寫了簡短的便條給布拉克，要他立刻前往吊死猶太人的空屋。我把紙條塞進哈莉葉手中，叫她趕緊跑去找以斯帖。哈莉葉接過信，儘管擔憂我們的命運，卻以一種比平常大膽的眼神直視我的眼睛。再也無需害怕父親的我，則以一種嶄新的粗魯目光回瞪她。這場眼神交會將決定我們未來關係的基調。過去兩年來，我常懷疑哈莉葉甚至可能為我父親生下孩子，而忘了自己奴隸的身分，計謀成為屋子的女主人。我回房裡探視我不幸的父親，敬畏地親吻他此時已僵直但尚未失去柔軟的手。我藏起父親的鞋子、鋪棉頭巾和紫色斗篷，等孩子們起床後，向他們解釋外公身體好多了，一大早便出門前往穆斯塔法帕夏區。

哈莉葉早晨採買過後回到家，在矮桌上擺好早餐。我挖了一些柳橙醬放在中間，一邊做事一邊想像以斯帖現在應該正敲響布拉克的大門。外頭雪已經停了，太陽露出臉來。

在吊死猶太人的花園裡，我看見一個熟悉的景象。懸掛在屋簷和窗櫺下的冰柱正迅速消融縮小，瀰漫著霉爛枝葉氣味的花園飢渴地吸收陽光。我發現布拉克已經到了，就在昨晚第一次見到他的地方——似乎是好久以前的事了，似乎已經過了好幾個星期。我掀開面紗說：

「如果你很急切的話，應該會很高興。我父親的反對和疑慮再也無法影響我們。昨天晚上，正當你企圖對我毛手毛腳時，一個冷血惡魔闖入我們空無一人的家中，殺死了我父親。」

比起好奇布拉克的反應，你們大概更迷惑為什麼我的語氣如此冰冷而虛偽。我自己也不清楚答案。或許我害怕會哭出來，刺激布拉克擁抱我，使我比自己預期的更早與他過於親密。

「他把我們家徹底破壞殆盡，顯然出於極端的憤怒和仇恨。然而我不認為他會就此罷手，我不覺得這個惡魔現在將平靜地退回暗處。他偷走了最後一幅畫。我請求你保護我、保護我們，別讓他得到我父親的書。現在告訴我，你打算在什麼條件和安排下照顧我們的平安？這是我們必須解決的問題。」

他正打算開口說話，但我投了一個眼神輕易地教他安靜，就像我曾如此做過無數次。

「在法官的眼裡，繼我父親之後，我的監護人是我的丈夫和他的家人。甚至他活著的時候也該如此，因為根據法官的認定，我的丈夫還活著。只是因為哈珊趁他哥哥不在時企圖占我便宜，強迫未遂事件讓我公公深感羞愧，因此允許我回到父親家裡，儘管我尚未正式成為寡婦。然而，如今我父親死了，我連個兄長都沒有，毫無疑問地，唯一可能的監護人將是丈夫的弟弟和我的公公。他們之前已經計謀用手段強迫我父親、恐嚇我，逼我回他們家，一旦聽說我父親死亡的消息，他們一定毫不猶豫採取法律行動。要逃過他們，我唯一的希望便是隱瞞父親的死訊。也許白費力氣，因為他們可能就是凶案背後的主使。」

就在這一刻，一絲陽光從破損的百葉窗優雅地透隙而入，落在布拉克和我之間，照亮了房間裡的百年塵埃。

「這不是我隱瞞父親死訊的唯一原因。」我說，深深凝望布拉克的眼，很高興看見他眼裡的認真多過於愛情。「我也害怕無法證明父親被謀殺時自己的行蹤。雖然哈莉葉是個奴隸，證詞可能會被打折扣，但我擔心她也涉入了這場陰謀，若不是要謀害我，就是為了反對我父親的書。如果我身邊一直缺乏保護者，那麼貿然宣布父親的死亡，雖然可以讓家裡的事情簡單得多，但同時，基於剛才列舉的原因，也很可能使我的命運掌握在她手裡。比如說，如果哈莉葉知道我父親並不希望我嫁給你，那怎麼辦？」

「妳父親不希望妳嫁給我？」布拉克問。

「沒錯，他不希望，他擔心你會把我從他身邊帶走。既然你再也不可能對他造成此種威脅，讓我們假設我親愛的不幸父親沒有因此而反對。你有嗎？」

「完全沒有，親愛的。」

「那麼，很好。我的監護人不要求你任何聘禮或聘金。請原諒我如此不合宜地親自討論婚禮細節，不過有一些先決條件，很遺憾地，我必須向你解釋。」

我沉默了一會兒，布拉克彷彿為自己的遲疑道歉似地，連忙說：「好。」

「首先，」我開口：「你必須在兩名證人面前發誓，我們結婚後如果你待我很糟，糟到我無法容忍的地步，或者如果你娶了第二個妻子，那麼，你必須准我離婚，並供給我贍養費。第二，你必須在兩名證人面前發誓，如果因任何理由離家超過連續六個月，其間不曾返回，我也將獲准離婚，並有一筆贍養費。第三，我們結婚之後，你當然要搬進我家，然而，除非謀殺我父親的惡棍被抓，或者除非你找到他——我真恨不得親手折磨他！——並且除非你以才華和努力，領導完成蘇丹殿下的書，並將其榮耀地呈現給他，不然，你將不能與我同床。第四，你將會愛我的孩子，與我同床共枕的孩子，視他們如同親生。」

「我同意。」

「很好。如果面前所有障礙能馬上消失的話，我們將很快成婚。」

「沒錯，成婚，但不睡同一張床。」

「婚姻是第一步，」我說：「我們先處理它。愛情隨著婚姻而來。別忘了：婚姻澆熄愛情的火焰，只留下一片荒蕪憂鬱的黑暗。當然了，結婚後，愛情無論如何會自然消失，不過快樂將填滿空缺。儘管如此，還是有那些急躁的傻瓜結婚前就先墜入愛河，燃燒熱情，耗盡所有情感，傻傻地相信愛情是生命中最崇高的目標。」

「那麼，真正的目標是什麼？」

「真正的目標是滿足。愛情與婚姻只不過是手段，為了獲得它：一個丈夫、一棟房子、小孩們、一本書。你難道看不出來，就算我的處境堪憐，丈夫失蹤、父親亡故，仍然比你的孤獨無依好得多？沒有我的兒子我活不下去，我每天和他們歡笑、打鬧、相愛。除此之外，既然你如此想要我，就算我現在處境悲慘；既然你如此暗自痛苦，只為了與我共度夜晚——就算不睡同一張床，既然你如此想和我一起與我父親的屍體及難以管教的孩子們，共處於一個屋簷下，那麼，你得全心全意聽好我接下來要說的話。」

「我洗耳恭聽。」

「有許多方法可以確保我離婚。假證人可以發誓他們目睹我丈夫出征前允許我有條件的離婚。譬如，他誓言如果自己兩年內沒有回來，我將是自由之身。或者，更簡單一點，他們可以發誓在戰場上看見我丈夫的屍首，並舉出一些可信的描述做為旁證。然而，考慮到我父親的屍體及夫家的反對，依賴偽證不是安全的方法，因為只要是稍有頭腦和謹慎的法官便不會採信。儘管我丈夫出征四年毫無音訊，也沒有留下贍養費，我們漢那非學派的法官仍無法批准我離婚。相反地，烏斯庫達的法官知道像我這種處境的女人逐日增多，而比較有同情心。因此，在榮耀的蘇丹殿下和伊斯坦堡穆法帝的首肯之下，這位法官偶爾會准許其沙菲儀學派的代理人替他處理案件，透過這種方式，偶爾賜予我這種女人離婚的許可，並附帶贍養費的條件。現在，如果你能找到兩位證人願意公開證明我的困境，支付他們費用，帶他們越過博斯普魯斯海峽到烏斯庫達地區，安排好晉見法官，確定他的代理人會代替他審理。如此一來，他將憑藉著證人的證詞准允離婚，並在法官的名錄上登記離婚；接下來取得證明判決過程的證書，最後再取得准許我立刻改嫁的文件。如果下午以前你可以辦妥一切，越過博斯普魯斯返回這邊，那麼——假設能輕易找到一位傳道士在傍晚替我們證婚——那時，身為我的丈夫，今天晚上你便能與我及我的孩子一起過夜。有你的保護，我們夜裡就不會因為聽到房裡的任何聲響，都以為是殘酷凶手的腳步聲，因而恐懼得無法成眠。再來，當我們隔天早晨發布我父親的死訊時，你也能免除我成為一個可憐無依女人的悲慘。」

「好。」布拉克愉快而略顯幼稚地說：「好，我同意讓妳成為我的。」

你們記得不久前，我說過不懂自己為何用專橫而虛偽的態度對布拉克說話嗎？現在我明白了：我現在了解唯有透過此種語調，才能說服布拉克相信未來可能發生一些連我也難以置信的事件，而他還得加把勁才能脫離孩提時的楞頭楞腦。

「我們必須準備周詳以對抗我們的敵人、那些企圖阻礙我父親完成書本的人，以及那些可能擾亂我的離婚和我們婚禮儀式的人。婚禮將在今晚舉行，真主保佑。但我想我不應該繼續讓你感到混亂，因為你已經比我還頭昏腦脹了。」

「妳一點也沒有頭昏腦脹。」布拉克說。

「也許吧，但只因為這些不是我自己的想法。我是多年來從父親身上學到的。」我這麼說，是避免他輕忽我的話，認為這些計畫全是從一個女人家的腦袋裡冒出來的。

接著，布拉克說出一句話。每一個勇於坦承我很聰明的男人，都說過同樣的話：

「妳好聰明。」

「對。」我說：「我很喜歡別人讚美我的智慧。當我小的時候，父親常常這麼說。」

我還想補充說，長大以後父親就不再稱讚我的聰明，但我卻哭了起來。我哭泣著，感覺彷彿我離開了自己，成為另一個完全不相干的女人。像一個讀者在書上看到了悲傷的圖片難過不已，我從外面看見自己的生命，不禁可憐起自己來。好像看著別人的遭遇，哀哀切切地為自己痛哭，哭得單純而無辜。布拉克擁我入懷，頓時一股幸福之感滿溢我們全身。然而這一次，當我們相擁時，這股舒適卻只留駐於我們之間，沒能向外擴散，擊退環伺在我們周圍的各種敵人。

33 我的名字叫布拉克

守寡、失親、傷痛欲絕，我摯愛的莎庫兒踩著輕盈的步伐，一閃而逝，留下我佇足原地，彷彿被吊死猶太人空屋裡的靜寂所懾，沉浸於她身後留下的杏仁幽香和婚姻迷夢之中。我好似被下了咒語，頭暈目眩，但心思卻轉得飛快，幾乎令人絞痛。我甚至還來不及好好地哀悼我恩尼須帖的死，已經迅速趕回家。一方面，疑慮之蟲囓咬著我：我是莎庫兒偉大計謀裡的一顆棋子，她在耍弄我嗎？然而另一方面，幸福婚姻的幻想固執地出現在眼前，揮之不去。

我的女房東在門口攔住我，質問我上哪兒去了，為什麼這麼大清早回來。與她交談了一會兒之後，我回到房間，拿出藏在床墊裡的腰帶，從襯裡取出二十二枚威尼斯金幣，然後用顫抖的手指把它們放進錢包。當我再度回到街上，立刻明白，莎庫兒那雙黝黑、淚濕、憂愁的眼睛，將會縈繞我腦海一整天。

我向一位永遠笑嘻嘻的猶太兌幣商換了五枚威尼斯獅子金幣。接著，我心事重重地走進鄰近的住宅區，這個區域的名字我還未提起過，因為我不喜歡：雅庫特拉，我過世的恩尼須帖與莎庫兒，還有她的孩子，就在此地他們的屋子裡等我。沿著街道疾走時，一棵高大的梧桐樹似乎大聲斥責我，怪罪我在恩尼須帖過世隔天被婚姻的美夢與計畫沖昏頭。接著，隨著冰雪消融，路旁一座噴泉池朝我耳裡低聲細語：「別把事情看得太認真，管好你自己的責任和快樂。」「一切都很好，沒問題。」角落裡一隻不祥的黑貓一邊舔毛一邊反駁：「不過，每個人，包括你自己在內，都懷疑你涉入你姨丈的凶殺案。」

野貓停下舔毛的動作，我的目光陡然對上牠邪氣的眼睛。不用我說你們也明白，伊斯坦堡的野貓在當地人的驕寵下變得多麼厚臉皮。

伊瑪目．埃芬迪[33]不在家，我在鄰近一座清真寺的院子找到他，他有一雙黑色大眼和下垂的眼瞼，看起來好像永遠沒睡飽。我請教他一個瑣碎的法律問題：「一個人什麼時候有義務出庭作證？」我揚起眉毛專心聆聽他倨傲的回答，假裝自己是頭一次聽聞。「如果有其他證人在場，一個人是否願意作證是他的選擇；」伊瑪目．埃芬迪解釋：「不過，在現場只有一個證人的情況下，他必須依照真主的旨意作證。」

「我目前便處於這種窘境。」我接續話題說：「儘管情況人盡皆知，但所有證人都以『又不是義務，只是自願』的藉口，規避自己的責任，不願意上法庭。結果是，徹底忽略了我試圖援助的那些人迫切的問題。」

「這個嘛，」伊瑪目．埃芬迪說：「你為什麼不把錢包鬆開一點？」

我拿出我的小皮囊，給他看裡頭擠滿的威尼斯金幣：開闊的清真寺庭院、傳道士的臉、所有一切剎時籠罩在閃耀的黃金光芒中。他問我究竟遭遇什麼困難。

我向他解釋我的身分。「恩尼須帖．埃芬迪生了重病，」我透露：「臨死前，他希望女兒的寡婦身分得到證明，贍養費的給付得到認定。」

我甚至不需要提起烏斯庫達法官的代理人，伊瑪目．埃芬迪馬上便懂了。他說所有鄰居一直很同情可憐莎庫兒的命運，而且情況也已經拖磨了太久。與其在晉見烏斯庫達法官前才臨時尋找第二個證人，為合法離婚作證，他提議找他的弟弟，他就住在附近，也很清楚莎庫兒與她可愛孩子的困境。現在，如果多付一枚金幣給這位弟弟，我將能完成一樁善事。畢竟，才花兩枚金幣，伊瑪目．埃芬迪便幫我安排好第二個

33 譯注：伊瑪目．埃芬迪（Imam Effendi），意指「領拜人」，在清真寺引領拜功儀式的教長。

證人。我們當場達成協議。於是伊瑪目．埃芬迪去找他的弟弟，帶他過來。

接下來的一天，彷彿我在阿列波的咖啡館看見說書人表演的「貓與鼠」故事。由於故事中充滿冒險和詭計，這些裝訂成冊的敘事體詩歌儘管以優美的書法寫成，卻從來不曾受到重視。換言之，它們從來不曾被畫成圖畫。我，相反地，則愉快地把我們一日的冒險分成四個場景，在我心中描繪成四幅想像的圖畫。

在第一幅畫中，細密畫家筆下的我們，乘坐一艘紅色的四槳長船，擠在一群粗獷結實的船夫之間，從安卡帕尼出發，徐緩地穿越藍色的博斯普魯斯海峽，航向烏斯庫達。傳道士和他瘦小黝黑的弟弟正忙著與船夫聊天談笑，享受這段驚喜的旅程。在此同時，沉浸於眼前揮之不去的婚姻美夢中，我深深望入博斯普魯斯海峽，奔流的海水在陽光明媚的冬日早晨顯得格外清澈。我留意著潮水裡是否有任何不祥的徵兆，比如說，我擔心自己可能看見海底有一艘海盜沉船。如此一來，無論這位細密畫家為海水和雲朵塗上多麼歡愉的色彩，他都必須在深邃的海水裡加入某種與我的快樂美夢同等強烈的暗示，來象徵我的黑暗恐懼——譬如，一條長相醜惡的魚——讓讀者明白我的冒險並非全然前程似錦。

我們的第二幅圖畫將呈現蘇丹的宮殿、皇室法庭議會的集會、歐洲大使的接待會，以及透過足以媲美畢薩德的細膩精巧筆觸所勾勒出的豐富室內陳設；也就是說，這幅圖畫必須隱含活潑的巧妙和反諷。因此，畫面上要同時出現各種細節：卡帝．埃芬迪一方面明顯地做出一個大方的「停止」手勢，表示拒絕我的賄賂，但另一隻手順從地收下我的威尼斯金幣，而行賄的最終結果也將出現在同一畫面；那就是，烏斯庫達法官的沙菲儀代理人沙哈普．埃芬迪，坐上了法官的位置。只有對構圖技巧爐火純青的聰明細密畫家，才有辦法把這些連續的事件同時呈現於一幅畫面。所以，當觀者欣賞圖畫時，首先會看見我提出賄賂，接著看見在圖畫別處，盤腿坐在法官坐墊上的是一位代理人。如此一來，就算他沒讀過故事，也會明瞭榮耀的法官暫時讓出他的辦公室，讓代理人得以准許莎庫兒離婚。

第三幅插畫顯示同一個場景，不過這一次，牆壁紋飾的顏色應該暗一點，以中國風格繪畫，纏繞的枝枒要更為濃密糾結，彩色的雲朵應該位於法官代理人上方，藉以表現故事中的爾虞我詐。雖然伊瑪目．埃芬迪和他的弟弟實際上輪流在法官代理人面前作證，但是在圖畫裡卻同時出現，一起說明情況：可憐莎庫兒的丈夫四年前上戰場後就不曾回來，沒有丈夫的照顧，她的生活貧苦窮困，她兩個沒父親的孩子每天流淚餓肚子；因為她還是已婚的身分，沒有再嫁的希望，而且在這種情況下，她得不到丈夫的許可也沒辦法借錢。他們的話充滿了說服力，連聾子都不禁淚如泉湧，准許她離婚的請求。然而，這位冷酷的代理人毫無反應，只問說莎庫兒的法定監護人是誰。大家猶疑了一會兒，我立刻插嘴，解釋說她的父親，一位受人景仰的蘇丹殿下傳令官和使臣，依然健在。

「除非他出庭作證，否則我不會批准她的離婚！」法官代理人說。

慌亂之中，我連忙解釋我的恩尼須帖．埃芬迪現在重病在床，性命垂危。他向真主請求的最後一個願望便是親眼見到自己的女兒離婚，而我，則代表他來處理這件事。

「她為什麼要離婚？」法官代理人問：「究竟為什麼一個垂死的老人，會想看到自己的女兒跟早已消失於戰火的女婿離婚？聽著，如果有一個優秀、值得託付的女婿人選，那我還能了解，因為這樣他才不會帶著遺憾而死。」

「確實有個人選，先生。」我說。

「那是誰呢？」

「是我！」

「別開玩笑了！你還是監護人的代表！」法官代理人說：「你從事哪一行？」

「我過去在東部省分擔任多位帕夏的職員、機要祕書和財政助理。我寫了一本波斯戰史，準備呈獻給蘇丹殿下。我是繪畫和裝飾藝術的鑑賞家。二十年來，我瘋狂地愛著這個女人。」

「你是她的親戚嗎？」

在法官代理人面前如此毫無防備地掉入卑躬屈膝的溫馴身段，把自己的一生像某件物品般攤開來一覽無遺，讓我備感難堪，因此我陷入沉默。

「別光臉紅不吭聲，年輕人，給我一個答案，要不然我拒絕給她離婚許可。」

「她是我阿姨的女兒。」

「嗯哼，我懂了。你有能力讓她快樂嗎？」

當他問這個問題時，比了一個猥褻的手勢。此幅畫的細密畫家應該省略這個下流的舉動，只要呈現我的滿臉通紅就夠了。

「我的收入還不錯。」

「基於我所屬的沙菲儀學派，允許離婚並不牴觸『聖書』或我的信條，因此我同意這位丈夫在戰場上失蹤四年的可憐莎庫兒的離婚訴請，」代理人．埃芬迪說：「我准許離婚。並且，在我的裁決下，萬一她的丈夫真的返回，他也不再擁有任何僭越的權利。」

接下來的圖畫，也就是第四幅，將描繪法官代理人在名錄上從容地寫下密密麻麻的黑字，登記離婚。接著，他交給我一份文件，上面聲明我的莎庫兒今後是寡婦的身分，就算立刻再婚也沒有問題。單單把法庭內的牆壁塗成紅色，或是用鮮紅色的邊框鑲在插畫周圍，還不足以顯示這一剎那我內心洋溢的幸福光明。我轉身跑出法庭的大門，穿過門口聚集的假證人和其他替自己的姊妹、女兒、甚至姑嫲訴請離婚的人群，很快踏上歸程。

航過博斯普魯斯海峽後，我們直接返回雅庫特拉區，在那裡，我甩開了好心想為我們舉行婚禮儀式的伊瑪目．埃芬迪，以及他的弟弟。走在街上，我總疑心眼前的每個人都醞釀著嫉妒的壞念頭，想破壞即將降臨我身上的無限快樂，因此我不多滯留，直直跑向莎庫兒居住的街道。一群象徵厄兆的烏鴉在藏有一具屍體的屋子上徘徊，興奮地於赤土屋瓦上跳來跳去，這究竟預言著什麼呢？強烈的罪惡感湧上，因為我始終還沒能夠哀悼我的恩尼須帖，甚至連一滴眼淚也沒流。儘管如此，從緊閉的門和百葉窗、周圍的寂靜、甚至石榴樹的樣子看來，我知道一切正按照計畫進行。

我直覺地匆忙行動。我朝院子大門丟了一顆石頭，卻丟歪了！我再朝房子丟了一顆。石頭落在屋頂上。我沮喪萬分，開始隨便朝屋子亂丟石頭。一扇窗開了，正是四天以前，星期三，我第一次透過石榴枝椏看見莎庫兒的二樓窗戶。奧罕露出臉，透過百葉窗的隙縫，我聽見莎庫兒責罵他的聲音。接著，我看見了她。我們滿心期盼地彼此對望片刻，我的美麗佳人與我。她是如此嫵媚動人。她比了一個我解讀為「等一下」的手勢，然後關上窗戶。

到傍晚前還有很充裕的時間，我在空曠的花園自信地等待，望著一棵棵樹和泥濘的街道，不禁對世界的美好無限敬畏。沒多久，哈莉葉走了進來，她一身的穿戴不像是個下人，反倒像房子的女主人。我們保持著遠遠的距離，移動至無花果樹蔭下。

「一切都照計畫進行。」我對她說。我拿出從法官代理人那裡取得的文件給她看。「莎庫兒已經離婚了。至於另一個教區的傳道士……」我本來要說：「我會處理。」然而我卻脫口而出：「他已經在路上。莎庫兒該準備好了。」

「莎庫兒希望有一個迎娶隊伍，不管規模多麼小，接著舉行一場婚禮餐宴招待鄰居。我們已經燉好了一鍋杏桃乾杏仁肉飯。」

她興高采烈地準備向我講解其他所有菜色，但我打斷她。「如果婚禮非得辦得這麼鋪張，」我警告：「哈珊和他的手下將聽到傳言。他們會突襲這棟房子，羞辱我們，搞砸婚禮，而我們將束手無策。我們所有努力會因此白費。我們不但必須保護自己不受哈珊和他父親的騷擾，也要提防謀殺恩尼須帖．埃芬迪的惡魔。難道妳們不怕嗎？」

「我們怎麼可能不怕？」她說著哭了起來。

「妳一句話都不能跟別人講。」我說：「替恩尼須帖換上他的睡衣，攤開他的床墊把他放在上面，不是像個死人，而像個重病的人。用杯子和瓶子裝一些糖漿，排放在他頭部周圍，並且拉上百葉窗。注意他房間裡不可以有一絲燈火，這麼一來，他才可以在婚禮儀式中扮演莎庫兒的監護人和重病的父親。迎娶隊伍是不可能了，最多，妳們可以臨時邀請幾位鄰居參加婚禮。邀請他們的時候，妳們告訴他們這是恩尼須帖．埃芬迪臨終的心願……這將不會是場歡樂的婚禮，而是哀傷的儀式。如果我們不妥當處理此事，他們將會破壞我們，也會處罰妳。妳懂吧？」

她哭著點頭。我跨上我的白馬，告訴她會安排好婚禮證人，過一會兒就回來，到時候莎庫兒應該已經準備好了；一切結束後，我將是屋子的一家之主，還有我待會兒要去理髮師那兒修臉。我事先並沒有想過這些事，但當我開口時，所有細節卻自然變得很清晰。我在戰場上也時常有這種感覺，堅信自己是真主寵愛的僕人，祂將會庇佑我，一切都會朝好的方向發展。當你感覺到此種自信時，跟隨你的直覺，想到什麼就做什麼，你的行為絕對不會出錯。

我從雅庫特拉區朝金角灣騎過四條街，在毗鄰的亞辛帕夏區清真寺找到了滿面春風的黑鬍子傳道士。他手裡握著一支掃帚，正忙著把無恥的野狗趕出泥濘的庭院。我向他說明來意，解釋道，蒙真主的寵召，我恩尼須帖的時日已經不多了。依照他最後的心願，我準備迎娶他的女兒，她不久前才在烏斯庫達法官的裁決下，獲准與失蹤戰場的丈夫離婚。傳道士反駁說根據伊斯蘭律法的規定，一個離婚的女人必須等待一個月才能再嫁，然而我辯解說莎庫兒的前夫已經失蹤四年，因此絕不會有懷了他的孩子的問題。我連忙又補充道，烏斯庫達的法官今天早上同意了離婚訴請，是為了准許莎庫兒再嫁。我拿出證明文件給他看。「我崇高的伊瑪目．埃芬迪，你可以放心相信這場婚姻沒有任何阻礙。」我說。沒錯，她是我的血親，但表兄妹的關係不算障礙；她前一場婚姻已經宣告無效；我們之間沒有宗教、社會和財富上的差異。如果他願意收下我拿到他面前的金幣，如果他到時候能在全區居民面前主持婚禮儀式，那麼，他也將為一雙無父的孩子與一個無依的寡婦完成一件真主的善行。接著我問，不曉得伊瑪目．埃芬迪喜不喜歡杏桃乾杏仁肉飯？

他喜歡，不過他的心思仍然專注在大門口的野狗上。他收下金幣。他說會換上禮袍，整理一下自己的儀容，戴好包頭巾，然後及時抵達主持婚禮。他問我屋子的所在，我告訴他該怎麼走。

無論一場婚禮多麼匆忙——就算新郎已經夢想了十二年，有什麼比得上婚禮前的理容剪髮更能讓他忘卻一切煩憂，安然享受理髮師溫柔的雙手和玩笑的戲謔呢？我的腿引領著我，來到位於市場旁的理髮店。它位於阿克薩瑞一排頹傾房屋的街道上，我已故的恩尼須帖、我的阿姨與美麗的莎庫兒幾年前一直住在這裡。五天前初抵伊斯坦堡時，我曾遇見這位理髮師。我踏進大門後，他像伊斯坦堡所有好理髮師一樣擁抱我，不多問過去十二年我上哪兒去了，馬上聊起最新的街坊雜談，最後並為我們的談話下一個總結，引述我們所謂人生的充實旅途最後必然抵達的終點。

理髮師傅已經上了年紀。他布滿斑點的手顫抖地拿起鋒利的剃刀，在我臉頰上跳躍滑行。他染上喝酒的習慣，並僱用了一位面色粉嫩、嘴唇飽滿、綠眼珠的小學徒，小學徒正敬畏地仰望他的師傅。比起十二年前，如今店裡乾淨整齊多了。他把滾沸的熱水倒進用一條新鍊子掛在天花板上的吊盆裡，水從吊盆底部的黃銅水龍頭流下，他就用這些水細心清洗我的頭髮和臉。老舊的寬水槽才新鍍了錫，沒有生鏽的痕跡，取暖的火盆很乾淨，瑪瑙握柄的剃刀也非常鋒利。他身上是一件十二年前絕對不肯穿的純絲背心。我猜，那位纖瘦、高於同齡男孩的清秀學徒，想必幫這家店及店主人帶來了幾分整潔。沉浸於熱氣瀰漫、玫瑰花香、泡沫滑溜的修臉享受中，我忍不住想著，婚姻不僅為一位單身漢的家裡帶來全新活力與富裕，對他的工作和店鋪也帶來不少新意。

我渾然不覺時間的流逝。在理髮師老練的手指及火盆的熱氣下，我整個人融入滿室溫暖。我對崇高的阿拉感到無比感恩，經歷了那麼多折磨後，生命居然在今天意外送給我一件最美好的禮物。我感到無比好奇，思索著祂的世界究竟含藏何種神祕的平衡。我為恩尼須帖感到哀傷和憐憫，他的屍體此刻還躺在屋子裡，而那間屋子，稍後就要迎接我做為它的男主人。正當我準備一躍而起出發時，有個人影在理髮店永遠敞開的門口晃動：席夫克！

儘管慌亂無措，但他仍保持一貫的自信，拿出一張紙條。我說不出話來，擔心是最糟的消息。然而，當我讀信時，一股冰凍的氣流冷卻了騷亂的內心：

如果沒有迎娶隊伍，我就不結婚——莎庫兒。

我抓著席夫克的手臂，把他抱到腿上。我很想寫信回覆我親愛的莎庫兒：「一切依妳，我的愛！」可是，在一個不識字的理髮師店裡，哪裡找得到筆和墨？因此，我嚴肅地朝男孩耳中悄聲說出我的答覆：「沒問題。」接著我輕聲問他，他的外公好不好。

「他在睡覺。」

此時，我察覺席夫克、理髮師、甚至你們都懷疑我與我恩尼須帖的死有關（席夫克當然還疑心別的事情）。真是遺憾！我不顧他的抗拒，強迫親吻他，他不悅地一溜煙離開。在接下來的婚禮中，換上正式服裝的他，始終站在遠處充滿敵意地瞪著我。

由於莎庫兒並非從她父親的房子嫁入我家，而是我以新郎的身分搬進岳父家中，迎娶的遊行只算得上合宜而已。我自然無法像其他人迎親時那樣，請我的朋友和親戚們盛裝打扮，騎馬來到莎庫兒家門口等待。不過，我還是邀請了兩位回伊斯坦堡這六天來巧遇的兒時好友（其中一個和我一樣是政府官員，另一個則開了一家澡堂），以及我親愛的理髮師，他一邊替我刮臉修髮，一邊含著淚祝我幸福。我跨上第一天回來時騎乘的白馬，來到莎庫兒家，敲敲她的庭院大門，彷彿準備好帶她到另一間屋子展開新生活。

我賞給開門的哈莉葉一筆慷慨的小費。莎庫兒穿著一件豔紅的禮服，戴著從頭頂垂至腳跟的粉紅新娘流蘇，在各種叫喊、啜泣、嘆息（一個女人在罵小孩）、哭號，以及「願真主保佑她」的叫嚷聲中，步出室外，然後優雅地騎上我們牽來的第二匹白馬。好心的理髮師在最後一分鐘替我找來的手鼓手和嗩吶手，開始吹奏一首緩慢的婚禮樂曲，我們寒酸、哀愁、但又驕傲的隊伍於是出發上路。

當我們的馬漫步上街後，我才明白精明的莎庫兒安排這個場面，是為了確保婚禮能順利進行。迎娶的遊行向街坊鄰居宣布我們的婚禮，儘管匆促，但基本上獲得了大家的認同，進一步化解任何可能反對我們婚禮的意見。雖然如此，宣布我們即將成婚的消息，加上公開的婚禮，將可能危害整件事情，彷彿公然挑戰我們的敵人，也就是莎庫兒的前夫一家人。如果由我決定，我會選擇祕密舉行儀式，不通知任何人，也不會有婚禮慶祝。我寧可先成為她的丈夫，之後再來為我們的婚姻辯護。

我跨騎著我這匹情緒化、童話故事般的白馬，領導隊伍前進。當我們行經巷道時，我不時緊張地留意哈珊和他手下的身影，唯恐他們會從巷弄裡或陰暗的庭院門邊衝出來襲擊我們。我注意到年輕男子、鄰居長輩，以及陌生人們，雖然不完全了解怎麼一回事，卻停下手邊的事，站在門前朝我們揮手。隊伍誤闖入一個小市場，來到這裡，我才發現莎庫兒早已技巧地走漏祕密消息，使得她的離婚與再嫁很快廣為鄰里接受。人們的反應證實了這一點。興奮的蔬果小販不敢離開他五顏六色的荸薺、紅蘿蔔、蘋果太久，跑過來加入我們走了幾步便大喊：「讚美真主，願祂保佑你們兩人。」愁容滿面的商店老闆對我們微笑；麵包師傅一邊命令學徒刮掉烤盤的焦塊，一邊投給我們讚許的目光。雖然如此，我還是頗為擔憂，隨時保持警戒以防任何突襲，甚或任何無禮的詰問。因為如此，即使當我們走出市集，隊伍後面跟來了一群等著撿錢的吵雜孩童，我也絲毫不覺得生氣。從躲藏在窗戶、欄杆和百葉窗後面的女人臉上微笑看來，我明白這群喧嘩的孩童身上散發的充沛活力，支持、守護著我們。

終於，感謝真主，我們踏上剛才走過的路，迂迴地折返出發的屋子。我凝視著路面，心裡為莎庫兒感到悲傷。事實上，讓我感到難過的，並不是她必須在父親過世不滿一天之內結婚的不幸，而是婚禮的樸素與寒酸。我親愛的莎庫兒值得一場豪華的婚禮，戴著銀製馬轡和雕花鞍具的馬匹，穿著金線繡花黑貂和絲綢服裝的騎士，上百輛滿載聘禮和嫁妝的馬車。她應該帶領著綿延不絕的遊行隊伍，帕夏的女兒、後宮佳麗和載滿宮廷老婦人的馬車，一路上閒聊著過往歲月的榮華富貴。但如今莎庫兒的婚禮上，甚至沒有平常用來遮掩富家千金不受窺探、覆蓋紅色絲帳的四柱篷罩；不但如此，甚至也沒有一個引導隊伍的僕人，手裡拿著巨型婚禮蠟燭，以及鑲嵌著水果、黃金、銀葉子和閃亮寶石的枝狀飾品。更難堪的是，因為沒有人在前頭大叫「新娘來了」為我們開路，隊伍時常被上街採買的人群或到廣場噴泉取水的傭人們吞沒。每當遇到這種混亂場面，手鼓和嗩吶樂手索性停止吹奏，這時我會難過得幾乎熱淚盈眶。逐漸接近家門的路上，我鼓起勇氣轉身望向她，然後鬆一口氣地看見在她粉紅色的新娘金絲流蘇和紅色面紗之下，她不但絲毫沒有為這些缺憾感到悲傷，甚至流露出愉快的神情，似乎很高興我們的迎娶遊行圓滿結束，一路上沒有任何意外或災難。接著，依照新郎的習俗，我把即將成為我妻子的美麗新娘扶下馬來，挽起她的手臂，然後在歡欣鼓舞的群眾面前，一把一把地抓起袋子裡的銀幣，輕輕地往她頭頂灑。跟隨我們寒酸隊伍而來的孩童們，馬上彎身滿地撿錢幣，我和莎庫兒走進庭院，穿過石板步道。我們才剛踏進屋內，一股熱氣立刻撲面而來，不但如此，更湧上一陣陣恐怖的濃稠屍臭。

然而，當遊行的群眾進入屋裡休息，莎庫兒和所有長者、婦女及孩童們（奧罕躲在角落不信任地瞪著我）卻若無其事地繼續走動談話。一時間，我懷疑自己的鼻子出了問題。但是我很清楚戰爭過後那些衣服破碎、靴子、皮帶失蹤，臉、眼睛及嘴唇被狼和鳥扯爛、曝晒在太陽下的屍體，聞起來是何種氣味。那是一種過去時常灌滿我的嘴和肺、恐怖得教人窒息的惡臭，我絕不可能搞錯。

下樓來到廚房，我問哈莉葉，恩尼須帖．埃芬迪的屍體情況如何。我明白這是我第一次以一家之主的身分對她說話。

「照您要求的，我們攤開他的床墊，替他換上睡衣，再為他蓋上一條棉被，並且在他身邊放了幾瓶糖漿。如果他散發出不好聞的氣味，大概是因為房間裡的炭盆很熱的緣故。」這個女人哭著說。

她的一、兩滴眼淚掉進正在煎羊肉的鍋子，滋滋作響。從她哭的樣子看來，我猜想她夜裡始終陪著恩尼須帖．埃芬迪一起睡。安靜而驕傲地坐在廚房一角的以斯帖，嚥下嘴裡的食物，站起身來。

「把她的快樂視為你的首要之務。」她說：「好好珍惜她。」

我腦中響起第一天回到伊斯坦堡時在街上聽見的魯特琴琴聲。除了憂傷，音樂中還含有一股活力。之後，在恩尼須帖一身睡衣平躺不動的幽暗房裡，當伊瑪目．埃芬迪為我們證婚時，我再度聽見這首旋律。

因為哈莉葉事前已經偷偷讓房間通風散氣，並且把油燈放在角落讓光線昏暗，旁人非但看不出我恩尼須帖病了，更別說是死了。整場儀式中，他就這樣擔任莎庫兒的法定監護人。我的理髮師朋友和一位附近的萬事通長老擔任證人。儀式最後，傳道士提出充滿希望的賜福與忠告，接著帶領所有與會人禱告。這時有個好管閒事的老頭子，關心我恩尼須帖的健康狀況，正準備低下好奇的腦袋去察看死者。還好傳道士才一結束儀式，我立刻一躍向前，抓住我恩尼須帖僵硬的手，扯開嗓門大喊：

「放下您的一切憂慮，我親愛的恩尼須帖。我會盡自己的全力，照顧莎庫兒和她的孩子，絕對讓他們吃得好穿得暖，遠離苦難，受盡呵護。」

接下來，為了表示我的恩尼須帖試圖從病榻上對我耳語，我戒慎恭敬地把耳朵貼上他的嘴，睜大眼睛假裝專注地聆聽，就好像一個年輕人傾聽他所敬仰的長輩從漫長的一生中淬鍊出一、兩句忠告，如靈丹妙藥般讓年輕人受用無窮。看見我對岳父表現出無比的忠心和熱忱，伊瑪目·埃芬迪與鄰居長老顯然極為欣賞而贊同。我希望不再有人認為我涉入他的謀殺。

我向待在房裡的婚禮賓客宣布，病痛的老人想要一個人獨處。大家連忙起身離開，走進隔壁房間，那裡已經聚集了一群男人，準備享用哈莉葉的肉飯和羊排（到這個地步，我再也分辨不出空氣中是屍體的臭味，還是百里香、茴香和煎羊排的香氣）。我步入寬廣的走廊，像個陰鬱的男主人若有所思地漫步穿越自己的屋子，接著打開哈莉葉的房門。房裡的女人看見一個男人闖入，驚惶失措，我無視於她們的存在，溫柔地望向莎庫兒。她見到我，眼睛喜悅地亮了起來。我說：

「莎庫兒，妳的父親叫妳。我們已經成婚了，妳該去親吻他的手。」

房裡一群女人，有的是莎庫兒臨時邀請的鄰居婦女，還有幾個年輕姑娘，我猜想是親戚。她們連忙站起身並遮住自己的臉，同時一邊盡情地打量我。

晚禱的呼喚過後不久，心滿意足地吃夠了核桃、杏仁、水果乾、蜜餞和丁香糖的婚禮賓客，才開始漸漸散去。婦女群中，莎庫兒持續不斷的哭泣和調皮孩童的爭吵，為慶典蒙上一層惆悵。在男人之間，我則以嚴肅的沉默來回應鄰居們鬧洞房的譏笑，表現出對岳父病情的憂心忡忡。一切哀愁紛亂中，最清晰刻印在我記憶中的一個場景，是晚餐前我領著莎庫兒來到恩尼須帖的房間。我們終於得以獨處。誠心誠意地輪流親吻過死者冰冷僵硬的手後，我們退到房間的陰暗角落，飢渴難耐地彼此相吻。在我的嘴裡，從妻子灼熱的舌上，我嘗到了孩子們貪婪搶食的糖果滋味。

34 我，莎庫兒

我們悲傷婚禮的最後幾名賓客戴上面紗，裹上頭巾，穿好鞋子，拖走忙把最後一塊糖果塞入嘴裡的小孩，離開我們的屋子，將我們留在透人心肺的寂靜中。我們全聚在庭院裡，萬籟俱寂，只聽得見一隻麻雀怯生生地從半滿的水桶裡喝水的細微聲響。石爐的火光映在麻雀小小腦袋的羽毛上，陡然，麻雀拔翅飛起，消失在黑暗中。我心中一直記掛著有一具屍體躺在父親的床上，在如今已被黑夜吞噬的空屋裡。

「孩子們。」我說，奧罕和席夫克聽得出這是我宣布重要事情的語調：「過來，你們兩個。」

他們順從地走過來。

「從現在起，布拉克是你們的父親。你們要親吻他的手。」

他們聽話照做，安靜而順從地親吻他的手。「因為他們從小到大都沒有父親，所以我可憐的孩子不知道該如何服從父親，他們不知道該如何注視著父親的眼睛聽他說話，也不知道該如何信賴他。」我對布拉克說：「因此，如果他們對你表現出不敬、粗野或幼稚的行為，我知道第一次你將會容忍他們，體諒他們從小不曾被教導要服從父親，他們甚至不記得自己有父親。」

「我記得我的父親。」席夫克說。

「安靜……聽好。」我說：「從今天開始，布拉克的話甚至比我的還有分量。」我面向布拉克：「如果他們拒絕聽從你，如果他們反抗，甚至如果他們表現出絲毫粗魯、驕縱、無禮的態度，第一次先警告他們，但原諒他們。」我說，忍住差點脫口而出的責打，「我在你心中所占的任何位置，也都有他們。」

「我娶妳並不單單為了成為妳的丈夫，」布拉克說：「也為了當他們的父親。」

「你們兩個聽見了嗎？」

「噢，我的上主，我祈求您永遠別忘記照耀我們。」哈莉葉從角落插嘴：「我親愛的真主，我祈求您保佑我們，我的上主。」

「你們兩個聽見了，對不對？」我說：「非常好，我漂亮的年輕人。既然你們的父親這麼愛你們，萬一你們忽然失去自制，違反了他的話，他會事先原諒你們。」

「我事後也會原諒他們。」布拉克說。

「雖然如此，如果你們反抗他的警告第三次……那麼，你們就必須受到責打。」我說：「懂了嗎？你們的新父親布拉克經歷過最凶險、最邪惡的戰役，他參與過由真主怒火引燃的戰爭，來自於連你們的先父也沒能回來的沙場。的確，他是個堅強的男人。你們的外公以前寵愛你們，縱容你們，然而他現在病得很重。」

「我想去陪他。」席夫克說。

「如果你們不聽話，布拉克會讓你們知道什麼叫一頓毒打。你們的外公沒辦法像以前保護你們不被我打一樣，維護你們不被布拉克責罰。如果你們不想挨罵受罰的話，不可以再打架。你們要同享所有東西，不可以撒謊，乖乖禱告，睡覺前溫習功課，而且不准對哈莉葉說話沒禮貌或者嘲笑她……你們懂了嗎？」

布拉克很自然地蹲下身，抱起奧罕。席夫克則保持著距離。我有一股衝動想過去抱住他哭。我可憐的、孤零零的、沒有父親的兒子，我可憐孤單的席夫克，在廣大遼闊的世界裡你如此孤獨。我想到自己小時候，和席夫克一樣，一個孤單的孩子面對著全世界。我想起有一次親愛的父親抱著我，就像布拉克現在抱著奧罕一樣。可是我不像奧罕這樣彷彿一顆果實結錯了樹木般不自在，在父親的懷裡一點也不覺得彆扭，反而開心極了。我回想起和父親常常擁抱，嗅聞彼此身上的氣味。我幾乎要掉下眼淚，但終究忍住了。雖然我原本不打算這麼說，但還是說了：

「來吧，讓我聽聽你們叫布拉克『父親』。」

夜晚極冷，我們的庭院一片死寂。遠方，一群野狗正可憐而哀傷地放聲嗥叫。又過了幾分鐘。寂靜像一朵黑色的花，悄悄地綻放飄散。

「好吧，孩子們。」半晌後我說：「大家都進屋去，免得在這裡著涼。」

不只是我和布拉克才感覺到婚禮後新郎與新娘獨處的羞怯，包括哈莉葉與孩子們，我們所有人，都略微猶疑地走進彷彿屬於陌生人的黑暗房屋。一進屋，父親屍體的臭味撲鼻而來，但似乎沒有半個人察覺。我們靜悄悄地爬上樓梯，一如往常，油燈的火光把我們的影子投上天花板，拖得長長的，彼此交融，一會兒拉大，一會兒縮小，然而卻好似頭一次見到這幅景象。上樓之後，正當我們在走廊脫鞋子時，席夫克說：

「我睡覺前能不能去親吻外公的手？」

「我剛剛才去看過他，」哈莉葉說：「你外公非常不舒服，顯然深受惡靈的折磨。高燒不退使得他虛弱不堪。回你們的房間去，我幫你們鋪床。」

哈莉葉催趕他們進房。她小心翼翼地攤開床墊，鋪上床單和棉被，細心的態度彷彿手裡的每樣東西都是一件珍寶。她一邊做事一邊喃喃自語地唸著，說什麼能夠睡在這麼溫暖的房間多麼幸福，躺在這麼乾淨的床單上，蓋著這麼溫暖的棉被，多像睡在蘇丹的宮殿裡。

「哈莉葉，講故事給我們聽。」奧罕坐在尿壺上說。

「很久很久以前有一個藍色的人，」哈莉葉說：「他最要好的朋友是一個邪靈。」

「為什麼他是藍色的？」奧罕問。

「看在上天的份上，哈莉葉，」我說：「至少今天晚上別講有關邪靈或鬼魂的故事。」

「為什麼不行？」席夫克說：「母親，等我們睡著後妳會下床去陪外公嗎？」

「你們的外公，願阿拉保佑他，病得非常重。」我說：「今天晚上我當然會去他床邊照顧他。然後，我會回我們床上來，對不對？」

「叫哈莉葉去照顧外公，」席夫克說：「反正平常晚上不都是哈莉葉在照顧外公嗎？」

「你好了嗎？」哈莉葉問奧罕。她拿一塊濕布幫奧罕擦屁股，奧罕的臉這時已經蒙上一抹甜蜜的睡意。她朝尿壺裡瞥了一眼，皺起眉頭，不是因為臭，而是好像覺得不夠多。

「哈莉葉，」我說：「把尿壺拿出去倒掉再拿回來。我不要席夫克半夜離開房間。」

「為什麼我不可以離開房間？」席夫克問：「為什麼哈莉葉不能講邪靈或鬼怪的故事給我們聽？」

「因為屋子裡有邪靈，大白痴。」奧罕說，語氣中並沒有恐懼，而是一種傻楞楞的樂觀，每次他大完便後總會露出這種神情。

「母親，家裡有邪靈嗎？」

「如果你離開房間，如果你企圖去看外公，邪靈就會來抓你。」

「布拉克要在哪裡鋪床？」席夫克說：「他今天晚上睡哪裡？」

「我不確定，」我說：「哈莉葉會為他準備床鋪。」

「母親，妳還是會跟我們一起睡，對不對？」席夫克問。

「要我告訴你們幾次？我會像以前一樣跟你們兩個一起睡。」

「永遠嗎？」

哈莉葉拿著尿壺離開。我打開我收藏圖畫的櫃子，拿出在凶手暴行下倖存的九幅插畫，往床上坐下。藉由蠟燭的光芒，我研究它們良久，試圖找出其中的祕密。這些圖畫美麗得教你誤以為它們是自己遺忘的回憶；望著它們，就如同閱讀文字一樣，你會聽見它們的低語。

我忘我地沉溺於圖畫中，直到聞到自己鼻子下方，從奧罕的漂亮腦袋傳來香味，才發現他也正注視著畫中奇異詭譎的紅色。一股偶爾會出現的衝動湧上，我很想拿出我的乳房哺餵他。一會兒之後，奧罕看到恐怖的死亡之畫，害怕得張開鮮紅的嘴唇微微喘氣，突然間我好想咬他一口。

「我要吃掉你，你懂嗎？」

「媽媽，呵我癢。」他說，往後一倒。

「別躺那裡，起來！你這混蛋！」我大聲尖叫，打了他一巴掌。他就躺在圖畫上。我仔細檢查圖畫，還好沒有任何損壞。最上面一張馬的圖畫隱約微皺，但幾乎看不出來。

哈莉葉拿著空尿壺進房。我收攏圖畫，正準備離開房間時，席夫克卻哭了：

「母親？妳要去哪裡？」

「我馬上回來。」

我橫越冰冷刺骨的走廊。布拉克面對我父親的空坐墊而坐，過去四天來，他就這樣坐著與他討論繪畫和透視法。我把圖畫排開在折疊書架、坐墊和他面前的地板上。頓時，色彩溢滿了燭光搖曳的房間，室內湧起一股溫暖和驚人的活力，一切彷彿都活了起來。

我們動也不動、沉默而恭敬地注視著圖畫良久。甚至只要我們微微一動，靜止的空氣，揉雜著走廊對面房裡傳來的死亡屍臭，便會攪動燭火，在閃爍的光線下，父親的神祕圖畫似乎也隨之動了起來。這些圖畫之所以對我如此重要，是因為它們造成我父親的死嗎？使我著迷的，究竟是這匹奇異的馬、這種獨特的紅、這棵淒涼的樹、這兩位哀傷的流浪苦行僧，還是說，我所懼怕的是為了這些圖畫謀害我父親（或許還有別人）的那位凶手？好一會兒，我和布拉克才逐漸明白，我們之間的寂靜，除了是圖畫的緣故，同時也因為今天是我們的新婚之夜，而我們正獨處一室。我們都很想說些什麼。

「等明天早晨醒來，我們必須向大家宣布，我不幸的父親已在睡夢中過世。」我說。雖然我的話沒錯，聽起來卻有點虛偽。

「明天早上一切都會沒事的。」布拉克的語調同樣奇特，似乎他也不全然相信自己的話。

他用難以察覺的動作微微移動身體，試圖更靠近我。當下我有一股衝動想要抱住他，並且，就像對我的孩子一樣，伸手捧住他的頭。

就在這一刻，我聽見父親的房門打開，驚駭地一躍而起，衝過去打開我們的房門，往外張望：藉著瀉入走廊的光線看去，我震驚地發現父親的房門半開著。我踏入冰冷的走廊。父親的房間，在燃燒的炭盆熱氣中，瀰漫著腐屍味。席夫克還是別人進來過嗎？父親的屍體穿著睡衣安詳地平躺，沐浴在炭盆的微光中。我想起許多夜晚，他臨睡前倚著燭火閱讀《靈魂之書》時，我曾站在這裡對他說：「晚安，親愛的父親。」他會略微坐直，從我手中接過為他拿來的杯子說：「祝福送水的女孩永不匱乏。」然後他會親吻我的臉頰，凝視我的眼睛，彷彿我還是他的小女孩。我垂下目光，望向父親可怖的臉孔，升起一股戰慄。我想避開眼睛不看他，可是同時魔鬼卻驅策著我，要我看看他變得多麼醜陋。

我膽怯地回到有藍門的房間，在那裡，布拉克試圖侵犯我。我推開他，有點不假思索而不是因為生氣。我們在搖曳的燭光下掙扎纏鬥，不過那不算真的掙扎，反倒像是模擬的掙扎。我們享受著彼此的碰撞，手臂、腿和胸部的摩擦。這種惶惑的情緒類似內札米筆下胡索瑞夫與席琳的心境：熟讀內札米的布拉克能否感覺到，如同席琳，當我說「別那麼用力吻傷了我的嘴唇」時，意思其實是：「繼續」？

「除非找到那個極惡之人，除非抓到了殺父凶手，不然我拒絕與你同床共寢。」我說。

我羞慚萬分地逃離房間。我用那麼尖銳的聲音說話，聽起來一定好像故意要說給孩子和哈莉葉聽——或許甚至包括我可憐的父親和已故的丈夫，他的屍體大概早已在世界某個荒涼之境化為塵土。

一看到我回房間，奧罕就說：「媽媽，席夫克剛剛溜到走廊去。」

「你有溜出去嗎？」我說，擺出要打他的姿態。

「哈莉葉。」席夫克抱著她說。

「他沒有出去。」哈莉葉說：「他一直待在房間裡。」

我微微打顫，無法直視她的眼睛。我明白等公開父親的死訊後，孩子們往後將向哈莉葉尋求庇護，告訴她我們所有的祕密。這個卑下的傭人將會抓緊這個機會，進而試圖控制我。甚至她不會就此罷休，還會努力把我父親遇害的責任推到我身上，這麼一來，她便可以把孩子們的監護權移交給哈珊！沒錯，她真的會這麼做！所有這些下流的計謀，全都因為她陪我父親睡，願他安息。我何必再向你們隱瞞？無疑地，她就是在這麼做，當然了。我親切地朝她微笑。接著我把席夫克抱到腿上，親了親他。

「我跟妳說，席夫克溜出去到走廊裡。」奧罕說。

「上床去，你們兩個。讓我窩在你們中間，我來講一個沒有尾巴的胡狼和黑邪靈的故事。」

「可是妳叫哈莉葉不准講邪靈的故事給我們聽。」席夫克說：「為什麼今天晚上哈莉葉不能講故事給我們聽？」

「他們會去『孤兒之城』嗎？」奧罕問。

「會呀，他們會去！」我說：「那個城市裡的小孩都沒有母親或父親。哈莉葉，再下樓去檢查一遍門窗，我們很可能故事講到一半就睡著了。」

「我不會睡著。」奧罕說。

「布拉克今天晚上要睡哪裡？」席夫克問。

「畫室。」我說：「擠過來一點，這樣我們才能在棉被下面窩得暖暖的。這冰滋滋的小腳是誰的？」

「我的。」席夫克說：「哈莉葉要睡哪？」

我開始講故事，一如往常，奧罕很快就睡著了，因此我壓低聲音。

「等我睡著後，妳不會離開床上，對不對，媽媽？」席夫克說。

「不，我不會離開。」

我真的不打算離開。等席夫克睡著後，我腦中想著這是多麼舒服呀，在第二次新婚之夜與自己的兒子窩在一塊兒熟睡，把我英俊、聰明而熱情的丈夫留在隔壁房裡。我想著想著睡著了，可是睡得有點斷斷續續。接下來，在恍惚奇異的半夢半醒間，我約略記得一些：先是亡父的靈魂憤怒斥責我，接著那個殘暴凶手的鬼魂找上我，想送我上西天陪我父親，我趕緊逃跑。然而頑強的凶手甚至比我父親的靈魂還恐怖，他緊追我不放，一邊亂吼亂叫。在夢中，他朝我們的房子丟石頭，石頭有的打向窗戶，有的落在屋頂上。過了一會兒，他朝大門扔了一塊大石頭，甚至一度還想破門而入。接著，這邪惡的鬼魂開始像某種恐怖的動物般鬼哭神號起來，嚇得我心臟狂跳。

我滿身大汗地驚醒。究竟我是在夢裡聽見這些聲音，還是屋子哪裡發出的聲音吵醒了我？我無法判斷，只能一動不動地窩在孩子身旁，靜靜等待。正當我幾乎要相信那些聲音只是作夢時，聽見了同樣的哭喊。就在那一刻，某樣巨大的東西砰的一聲落在庭院裡。有可能是塊大石頭嗎？

我驚駭得動彈不得。但情況反而隨之惡化：我聽見屋子裡頭有聲響。哈莉葉在哪裡？布拉克在哪間房裡睡著了？父親悲慘的屍體狀況如何？我的真主，我祈禱著，求您保護我們。孩子們睡得很沉。

倘若發生在我結婚前，我一定已經從床上起身，像一家之主那樣處理這個情況，我會壓抑住自己的恐懼，把邪靈和鬼怪趕走。然而現在的我，卻膽怯地緊抱著孩子，彷彿全世界沒有人會來幫助孩子們和我。預期著壞事就要降臨，我祈求阿拉的解救。我好像置身夢中，孤獨無依。我聽見庭院大門打開。是庭院的大門，對不對？沒錯，絕對是。

我猛然起身，抓起我的長袍，渾然不知自己在做什麼地走出房間。

「布拉克！」我站在樓梯口輕聲喊。

我飛快套上鞋子，走下樓梯。一踏出屋外，踩上庭院的石板步道，用火盆點燃的蠟燭馬上被風吹熄。儘管天空清朗，卻吹起了一股強風。等我的眼睛習慣了黑暗，我看見半輪明月在庭院裡瀉滿月光。我親愛的阿拉！庭院大門是敞開的。我驚駭地佇立，在寒風中瑟瑟發抖。

為什麼我沒有隨身帶把刀？甚至連一支燭台或一根木棍都沒有。黑暗中，有一剎那，我看見大門自己動了。過了一會兒，等它似乎停下來之後，我聽見它發出吱呀聲。我記得自己心裡想：這好像一場夢。

然後我聽見屋子裡傳來一個聲響，似乎在屋頂正下方，明白父親的靈魂正在掙扎著離開他的身體。知道父親的靈魂承受如此折磨，一方面讓我鬆了口氣，另一方面卻令我難過不已。如果這些噪音是父親引起的，我心想，那麼我將不會遭遇危難。另一方面，想到他痛苦的靈魂正激烈地翻騰，努力想脫離軀體往上飛升，我感到非常悲傷，只能祈禱阿拉安撫他的痛苦。但當我轉念想到他的靈魂將會保護我和孩子時，一股安心的感覺湧來。如果大門外真的有什麼惡魔在醞釀邪惡的計謀，父親不安的靈魂會教他恐懼而逃。

這時候，我忽然擔心父親的痛苦或許是因為布拉克的緣故。父親會帶給布拉克不幸嗎？他在哪裡？就在這時，我瞥見他在庭院大門外的街道上，我僵住了。他正在和某個人交談。

一個男人站在對街一塊小空地的樹林間與布拉克說話。剛才我躺在床上聽見的咆哮聲，便是這個男人發出的，我馬上認出他是哈珊。他的聲音裡含著一股哀怨、啜泣的語調，但同時也隱藏著一絲恐嚇。我站在遠處聽他們說話。闃靜無聲的夜裡，他們全神貫注地爭論不休。

我明白在這個世界上，我和孩子是孤立無援的。我心裡想著我愛布拉克，但說實話，我真希望我只愛布拉克，因為哈珊哀愁的聲音一句句灼傷了我的心。

「明天，我會帶著法官、禁衛步兵和證人一起回來，證人會發誓說我哥哥還活著，正在波斯的山區打仗。」他說：「你們的婚姻是不合法的，你們正犯下通姦罪。」

「莎庫兒不是你的妻子，她是你已故兄長的妻子。」布拉克說。

「我哥哥還活著，」哈珊信誓旦旦地說：「有證人親眼見到他。」

「今天早上，基於他出征四年未曾歸來的事實，烏斯庫達的法官批准莎庫兒離婚。如果他還活著，叫你的證人告訴他，他已經離婚了。」

「莎庫兒一個月之內不能再嫁，」哈珊說：「不然便是牴觸古蘭經的褻瀆。莎庫兒的父親怎麼可能同意這種荒唐無恥之事？」

「恩尼須帖．埃芬迪病得很重。」布拉克說：「他的時日已經不多了……法官也認可了我們的婚姻。」

「你們是不是一起合作對你的恩尼須帖下毒？」哈珊說：「你們找哈莉葉一起計謀的嗎？」

「我的岳父非常憎惡你對莎庫兒的所作所為。你哥哥，如果他真的還活著的話，也會要你為自己的無恥行為付出代價。」

「那些都是謊言，全部都是！」哈珊說：「它們只是莎庫兒為了離開我們所捏造出來的藉口。」

屋子裡傳來一聲大喊，是哈莉葉的尖叫。接著，席夫克尖叫。他們互相大叫。我害怕、無措、控制不住自己，不自覺地跟著大叫，驚慌失措地奔進屋內。

席夫克跑下樓梯，往外衝向院子。

「我外公像冰塊一樣冰，」他哭喊：「我外公死了。」

我們緊緊相擁，我抱起他。哈莉葉仍然狂叫不止。布拉克與哈珊聽見了叫喊聲和席夫克的話。

「母親，有人殺了外公。」席夫克這一回說。

大家也都聽見了。哈珊聽見了嗎？我用力抱緊席夫克，鎮定地帶他走回屋裡。哈莉葉站在樓梯頂端，想不透這個孩子怎麼會醒來溜出去。

「妳發誓不離開我們的。」席夫克說，哭了起來。

我現在滿腦子擔心布拉克。因為他忙著應付哈珊，沒有想到把大門關上。我親了親席夫克的兩頰，把他摟得更緊，嗅聞他脖子裡的香氣，安慰他一番之後，最後把他交回哈莉葉手上。我悄聲說：「你們兩個上樓去。」

他們上了樓。我回到庭院，隔了幾步的距離站在大門後。我假設哈珊看不見我。他會不會換了位置，從剛剛對街的黑暗空地，移到街道兩旁的樹木後面？然而，結果是他確實看得見我，甚至直接對著我說話。與某個我看不見臉的人在黑暗中共處，已經夠教人神經緊繃了，更糟的是，當哈珊控訴我、控訴我們時，我的內心深處很清楚他的話句句屬實。對於他，對於我父親，我總覺得充滿罪孽，總覺得自己錯了。此刻，不僅如此，我悲傷至極地發現自己其實愛著這個不停指控我的男人。我摯愛的阿拉，求您幫助我。愛情的折磨並不是為了受折磨，而是為了能藉此更接近您，不是嗎？

哈珊指控我與布拉克聯手殺害我的父親，他說聽見席夫克剛才的話，並說如今一切真相大白，我們犯下不可原諒的罪行，必須承受地獄的酷刑折磨。等天一亮他就要去找法官解釋一切。如果我是無辜的，如果我的手沒有沾染我父親的鮮血，他發誓他會強迫我和孩子們回到他家，他會擔任父親的角色直到他哥哥回來。然而，如果我確實有罪，像我這種女人，殘酷地拋下自己的丈夫，一個願意做最崇高犧牲的男人，任何凌遲懲處都不算太嚴厲。我們心平氣和地聆聽他憤怒的咆哮，接著察覺樹林間突然一陣沉默。

「現在，如果妳自願返回真正的丈夫家中，」哈珊採取一種全然不同的語調說：「如果妳安靜地收拾好東西，帶著孩子神不知鬼不覺地回來，我將會忘掉那場假婚禮把戲，忘掉妳犯下的罪行，我會原諒所有的一切。而且，莎庫兒，我們將一起，年復一年，耐心地等待我哥哥回來。」

他喝醉了嗎？他的語氣是如此幼稚，而且就當著我丈夫的面跟我提議這些，我真怕這會要了他的命。

「妳聽懂了嗎？」他從樹叢裡往外喊。

黑暗中我無法確切判斷他究竟身在何方。親愛的真主，求您幫助我們，幫助您犯罪的僕人。

「因為妳沒有辦法與殺害妳父親的男人住在同一個屋簷下，莎庫兒。這點我確定。」

剎那間我想，他很可能就是謀殺我父親的人，故意來嘲笑我們。這個哈珊其實是魔鬼的化身。然而，我什麼都不能確定。

「聽我說，哈珊．埃芬迪，」布拉克從黑暗中發話：「我的岳父被謀殺了，這是事實。一個卑劣的禽獸殺了他。」

「他在婚禮前就已經遇害了，是不是這樣？」哈珊說：「你們兩個殺了他，因為他反對這場詐騙婚姻、這個違法的離婚、這些偽證人，以及你們所有的騙局。如果他認為布拉克是合適的人選，早在好幾年前就把女兒嫁給他了。」

哈珊與我的先夫及我們居住在一起這麼多年，對我們的過去瞭若指掌。再加上一股苦戀的熱情，使得他清楚記得我與丈夫在家中最瑣碎的談話，這些內容，我要不是當時說了就忘了，就是現在想要忘掉。這些年來，他、他哥哥和我，我們三人共享了太多回憶。我擔心如果哈珊開始細數從前，我將發現布拉克變得很新、很陌生、離我很遙遠。

「我們懷疑殺了他的人是你。」布拉克說。

「剛好相反，是你們殺了他，為了要結婚。這太明顯了。至於我，我毫無動機。」

「你為了不讓我們結婚，所以殺了他。」布拉克說：「當你得知他同意了莎庫兒的離婚及我們的婚姻，你氣瘋了。除此之外，你對恩尼須帖．埃芬迪滿心怨恨，因為他鼓勵莎庫兒回家和他住。你想要報仇。只要他還活著，你知道自己永遠得不到莎庫兒。」

「你的藉口講完了沒，」哈珊堅決地說：「我拒絕聽這些胡言亂語。這裡冷得要死。我剛剛在這邊凍了老半天丟石頭叫你，你沒聽見嗎？」

「布拉克在專心研究我父親的繪畫。」我說。

我這麼說是不是錯了？

哈珊改採一種我對布拉克說話時偶爾會用的虛假語氣說：「莎庫兒，妳身為我哥哥的妻子，最妥當的行為便是帶著孩子，回到這位土耳其騎兵英雄的家裡。根據古蘭經，妳仍然是他的妻子。」

「我拒絕。」我說，彷彿朝黑夜的心底低語：「我拒絕，哈珊。不。」

「那麼，我對兄長的責任和忠誠，迫使我明天一大早到法官面前報告我在這裡聽見的一切。不然，他們也會要求我說明。」

「他們不管怎樣都會要求你說明，」布拉克說：「明天一大早，你去找法官的同時，我將揭露就是你，殺害了蘇丹殿下的寵愛僕人恩尼須帖．埃芬迪。」

「很好，」哈珊沉著地說：「揭露事實吧。」

我尖叫。「他們會拷問你們兩個人！」我大喊：「別去找法官，等一等，一切都會水落石出的。」

「我不害怕拷問，」哈珊說：「我曾經被拷問過兩次，兩次都讓我了解到，唯有這個方法才能揪出真正有罪的人。讓隨便亂放話的人去恐懼拷打吧。我會把可憐的恩尼須帖．埃芬迪的書和圖畫的事情，告訴法官、禁衛步兵隊長、伊斯坦堡穆法帝，每一個人。大家都在談論那些圖畫。它們是怎麼一回事？那些畫裡頭有什麼？」

「畫裡什麼也沒有。」布拉克說。

「意思是說你一開始早已經研究過了？」

「恩尼須帖．埃芬迪要我完成這本書。」

「非常好。我希望，真主旨意，他們會拷問我們兩個人。」

他們兩人陷入沉默。接著，我和布拉克聽見空地上傳來腳步聲。他是在離開還是接近我們？我們看不見哈珊，也不知道他在做什麼。沒有道理他會摸黑走向空地的另一頭，擠過圍成一列的荊棘、樹叢與灌木林。他大可神不知鬼不覺地輕易離開，穿過樹木，再迂迴走近我們。不過我們沒有聽見任何腳步聲朝我們走來。我大膽地喊：「哈珊！」沒有回應。

「噓。」布拉克說。

我們兩人都冷得全身發抖。不多加遲疑，我們緊緊關上庭院大門和後門。返回被孩子們溫熱的床鋪前，我又察看了父親一次。同一時間，布拉克則再度坐回圖畫前。

35 我是一匹馬

別看我現在站在這裡靜止不動，事實上，我已經奔跑了好幾世紀；我曾經穿越平原、參與戰爭、載著憂傷的皇室公主們出嫁；我不知疲倦地奔跑過一張張書頁，從故事到歷史，從歷史到傳說，從這本書到那本書；我出現在無數故事、寓言、書籍和戰鬥中；我陪伴過無敵的英雄、傳說的愛侶和出神入化的軍隊；我曾經載著我們凱旋的蘇丹，奔馳過一場又一場戰役，從此以後，我現身於數不盡的圖畫之中。

你們問：這麼常被描繪是什麼感覺？

當然，我為自己感到驕傲。不過，我確實也會質疑，是否每一次被畫的都是我。從這些圖畫中，很明顯地，每個人眼中的我都不太一樣。儘管如此，我很強烈地感覺到這些圖畫含有一種共通性，一種統一性。

我的細密畫家朋友最近講了一個故事，我聽到的是這樣的：法蘭克異教徒的國王正在考慮娶威尼斯總督的女兒為妻。他認真地考慮，但一個念頭折磨著他：「如果這個威尼斯人很窮，他的女兒很醜，怎麼辦？」為了讓自己安心，他命令他最優秀的畫家畫下威尼斯總督的女兒、財產和家當。威尼斯人對這種粗俗的要求不以為意：他們不但願意在畫家窺探的眼前展示自己的女兒，甚至包括他們的馬匹及宮殿。這位才華洋溢的異教畫家採用一種特殊技巧，讓你可以從一群人或馬之中認出他筆下的少女或馬匹。法蘭克國王拿著來自威尼斯的畫，在庭院仔細研究，正當他沉思著是否應該娶這位少女為妻時，他的種馬卻突然發情，企圖跨上圖畫中那匹漂亮母馬的背。國王的馬夫用盡全力好不容易壓制住這頭狂暴的動物，圖畫和畫框差一點就被牠巨大的傢伙給摧毀。

他們說，雖然威尼斯母馬明豔動人，誘使法蘭克種馬發情的，卻不是威尼斯母馬的美色，而是因為畫家選擇了一匹特定的母馬，並依照牠的模樣一五一十地畫出來。現在，問題來了：母馬被依照原本的樣子畫出來，也就是，像一匹真的母馬，這是一種罪惡嗎？就我的情況而言，你們也看得出來，我的形象與其他馬的圖畫幾乎沒有差別。

事實上，你們若特別仔細觀察我優美的腹部、修長的腿和倨傲的儀態，就會明白我確實是獨一無二的。然而，這些完美的特徵並非出自於我這匹馬的獨特，而是呈現出繪畫我的細密畫家的獨特風格。大家都知道天底下沒有長得和我一模一樣的馬。我只不過是一位細密畫家想像中的馬，被畫在紙上而已。

每當觀者看見我，經常會說：「我的老天，好俊的一匹馬！」不過他們讚美的其實是藝術家，不是我。每一匹馬都是不同的，細密畫家尤其必須了解這點。

仔細看一看，甚至一匹種馬的傢伙也和別的馬不一樣。別怕，你們可以靠近觀察，甚至用手把玩：我真主賜予的寶貝有其獨特的形狀和弧度。

所以說，就算阿拉，最偉大的造物主，獨一無二地創造出每一匹馬，所有細密畫家卻都藉由記憶，用同一種方式描繪所有的馬。他們有什麼好驕傲的？他們只不過用同一種方法重複描繪成千上萬匹馬，卻從來沒有真正觀察過我們。我告訴你們，他們為什麼驕傲：因為他們試圖描繪真主眼中的世界，而不是他們親眼看見的世界。難道這不等於挑戰真主的獨一嗎？換句話說，阿拉赦罪，難道這不正表明了：我的能力和真主一樣嗎？藝術家們，他們不滿足於自己親眼所見的事物；他們把同一匹馬畫了一千次，假定自己想像中的才是真主的馬；他們宣稱只有失明的細密畫家照記憶所畫的，才是最上等的馬。這些人難道不全都犯下了挑戰阿拉的罪行嗎？

相反地，法蘭克大師的新風格非但沒有侮蔑宗教，反而最合乎我們的信仰。我祈求艾祖隆的同志別誤會我。我厭惡法蘭克異教徒讓他們的女人半裸上身四處遊街，無視於道德禮法，他們也不懂得享受咖啡與漂亮男孩，臉刮得光光亮亮地到處遊蕩，可是頭髮卻留得像女人一樣長；還有，他們宣稱耶穌同等於真主阿拉——阿拉保佑我們。每次遇到這些法蘭克人都教我火氣上升，很想狠狠踹他一腿。

儘管如此，我實在受夠了被那些像姑娘般閒坐家中、從沒上過戰場的細密畫家們不正確地亂畫。他們畫我奔跑的時候，兩條前腿同時向前伸長。天底下沒有哪一匹馬是像兔子一樣跑的。如果我的一條前腿在前，另一條前腿就會在後。許多戰爭圖畫裡的馬像一隻好奇的狗一樣伸出一條前腿，而另一條腿則直直地插在地上，沒這回事，天底下沒有哪匹馬會這麼做。從古至今從來沒有半個土耳其騎兵隊的馬，會像拿一塊雕刻版，層層相疊地描二十次那樣，整齊畫一地踏步。我們馬呢，沒人注意的時候就低下頭啃食腳下的青草。我們從來不會像畫裡那樣，擺出雕像般的莊嚴姿態，優雅地等待。為什麼每個人都不好意思畫我們吃東西、喝水、大便和睡覺？為什麼他們不敢畫出我身上這個真主賜予的奧妙物品？女人和小孩，偷偷摸摸地，特別喜愛盯著它瞧，而這又有什麼不對？難道艾祖隆的教長也反對這樣嗎？

他們說很久以前，設拉子有一位神經緊張的軟弱沙皇。他非常恐懼敵人會把自己趕下王位，好讓他的兒子登基。因此，與其把王子送去伊斯法罕擔任地方官員，他乾脆將兒子關進皇宮一間最隱蔽偏僻的房間。王子住在這間不見天日的替代監牢長大，度過三十一年歲月。等他的父親陽壽已盡之後，這位與書本相依為命的王子終於登上王位，他宣布：「我命令你們帶一匹馬來。我經常在書本中看到牠們的圖畫，很好奇牠們是什麼模樣。」於是他們從宮廷牽來一匹最俊美的灰馬，然而，新國王發現這匹馬有著礦坑般的鼻孔、不知羞恥的臀部、比圖畫中還要晦暗無光的毛皮，以及粗鄙的下體，失望幻滅之餘，下令屠殺王國裡每一匹馬。殘暴的殺戮持續了四十天，腥紅的血水流入每一條河川。幸好，崇高的阿拉堅持祂的正義，賞罰分明：如今這位國王沒有了騎兵，當他的大敵，黑羊王朝部落的土庫曼首領率軍攻打時，他的軍隊不但被擊潰，而且他最後也被砍成兩半。毫無疑問：所有歷史都將這麼寫，馬的王國報了一箭之仇。

36 我的名字叫布拉克

莎庫兒把自己關進孩子們睡覺的房間。我豎耳傾聽屋裡的聲響，四周不時傳來細微的吱呀聲。莎庫兒與席夫克開始低語交談，她煩躁地用一聲「噓！」打斷它們。我聽見井邊的石板路上傳來一聲嘎嘎作響，但一會兒就消失了。稍後，一隻海鷗嘎嘎粗吼著降落在屋頂上，轉移了我的注意。然而，牠也很快地和周遭環境一起沒入寂靜。過了一會兒，我聽見走廊另一頭突然傳來悶聲嗚咽：哈莉葉在睡夢裡哭泣。她的嗚咽化為一陣咳嗽，接著倏然中止，再一次把屋子歸還給深邃、恐怖的死寂。沒多久，我感覺好像有一個入侵者在我死去的恩尼須帖房裡走動，我僵住了。

趁著每一段寂靜，我研究面前的圖畫，想像畫紙上的顏色分別出自熱情的橄欖、美麗的蝴蝶與亡故的鍍金師之手。我忍不住想學學恩尼須帖對著圖畫大喊：「撒旦！」或「死亡！」但恐懼阻止了我。不僅如此，這些插畫讓我心煩意亂，因為儘管我的恩尼須帖再三堅持，我卻實在寫不出一則可以配合它們的適當故事。而且，慢慢地，我愈來愈肯定他的死亡與這些圖有關，因而感到焦躁不安。之前，為了找機會接近莎庫兒，我一邊聆聽恩尼須帖的故事，一邊已經仔細端詳過這些插畫不知多少遍了。如今她已成為我的合法妻子，我何必再這麼認真地研究它們？我腦中一個冷酷的聲音回答：「因為就算她的孩子已經熟睡，莎庫兒仍不願意離開自己的床鋪，與你共眠。」我在燭光下盯著圖畫等了很久，希望我黑眼珠的美人會來找我。

到了早晨，我被哈莉葉的慘叫聲驚醒，抓起燭台，衝進走廊。我以為哈珊帶著手下突襲了我們家，正思量著該把圖畫藏起來，不過立刻明白哈莉葉是受莎庫兒的吩咐尖叫，透過這種方式向孩子和鄰居們宣布恩尼須帖．埃芬迪的死訊。

我在走廊遇見莎庫兒，我們深情地擁抱。被哈莉葉的尖叫聲嚇醒而跳下床的孩子們，站著一動不動。

「你們的外公過世了。」莎庫兒對他們說：「無論遇到什麼情況，我都不准你們再進入那個房間。」

她從我的懷裡脫身，走向她父親身旁，開始哭泣。

我帶孩子們回到他們的房間。「把你們的睡衣換下來，你們會著涼。」我說，朝床緣坐下。

「外公不是今天早上死的，他昨晚就死了。」席夫克說。

一縷莎庫兒的秀髮落在她的枕頭上，彎曲成一個草寫的阿拉伯字母「vav」。棉被下仍殘留著她的餘溫。我們可以聽見她與哈莉葉正一起啜泣哭號。她居然能夠尖叫得好像她父親是真的意外暴斃，如此不可思議的虛假。我覺得自己好像根本不認識莎庫兒，好像她被一個陌生的邪靈附身。

「我怕。」奧罕說。他望了我一眼，好像在請求我准許他可以哭。

「不要怕。」我說：「你母親是哭給鄰居聽，好讓他們知道你外公過世了，並準備來我們家致哀。」

「他們來的話又怎樣？」席夫克問。

「如果他們來的話，將和我們一起為他的死悲傷悼念，用這種方式為我們分擔哀痛。」

「是你殺了我的外公嗎？」席夫克大吼。

「如果你要這樣惹你的母親生氣，別期待我會疼愛你！」我吼回去。

我們並不像繼父與繼子那樣互相大吼，反而像是站在一條滾滾急流岸邊交談的兩個男人。莎庫兒踏進走廊，用力扯開窗戶上的木栓，想要推開百葉窗，讓鄰居們能更清楚地聽見她的哭喊。

我走出房間幫她。我們一起用力拉扯窗戶，最後兩人同心協力一推，百葉窗卻整個鬆脫，掉入下方的庭院裡。陽光和冷風迎面襲來，我們一時之間呆楞住了。接著，莎庫兒放聲尖叫，掏心挖肺地哭了起來。恩尼須帖．埃芬迪的死，一旦經由她的哭喊公開宣布之後，頓時轉化為強烈的至怨哀痛。無論出於真誠還是偽裝，妻子的哭泣讓我難過。不自覺地，我也哭了起來。我甚至不知道自己是真誠地出於悲傷而哭，或者只是因為怕別人指責我害死了恩尼須帖，所以假裝哀痛。

「他走了，走了，走了，我親愛的父親走了！」莎庫兒哭叫。

我模仿她喃喃自語地啜泣，雖然並不清楚自己到底說了些什麼。我很擔心鄰居們不知道會怎麼看我，他們此刻想必正從自己的屋子、門縫後面、百葉窗間隙中觀察我們，我不知道自己的舉止是否合宜。我放聲哭泣，無論悲傷是否真誠、無論會不會被指控謀殺、無論哈珊和他的手下有何計謀，在哭泣中，所有的懷疑和恐懼都被淚水洗去。

莎庫兒終於屬於我了，我彷彿以哭喊和眼淚來慶祝。我把啜泣中的妻子拉向自己，不顧淚流滿面的孩子們正走向我們，溫柔地親吻她的臉頰，深深嗅聞那股我們年少時的杏仁樹香氣。

我們帶著孩子們，一起走回屍體安置的地方。我說：「拉伊拉亥伊拉拉，萬物非主，唯有真主。」彷彿不是對著一具放了兩天的發臭屍體說，而是向一位垂死的人重述伊斯蘭的誓言。我希望我的恩尼須帖嘴裡含著這句話上天堂。我們假裝他複誦了這句話，然後微笑著凝視他幾乎全毀的臉和全爛的頭。一會兒後，我打開雙掌高舉向天堂，背誦〈雅辛章〉[34]中的句子，其餘的人則安靜地聆聽。莎庫兒拿出一塊準備好的乾淨紗布，我們小心地用它綁緊恩尼須帖的嘴巴，溫柔地闔上他腫爛的眼睛，然後輕輕把他的身體轉向右邊側躺，擺好他的頭，讓他面朝麥加的方向。莎庫兒在她父親身上蓋上一條乾淨的白色被單。

我很高興孩子們聚精會神地觀看每一件細節，沉浸在哭泣後的平靜中。我感覺自己是一家之主，有妻有子，有一個溫暖的家。

我把圖畫一張張收好，放進一個卷宗夾，穿上厚重的罩衫，飛快逃出屋外。我直直地朝鄰近的清真寺走去，假裝沒看見一位鄰居老婦人牽著一個流鼻涕的小孫子，小孩顯然對於突如其來的騷動感到歡欣鼓舞：他們聽見了我們的哭喊，興沖沖趕來分享我們的哀傷。

傳道士稱為「家」的，是牆壁上的一個小洞，與它接鄰的是一座最近新興的典型清真寺，有著巨大圓頂和寬敞的庭院；與這座招搖浮誇的建築物相比，傳道士的家實在小得丟人現眼。這位傳道士，依照我最近觀察到的潮流，正一點一點擴張他冰冷、窄小、所謂「家」的老鼠洞，把邊界往外延伸，進而霸占了整座清真寺，並且毫不在意自己的太太在庭院盡頭的兩棵栗樹中間，拉起一條曬衣繩，大剌剌地掛上骯髒褪色的濕衣服。我們躲開兩條凶猛野狗的攻擊，牠們就如伊瑪目．埃芬迪一家人一樣，跑進庭院占地盤。傳道士的兒子拿出棍子把狗趕走之後，留下我和傳道士兩個人，我們退到一個隱蔽的角落。

經過昨天的離婚過程，加上我們沒有請他主持婚禮儀式——他想必對此懷恨在心，我可以從他臉上讀出：「看在老天的份上，現在又有什麼事？」

「恩尼須帖．埃芬迪今天早上過世了。」

「願真主憐憫他，願他在天堂安居！」他慈愛地說。為什麼我要在話裡加入「今天早上」，反而愚蠢地把自己牽扯進去？我在他手裡放了另一枚金幣，和昨天我給他的那些一模一樣。我請求他在每日例行祈禱的召喚開始前，為死者朗誦禱詞，並派他的弟弟上街去向全區居民宣布死亡的消息。

「我弟弟有一個半盲的好朋友，我們幾個人可以替亡者施行最終的淨身沐浴。」他說。

還有誰會比一個瞎子和一個智障更適合清洗恩尼須帖．埃芬迪的屍體呢？我向他解釋葬禮儀式的禱告

34　譯注：〈雅辛章〉（Ya Sin），古蘭經第三十六章。

將在下午舉行，會有許多宮廷、公會和神學院的重要人物及群眾參加。我不打算向他解釋恩尼須帖・埃芬迪的臉孔和破爛頭顱的狀態，因為我很早就決定這件事必須向更高層的人稟報。

由於蘇丹殿下將委託我恩尼須帖編書的資金帳款交由財務總督管理，因此我必須第一個向他報告凶殺事件。為了這個目的，我前往拜訪一位室內裝潢師，他是我已逝父親的親戚，從我小時候就一直在冷泉城門對面的裁縫店工作。找到他後，我親吻他滿布斑點的手，懇切地解釋說我必須晉見財務總督。他叫我在一旁等著，周圍有幾個頭髮日益稀疏的學徒正在縫製窗簾，俯身湊向他們鋪在腿上的彩色絲綢。接著，他要我跟隨一位裁縫總管的助理，我得知這位助理正準備前往皇宮丈量尺寸。我們穿過冷泉城門、爬上遊行廣場時，我知道自己能避開聖索菲亞清真寺對面的工匠坊，還好，否則我將不得不向諸位細密畫家宣布這件凶殺案。

平時冷清的遊行廣場，此時卻顯得格外忙碌。每當議會召集時，通往議會宮廷的請願者門前總會排滿請願的人，然而此刻沒有半個人影，穀倉附近也沒有任何人走動。雖然如此，我卻似乎聽見不絕於耳的喧嘩聲從各處蔓延傳來，從病院的窗戶、木匠的工匠坊、麵包店、馬廄、柏樹叢間，以及牽著馬匹站在中門口的馬夫。我把自己的驚惶失措歸因於即將通過中門，或稱致敬之門（我帶著敬畏仰望它的尖塔），這是我生平第一次穿越它。

來到城門邊，我不敢望向人們說劊子手隨時待命的地方，也無法向城門的守衛隱藏我的躁慮不安。他們質疑地瞥了一眼我手裡的一捆裝潢織錦布，我故意帶著這個道具，讓旁人以為我是在協助我的裁縫兼嚮導。

踏進議會廣場，我們立刻被一股深沉的寂靜包圍。我感覺到太陽穴和頸部的血管狂跳。這片我的恩尼須帖和其他拜訪過宮廷的人津津樂道的區域，像一座優美無匹的天堂花園，在我面前展開。然而，我並沒有感覺到進入天堂的狂喜，反而充滿了戰慄與虔敬。我感覺自己只不過是蘇丹殿下的一個卑微僕役，而此刻，我更徹底明瞭，蘇丹殿下確實是凡間世界的根基。我瞪視著悠遊於青蔥草木間的孔雀、鍊在噴泉上的黃金杯子，以及身穿綢緞長袍的大宰相傳令官（他們走動的時候雙腳似乎都不接觸地面），感到自己無比榮幸，能夠效忠我的王國。毫無疑問地，我將會完成蘇丹殿下的祕密書本，而其中未完成的圖畫就夾在我的手臂之下。我茫然地尾隨裁縫師，眼睛緊盯議會高塔，像被下了符咒般迷亂失心，此刻，恐懼已取代了極致的敬畏。

在一位主動迎向我們的皇家隨侍陪伴下，我們戒慎恐懼而作夢似地，穿過議會殿堂及寶庫。我感覺自己好像不但看過這個地方，甚至瞭若指掌。

我們通過一扇大門，進入一間稱為舊議會廳的房間。巨大的穹窿下方，我看見眾多藝匠大師們拿著布匹、皮革、銀劍鞘和珍珠母貝鑲嵌的箱子。我推測這些人來自蘇丹殿下的藝匠公會：製權杖匠、製鞋匠、銀匠、絲絨製造師、象牙雕刻師，以及製弦琴師。他們全都等在財務總督的門外，準備提報各項請願，如工資、材料領取或是請求進入禁絕外人的蘇丹私人宮殿，以便丈量尺寸。我很高興人群中沒有繪畫家。

我們退到一側，和大家一起等待。偶爾，我們聽見財務官員提高音調，質疑帳目有誤，要求澄清；接著會聽見，比如說，一位鎖匠禮貌地答話。屋裡的聲音始終保持低語，連庭院裡鴿子的撲翅聲，迴盪入我們上方的穹窿，都比謙卑藝匠的微小請求還要大聲。

輪到我之後，我走進財務總督的拱頂小室，發現裡面只有一名官員。我很快地向他解釋，我有一件要事必須親自呈交財務總督：蘇丹殿下委託製作且本人極為重視的一本書。財務官員被我手裡的東西吸引，抬起眼皮。我拿出我恩尼須帖書本中的圖畫給他看。我注意到這些奇異的圖畫、它們驚人的特殊性，讓他心裡微感驚突。我連忙向他報告我恩尼須帖的名字、稱號和職業，並補充說明他因為這些圖畫遇害。我講得很快，心裡明白如果沒有機會稟報蘇丹殿下就離開宮殿，我自己將被控謀害了恩尼須帖。

官員離開去通知財務總督時，我嚇出了一身冷汗。這位財務總督，根據我恩尼須帖的說法，不但從來不離開蘇丹殿下身旁，有時甚至親自替他鋪設膜拜墊，一直是蘇丹的心腹大臣。他有可能離開宮廷裡森嚴的安德倫宮殿來看我嗎？派遣一位信差替我傳話至皇宮深處，已經夠不可思議了。我暗忖著榮耀的蘇丹殿下大人可能身在何方：他是不是在海邊的某座行館休憩？還是在後宮？財務總督陪在他身邊嗎？

過了很久，我接獲召見。這麼說好了：我毫無頭緒地被帶著走，根本沒時間感到害怕。儘管如此，但看見站在門邊的絲絨製造師露出尊敬和驚愕的表情時，我陷入恐慌。我跨步進房，當場嚇得說不出話來。他頭上戴著一頂只有他和大宰相才能穿戴的金線刺繡頭巾；沒錯，我面前的人就是財務總督。他正凝視閱讀桌上剛才官員從我那兒拿進來的插畫。我感覺好像那些圖畫是我畫的。我親吻他長袍的下襬。

「我親愛的孩子，」他說：「我沒聽錯吧：你的恩尼須帖過世了？」

我基於緊張或罪惡而說不出話來，只能點點頭。這時候一件完全出乎意料的事情發生了：在財務總督訝異而同情的目光下，一顆淚珠緩緩滑下我的臉頰。能夠身處宮殿中、能夠讓財務總督為了與我說話而離開蘇丹殿下、能夠如此接近殿下，我不禁莫名地深受感動，恍惚失神。淚水從我眼眶奔如泉湧，但我絲毫不覺得難堪。

「盡情地哭吧，我親愛的孩子。」財務總督說。

我又啜泣又抽噎。雖然自認過去十二年來我已經成熟了不少，但此刻，如此接近蘇丹，接近帝國的中心，會讓人很快明白自己不過是個孩子。我不在乎外頭的銀匠或絲絨製造師是否聽見我的啜泣，我知道我將向財務總督徹底坦白。

是的，我告訴他一切，自然而然地說了出口。我再一次見到我死去的恩尼須帖、我與莎庫兒的婚姻、哈珊的恐嚇、恩尼須帖的書正面臨的窘境，以及圖畫中隱含的祕密，說著、說著，我慢慢恢復了鎮定。我很確信，唯一能解救我脫離陷阱的，便是把自己交給蘇丹殿下，世界的庇護，仰賴他無窮的正義和關愛，因此我毫無保留。明瞭我所說的一切，並把我交付給酷刑者和劊子手之前，財務總督是否會把我的故事直接傳達給蘇丹殿下？

「立刻向工匠坊宣布恩尼須帖．埃芬迪的死訊。」財務總督說：「我要全體藝匠工會參加他的葬禮。」

他望著我，想察看我是否有任何反對意見。我借他的重視壯膽，表達我的憂慮，關於究竟凶手是誰，殺害我恩尼須帖與鍍金師高雅．埃芬迪的動機又是什麼？我暗示整件事可能牽涉到艾祖隆傳道士的信徒，以及那些意圖破壞舉行音樂舞蹈的苦行僧修院的人。看見財務總督臉上露出懷疑的神情，我連忙繼續說明自己更多的猜測：我向他報告，受邀為恩尼須帖．埃芬迪的書本繪畫和上色，不但可以得到金錢報酬，更是至高的光榮，因此很可能導致細密畫師之間產生無法避免的競爭和嫉妒；單單是這個計畫的祕密性，很可能已經煽動起各種仇視怨恨與勾心鬥角。話才出口，我便緊張地感覺到財務總督開始對我起疑——跟你們現在一樣。我親愛的阿拉，我懇求您賜予正義，只此而已。

隨之而來一陣沉默，財務總督把眼光從我身上移開，彷彿替我的話和我的命運感到難堪。他把注意力轉回折疊桌上的圖畫。

「這裡有九幅。」他說：「當初的安排是要製作一本十幅圖畫的書。恩尼須帖．埃芬迪從我們這裡拿走的金箔，比用在上面的還多。」

「那個異教凶手想必偷走了最後一幅圖畫，那上面使用了許多金箔。」我說。

「你還沒有告訴我們，誰將是這位書法抄寫家。」

「我亡故的恩尼須帖尚未完成書本的內文。他期待我幫他完成。」

「我親愛的孩子，你剛剛解釋說你才回伊斯坦堡沒多久。」

「已經一個星期了。我在高雅．埃芬迪遇害後三天回來的。」

「你的意思是，你的恩尼須帖．埃芬迪一整年來，一直在繪畫一本尚未寫出來、一本不存在的手抄本？」

「是的，閣下。」

「那麼，他向你透露過書本的內容是什麼嗎？」

「內容正是蘇丹殿下要求的：他要一本描繪出穆斯林曆第一千年的書。透過書中呈現的軍事力量和伊斯蘭的驕傲，加上崇高奧斯曼王朝的權力與財富，讓閱讀此書的威尼斯總督心寒膽戰。這本書意圖敘述和描繪我們領土中最珍貴、最重要的事物。因此，如《面相術論》這本書一樣，此書中央將置入一張蘇丹殿下的肖像。不僅如此，由於這些圖畫是依照法蘭克技法繪成的法蘭克風格，它們必然會激起威尼斯總督的敬畏，使他渴望與我們為友。」

「這些我都了解，但是，這些狗和樹，難道是奧斯曼王朝最珍貴、最重要的事物嗎？」他說，朝圖畫揮手。

「我的恩尼須帖，願他安息，堅持這本書不僅要呈現蘇丹殿下的財富，也必須顯示他的精神與道德力量，同時還包括他不為人知的憂愁。」

「蘇丹殿下的肖像在哪兒呢？」

「我還沒見過，可能被那異教凶手給藏在某處。天曉得，可能現在就在他家裡。」

在財務總督的眼中，我已故的恩尼須帖已經被貶為某種下等人，製作出一系列奇怪、毫無價值的展示圖畫，絲毫不值得他所得到的酬庸。財務總督是否認為我謀殺了一個不誠實的蠢蛋，是為了想娶他的女兒為妻，或者為了別的原因——例如，賣掉金箔換錢？從他的眼神中，我看得出我的案子即將了結，因此我鼓起最後的勇氣，緊張地開口，試圖洗刷我的罪名：我告訴他，我的恩尼須帖曾向我透露，殺害可憐的高雅·埃芬迪的凶手，可能是他僱用的其中一位細密畫師。我簡單扼要地告訴他，我的恩尼須帖對橄欖、鸛鳥和蝴蝶三人有所懷疑。我沒有太多證據，也不是很有自信。語畢，我感覺財務總督認為我只不過是一個不要臉的愚蠢造謠者。

然而到最後，財務總督卻特別指示，我們必須向工匠坊隱瞞恩尼須帖離奇死亡的細節，這使得我的精神為之一振，並視其為他相信我的故事的暗示。財務總督留下了圖畫，接著我穿越致敬之門，稍早我感覺它像天堂之門。經過守衛的嚴密檢查後，我走出城門，頓時全身放鬆，好似一個離家多年重返家園的士兵。

37 我是你摯愛的姨丈

我的葬禮備極哀榮，正如我想要的。我希望能參加的人都來了，這使我非常驕傲。當我的死訊宣布時，留守於伊斯坦堡的高級大臣之中，塞浦路斯的哈吉．胡賽因帕夏與跛足的巴基帕夏，都猶然記得我過去曾盡心盡力侍奉過他們。當前讚譽備至但也飽受批評的財務首長瑞德．梅列克帕夏，他的出現更使得我們地區清真寺的寒酸庭院蓬蓽生輝。我尤其高興看見蘇丹傳令官司令穆斯塔法．阿甘[35]，倘若我還活著，並繼續積極參與政治，想必已擢升至同樣的階級。這個龐大的弔喪陣容中有來自各界的達官顯要，包括議會祕書卡默列丁．埃芬迪、嚴峻的機要祕書沙林．埃芬迪、幾位議會傳令官——每個人若非我的摯友就是仇敵——一群已淡出政壇的前議會議員、我的學校朋友、其他得知我死訊的人——我想像不出他們是何時何地聽說的——以及許許多多其他親戚、姻親和年輕人。

集會儀式的肅穆悲戚也令我備感驕傲。財務總督哈辛姆．阿甘與皇家侍衛隊長的親臨，向所有弔喪者表明了偉大的蘇丹殿下對我的死於非命至感傷痛，這一點確實讓我非常欣慰。我不清楚榮耀蘇丹殿下的悲傷是否意謂他將派人，包括動員酷刑者，盡一切力量搜捕卑鄙的凶手，然而我確實知道：那個人渣現在就在庭院裡，站在其他細密畫家和書法家之中，擺出一副莊嚴肅穆、悲痛萬分的表情，凝視著我的棺材。

請別這麼想，請別認為我對凶手滿懷怨恨，或者走上了復仇之路，甚或因為我被不忠不義地殘忍殺害，所以我的靈魂無法安息。我，此刻，處於一個全然不同的存在層次，我的靈魂相當平靜。歷經了多年的塵世苦痛後，如今我的靈魂重返過去的榮耀。

當我的身體在墨水瓶的重擊下躺臥血泊痛苦扭動時，靈魂暫時離開了身體，在一片強光中微微顫抖。接著，如同我無數次在《靈魂之書》中讀到的，兩位面孔如陽光般明亮、面帶微笑的美麗天使籠罩在空靈的光芒中緩緩朝我接近。他們抓住我的手臂，好像我仍具人形，然後升天。我們的上升是如此平和輕盈，如此迅速，彷彿一場幸福的夢境！我們穿越熊熊烈火，涉過一條條光河，通過深邃的海洋與冰霜積雪的山岳。每一次橫渡都花了我們千年的時間，但感覺起來卻似乎不過是一眨眼的光景。

我們飛升穿越七重天，經過各式各樣的群體、奇特的生物、籠罩著形形色色昆蟲與飛鳥的沼澤及雲朵。每當抵達一重天時，領路的天使都會輕敲大門，門後則傳來一個問題：「誰要去？」天使會說出我的全名，描述我的品行，並總結道：「崇高阿拉的一位順服僕人！」這句話讓我快樂得淚水盈眶。雖然如此，我明白在最後審判日之前還有數千年的等待，屆時，真主將決定誰注定上天堂，誰又該下地獄。

除了些微的差異之外，我的升天就與葛薩利、伊爾．耶席葉及其他著名學者描述到死亡時所寫的一模一樣。永恆的神祕與黑暗的謎團，只有亡者才可能了解的祕密，此刻展現開來，渲染一片，一個接著一個迸發出千萬種燦爛的色彩。

噢，我該如何適切地形容這段璀璨旅程中看見的色彩？整個世界都是由顏色創造出來的，一切都是顏色。如同我察覺到，把我和萬事萬物分開的那股力量是由顏色組成的，我現在也明白了，熱情擁抱我並使我留戀世界的那股力量，正是色彩。我看見橘色的天空、美麗的翠綠身體、棕色的蛋和天藍色的傳說之馬。世界忠實地反映出多年來我研讀不倦的繪畫和傳說。我驚異敬畏地觀望著真主創造的世界，彷彿是頭一次看見，但它又似乎早已存在我的記憶中。我所謂的「記憶」，包含了整個世界：時間在我面前朝過去

35　譯注：阿甘（Agha），學校教師、爵士、土耳其軍中的榮銜。

和未來無限延伸，我明白此刻第一次經驗到的世界，將永恆持續，成為記憶。圍繞在這片歡騰的色彩中死去，我感覺自己好似脫下了一件緊身束衣，無比輕鬆平靜：從現在起，再也沒有束縛，我將擁有無限的時間與空間，可以前往任何一個地點，體驗任何一個時代。

察覺這份自由之後，頓時，驚懼狂喜之中我明白了自己就在祂身旁。在此同時，我感覺到四周湧入一股無以匹敵的紅。

短短的一瞬間，紅色染透了一切。這豔麗的色彩溢滿了我和全宇宙。當我在這片景色下朝祂接近時，差點衝口脫出喜悅的吶喊。突然間，想到自己將這樣一身血汗地被帶到祂面前，我感到羞恥難堪。我心中另一部分回想起書本中的描述，死亡之後，祂將徵召阿茲拉爾和眾天使領我到祂的跟前。

我能夠見到祂嗎？我興奮得無法呼吸。

紅色朝我逼近——那無所不在的紅，包覆著宇宙萬象。如此壯麗璀璨的紅，想到自己即將成為它的一部分，想到自己能夠如此接近祂，我不禁淚如泉湧。

但我也知道祂不會再比此時更靠近了；祂向天使詢問我，他們讚美我；祂視我為一個忠誠的僕人，謹守祂的戒律和禁令；祂愛我。

陡然間，一個擾人的疑慮打斷我攀升的喜悅和奔流的眼淚。在罪惡與憂慮的驅迫下，我惶惑不安地問祂：

「過去二十年來，我深受威尼斯異教繪畫的影響。我甚至一度還想要透過那種技法和風格，為自己繪畫肖像，但是我不敢。相反地，後來我卻請人替您的世界、您的萬物、蘇丹殿下，您人間的影子，繪畫了一幅法蘭克異教徒樣式的肖像。」

我不記得祂的聲音，但記得祂注入我腦中的答案。

「東方與西方皆屬於我。」

我幾乎壓抑不住我的興奮。

「好吧，那麼，這一切、這些……這個世界，究竟有什麼意義？」

「神祕。」我聽見自己腦中傳來聲音，或者是「生命」，我不確定是哪一個。

當天使來到身邊時，我明白在這至高的天堂，某種關於我的決定已經達成，不過我必須待在神聖的婆裟中界，與過去千萬年來所有亡魂一起等待末世審判，屆時，最終的裁判將決定我們上天堂或下地獄。我很高興一切都如書中記載的那樣發生。當我從天堂下降時，記起曾經在書上讀到，葬禮的過程中我將再度與我的身體結合。

然而我很快了解到，所謂「再度返回無生命的軀殼」的現象，只是一種比喻，感謝上主。祈禱結束後，人們扛起我的棺材，走下清真寺旁一座小丘陵墓園。這個令我備感驕傲的莊嚴送葬隊伍，儘管淒絕哀痛，行動卻極為整齊俐落。從上往下看，行進的隊伍看起來像一條細緻的絲線。

容我澄清我的處境：根據著名的先知傳說——其中聲明「信徒的靈魂是一隻鳥，飽食天堂的果樹」——人們或許會推論，死後，靈魂翱翔於蒼穹。但根據阿布．奧瑪．賓．阿杜伯對此傳說的解釋，認為它並不是說靈魂會附身於鳥，甚至變成一隻鳥；而是如學識淵博的伊爾．耶席葉釐清的，傳說的意思是靈魂會出現在飛鳥盤旋之處。此刻我觀察萬物的所在——喜好透視法的威尼斯大師們曾稱其為我的「觀點」——證實了伊爾．耶席葉的註解。

舉例來說，從我所在的位置，我可以看見絲線般的送葬隊伍進入墓園，也可以帶著分析繪畫的歡喜，望著一艘帆船灌飽了風，逐漸加速航向金角灣與博斯普魯斯匯流交界的皇宮岬。從叫拜樓的高度往下看，整個世界如同一本富麗堂皇的書冊，任我一頁一頁翻看細賞。

然而，我所見的事物，遠超過一個靈魂未出竅的人在同樣高度上能看到的，不僅如此，我可以同時盡收眼底：博斯普魯斯海峽的對岸，過了烏斯庫達，一塊空地上的墓碑之間，有一群孩童正在玩青蛙跳；十二年又七個月前，外交事務大臣的輕舟在七對槳夫的推進下優雅航行，當時我們正陪伴著威尼斯大使從他的海邊別墅前往謁見大宰相柏德．拉吉波帕夏；蘭哥新市場上，一個肥胖的女人捧著一大顆包心菜，好像抱著自己的小孩準備餵奶；聽說阻礙我晉升之途的議會傳令官拉馬贊．埃芬迪過世時，我的確歡欣鼓舞；當我還小時，坐在祖母的腿上，望著母親晾在庭院裡的紅色襯衫；當莎庫兒的母親，願她安息，開始分娩時，我跑到老遠的地區找尋接生婆；四十年前我遺失的紅腰帶（現在我知道是被發斯非偷走了）在什麼地方；遠處一座壯麗的花園，二十一年前我曾經夢見它，並祈求阿拉將來有一天證明那就是天堂；喬治亞總督阿里人人在哥里堡壘弭平叛軍之後，送到伊斯坦堡的斷頭、鼻子和耳朵；以及我美麗親愛的莎庫兒，她拋下我們屋子裡一群弔唁我的鄰居婦女，獨自來到庭院，呆望著磚爐裡的火焰。

根據書本的記載與學者的證實，靈魂棲息於四界：一，子宮；二，人間界；三，婆娑，或中間界，我正在這裡等待審判之日；以及四，天堂或地獄，審判之後我將前往其一。

處於婆娑的中間狀態，過去和現在同時展現。只要靈魂繼續保留著記憶，空間的限制便不存在。只有當一個人脫離了時空的牢籠，他才會明白生命是一件束衣。就如同一個沒有軀體的靈魂在亡者的國度享受無比歡愉，同樣地，一個沒有靈魂的軀體在活人的世界中也幸福無邊；很遺憾沒有人能在死前發覺這點。因此，我一邊參與自己風光的葬禮，一邊哀傷地望著我親愛的莎庫兒徒然哭乾了淚水。我乞求崇高的阿拉，賜福給我們這些天堂中沒有軀體的靈魂，與凡間沒有靈魂的軀體。

38 是我，奧斯曼大師

你們知道那種把生命慷慨奉獻給藝術的頑固老人。他們攻擊任何阻礙他們的人。他們往往形容枯黃、削瘦而高大。他們希望面前屈指可數的日子和過去漫長的歲月一模一樣。他們乖戾易怒，永遠抱怨連連。他們總想要自己掌控所有的狀況，逼身邊每個人只能絕望得舉手投降；他們誰都不喜歡，什麼事都看不順眼。我知道，因為我就是其中之一。

大師中的大師，努芮拉．瑟里姆．卻勒比，我有幸與他在同一間工匠坊促膝繪畫。當我只不過是一個十六歲的學徒時，他正值八十，那時的他就是此種個性（雖然他的脾氣沒有我現在暴躁）。三十年前過世的最後一位偉大巨匠布隆德．阿里，性格也是如此（雖然他沒有我高，也沒有我瘦）。既然批評的矛頭指向這些著名的大師——他們過去指導的工匠坊如今不時在背後暗算我——我要你們知道，這些攻擊我們的陳腐指控根本是無稽之談。事實是這樣的：

一，我們之所以不喜歡任何創新，是因為真的沒有任何新的東西值得喜歡。

二，我們把大部分的人當智障對待，因為，確實，大部分的人都是智障，不是因為我們鬱積了憤怒、不悅或別種性格缺陷（我承認，對待這些人好一點或許比較明智而有修養）。

三，之所以忘記或搞混那麼多名字和臉孔——除了那些學徒期受我訓練、為我寵愛的細密畫家之外——不是因為年老健忘，而是這些名字和臉孔實在過於平淡無光，根本不值得記住。

在因為自己的愚蠢以致提早升天的恩尼須帖葬禮上，我試圖忘掉亡者曾經強迫我模仿歐洲的繪畫大師，帶給我難以言喻的痛苦。回程的路上，我有下面的想法：失明與死亡，真主賜予的禮物，如今不再離我那麼遙遠。當然，只要我的繪畫和手抄本繼續使你們的眼睛發亮，使你們的內心綻放幸福花朵，我就不會被忘記。但除此之外，等我死後，我希望人們知道，在我衰老的歲月，在我壽命的盡頭，仍然有許多事物能教我會心微笑。例如：

一，孩童。他們象徵世界的活力。

二，關於漂亮男孩、美麗女子、好繪畫和友誼的甜美回憶。

三，欣賞赫拉特前輩大師的經典畫作——這點無法向外行人解釋。

總結其簡單的意義：由我所領導的蘇丹殿下的工匠坊，再也繪畫不出過去那些輝煌的藝術作品——情況只會每況愈下，一切都將逐漸衰敗，終究消失。我悲痛地明瞭，儘管我們熱情地奉獻自己的一生追求不懈，卻幾乎不曾達到赫拉特前輩大師的壯麗層次。謙卑地接受這個事實可以減輕生命的負擔。確實，正因為謙遜可以減輕生命的負擔，因此在我們伊斯蘭世界中，它被視為至高的美德。

帶著此種謙遜之情，我開始修飾《慶典之書》中的一幅插畫，內容描繪在王子的割禮儀式中，埃及總督呈上各式各樣的禮物：一把黃金雕鏤的寶劍，上面鑲飾紅寶石、翡翠和玳瑁，呈放在一塊紅絲絨上；一匹快如雷電、精力充沛、總督引以為傲的阿拉伯駿馬，牠的鼻子上有一塊白點，皮毛銀亮光澤，全身配備著黃金馬轡、鑲有珍珠和翠綠橄欖石的韁繩及馬鐙，以及一副繡飾著銀絲線和薔薇寶石的紅絲絨馬鞍。我拿起毛筆，東一揮西一拂，為圖畫添入各種加強與修飾。這幅圖畫，最初由我設計構圖，接著我再指派不同的學徒，分別繪畫馬匹、寶劍、王子與旁觀的使者。我為競技場裡的梧桐樹，加了幾片紫色的樹葉。我沾了點黃色，塗上韃靼大汗使者的長衫鈕釦。正當我為馬韁塗上一層薄薄的金箔時，外頭有人敲門。我放下手邊的工作。

是一位皇室僮僕。財務總督傳喚我進宮。我的眼睛微微發疼，把放大鏡放進口袋，跟著僮僕離開。

噢，連續工作了這麼久之後，能夠上街走走，真是舒爽極了！每當這種時候，一個人總會驚豔於世界的新鮮和亮麗，彷彿阿拉前一天才創造了它。

我注意到一條狗，比我見過的任何一張狗畫像更為意味深長。我見到一匹馬，比我的細密畫師筆下的隨便一匹都還要糟糕。我瞥見競技場裡有一棵梧桐樹，不久前我才用紫色調加強了它的葉子。

過去兩年來我一直描繪競技場中的遊行，因此當我踱步穿越競技場時，彷彿踩進自己的圖畫一樣。比如說我們要轉進一條街道：若是在一幅法蘭克繪畫中，我們的結果便是走出圖畫和畫框外；若是在一幅堅守赫拉特大師典範的圖畫裡，我們終究會抵達阿拉俯瞰我們的位置；若是在一幅中國繪畫中，我們將被困住，走不出去，因為中國的繪畫無邊無界。

我發現僮僕並非帶領我前往議會廳，往常我與財務總督習慣在那裡見面，討論下列事項：我的細密畫家們正在為蘇丹殿下製作的手抄本、雕花鴕鳥蛋或其他禮物；插畫家的健康狀況，或是財務總督自己的身體和情緒；顏料、金箔或其他材料的申請；慣常的抱怨和要求；世界的庇護，蘇丹殿下的要求、命令、喜好與脾氣；我的視力、我的眼鏡或我的風濕痛；或者是財務總督那遊手好閒的女婿，以及他那隻虎斑貓的健康。我們安靜地走進蘇丹的御花園，犯罪似地小心謹慎，踏著輕巧優雅的步伐，安詳地穿越樹林，往下走向海邊。「我們正朝濱海別館走近，」我心想：「意思是我將會見到蘇丹。殿下必定在那裡。」然而我們卻轉進別條路。我們經過停放划艇和輕舟的棚帳，穿越一座石頭建築的拱型入口，再繼續往前走了幾步。

我先是聞到一股烤麵包的香味從侍衛隊廚房飄散而出，接著才瞥見一身紅色制服的皇家侍衛兵。

財務總督與皇家侍衛隊長共處一室：天使與魔鬼！

這位以蘇丹殿下之名在宮殿底下執行死刑的侍衛隊長——他更善於酷刑、拷問、鞭打、刺目和笞蹠等刑求——親切地對我微笑，彷彿一個無所事事的房客，準備向我這位倒楣與他同住一間旅店房間的室友，述說一則感人肺腑的故事。

財務總督含蓄地說：「蘇丹殿下一年前吩咐我以最高機密負責製作一本手抄繪本，一本日後將用作外交贈禮之一的手抄本。基於書籍的祕密性，殿下認為這本書並不適合由皇家歷史總督拉克門大師編纂；同樣地，他也不想牽涉到你，儘管他對你的才華極為欽仰。事實上，他認為你因為全心投入《慶典之書》，想必分身乏術。」

乍進房間時，我猛然以為有哪個無賴惡意中傷，宣稱我在某幅畫中表露異端邪說，或是在某件作品裡犯下欺君之罪。我惶恐地想像皇上聽信了這個無恥之徒的讒言，不顧我老邁的年紀，即將對我展開嚴刑拷問。因此，當我聽到財務總督只是試圖解釋蘇丹殿下委託了一個外人編輯手抄本——這些話語的確甜過蜂蜜。我傾聽著關於手抄本的內容，沒什麼新意，因為我早已知情。對於艾祖隆努索瑞教長的許多謠言，我略有聽聞，而工匠坊裡的各種勾心鬥角自然更不陌生。

「誰負責編輯這本手抄本？」我問。

「恩尼須帖．埃芬迪，如你所知。」財務總督說。他緊盯著我的眼睛，補充道：「你很清楚他並非壽終正寢，也就是說，他是被謀殺的，對不對？」

「不。」我簡潔地說，像個孩童般，接著陷入沉默。

「蘇丹殿下極為震怒。」財務總督說。

那個低能的恩尼須帖．埃芬迪是個蠢才。細密畫師們總是嘲笑他的裝模作樣遠勝於博學多聞，他的野心抱負遠多於智慧才能。我知道在葬禮上有股腐敗的氣味。他是怎麼死的？我很好奇。

財務總督鉅細靡遺地解釋。駭人聽聞。親愛的真主，請您庇佑我們。不過，誰可能是凶手？

「蘇丹頒令，」財務總督說：「這本引起爭端的手抄本必須盡快完成，《慶典之書》也一樣……」

「他還頒布第二道命令。」皇家侍衛隊長說：「倘若，這個泯滅天良的凶手是其中一位細密畫家，他要我們揪出這邪惡的魔鬼。他計畫判以凶手嚴酷的極刑，為眾人立下嚇阻的範例。」

侍衛隊長臉上浮現一抹興奮之情，似乎暗示著他已經知道蘇丹殿下頒訂的懲罰。

我明白蘇丹殿下不久前才指派這兩人負責此項任務，迫使兩人不得不合作，就此他們至今難掩彼此的憎惡。看見這一點，燃起了我對蘇丹的敬愛，遠超過單純的敬畏。一個小男僕端來咖啡，我們坐了一會兒。

我得知恩尼須帖．埃芬迪有一個受到他親自教導的外甥，名叫布拉克．埃芬迪，對繪畫和書本藝術頗為熟稔。我見過他嗎？我沒有回答。不久前，在他的恩尼須帖邀請下，布拉克離開任職的瑟哈特帕夏，從波斯前線回來——侍衛隊長投給我一個懷疑的眼神。回到伊斯坦堡後，他設法贏取了恩尼須帖的寵愛，並得知恩尼須帖監製的書本內容。布拉克宣稱高雅．埃芬迪遇害後，恩尼須帖懷疑夜晚拜訪他共同繪畫手抄本的幾位細密畫師，其中一位就是凶手。他已經看過這些大師們繪製的圖畫，並說謀害恩尼須帖的凶手——這個畫家同時偷走使用了大量金箔的蘇丹肖像——是其中一人。兩天來，年輕的布拉克．埃芬迪隱瞞恩尼須帖的死訊，沒有向皇宮及財務總督報告。就在這短短兩天的期間，他倉卒地迎娶恩尼須帖的女兒，舉辦一場在道德上及宗教上皆引人爭議的婚禮，並進駐恩尼須帖的房子。因此，我面前的兩個人都認為布拉克涉嫌重大。

「如果搜索我手下細密畫師的屋子和工作室，結果在其中一人那裡找到遺失的圖畫，那麼布拉克將能立即洗清罪嫌。」我說：「然而坦白說，我可以告訴你們，我摯愛的孩子們，我天賦異稟的細密畫家們，從他們作學徒時我就看著長大的這些人，他們不會奪走另一個人的生命。」

「至於橄欖、鸛鳥和蝴蝶，」侍衛隊長用嘲諷的語調說出我給他們的慈愛暱稱：「我們打算搜索他們的家、出沒的場所、工作地點，以及他們的店鋪，如果有開店的話。我們會翻遍每一塊石頭。這也包括布拉克……」他露出不得已的表情說：「因為情勢頗為棘手，因此，感謝真主，如果有必要，法官准許我們在質詢布拉克·埃芬迪時可以訴諸刑求。由於第二件命案的受害者關係到細密畫家公會，使得其中每一個人，從學徒到大師，全都有嫌疑，因此刑求是依法許可的。」

我沉默地考量他的話：一，所謂「依法許可」，表明了准許刑求的人並非蘇丹殿下本人；二，由於在法官眼中，所有細密畫家都是這起雙重謀殺案的嫌犯，也由於我，儘管位居繪畫總督，卻無法指認出我們之中誰是凶嫌，因此我也有嫌疑；三，我明白他們希望得到我的默許或口頭上的認可，同意他們拷問我親愛的蝴蝶、橄欖、鸛鳥與其他人，這些人，近幾年來，全都背叛了我。

「由於蘇丹殿下希望如期完成《慶典之書》與這本顯然只做了一半的書，」財務總督說：「我們很擔心拷打可能傷及畫師的雙手與眼睛，破壞其靈敏度。」他面向我說：「沒錯吧？」

「最近另一件案例也遭遇類似的困難。」侍衛隊長粗聲說：「兩位專事修補的金匠和珠寶匠受到魔鬼的動搖，傻裡傻氣地迷戀上蘇丹殿下妹妹娜米葉蘇丹的一只紅寶石柄咖啡杯，最後居然忍不住偷了它。蘇丹的妹妹悲傷不已，因為她極鍾愛那只杯子。由於杯子的竊案發生在烏斯庫達皇宮，皇上便指派我調查。很顯然地，蘇丹殿下和娜米葉蘇丹都不希望金匠及珠寶匠大師們的眼睛與手指受傷，免得影響他們的技藝。因此，我把所有珠寶匠大師剝得精光，丟進院子冰冷刺骨、結滿冰霜和浮滿青蛙的水池裡。每隔一段時間，我就把他們拖出來，狠狠鞭打，留意不傷到他們的臉和手。短短時間內，被魔鬼所惑的珠寶匠就招供了，並得到該有的懲罰。儘管浸泡冰水、受盡寒風、飽嘗鞭打，但因為其他珠寶匠的內心清白，沒有任何人的眼睛和手指受到永久的傷害。就連蘇丹也特別提起，他的妹妹對我的表現頗為讚賞，同時，珠寶匠們工作得更為賣力，因為壞了一鍋粥的老鼠屎如今已遭剔除。」

我確信侍衛隊長會以比對待珠寶匠更為嚴酷的折磨，對付我的插畫師。雖然他尊敬蘇丹殿下對手抄繪本的熱情，但就如其他許多人，他視書法為唯一值得景仰的藝術形式，瞧不起裝飾和繪畫，認為它們是不正經的雕蟲小技，只適合女人，根本不值得花心思研究。他故意刺激我說：「當你埋首於工作時，你摯愛的細密畫家們早已開始密謀，彼此鬥爭等你死了以後誰能當上細密畫家總督。」

難道我沒聽過這個謠言嗎？難道他不能講點新的嗎？我克制住自己的脾氣沒有回答。財務總督相當清楚我對他充滿憤怒，竟然背著我委託那已故的智障編輯手抄本。他也深知我極氣那些忘恩負義的細密畫家，為了多賺幾枚銀幣曲意逢迎，偷偷繪製了這些圖畫。

我發現自己正默想著可能採用的刑求手段。他們不會選擇剝皮拷問，因為那必然導致死亡。他們也不會使用對付叛軍的戳樁刑，因為那是用來樹立威懾效果。敲斷碾碎細密畫家的手指、臂膀或腿顯然不可行。當然，挖掉一隻眼睛——依據伊斯坦堡街頭日益增多的獨眼龍判斷，我猜想這是最近逐漸流行的方式——將不適合用在藝術大師身上。因此，我眼前浮現一個畫面，在皇室御花園隱蔽的一角，我親愛的細密畫家泡在冰冷的池塘裡，圍繞在朵朵睡蓮之間，全身猛打顫，恨得牙癢癢地彼此怒視，想到這裡我忍不住想大笑。儘管如此，我心痛地想到，當熱鐵烙燙上橄欖的臂部時，他不知會如何慘叫；當沉重的枷鎖套上鸛鳥的手腳時，他的皮膚不知會變得如何青白一片。我更不敢想像親愛的蝴蝶——他對彩繪的技巧與熱情教我熱淚盈眶——被當作一個尋常竊犯施以笞蹠刑的模樣。我呆立原地，腦中一片空白。

深沉的寂靜吞沒了我老邁的心靈，無言。曾經有一段時間，我們一起繪畫，滿腔的熱情使我們忘卻了一切。

「這些人是蘇丹手下最優秀的細密畫家。」我說：「千萬別讓他們受到傷害。」

財務總督心滿意足地起身，從房間另一頭的工作桌上抓起一疊紙，拿到我面前排好。接著，似乎覺得房間太暗，他移動兩支巨大的燭台到我身旁，讓我在粗蠟燭上下跳動、左右搖擺的火光下，仔細研究有問題的繪畫。

我該如何解釋在放大鏡下看見的圖畫？我很想大笑，並不是因為它們很幽默。我被激怒了，恩尼須帖．埃芬迪似乎指示我的大師們：「別畫得像你們自己，畫的時候，假裝你們是別人。」他逼迫他們回想不存在的記憶，去幻想並畫出未來的模樣，一種他們絕不會期待的未來。更荒唐的是，他們竟然為了這種垃圾自相殘殺。

「看著這些插畫，你能告訴我哪一幅畫是出自於哪一位細密畫家之手嗎？」財務總督問。

「可以，」我生氣地說：「這些圖畫是在哪裡找到的？」

「布拉克主動把它們帶來，然後留在我這裡。」財務總督說：「他決心證明他和他的故恩尼須帖是無辜的。」

「質詢的過程中，拷問他。」我說：「這麼一來，我們就會知道已故的恩尼須帖還藏著什麼祕密。」

「我們已經派人去找他了。」皇家侍衛隊長說：「稍後，我們會徹底搜索這對新婚夫婦的家。」

兩人的臉都奇異地亮了起來，湧上一絲恐懼與敬畏，兩人肅然起立。

無需轉身，我便明白他已來到：榮耀的蘇丹殿下，世界的庇護。

39 我是以斯帖

噢，跟大家一起哭真是太暢快了！當男人們前往我親愛莎庫兒父親的葬禮時，女人們、親戚朋友、街坊鄰居，則聚集在屋子裡流淚哭泣；而我呢，也呼天搶地地加入大家的哀悼。一會兒，我與身旁的漂亮姑娘同聲哭號，靠在她身上前搖後擺；一會兒，我又轉換另一種心情，為自己的哀愁和淒涼的生活痛哭流涕。如果我可以每星期像這樣哭上一回，我心想，或許就能忘掉自己每天在街上遊蕩討生活的勞苦，忘掉被人嘲笑肥胖和猶太血統的辛酸，重新再生，變成一個說不定更聒噪的以斯帖。

我喜歡婚喪喜慶，因為我可以盡情地吃，而且能忘記自己是人群中的黑羊。我愛死了節日的千層酥餅、薄荷糖、杏仁甜麵包和水果乾；割禮儀式的碎肉飯和杯狀餡餅；蘇丹在競技場舉行慶典時的酸櫻桃蛋奶；婚禮上的所有食物；守靈時鄰居送來弔慰的芝麻、蜂蜜或各種口味的哈發糕。

我靜悄悄地溜進走廊，穿好鞋子走下樓梯。轉進廚房前，我聽見馬廄旁房門半掩的房間傳出奇怪的聲響，起了疑心。我朝那個方向走了幾步，瞥進門裡，發現席夫克與奧罕綁住某個弔喪婦女的兒子，正用他們已故外公的顏料和畫筆在他臉上亂塗。「如果你想逃，我們會這樣打你。」席夫克說，打了男孩一巴掌。

「我親愛的孩子，好好地玩，別打架，好不好？」我盡力裝出溫柔的聲音說。

「少管閒事！」席夫克大吼。

我注意到他們旁邊站著一個瘦小、驚惶的金髮女孩，顯然是受欺負男孩的妹妹，不知什麼原因，我替她感到好難過。算了，別管，以斯帖！

來到廚房，哈莉葉疑心地瞪著我。

「我哭得口乾舌燥，哈莉葉。」我說：「看在老天的份上，倒杯水給我。」

她不發一語地照做。喝水前，我望進她哭得發腫的眼睛。

「可憐的恩尼須帖．埃芬迪，人家說他在莎庫兒的婚禮前就已經死了。」我下評論：「人們的嘴可不像布袋，可以綁得死牢，有些人甚至放話說其中另有陰謀。」

她誇張地猛低下頭，望向自己的腳趾。接著她抬起頭，避開我的眼睛說：「願真主保佑我們遠離卑鄙謠言。」

她的第一個動作證實了我之前說的話，不但如此，語調的抑揚頓挫說明她的刻意壓抑，是為了隱瞞事實。

「怎麼回事？」我唐突地問，壓低聲音一副好朋友分享祕密的樣子。

猶豫不決的哈莉葉當然明白，恩尼須帖．埃芬迪死後，想要操控莎庫兒的念頭是沒望了。然而不久前，她卻是哀悼時哭得最真誠的人。

「今後我該怎麼辦呀？」她說。

「莎庫兒非常看重妳。」我拿出慣有的說詞。一排裝滿哈發糕的罐子排在裝著葡萄糖蜜的大陶罐和醃菜罐之間，我掀開蓋子，湊上去聞一聞或伸一根手指進去。我問這些是誰送來的。

哈莉葉喋喋不休地解釋誰送了哪一罐：「這是凱瑟利的卡辛．埃芬迪送的；這個嘛，是住在兩條街外的細密畫家部門助理送來的；那是鎖匠，左撇子漢姆地送的；那一罐是埃迪尼的少婦——」這時莎庫兒打斷她。

「已故高雅．埃芬迪的遺孀卡比葉，並沒有來弔問，也沒有傳話或是送哈發糕過來！」

她正從廚房往樓梯走去。我跟上她，知道她想私下與我講幾句話。

「高雅．埃芬迪與我父親之間並沒有任何嫌隙。高雅的葬禮那天，我們準備了哈發糕送到他家。我想知道怎麼一回事。」莎庫兒說。

「我會馬上查出來。」我說，猜測著莎庫兒心裡在想什麼。

由於我沒有多說，她親吻我臉頰。站在庭院刺骨的寒風裡，我們互相擁抱，沒有移動。過了一會兒，我輕撫我美麗莎庫兒的秀髮。

「以斯帖，我好怕。」她說。

「我的寶貝，別怕。」我說：「每一朵雲都有一層銀亮的襯裡。看吧，妳終於嫁人了。」

「可是我不確定自己做得對不對。」她說：「所以我一直還沒有讓他靠近我。整個晚上我都守在我可憐的父親身旁。」

她睜大眼睛直視著我，彷彿在說：妳明白我的意思。

「哈珊聲稱你們的婚禮在法官眼中是無效的。」我說：「他送了這個給妳。」

雖然嘴巴上說「別再來了」，但她隨即打開小紙條閱讀，這次她並沒有告訴我信中的內容。

她這麼謹慎是對的，我們站立擁抱的庭院裡還有別人：我們的上方，有一個堆滿傻笑的木工，正在為走廊的窗戶重裝百葉窗，原來的那一扇今天早上不知為何掉下去摔壞了。他一邊工作，一邊斜睨著我們和屋裡哭泣的女人。這時，一位忠實鄰居的兒子敲響庭院大門，大喊：「哈發糕來了。」哈莉葉連忙從屋裡跑出來替他開門。

「他已經下葬有一陣子了。」莎庫兒說：「我現在可以感覺到我可憐父親的靈魂正永遠離開他的軀體，升上天堂。」

她從我的手臂裡抽身，抬頭望向晴朗的天空，背誦一段長祈禱文。

忽然間，我覺得莎庫兒離我好遠、好陌生，就算我只是她眼中的那片雲，也不感到驚訝。唸完祈禱文後，美麗的莎庫兒立刻熱情地親吻我的雙頰。

「以斯帖，」她說：「只要殺害我父親的凶手仍然逍遙法外，我與我的孩子將不會有片刻安寧。」

我很高興她沒有提起新丈夫的名字。

「去高雅．埃芬迪家裡，和他的遺孀閒聊，弄清楚他們為什麼沒有送哈發糕。趕緊回來告訴我妳的發現。」

「妳有任何口信要給哈珊嗎？」我說。

我覺得很尷尬，不是因為問了這個問題，而是我說話時不敢直視她的眼睛。為了掩飾我的尷尬，我叫住哈莉葉，掀開她手裡那只罐子的蓋子。「噢，」我說：「加開心果的粗麥哈發糕。」我嘗了一口，「他們還摻了柳橙。」

看到莎庫兒甜甜地微笑，彷彿一切事情都照計畫進行，讓我很開心。

我一把抓起我的包袱離開。還沒走兩步我就看見布拉克在馬路的盡頭。他剛從岳父的葬禮回來，從他容光煥發的表情看來，這位新丈夫還挺滿意自己的生活。為了不想破壞他的好心情，我離開馬路，走進一排菜園，然後穿越吊死猶太人的花園，妹妹是著名猶太醫生情人的默許．哈門，被吊死之前就居住在此。每當行經這座讓人聯想起死亡的花園，我都會感到無限憂傷，以致於總是忘記我得負責替這棟房子找個買主。

死亡的氣息也瀰漫著高雅．埃芬迪的房子，但沒有激起我任何的憂傷。我可是以斯帖呢，進出過數千棟房子，認識數百個寡婦；我知道失去丈夫的年輕女人們，若不是沉浸於挫折和痛苦，就是充滿憤怒與抗拒（不過，所有這些折磨莎庫兒都經歷過）。卡比葉選擇了憤怒的毒藥，我很快明白這有助於我工作的進行。

如同一切命運乖舛的驕傲女人，卡比葉自然會懷疑所有訪客都是故意挑她最悲慘的時刻來可憐她；甚至更惡毒的，來見證她的痛苦，並暗自歡喜自己的情況比她好多了。因此，她不與賓客多寒暄，拋棄任何花言巧語，直接切入最核心的重點。以斯帖今天下午來有何貴幹，為什麼要趁卡比葉正準備小睡一會兒緩和悲痛的時候來訪？我知道她對最新的中國絲綢和布爾薩手帕毫不感興趣，所以甚至不用假裝解開包袱，便直接切入正題，轉達淚人兒莎庫兒的掛念。「妳的哀傷莎庫兒感同身受，但一想到她竟然無意間冒犯了妳，不禁更加深她的痛苦。」我說。

卡比葉高傲地承認自己沒有問候莎庫兒，沒有登門拜訪致上慰問，或與她一同哭泣，也沒能準備任何哈發糕派人送去。她的驕傲背後，隱含著一絲藏不住的得意：很高興有人察覺到她的憤恨。你們機敏的以斯帖逮住這一點，企圖從中挖掘出卡比葉憤怒的原因和始末。

沒花多久，卡比葉便承認她對已故的恩尼須帖．埃芬迪極為不滿，原因是他所編輯的手抄繪本。她說她丈夫，願他安息，並不願意為了多賺幾枚銀幣參與書本製作，但是恩尼須帖．埃芬迪卻說服他說這個計畫是蘇丹的旨意。雖然如此，她的先夫察覺到恩尼須帖．埃芬迪僱他鍍金的圖飾，漸漸從簡單的裝飾插畫發展成為完整的圖畫，不僅這樣，這些繪畫還包含了法蘭克異端邪說、無神信仰，甚至褻瀆神聖的痕跡。他漸感不安，並開始分不清是非對錯。遠比高雅．埃芬迪還要理智和謹慎的卡比葉小心地補充道，所有這些疑慮並非一夕之間迸發，而是逐日累積。由於可憐的高雅．埃芬迪從不曾找到任何公然瀆神的證據，只好視自己的擔憂為空穴來風，拋在腦後。此外，他透過加倍虔誠地信仰來讓自己心安，從不錯過艾祖隆努索瑞教長的任何一場講道，也絕不漏掉每日的五次拜功。他明白工匠坊裡有幾個混蛋嘲笑他對信仰的全心奉獻，但更深知他們無恥的笑話源自於嫉妒他的才華和技藝。

一顆豆大、瑩瑩發亮的淚珠從卡比葉濕潤的眼睛滑下臉頰，這一瞬間，你們好心腸的以斯帖下了一個決定，要幫卡比葉找一個比她亡夫更好的丈夫。

「先夫並不常跟我講他的這些憂慮。」卡比葉謹慎地說：「根據我所記得的，把它們拼湊在一起之後，我得到結論，所有事件的起因，全指向最後一晚引他去恩尼須帖・埃芬迪家中的那些圖畫。」

好一種表達歉意的方式。為了回應她的話，我提醒她，如果考慮到恩尼須帖・埃芬迪可能也是死於同一個「混蛋」手下，那麼她與莎庫兒的命運，以及她們的敵人，其實是一樣的。角落那兩個瞪著我看的大頭孤兒更透露出兩個女人另一個相似處。不過，無情的媒婆頭腦立刻提醒我，莎庫兒的處境可要美麗、豐富且神祕得多。我一五一十地把我的想法告訴卡比葉：

「莎庫兒要我告訴妳，如果她冒犯了妳，她很抱歉。」我說：「她想說她愛妳如姊妹，妳們同為天涯淪落人。她希望妳想一想，幫助她。高雅・埃芬迪最後一晚出門時，有沒有提過他要與恩尼須帖・埃芬迪之外的人見面？妳有沒有想過他可能是要去見別人？」

「這是在他身上發現的。」她說。

她打開一只柳編盒子的蓋子，裡面放著繡花針、幾塊布和一顆大核桃。她從盒子裡拿出一張折疊過的紙。

我檢查這張皺巴巴的粗紙，仔細端詳，看見用墨水畫出的各種形狀，被井水浸泡得暈開或褪色。我好不容易才看出那是什麼形體，這時，卡比葉說出我的想法。

「這是馬。」她說：「但是已故的高雅・埃芬迪只做鍍色的工作，從來不畫馬，也不可能有任何人請他畫馬。」

你們老邁的以斯帖望著這幾匹潦草描出的馬匹，但實在看不出什麼所以然來。

「如果我把這張紙拿給莎庫兒，她一定很高興。」我說。

「如果莎庫兒真的那麼想看這些素描，叫她自己來拿。」卡比葉傲然地說。

40 我的名字叫布拉克

如今你們或許已經明白，像我這樣的人，也就是，以愛情、悲傷、快樂和苦痛為藉口，維持著永恆孤獨的憂鬱之人，對我們而言，生命中沒有大喜與大悲。我並不是說我們無法體會滿載喜怒哀樂的其他靈魂，相反地，我們感同身受。我們不解的是，在這些時刻，這股莫名的憂愁拉扯著我們的靈魂深陷其中。這股安靜的騷動晦暗了我們的理智，沉重了我們的情緒，占據了我們心中替自己無從體驗的真實悲喜所保留的那個位置。

我已埋葬了她的父親，感謝真主，從葬禮上趕回家，擁抱我的妻子，莎庫兒，以示安慰。然而突然間，她崩潰痛哭，抱著孩子跌坐在一只大坐墊上，她的孩子憤恨地瞪視我，我完全不知所措。她的不幸帶來我的勝利。一下子，我娶了年少的夢中情人、逃離看不起我的岳父，並成為這間屋子的一家之主。誰會相信我的淚水是誠摯的？可是相信我，不是那樣的。我真的很想痛哭一場，但做不到：一直以來，恩尼須帖就如同我的親生父親。但是，因為主持恩尼須帖葬禮淨身儀式的聒噪傳道士一直囉哩囉嗦地講個沒停，於是整場喪禮下來，關於我恩尼須帖離奇死亡的謠言便在鄰居之間散開——我站在清真寺的庭院裡可以感覺得到。我不希望自己哭不出來這件事被解釋成負面的意思；我不需要告訴你們，我多麼恐懼被印上「鐵石心腸」的標記。

你們知道有些富同情心的姑嬸們總會解釋「他哭在心裡」，來保護我這種人不被群體排斥。我確實是哭在心裡，並躲到一個角落，避開多嘴鄰居和遠房親戚，以及她們教人嘆為觀止的澎湃淚水。身為一家之主，我思索著是否該出來控制場面，但就在此時，大門傳來敲門聲。瞬間的驚恐。是哈珊嗎？無論如何，我願意不計代價拯救自己逃離這個嗚咽的地獄。

是一位皇室僮僕，召喚我入宮。我嚇呆了。

走出院子後，我在地上撿到一枚沾滿泥巴的銀幣。我害怕進宮嗎？是的，但我也很高興來到寒冷的戶外，與馬、狗、樹和人們在一起。我以為我可以和僮僕交個朋友，就像那些可悲的天真傢伙，相信他們可以在臨刑前軟化世間的殘酷，試圖與地牢守衛輕鬆地閒話家常，談生命的美妙、飄浮在池塘上的鴨子，或是天上某片形狀奇特的雲朵。可是，唉，這位陰鬱、滿臉痘子、不愛說話的年輕人讓我失望。行經聖索菲亞清真寺時，我敬畏地望著修長的柏樹優雅地向上延伸入薄霧迷濛的天際。此時令我感到毛骨悚然的，並不是歷經千辛萬苦終於娶到莎庫兒後，卻立即面臨死亡；而是想到還沒能與她盡情做愛一場，便要死在宮廷酷刑者的手中，是多麼的不公平。

我們沒有朝嚇人的尖塔走，尖塔所在的中門後面，正是酷刑者與手腳俐落的劊子手執行任務的場所，相反地，我們走向木匠商店區。當我們經過穀倉時，一隻貓蹲在一匹馬的兩腿間，坐在泥巴裡清理毛髮。那匹栗色的馬從鼻孔裡噴出霧氣，貓兒轉過頭來但沒有看我們，牠全神貫注於自己的髒汙，我們也差不多。

穀倉後面有兩個人，我光從他們綠紫色的制服分辨不出階級和職位，他們叫僮僕退下，把我鎖進一棟小屋的一個黑暗房間。新鮮木材的氣味告訴我房子很新。我知道把人鎖進黑暗房間的目的，是為了在拷問前先激起恐懼。我心裡一邊希望他們從笞蹠刑開始，腦中一邊思考可以編什麼謊話來逃避刑罰。隔壁房裡的一群人似乎引起了極大騷動。

你們這些人顯然一定無法聯想，我這種愉快嘲弄的語氣竟是出自一個即將面臨嚴刑拷打的人。不過，我難道沒有提過我自認為是真主的幸運僕人之一嗎？倘若歷經了多年的挫敗後，這兩天來降臨我頭頂的幸運之鳥還不夠證明的話，那麼我在庭院大門外撿到的銀幣，必然也含有某種暗示。

等待拷問的時間裡，銀幣讓我心安不少，堅信它會保護我。我緊握它、搓揉它，一再地親吻這枚阿拉送給我的護身符。然而，過了不知多久，當他們把我移出暗室帶進隔壁房裡，我看見皇家侍衛隊長和他的光頭克羅埃西亞酷刑者，那一刻，我明白銀幣保不了我。我內心無情的聲音說得一點也沒錯：我口袋裡的銀幣並非真主所賜，而是兩天前我撒向莎庫兒頭頂的那些銀幣之一——被孩童們遺漏了。此刻，在酷刑者的手中，我已經無處可躲。

我甚至沒有發現自己開始掉淚。我想哀求，但彷彿身在夢中，我的嘴裡吐不出半點聲音。從戰爭、死亡、政治暗殺和拷打（我曾經從遠處目睹）中，我很清楚生命可以瞬息即逝，但從不曾如此接近地親身經歷。他們將如同剝掉我的衣服般，把我從這個世界剝離。

他們脫下我的背心和襯衫。其中一個酷刑者坐上我的身體，雙膝壓入我的肩膀。另一個人則以婦女準備食物般的熟練纖巧，往我頭部套上一個籠子，接著開始從它前方慢慢扭緊。不，那不是籠子，應該說是某種鐵鉗，逐漸擠壓我的頭。

我扯開喉嚨放聲厲叫。我哀求饒命，但每個字都含糊不清。我痛哭慘叫，因為我的勇氣已經用盡。

他們暫停一會兒，問道：「是你殺死了恩尼須帖．埃芬迪嗎？」

我深吸一口氣說：「不。」

他們再度扭緊鐵鉗。疼痛極了。

他們又問一遍。

「不。」

「那麼是誰？」

「我不知道！」

我心想是不是應該乾脆告訴他們是我殺的。全世界在我頭頂快活地旋轉。我心中充滿不甘。我問自己是否逐漸習慣了痛楚。我的酷刑者和我僵持了一會兒。我感覺不到疼痛，只覺得恐懼。

正當我根據口袋中的銀幣斷定他們不會殺死我時，他們突然放開我。他們拿下鐵鉗般的刑具，我的頭其實並沒有受到什麼傷害。用膝蓋釘住我的酷刑者站起身來，不帶半分歉意。我穿上我的襯衫和背心。

房間裡是一段很長的寂靜。

在房間的另一頭，我看見繪畫總督奧斯曼．埃芬迪。我走向他，親吻他的手。

「不要擔心，我的孩子。」他對我說：「他們只是在測試你。」

當下我知道我已經找到一位新的父親，足以取代恩尼須帖，願他安息。

「蘇丹殿下下令，你這一次不用接受拷問。」侍衛隊長說：「他認為應該由你來協助繪畫總督奧斯曼大師，找出是哪一個惡徒，殺害了他的細密畫家及為他編輯手抄本的忠誠僕人。你們有三天的時間，可以質詢細密畫家，研究他們完成的彩繪書頁，找出狡猾的罪犯。皇上聽聞挑撥離間者散布關於他的細密畫家和繪畫手抄本的謠言，感到震怒。蘇丹頒令，指派我與財務總督哈辛姆．阿甘共同協助你們尋找這個惡棍。你們其中一人與恩尼須帖．埃芬迪甚為熟稔，聽聞過他的講述，因此知道夜裡拜訪他的細密畫家，以及書本背後的故事。另一人是著名大師，對於工匠坊中每一位細密畫家都瞭若指掌。三天內，若你們無法揪出那個人渣，並找回他偷走的失蹤書頁——關於這幅畫的謠言滿天飛——正直的蘇丹殿下明確地指示，你，我的孩子布拉克．埃芬迪，將第一個接受嚴刑拷問。接下來，把話說明了，其餘的細密畫師，都難逃此遭遇。」

我察覺不出這兩位老朋友之間有任何暗示的動作或表情。多年來他們分工合作：財務總督哈辛姆．阿甘負責書籍繪畫的委派，而繪畫總督奧斯曼．埃芬迪大師則透過他，從國庫取得資金及材料。

「大家都知道，任何時候，當蘇丹殿下統治下的任一部門、單位、組織發生了犯罪行為，全體成員都將被視為有罪的，直到其中真正的罪犯被揪出並逮捕。一個部門若指認不出部門裡的凶手，它將被視為『凶殺部門』列入法院紀錄，即使部門首長或大師也無法避免。其中的成員將依此接受懲罰。」侍衛隊長說：「因此，我們的繪畫總督奧斯曼大師將會嚴厲監督，用他銳利的眼睛檢查每一幅插畫，揭露引誘無辜細密畫家們自相殘殺的種種邪惡、詭詐、禍端與教唆，並讓罪犯在世界的庇護，蘇丹殿下的正義律法之下，接受制裁。如此，才能洗刷工匠坊的汙名。為此目的，我們已頒布命令，無論奧斯曼大師有任何要求，眾人都必須配合。我的手下此刻正前往各個細密畫師居處，沒收所有過去他們在家中暗地進行的手抄本書頁。」

41 是我，奧斯曼大師

皇家侍衛隊長與財務總督重申一遍蘇丹殿下的命令後，才留下我們兩個離開。當然，布拉克被恐懼、哭喊與拷問的招數弄得筋疲力竭。他像個小男孩般安靜不語。我知道自己會慢慢喜歡他，因此不去打擾他。

我有三天的時間可以檢視侍衛隊長的手下從書法家和細密畫師家中蒐集來的書頁，分辨誰畫了哪些部分。你們都很清楚，第一眼看到恩尼須帖．埃芬迪的書本插圖時，我厭惡至極；接著，又聽說布拉克為了脫罪，把它們呈交給財務總督哈辛姆．阿甘，我更覺反感。確實，書頁中必有蹊蹺，才會使得像我這種終生為藝術奉獻的細密畫家，產生如此強烈的厭惡與仇恨；光是低劣的藝術無法激起這樣的反應。因此，帶著嶄新的好奇，我開始重新審視眼前的九張書頁——在夜晚的掩蔽下，細密畫家來到已故的蠢蛋家中，完成了這些圖畫。

我看見一棵樹在一張白紙的中央，外框是高雅的頁緣紋飾和鍍金彩繪，他所繪製的邊框，優雅地出現於每一張書頁。我努力回想這棵樹究竟屬於哪一個故事場景。如果我要求插畫家畫一棵樹，親愛的蝴蝶、聰慧的鸛鳥與機靈的橄欖會先根據某個故事構思這棵樹，如此他們才能自信滿滿地把它畫出來。之後，若我檢視那棵樹，將能從它的枝葉看出插畫家心中所想的故事。然而，眼前的卻是一棵悲哀、孤零零的樹。圖畫的背景上，地平線的位置頗高，讓人聯想起設拉子前輩大師的風格，藉此強調孤立感。不過，地平線提高後創造出來的空間裡，卻空無一物。這幅畫試圖透過威尼斯大師的技法，單純描繪一棵樹的原貌，並藉由波斯的世界觀，由上往下看，結合兩者，變成一幅既不像威尼斯也不像波斯的畸形圖畫。大概只有長在世界盡頭的樹才會是這副德行。為了結合兩種不同的風格，我的細密畫家和沒大腦的已故小丑創造出一幅毫無技法可言的作品。實際上，激怒我的，並不是這幅畫包含了兩種相異的世界觀，反倒是其中的缺乏技巧。

繼續往下檢視其他圖畫，我看見一匹完美的夢幻馬匹與一位低頭的女人，它們給我同樣的感覺。題材的選擇也激怒了我，不管是兩個流浪苦行僧還是撒旦。顯然，我的插畫家把這些劣作偷偷夾入蘇丹殿下的彩繪手抄本。崇高的阿拉明智地在書本完成前取走恩尼須帖的生命，祂的判斷力教我重新深感敬畏。不用說，我根本沒有想完成這本書的慾望。

誰不厭惡這條狗？儘管以俯視的角度呈現，但牠卻從我的鼻子正下方瞪著我看，一副稱兄道弟的模樣。一方面，我震驚於這條狗的簡單姿勢、極為傳神的斜眼恐嚇、貼近地面的頭部，以及森白的牙齒，簡言之，這位繪者的才華令我震動（我幾乎可以正確地指認是誰畫了這幅畫）。但另一方面，如此才華卻受一個荒謬概念的可笑邏輯左右，我無法原諒。不管是因為想要模仿歐洲人，還是藉口說這本書是蘇丹殿下委製送給威尼斯總督的禮物，所以必須使用威尼斯人熟悉的技巧，都不足以解釋這些圖畫中的曲意造作。

在一張熱鬧的圖畫中，我駭異地看見狂熱的紅。我一眼便認出畫中物品各出自哪位細密畫師之手，卻無法指認是哪位藝術家為它塗上了這種獨特的紅色，渲染出幽晦的氛圍，逐漸吞沒畫中整個世界。我彎身在這幅擁擠的圖畫前看了很久，向布拉克指出我的哪一位細密畫家畫下了梧桐樹（鸛鳥）、船隻與房舍（橄欖），以及風箏和花朵（蝴蝶）。

「像您這樣一位偉大的細密畫大師，擔任書本藝術部門的總管多年，當然能分辨手下各個插畫家的技藝、線條配置和筆觸氣質。」布拉克說：「然而，當一位像恩尼須帖那樣的奇特愛書人，要求同樣的插畫家以嶄新實驗的技法作畫，這時，您如何能這麼有把握地斷定哪些圖案是出自哪位藝術家？」

我決定舉一個比喻來回答：「很久以前，有一位沙皇統治伊斯法罕。他是繪畫書籍的愛好者，獨自居住在他的城堡裡。他是一位偉大強壯、有智慧但冷酷的沙皇，生平只愛兩件事：他委託製作的手抄繪本，以及他的女兒。沙皇對自己的女兒鍾愛有加，溺愛的程度幾乎如他的敵人所宣稱的，根本是愛上了她。驕傲又善妒的沙皇，甚至向派遣使者前來提親的鄰國王子與沙皇宣戰。自然，全世界沒有任何男人配得上他女兒。他甚至把她監禁在一個房間，屋外以四十扇門牢牢鎖住。依照伊斯法罕一項風俗信仰，他認為如果自己的女兒被別的男人看見，她的美貌將會消失。有一天，當他委製的一本《胡索瑞夫與席琳》以赫拉特風格繪畫並抄寫完成後，一個謠言在伊斯法罕流傳開來：書本裡有一張熱鬧的圖畫，其中有一個肌膚若雪的美女，不是別人，正是善妒沙皇的女兒！甚至在聽聞流言之前，沙皇便已經對這幅神祕插畫起疑，他顫抖著雙手翻開書頁，淚如雨下地看見女兒的美貌確實出現在畫中。故事的發展，並不是被保護在四十扇門後的沙皇女兒，某天夜裡溜出去給人繪畫，而是她的美貌像一個鬱悶窒息的幽魂，透過鏡子的層層反射，如一絲光線或一縷青煙，溜出門下的縫隙及鑰匙孔，來到一位徹夜工作的插畫家眼前。技藝精湛的年輕細密畫家忍不住把這位美得令他不敢直視的佳人，畫入手邊正在進行的圖畫之中。那幅畫的場景是席琳在一次郊外野遊中，看見了胡索瑞夫的畫像，因而墜入愛河。」

「我摯愛的大師，我的閣下，多麼巧呀，」布拉克說：「我也非常喜愛《胡索瑞夫與席琳》的這個場景。」

「這些並不是寓言，而是真實發生的事件。」我說：「聽著，那位細密畫家並非把沙皇的美麗女兒畫成席琳，而是畫成一位彈魯特琴或收桌子的女伶，因為那是他當時正在描繪的人物。結果，站在旁邊的絕色女伶奪走了美貌席琳的光采，因而破壞整幅畫的平衡。在畫中看見自己的女兒後，沙皇下令找出畫她的天才細密畫家。然而，這位機巧的細密畫家，因為害怕沙皇的怒火，捨棄自己的風格，改採一種新技巧來描繪女伶和席琳，藉此隱藏自己的身分。不僅如此，同一幅畫中還包括了其他許多細密畫家的熟練筆觸。」

「沙皇最後如何找出這位描繪他女兒的細密畫家？」

「從耳朵！」

「誰的耳朵？女兒的還是肖像的耳朵？」

「事實上，都不是。憑著直覺，首先他攤開自己所有細密畫家繪製的書本、書頁與插圖，審視其中所有的耳朵。他重新看清一件早已知曉的事實：無論才華高低，每一位細密畫家所畫的耳朵，風格都不同。無論他們描繪的臉孔是誰，屬於蘇丹、孩童、士兵，或者甚至，真主寬恕，是我們崇高先知半掩的臉孔，或者甚至，真主再次寬恕，是魔鬼的臉，這些都不重要。每一位細密畫家在畫每一個人物時，總會用同樣的方式畫耳朵，它就好像一個祕密簽名。」

「為什麼？」

「當大師們繪畫一張臉時，他們會致力於追求極致美善，著重形式典範的原則，強調人物的表情，或者注意它是否應該神似某個真實人物。不過當畫耳朵的時候，他們非但不會從別人那裡偷取，模仿典型，更不會觀察一隻真的耳朵。對於耳朵，他們不思考，不期望，甚至不停下來想想自己在做什麼。他們只是任憑記憶引領自己的畫筆。」

「可是，偉大的畫師們不也是憑藉記憶創造出他們的經典作品，甚至不需要看見真的馬匹、樹或人嗎？」布拉克說。

「沒錯，」我說：「然而那些記憶來自於多年的思考、冥想與自省。花了一輩子時間看過無數真實或繪畫中的馬匹後，他們知道眼前最後一匹有血有肉的馬，將只會玷汙保存在他們心中的完美馬匹形象。一匹馬被一位細密畫師畫了千萬遍之後，終將接近真主眼中的形象，經驗豐富的藝術家深知這點。他不假思索憑著經驗畫出來的馬，其實充滿了畫家的才華、努力和見識，如此產生的一匹馬，才最為接近阿拉的馬。不過，在一隻手尚未累積任何知識之前，在藝術家沒有深思熟慮其所作所為之前，或者在不曾仔細觀察沙皇女兒的耳朵之前，畫家隨手畫下的耳朵，都只是某種瑕疵。正因為它是一個瑕疵或缺陷，所以會因細密畫家而異。也就是說，它等於簽名。」

一陣騷動打斷我們。侍衛隊長的手下把他們從細密畫家和書法家居處蒐集到的書頁，拿進老舊的工作室。

「更何況，耳朵的確是人類的缺陷。」我說，希望布拉克會微笑：「人人皆有，但人人皆異：它是醜陋的完美表徵。」

「故事裡，因為獨特的耳朵繪畫風格而被官員逮捕的細密畫家，最後怎麼了？」

我忍住不說「他被刺瞎了」，以免布拉克更加沮喪。相反地，我回答：「他娶了沙皇的女兒。而且從此以後，許多擁有書本繪畫工匠坊的大汗、沙皇及蘇丹，都學到這種辨認細密畫家的方法，並稱之為『女伶法』。不僅如此，他們刻意保密，以便日後如果有哪一位細密畫家，畫出了不敬的人物或隱含犯罪的圖案卻否認時，可以很快查出誰該負責——真正的藝術家總是本能地想創作違禁的題材！有時候他們的手會自動闖禍。想發掘這些小小的犯罪，必須搜尋無關乎圖畫重點的各種瑣碎、不經思索、重複出現的細節，比如耳朵、手、草、樹葉，或者甚至馬的鬃毛、腿或蹄。但要留意，若插畫家已經警覺圖畫的細節中含有自己的祕密簽名，這個方法就不適用了。舉例來說，鬍鬚行不通，因為許多畫家早已曉得鬍鬚可以被自由地繪畫，成為某種簽名。不過眉毛就有可能：沒有人會特別留意。現在，我們來瞧瞧，究竟哪一位年輕畫師在故恩尼須帖的插畫上留下了筆墨痕跡。」

於是，我們拿出兩本手抄繪本的書頁互相比較。這兩本書，其中一本祕密進行，另一本公開編輯，兩者各講述不同的故事與題材，並以兩種迥異的風格繪畫。一本是辭世的恩尼須帖的書；另一本則是由我監製的《慶典之書》，描述王子的割禮儀式。布拉克和我認真觀察，目光跟隨我手裡的放大鏡四處移動：

一，打開《慶典之書》，我們首先研究一張狐狸毛皮張開的嘴。皮貨商公會中一位身穿紅長衫配紫腰帶的大師，捧著這張狐皮，與隊伍一起行經坐在特製包廂觀看遊行的蘇丹殿下面前。毫無疑問，狐狸嘴裡顆顆分明的牙齒，與恩尼須帖的「撒旦」肖像的牙齒，皆出於橄欖之手。那恐怖的撒旦，半人半獸的邪惡怪物，顯然來自撒馬爾罕。

二，慶典期間某個特別歡樂的一天，一群落魄潦倒的前線士兵，一身襤褸地出現在蘇丹殿下俯瞰整座競技場的包廂下方。其中一人上前請願：「崇高的蘇丹殿下，我們，您英勇的士兵，在異教聖戰中淪為俘虜，為了重獲自由，我們留下一部分弟兄做為人質。換言之，敵人放我們自由，好讓我們回來準備贖金。然而，當我們返回伊斯坦堡後，卻發現物價如此昂貴，根本籌不出錢來拯救在異教徒囚禁下受苦受難的弟兄。我們仰望您的仁慈援助。請下賜我們黃金或奴隸，讓我們帶去敵營換回弟兄的自由。」角落有一條懶狗，睜著一隻眼睛瞪著蘇丹殿下、我們悲慘淒涼的士兵，以及競技場裡的波斯與韃靼使臣。這條狗的指甲，顯然是鸛鳥的作品。同樣地，恩尼須帖書中一幅敘述「金幣之旅」的圖畫，角落那條狗的指甲，必定也是鸛鳥所繪。

三，一群雜耍藝人在蘇丹殿下面前表演翻觔斗和雞蛋過橋的把戲，人群中有一個光頭男人，身穿紫色背心、露出小腿，坐在一張紅地毯的邊緣拍打鈴鼓。這個人拿樂器的姿勢，與恩尼須帖書中「紅」的圖畫裡一位手端大黃銅托盤的女人，一模一樣。無疑是橄欖的作品。

四，通過蘇丹殿下面前的廚師公會，在車廂的爐子上放了一只大鍋，燉煮包心菜洋蔥肉捲。陪侍車廂旁的大廚們，踩著粉紅色的土地，把他們的燉鍋放在藍色的岩石上。同樣地，恩尼須帖一幅名為「死亡」的插畫中，有一個幽魂般的怪物飄浮在靛色地面和紅色岩石上方。兩幅圖畫中的岩石出於同一位藝術家之手：一定是蝴蝶。

五，韃靼快騎信差送來口信，波斯沙皇的軍隊又發動一場新戰役，攻打鄂圖曼人民。聽說這個消息，人們憤而將波斯大使雕梁畫棟的瞭望亭夷為平地，因為過去他一再花言巧語向蘇丹殿下，世界的庇護，誓言沙皇是蘇丹的好友，對殿下只有兄弟般的情誼而絕無異心。在這場狂怒和摧毀中，挑水夫忙跑出來平息競技場漫天飛揚的塵土，另外還有一群人扛著裝滿亞麻子油的皮袋，準備潑向隨時要攻擊大使的暴民，希望藉此鎮定群眾。挑水夫和扛亞麻子油的人，他們奔跑時的舉腳動作，出自蝴蝶之手。同樣地，「紅」的圖畫中，士兵進攻時舉起腳的動作，也是蝴蝶的作品。

最後一項並不是我的發現。雖然把放大鏡從這幅畫到那幅畫左右移動，主導線索搜尋的人是我，然而，發現的卻是布拉克。他一眨也不眨地睜大眼睛，心中充滿對酷刑的恐懼，只期望能回到在家中苦等的妻子身旁。利用「女伶法」，我們花了一整個下午，理清故恩尼須帖留下的九幅繪畫中，哪一位細密畫家畫了哪一幅畫；之後，再分析我們得到的知識。

布拉克的故恩尼須帖並沒有讓任何一幅畫單單局限於一位細密畫家的藝術天分，每一幅圖畫我的三位細密畫師幾乎都有參與，意謂這些畫在各個畫家之間的傳遞極為頻繁。除了我認得的筆觸外，我發現第五位藝術家的拙劣痕跡。看見這可恥凶手缺乏才華的作品，不禁讓我惱火，不過就在這時候，布拉克從其小心謹慎的筆觸判斷它其實是恩尼須帖之作——省得我們走岔路。撇開可憐的高雅·埃芬迪不談，因為他為恩尼須帖的書所做的鍍金紋飾，幾乎和我們的《慶典之書》上的一模一樣（的確，這讓我傷心不已）。也不考慮那位，我猜想，偶爾下筆描摹幾面牆壁、樹葉和雲朵的人。那麼，很清楚地，只有我最優秀的三位細密畫師參與了這些插畫的製作。他們是我從學徒開始熱情訓練的愛徒，我摯愛的三位天才：橄欖、蝴蝶和鸛鳥。

為了尋找我們需要的線索，必須探討他們的才華、技藝與氣質，這樣的討論，也將不可避免地透露我自己的一生。

橄欖的個人特質

他的本名叫凡利安。如果除了我為他取的暱稱另有別名的話，我也不會知道，因為我從沒見過他在任何作品上簽名。當他還是學徒時，每星期二早上會來我家接我前往工匠坊。他非常驕傲，因此，如果他有可能降低層次為作品署名，必定會讓這個簽名清晰可辨，不會試圖把它藏在任何角落。阿拉極慷慨地賜予他過人的能力。從鍍金到描格，他都可以輕易上手，而且品質一流。工匠坊裡最擅長創造樹木、動物及人臉的畫家就屬他。凡利安的父親，在他十歲時，我猜，帶他來到伊斯坦堡。他的父親師事細亞兀敘，一位波斯沙皇大不里士工匠坊中專精臉部描繪的著名插畫家。他的背景源於許多系譜回溯至蒙古時代的大師，因此如同一百五十年前移居撒馬爾罕、布哈拉與赫拉特的前輩大師，他們受到蒙古／中國風格的影響，筆下的愛侶都好像中國人，有著圓圓的月亮臉，凡利安的畫中人物也不例外。不管是在學徒期，或者當他成為大師之後，我始終無法引導這位固執的藝術家改變風格。蒙古、中國與赫拉特大師的風格和典範已深駐於他的靈魂中，我多麼希望他能夠超越，或甚至把它們徹底忘掉。當我這麼告訴他時，他回答說，自己就如許多時常在各個國家和工匠坊間遊走的細密畫家一樣，早已忘記了舊日的風格，甚至他根本不曾真正學到。雖然許多細密畫家的價值，止來自於他們記憶中根植的精美形式典範，但倘若凡利安真的有辦法遺忘，想必會是一位更偉大的插畫家。儘管如此，在靈魂深處保存著前輩的教導，仍然有兩個甚至連他也不自覺的優點，像是一對隱而不宣的罪行：一，對如此天賦異稟的細密畫家而言，執著於舊的形式必然激發罪惡與疏離之感，這樣的情緒將能策勵他的才華達到成熟；二，遭遇瓶頸時，他永遠可以喚起宣稱自己已經遺忘的風格，這麼一來，便能回頭求助赫拉特的古老典範，成功地運用在任何新的題材、歷史或場景上。他有一雙犀利的眼睛，知道該怎麼做，才能把從前向沙皇塔哈瑪斯普的前輩大師所學的舊形式，運用在新的圖畫中，並追求彼此的和諧。赫拉特的繪畫與伊斯坦堡的紋飾，在橄欖身上達到巧妙的融合。

依照我對所有細密畫家的慣例，我曾有一次未經知會就臨時拜訪他家。不像我或其他許多細密畫家的工作場所，他的房裡凌亂骯髒地塞滿了顏料、畫筆、磨光貝殼、折疊桌和各種物品。我實在搞不懂，但他卻一點也不覺得難堪。他也沒有為了賺外快兼差。聽見我描述的情況後，布拉克說，對於已故恩尼須帖崇仰的法蘭克大師風格，最熱中也最能接受的人正是橄欖。我明白這樣的讚美來自於已故蠢蛋的觀點，不過這是錯誤的。我不敢斷言橄欖是否比外表看來更為深刻而隱晦地臣服於赫拉特風格——這點可以回溯到他父親的導師細亞兀敘，以及細亞兀敘的導師穆沙非，甚至遠溯到畢薩德與前輩大師的時代——不過，我總懷疑橄欖心中是否另外含藏其他喜好。我的所有細密畫家中（我很順口地這麼說），他最沉默敏感，但也最背信忘義，更是目前為止最離經叛道的一位。當我想到侍衛隊長的刑求室時，腦中第一個浮現的人就是他（我既希望又不希望他被拷打）。他擁有邪靈般的眼睛，觀察並記錄下每一件事情，包括我的缺點。儘管如此，帶著流亡者隨時因應環境調整自己的謹慎，他從不開口指出我們的錯誤。他很機巧沒錯，但我不認為他是殺人凶手（我沒這麼告訴布拉克）。橄欖沒有任何信仰。他不相信金錢，雖然會緊張地把錢存起來。和一般認知剛好相反，所有殺人凶手都是極端虔誠的信徒，而非沒有信仰的人。手抄本彩繪的結果是繪畫，繪畫的結果，接下來便是挑戰阿拉，真主寬恕。人盡皆知的事。因此，從缺乏信仰這一點來評判，橄欖是真正的藝術家。話雖如此，但我相信他的天賜才華不及蝴蝶，甚至比不上鸛鳥。我曾希望橄欖是我的兒子。我故意這麼說，想引布拉克嫉妒，他的反應卻只是張大黑眼，以孩童般的好奇凝視我。接著我又說，橄欖最專精的是用黑墨水繪畫，最擅長處理的題材包括戰士、狩獵場景、處處可見鸛與鶴的中國式山水、一群漂亮男孩聚集在樹下吟詩彈魯特琴。他最拿手的是描繪傳奇戀人的悲傷、持劍沙皇的怒火，以及英雄閃躲惡龍攻擊時臉上的驚惶恐懼。

「或許恩尼須帖要橄欖畫最後一幅畫，用歐洲人的風格，細膩地呈現蘇丹殿下的臉孔和坐姿。」布拉克說。

他是在試圖混淆我嗎？

「假如真是這樣，那麼，殺了恩尼須帖之後，橄欖何必拿走他早已熟知的圖畫潛逃？」我說：「或者，換個問題，他何必為了看那幅畫而殺死恩尼須帖？」

我們同時針對這些問題思索了一會兒。

「因為那幅畫中少了什麼。」布拉克說：「或者因為他後悔自己畫了某樣東西，感到惶恐不已。或者甚至……」他想了一想，「或者，殺掉恩尼須帖後，他可以拿這幅畫來做惡，把它當作一個紀念證物。或者甚至根本無需理由，畢竟橄欖是一位偉大的插畫家，自然而然地崇敬美麗的繪畫。」

「我們已經討論過橄欖在哪方面算是一位偉大的插畫家。」我說，怒氣漸升：「但是恩尼須帖的插畫沒有一張稱得上美麗。」

「我們還沒有看過最後一幅畫。」布拉克大膽地說。

蝴蝶的個人特質

他的本名是哈珊・卻勒比，來自火藥工廠區，但對我而言，他永遠是「蝴蝶」。這個暱稱總讓我回想起他童年和少年時期的俊美：他漂亮到讓所有看見他的人都不敢相信自己的眼睛，想要再看一遍。不僅如此，他的才華更是與美貌不相上下，如此奇蹟的化身始終令我驚異不已。他是色彩的大師，顏色是他最突出的特點。他熱情地繪畫，洋溢著上色的歡樂。但我要布拉克留意，蝴蝶這個人輕浮隨便、漫無目標又猶豫不決。這麼說有失公正，於是我連忙補充：他是一位發自內心繪畫的真誠畫家。如果裝飾藝術的目的不是為了充實智慧、與我們內心的野獸對話或助長蘇丹的驕傲，也就是說，如果藝術的目的只是一場視覺的盛宴，那麼蝴蝶的確是一位真正的細密畫家。他創造出開闊、輕鬆而歡悅的曲線，彷彿他四十年前曾經師事卡茲文大師。他自信滿滿地塗上鮮豔、純粹的顏色，繪畫構圖中總隱藏著某種溫和的圓環狀。不過，訓練他的人是我，而非辭世多年的卡茲文大師們。也許是這個原因，所以我愛他如子，不，不只如子——然而，我對他從來不曾感到任何敬畏。就像對所有學徒一樣，當他童年和青少年時，我時常用筆桿、尺，甚至木條打他，但這不表示我不尊重他。同樣地，儘管我經常用尺打鸛鳥，仍然很尊重他。一般的旁觀者可能認為，一位大師的責打將消滅年輕學徒內心的才華邪靈與魔鬼，完全相反，責打只會暫時壓制它們而已。如果責打得適當正確，之後，邪靈與魔鬼將再度升起，激勵成長中的細密畫家致力於繪畫。至於我加諸在蝴蝶身上的責打，塑造他成為一位滿足而順服的藝術家。

我立即覺得有必要向布拉克讚美他。「蝴蝶的藝術作品，」我說：「具體地證明了一幅喜樂之畫，誠如名詩人在其《瑪斯那威》中思考的，必須透過天賦神賜的色彩感受力與靈活運用，才有可能達到。當我察覺這一點時，同時也明白蝴蝶缺少了什麼：他還不懂什麼是雅米在詩中提及的所謂『靈魂的暗夜』，此種短暫的失去信仰。他始終帶著天堂般的狂喜作畫，自信滿滿，熱情充沛，相信自己能創作出一幅喜樂之畫，而他確實也成功了。我們的軍隊圍攻多皮歐城堡、匈牙利大使親吻蘇丹殿下的腳、我們的先知登上七重天，這些當然原本就是歡樂的場景，然而在蝴蝶的筆下，它們卻成為躍然紙面的欣喜若狂。在我的插畫中，如果死亡的黑暗或宮廷會議的嚴肅過於沉重，我會告訴蝴蝶『照你的意思上色』。接下來，原本像是撒了一層墓園泥土的凝重服飾、樹葉、旗幟和海洋，忽然間開始在微風中波動起來。有時候我會想，也許阿拉希望世界看起來就像蝴蝶筆下的模樣，也許祂希望生命充滿歡樂。的確，蝴蝶筆下的世界，各種色彩和諧地互相吟誦美妙的抒情詩歌，在那裡，時間不會流逝，魔鬼也無法入侵。」

然而，就連蝴蝶自己也明白這樣不夠。某個人必然曾經正確地——是的，不可否認——小聲告訴他，儘管他的作品洋溢節慶的欣喜，但是缺乏深度。年幼的王子和年老力衰、來日無多的後宮嬪妃，很喜愛他的圖畫；但是，被迫對抗邪惡以求生存的男人們，卻絲毫不感興趣。深知這些批評的蝴蝶，可憐的人，有時候會嫉妒起某些平凡的細密畫家，因為這些人雖然才華遠不及他，卻擁有邪靈與惡魔的氣質。只不過，他誤以為來自邪靈的妖術巧技，其實常常是迂迴的邪惡與妒意。

他激怒我的原因，在於當他作畫時，不會忘我地投入畫中的美妙世界，臣服於繪畫的狂喜；只有在想像自己的作品取悅別人時，他才會達到那樣的境界。他激怒我的原因，在於滿腦子只想著自己能賺多少錢。又是一個人生的反諷：許多才華遠不及蝴蝶的藝術家，卻比他更能夠對藝術奉獻心力。

為了彌補自己的短處，蝴蝶一心一意想證明他把自己貢獻給了藝術。他效法那些目光如豆的細密畫家們，在指甲和米粒上描繪肉眼幾乎無法辨識的圖畫，也全心投入這種精雕細琢的手工藝。有一次我問他，之所以致力於這種讓許多插畫家年紀輕輕就失明的追求，是不是因為覺得阿拉賜予他過多才華，令他引以為恥。只有無能的細密畫家，才會在一粒米上畫出一棵樹的每一片葉子，藉此求得虛浮的名聲，騙取駑鈍贊助人的重視。

蝴蝶作畫的原因是為了取悅別人，而不是自己的喜悅。他忍不住渴望取悅別人，這種傾向，使得他成為讚美的奴隸。如此發展下來，自信心搖擺不定的蝴蝶，自然會想藉由當上繪畫總督來確保自己的地位。布拉克提出了這個話題。

「是的。」我說：「我知道他一直計謀著等我死後繼承總督之位。」

「你認為他有沒有可能為此謀殺自己的細密畫家弟兄？」

「有可能。他是一位了不起的大師，但他自己不明白。就算他繪畫時，也還是放不下外在的世界。」話才說完，我突然領會到，其實，我也希望蝴蝶能繼我之後領導工匠坊。我不信任橄欖，而鸛鳥到最後一定會不知不覺地臣服於威尼斯風格。蝴蝶對於讚美的渴求——想到他可能奪去一條人命，我感到很沮喪——將是管理工匠坊和應付蘇丹的關鍵。唯有蝴蝶的敏銳，以及他對自己調色板的信念，才有能力阻擋威尼斯的藝術概念。那些異教畫家們透過描繪真實本身而非意象來愚弄觀者，在畫中表現出所有細節：包含了陰影的紅衣主教、橋、小船、燭台、教堂和馬廄、牛隻和馬車車輪，彷彿這些事物在阿拉眼中同等重要。

「你是否也曾經像拜訪其他畫家一樣，臨時拜訪他家？」

「任何人只要見過蝴蝶的作品，都會立刻感覺到，這位畫家熟知愛情的美好，也曾經體驗過衷心的喜悅和悲傷。但就像所有熱愛色彩的人一樣，他被自己的情緒牽著走，善變而不專。由於我太熱愛他的天賜異彩，以及他對色彩的敏銳，從他年少起就特別留意他，也得知關於他的種種。當然，如此一來，很快便引起其他細密畫家的嫉妒，造成我們的師徒關係緊繃而受損。蝴蝶曾經有過許多愛情的片段，但並不怕別人的閒言閒語。最近，自從他娶了水果販鄰居的漂亮女兒後，我就沒有特別想去見他的念頭，也沒有機會。」

「謠言說他與艾祖隆教長的追隨者結盟。」布拉克說：「人們說他藉此從中獲利，如果教長及他的信徒宣稱某些作品牴觸宗教，因此禁止我們的書——裡面描述戰爭、武器、血腥場面和例行慶典，更別提遊行的隊伍裡包括了販夫走卒，從廚師到魔術師，苦行僧到男童舞者，鎖匠到賣烤肉串的——並限制我們必須遵循波斯前輩大師的題材和形式。」

「就算我們巧妙而成功地回歸到帖木兒時代的精妙繪畫，就算我們分毫不差地回歸到當時的生活細節——聰慧的鸛鳥將是繼我之後最有可能達成的——到頭來，還是一樣，一切都會被遺忘。」我冷酷地說：「因為每個人都將會想要畫得像歐洲人那樣。」

我自己真的相信這些詛咒之說嗎？

「我的恩尼須帖也是這麼相信。」布拉克卑微地坦承：「不同的是，這讓他充滿希望。」

鸛鳥的個人特質

我看過他簽自己的名字：罪人畫家穆斯塔法．卻勒比。他才不在乎自己是否擁有個人風格，是否應該用簽名來標示它，還是該學前輩大師那樣保持匿名，或者自己是否該以謙卑的態度署名。他大方地帶著微笑，龍飛鳳舞地簽下自己的名字。

他勇敢地走上我指引他的道路，在紙上創造出前人畫不出來的作品。他和我一樣，仔細觀察每一件事物，比如說，吹玻璃師轉動手裡的棍子，把被高熱融化的玻璃吹製成藍水罐和綠瓶子；鞋匠彎著腰，聚精會神地用皮革、針線和木頭模子製作鞋子及長靴；節日慶典上，一匹馬沿著優雅的弧線奔馳；一台把種子擠出油的壓榨機；我們朝敵人發射的大砲；槍枝的螺釘和槍管。他觀察一切，把它們畫下來，而不會抗辯說帖木兒時代的前輩大師，或者大不里士和卡茲文的著名畫家，那些人從來不降低身分畫這些瑣事。他是第一個為了準備日後繪畫《勝利之書》，刻意前往戰場並平安歸來的穆斯林細密畫家。他也首開先例，熱情研究敵人的堡壘、大砲、軍隊、皮開肉綻的傷馬、掙扎求生的傷兵，以及屍體——一切全為了繪畫。

比起他的風格，繪畫主題更能凸顯他的獨特；比起他的繪畫主題，他對微小細節的關注更能讓人認出他的作品。我可以絕對安心地託付他處理一幅畫的各個層面，從頁面的安排到構圖到最瑣碎的上色，他都遊刃有餘。從這一點看來，他有權利繼任我的職位。然而，他太有野心，也太自負，對待其他畫家更是盛氣凌人，因此絕對沒辦法管理那麼多人，到最後一定民心盡失。事實上，如果任由他決定，以他超乎常人的勤勉努力，想必會乾脆一人獨攬工匠坊所有繪畫工作。如果決心這麼做，或許他真的能夠辦到。他是一位了不起的大師，深諳自己的技藝，崇拜自己。他真是幸運。

有一次我不請自來拜訪他家，他正好在工作。折疊桌、書桌和坐墊上全部擺滿了他正在繪畫的紙張：有為蘇丹殿下的書籍畫的圖畫；有替我畫的；有的是替那些看不起我們的愚蠢歐洲遊客畫的，信手揮灑用在可悲的服飾之書裡；還有一張屬於一幅三折屏風畫，特別為一位自視甚高的帕夏所繪；幾張貼在畫冊裡的圖案；自己畫著玩的圖畫；甚至還有一張淫穢的春宮圖。高瘦的鸛鳥像花叢間的蜜蜂一樣，從這一張圖飛掠到下一張。他一邊哼著歌謠，不時擰一把正在調顏料學徒的臉頰，偶爾朝面前的圖畫加上神來一筆，最後再沾沾自喜地笑著展示給我看。不像我其他細密畫家，看見我到訪時，他並沒有刻意停下工作，儀式性地表現尊敬。相反地，他開心地表演他的快手繪畫，一項唯有靠天賦和經驗才可能練就的技能（他可以同時做七、八個細密畫家的工作）。此刻，我察覺自己正暗想著，如果邪惡的凶手是我的三位細密畫師之一，我向真主祈禱他是鸛鳥。在他學徒時期，每個星期五早晨當他來到我的門口時，我並不會感到像看見蝴蝶那樣的欣喜。

既然他對每一件小細節同等注意，不帶任何歧視地細膩呈現它們，因此他與威尼斯大師的美學手法頗為類似。但不像他們，在我野心勃勃的鸛鳥眼中和筆下，人的臉孔從來不會是獨一無二或與眾不同的。我猜測這是因為他公開或暗中瞧不起任何人，所以不覺得臉孔重要。我確信辭世的恩尼須帖沒有指派他描繪蘇丹殿下的臉。

就算繪畫一件至為重要的主題時，他也會忍不住在事件的某個角落安排一隻多疑的狗，或者加上一個礙眼的乞丐，用來譏嘲一場儀式的浩大奢華。過人的自負讓他敢於諷刺自己創作的所有圖畫，包括題材和他自己。

「高雅．埃芬迪的凶案，犯案手法很類似喬瑟夫的兄弟，他們因為嫉妒，把他拋入井中。」布拉克說：「而我恩尼須帖的死，則很像胡索瑞夫的意外殺機，被愛上自己妻子席琳的兒子所殺。大家都說鸛鳥特別喜愛描繪血腥的戰爭場景和可怖的死亡情節。」

「任何人，如果以為一位畫家就像他繪畫的主題，那麼想必不了解我或我的細密畫師。暴露我們的不是主題，它們是別人委託我們做的，而且總是大同小異。真正揭露我們的，是當我們在呈現主題時，融入圖畫之中的隱微情感：一絲從圖畫深處發散的光芒；一種猶豫或憤怒的氣氛，蘊含於人物、馬匹和樹木的構圖關係中；一棵迎向天際的柏樹瀰漫的渴望與哀愁；以及當我們冒著失明的危險卻仍熱情地紋飾牆壁瓷磚時，注入畫中的虔敬與耐心……是的，這些才是我們隱藏的痕跡，而非那些整齊畫一的馬匹。一位畫家，當他呈現馬匹的狂暴與速度時，並不是描繪自己的狂暴與速度；透過試圖創造一匹完美的馬，他所揭示的，是自己對此豐沛世界及其創造者的景仰，筆下的斑斕色彩，展現的是對生命的無比熱愛——僅此而已，別無其他。」

42 我的名字叫布拉克

我和偉大的奧斯曼大師面前擺滿了各式各樣的手抄本書頁，有些已寫上書法文字準備裝訂，有些要不是還沒上色，就是因為某些原因尚未完成。我們花了一整個下午，比對我的恩尼須帖的書頁，鑑定各個細密畫大師的筆法，並列表記下評估的結果。侍衛隊長派出恭敬卻粗魯的手下，突襲搜索各個細密畫家和書法家的居處，把收集到的書頁拿來給我們（有些圖畫和我們的兩本書毫無關聯，有些書頁則證實了書法家也一樣，為了賺外快，偷偷接受宮廷外的委託）。正當我們以為已經看完最後一幅的時候，一位莽撞無禮的侍衛跨步走向崇高的大師，從自己的腰帶間拿出一張紙。

起初我沒留意，以為又是哪個父親想讓兒子當學徒，盡其所能接觸各個部門總管和單位首長，向他們遞上請願。透隙而入的微弱光線告訴我，太陽已經失去了蹤影。為了讓眼睛休息，我開始做一個運動，試圖空洞地望向遠方不要對焦。這個練習，是設拉子前輩大師給細密畫家的建議，認為這麼做可以預防過早失明。就在這時，我昏眩地發現，大師拿在手裡、難以置信地瞪著瞧的那張紙，有著熟悉的迷人顏色和令人屏息的折法。它和之前莎庫兒透過以斯帖轉交給我的信件一模一樣。我正打算像個白痴開口說「真巧」，但馬上注意到，誠如莎庫兒的第一封信，裡面也夾了一張畫在粗紙上的圖畫！

奧斯曼大師留下圖畫，把信交給我，這時我才尷尬地明白果然是莎庫兒送來的。

我親愛的丈夫布拉克，我派遣以斯帖去探查已故高雅．埃芬迪的遺孀卡比葉。在那裡，卡比葉拿出一張插畫頁給以斯帖看，也就是我隨信附給你的這張。稍後，我前往卡比葉家中，盡我所能勸她把畫交給我，告訴她這麼做對她最有利。當可憐的高雅．埃芬迪被人從井底打撈出來時，這幅畫就在他身上。卡比葉發誓沒有任何人曾委託她的丈夫繪畫任何馬匹，願他在聖光中安息。既然如此，是誰畫的？侍衛隊長的手下已經搜過房子。我附上這張紙條，因為這件事對於調查想必關係重大。孩子們尊敬地親吻你的手致意。莎庫兒，你的妻。

我仔細讀了三遍這張優美便條的最後三個字，彷彿凝視花園裡的三朵豔紅玫瑰。我傾身望向奧斯曼大師拿著放大鏡正在審視的書頁，當下看出上面墨漬暈散的形體是馬，有好幾匹馬擺出同一個動作，像是前輩大師做為培養手感用的圖畫。

奧斯曼大師不予置評地讀完莎庫兒的紙條後，提出一個問題：「誰畫的？」接著他自己回答：「當然了，是替辭世的恩尼須帖畫馬的同一個細密畫家。」

他能如此肯定嗎？更何況，我們還不很確定書中的馬是誰畫的。我們從九張書頁中找出馬的圖片，開始檢查。

這是一匹駿逸、簡單、栗色的馬，讓你無法轉移視線。我這麼說是很真誠的嗎？我曾經花很長時間看這匹馬，先是與我的恩尼須帖一起研究，後來又獨自一人面對這些圖畫很久，然而從不曾特別注意。牠是一匹美麗但平凡的馬：牠平凡到我們分辨不出是誰畫的。牠並非純栗色，比較接近赤棕色，毛皮上也有隱約的一絲紅色。這匹馬，我在別的書本和圖畫中看過太多次，知道牠是一位細密畫家完全不經思考，順著記憶直接畫出來的。

我們就這樣瞪著馬瞧，直到發現牠隱藏著一個祕密。於是，現在，我可以看見馬身上蘊含的美，閃爍發亮，像一股熱流從眼前升起，包含著一股力量，激起人們對生命的熱望，對知識的渴求，以及對世界的全心擁抱。我自問：「究竟是哪一位細密畫家有如此神來之筆，能夠描繪出這匹阿拉眼中的馬？」好像一時間忘了他只不過是一個卑賤的殺人凶手。馬站在我面前，像一匹真正的馬，然而我的內心某處仍然明白牠只是圖畫。陷入真實與虛幻的兩難，讓我有點恍惚，內心莫名湧起一股圓融完美之感。

我們花了一點時間，互相對照練習用的模糊馬匹與恩尼須帖書中的馬，最後得出牠們是出自同一個人之手的結論。那幾匹強壯、優雅的駿馬，牠們驕傲的姿態透露著靜止而非動態。恩尼須帖書中那匹馬則令我崇仰不已。

「好一匹不可思議的馬。」我說：「牠使人產生一股衝動，想要拿張紙把牠畫下來，再畫下每一樣東西。」

「一個人可以給一位畫家最大的恭維，便是說他的作品刺激了自己對繪畫的狂熱。」奧斯曼大師說：「不過，現在讓我們忘掉他的才華，設法揭發這個惡魔的身分。恩尼須帖．埃芬迪，願他安息，有沒有提過這幅圖畫準備配合什麼樣的故事？」

「沒有。根據他的說法，這是居住在我們強大蘇丹領地下的其中一匹馬。一匹駿馬：鄂圖曼的血統。牠是一個象徵，目的在向威尼斯總督展示蘇丹殿下的財富與疆土。不過另一方面，就像是威尼斯大師筆下的物品，這匹馬也比透過真主之目創造出的馬匹更栩栩如生，牠就好像住在伊斯坦堡的某座馬廄裡，由某個馬夫照料。如此一來，威尼斯總督會告訴自己：『鄂圖曼的細密畫家也變得和我們一樣觀看世界，這表示鄂圖曼人民也變得像我們了。』於是，他會願意接受蘇丹的力量與友誼。因為如果用不同的方式畫一匹馬，你也會開始用不同的方式觀看世界。儘管牠看起來獨一無二，這匹馬卻是依照前輩大師的手法所繪。」

我們愈審視這匹馬，在我眼裡牠就變得愈美麗而珍貴。牠的嘴巴微張，兩排牙齒間隱約可見牠的舌頭。牠的眼睛炯炯發亮。牠的腿強壯而優雅。一幅圖畫之所以能流傳不朽，是因為畫的本質，還是人們給它的評價？奧斯曼大師極其緩慢地移動放大鏡，觀察牠每一個細部。

「這匹馬究竟要傳達什麼？」我帶著一股天真的熱忱說：「為什麼這匹馬存在？為什麼是這匹馬！這匹馬有何特別？為什麼這匹馬令我激動？」

「蘇丹、沙皇和帕夏們委製的圖畫及書本，頌揚他們的力量。」奧斯曼大師說：「贊助君王覺得這些作品華美，充斥大量金箔，包含奢侈的勞力與視力的耗損，因為它們是統治者財富的證明。一幅精美的插畫含有深長的意義，因為它證明了一位細密畫家的才華就如用來製作圖畫的黃金一樣，昂貴而稀少。其他人覺得這幅馬的圖畫很美麗，是因為它像一匹馬，一匹真主眼中的馬，或者純粹一匹想像中的馬；逼真的效果來自於才華。至於我們，繪畫之美在於其微妙而豐沛的意義。無疑地，當我們發現這匹馬還透露出凶手的痕跡、惡魔的印記時，圖畫的意義更為延伸擴大。接著會慢慢地察覺，美麗的並非馬的形象，而是馬本身；也就是說，不把馬的肖像看作一幅圖畫，而視牠為一匹真正的馬。」

「如果把馬的畫當作一匹真正的馬來看，那麼你看到了什麼？」

「看見這匹馬的體型，我會說牠不是幼駒，然而，從頸子的長度和弧度來判斷，牠是一匹優良的賽馬，平坦的背部使牠適合長途旅行。從牠纖細的腿看來，我們或許可以推論牠有阿拉伯馬的敏捷聰明，但身體太長又太大，所以不可能是。牠的優雅腿部反映出布哈拉學者法德蘭在《馬之書》中形容的精良馬匹，如果遇到一條河流，牠將不驚不懼地輕鬆跳躍它。皇家獸醫夫兀西翻譯的《馬之書》中，描寫一匹上等馬的種種美妙特性，優美的譯文我仍牢牢記得，可以向你肯定我們面前這匹栗色馬符合書中每一項描述：一匹精良的馬必須擁有一張漂亮的臉孔、瞪羚的眼睛；牠的耳朵應該像蘆稈般豎立，距離適中；一匹上選的馬應該有小牙齒、圓額頭和細眉毛；牠必須高大、長毛、腰部短、鼻頭小、肩膀窄，同時背部寬平；牠必須擁有結實的大腿、修長的頸子、寬闊的胸膛、厚實的臀部，以及多肉的大腿內側。這頭畜牲踱步時，牠應是驕傲而高貴的，行進的姿態彷彿向兩旁的群眾致意。」

「完全符合我們的栗色馬！」我說，驚異地望著馬的畫像。

「我們已經找到了我們的馬。」奧斯曼大師帶著慣有的反諷微笑說：「但很可惜地，牠絲毫無助於我們指認細密畫家。因為我知道沒有一位正常的細密畫家會在畫馬的時候，用一匹真馬做為模範。我的細密畫家們，自然都是憑藉記憶，一筆畫出馬來。要證明這一點，讓我提醒你，他們大多先從一個馬蹄的尖端開始，描出整匹馬的輪廓。」

「這麼做的原因，不是為了讓畫中的馬可以穩穩地站在地面嗎？」我帶著歉意說。

「卡茲文的亞默列丁在他的《馬之繪畫》一書中寫道，只有當一個人腦中牢牢記住整匹馬的形象時，他才能夠從馬蹄開始，正確地畫出一幅馬的肖像。無疑地，如果畫馬的時候必須經過縝密的思索琢磨，或者甚至更荒謬的，要經過一再觀看一匹真馬，依照這種方法，畫家非得從頭開始畫到脖子，再從脖子到身體。我聽說有些威尼斯插畫家透過反覆的嘗試與錯誤，優柔寡斷地畫出一些路邊隨處可見的馱馬圖畫，賣給裁縫師或屠夫，並引以為樂。這種繪畫根本談不上表達世界的意義，更別說呈現真主創造物的美。然而，我深信就算平庸的藝術家也一定知道，一幅真正的繪畫並非取材於眼睛在某個剎那看見的事物，而是根據手的記憶和習慣自然產生的。畫家永遠得獨自面對畫紙。就因為這樣，他永遠必須依賴記憶。我們面前的這匹馬，正是取材自記憶，借助靈活老練的手部動作完成的。現在，我們別無他法，只能利用『女伶法』尋找牠身上的祕密簽名。仔細看這裡。」

他極為緩慢地移動圖畫上方的放大鏡，審視這匹迷人的馬，彷彿在一張古老、詳細的牛皮地圖上，搜尋寶藏的位置。

「沒錯。」我說，像一個急著找出高明答案討好老師的學生：「我們可以比較馬鞍毯的顏色和刺繡，看看跟別的畫有什麼不同。」

「我的細密畫師才不會降低身分去描那些細節。圖畫中的服飾、地氈和被毯是學徒的工作。說不定是已故的高雅．埃芬迪畫的。別管它們了。」

「那麼耳朵呢？」我激動地說：「馬的耳朵……」

「不。耳朵從帖木兒時代就沒變過；它們就好像蘆葦的葉子，大家都清楚得很。」

我本來打算說：「那麼，馬鬃的編織和每一縷毛髮的筆觸呢？」但還是閉上嘴，我並不怎麼喜歡這場大師對學徒的遊戲。如果我是學徒，理當清楚自己的角色。

「看看這裡。」奧斯曼大師帶著沉重但專注的語氣說，好像一位醫生向同僚指出一個惡性膿包：「你看見了嗎？」

他把放大鏡移向馬的頭部，然後慢慢提高，拉開它與紙面的距離。我低下頭，以便更清楚觀察被玻璃放大的部位。

馬的鼻子很奇特：牠的鼻孔。

「你看見了嗎？」奧斯曼大師說。

為了確認所見無誤，我想我應該移動到放大鏡的正後方。正巧奧斯曼大師也這麼做了，我們突然間臉貼臉，就在離圖畫有段距離的放大鏡後方。感覺到大師粗硬的鬍鬚和冰涼的臉頰，我不禁陡然嚇了一跳。一陣沉默。我瘦澀的眼睛下方，一隻手距離外的圖畫裡，似乎正發生一個奇妙事件，而我們則戒慎恐懼地親眼目睹。

「牠的鼻子怎麼了？」半晌後我才開得了口小聲說。

「他把鼻子畫得很古怪。」奧斯曼大師說，眼睛不離開書頁。

「會不會是他的手滑了？這是個失誤嗎？」

我們繼續研究這奇怪、獨特的鼻子畫法。

「難道這就是大家，包括偉大的中國大師們，都在談論的所謂受到威尼斯人啟發的『風格』嗎？」奧斯曼大師譏諷地說。

我心裡升起一股怒氣，想到他在譏諷我辭世的恩尼須帖。「我的恩尼須帖，願他安息，以前常說缺陷並非來自於能力或才華不足，而是發自細密畫家的靈魂深處，因此不該被視為缺陷，而是風格。」

無論它是怎麼來的，是細密畫家的手誤還是那匹馬的問題，要指認出誰是殺害我恩尼須帖的惡棍，這個鼻子是唯一的線索。然而，遺留在可憐高雅．埃芬迪身上的馬匹圖畫卻汙損難辨，別說研究鼻孔了，我們連馬的鼻子都看不清楚。

我們花了很多時間，查閱奧斯曼大師手下摯愛的細密畫家這些年來為各種書籍所繪的馬，尋找同樣不對稱的馬鼻孔。由於尚未完成的《慶典之書》描述各個組織公會在蘇丹殿下面前步行遊行，因此在兩百五十幅插畫中，幾乎沒幾匹馬。於是，在蘇丹的允許下，我們派遣了手下到各處取書，包括存放某些圖畫書、標準圖式手冊，以及新編書籍的手抄本繪畫工匠坊，還有蘇丹的私人寢宮和後宮，拿回所有尚未被收藏鎖入宮廷寶庫保存的書冊。

從一位小王子的殿閣找到的《勝利之書》裡，有一幅雙頁插畫，內容敘述在桀吉特瓦圍城中身亡的蘇里曼大帝蘇丹的葬禮儀式。我們首先檢查額頭有白斑的栗色馬、拖著靈車的瞪羚眼灰馬，以及其他身披華麗馬鞍毯與刺繡馬鞍的憂傷馬匹。牠們全都出於蝴蝶、橄欖與鸛鳥之手。這些馬，無論是拖曳著大車輪的靈車，還是立正站直，用濕潤的眼睛望著紅布覆蓋的主人屍體，皆以同樣優雅的姿勢站立。這種姿勢仿照赫拉特前輩大師的繪畫，也就是，一條前腿驕傲地向前伸，旁邊另一條腿則直直地豎在地面。牠們的脖子長而彎，尾巴整齊綁起，鬃毛也經過修剪和梳理，然而，沒有一匹馬的鼻子有我們尋找的特異之處。同樣地，儘管無數指揮官、學者和教長前來參加葬禮儀式，立正站定於四周的山頂，向辭世的蘇里曼蘇丹致敬，他們騎乘的千百匹馬之中，也沒有任何一匹擁有此項異徵。

這幅憂鬱的葬禮圖畫，也把它的哀傷傳給了我們。我們難過地看見，這本奧斯曼大師與細密畫家嘔心瀝血完成的手抄繪本，被糟蹋成這樣。後宮的嬪妃用這本書與王子們玩遊戲，在書頁各個地方亂塗亂畫。一幅蘇丹祖父的狩獵圖中，有人用拙劣的筆跡在一棵樹旁邊寫著：「我崇高的埃芬迪，我愛你並且等著你，就像這棵樹一樣堅毅。」就這樣，帶著滿心的悲傷氣餒，我們審閱了一本又一本傳世之書，這些經典的創作過程我時有耳聞，但從不曾親眼目睹。

《技藝之書》的第二冊中，都出現了三位細密畫師的筆觸。書裡，我們看見在轟隆作響的火砲與眾多步兵後方，有上百匹包括栗色、灰色與藍色各種顏色的戰馬，身披各式威武的全副盔甲，背負著揮舞彎刀的英勇騎兵，整齊畫一地登上粉紅色的山頂，然而，沒有任何一匹馬的鼻子有瑕疵。「而且，究竟什麼才算瑕疵！」奧斯曼大師後來說，那時我們正在檢查同一本書裡的另一張圖，上頭描繪皇室外門及我們此刻恰巧所在的遊行廣場。圖中把病院畫在右邊遠處，將蘇丹的皇家謁見廳與庭院中的樹木以縮小的比例繪畫，讓它們能被容納在畫裡，但又富麗堂皇到符合在我們心中的重要性。只不過，在守衛、侍衛隊及議會祕書騎乘的各色馬匹鼻子上，也沒能找到我們尋覓的記號。接著，我們看見蘇丹殿下的曾祖父、嚴峻的謝里姆蘇丹，向杜卡底里斯的統治者宣戰之後，沿著庫斯昆河岸豎立起帝國營帳，狩獵各種倉惶逃跑的紅尾黑獵犬、彈跳四竄的幼羚，以及驚惶失措的野兔，留下一隻倒臥血泊的獵豹，牠身上的斑點如花朵綻放。

的記號。

無論蘇丹的白額栗色馬，或是馴鷹者——鳥兒停在他們前臂上蓄勢待發——胯下的馬匹，都沒有我們尋找

直到黃昏，我們已經檢視過千百匹馬，都是這四、五年來橄欖、蝴蝶及鸛鳥所畫的：克里米亞大汗穆哈瑪．吉瑞的美耳栗色巴洛米諾馬；黑色及金色的馬；作戰時只有頭和頸部冒出山頂的桃灰色馬；從突尼西亞的西班牙異教徒手中奪回哈庫發堡壘的黑德帕夏的馬匹，以及西班牙人紅栗色與開心果綠色的馬，其中一匹馬在眾人奔逃時猛然栽倒；一匹黑色的馬引起了奧斯曼大師的評論：「我漏掉了這一匹，我想不出這麼草率的圖會是誰畫的。」一匹紅色的馬，微微轉過牠的耳朵，傾聽一個皇室僮僕在樹下隨手彈奏的魯特琴；席琳的馬，和她同樣羞怯優雅的雪狄茲，站在一旁等待襯著月光在湖中沐浴的主人；長槍比武時騎乘的活潑馬匹；暴躁的馬與牠俊美的馬夫，不知為何引發奧斯曼大師說：「我年少時極愛他，我很累了。」阿拉派遣給先知以利亞，保護他不受異教徒攻擊的金亮飛馬——牠的翅膀被誤畫在以利亞身上；蘇里曼大帝蘇丹的灰色純種馬，小頭大身體，悲傷地凝望著年輕可愛的王子；憤怒的馬；奔馳的馬；疲累的馬；美麗的馬；被人忽視的馬；永遠離不開書頁的馬；以及跨越鍍金頁緣逃離囚籠的馬。

牠們身上都沒有我們找尋的簽名。

即便如此，面對著逐漸降臨的疲倦與憂愁，我們依然能保持不變的興奮：有好幾次，我們忘記了馬，無法自拔地沉緬於美麗的圖畫，流連迷人的色彩。欣賞這些圖畫時，奧斯曼大師往往帶著懷舊的熱情，而非新鮮的驚奇——它們大多是他創作、監督或紋飾的。「這些是卡辛帕夏區的卡辛畫的！」有一次他說，指著蘇丹殿下的祖父蘇里曼蘇丹的紅色軍營下那些小小的紫色花朵。「他絕對稱不上是一位大師，不過四十年來，他就用這些五片花瓣的朵朵小花，填滿了圖畫中的畸零空白，直到兩年前突然過世。我總是指派他畫這些小花，因為沒有任何人畫得比他好。」他沉默了一會兒，接著呼嘆：「可惜，太可惜了！」在我

的靈魂深處，感覺到這些字眼宣布一個時代的結束。

正當黑暗即將吞沒我們，一道光線溢滿了房間。一陣騷動。我此刻如鼓一般狂跳起來的心，剎那間明白：世界的統治者，崇高的蘇丹殿下，忽然走進房間。我撲身跪倒在他的腳邊。我親吻他長袍的衣角。我頭暈目眩。我無法直視他。

不過他早已開口對繪畫總督奧斯曼大師說話。目睹他與一個幾分鐘前才和我一起促膝觀畫的人說話，讓我心中充滿炙熱的驕傲。不可思議。崇高的蘇丹殿下此刻正坐在我稍早的座位上，專注地傾聽大師解釋，就和我剛才一樣。隨侍在側的財務總督、馴鷹團阿甘，以及許多我認不出身分的護衛陪侍在他身旁，眾人全神貫注望著敞開的書頁。我鼓足勇氣，斜眼仔細觀察世界至高無上的統治者的臉孔和眼睛。他是多麼英俊！多麼高貴挺拔！我的心臟已不再狂跳。剎時，我們的眼神交會。

「我非常喜愛你的恩尼須帖，願他安息。」他說。是的，他正在對我說話。興奮莫名中，我漏聽了他說的一些話。

「……我深感至怨哀痛。然而，看見他創作的圖畫皆為經典之作，我頗為欣慰。待威尼斯邪徒看見它們之後，將驚懼於我的智慧。你們必須從這匹馬的鼻子，判斷出那位卑鄙妄為的細密畫家是誰。否則，即便殘酷，也不得不嚴刑拷問所有細密畫師。」

「世界的庇護，至高無上的蘇丹殿下，」奧斯曼大師說：「要揪出造成這個筆誤的傢伙，最好的方法，是命令我的細密畫師在一張白紙上畫一匹馬，不經思考，即興作畫。」

「當然，除非它確實為筆誤，而非真正的鼻子。」蘇丹殿下犀利地指出。

「蘇丹殿下，」奧斯曼大師說：「為了這個目的，如果可以藉由皇上之命，宣布今天晚上舉行一場比賽；如果可以派遣侍衛前去拜訪殿下的細密畫家們，要求他們在一張白紙上即興畫馬，做為比賽……」

蘇丹殿下望向皇家侍衛隊長，表情彷彿在說：「你聽見了嗎？」接著他說：「你們知道詩人內札米的競賽故事中，我最喜愛哪一篇嗎？」

有些人回答：「我們知道。」有些人說：「哪一篇？」有些人，包括我在內，沒有開口。

「我不喜歡詩人的競賽，或是講述中國畫家和西方畫家與鏡子之爭的故事。」英俊的蘇丹說：「我最喜愛的比賽，是大夫的死亡之爭。」

語畢，他倏然起身離去，前往參加晚禱。

稍後，等晚禱的召喚結束，我在昏暗的天色中走出宮廷大門。我匆忙趕回居住的區域，快樂地想像著莎庫兒、男孩們，以及我們的家，但就在這個時候，驚恐地想起大夫之爭的故事：

兩位大夫在他們的蘇丹面前比賽，其中一位通常被畫成身穿桃紅衣服的大夫，製造了一枚綠色的毒藥丸，藥性之強可以毒死一頭大象。他把這枚藥丸遞給另一位身穿深藍色長袍的大夫。那位大夫先是吞下了有毒的藥丸，之後，又吞下一枚他當場配製的深藍色解藥。從溫和的微笑可以看出他一點也沒事。接下來，輪到他給對手一口死亡之氣。他從容不迫地享受著輪到自己的樂趣，從花園摘下一朵粉紅色的玫瑰。他把花拿到唇邊，朝花瓣輕吐了一首聽不見的神祕詩句。接著，他自信滿滿地伸長手臂，把玫瑰遞向敵手，讓他一聞花的芳香。神祕咒語的力量使得桃紅衣服的大夫心慌意亂，儘管花裡除了尋常的香氣之外什麼也沒有，但是才一把玫瑰舉到鼻子前，他就因為驚嚇過度，倒地身亡。

43 我的名字叫「橄欖」

晚禱之前，門口傳來敲門聲，我沒有刻意多禮地打開門：是一位宮廷派來的侍衛隊長手下，一個乾淨、俊美、開朗、神清氣爽的年輕人。除了紙張和寫字板，他手裡還拿了一盞油燈，燈火非但沒有照亮他，反而在他臉上投下陰影。他很快向我報告來此的任務：蘇丹殿下宣布在細密畫家之間舉行一場比賽，看誰能在最短的時間內畫出一匹最精美的馬。我必須在地上坐下來，把紙鋪在寫字板上，放在膝上，然後在頁面邊框內指定的空間裡，描畫出一匹全世界最美麗的馬。

我邀請我的客人進屋，然後跑去拿我的墨水和我最細緻的畫筆，一枝用貓耳尖端的毛髮製成的毛筆。我往地上坐下，接著楞住了！這場比賽會不會是某種陰謀詭計，到時候要我賠上鮮血和腦袋？可能！不過，赫拉特前輩大師筆下的傳世畫作，不也就是以介於美與死之間的精細線條所繪就的嗎？

我充滿了繪畫的慾望，然而有點害怕畫得和前輩大師一模一樣。我抑制住自己。

望著面前的白紙，我沉思了一會兒，讓我的靈魂得以甩開憂懼。我必須單純地專注在即將下筆的美麗馬匹身上；我必須集中全部的力氣與注意力。

所有我曾經畫過和看過的馬匹開始在眼前奔騰。其中一匹最為完美無缺。我當下決定要畫這匹從來沒有人能畫的馬。我果決地用想像之眼描摹出牠的形象。周圍的世界漸漸褪去，彷彿我頓時忘記自己，忘了我坐在這裡，甚至忘記了我將要繪畫。我的手自動拿起畫筆浸入墨水瓶，蘸飽剛好的分量。來吧，我能幹的手，讓我想像中的駿馬躍然紙上吧！馬與我似乎已經融為一體，我們即將誕生。

跟隨著直覺，我在描了邊框的空白紙上，尋找一個適當的位置。我想像馬就站在那裡，接著突然：甚至還來不及思考，我的手已經依照自己的意志，果斷地下筆。看，多麼優雅地從馬蹄開始，迅速轉而向上，畫出纖瘦的漂亮小腿，然後往上延伸。它帶著同樣的堅定，彎過膝蓋，飛快地往上滑到胸部下緣，我的情緒也隨之高漲！從這裡，它勝利地向上拋出一條弧線：這隻動物的胸膛多美呀！胸部逐漸變窄形成脖子，跟我心目中的馬一模一樣。畫筆沒有停頓，我從牠的臉頰順勢而下，來到堅毅的嘴。我想了幾秒，決定讓嘴巴張著。我進入嘴裡──就是這樣，來，嘴巴張大一點，小馬兒──接著帶出牠的舌頭。我慢慢旋轉畫筆，勾勒出鼻子──沒有猶豫的餘地！我的手引著畫筆穩定地斜向上，同時，我朝整幅圖畫看了一眼，看見筆下的線條完全如我的想像時，我根本忘了自己在畫什麼，任由我的手自動描繪出耳朵，並滑出一道精美的弧線，形成優雅的脖子。當我憑著記憶往下畫到背部時，我的手自動停了下來，讓岔開的毛筆吸飽墨水。我心滿意足地繼續畫馬的後半身，以及牠強壯而凸出的臀部。我全神貫注地沉浸於圖畫之中。當我愉快地開始畫牠的尾巴時，覺得自己好像就站在逐漸成形的馬匹身旁。這是一匹戰馬、一匹賽馬。把馬尾打了一個結整齊束攏後，我精力充沛地往上移動。當畫到牠的屁股和臀頰肉時，我自己的屁股和肛門感到一陣舒適的涼意。享受著這份感覺，我開心地完成牠柔軟圓潤的後半部、微微落在右後腿後方的左後腿，最後是馬蹄。我的手絲毫無誤地照著我的想像，描出姿態高雅的左前腿。我筆下的這匹馬著實教我震撼莫名。

我把手抬離頁面，飛快地畫下燃燒、憂傷的眼睛；只停頓了一秒，我接著描出鼻孔和馬鞍毯。我耐心地琢磨一縷縷馬鬃，彷彿以我的指頭溫柔地梳理。我為牠加上了馬鐙，並在前額點上一塊白斑；最後，再熱情、慎重、毫不含糊地畫出牠的睪丸與陰莖，這才算是徹底完成。

當我繪畫一匹駿馬時，我就變成了那匹駿馬。

44 我的名字叫「蝴蝶」

我記得大約是在晚禱的時間，有人來到門口。他說明蘇丹宣布了一場比賽。聽候差遣，我親愛的蘇丹；的確，有誰畫的馬比我的美麗？

然而，得知這幅畫將以黑墨風格呈現而沒有色彩時，我楞了一下。為什麼不上色？是因為恰巧是我最善於選色和用色嗎？誰來評判哪一幅畫最好？我試圖從宮廷派來的這位寬肩膀、粉紅嘴唇的漂亮男孩口中，打探更多消息，並據此推論出這場比賽背後，是由繪畫總督奧斯曼大師支持。奧斯曼大師，無疑地，深知我的才華，喜愛我勝於所有細密畫家。

因此，當我凝望空白紙張時，眼前浮現了一匹姿態、長相和氣質能同時取悅蘇丹及奧斯曼大師的馬。這匹馬必須活潑，但要嚴肅，像是奧斯曼大師十年前畫的馬；牠應該揚蹄而立，因為蘇丹總喜歡這樣。如此一來，他們兩人將會一致贊同這匹馬的美。不曉得他們提出多少金幣的獎勵？默爾．穆薩非伊會怎麼畫這幅畫？畢薩德會怎麼畫？

突然間，這匹馬飛快地衝入我腦中，還沒回過神來弄清楚，該死的手已經抓起畫筆，從揚起的左前腿下手，開始描繪一匹超乎任何人想像的奇蹟之馬。很快畫完腿後，我繼續把牠連上身體，愉悅而自信地揮灑出兩道弧線——如果你們看見這兩條線，一定會說這位藝術家不是畫家，而是書法家。我敬畏地注視著自己的手在紙上移動，好像它屬於別人的。兩道優美的弧線形成馬兒飽滿的腹部、結實的胸膛及天鵝般的脖子。這幅畫幾乎可以算完成了。噢，我為自己的才華感到目眩神迷！在此同時，我看見我的手已經為健壯昂揚的馬匹，勾勒出鼻子和微張的嘴，並描上牠聰明的額頭與耳朵。接下來，再一次，看呀多麼美麗，我與高采烈地畫下另一條弧線，彷彿在寫一個字，我幾乎忍不住大笑。從揚首的馬脖子處，我猛然往下揮出一道完美的圓弧，畫出負載馬鞍的背部。在我的手忙著畫馬鞍的同時，我驕傲地欣賞逐漸成形的馬匹，牠有一個和我一樣健壯、圓潤的身體：這匹馬絕對會讓大家驚豔。我想像等我贏得大獎後，蘇丹殿下將給我什麼甜蜜的讚美，他將會獎賞我滿滿一袋金幣；想到自己回家數錢的樣子，我忍不住又想大笑。就在這時，我從眼角瞥見我的手已經完成了馬鞍，它把毛筆拿到墨水瓶裡蘸墨，然後再回到紙面。我咯咯輕笑著開始畫馬的後半部，好似在開玩笑。我輕快地勾勒出尾巴。我筆下的馬臀是多麼圓滑而曲線玲瓏，真渴望用雙掌捧住它，就像把玩一個任我侵犯的男孩的柔軟臀部。在我的微笑中，我靈敏的手已經完成了後腿，停下畫筆：這是有史以來最精美的一匹揚蹄戰馬。我得意洋洋，欣喜地想像人們會多麼喜愛我的馬，他們會讚美我是最有才華的細密畫家，甚至當場宣布由我擔任繪畫總督。但我又想到那些白痴可能也會這麼說：「他輕輕鬆鬆一下子就畫好了這幅畫！」由於這個原因，我擔心人們可能不會嚴肅看待我的神妙之作。因此，我精雕細琢地以工筆畫出馬鬃、鼻孔、牙齒、一縷縷馬尾及馬鞍毯，讓人們可以明顯看出我確實為這幅畫下了極大功夫。從這個角度，也就是側面揚蹄的姿勢，應該會看得見馬的生殖器，不過我略過它們沒有畫，避免讓婦女們過於分心。我驕傲地端詳我的馬：暴風般揚首舉蹄，強而有力！彷彿颳起一陣狂風，捲起一枝畫筆掃出橢圓的筆觸，像是一行草書；儘管如此，馬匹仍然穩若磐石。人們會像讚美畢薩德或默爾．穆薩非伊那樣，讚美創作這幅插畫的偉大細密畫家，屆時，我也將躋身大師之列。

當我繪畫一匹駿馬時，我就變成了繪畫牠的偉大前輩大師。

45 我的名字叫「鸛鳥」

晚禱過後我本來打算前往咖啡館，但有人告訴我門口有訪客。希望是好消息。我開門發現一位宮廷派來的信差。他解釋了蘇丹的比賽。很好，世界上最美麗的馬。你只要告訴我一匹付我多少錢，我當場畫個五、六匹給你。

當然我沒這麼說，只是保持風度地邀請站在門口等待的男孩進屋。我思考了一會兒：世界上最美麗的馬根本不存在，何況要我畫牠。我可以畫戰馬、高大的蒙古馬、尊貴的阿拉伯馬、浴血奮戰的英勇戰駒，或甚至是拖著一車石頭載往建築工地的倒楣馱馬。但任何一匹都稱不上是全世界最美麗的馬。自然，所謂「全世界最美麗的馬」，我明白蘇丹殿下指的是波斯畫家畫過千萬遍的馬匹中，最耀眼奪目的一匹，符合所有往昔的公式、模範和姿態。但為什麼？

顯然，有許多人不希望我贏得金幣。如果他們叫我畫一匹普通的馬，用常識想也知道沒有人的圖畫比得過我。是哪個人愚弄了蘇丹殿下？儘管那些嫉妒我的藝術家們謠言不斷，但至高的皇上深知在他所有細密畫家當中，我最具才華。他欣賞我的插畫。

我的手突然憤怒地一躍而起，似乎想揮去所有惱人的顧慮。從馬蹄尖端下筆，經過一陣聚精會神的努力，我畫出一匹真正的駿馬。你們很可能曾在路上或戰場中見過這樣的馬，疲累，但仍保持風範……接著，出於同一股怒氣，我大筆一揮，畫出一匹土耳其騎兵的戰馬，甚至比前面那匹還好。手抄本繪畫工匠坊沒有半個細密畫家畫得出如此美麗的動物。正當我準備憑記憶再畫另一匹馬時，皇宮派來的男孩說：

「一匹就夠了。」

他正打算抓起紙離開，但被我阻止。因為我深深知道，就像知道自己的名字一樣，這些混蛋會拿出一大袋金幣做為繪馬比賽的獎金。

如果我照自己的意思畫，他們不會給我金幣！如果贏不了金幣，我的名字將永遠蒙羞。我停下來想了一會兒。「等等。」我對男孩說。我走進房裡，回來的時候拿著兩枚閃亮無比的偽威尼斯金幣，把它們交給男孩。他很害怕，眼睛睜得大大的。「你像獅子一樣勇敢。」我說。

我拿出一本從不讓任何人看見的私藏圖式筆記之一。我在這些書冊裡，偷偷複製下多年來見過最美麗的插畫。更不用說還有寶庫的侏儒總管雅弗，從密藏的書冊中複製下來的各種最美麗的樹、龍、鳥、獵人及戰士；意思是，如果你給那無賴十枚金幣的話，他就會幫你。對於想透過圖畫和裝飾目睹真實世界的人而言，我的筆記沒什麼幫助；但是對想回憶古老寓言的人來說，我的筆記是完美珍品。

我一邊翻著書頁，一邊展示圖片給宮廷僮僕看，最後選定一匹最優秀的馬。我拿出一根針，輕巧地在圖畫的輪廓線上戳洞。接著，我在這張模版的下方墊了一張白紙，朝模版緩緩灑下適量的煤灰，然後輕輕搖晃，讓煤灰順利掉入洞孔。我拿開模版。一點一點的煤灰把美麗馬匹的整個形體轉印到下方紙上，看起來極為賞心悅目。

我抓起筆。在突然湧現的靈感帶領下，我以迅速而果斷的筆觸，優雅地連起黑點。當我照此繪畫著馬腹、典雅的頸子、鼻子和臀部時，深情地感覺到牠就在我體內。「完成了。」我說：「全世界最美麗的馬。那些笨蛋沒有一個畫得出來。」

為了讓皇宮來的男孩也深信不疑，同時更為了讓他不會向蘇丹解釋我這幅畫的靈感從何而來，我又給了他三枚偽幣。我暗示說如果我最後贏得了金幣，甚至會再給他更多。不只這樣，我相信他心裡想像著，自己也許很快便能夠再次瞥見我妻子的身影——他剛才斜睨著她，嘴巴闔不起來。許多人認為一位細密畫家的優秀與否，可以從他筆下的馬來分辨。不過，要成為最優秀的細密畫家，光是畫出最好的馬還不夠，你還必須說服蘇丹殿下及他周圍一群馬屁精，讓他們相信你的確是最優秀的細密畫家。

當我繪畫一匹駿馬時，我就是我，僅此而已。

46 我將被稱為凶手

你們能夠從我速寫一匹馬的方式，分辨出我是誰嗎？

一聽說被邀請創作一匹馬時，我立刻明白這不是一場比賽：他們想要透過我的繪畫來抓我。我很清楚他們在可憐的高雅．埃芬迪身上，找到了我畫在粗紙上的馬匹素描。但在我畫的那些馬中，並沒有任何瑕疵或風格得以讓他們發覺我的身分。雖然我極有把握，畫馬的時候仍驚懼不已。我為恩尼須帖所畫的馬，是否有什麼地方引起臆測？這回我得畫一匹全新的馬。我從完全不同的方向思考，我「壓抑」自己，變成另一個人。

然而，我是誰？我是一個會為了迎合工匠坊的風格，克制自己畫出經典之作的藝術家嗎？或者，我是一個總有一天能勝利地描繪出內心深處那匹馬的畫家？

剎那間，驚恐萬分地，我感覺到那位勝利的細密畫家出現在體內。好像我正被另一個人監視。總而言之，我感到羞愧。

我馬上明白我無法繼續留在家裡，於是衝出門，迅速走下黑暗的巷道。誠如謝赫．奧斯曼．巴巴在《聖者的生活》一書中所寫，一位真正的流浪苦行僧為了逃離內在的惡魔，必須一輩子飄泊，永遠不在任何地方逗留太久。六十七年的歲月，流浪過一個又一個城市後，他終於厭倦奔波而臣服於魔鬼。就是在這種年紀，細密畫大師們達到失明，或是阿拉的黑暗；在這樣的年紀，他們不由自主地成就了自己的風格，遠離所有其他風格的影響。

我漫步穿越巴耶塞特的雞販市場，跨過奴隸市場空無一人的廣場，走進從熱食店飄散而出的愉悅香氣中，彷彿搜尋著什麼。我行經大門緊閉的理髮店及熨衣店，一位年邁的麵包師傅正在數錢，驚訝地抬頭看我。我經過一間散發醃菜和鹹魚氣味的雜貨店。由於我的目光只被顏色吸引，因此走進一間擺滿待秤貨品的藥草乾貨店，在油燈的光芒下，如同望著愛人般深情款款地凝視一袋袋咖啡、薑、番紅花和肉桂；我注視著一罐罐五顏六色的乳香樹脂、從櫃檯上飄來芳香的洋茴香、堆成一座座小山的黑褐色蒔蘿。一會兒，我想把每樣東西都放進口中；一會兒，我又想把眼前的一切全畫在紙上。

我走進一間食堂，上個星期我來過這裡兩次填飽肚子。我私下稱它為「落魄人的熱食店」，事實上，稱它「悲慘人」可能更恰當一點。它開到半夜，只有知道的人才會上門。食堂裡有幾個倒楣鬼，一身穿著好像馬賊或死刑逃犯；幾個可悲的傢伙，深沉的哀愁與絕望使他們的目光脫離了塵世，飄向遙遠的樂園，就如吸鴉片的人一樣；兩個乞丐，掙扎著想遵循最基本的行規；以及一位年輕紳士，遠遠避開人群坐在角落。我向阿列波來的廚子和善地打過招呼，挖了一勺包心菜碎肉捲餅堆在碗裡，淋上酸奶酪，再撒上一把紅辣椒粉，然後在年輕紳士旁邊找了一個位子坐下。

每天夜裡，總有一陣憂鬱向我襲來，一股悲慘降臨到我身上。噢，我的弟兄，我親愛的弟兄，我們汙穢墮落，我們逐漸腐爛、死亡，我們正在敗壞自己的生命，我們深陷痛苦，無法自拔……有些夜晚，我夢見他從井裡爬出來追我，可是我曉得我們已經把他深深埋進厚重的土裡。他不可能從墳墓爬出來。

年輕的紳士開啟對話，我本來以為他已經把鼻子埋進湯裡忘了整個世界。這是阿拉的啟示嗎？「沒錯，」我回答：「他們把碎肉絞得剛剛好，我的包心菜捲很合口味。」我詢問他的來歷：他剛從一間可悲的二十銀幣大學畢業，之後在阿瑞費帕夏手下作小職員。我沒有問他為什麼三更半夜地沒有在帕夏的官邸、清真寺，或在自己家中親愛妻子的懷裡，反而選擇跑來這間擠滿單身漢的路邊食堂。他問我是什麼人，從哪裡來。我想了一會兒。

「我的名字叫畢薩德。我來自赫拉特和大不里士。我曾經創作出最華美的圖畫、最令人讚嘆的經典畫作。從波斯到阿拉伯，在每一間穆斯林的手抄本繪畫工匠坊，幾百年來人們談論繪畫製作時，都會提到我：它看起來好真實，就像畢薩德的作品。」

當然，重點不在此。我的繪畫呈現出心靈所見，而非眼睛所視。然而，你們非常清楚，圖畫是眼睛的饗宴。如果你們結合這兩種概念，我的世界就會浮現。也就是：

其一：繪畫鮮活地呈現心靈所見，成為眼睛的饗宴。

其二：眼睛看見的世間萬物融合入繪畫中，反過來滋養心靈。

其三：因此，美，來自於眼睛在世界上發現了我們心靈早已知道的事物。

這位可悲大學的畢業生，能夠了解這個我在靈光乍閃之際萃取自內心深處的邏輯嗎？完全不懂。為什麼？因為，就算你花了三年的時間，待在一間邊遠偏僻的宗教學校，坐在一位教長腳邊，聽他每天為二十銀幣講課——今天這點錢只夠你買二十條麵包——還是不曉得畢薩德到底是什麼人。顯然那位二十塊錢教長．埃芬迪也不知道畢薩德是誰。好吧，我來解釋。我說：

「我什麼都畫過，任何題材：我們的先知坐在清真寺綠色的禮拜神龕前，他的四位繼承人隨侍在側；另一本書中，使徒與真主的先知，在復活升天日的夜晚，登上七重天；亞歷山大在前往中國的路上，來到一座濱海神廟，大聲擊鼓嚇退一隻捲起海面風暴的怪獸；一位蘇丹聽著魯特琴樂音，一面偷窺他的後宮佳麗在水池裡裸泳，一面手淫；一位年輕的摔角手習得師父所有招式後，準備迎接勝利，卻在蘇丹面前被自己的師父親手打敗，因為他師父留了一手最後絕招；年幼的莉拉與莫札那跪在一間雕梁畫棟的教室，一起背誦榮耀的古蘭經，墜入愛河；情侶間不敢直視對方的表情，從最羞怯到最笨拙的姿態；一塊一塊堆砌石頭建造宮殿；罪犯接受嚴刑拷打；翱翔的老鷹；蹦跳的兔子；陰險的老虎；枝頭上站著喜鵲的柏樹和梧桐樹；死亡；互相比賽的詩人；慶祝凱旋的盛宴；以及像你這種只看得到面前那碗湯的傢伙。」

含蓄的小職員已經不怕了，甚至覺得我很有趣，微微一笑。

「你的教長．埃芬迪一定叫你讀過這個，你曉得這故事。」我繼續說：「薩地的《玫瑰花園》中，有一個故事我非常喜歡。你一定知道，大流士國王在一場狩獵中，與人群走散了，獨自在山上徘徊。出其不意地，一個長相凶惡、留著山羊鬍的陌生人出現在他面前。國王驚恐萬分，連忙伸手拿取放在馬上的弓箭。這時男人哀求：『我的國王，暫且別射箭。您怎麼認不出我呢？我難道不是您託付了一百匹馬和馬仔的皇家馬夫嗎？我們彼此見過多少回了？您的一百匹馬，每一匹馬的性情、脾氣，甚至顏色，我都記得清清楚楚。那麼，您怎麼會不曾注意我們這些受命於您的僕人，甚至像我這樣時常與您碰面的人呢？』」

當我描繪這個場景時，帶著極大的喜悅與寧靜畫出黑色、栗色及白色的馬匹——在一片天堂般、五彩繽紛、繁花盛開的翠綠草原上，受到馬夫溫柔的照料——為了讓最愚鈍的讀者也能明瞭薩地的故事教訓：唯有透過關愛、留意、熱情與同情，才能一窺人間的美與神祕；如果你想生活在快樂的馬匹漫遊的那片樂土，必須張大眼睛，真正觀看這個世界，注意所有色彩、細節和反諷。

這位二十塊錢教長的子弟一方面覺得我有趣，一方面又覺得我可怕。他想丟下湯匙溜走，但我不給他機會。

「大師中的大師，畢薩德，便是這樣在圖畫中描繪國王、他的馬夫及馬匹。」我說：「一百年來，細密畫家不停模仿那些馬匹。畢薩德透過想像和內心所描繪的每一匹馬，如今都成為一個典型的樣式。千百位細密畫家，包括我在內，可以單單靠記憶畫出這些馬。你看過馬的圖片嗎？」

「我有一次在一本神奇的書中看過一匹飛馬。那本書是一位偉大的老師，學者中的學者，送給我已故教長的。」

我真不知道是應該把這小丑的腦袋壓進他的湯裡淹死他，還是任他繼續天花亂墜地形容這輩子看過的唯一一幅馬匹圖畫。這驢蛋，和他的老師，居然把《珍禽異獸》當寶一樣看，而且天曉得他們看到的是多麼拙劣的複製版本。我想出第三種解決方法，就是扔下我的湯匙，離開食堂。走了很久之後，我來到那間廢棄的苦行僧居所，走進屋內，一股平靜湧向我。打掃乾淨後，我無事可做，便聆聽著寂靜。

稍後，我把鏡子從我收藏的角落拿出來，架在一張矮工作桌上。接著，我在畫板上鋪好一張跨頁插圖，置於膝上。我調整位置好看清鏡中自己的臉孔，然後拿起炭筆畫自畫像。我耐心地畫了很久。過了好一會兒，當我再次看見紙上的臉並不像鏡中我的臉孔時，內心充滿頹喪挫折，眼淚不禁溢出眼眶。那些被恩尼須帖吹捧上天的威尼斯畫家們究竟是怎麼做的？於是我想像自己是他們其中之一，猜想如果我能以同樣的心境作畫，或許也能畫出一幅令人心服口服的自畫像。

又過了一會兒，我咒罵起歐洲畫家和恩尼須帖。我擦掉紙上的東西，重新看向鏡子，繼續著手另一幅畫。

到頭來，我發現自己又在街上漫遊，而接著，來到了這間齷齪的咖啡館。我甚至搞不懂自己怎麼會來這裡。我走進屋內，想到跟這群可悲的細密畫家和書法家混在一起，覺得好羞恥，額頭不禁開始冒汗。

我感覺到他們都在看我，彼此用手肘示意我的到臨，譏笑著。是的，我清楚地看見他們這麼做。我在角落坐下，努力展現自然的神態。在此同時，我用目光搜尋別的畫師，以前有一段時間曾經和我一起作奧斯曼大師學徒的親愛弟兄。我確信他們每個人今天傍晚也都被要求畫一匹馬，而他們一定竭盡所能，認真參與這場由一群白痴舉辦的比賽。

說書人．埃芬迪還沒開始表演，圖畫甚至沒有掛上。我被迫與咖啡館裡的群眾社交。

那也無妨，我坦白跟你們說：和大家一樣，我也會開玩笑、講下流故事、誇張地親吻同伴的臉頰、說各種雙關語和反諷比喻、詢問年輕大師助手的近況，而且也和大家一樣，無情地揶揄我們共同的敵人。暖身完畢後，我甚至會放肆地調戲打鬧，親吻男人的脖子。然而在胡鬧的同時，我卻知道自己大半的靈魂仍陷於冷酷的死寂，這帶給我難以承受的折磨。

雖然如此，沒過多久，我已經成功舉出各種比喻來形容自己的和其他人津津樂道的那話兒，像是毛筆、蘆葦、咖啡館的柱子、笛子、樓梯欄杆柱、門環、韭蔥、叫拜樓、濃糖漿裡的拇指餅、松樹，甚至有兩次用世界來形容。我同樣成功地把那些有口皆碑的漂亮男孩屁股，比喻為柳橙、無花果、凸起的小餡餅、枕頭，還有小小的螞蟻丘。此時，一位與我同齡的自負書法家卻只能把自己的寶貝——極為業餘而毫無半點自信地，我得補充——比喻為一艘船的桅杆和一個挑夫的扁擔。我更進一步用各種隱喻，暗指老畫家再也舉不起來的傢伙；新學徒的櫻桃色嘴唇；某些書法大師們，他們把錢貯藏起來（我也一樣），放在某個地方（「天下最骯髒的坑穴」）；我喝的酒裡很可能放了鴉片而不是玫瑰花瓣；大不里士和設拉子最後幾位偉大畫師；在阿列波，人們把酒加入咖啡裡；以及那裡有哪些書法家和漂亮男孩。

侃侃而談中，有時候，我感覺到體內兩個幽靈之一，最後終於勝利浮出，把另一個拋在後頭，讓我忘記自己那死寂冷漠的面向。這些時刻，我會憶起童年時的節日慶典，當時的我可以自在地與親戚朋友相處。如今，就算有再多笑話、親吻和擁抱，我心底仍有一片死寂，讓我在人群的中心飽受折磨，無限疏離。

是誰，賦予了我如此一個死寂冷酷的幽靈——不是幽靈，是邪靈——永遠不斷地斥責我，隔絕我與外界的聯繫？撒旦？不過，減輕我內心幽寂的，並非撒旦煽動的愚行禍端，而是能夠觸及靈魂深處、最簡單純淨的故事。在酒精的影響下，我說了兩個故事，盼能藉此得到安寧。一位高、蒼白卻又臉色嫩紅的書法學徒，用綠色的眼睛直視我，聚精會神地傾聽。

細密畫家為了減輕靈魂孤寂所說的兩個關於失明與風格的故事

其一

與人們的認知相反，靠著觀察一匹真馬來畫馬的方法，並不是歐洲大師的發明。原始想法來自於偉大的畫師：卡茲文的亞默列丁。白羊王朝的大汗塔爾．哈珊征服卡茲文之後，年邁的大師亞默列丁加入勝利君主的書本繪畫工匠坊，但他並不滿足；相反地，他主動進言，聲明想要畫下自己親眼目睹的戰爭場景，為大汗的《歷史》增添圖飾。這位大師，六十二年來畫了各種馬匹、騎兵攻擊和爭戰的圖畫，卻從未親身參與戰爭。在大汗的首肯下，他第一次上了戰場。不幸的是，他還來不及看見汗水淋漓的馬匹衝鋒陷陣，就被敵軍的砲火炸斷雙手，並炸瞎了眼。年老的大師，如同所有真正的巨匠，其實早已等待著阿拉恩賜的失明降臨，也沒有把失去雙手的悲劇視為太大的缺憾。雖然某些人堅持一位細密畫家的記憶位於雙手，他卻不以為然，主張它們深藏在智慧和內心之中。不僅如此，如今他已失明，宣稱自己能看見阿拉眼中真正的圖畫、風景與純粹無瑕的馬匹。為了向藝術愛好者分享如此奇景，他僱了一位高䠷、蒼白皮膚、粉嫩臉頰、綠眼睛的書法學徒，一筆一筆指示他畫出自己在阿拉的神聖黑暗中看見的壯麗馬匹——就好像他親自拿筆繪畫一樣。大師過世後，年輕的書法學徒集結這三百零三幅馬的紀錄，每一匹都是從左前腿開始下筆，裝訂成三冊，分別命名為《馬之畫》、《馬之動》，以及《馬之愛》。這三本書在白羊王朝的領土上，有一段時間廣受歡迎和需求，坊間出現各式各樣新版本及複製本，上面的圖畫也被插畫家、學徒和他們的學生們牢記，並用作練習本。雖然如此，塔爾．哈珊的白羊王朝滅亡之後，赫拉特風格的繪畫席捲全波斯地區，亞默列丁和他的手抄本從此被人們遺忘。無疑地，這樣的後果，多少可以歸因於赫拉特的卡默拉丁．芮薩。在他的《盲者之馬》一書中，強烈批評這三冊書，並結論說應該把它們全燒了。卡默拉丁．芮薩宣稱，卡茲文的亞默列丁那三冊書中描繪的馬，沒有一匹算得上真主眼中的馬——因為沒有任何一匹是「純淨無瑕的」。由於年老的大師親眼目睹了一場真正的戰役，無論時間多短，在那之後他繪畫的馬匹，都已不再純淨。由於征服者穆哈瑪蘇丹把白羊王朝塔爾．哈珊的金銀財寶全部掠奪回伊斯坦堡，可以想見的是，這三百零三幅繪畫，偶爾或許會流落到其他伊斯坦堡的手抄本裡，甚至可以看到有些馬匹正是依照其中的指導所繪。

其二

在赫拉特與設拉子，當一位遲暮之年的細密畫師因為一生過度辛勞而失明時，人們不僅視其為大師毅力的表徵，更解釋為真主對偉大畫師作品與才華的肯定。有一陣子在赫拉特，如果一位大師年歲老去卻沒有失明，甚至將會受到懷疑。這種情況驅使許多年老的畫師刻意引起失明。很長一段時間，人們非常崇敬刺瞎自己眼睛的藝術家，認為他們跟隨前輩的腳步，仿效那些寧可刺瞎自己也不願意事奉異主或改變風格的傳奇大師。到了阿布．薩伊德的時代，這位繼承米蘭沙皇世系的帖木兒孫子，征服了塔什干和撒馬爾罕後，為他的工匠坊引進一個新花樣：比起真正的失明，更大力尊崇模擬的失明。給阿布．薩伊德這個靈感的是藝匠布拉克．瓦里，他確信一位失明的細密畫家可以從黑暗中看見真主眼中的馬；然而，若一位明眼的細密畫家可以如瞎子般觀察世界，那更是真正的才華。六十七歲時，為了證明自己所言不假，他張著眼睛盯住紙面，卻完全沒有對焦觀看圖畫，任憑筆尖揮灑畫出一匹馬。整場藝術儀式上，米蘭沙皇還找來聾音樂家彈奏魯特琴、啞說書人背誦故事，以陪襯著名大師的表演。繪畫完成後，眾人仔細比較布拉克．瓦里的精采馬匹圖畫和他從前所畫的其他馬匹：絲毫沒有半點差異，讓米蘭沙皇頗感失望。從此之後，著名的大師聲稱，一位擁有才華的細密畫家，不論閉眼還是睜眼，永遠只會看見一種馬，也就是阿拉心目中的模樣。而偉大的細密畫師之間，失明或沒有失明並無任何差別：手永遠會畫出同樣的馬，因為當時還沒有法蘭克人所謂「風格」這種新發明。偉大的大師布拉克．瓦里所繪的馬，在之後的一百一十年間，一再被每位穆斯林細密畫家模仿。至於布拉克．瓦里本人，在阿布．薩伊德戰敗、工匠坊解散後，從撒馬爾罕遷移到卡茲文，兩年後被控企圖駁斥榮耀古蘭經中的詩句：「盲人和明眼人不平等。」為此，他先是被刺瞎了，接著遭年輕尼贊姆沙皇的士兵所殺。

我正想再講第三個故事，向媚眼的書法學徒描述偉大的畢薩德大師如何刺瞎自己、為何始終不願離開赫拉特、為什麼被強押到大不里士後永遠不再繪畫、怎麼說一位細密畫家的風格其實是所屬工匠坊的風格，以及其他從奧斯曼大師那兒聽來的故事，但是我逐漸被說書人吸引。我怎知他今晚要說撒旦的故事？我忍不住想說：「最先說『我』的人是撒旦！擁有獨特風格的人是撒旦。分隔東方與西方的人也是撒旦。」

我閉上眼睛，在說書人的粗紙上任憑衝動畫出撒旦的模樣。當我畫圖時，說書人和他的助手、其他藝術家及好奇的觀眾咯咯竊笑，在一旁鼓譟。

請告訴我，你們覺得我有個人風格嗎，或者一切只是酒精作祟？

47 我，撒旦

我喜愛橄欖油炒紅辣椒的氣味、落在平靜海面上的晨雨、窗邊倏然閃現的女子容顏、寂靜、沉思與耐心。我相信自己，而且通常不在乎別人對我的批評。儘管如此，今夜我來到這間咖啡館，是為了向我的細密畫家與書法家弟兄們澄清一些流言蜚語。

當然了，因為開口的人是我，不管我說什麼，你們都準備相信它的反意。不過，精明如你們，也該察覺到我話語的反意不見得全然真確。而且，就算懷疑我，狡猾的你們想必也對我的言論頗感興趣：你們很清楚，我的名字，在榮耀的古蘭經中出現五十二次，是最常被引述的名字之一。

既然如此，我就從真主的榮耀古蘭經講起。書中提到我的每一件事都是真的。請別會錯意，當我這麼說時，心中可是存著極度的謙卑。畢竟我得顧慮到自己的風格。榮耀古蘭經對我的貶抑，長久以來帶給我極大的痛苦，但此種痛苦正是我的生活方式。這是我注定的命運。

一點沒錯，真主在我們天使眼前創造出人類。接著祂要我們匍匐於這個造物跟前。是的，情況就如〈天梯章〉中的描述：當所有的天使都朝人類屈身時，我拒絕了。我提醒眾人，亞當只不過是用泥巴做出來的，我卻出身於火，一種人盡皆知的優越元素。因此我不向人類低頭。於是，真主認為我的行為，怎麼說呢，「高傲」。

「墮落吧，遠離這層層天堂。」祂說：「這裡容不下你這類圖謀自身偉大的傢伙。」

「准許我活到最後審判日，」我說：「直到亡者復活。」

祂准允了。我向祂承諾，這段時間內，我將誘惑害我受罰的亞當後代，而那些被我成功腐化的人，祂說將會送他們下地獄。我無需告訴你們，我們雙方始終謹守祂的諾言。關於此事，我不願再多加評論。

有些人宣稱，當時全能的真主與我達成一項協定。依照他們的說法，透過企圖摧毀人們的信仰，實際上我是在幫助試煉全能真主的子民：擁有堅定判斷力的善良好人，將不會誤入歧途；屈服於俗世慾望的邪惡壞人，則會犯下罪行，日後將落入地獄深淵。因此，我的工作極為重要：如果所有人都可以上天堂，就不會有人感到懼怕，但是整個世界的運作及統治，卻絕不可能單單靠美德即足夠。在我們的世界，邪惡與美德同等必要，罪行與正直更缺一不可。由於我是開創阿拉塵世秩序的功臣——當然是在祂的認可下（不然祂怎麼會允許我活到審判之日？）——因此我被印上「邪惡」的標誌，也從來領不到應得的獎賞，其實是隱藏在我內心的折磨。有些人，比如神祕主義的曼蘇耳，梳羊毛者，或是著名的伊瑪目・葛薩利的弟弟阿門特・葛薩利，依循這條邏輯繼續延伸，甚至在文章中寫下這樣的結論：如果我引發的罪行確實經過真主的准允和旨意，那麼它們其實是真主所要的。更進一步，他們主張善與惡並不存在，因為一切皆源於真主，就連我也是祂的一部分。

這類愚鈍的傢伙有些人被合情合理地燒死，他們的書也一同遭焚毀。善與惡當然存在，該如何畫分兩者，正是每個人的責任。我不是阿拉，真主不允，在那群智障的腦中植入此種荒唐念頭的人也不是我；全是他們自己想出來的。

這使我忍不住提出第二項不滿：我並不是全天下所有邪惡罪行的根源。許多人犯罪的原因完全無關乎我的教唆、欺騙和誘惑，純粹是基於自己的盲目野心、肉慾、意志力薄弱、劣根性，還有最常見的，基於他們自己的白痴。就像某些博學的神祕主義者想盡辦法替我脫罪一樣，假設我是一切邪惡的起源同樣荒謬無稽，且與榮耀古蘭經所載不符。我沒有引誘水果販奸詐地用爛蘋果蒙騙顧客、鼓吹小孩子撒謊、煽動巧言令色的馬屁精、教唆老年人編織淫邪的春夢或激發男孩手淫。即使全能真主也找不出春夢和勃起有何邪惡之處。確實，為了驅策你們犯下深重罪孽，我盡心盡力。但有些教長卻指稱所有打哈欠、打噴嚏或甚至放屁的人都是我的俘虜，這證明他們絲毫不了解我。

就讓他們誤解你吧，如此一來你可以更輕易拐騙到他們，你們或許會這麼建議。沒錯。但容我提醒你們，我有我的自尊，當初也就是它促使我與全能真主決裂。儘管我可以化身為各種形體，儘管各種書本中數以萬次地提及我曾偽裝成明豔誘人的美女，成功地勾引許多虔誠之士，但今晚在場的各位細密畫家弟兄，能否請你們解釋一下，為什麼大家堅持把我畫成一個畸形、尖角、長尾巴的醜陋怪物，臉上永遠布滿一顆顆凸起的疣？

於是，我們來到議題的核心：象徵繪畫。一位傳道士，我不願意具名以免他日後來騷擾你們，鼓動伊斯坦堡街頭一群烏合之眾，譴責以下的行為有辱真主旨意：像唱歌一樣呼喚眾人準備祈禱；苦行僧修院的集會；坐在彼此的腿上；隨著樂器演奏放縱地吟誦；以及飲用咖啡。我曾聽說我們之間有些細密畫家，因為害怕這位傳道士及其信眾，於是聲明所有法蘭克風格的繪畫，背後都是我在作祟。好幾世紀以來，我已背負了無以數計的指控，但從來沒有這麼離譜。

讓我們從頭來看。每個人都念念不忘是我誘惑了夏娃偷吃禁果，而忘記整件事的開端。不，也不是從我在全能真主面前表現的傲慢開始。一切的起始，在於祂在我們面前創造了人類，並期待我們向他屈膝低頭，結果遭遇了我恰當而堅定的拒絕——雖然其他天使服從了。難道你們認為這是對的嗎？祂居然要求用火創造的我，去向用粗泥創造的人類低頭？噢，我的弟兄，說出你們的良心話。算了，沒關係，我知道你們有思考，只是擔心在這裡說話不方便：祂會一字不漏地聽見，並且日後藉此斥責你們。好吧，我們別去追究既然如此祂當初何必賦予你們良知。我同意，你們的恐懼是合理的，我會忘掉這個問題，以及泥與火的辯論。但有件事我絕不會忘記——沒錯，我始終引以為豪的事情：我從來不曾對人類低頭。

然而，這恰巧是歐洲新興大師的所作所為，他們非但不滿足於描繪呈現每一種人身上每件瑣碎的細節，從紳士、教士、富商到女人，各種人的眼睛顏色、膚色、彎翹的嘴唇、額頭的皺紋、戒指和骯髒的鬢角——甚至包括落在女人乳房間的迷人陰影。這些藝術家甚至膽敢把他們的主角置於畫紙的正中央，彷彿人類理當被崇拜；不僅如此，還把這些肖像當作偶像展示，要求觀者臣服於前。人類有重要到應當被畫出每個細節，包括他的影子嗎？如果街上的每棟房子，都依照人類的謬誤觀點描繪，隨著距離愈來愈遠而大小逐漸縮小，那麼人類難道不是實際上僭越了阿拉的地位，站到世界的中心？這一點，阿拉，全能偉大之主，必定比我更清楚。總之，單從表面來看，把這些肖像的主意歸功於我，實在可笑。我怎可能這麼做？我，拒絕匍匐於人類跟前而遭受不可言喻的痛苦和孤立；我，失去真主的寵愛而成為眾人咒罵的對象。還不如像某些穆拉[36]和傳道士指責的，每一個把玩自己的孩童和每一個放屁的人都是受到我的汙染，這麼說還較為合理。

關於這個主題，我還有最後一項意見，但不打算說給凡夫俗子聽，他們滿腦子不外乎世俗的野心、肉體的慾望、金錢的渴求和其他可笑的熱情！只有真主，以祂無限的智慧，才能懂我：難道不是您，要求天使在人類的面前彎腰，使得人類自我膨脹、充滿驕傲？如今，他們模仿您要天使看待他們的方式來看待自己，人類開始崇拜自己，把自己放在世界的中央。就連您最忠誠的僕人也想擁有一張自己的法蘭克大師風格肖像。自戀的下場，我太清楚了，便是完全忘記了您。然而到時候，受到責怪的人將是我。

我該如何說服你們，我對這一切毫不掛懷？自然，只能靠牢牢站穩雙腿，承受幾百年來人們對我殘酷

---

36 譯注：穆拉（mullah），伊斯蘭教神學家。

地丟石頭、辱罵、詛咒，以及當眾斥責。只希望那些暴躁膚淺、永遠罵不夠我的敵人們，能夠記得全能真主恩賜我活到最後審判日，卻只分配給他們六、七十年的歲月。如果我建議他們多喝咖啡延壽，相信很多人會因為是撒旦在說話，決定反其道而行，徹底禁絕咖啡，或者更誇張的，倒立過來把咖啡從屁眼灌進去。

別笑。重要的不是內容，而是思想的形式。重要的不是一位細密畫家畫了什麼，而是他的風格。不過這些事情需要很低調才行。我本來打算說一個愛情故事作結，但現在已經很晚了。今晚賦予我聲音的這位巧嘴說書人承諾，後天星期三晚上，他會掛起一幅女人的畫像，屆時他將告訴大家一個愛情故事。

48 我，莎庫兒

我夢見父親對我說了一連串不可理解的話，嚇得我從睡夢中驚醒。席夫克與奧罕緊緊黏在我兩側，他們溫熱的身體悶得我發汗。席夫克的手擱在我肚子上，奧罕則把汗濕的腦袋放在我胸口。我設法輕巧地爬下床，離開房間，沒有吵醒他們。

我穿越寬闊的走廊，安靜地打開布拉克的門。在手中蠟燭的微光下，我看不到他，只看見他白色床墊的邊緣。黑暗、寒冷的房間中央，鋪在地上的床墊像是一具白布覆蓋的屍體。燭光似乎無法蔓延到床墊上。

我把手往前舉一點，紅橘色的燭光映上布拉克疲倦、鬍渣滿布的臉，以及他裸露的肩膀。我朝他走近。他和奧罕一樣，像隻甲蟲般蜷縮著身體而眠，臉上帶著一抹熟睡少女的神情。

「這是我的丈夫。」我告訴自己。他看起來如此遙遠、如此陌生，我不禁充滿了悲傷。如果手邊有支匕首，我可以殺了他——不，我當然不想這麼做；我只是學孩子們那樣想像著，如果我殺了他會是什麼感覺。我不相信過去多年他活在對我的思念中，也不信賴他純真稚氣的表情。

我用腳尖輕觸他的肩膀，把他吵醒。當他看見我時，嚇了一跳，反而沒什麼喜悅興奮之情，不過只有一會兒，正如我的期望。沒等他完全回過神來，我已經開口：

「我作夢看見我的父親。他向我透露一個駭人的祕密：殺死他的人是你……」

「妳父親遇害時，我們不是在一起嗎？」

「這我曉得，」我說：「但是你知道我父親將會一個人在家。」

「我不知道。是妳叫哈莉葉帶孩子出門的。只有哈莉葉，或者還有以斯帖，知道這件事。至於說知道這件事的可能還有什麼人，妳應該比我清楚。」

「有幾次，我感覺到一個內在的聲音準備告訴我為什麼一切會變得這麼糟，我們的種種不幸究竟是為什麼。我張開嘴想讓它說話，但彷彿在一場夢裡，我發不出聲音。你不再是我童年認識的那個善良而天真的布拉克。」

「天真的布拉克被妳和妳父親趕走了。」

「如果娶我是為了報復我的父親，那麼你已達到目的。也許這就是為什麼孩子們不喜歡你。」

「我知道。」他不帶感傷地說：「上床前妳下樓待了一會兒，他們大聲唱：『布拉克，布拉克，一坨大垃圾。』故意要給我聽。」

「你應該打他們一頓。」我說。我一開始希望他真的打了，但馬上又恐慌地反悔：「如果你敢舉起手打他們，我會殺了你。」

「上床來吧，」他說：「不然妳會凍死。」

「也許我永遠不會上你的床。也許我們的婚姻真的是一場錯誤。他們說我們的婚禮在法律上站不住腳。你知道嗎，我在睡著前聽見哈珊的腳步聲。沒什麼好訝異的，還住在我先夫的房子時，我聽了哈珊的腳步聲好多年。孩子們喜歡他。他這個人殘酷無情。他有一把紅寶劍，你可要小心提防他的劍。」

我看見布拉克的眼裡流露出無比疲倦與嚴峻，明白我嚇不了他。

「我們兩人之中，你擁有較多的希望，也擁有較多哀愁。」我說：「我只是掙扎著遠離不快樂，並且保護我的孩子。而你，則是固執地努力要證明自己，不是因為你愛我。」

他花了很長時間解釋他多麼愛我，如何在寂寥的旅店、荒涼的深山和大雪紛飛的夜裡，始終只想著我。如果他沒說這些話，我可能已經把孩子叫醒，一起投奔回前夫的家中。我實在忍不住，所以說了下面的話：

「有時候我感覺前夫似乎隨時會回來。我害怕的不是夜裡與你共處時被他撞見或被孩子發現，我害怕的是，只要我們一擁抱，他就會來到門口敲門。」

我們聽見庭院大門外傳來野貓廝殺惡鬥的哭號。接著是一段長長的寂靜。我想我快哭了。但是，我不能在邊桌上放下燭台，也不能轉身回我的房間陪伴兒子。我告訴自己，除非徹底信服了布拉克與父親的死毫無關聯，不然我絕不離開這個房間。

「你鄙視我們。」我對布拉克說：「自從娶了我之後，你變得很高傲。原本你就很瞧不起我們，因為我丈夫失蹤了。如今我父親被人殺害，你更覺得我們可憐。」

「我敬重的莎庫兒，」他謹慎地說，我很高興他這麼起頭：「妳自己很清楚那些都不是真的。我願意為妳做一切的事。」

「那麼，下床來，站著和我一起等待。」

為什麼我會說我在等待？

「我不行。」他說，尷尬地比了比棉被和身上的睡衣。

確實沒錯，但我還是很不高興他忤逆我的要求。

「在我父親遇害前，你每次走進這間屋子時還會畏縮得像隻打翻牛奶的貓。」我說：「然而現在，當你稱呼我為『我敬重的莎庫兒』時，聽起來卻虛偽空洞，好像故意要我們知道你只是隨口說說罷了。」

我全身發抖，不是因為憤怒，而是冰凍的寒意襲上我的腿、背和脖子。

「上床來成為我的妻子。」他說。

「這樣如何能找出殺害我父親的惡棍？」我說：「如果得花一段時間才抓得到，那麼我不應該與你待在同一棟房子裡。」

「多虧妳和以斯帖，奧斯曼大師現在把所有注意放在馬上面。」

「奧斯曼大師與我父親，願他安息，是誓不兩立的仇人。如今我可憐的父親在天上看見你仰賴奧斯曼大師找出殺他的凶手，一定感到痛苦萬分。」

他猛然從床上一躍而起，走向我。我甚至動彈不得。但出乎我的意料，他只是伸手捻熄了我的蠟燭，然後站在那兒。我們身處一片漆黑當中。

「現在妳父親看不見我們了。」他悄聲呢喃：「只剩我們兩個人。現在，莎庫兒，告訴我：當我經過十二年再度回來後，妳給我這樣的印象，我以為妳能夠愛我，能夠在心中騰出一個空間給我。接著我們結婚了。從那時妳就一直逃避，不願愛我。」

「我不得不嫁給你。」我低語。

在那兒，黑暗中，不帶憐憫地，我感覺到我所說的每一個字，都像一只釘子刺入他的皮膚，如同詩人富祖里的比喻。

「如果能夠愛你，我小時候早就愛你了。」我又低語。

「那麼，告訴我，美麗的黑暗女郎。」他說：「妳一定偷窺過每一個經常造訪妳家的細密畫家，對他們略知一二。就妳看來，哪一個是凶手？」

我很高興他仍能保持這點幽默感。畢竟，他是我的丈夫。

「我好冷。」

我真的這麼說嗎？我記不得了。我們開始接吻。我在黑暗中擁抱他，一隻手仍然拿著蠟燭。他柔軟的舌頭滑進我嘴裡，我的眼淚、我的頭髮、我的睡袍、我的顫抖，甚至還有他的身體，全都充滿了驚奇渴望。他灼燙的臉頰溫暖著我的鼻尖，如此舒服；但這膽小的莎庫兒把持著自己。當我吻著他時，並沒有任憑自己沉淪，或是放掉手中的蠟燭，而是想著在天上注視我的父親，想著我的前夫，以及臥床熟睡的孩子。

「屋子裡有人。」我大叫。我推開布拉克，轉身跑進走廊。

49 我的名字叫布拉克

安靜而隱晦地，在幽暗清晨的掩護下，我像個犯罪的房客般離開家門，毅然走下泥濘的巷弄。來到巴耶塞特後，我在庭院完成淨身儀式，然後進入清真寺祈禱。空曠的寺院裡只有伊瑪目・埃芬迪和一位老人，他邊打瞌睡邊祈禱——此等境界就算練習一輩子也頗難達到。你們知道，某些時刻，在我們昏沉的睡夢中和悲傷的記憶裡，偶爾會感覺阿拉此時正注意著自己，這不禁使我們滿心期待地祈禱，彷彿奮力突破重圍把請願書遞交到蘇丹手上：帶著這樣的心情，我乞求阿拉賜予我一個溫馨美滿的家庭。

抵達奧斯曼大師家之後，我才察覺到，還不到一個星期，他已經逐漸取代了我已故恩尼須帖在我心中的位置。儘管個性較為剛愎而疏遠，他對彩繪手抄本的信仰卻更為深沉。相較於一般印象，總認為他是崇高大師，多年來在細密畫家之間捲起強烈的恐懼、畏怯和敬愛；但在我眼裡，他反倒更像一個內斂的年長苦行僧。

我們從大師家裡出發前往皇宮。他騎著馬，微微駝背，我則步行，同樣微微前傾。我們的模樣，想必讓人聯想起古老寓言書的廉價插圖裡，那種老邁的苦行僧與胸懷大志的生徒。

來到皇宮後，我們發現皇家侍衛隊長和他的手下比我們還興奮而積極。蘇丹殿下頗有把握，認為一旦今天早晨我們看了三位畫師的圖，頃刻間，便能決定其中誰是卑鄙的凶手。因此，他下令屆時立即拷問罪犯，甚至不允許他有答辯的機會。我們並不是被帶往行刑示眾的劊子手噴泉，讓所有人都能看見我們而有所警覺，而是來到蘇丹御花園一個幽僻角落，那裡有一間粗率搭建的小屋，專門做為質詢、拷問與吊刑之用。

一位看起來彬彬有禮、顯然不是侍衛隊長手下的年輕人，鄭重地把三張紙排放在工作桌上。奧斯曼大師拿出他的放大鏡，我的心臟開始狂跳。他的眼睛與放大鏡保持固定的距離，極其緩慢地滑過三張精美的馬匹肖像，彷彿一隻老鷹優雅地滑翔過一片廣袤大地。每當遇到馬的鼻子時，就像老鷹瞥見一頭即將成為獵物的小瞪羚，他會慢下來，專注而鎮靜地盯著看。

「不在這裡。」好一會兒後他冷冷地說。

「什麼不在這裡？」侍衛隊長問。

我原以為崇高的大師會再三慎重，細察馬匹的每一個部位，從鬃毛到馬蹄。

「那該死的畫家沒留下半點蛛絲馬跡。」奧斯曼大師說：「從這些畫中，我們分辨不出是誰畫了栗色馬。」

我拿起他置於一旁的放大鏡，觀看馬的鼻孔：大師說得沒錯。這三匹馬的鼻孔，絲毫沒有我恩尼須帖手抄本中那匹栗色馬的特徵。在此同時，我的注意力轉向等在門外的酷刑者，他們身旁放著一副我猜不出用途的刑具。正當我試圖從半掩的門縫觀察他們時，看見一個人像被邪靈附身般匆忙倒退疾走，躲進一棵桑樹後面。

就在這一刻，如同一道曙光照亮了鉛灰的清晨，至高的蘇丹殿下，世界的根基，進入房裡。

奧斯曼大師向他坦承，自己無法從這些圖畫中找出任何線索。儘管如此，他忍不住向蘇丹殿下介紹這些華美繪畫中的馬匹：這一匹揚蹄的動作、下一匹的典雅姿態，以及第三幅，符合古書中的尊貴與傲氣。同時，他更推測哪一位藝術家各畫了哪一幅圖，而挨家挨戶拜訪三位畫師的僮僕，也證實了奧斯曼大師的判斷。

「皇上，別訝異我能夠了解自己的畫師像是熟悉自己的手背。」大師說：「令我驚惑的是，一位我如自己手背般了解的畫師，怎麼可能留下一個完全陌生的記號。因為就算是細密畫師的瑕疵，也必有其來源。」

「你的意思是？」蘇丹殿下說。

「至高無上、昌盛繁榮的蘇丹殿下，世界的庇護，依我看，這個隱匿的簽名，很明顯地在這匹栗色馬的鼻孔中，絕非單純是一位畫家無意義的荒謬錯誤，而是一個記號，其根源可追溯至年代久遠的其他圖畫、技法、風格或甚至其他馬匹。若能准許我們進入您的皇家寶庫，翻閱深鎖各個地窖、鐵箱和櫥櫃中的歷代圖書，檢視其華美的書頁，或許能指認出眼前這個錯誤究竟屬於何種技法。屆時，我們將能循線查明它出於三位細密畫家何人之手。」

「你想進我的寶庫？」蘇丹驚奇地說。

「我如此希望。」我的大師說。

這個請求之放肆大膽，幾乎等於要求進入後宮一樣。此刻，我才明白，後宮與皇家寶庫不僅是蘇丹殿下皇室御花園中兩處最美麗的場所，同時也占據了蘇丹殿下心中兩個最珍愛的位置。

我試著從蘇丹殿下俊美的臉龐看出他的反應，這時我已經不再害怕正視他的臉。但他卻陡然離開。他被觸怒了嗎？我們，甚至全體細密畫家們，會因為我大師的無禮受罰嗎？

我望著面前的三匹馬，想像自己將被處決，沒有機會再見莎庫兒一面，甚至還沒能夠與她同床，就這麼抱憾而死。儘管牠們美麗的形體近在咫尺，但此刻，這些華美的馬匹卻似乎來自遙遠的國度。

在這段恐怖的寂靜中，我徹底了解，若一個孩童從小被帶入深宮內院成長生活，他必須終其一生侍奉蘇丹殿下，甚至為他而死。同理，身為一個細密畫家，則意謂終生侍奉真主，並且為了祂的美，死不足惜。

好一會兒之後，財務總督的手下帶我們走向中門時，死亡盤踞我的心頭，死亡的寂靜。不過，當我通過無數帕夏在此接受處決的大門時，守衛卻對我們視而不見。昨天還使我目眩神迷、以為是天堂的議會廣場、高塔和孔雀，如今絲毫引不起我的興趣，因為我知道我們將被帶往更深處，帶往蘇丹殿下私密世界的核心：安德倫禁宮。

我們穿越連大宰相也不許進入的一扇扇大門。像個闖入童話故事的孩子，我的眼睛始終望著地上，以免撞見出現在面前的珍禽異獸。我甚至不敢瞧一眼蘇丹接見賓客的殿閣。不過，我的目光偶爾會飄向後宮的牆壁、旁邊一棵再普通不過的梧桐樹和一個身著閃亮藍絲綢長袍的高大男人。我們穿過一道道擎天廊柱，最後停在一扇矗立的大門前，邊框雕飾著華麗鐘乳石圖案的門扉，比其他的門還要宏偉壯麗。入口處站著幾位身穿光亮長袍的寶庫司役；其中一人正彎下腰開鎖。

財務總督直視著我們的眼睛說：「你們榮幸備至，崇高的蘇丹殿下准許你們進入安德倫宮的寶庫。你們將在那兒查閱無人見過的書籍，審視不可思議的黃金圖畫，而你們也將如獵人般，追蹤凶手的足跡。蘇丹殿下囑咐我提醒你們，在星期四正午之前，親愛的奧斯曼大師有三天時間來找出細密畫家中的罪犯，其中一天已經結束了。若是失敗，案件將轉交皇家侍衛隊長負責，動用刑求解決。」

首先，他們拿下掛鎖外的布套，鎖孔用蠟彌封著，以防有人未獲許可私自開啟。寶庫門房與兩位司役證實封蠟完好無損後，點頭示意。接著毀損封蠟，插入鑰匙，在一陣打破沉寂的噹啷聲響中，門鎖打開了。奧斯曼大師的臉色陡然轉為灰白。當其中一扇厚重、華美的木製雙門被推開後，一道幽暗的光線，彷彿遠古時代的殘骸，落在他的臉上。

「蘇丹殿下不要書記官和財產清查祕書等不必要的人進入。」財務總督說：「由於皇家圖書長過世之後，沒有人代替他的職位管理書籍，因此，蘇丹殿下命令由耶子米．阿甘一人隨侍你們入內。」

耶子米．阿甘是目光犀利明亮的侏儒，看起來至少已經七十多歲。他的頭飾像一面船帆，甚至比本人還奇怪。

「耶子米．阿甘對寶庫內部的一切瞭若指掌；他比誰都清楚書本的位置等等知識。」

年老的侏儒對這樣的讚美並沒有顯露半分驕傲。他的目光掃過附著銀製支架的暖爐、握把鑲嵌珍珠母貝的夜壺，以及皇室僮僕手裡的油燈和燭台。

財務總督宣布等我們入殿後，大門將再次鎖上，並用嚴峻的謝里姆蘇丹有七十年歷史的圖章再度封印。傍晚，晚禱過後，在隨行寶庫司役眾人的見證下，封印將再次被開啟。除此之外，我們必須特別小心不要讓任何物品「意外地」落入我們的衣服、口袋或腰帶：離開前我們將接受從頭到腳的徹底搜身。

我們經過分站左右的司役，進入殿堂。室內寒冷如冰。身後的門一關上，我們便陷入黑暗中。一股混合著霉舊、灰塵及潮濕的氣味灌入我的鼻腔。散布各處的零亂物品、箱籠、頭盔等全部混在一起，亂七八糟地堆了好幾堆。我感覺自己剛剛目睹一場混亂的大戰。

我的眼睛慢慢適應灑遍整個空間的奇異光線，它從高窗上的厚木板間透隙而入，滲過沿著高牆而上的樓梯扶手，穿過二樓木頭走道的欄杆。房間是紅色的，牆壁上點綴著各種顏色的絨毯、掛氈和繡幃。懷著崇敬的心情，我思索著，這裡的所有財富，不知是打了多少仗、灑了多少血、劫掠多少城市及寶庫才累積而來的結果。

「害怕嗎？」年老的侏儒問，替我說出了心中的感覺：「每個人頭一次進來都會害怕。到了夜裡，這些東西的魂魄會低聲耳語。」

讓人感到恐懼的，是吞沒這滿室珍寶的一片寂靜。我們聽見身後傳來把門上鎖封蠟的喀嗒聲，敬畏地環顧四周，沒有移動。

我看見寶劍、象牙、長袍、銀燭台和緞面旗幟。我看見珍珠母貝鑲嵌的盒子、鐵製箱籠、中國花瓶、腰帶、長頸魯特琴、武器、絲緞坐墊、地球儀模型、靴子、毛皮、犀牛角、雕刻鴕鳥蛋、來福槍、弓箭、權杖及櫥櫃。到處是成堆的地毯、布匹及綢緞，彷彿隨時會從木板搭建的二樓、樓梯扶手、櫥櫃間和小儲藏壁室裡，坍落到我身上。一抹我從沒見過的奇特光線，映照著布匹、箱籠、蘇丹的長袍、寶劍、粉紅色粗蠟燭、包頭巾、珍珠繡花枕頭、金絲滾邊馬鞍、鑽石鑲柄彎刀、紅寶石鑲嵌權杖、鋪棉包頭巾、羽毛帽飾、精巧時鐘、寬口水罐、匕首、象牙雕刻的馬匹和大象、蓋子上鑲鑽石的水煙袋、珍珠母貝鑲嵌的五斗櫃、馬匹的裝飾冠毛、大念珠串、紅寶石與玳瑁嵌飾的盔甲。這道從高窗微弱滲入的光芒，照亮了陰暗室內的浮塵，像是從清真寺圓頂玻璃天窗流瀉而入的夏日陽光，但它並不是陽光。在這片奇特的光芒下，空氣變成一團伸手可觸的實體，而一切物品也看似屬於同樣的質地。我們感受著房裡的寂靜，慢慢地，我明白了是這片光芒，以及覆蓋一切的灰塵，使原本瀰漫這間冰冷房裡的鮮紅色彩變得黯淡，讓所有物品融為一片幽晦而雷同。我的眼睛滑過這整片奇異難辨的物件，即使再多看兩眼，仍怎麼也分辨不出彼此的差異，如此情況下，滿室豐盈的物品反而更教人駭懼莫名。我原本以為是箱子的東西，之後卻看起來像一張折疊工作桌，而再過一會兒，又令人斷定是某種奇怪的法蘭克玩意兒。我看見在一堆滿地散落、到處亂丟的長袍和羽毛間，埋藏著一只珍珠母貝鑲嵌的箱子，但之後才發覺它其實是莫斯科沙皇進貢的異國櫥櫃。

耶子米．阿甘把暖爐放進牆上的壁龕。

「書籍放在什麼地方？」奧斯曼大師輕聲問。

「你指的是哪些書?」侏儒說:「是從阿拉伯來的庫法體[37]古蘭經;嚴峻的謝里姆蘇丹殿下,天堂的居民,從大不里士帶回來的;被判處死刑的帕夏財產充公的書本;威尼斯使節呈獻蘇丹殿下祖父的書冊;還是征服者穆哈瑪蘇丹時代的基督教書籍?」

「二十五年前,沙皇塔哈瑪斯普送給崇高的蘇丹謝里姆,天堂的居民,做為賀禮的書籍。」奧斯曼大師說。

侏儒帶我們來到一座巨大的木製櫥櫃前,奧斯曼大師略微焦躁地打開櫥門,望向面前的書冊。他翻開一本,先瞄了一眼書末題記,然後一張一張翻閱書頁。我們兩人一起驚詫地凝視面前的工筆細畫,畫中是眼睛微斜的大汗。

「成吉思汗、察合台汗、拖雷汗與中國的皇帝忽必烈汗。」奧斯曼大師唸道,他闔起書,拿下另一本。

我們找到一張精美絕倫的插畫,內容描繪受到愛情鼓舞而產生力量的佛哈德,正把摯愛的席琳連人帶馬扛上肩膀帶走。為了傳達戀人間的熱情與哀愁,畫家用淒絕的顫抖筆觸,悲傷地畫出山上的石頭、天邊的雲朵,以及三棵高貴的柏樹,目睹佛哈德被愛沖昏頭的行為。畫中淚水的滋味與落葉的憂愁立刻撼動了奧斯曼大師和我。這個動人的場景,在偉大畫師的營造下,並不是要展現佛哈德的男子氣概,而是想表達他的苦戀心情如何頃刻傳染了整個世界。

「八十年前大不里士的仿畢薩德之作。」奧斯曼大師一邊說,一邊把書放回去,打開另一本。

這幅畫選自《卡萊與迪姆》故事中的一個場景,一隻貓與一隻鼠被迫為友。草原上有一隻鼠,被地面的一頭貂和天上的一隻鷹夾殺,情急之下找到一隻受困獵人陷阱的貓為救星。牠們達成協議:貓假裝是鼠的朋友,親暱地舔舐牠,藉此嚇退貂和鷹;反過來,鼠則小心打開獸夾,助貓逃走。我還來不及體察畫家的感情,大師已經把書塞回其他書冊旁邊,隨手又打開另一本。

這張愉快的圖畫中有一位神祕女子和一個男子：女人優雅地打開一隻手問問題，另一隻手環抱著綠斗篷下的膝蓋。男人轉頭朝向她，專心聆聽。我貪婪地注視著這幅畫，嫉妒他們之間的親密、愛情和友誼。

奧斯曼大師放下書本，翻開另一本書的一頁。波斯和圖蘭人的騎兵軍隊，永遠的宿敵，全副武裝穿上了鎧甲、頭盔、護脛，帶著弓箭和箭筒，騎上威武、傳奇的武裝駿馬。在一場激烈的生死決戰展開之前，兩軍士兵整齊地列隊站在黃土飛揚的大草原上，直直豎起手裡的長矛，色彩斑斕的龐大陣仗互相對峙，耐心地等待著各自的指揮官衝到隊伍前方，準備開打。我正想告訴自己，無論這幅畫是一百年前還是當今所繪、無論它的主旨是戰爭或愛情，一位信仰堅決的藝術家在圖畫中真正傳達的意念，是他與自己的意志力及繪畫熱情的爭戰，並打算進一步說明，一位細密畫家其實是在描繪自己的耐心，這時奧斯曼大師卻說：

「這裡也沒有。」同時他闔上沉重的書卷。

我們在一本畫集的書頁中看見一幅風景畫，蜷曲的雲朵繚繞著疊翠山巒，綿延不絕。我心中思索著繪畫的原理，也就是看著這個世界，卻把它描繪成另一個世界。奧斯曼大師解釋，這幅中國繪畫可能是從布哈拉傳到赫拉特，從赫拉特傳到大不里士，最後再從大不里士流入蘇丹殿下的宮殿，一路上隨著一本一本書，裝訂又拆開，最後終於和別的圖畫重新裝訂一冊，結束了從中國到伊斯坦堡的旅程。

我們看見各種戰爭與死亡的圖畫，每一幅都比下一幅更為駭人而精緻：魯斯坦與沙皇馬贊德蘭在一起、魯斯坦攻打阿發西亞的軍隊，以及魯斯坦身著盔甲偽裝成一位神祕的陌生戰士……另一本畫集中，我們看見斷肢殘骸、染血的匕首、眼裡泛著死亡幽光的哀傷士兵、軍人們斬蘆葦似地互相砍殺、說不出名字的虛構軍隊猛烈地衝撞。奧斯曼大師——天曉得是第幾千次了——觀看著胡索瑞夫偷窺席琳在月光籠罩

37 譯注：庫法體（Kufic），一種阿拉伯字母的書寫體，源於庫法城。

的湖裡沐浴；分離多年的愛侶莉拉與莫札那，再次相見時激動昏厥；以及一幅活潑的圖畫，在眾多花鳥樹木的簇擁下，撒拉曼和阿布莎私奔逃到世界盡頭，定居在一座幸福小島。誠如一位真正的偉大畫師，他忍不住叫我注意圖畫角落的奇特之處，甚至包括拙劣的作品。或許是畫家的疏失，或許為了調合顏色：如同預期，胡索瑞夫與席琳聆聽著貼身婢女悅耳的吟唱，但是，看那裡，怎樣一個悲傷懷恨的畫家，會多此一舉地讓一隻不吉利的貓頭鷹蹲踞在樹枝上？一群埃及女人剝著可口的柳橙，卻因為貪看俊美的喬瑟夫而割傷手指；然而是誰，在她們之中混入了一個身穿女人裝束的漂亮男孩？那位繪畫伊斯芬迪雅被箭刺瞎的細密畫家，是否預料到日後自己也會被賜失明？

我們看見天使陪伴著我們崇高的先知升天；象徵土星的黑膚、六臂、銀白長鬚的老人；在母親和保母的看護下，嬰兒魯斯坦安詳地熟睡在珍珠母貝鑲嵌的搖籃中。我們看到大流士如何痛苦地死在亞歷山大的臂彎；貝倫．古怎麼帶著他的俄羅斯公主退入紅色寢房；細亞兀敘如何騎上一匹鼻孔別無特徵的黑馬，衝出大火；以及被自己兒子所殺的胡索瑞夫，死後哀戚的送葬隊伍。奧斯曼大師飛快地拿下書本，放在一旁。過程中他有時會認出某位藝術家，並叫我看，有時則從隱匿的角落挑出插畫家的簽名，它或者卑微地暗藏在一間破敗房舍偏僻的花叢間，或是和邪靈一起躲入一口黑井裡。他靠著比較不同的簽名和書末題記，可以說出誰從何人那裡學到了什麼。他會從頭到尾翻完一本書，希望找到一系列相關的圖畫。四周一片安靜，只聽得到翻動書頁的窸窣聲響。偶爾，奧斯曼大師會大喊：「啊哈！」但我無動於衷，搞不懂什麼讓他如此興奮。偶爾他會提醒我，某一幅插畫的頁面構圖或樹與騎兵的相對位置，之前我們曾在別本書、截然不同故事的不同場景遇過。他會再次指出那些圖畫，喚起我的記憶。他比較兩幅圖畫，內容同樣描述內札米《五部曲》一書，一幅出自帖木兒之子沙皇芮薩時代——也就是將近兩百年前——另一幅他說七、八十年前繪於大不里士。兩位不曾見過彼此作品的細密畫家，卻創作出相同的圖畫，他問我從中學到了什麼。接著他回答自己的問題：

「繪畫等於記憶。」

陳舊的手抄繪本打開又闔上，奧斯曼大師沉下臉凝望精妙的藝術結晶（因為再也沒有人能畫得這麼好），接著在拙劣的作品前臉色又亮了起來（因為所有細密畫家都是一家人！）。他指著一些古老圖畫中的樹、天使、遮陽傘、老虎、帳篷、龍和憂鬱的王子，告訴我這些是畫家記得的樣子。他這麼做，是向我暗示：曾經有一段時間，阿拉視世間萬物為獨一無二，祂相信眼前所見的事物皆至美純善，並將祂的造物賜予我們，祂的僕人。繪畫家，以及那些懂得觀察世界的藝術熱愛者，他們的責任便是記住阿拉看見並留給我們的輝煌美景。歷代畫家中，日夜操勞、鞠躬盡瘁，直至失明的偉大畫師們，花費畢生心力與才華，只為了達成並記錄阿拉要求我們所見的神妙夢境。他們的作品，就好似人類回想起自己最初的精華記憶。可惜的是，即使最偉大的大師，那些年老力衰或是過度操勞而失明的偉大細密畫家，也只能依稀憶起片段的繁華榮景。這般神祕的智慧，解釋了為什麼會有如此不可思議的現象，使得兩位年代相隔數百年且從未見過彼此作品的前輩大師，奇蹟似地以完全相同的手法，繪畫一棵樹、一隻鳥、一位王子在公共澡堂沐浴的姿勢，或是一個窗邊的憂愁女子。

過了很久，寶庫的紅光暗了下來，很明顯地，櫥櫃裡沒有沙皇塔哈瑪斯普送給蘇丹殿下祖父為禮的書籍。這時，奧斯曼大師繼續引申剛才的邏輯：

「有時候，鳥的翅膀、樹葉懸附在枝枒的模樣、屋簷的彎曲、雲朵飄浮的姿態或女人的笑臉會代代相傳，透過展示、教導和記憶由大師傳給學生，幾世紀以來流傳久遠。一位細密畫家，從大師那兒學得這個技巧後，會認為它就是完美的形式，並堅信它將如榮耀的古蘭經永恆不變。而且，就好像牢牢不忘古蘭經一樣，他也永遠不會忘記刻印於記憶中的技巧。然而，永遠不忘記並不代表藝術大師會一直使用這個技巧。他為其耗盡視力的工匠坊有自己的慣例、身旁的頑固大師有個人的用色偏好，而他的蘇丹也不時突發奇想，這一切，常常妨礙他使用自己的技巧。於是，當他繪畫鳥的翅膀、女人的笑臉——」

「或馬的鼻孔。」

「——或馬的鼻孔時，」形容肅穆的奧斯曼大師說：「不會依照銘刻於靈魂深處的技法來畫，而會遵循自己當時任職的工匠坊慣例，就和那裡的其他人一樣。你懂我的意思嗎？」

翻閱過諸多版本的內札米《胡索瑞夫與席琳》後，我們在其中找到一頁席琳登上王座的圖畫，宮殿的牆上有兩塊石板匾額。奧斯曼大師朗讀上面的刻字：**崇高的阿拉賜佑神聖力量予帖木兒汗之子，高貴的蘇丹殿下，正義的大汗殿下，保護他的統治國土，萬世昌隆**（最左邊的石板寫著），**歷代富足**（最右邊的石板寫著）。

半晌後，我問：「在哪些圖畫裡，我們才能找到細密畫家依照記憶中銘刻的技巧繪畫的馬鼻孔？」

「我們必須找出沙皇塔哈瑪斯普贈禮的書冊，著名的《君王之書》。」奧斯曼大師說：「我們必須重新審視過去繁華歲月的作品，當時的細密畫仍保有阿拉的影響。我們還有許多書要檢查。」

一個念頭閃過腦中，也許，奧斯曼大師的主要目的並非找出有特殊鼻子的馬，而是想盡可能地看遍所有長年沉睡於寶庫、遠離覬覦的藝術傑作。我愈來愈不耐煩，只想趕快找到線索，讓我可以回去陪伴在家裡等我的莎庫兒。我實在不願意相信偉大的大師想一直待在冰冷的寶庫裡，捨不得離開。

於是，我們在年老侏儒的指引下，繼續打開一個個櫥櫃和箱籠，檢視裡面的圖畫。有時候我實在受夠了那些看起來差不多的圖畫，祈求自己再也不要看到胡索瑞夫來到城堡的窗台下探訪席琳。我會離開大師身旁——甚至看也不看一眼胡索瑞夫坐騎的鼻孔——來到火爐邊取暖，或者走進寶庫隔壁的房間，戒慎恐懼地穿越成堆的布匹、黃金、武器、盔甲和戰利品。偶爾，奧斯曼大師會驚呼揮手，讓我興奮地以為他發現了一幅新的經典，或者，是的，終於找到一匹鼻子畸形的馬。我急忙跑到大師身旁，他盤腿坐在一張征服者穆哈瑪蘇丹年代的烏夏克地毯上，手微微顫抖地拿著書本；然而當我望向圖畫時，才發現原來是我從未見過的主題內容，比如說，撒旦偷偷登上諾亞的方舟。

我們看著成千上百個沙皇、國王、蘇丹和大汗——從帖木兒的時代到蘇里曼大帝蘇丹的年代，這些君主統治過大大小小的王朝和帝國——興致高昂地狩獵瞪羚、獅子及兔子。我們看見一個下流的男人在一頭駱駝的後腿上綁了幾片木板，站在上面打算侵犯這頭可憐的動物，他的行為就連魔鬼也覺得可恥，羞愧地咬著手指蜷縮一角。在一本經由巴格達傳來的阿拉伯書籍中，我們目睹一個商人緊抓著一隻神話靈鳥的腳，飛越大海。接下來一冊書中，在它自然翻開的第一頁，我們看見莎庫兒與我最喜歡的場景，席琳瞥見懸吊在樹枝上的胡索瑞夫肖像，對他一見鍾情。往下，一幅插畫栩栩如生地呈現一只精密時鐘的內部構造，各種輪軸和金屬球，大象背上的鳥和阿拉伯小雕像，這時，我們才憶起了時間。

我不知道我們依照這個模式，花了多少時間，一本書又一本書、一幅畫接著一幅畫地檢視。彷彿，寶庫裡潮濕而霉朽的時間，已經徹底融入凍結於圖畫和故事中的永恆黃金歲月。幾世紀以來，在眾多沙皇、大汗和蘇丹的工匠坊中，奢侈地耗盡無數大師眼力所成就的這些彩飾書頁，似乎隨時會活過來，就好像我們周遭的物品：頭盔、彎刀、鑽石鑲柄的匕首、盔甲、中國瓷杯、覆滿灰塵的精緻魯特琴，以及珍珠繡飾的坐墊和織錦——都是我們在無數繪畫中看見的逸品珍寶。

「現在我明白了，經過幾百年幾千年悄悄地、慢慢地重製同樣的圖畫，成千上萬藝術家靈巧地描繪出世界的演變。」

我承認不完全聽得懂大師話中的意思。面前千萬幅圖畫，全都是過去兩百年間，從布哈拉到赫拉特，從大不里士到巴格達，一路來到伊斯坦堡，在這些城市產製的。大師對它們詳細觀察的程度，早已超過了只是單純尋找某些馬匹鼻孔裡的線索。看著這些圖畫，我們彷佛一邊低吟憂傷的輓歌，哀悼著所有前輩細密畫家的才華、靈感與耐心，多年來，在這片土地上，他們創造了無數絕美的繪畫和彩飾。

寶庫大門在晚禱時分再度開啟時，奧斯曼大師告訴我他不打算離開；不僅如此，他想在這裡待到清晨，憑藉油燈和燭火的光線檢視圖畫，這麼做，才能嚴格達成蘇丹殿下賦予的任務。由於延續著剛才的心情，我的第一個反應是告訴他，我想與他及侏儒一起留下來。

我的大師透過敞開的門，向等在外頭的司役傳達我們的願望，並尋求財務總督的許可。這時，我卻突然後悔自己剛才的決定。我渴望莎庫兒和我們的家。我愈想愈覺得焦躁不安，不禁擔心，她一個人和孩子們怎麼度過漫漫長夜，她是否會牢牢扣緊窗戶上新修好的百葉窗。

望出半開的寶庫大門，此刻薄霧瀰漫的安德倫宮庭院裡，高大濕潤的梧桐樹召喚著我；兩個皇室僮僕不敢驚擾蘇丹殿下，用手語比畫交談，彷佛在向我招手。外頭的美妙世界令我心神嚮往。然而，我留在原地，羞恥和罪惡凍得我無法動彈。

50 我們兩個苦行僧

是啦，謠言說我們的圖畫夾在一本圖集裡，這本書，集結了來自中國、撒馬爾罕和赫拉特的圖片，被藏在寶庫最隱密的角落；這個寶庫呢，則塞滿了崇高的蘇丹殿下的祖先幾百年來從各國掠奪的戰利品。將這種傳言散布到整個細密畫家部門的，大概是那個侏儒耶子米．阿甘。如果現在讓我們來講自己的故事，真主的旨意與我們同在，我們希望不會冒犯到這間好咖啡館裡在座的各位。

我們已經死了一百一十年了，而我們那沒救的波斯黨徒苦行僧修院、異端的洞窟和罪惡的巢穴，四十年前也被關閉。不過，你們自己看，如今我們出現在你們面前。怎麼可能呢？我告訴你們怎麼可能：因為我們是用威尼斯風格畫的！就像這張插畫說明的，有一天，我們兩個苦行僧流浪穿越蘇丹殿下的領土，從一個城市到下一個。

我們打赤腳，剃光頭，衣衫不整；我們兩個人身上都穿著一件背心，圍一片鹿皮，腰間綁一條皮帶，手裡拄著枴杖，脖子上用鍊子掛著我們的討飯缽。我們其中一人扛著一把砍樹用的斧頭，另一個則帶了一根湯匙，用來吃真主賞給我們的任何食物。

那個時候，站在一間旅店前的飲水池邊，我和我的好友，不，我的愛人，不，我的兄弟，正陷入慣常的爭執：「你先請，不不，你先。」我們吵吵嚷嚷地互相推讓，堅持叫對方先拿起湯匙吃缽裡的食物。這時，一位法蘭克旅行者，一個陌生人，叫住了我們。他給我們一人一枚威尼斯銀幣，然後開始替我們畫像。

他是法蘭克人，他當然很怪。他把我們放在畫紙的正中央，好像我們是蘇丹的營帳，而且還畫出我們衣衫不整、打赤膊的模樣，這時我腦中靈光一閃，向同伴說出這個想法：如果要看起來像一對落魄潦倒的卡連德里乞丐苦行僧，我們應該翻白眼，讓瞳孔望向裡面，像個瞎子一樣用眼白面對世界。於是我們真的這麼做了。擺出這種姿態，是因為一位苦行僧天性就要觀看自己腦袋中的世界，而不是外在的世界；既然我們腦袋中塞滿了印度大麻，裡頭的風景顯然比那法蘭克畫家看見的宜人得多。

就在這個時刻，外面的景色甚至變得更糟了；我們聽見一位教長．埃芬迪的亂嚷亂叫。

希望我們沒有讓你們想錯。我們剛才提到的是受人尊敬的「教長．埃芬迪」，然而上個星期，這間精巧的咖啡館發生一個嚴重的誤會：我們講的那個受人尊敬的「教長．埃芬迪」，與從艾祖隆來的傳道士崇高的努索瑞教長一點關係也沒有，和私生子胡索瑞教長也無關，更不是在樹上與魔鬼胡搞的那位錫瓦斯來的教長。那些看一切都不順眼的信徒曾提過，如果崇高的教長．埃芬迪再一次成為這裡嘲諷的目標，他們會剪斷說書人的舌頭，把咖啡館削掉一半到跟他的頭一樣高。

還沒有咖啡的一百二十年前，我們剛才講到的那位受人尊敬的教長，簡直氣得鼻孔冒煙。

「喂，法蘭克異教徒，你幹嘛畫這兩個傢伙？」他說：「這些無恥的卡連德里苦行僧遊手好閒，到處乞討、偷東西。他們吸大麻、喝酒、互相雞姦，而且看外表就知道，他們從來不曉得要怎樣祈禱或念經，沒有房子、家庭或家人。他們根本就是我們這個善良世界的敗類。而你呢，這偉大的國家有那麼多美景，為什麼偏要畫這種卑賤的圖畫？你是故意要讓我們丟臉嗎？」

「完全不是，只是因為畫你們醜陋的一面可以賺比較多錢。」異教徒說。聽見畫家如此合理的解釋，我們兩個苦行僧不禁目瞪口呆。

「如果可以賺比較多錢，那你會把魔鬼畫成討人喜歡的模樣嗎？」教長．埃芬迪說，不動聲色地試圖引發一場爭執。不過從這幅畫中你們看得出來，這個威尼斯人是真正的藝術家，只專注於面前的繪畫及日後會賣得的金錢，全然不理會教長的無聊閒扯。

他真的就畫了我們，畫完後把我們塞進馬鞍背上一個皮卷宗夾，接著返回他的異教城市。沒多久，鄂圖曼的常勝軍隊征服了這座多瑙河畔的城市，並洗劫一空。於是我們兩個最後就這樣回到了伊斯坦堡，進入皇家寶庫。在那裡，我們被一遍又一遍地複製，從某本祕密書籍來到另一本，好不容易終於來到這間歡樂的咖啡館，與眾人一同享用被當成回春靈藥的咖啡。現在接下來：

關於繪畫、死亡，以及我們的世間地位簡論

我們剛才提到的那位康亞來的教長·埃芬迪，曾經在某次講道中，發表了下面聲明，並蒐錄在一本厚冊裡：卡連德里苦行僧是世界上多餘的廢物，因為天下的人類分為以下四種，但他們卻不屬於任何一類：一，貴族；二，商人；三，農夫；四，藝術家。因此，他們是不必要的東西。

除此之外，他又這麼說：「這兩個總是結伴流浪，總是爭吵著誰該先用他們唯一的湯匙吃飯，那些不明就裡的人會覺得有趣而發笑，然而，他們的推讓其實是狡猾地隱瞞真正的意圖——誰可以先搞另一個。」崇高的「請別對號入座」教長之所以能揭露我們的祕密，是因為他，還有我們、漂亮的小男孩、學徒和細密畫家們，大家其實全是同道中人。

真正的祕密

然而，真正的祕密在這裡：法蘭克異教徒替我們畫圖時，凝視我們的眼神專注又溫柔，使我們對他產生了好感，很喜歡被他畫。但是他卻犯了一個錯，他用肉眼觀看世界，並把眼睛所見一五一十地畫出來。因此，儘管我們的視力好得很，他卻把我們畫成好像是瞎子，不過我們並不在乎。此刻，我們心滿意足，真的。依照那位教長的說法，我們身陷邪惡地獄；在某些不信仰者的眼裡，我們只不過是腐爛的屍體；對你們而言，聚集在這裡的一群睿智細密畫家同儕們，我們則是一幅圖畫。正因為我們是圖畫，所以可以活生生地站在你們面前。與受人尊敬的教長·埃芬迪結束衝突後，我們從康亞走了三天三夜到錫瓦斯，穿越八個村落，一路行乞。一天晚上被刺骨的冰雪包圍，結果我們兩個苦行僧就這樣緊緊相擁，一起睡著而凍死了。臨死之前我作了一個夢：我成為一幅繪畫的主角，在歷經幾千幾萬年後，進入了天堂。

51 是我，奧斯曼大師

布哈拉流傳著一個阿布杜拉汗時代的故事。這位烏茲別克的統治大汗生性多疑，儘管不排斥一幅插畫產生自多位畫家之筆，但他極反對畫家們彼此抄襲，因為如此一來，若畫中有錯，便無法斷定哪一位互相抄襲的畫家該負責。更重要的是，久而久之，與其鞭策自己在黑暗中找尋真主的記憶，剽竊成性的細密畫家們會懶惰地偷看隔壁的藝術家，把別人的東西照抄下來。基於這個原因，當來自南方的設拉子，和來自東方的撒馬爾罕這兩位偉大畫師逃離戰火和殘酷的沙皇，來到他的宮廷尋求庇護時，烏茲別克的大汗高興地歡迎他們。不過，他禁止兩位極負盛名的天才觀看對方的作品，並且把他們分別安排在皇宮對角的小工作室，盡可能遠遠隔開他們。就這樣，整整三十七年又四個月的歲月，兩位偉大的畫師彷彿傾聽傳奇故事般，各自聆聽阿布杜拉汗描述對方美妙而不得親睹的作品，比較彼此的差異，或是有什麼巧妙的雷同。結果，兩位畫家對彼此的畫作都好奇得不得了。等烏茲別克大汗好不容易走完漫長的一生，兩位老邁的藝術家立刻跑去對方的房裡觀看圖畫。稍後，兩位細密畫家各自坐在一只大坐墊的兩角，把對方的書放在腿上，望著從阿布杜拉汗的傳奇故事中聽聞的圖畫，一股強烈的失望湧上他們心頭。因為大汗的故事讓他們充滿期待，但眼前的插畫卻根本不如想像的輝煌壯麗；相反地，看起來就像他們近年所見的任何一幅圖畫，平凡、晦暗而無光。兩位大師當時並不明白，畫裡的晦暗其實來自逐漸降臨的失明；不僅如此，即使他們完全瞎了之後，仍不明白這個道理。反之，他們把晦暗歸咎於被大汗愚弄。就這樣，一直到死，他們始終相信夢境比繪畫美麗得多。

夜半時分，在寒冷的寶庫裡，我用凍僵的指頭翻著書頁，凝望書中自己夢想了四十年的圖畫，明白比起這個殘酷的布哈拉故事中的藝術家，自己幸運得多。想到自己在失明和踏入來世之前，得以撫閱這輩子聽聞多時的傳奇書冊，不禁讓我激動地顫抖。偶爾，當我看見眼前一幅畫作的精妙甚至勝於傳說時，更忍不住呢喃：「感謝您，真主，感謝您。」

舉例而言，八十年前，沙皇伊斯美越過河，以武力從烏茲別克的手中奪回了赫拉特與整個呼羅珊。接著，他指派自己的弟弟森・默薩掌管赫拉特。為了慶祝這個歡欣的事件，他的弟弟下令編纂一本手抄本，為《星辰之會》這本書編輯彩繪版本，書的內容是伊默・胡索瑞夫在德里的皇宮中目睹的一個故事。根據傳說，書中有一幅圖畫，呈現兩位君主在河岸會面共同慶祝戰爭的勝利。畫裡的主角，其中一人的面孔是德里的蘇丹齊庫巴；另一位則是他的父親，孟加拉的統治者布哈汗。然而兩人的臉孔同時也神似沙皇伊斯美和他的弟弟，主持這本書籍編纂的森・默薩。我很肯定不管我從這幅畫聯想到哪個故事中的英雄，他都將出現在蘇丹的帳篷裡，感謝真主賜予我機會目睹這張神奇的書頁。

另一幅畫，出自同時期另一位偉大巨匠謝赫・穆罕默德。一個卑微的臣子對主子的敬畏與崇仰已臻純粹的熱愛，在一旁觀看蘇丹打馬球的他，殷殷期盼著球向他滾來，讓他有機會撿到球並呈獻給他的皇上。他耐心地等了很久，球果然滾向他，圖畫描繪他把球交給蘇丹的情形。關於這幅畫我已經聽說了千萬遍，畫家透過精巧的筆觸和深刻的同情，描繪出充滿感情的細節，像是臣子伸長手指緊緊握住馬球，或是他鼓不起勇氣抬頭看皇上的臉。這些在在流露無比的愛、敬與順從，如此的情感，存在於卑微的臣子對他崇高的蘇丹，或者俊美的年輕學徒對他的老師之間。此刻看著這幅畫，我深深明瞭世界上沒有一種喜悅，能勝過身為一位偉大巨匠的學徒；反過來說，身為一位年輕、漂亮又聰慧學徒的老師，也樂於品嘗此種瀕臨奴性的順服所帶來的愉悅。那些始終不明白這個真理的人，我替他們感到難過。

我翻遍書頁，全神貫注地掃視成千上萬的飛鳥、馬匹、士兵、情侶、駱駝、樹與雲。在此同時，欣喜的寶庫侏儒則像逮到機會展示其金銀財寶的古代沙皇，驕傲而大方地從箱籠裡搬出一冊又一冊書本，放在我的面前。在一只塞滿各式驚人巨集、普通書本和混亂畫冊的鐵箱裡，不同的兩個角落，出現了兩本離奇的書卷。其中一本以設拉子風格裝訂，封面是酒紅色的；另一本則是赫拉特的裝訂，以中國式樣塗上一層保護用的黑漆。兩本書的圖畫幾乎完全雷同，乍看之下我以為它們是複製版。為了分辨哪一本是原版、哪一本是複製，我檢查書末記載的書法家姓名，搜尋隱藏的簽名，最後才在一股顫慄中發現，這兩本內札米的書，正是大不里士的謝赫．阿里大師創作的傳奇手抄本。其中一本是為黑羊王朝的大汗吉罕沙皇所作，另一本則是替白羊王朝的大汗塔爾．哈珊繪製。得到謝赫．阿里繪製的精美手抄本後，為了防止他仿製出第二個版本，黑羊王朝的沙皇刺瞎了他的雙眼，失明的大師於是投奔白羊王朝的大汗，並靠著記憶畫出更優秀的第二個版本。在兩本傳奇的手抄本中，他失明之後所畫的第二本，裡面的圖畫更為簡單而純粹；然而，第一本的顏色卻較跳躍而鮮活。兩者之間的差異告訴我，盲人的記憶展現出生命的單純簡潔，但同時也削弱了生命的活力。

既然我自己是真正的偉大畫師，感謝萬能的阿拉，祂看見並知曉一切，我知道總有一天我會失明，但這是我此刻想要的嗎？在這間雜亂的寶庫裡，置身強烈而恐怖的黑暗中，我似乎可以感覺到祂就存在於附近。因此，彷彿一個罪犯渴求在接受斬首前再看世界最後一眼，我懇求祂：「允許我看完所有繪畫，讓我心中充滿它們。」

在真主奧祕智慧的力量下，當我繼續往下翻閱書頁時，頻頻遭遇各種有關失明的傳說和事件。一幅著名的場景中，席琳在一次野外郊遊時，看見了懸在梧桐樹枝上的胡索瑞夫肖像，愛上了他。設拉子的謝赫．阿里．瑞薩清晰地畫出樹上每一片葉子，讓它們填滿整片大空。有一個傻瓜看見作品，批評這幅插畫真正的主題並不是梧桐樹；謝赫．阿里回應說，真正的主題也不是美麗少女的熱情，而是藝術家的熱情。為了驕傲地證明自己的觀點，他企圖在一粒米上畫下同樣一棵梧桐樹，包括它的每一片樹葉。如果沒有認錯藏匿在席琳貼身婢女纖足下的簽名，那麼此刻我眼前所見，想必就是這位盲大師在紙上創造的華美梧桐樹了——不是米粒上的樹，那棵樹他沒能完成，因為著手進行的七年又三個月後，他便瞎了。另一張紙上畫著魯斯坦舉起三戟箭刺瞎亞歷山大，深諳印度風格的藝術家，選擇以鮮明、豔麗的色彩描繪這個場景；此種氛圍，使得細密畫家的失明、永恆哀愁和祕密的慾望，看在觀者眼裡卻好似一場歡樂慶典的序幕。

我的目光遊走於書冊和圖畫之間，滿心興奮，渴望親眼觀看長年以來時有耳聞的傳說，反倒不怎麼擔心自己即將再也看不見任何東西。坐在這裡，在寒冷的寶庫中，四周充塞著從未見過的暗紅，那是籠罩在奇異燭光下的布匹和灰塵反映出的顏色，我不時讚嘆驚呼。聽見我的叫聲，布拉克和侏儒會跑到我身旁，從我肩膀後方觀望我面前的華麗書頁。我克制不住自己，開始向他們解釋：

「這種紅的顏色，屬於大不里士的偉大畫師默薩．巴巴．伊瑪目，其中的祕密已隨他埋入墳墓。他把它用在地毯邊緣、波斯沙皇包頭巾上阿列維教派標記的紅色；還有，看，這幅畫中獅子的腹部和這位漂亮男孩身上的長袍，都用了它。阿拉從來不曾直接顯露這種細緻的紅色，除非當祂使其臣民的血液奔流。為了讓我們可能經由努力觀察，用肉眼在人造布料和最偉大畫師的圖畫中，發現此種別處都找不到的紅色調，於是真主把它的祕密，交付給了隱匿在石縫間的稀有昆蟲。」我說，並補充道：「感謝祂，如今在我們面前展示。」

「看看這裡。」好一會兒後我說，忍不住再次向他們展示一幅經典——這幅訴說著愛、友誼、春天和歡樂的圖畫，可以出現在任何一本抒情詩選集。我們看著春天的樹木盛開繽紛的花朵、恍若天堂的花園裡高聳的柏樹、情侶們依偎在花園中，吟詩喝酒，歡樂滿溢。置身濕霉、冰冷、遍布灰塵的寶庫，我們彷彿也能聞到春天的花香，以及歡欣宴樂者皮膚上散發的隱約幽香。「仔細看，這一位藝術家，不僅能夠用真誠細膩的筆觸，描繪出愛侶的臂膀、纖巧的赤足、優雅的姿態和在他們頭頂上慵懶翩飛的鳥兒，同樣地，也能畫出背景中形體粗糙的柏樹！」我說：「這是布哈拉的路特費之作，由於這位藝術家脾氣暴躁又好鬥成性，以致每幅圖都只畫一半就不畫了。他與每一位沙皇及大汗爭吵，指責他們對繪畫一竅不通。這位偉大的大師從不曾在任何一座城市久留，總是從這個沙皇的宮殿換到下一個，從這座城市遷至下一座，一路上與人起衝突，就是找不到有哪一位統治者的書配得上他的才華。直到最後他來到某位首領的工匠坊。這個微不足道的首領，只統治幾塊光禿禿的山頂。儘管如此，路特費聲稱：『大汗的領土雖然小，但他懂得繪畫。』於是他在那裡待了下來，度過二十五年餘生。然而，他究竟知不知道這位微不足道的君主其實是個瞎子，時至今日，這個疑問仍是眾人茶餘飯後的笑談。」

「你們看見這一頁了嗎？」深沉的夜裡，我說，這回他們兩人一起趕到我身旁，高舉著蠟燭。「從帖木兒孫子的時代一直到現在，一百五十年的時間裡，這冊書已經換過十個主人，遠從赫拉特傳到此地。」借助我的放大鏡，我們三個人審視著塞滿書末頁各個角落、推擠雜沓、層層相疊的簽名、獻詞、歷史資料和蘇丹名號——這幾位君主彼此殘殺。「這冊書是伊斯蘭曆八百四十九年時，藉真主之助，由赫拉特的穆沙非之子、書法家凡里蘇丹，在赫拉特編纂完成的，獻給伊斯美特烏德·冬雅，她是世界的統治者貝頌古爾的兄弟、勝利的穆罕默德·朱齊之妻。」接著，我們從書末題名得知，此書流傳至白羊王朝的蘇丹哈里爾之手，再傳給他的兒子雅庫大人，然後流傳到北方的烏茲別克蘇丹手中。每位君王都曾開心地賞玩這本書一段時間，從中移除或增添一、兩幅圖畫。從第一個主人開始，每位君王都把自己美麗妻子的面容加入圖中，並驕傲地在末頁添上自己的名號。之後，這本書落入征服赫拉特的森·默薩手中，他在書中補上一頁獻詞，把它當禮物送給自己的哥哥沙皇伊斯美。後者接著把它帶回大不里士，同樣補上另一頁獻詞，準備做為禮物。然而後來，天堂的居民，嚴峻的蘇丹謝里姆在察地倫打敗了沙皇伊斯美，並將大不里士的七重天宮殿掠奪一空，這本書才隨著蘇丹的凱旋軍隊，翻山越嶺，跋山涉水，最後終於來到伊斯坦堡的寶庫。

一位年老大師如此熱情與興奮，布拉克和侏儒究竟能夠明瞭幾分？我繼續打開新的書冊，翻閱其中的書頁，我可以察覺到千百座大小城市裡千萬個插畫家內心深沉的悲苦，他們每個人都擁有獨特的氣質，每個人的畫作都聽命於不同的殘酷沙皇、大汗或首領。每個畫家都展現無比的才華，而每一個人，也都同樣臣服於失明。我隨手翻開一本內容原始、展示各種酷刑手段和刑具的手抄本，滿懷羞辱，望著書中的內容，不禁感受到在我們漫長學徒生涯中必經的責打痛楚，那長尺的鞭打，打得我們滿臉通紅，或是用大理石製的磨光石敲擊我們的光頭。我不懂這樣一本可怖的書為什麼會出現在鄂圖曼皇家寶庫：儘管對我們而言，刑求拷打是為了維持阿拉在世上的正義、由法官監視執行的必要手段，然而異教徒旅行家視其為我們殘酷與邪惡的證明，為了取信於他們的信徒同胞，他們找來一些寡廉鮮恥的細密畫家，以幾塊金幣的代價要他們作踐自己，製造這種圖畫。我深感難堪，這位細密畫家顯然享受著某種墮落的快感，繪畫各種酷刑場景：笞蹠刑、杖打、釘十字架、吊脖子或腳、掛鉤刑、木樁戳刺、人球大砲、拔指甲、絞刑、割喉、餵餓犬、鞭打、裝袋、重壓、浸泡冰水、拔髮、拗指、凌遲、削鼻，以及挖眼。真正的藝術家如我們，整段學徒生涯經歷過無數殘酷的笞蹠刑、任意的掌摑和搥打，只為了讓易怒的大師發洩自己失手畫歪線條的怨氣；更別提好幾個小時的杖打和尺鞭，只為了消滅我們內心的惡魔，讓它重生為靈感的邪靈。只有真正的藝術家如我們，才能在描繪笞蹠刑和拷打時，感受極致的快樂；只有我們，才能帶著為孩童的風箏上色的歡愉，為這些刑具著色。

幾百年來，人們透過我們的圖畫窺視我們的世界，然而他們一無所知。儘管他們渴望看仔細一點，但又缺乏耐心。賞畫的過程中，他們或許能感受到羞辱、喜悅、深沉的痛苦和歡樂，就如我此刻在這間冰凍的寶庫檢視圖畫的感受，但他們永遠無法真正了解。我用凍得麻木的蒼老手指翻動書頁，拿著可信的珍珠母貝鑲柄的放大鏡，像一隻老邁的鸛鳥橫越大地般，左眼滑過一幅幅圖畫。儘管底下的景色極少驚奇，偶爾還是會出現令人讚嘆的新事物。從這些多年來不見天日、時有傳奇經典的書頁中，我逐漸得知哪一位畫家從誰那兒學習了什麼；在哪位沙皇贊助下的哪間工匠坊，首先發展出如今我們稱為「風格」的技巧；哪一位著名的大師曾經為誰工作；以及，舉例而言，在中國的影響下，從赫拉特蔓延至全波斯的中國式捲雲，原來也已傳到卡茲文。偶爾我會放任自己驚嘆：「啊哈！」然而，我的內心深藏著一股無法與你們分享的憂傷，一股對於所有畫家的痛惜與悲歎。這些漂亮、圓臉、利眼、纖瘦的畫家們，為了藝術，飽受鄙夷、折磨及大師的責打，儘管如此，他們仍滿懷熱情與希望，喜悅地沉浸於對大師的仰慕，享受著大師的讚賞關懷，分享彼此對繪畫的摯愛，直到長年的勞苦後，終究不得不屈服於沒沒無聞和失明的結局。

憂傷與痛惜的心情，引領我進入一種敏感而纖細的心靈世界。多年來為蘇丹殿下繪畫戰爭與節慶，使得我的靈魂早已悄悄遺忘這種狀態存在的可能。在一本圖片集中，我看見一個紅唇細腰的波斯男孩腿上放著一本書，和我此刻拿著書的姿勢一模一樣。它提醒了我一個真理：世界之美屬於阿拉。只不過，追求黃金和權力的沙皇們總是忘記這個真理。另一本圖集中，有一幅伊斯法罕年輕大師所繪的圖畫。我含著淚，凝望面前一對青春洋溢的情侶彼此愛戀，不禁聯想到自己手下俊美學徒們對繪畫的充沛熱愛。一位纖足、皮膚白裡透紅、柔弱而女孩子氣的青年，露出一條讓人渴望親吻它而死的細緻臂膀，旁邊一位櫻桃口、杏仁眼、柳枝身、花蕾鼻的秀麗少女，則驚異地凝望著年輕人在自己漂亮的手臂內側，烙下三枚小而深的痕跡，彷彿正欣賞著用來證明他對她的愛情與仰慕如此強烈的三朵小花。

莫名地，我的心跳加速，心怦怦跳。好像六十年前剛作學徒時，看見一些大不里士黑墨風格的春宮圖，上面畫著皮膚淨白的俊美男孩及乳房瘦小的苗條少女，我的前額冒出點點汗珠。我回憶起曾經有一次，當時我已經結婚幾年並剛開始朝大師階級邁進，有人帶來一位天使臉孔、杏仁眼、玫瑰花瓣皮膚的漂亮少年，介紹他為學徒候選人。看見他時，我心中湧起對繪畫的熱愛及深邃的思想。那一瞬間，一股強烈的衝動告訴我，繪畫其實無關乎憂傷與痛惜，而是我此時體驗的這股慾望。如何把這股慾望首先轉化為對真主的愛慕，進而轉為對真主眼中世界的愛戀，則要仰賴藝術大師的才華。這股衝擊如此強烈，使我狂喜地感覺過去的一切全部重新回來了：我花費在繪畫板前直至彎身駝背的所有歲月，學習過程中默默承受的所有鞭打，為了追求失明在繪畫上奉獻的終生心力，以及不僅自己飽受、更加諸於別人身上的一切創作痛苦。彷佛觀看著某種禁忌之物，我帶著同樣的狂喜，安靜地瞪視這幅懾人心弦的圖畫。我望著它良久，移不開目光。一顆淚珠從我的眼眶滾落臉頰，滑入鬍子裡。

注意到一支蠟燭緩緩漂移過寶庫朝我接近時，我忙將面前的畫集放到一邊，隨手打開一本侏儒不久前搬到我身旁的卷冊。它是為沙皇編輯的一本特別畫冊。我看見兩頭鹿分別站在綠色的矮樹叢兩端，深情地對望，一旁觀望牠們的胡狼又嫉又恨。我翻到下一頁：栗色和棗紅色的馬匹，只可能出自一位赫拉特前輩大師之手——牠們多麼壯麗！我又翻頁：一位正襟危坐的政府官員從一張七十年前的圖畫中，自信滿滿地向我問候。我從他的臉孔分辨不出他是誰，因為他看起來像任何人，至少我是這麼覺得。然而，畫中的氛圍、坐姿男子鬍中的多樣色調，卻喚起了什麼。我的心臟猛跳，我認出了這張作品中精緻的手部出於何人。我的心遠比我的頭腦更早察覺，只有他才畫得出這麼華美的一隻手：這是畢薩德的作品。畫中彷彿傾瀉出一道光芒，照亮我的臉。

過去我曾經見過幾次偉大畢薩德大師的繪畫。然而，也許因為幾年前我並非單獨欣賞，而是與一群前輩大師共同觀畫，也許我們不確定那是否為畢薩德大師的真跡，所以當時沒有如現在這般震懾。

濕霉沉重的黑暗寶庫似乎亮了起來。這隻秀麗的手，使我聯想起剛才看到的那條印著愛痕的纖細臂膀。我再一次讚美真主在我失明之前，為我展現如此輝煌之美。我怎麼知道自己即將失明？我不知道！布拉克手執蠟燭，望著圖畫，朝我側身走近。我感覺或許可以把這樣的直覺告訴他，然而，口中卻吐出別的話。

「看看這隻手畫得多麼驚人。」我說：「是畢薩德。」

我的手不由自主地抓住布拉克的手，彷彿握住一位學徒男孩的手；年輕的時候，我極寵愛這些柔軟、嫩膚、美麗的學徒男孩。他的手平滑而結實，寬大又細緻，比我的手溫暖。碰觸到他腕處的筋絡，讓我一陣激動。年輕時，我時常把年幼學徒的手握入掌中，溫暖地望入他迷人、惶恐的眼睛，然後才開始教他握筆的方法。我用同樣的眼神凝視布拉克。從他的瞳孔裡，我看見高舉在他手中的蠟燭燭焰。「我們細密畫家都是同胞，」我說：「然而，如今一切將畫下句點。」

「您的話是什麼意思？」

當我說出「一切將畫下句點」時，心中帶著大師對失明的渴求。一名偉大的大師，為一位君主或諸侯奉獻生命，遵循古風在工匠坊創作無數經典，甚至為這個工匠坊樹立自己的風格。然而，他也深明，一旦他的贊助君主失掉最後一仗，新的統治者將跟隨劫掠部隊而來，解散工匠坊，拆散裝訂的書冊，讓書頁四散失序，貶抑所有倖存的殘骸，摧毀一切他長久信仰、勞苦追尋，並深愛如子的精微細節。但我必須以不同的方式向布拉克解釋。

「這幅畫是描繪偉大的詩人阿布杜拉．哈地非。」我說：「哈地非是一位了不起的詩人。沙皇伊斯美占領赫拉特後，眾人連忙湧入宮中阿諛諂媚，他卻選擇待在家裡。結果，沙皇伊斯美親自移駕前往他位於郊區的房子拜訪。我們之所以知道畫裡的人是哈地非，並不是因為畢薩德畫出了哈地非的臉，而是根據肖像下方的說明文，不是嗎？」

布拉克望著我，用漂亮的眼睛回答「是」。「看見畫中詩人的臉孔時，」我說：「我們明白它可以是任何人的臉。如果阿布杜拉．哈地非，願真主讓他的靈魂安息，出現在這裡，我們絕對不敢奢想能憑這幅畫中的臉認出他來。不過，我們可以依據整體的圖畫確認他是誰：構圖的氣氛、哈地非的姿勢、顏色、鍍金，以及畢薩德大師勾勒的精美手部，明顯示意這是一位詩人的畫像。在我們的藝術世界裡，意義勝於形式。但是，若我們開始模仿法蘭克和威尼斯大師，用他們的風格繪畫，就像蘇丹殿下委託你的恩尼須帖編輯的手抄本那樣，這時候，意義的支配將會終結，而形式的統治於焉展開。雖然如此，透過威尼斯的方法……」

「我的恩尼須帖被謀殺了，願他永恆安息。」布拉克魯莽地說。

我輕觸布拉克安置於我掌中的手，好似恭敬地撫摸著一位年輕學徒的小手，想像有一天它會畫出經典名作。我們安靜而虔誠地欣賞了一會兒畢薩德的傑作。稍後，布拉克把手從我掌中抽走。

「我們略過了前一頁的栗色馬，沒有檢查牠們的鼻孔。」他說。

「什麼也沒有。」我說，翻回前一頁讓他自己看。那些馬的鼻孔沒有絲毫特別。

「我們什麼時候才找得到有奇怪鼻孔的馬？」布拉克孩子氣地問。

深夜直至清晨之前，我們從一堆深淺綠色的波紋絲綢下翻出一個鐵箱，在裡面找到傳說中沙皇塔哈瑪斯普的《君王之書》，並把它搬出來。然而此時，布拉克早已躺在一張烏夏克紅地毯上蜷身熟睡，渾圓的腦袋枕著一個珍珠鑲繡的絲絨枕頭。多年後再度瞥見這本傳奇之卷，當下我立刻明瞭，我的一天才將開始。

這本我在二十五年前僅從遠處看過一次的傳奇書冊又大又重，耶子米．阿甘和我費盡力氣才搬得動它。當我摸到它的裝訂邊時，發現皮革裡面有木頭。二十五年前，蘇里曼大帝蘇丹剛辭世不久，沙皇塔哈瑪斯普得知自己終於擺脫了這位曾經三次攻占大不里士的蘇丹，高興萬分，立即獻上滿載貢品的駱駝，送給蘇里曼的繼承人蘇丹謝里姆，禮物中包括一本富麗堂皇的古蘭經，以及他寶庫中最美麗的一本書，也就是我面前這一本。最開始，一個三百多人組成的波斯使節團帶著這部書，前往新蘇丹冬季狩獵時居住的埃迪尼。接著，它和其餘貢禮一起由駱駝和驢子運回伊斯坦堡。趁書本尚未被鎖入寶庫前，繪畫總督布拉克．曼密與我們三位年輕大師趕忙去一探究竟。就像伊斯坦堡民眾會衝去看印度來的大象或非洲來的長頸鹿一樣，我們趕去宮殿。在那兒，布拉克．曼密大師告訴我們，晚年從赫拉特遷居至大不里士的偉大畢薩德大師，並沒有參與此書的編纂，因為他已經瞎了。

對我們這些鄂圖曼細密畫家而言，普通手抄本中的七、八幅插圖已教我們震驚，如今，閱覽這部包含兩百五十張大幅插畫的書冊，正如闖入一座恢弘壯麗的宮殿，恰巧宮中所有居民都陷入熟睡。我們滿懷著虔誠敬畏，瞪視面前無與倫比的豐富書頁，彷彿凝望著奇蹟閃現卻又瞬息即逝的天堂花園。往後二十五年裡，我們不時討論到這本鎖入寶庫的書冊。

我安靜地翻開《君王之書》的厚重封面，好像打開一扇宮殿大門。我翻動書頁，發出悅耳的窸窣聲，一股憂傷多於敬畏，湧上心頭。

一，我忘不了聽聞過許多故事，指稱伊斯坦堡每一位細密畫大師都曾經從這本書中竊取圖片，使我無法全心投入面前的插畫。

二，想像自己可能在某個角落巧遇畢薩德描繪的手，使得我無法全神貫注於每五、六幅畫中會出現的經典之作（塔穆拉斯揮矛砍斷惡魔與巨人頭顱的姿態是多麼果決而優雅！後來，在和平時期，這些敵人反而教導他字母、希臘文和各種不同語言）。

三，馬的鼻孔與一旁的布拉克及侏儒，妨礙我全心融入眼前的景象。

儘管如此幸運得到阿拉慷慨豐厚的賜予，能在黑暗的絲絨之幕降臨我的雙眼前，有機會盡情飽覽這本傳奇之書，這是每一位偉大細密畫家渴求的神聖榮耀，然而我卻發現自己比較是用腦在觀畫，而非用心體會，自然極感失望。待清晨的曙光透入變得像座冰冷墓穴的寶庫，我已經看遍了這本極品至寶中的兩百五十九幅畫。既然我是用腦在看，容許我仿照擅好推理的阿拉伯學者，再一次條列說明。

一，各處馬匹中，始終找不到一匹馬的鼻孔類似卑鄙兇手所畫：魯斯坦前往圖蘭追逐馬賊時遇到的各色馬匹；法里登沙皇的特異神駒，法里登沙皇違背阿拉伯蘇丹的命令，帶領馬群游過底格里斯河；悲傷地目睹突爾叛行的灰馬，突爾出於嫉妒，砍斷了弟弟伊拉支的頭，因為他們的父親分封領土時，賜給伊拉支最好的國家波斯和遙遠的中國，卻只留給突爾西方的土地；亞歷山大英勇部隊裡的戰馬，這支由哈札爾、埃及、柏柏爾與阿拉伯士兵組成的軍隊，全身裝備著鎧甲、鐵盾、無堅不摧的寶劍和閃亮的頭盔；踩死沙皇雅茲格的傳說之馬，由於違逆真主降賜的天命，上天懲罰沙皇雅茲格流鼻血不止，他來到碧綠的湖邊，用治病的甘泉舒解疼痛，卻不幸被馬蹄踐踏而死；還有六、七位細密畫家共同繪畫的數百匹完美的神話之馬。雖然如此，我還有超過一天的時間，可以檢視寶庫裡其他書籍。

二，過去二十五年來，彩繪大師之間流傳著一個恆久不息的謠言：一位插畫家獲得蘇丹的允許，進入這間禁絕外人的寶庫。他找到這本驚世之書，翻開它，藉著燭光，在自己的筆記本中複製下各式各樣精緻的馬匹、樹木、浮雲、花朵、飛鳥、庭園，以及戰爭與愛情的場景，以便往後用於自己的作品中……此後，無論何時，只要一位藝術家創造出一幅精湛出眾的佳作，其他人就會受嫉妒所激，重新提起如此的謠言，故意貶低他的畫作只不過是大不里士的波斯繪畫。當時，大不里士尚非鄂圖曼的領土。當中傷的矛頭指向我時，我感到理直氣壯的憤怒，但同時暗自竊喜；不過反過來，聽見別人受到相同的指控，我則深信不疑。此刻，我哀傷地明瞭一個事實：我們這四位細密畫家，二十五年前看過此書一眼後，書中的影像就莫名地烙印在我們的記憶裡。從此之後，我們不自覺地追憶、轉化、改變、畫下它們，融入為蘇丹殿下編纂的手抄本中。我的心沉了下去，不是因為過度猜疑的君主們冷酷無情，捨不得從寶庫裡拿出這些經典讓我們欣賞，而是領悟到我們自己的繪畫世界，竟如此狹隘。無論赫拉特的著名大師，或是大不里士的新興大師，波斯藝術家遠比我們鄂圖曼人，創造出更多璀璨的繪畫及更多經典的佳作。

一個念頭閃電竄入腦海，如果兩天後，我與我所有細密畫家全被送上拷刑台，那將多麼恰當。我拿起筆刀，殘酷地用刀尖刮掉手下圖畫中敞開在我面前的眼睛。畫作內容講述一位波斯學者，他光用眼睛觀察印度使者帶來的棋盤，便學會了下棋，進而擊敗印度大師設下的棋局！好一個波斯謊言！一個接一個，我刮去了棋士的眼睛，沒有放過一旁觀戰的沙皇和侍從。一頁頁往前翻，我無情地剜掉畫中每一隻眼睛：凶殘作戰的沙皇、穿戴華麗盔甲威風凜凜列隊行進的士兵，以及躺在地上的斷頭。繼續做了三頁同樣的事情之後，我把筆刀塞回腰帶。

我的雙手顫抖，但不覺得太糟。五十年畫家生涯中，我時常遇見被人挖去眼睛的圖片，現在的我，是不是和那麼多瘋子犯下此種病態行為後有著同樣的感覺？我只希望被我刺瞎的眼睛流出鮮血，染遍這本書。

三，我感受到在生命盡頭等著我的折磨與慰藉。沙皇塔哈瑪斯普策勵全波斯最精湛的藝術家花費十年光陰完成的這本絕世典籍中，沒有任何一個地方有偉大畢薩德的筆跡，也沒有任何一處找得到他勾勒的纖手。這證明了畢薩德在生命的晚年，當他從那時不受歡迎的赫拉特逃到大不里士時，已經瞎了。因此，我再一次歡喜地確認，這位偉大的大師，投注畢生心力終臻前輩大師的完美境界後，為了避免自己的繪畫遭受其他工匠坊或沙皇的要求玷汙，於是，他刺瞎了自己的眼睛。

就在此時，布拉克和侏儒翻開兩人手中一卷厚重的書冊，放在我面前。

「不，不是這一本。」我平靜地說：「這是蒙古版的《君王之書》：亞歷山大率領的鐵騎兵隊在他們的鐵馬裡灌滿石油，點火燃燒，用它們鼻孔裡噴發的熊熊烈焰對抗敵軍。」

我們瞪視著複製自中國繪畫的烈火鋼鐵部隊。

「耶子米．阿甘，」我說：「我們曾經在《謝里姆蘇丹年史》中，詳細記錄沙皇塔哈瑪斯普派波斯使節獻上的貢品，這本書也是貢品之一，二十五年前由他們運送而來……」

他很快找出《謝里姆蘇丹年史》，拿到我面前。色彩鮮麗的書頁上，畫著使節向蘇丹謝里姆呈上《君王之書》及其他禮物。我的眼睛在一項項條列出的禮物中，發現一段多年前曾讀過、但因為太不可思議而遺忘的文字：

玳瑁與珍珠母貝鑲柄之黃金帽針。尊崇的赫拉特瑰寶，繪畫巨擘畢薩德大師，以此針刺瞎其高貴雙目。

我問侏儒在哪裡找到這本《謝里姆蘇丹年史》。我跟隨他穿越灰塵滿布的黑暗寶庫，迂迴繞過堆疊的箱籠、布匹織毯和櫥櫃，鑽過樓梯底下。我注意到我們時而縮小時而放大的影子，滑過鐵盾、象牙及虎皮。走入一間毗連的房間，同樣的奇異暈紅，從布匹和絲絨中蔓延而出，充盈滿室。收藏《君王之書》的鐵箱旁邊，堆滿了其他書冊、金銀絲線鑲繡的各式布匹、尚未琢磨的錫蘭寶石和紅寶石鑲嵌匕首。在這堆物品中，我發現了沙皇塔哈瑪斯普呈獻的其他貢品：伊斯法罕的絲綢地毯、一副象牙棋盤，還有一樣即刻吸引我目光的物品——一個顯然是帖木兒時代的筆盒，上面紋飾著中國飛龍與花草，以及一朵珍珠母貝鑲嵌的花形紋飾。我打開筆盒，一股紙張燒灼和花露水的幽香飄然而出，裡面躺著一根玳瑁與珍珠母貝鑲柄的金針，平常用來固定包頭巾上的羽飾。我拿起帽針，鬼魅般地返回我的座位。

再次獨處，我把畢薩德大師拿來刺瞎自己的金針放在攤開的《君王之書》上，凝視著它。我微微顫抖，不是因為看見這根他用來刺瞎自己的針，而是知道他神妙的雙手，曾經拿過它。

沙皇塔哈瑪斯普為何會把這根可怖的針與書一併呈獻給謝里姆蘇丹？是否因為這位沙皇，儘管幼年受教於畢薩德，青年時大力贊助藝術家，到了老年卻改變想法，疏遠所有詩人和藝術家，虔誠投入信仰與禮拜？是否由於這個原因，所以他願意讓出眾多頂尖畫師投注十年心血繪製的精美典籍？他之所以送上這根金針，是否為了向眾人證明，偉大畫師是出於自己的意志刺瞎雙目；還是如謠言一度所傳，是為了驕傲地聲明，任何人只要看過書中圖畫一眼，就不願意再觀看世上其他事物？無論事實為何，沙皇不再視此書為經典，只感到無限後悔，和許多統治者晚年一樣，擔憂年少時對繪畫的熱愛為自己招致了褻瀆之罪。

我想起一些憤世嫉俗的彩繪家們告訴我的故事，他們行到老年，才發現自己的夢想終究無成：黑羊王朝統治者吉罕沙皇的軍隊準備進入設拉子時，該城著名的繪畫總督伊本．胡珊宣布：「我拒絕改變畫風。」並叫他的學徒以烙鐵弄瞎他的眼睛。嚴峻的蘇丹謝里姆打敗沙皇伊斯美後，他的軍隊擄掠大不里士，搜刮七重天宮殿，並將一批細密畫家帶回伊斯坦堡。傳言說其中有一位年老的波斯大師，因為相信自己絕對無法忍受以鄂圖曼風格作畫，於是用藥毒瞎了雙眼——並非如某些人所言，他在半路染上怪病導致失明。每當我的畫家遭遇挫折瓶頸時，我時常講述畢薩德刺瞎自己的故事，讓他們引以為鑑。

難道沒有別的解決之道？倘若一位細密畫師，把新的方法善用在各個隱蔽的角落，難道不能，就算只是微乎其微地，拯救整個工匠坊，並保存前輩大師的風格？

這根優雅細長的帽針尖端，有一絲黑色的痕跡，然而我瘦澀的眼睛分辨不出究竟是不是血。我把放大鏡往下移，凝望金針良久，彷彿注視著一幅哀愁的愛情圖畫，染上了相仿的愁緒。我試著想像畢薩德是怎麼辦到的。我聽說當事人不會立刻失明。黑暗的絲絨緩緩降臨，有時候歷時多日，有時候得花上幾個月，就好像自然衰老失明。

剛才走進隔壁房間時，我就瞥見它了。現在我站起來望，沒錯，就在那裡：一只象牙鏡子，麻花握柄、粗黑檀鏡框、邊框雕著精巧的文字。我再度坐下，凝視鏡中自己的眼睛——它們目睹我的手繪畫了六十年。燭焰在我的瞳孔裡跳躍，如此美麗。

「畢薩德大師是如何辦到的？」我再次問自己。

緊盯著鏡子，沒有一刻移開目光，我的手以女人塗眼影黑墨的熟練動作拿起金針，引領著它。毫不猶豫，彷彿在一只雕鏤用的鴕鳥蛋尖戳一個小洞，我勇敢、沉著、堅定地把金針插入右眼的瞳孔。我的五臟六腑一沉，不是因為感覺到自己的所作所為，而是因為看見了自己的所作所為。我把針壓進眼裡，到手指四分之一的深度，然後抽出來。

刻在鏡框上的對句寫著，詩人祝福攬鏡之人永恆的美麗與智慧——並期許鏡子永恆的生命。

我微笑著，把針插入另一隻眼。

很長一段時間，我沒有移動。我瞪視著世界——瞪視著一切。如同我先前的臆測，世界的顏色並沒有黯淡下來，而是好像溫柔地滲溢暈散，融入彼此。我仍然隱約可視。

微弱的陽光灑落寶庫，映在腥紅色的布匹上。財務總督與他的手下依照一貫的繁文縟節，損毀封蠟，打開門鎖及大門。耶子米．阿甘更換了新的夜壺、油燈及暖爐，端來新鮮麵包及桑椹乾，並向眾人宣布我們將繼續留在寶庫裡，從蘇丹殿下的書本中尋找畫有特殊鼻孔的馬匹。能夠一面欣賞全天下最美麗的圖畫，一面努力追憶真主眼中的世界，享受如此美妙境地，夫復何求？

52 我的名字叫布拉克

財務總督與司役依照繁文縟節打開大門後，清晨的冬陽從皇家安德倫禁宮的庭院漫入室內，由於我的眼睛早已習慣寶庫裡柔和的紅色氛圍，這道光線頓時讓我覺得刺眼恐怖。我僵立原地，奧斯曼大師也一樣。似乎如果我稍微一動，隱藏在寶庫濕霉、塵埃、凝結的空氣中、我們尋尋覓覓的線索，就會倏然溜走。

奧斯曼大師露出莫名的驚異神情，瞪視著流瀉在我們身上的光線，彷彿頭一次看見某個輝煌的物品。兩排寶庫司役沿著敞開的大門左右列隊而立，陽光透過他們彼此頭部之間的縫隙，從庭院灑進來。前一天夜裡，當他翻閱《君王之書》時，我在一旁觀察他。我注意到他臉上閃現同樣的驚訝表情；他的影子投在牆上，微微顫抖；他的頭小心翼翼地埋入他的放大鏡；而他的嘴唇先是輕輕蠕動，好像準備揭露某個愉快的祕密，接著又猛然抽動，彷彿看見一幅令人敬畏的圖畫。

大門再度關上後，我不耐煩地踱步穿過一個個房間，更加焦躁不安。我緊張地想，我們已經沒剩多少時間可以從寶庫裡挑出足夠的資料。我感覺奧斯曼大師無法專注在他的任務上，於是向他坦承心中的憂慮。

他像平常對待自己的學徒一樣，很自然地抓起我的手。「我們這類人，別無選擇，只能努力從真主的眼光觀看世界，並服從祂的正義。」他說：「此刻，身處於這些圖畫和寶物中，我強烈地感覺到兩者逐漸合而為一：當我們逼近真主眼中的世界時，祂的正義也逐漸接近我們。看，這是畢薩德大師用來刺瞎自己的針……」

奧斯曼大師不帶感情地解釋金針的來歷，把放大鏡往下移，讓我看得更清楚。我仔細端詳放大鏡下面這只邪惡物品的銳利尖端。針尖黏著一層淡紅色的薄膜。

「前輩大師們，」奧斯曼大師說：「被迫改變風格、顏色和技巧時，會深感良心不安。對他們而言，為了曲迎附會而改變世界觀，今天依東方沙皇的要求，明天又聽從西方君王的想法，是一件可恥的行為——然而這正是我們當今藝術家的作法。」

他的眼睛沒有直視我，也沒有盯著面前的書頁。他似乎正凝視著遠方一片遙不可及的空白。他面前的《君王之書》攤開在其中一頁：波斯和圖蘭的軍隊發動全力，衝鋒陷陣。殺氣騰騰的英勇戰士騎著並肩排列的戰馬，在慶典般的熱鬧色彩中拔劍肉搏，騎兵的長矛刺穿他們的盔甲，敵人砍斷他們的手臂，割下頭顱，把他們的身體劈成兩半，斷肢殘骸遍地橫陳。

「昔日的偉大畫師，若被要求改用勝利者的風格、被迫模仿別的細密畫家，為了維持尊嚴，他們會拿一根針，英勇地提早召喚繪畫多年終將來臨的失明。是的，在真主的純淨黑暗如神聖恩賜籠罩上他們的眼睛之前，他們會連續好幾個時辰、甚至好幾天盯著一幅經典傑作。由於他們低著頭徹夜不眠地凝視，面前圖畫中的意義和景象——濺滿了從他們眼中滴落的鮮血——將取代他們遭遇的邪惡。同時，因為他們的眼睛極為緩慢地朦朧，所以會在安詳中達到失明。你猜得出當我等待盲人的神聖黑暗降臨時，會選擇凝視哪一幅圖畫嗎？」

他彷彿努力回想一場童年的記憶，把目光釘在寶庫牆外某個遠處。他的眼睛，眼白的部分變多，瞳孔好像縮小了。

「那幅畫，屬於赫拉特前輩大師的風格，場景中，痴情狂戀的胡索瑞夫騎著馬，來到席琳的夏宮窗下等待。」

也許他打算繼續描述畫面的內容，如同吟誦一首哀傷的詩，悼念前輩大師的失明。「我崇高的大師，我親愛的閣下，」我在莫名的衝動下打岔：「我渴望永恆凝視的畫面，是我摯愛的秀麗容顏。我們已經結婚三天了。過去十二年來我對她思念不已。席琳瞥見胡索瑞夫的肖像從此一見鍾情的場景，只會讓我想起她。」

奧斯曼大師臉上浮現各種表情，或許是好奇，但不是因為我的故事，也不是面前殺戮場景的緣故。他似乎在期待某個能帶給他慰藉的好消息。當我確定他沒有在看我時，便一把抓起帽針，走到旁邊。

毗鄰浴室的第三間寶庫房間有一個陰暗的角落，那裡塞滿了上百個法蘭克君主呈獻的奇異時鐘。時鐘停下之後——它們通常沒多久就停了——便被收進這裡。我退入這個房中，仔細檢查奧斯曼大師宣稱畢薩德用來刺瞎自己的金針。

紅色的日光滲隙而入，投射在灰塵滿布的故障時鐘上，從箱盒、水晶鐘面和鑲嵌的鑽石反射而出，映得鍍著淡紅液體的金針尖端不時瑩瑩閃爍。傳奇的畢薩德大師確實用這個東西刺瞎了自己嗎？奧斯曼大師也對自己做出了同樣可怕的事嗎？一只巨大時鐘的擺錘上掛著一個摩洛哥小丑的吊飾，顏色鮮豔、手指大小的娃娃，臉上的表情似乎在說：「沒錯！」顯然，如果鐘還可以動，這位頭戴鄂圖曼包頭巾的小丑，將會隨著每刻鐘的報時，歡欣地點頭——送禮的哈布斯堡國王與精湛的鐘匠為了娛樂蘇丹殿下及他的後宮佳麗，特別設計的一個小玩笑。

我繼續查閱了不少極為平庸的手抄本：侏儒告訴我，這些原屬於帕夏所有，他們被砍頭後，所有財產和寶藏全被沒收。因為太多帕夏被處決，沒收的書冊多到數不清。幸災樂禍的侏儒表示，許多帕夏忘記自己是蘇丹的臣民，陶醉於個人的財富與權力，甚至為了彰顯自己，編纂書籍，鍍上金箔，以為他們是沙皇或君王，這些人實在應該被砍頭，並把他們的財產全部充公。這些書有些是圖集，有些是手抄繪本，或是插畫詩集；即使在這些二流的書裡，凡是遇到任何一幅席琳愛上胡索瑞夫肖像的圖畫，我都會停下來欣賞。

畫中畫，也就是，席琳在野外郊遊途中遇見的胡索瑞夫肖像，從來不曾被細膩刻畫。並不是細密畫家沒有能力描繪如此微小的細節——許多人擁有靈敏的巧手，能在指甲、米粒，甚至髮絲上作畫。然而，為什麼他們沒有畫出席琳的愛情對象胡索瑞夫臉上的五官細節，讓觀者得以辨識？下午某個時刻，或許為了遺忘我的絕望，我一邊隨手翻閱一本順序混亂的圖集，一邊想著這個問題，並打算向奧斯曼大師請教。這時候，一幅畫在布上的迎親圖中有一匹馬的畫像勾住了我的視線。我的心臟像是突然停了一下。

在我的面前，一匹鼻孔特殊的馬載著一位嫵媚的新娘。這隻神奇的動物望出畫布，直視著我，彷彿準備向我吐露一個祕密。我想大叫，但像作夢一般發不出聲音。

沒有半分遲疑，我立刻抱起書卷，匆忙穿越各式物品和箱籠，跑向奧斯曼大師，把攤開的書頁放在他面前。

他低頭望向圖畫。

看不見他臉上有絲毫驚醒的火花，我開始耐不住性子。「這匹馬的鼻子就跟我恩尼須帖書裡的一模一樣。」我大聲叫嚷。

他把放大鏡貼近馬。他深深地彎下腰，眼睛湊向放大鏡和圖畫，貼得如此之近，鼻子幾乎就要碰到書頁。

我受不了這片寂靜。「如您所見，這匹馬的風格和技巧不同於我恩尼須帖書中的馬。」我說：「但鼻子是一樣的。藝術家採取了中國畫家的世界觀。」我停頓了一會兒：「這是一列迎親隊伍，類似中國的圖畫，但其中的人物並不是中國人，而是我們鄂圖曼人。」

大師的放大鏡幾乎要平貼到書頁，他的鼻子緊貼著放大鏡。為了看清楚，他不僅利用眼睛，甚至盡其所能利用他的頭、頸部肌肉、老邁的背部和他的肩膀。寂靜。

「馬的鼻孔被剪開了。」半晌後他說，喘不過氣來。

我把頭湊向他的頭。頰貼頰，我們瞪視著那個鼻孔好一會兒。我悲傷地發現，除了馬的鼻孔被剪開之外，奧斯曼大師觀看它們也有困難。

「您確實看見了，對不對？」

「不是很清楚，」他說：「形容一下畫面。」

「如果你問我，我會說畫中是一位憂愁的新娘。」我悲傷地說：「她騎著一匹裂鼻的灰馬，在陌生侍衛和隨從的護送下，出嫁到夫家。侍衛的臉孔顯示出他們是索格底亞那的白羊王朝土庫曼人，各個神情猙獰、滿臉粗黑虬髯、眉頭深鎖、鬍鬚又長又細、體格魁梧、身著素面薄布袍、細窄鞋子、頭戴熊皮氈帽、腰配戰斧和彎刀。美麗的新娘或許是一位憂傷的中國公主，因為根據畫面內容判斷，她與貼身婢女在油燈和火把的映照下徹夜趕路，想必經歷了一趟長途旅程。」

「或者也許，我們之所以認為新娘是中國人，是因為細密畫家為了強調她的清新脫俗，學中國人那樣塗白了她的臉，並為她畫上一雙鳳眼。」奧斯曼大師說。

「無論她是什麼人，這位哀傷的佳麗讓人心痛。在深黑的夜裡，由一群面目猙獰的外國侍衛陪同，穿越廣大的草原，前往一塊陌生的土地，嫁給一個素未謀面的丈夫。」我說。接著我馬上補充：「我們該如何從她坐騎的裂鼻，確認恩尼須帖的馬是出於我們哪一位細密畫家之手？」

「翻到下面幾幅圖畫，告訴我你看見什麼。」奧斯曼大師說。

就在此時，侏儒也過來加入我們。剛才衝去把書拿給奧斯曼大師的中途，我瞥見他正坐在夜壺上。我們三人一起觀看書頁。

我們看見一群嬌豔動人的中國少女們聚集在花園裡，畫風與剛才那位憂愁新娘相同，少女們正在彈奏一個形狀奇特的魯特琴。我們看見中國的房舍、準備長途遠征的陰鬱篷車隊，以及美得如同陳年綺夢的無垠草原。我們看見中國畫風的樹木，盤根錯節，綻放滿樹春花，夜鶯在枝頭輕快而踉蹌地跳躍，引吭高歌。我們看見呼羅珊畫風的眾王子們，端坐於帳篷內，長篇大論地講述詩歌、美酒與愛情。我們看見精美輝煌的花園，還有英俊的貴族，他們前臂上站著雄偉的獵鷹，直挺挺地騎著駿馬追逐狩獵。接著，彷彿魔鬼融入書頁中，我們感覺到邪惡變成了圖畫的動機。一位英勇的王子揮舞巨矛砍殺惡龍，細密畫家是否在他的動作裡，加入反諷的意味？一群窮苦的農人向他們的長老祈求慰藉，畫家是不是對他們的貧苦感到幸災樂禍？對他而言，描繪兩條交媾中的野狗緊黏不分，露出悲傷、空洞的眼神，或是繪畫一個女人咧開血盆大口訕笑這兩隻動物，是否更為有趣而愉快？接著我們看到細密畫家筆下真正的魔鬼：這些畸形的生物，長得很像赫拉特前輩大師和《君王之書》繪者筆下時有所見的邪靈與巨人；不過，充滿譏誚才華的細密畫家卻把它們畫得更為陰邪、凶殘，而且更具有人形。我們笑著看這些恐怖的魔鬼，儘管身形為人，卻有畸形的身體、分岔的角和豹一般的細長尾巴。隨著我繼續往下翻，這些濃眉、圓臉、凸眼、尖牙、利爪和老頭般皺黑皮膚的赤裸魔鬼們，開始互相鬥毆扭打、偷竊上等馬匹獻祭他們的邪神、跳躍嬉鬧、亂砍樹木、誘拐鑾轎裡的美麗公主、捕捉惡龍或是劫掠金銀財寶。我向他們解釋，這本出於眾人之筆的書冊中，所有魔鬼皆由一位名叫布拉克．潘的細密畫家所繪，這位畫家同時也畫了許多剃光頭、衣衫襤褸、身纏鐵鍊、手持楞杖的卡連德里苦行僧。奧斯曼大師要我逐一形容彼此的相似處，並仔細地傾聽。

「剪開馬的鼻孔讓牠們呼吸順暢，耐得住長途跋涉，是蒙古人幾百年來的傳統。」聽完後他說：「旭烈兀大汗的軍隊，便是以馬匹征服了全阿拉伯、波斯和中國。他們進入巴格達，燒殺擄掠，把所有書籍拋入底格里斯河。當時的書法家，日後的繪畫家，伊本．沙克逃離了城市和殺戮，然而，他沒有跟隨眾人逃往南方，反而沿著蒙古騎兵前來的道路，朝北方走去。當時，由於古蘭經禁止，沒有人製作插畫，畫家更是不受重視。如今我們的職業備受尊崇，其中最偉大的祕訣要歸功於伊本．沙克，所有細密畫家的大師及守護聖人：他創造了從叫拜樓俯瞰大地的世界觀，堅持以一條可見或不可見的地平線為基準，並透過中國人觀察萬物的方式，用蜿蜒、鮮活、樂觀的色彩描繪一切，從天上的飛雲至地上的爬蟲。我聽說，在那段傳奇的旅途中，為了確保自己繼續北行，進入蒙古部族的中心地區，他特別研究馬的鼻子。不畏風雪不屈不撓地步行跋涉了一年後，他終於來到撒馬爾罕，然而，就我所見所知，他在那裡畫的馬匹卻都沒有裂鼻。對他來說，完美的夢幻良駒並非成年後才認識的結實、強壯、勝利的蒙古馬；而是快樂少年時熟知的優雅阿拉伯馬，如今他悲傷地將之遺留身後。這就是為什麼，恩尼須帖書中的怪異馬鼻，不會讓我聯想到蒙古馬，或是由蒙古傳遍呼羅珊與撒馬爾罕的剪鼻習俗。」

奧斯曼大師說話時，一下子望向書本，一下子又看著我們，彷彿只看得見自己心靈召喚的景象。

「除了裂鼻馬和中國繪畫之外，書中的魔鬼也是由蒙古部落帶進波斯，再從那兒一路傳至伊斯坦堡。你們大概都聽說過，這些惡魔是邪惡的使者，由地底深處的黑暗勢力派遣而來，攫取人類的生命及一切珍貴事物，他們會用盡一切手段把我們帶入黑暗與死亡的陰間世界。在陰間世界裡，無論是雲、樹、物品、狗或書，都有自己的靈魂，會說話。」

「說得沒錯，」年老的侏儒說：「阿拉為證，有些夜晚我被鎖在寶庫裡，那時我會聽見，除了原本就不斷發出聲響的時鐘、中國瓷盤和水晶碗，所有來福槍、寶劍、盾牌及血汙的頭盔，它們的幽靈全都焦躁不安起來，激烈地交談，吵得整間寶庫好像變成一座擁擠的末世戰場。」

「卡連德里苦行僧，我們剛才看過他們的圖片，把這個信仰從呼羅珊帶入波斯，之後再傳到伊斯坦堡。」奧斯曼大師說：「嚴峻的蘇丹謝里姆打敗沙皇伊斯美後，他的軍隊將七重天宮殿洗劫一空。當時貝迪札門．默薩——帖木兒的後代子孫——背叛了沙皇伊斯美，並帶著追隨他的卡連德里信徒一起投效鄂圖曼。天堂的居民，謝里姆蘇丹在風雪冰霜的冬季返回伊斯坦堡，身後運載著無數戰利品；其中包括從察地倫俘虜的兩位美女，她們是沙皇伊斯美的嬪妃，肌膚似雪，杏眼微翹。與她們同行的，還有典藏於七重天宮殿圖書館的所有書籍。這些書籍是戰敗的沙皇伊斯美從烏茲別克、波斯和帖木兒人手中掠奪的珍品，包含了各地前輩大師的心血，包括大不里士、蒙古、印哈尼德、耶萊伊芮德和黑羊王朝。在蘇丹殿下和財務總督命令我離開這裡之前，我想好好欣賞這些書本。」

然而，此時他的眼睛已經顯露出盲人眼中的茫然失焦。他繼續拿著他的珍珠母貝鑲柄放大鏡，但比較像是出於習慣而不是為了觀看。我們陷入沉默。奧斯曼大師再一次要求侏儒——他心不甘情不願地聆聽他的命令——為他找一本書，他詳細形容了書本的裝訂邊。侏儒才離開，我馬上天真地詢問大師：

「所以，我恩尼須帖書裡的馬圖，究竟出自何人之手？」

「我們談論的兩匹馬都有裂鼻，」他說：「不管牠是在撒馬爾罕或者，如我所言，在索格底亞那所畫的，你在這本書中找到的馬匹是以中國風格描繪；至於恩尼須帖書中的美麗駿馬，則是如赫拉特大師筆下的神妙馬匹，為波斯風格。的確，這幅插畫優雅無比，任何地方都很難找到與之匹敵的作品！牠是一匹藝術之馬，不是蒙古馬。」

「可是牠的鼻孔被剪開了，就和純正的蒙古馬一樣。」我低語。

「兩百年前蒙古人撤退，開始了帖木兒及其後世子孫的統治。很顯然地，當時一位赫拉特前輩大師，畫下了一匹鼻子被剪開的華美駿馬——受到自己親眼所見的蒙古馬影響，或是受到另一位畫出裂鼻蒙古馬的細密畫師影響。沒有人確知那匹馬到底最先出現在為哪位沙皇編輯的哪本書中的哪一頁。但我相信那本書和圖畫受到了極度讚賞——天曉得，或許其實是蘇丹的寵妃對它讚譽有加——並且很快盛行一時。我也相信，基於這個原因，所有二流的細密畫家們，儘管羨慕地咕噥抱怨，仍然開始模仿這匹馬，複製牠的圖畫。如此風氣的帶領下，這匹美妙的馬及牠的鼻孔逐漸成為一種圖式的典範，深深刻印於當地工匠坊的藝術家心裡。過了幾年，等他們的統治者戰敗，這些畫家，如同被遣送到另一座後宮的抑鬱女子，投奔到新的國家尋找新的沙皇和王子。無論到何方，他們永遠帶著儲存在記憶中的馬匹形象，鼻孔優雅地剪開。也許受到不同工匠坊中不同大師的不同風格影響，許多畫家不再描繪長存於心中一隅的特殊影像，最後終究遺忘了它。然而，其他的人，來到新加入的工匠坊後，不但繪畫優雅的裂鼻駿馬，更教導他們的漂亮學徒跟著做，用『前輩大師就是這麼畫的』鼓勵他們。於是，就這樣，即使蒙古人和他們的精幹馬匹早已離開了波斯及阿拉伯土地，即使斷垣殘壁的城市早已展開新的生命，過了世世代代，有些畫家仍然繼續依此法畫馬，堅信它是標準的圖式。我也確定還有一批人，渾然不知蒙古騎兵的勝利，更不曉得他們坐騎的裂鼻，仍舊依照我們在工匠坊裡的方式畫馬，並堅持那才是『標準的圖式』。」

「我親愛的大師，」我說，又敬又畏：「如我們所願，您的『女伶法』確實找到了一個解答。似乎每一位藝術家都有自己的隱藏簽名。」

「不是每位藝術家，而是每個工匠坊。」他語帶驕傲地說：「甚至不是每個工匠坊。某些悲慘的工匠坊，就如同某些悲慘的家庭，其中的成員，每個人長年來堅持不同的意見，殊不知快樂生於和諧，同理可言，和諧孕育快樂。有些畫家試著學中國人繪畫，有些學土庫曼人，有些則學設拉子的畫風，彼此長年爭執不休，始終無法達到快樂的共鳴，正如一對不滿足的夫妻。」

我看見他臉上明顯地溢滿了驕傲。權威之士的嚴峻神情，如今已取代好一陣子以來瀰漫他臉上的陰鬱和蒼老。

「我親愛的大師，」我說：「過去二十年來，您在伊斯坦堡聚集了來自世界各地的多樣藝術家，結合他們各自不同的才華與氣質，達到美妙的和諧，進而創造並界定出鄂圖曼的風格。」

為什麼不久前我誠心誠意體會的敬畏感受，卻在開口後變成虛偽奉承？當一位才華與技巧令人們驚嘆的大師接受讚美時，是否不得不拋掉權威和影響力，甚至變得有點可悲，才可能聽到誠懇的話語？

「總之，那侏儒躲到哪兒去了？」他說。

他這麼說，有點想要轉變話題，好像一位權威人士儘管很高興聽見阿諛諂媚，卻隱約覺得不妥。

「您不僅是熟諳波斯傳說和風格的偉大大師，更創造了一個獨一無二的繪畫世界，彰顯鄂圖曼的光榮與力量。」我耳語道：「是您，用藝術呈現出鄂圖曼寶劍的力量、鄂圖曼偉業的光明色彩、對器物發明的熱忱與投注，以及安逸自由的生活方式。我親愛的大師，能與您一同欣賞這些著名前輩大師的經典傑作，是我畢生的光榮……」

我繼續這樣輕聲讚美了很久。置身恍然廢棄戰場的寶庫，處於冰冷的黑暗與擁擠的混亂中，我們的身體靠得如此之近，使得我的耳語變成某種親暱的情感流露。

慢慢地，正如某些盲人控制不了自己的臉部表情，奧斯曼大師的眼睛也不自覺地露出老人的喜悅。我滔滔不絕地讚美年老的大師，一會兒洋溢著真心誠意，一會兒又忍不住內心對瞎子的厭惡，反感地打哆嗦。

他伸出冰冷的手指抓住我的手，撫摸我的前臂，輕觸我的臉。他的力量和年歲透過指尖傳到我身上。再一次，我想起在家裡等著我的莎庫兒。

我們就這樣佇立許久，面前散布著敞開的書頁。我滔滔不絕的讚美和他的自負自憐似乎弄得我們筋疲力竭，以致於我們不得不稍事休息。漸漸地，我們為彼此感到尷尬。

「那侏儒跑哪兒去了？」他又問了一遍。

我確信狡猾的侏儒正躲在某個暗處觀察我們。我轉動肩膀，左顧右盼，好像在搜尋他，但眼睛仍牢牢對準奧斯曼大師。他是真的瞎了嗎？或者只是努力想說服全世界，包括他自己，他真的瞎了？我曾聽說設拉子有一些天分不足、能力不夠的年邁大師，老年後佯裝失明，藉以激起人們的尊敬，避免別人提及他們的失敗。

「我真想死在這裡。」他說。

「我親愛的大師，我偉大的閣下，」我奉承他：「當今的世風，重視的不是繪畫的內容，而是它能帶來的金錢；推崇的不是前輩大師，而是模仿法蘭克風格的畫家。身處於這樣的時代，您會有如此想法，我完全理解，更感到熱淚盈眶。然而，您也有責任保護您的插畫師們不受敵人迫害。請告訴我，透過『女伶法』，您得出什麼結論？那匹馬是哪一位細密畫家畫的？」

「橄欖。」

他回答得如此輕描淡寫，我甚至沒有機會感到驚訝。

他陷入沉默。

「但我也同樣肯定，橄欖並沒有謀殺你的恩尼須帖或不幸的高雅．埃芬迪。」他平靜地說：「我之所以相信那匹馬是橄欖的作品，是因為他最服膺前輩大師，最熟知赫拉特的傳統與風格，而且他的師學家世可以溯源至撒馬爾罕。我知道你不會問我：『為什麼在橄欖過去多年的畫作中，我們都沒有發現同樣的裂鼻馬？』我先前已經解釋過，因為有時候某種諸如飛鳥的翅膀、樹葉懸附在枝枒的模樣的細節，會被保存在記憶中，世代相傳，從大師傳給學徒。但藝術家不見得會在畫中採用這個技巧，因為他將受到各種影響，像是某位剛愎陰沉的大師、某間工匠坊的特殊品味，或是某位蘇丹的個人喜好。因此，這匹馬，是親愛的橄欖年幼時直接師承波斯大師，並且從來不曾遺忘的形象。牠之所以碰巧出現在恩尼須帖的書中，是阿拉的一個殘酷詭計。我們每個人都視赫拉特前輩大師為典範，不是嗎？對土庫曼插畫家而言，一想到美麗的女子，就一定要有中國人的容貌特徵；同樣地，對我們而言，提起繪製精良的圖畫，我們也只會想到赫拉特的經典傑作，不是嗎？我們全都是赫拉特忠心耿耿的仰慕者。所有偉大的藝術，都孕育自畢薩德影響下的赫拉特，而這樣的赫拉特，則是根基於蒙古騎士與中國人。跟隨赫拉特傳奇大師腳步的橄欖，有什麼理由要謀殺與他有志一同的高雅．埃芬迪呢？這可憐人甚至更固執地遵循同樣的古法，幾乎是盲目崇拜。」

「那麼是誰？」我說：「蝴蝶？」

「鸛鳥！」他說：「心底深處一個聲音這麼告訴我，因為我深知他的貪婪與憤世嫉俗。聽著，事情很可能是這樣的：當可憐的高雅．埃芬迪替你的恩尼須帖鍍金時，發現恩尼須帖愚蠢而拙劣地模仿法蘭克技法，開始相信這項工作可能很危險。一方面，他笨到聽信愚蠢的艾祖隆傳道士的胡說八道——很遺憾地，儘管鍍金師比畫師更接近真主，但他們實在又笨又無趣——而另一方面，他明白你的傻瓜恩尼須帖正在編輯的書，是蘇丹的重要計畫。兩者的矛盾，使得恐懼與疑慮在他內心衝擊不定。他究竟該相信他的蘇丹，還是艾祖隆的傳道士？倘若是從前，這不幸的孩子——我了解他就如自己的手背——一定會來找我，向我吐露啃蝕自己良心的兩難困境。然而，就連呆頭鵝的他也非常清楚，替你的恩尼須帖鍍金、模擬法蘭克人這些行為，等於背叛了我和公會。因此，他只好尋求另一位知己。他向狡詐且野心勃勃的鸛鳥吐露心中的祕密，結果犯了一個錯：由於他很仰慕鸛鳥的才華，竟錯誤地讓自己臣服於鸛鳥的智慧和道德觀之下。我曾經見過很多次鸛鳥利用高雅．埃芬迪對他的欽慕之情，任意擺布這位可憐的鍍金師。結果他們之間爆發某種爭執，導致高雅．埃芬迪死於鸛鳥之手。由於死者很久以前曾向艾祖隆教徒透露心中疑慮，於是基於復仇雪恨的衝動及展示力量的目的，他們出手殺死了你那法蘭克馬屁精恩尼須帖，認為他是害死他們同胞的罪魁禍首。我不敢說自己絕無幸災樂禍的心態。多年前，你的恩尼須帖哄騙蘇丹殿下，找來一位名叫塞萬提歐的威尼斯畫家，命令他以法蘭克風格為皇上畫一幅肖像，把殿下當成異教國王。如此尚不滿足，為了羞辱我的尊嚴，他派人把這幅可恥的肖像送來給我，要我依此複製。基於對蘇丹殿下的戒慎恐懼，我不得不羞恥萬分地用異教徒的技法複製這幅畫。若不曾被迫做那件事，今天或許我還能為你的恩尼須帖哀悼，並且協助找出殺死他的敗類。然而，我關心的不是你的恩尼須帖，而是我的工匠坊。我的細密畫師們，我愛他們勝過自己的兒子，呵護溺愛，訓練他們整整二十五年，但他們不僅背叛我，也背叛了整個藝術傳統，這一切，你的恩尼須帖必須負起全部責任。他們之所以熱切模仿歐洲大師，全是他的錯，因為他理直氣壯地指稱『這是蘇丹殿下的旨意』。這群寡廉鮮恥的畫師，每一個都應該押去凌遲拷打！如果我們，細密畫家群體，都明瞭首要服從的是自己的才華和藝術，而非提供我們金錢和工作的蘇丹殿下，早就得以進入天堂之門了。現在，我想要獨自閱讀這本書。」

奧斯曼大師說出這段最後的聲明，像是一位絕望而虛弱的帕夏，因為戰敗即將面臨斬首，行刑前吐露心中最後的遺志。他打開耶子米·阿甘擺在他面前的書冊，用斥責的聲音命令侏儒替他翻書頁。嚴峻的指控語氣，讓他剎時又變回全工匠坊熟悉的繪畫總督。

我退到一個角落，擠在珍珠鑲繡的枕頭、槍托以珠寶鑲嵌的生鏽來福槍和大小櫥櫃之間，從那裡觀察奧斯曼大師。不停嚙蝕我的疑惑此時已蔓延遍及全身上下：如果他希望中止蘇丹殿下這本書籍的編纂，那麼，可以合理地推論，奧斯曼大師很可能精心安排了手下，謀殺可憐的高雅·埃芬迪，以及，接著是，我的恩尼須帖——我痛斥自己剛才居然對他敬畏莫名。但另一方面，望著他此時全心投入面前的圖畫，不管失明還是半失明，帶著滿臉的皺紋認真檢視它，我忍不住對這位偉大的大師懷抱深深的敬意。我逐漸領悟一個事實，為了保存舊有的風格及細密畫家工匠坊的體制，為了擺脫恩尼須帖的書，為了再一次成為蘇丹的唯一寵幸，他將不惜放棄任何一位細密畫大師，包括我在內，把我們交付給皇家侍衛隊的拷問官。我憤怒地試圖甩脫過去兩天對他產生的敬愛。

但許久之後，我依然理不出半點頭緒。為了平撫心裡激盪不止的惡魔，轉移腦中猶豫不決的邪靈，我從箱籠裡隨便抽出幾本書卷，漫無目標地翻看彩繪的書頁。

有多少男男女女把手指放在嘴裡！兩百多年來，從撒馬爾罕到巴格達，每一間工匠坊都用這個動作表示驚訝。英雄卡胡索夫被敵人圍堵在江邊後，靠著自己的黑戰駒與阿拉之助，安全橫越洶湧的奧克蘇河，這時，當初拒絕以木筏載他渡河的可惡船夫們，全都吃驚地把手指放進自己的嘴裡。胡索瑞夫第一次看見美人席琳時，她正沐浴在一度波光粼粼、如今銀箔已斑駁褪色的湖水裡，雪白的肌膚映著月光，胡索瑞夫驚詫得拿不開嘴裡的指頭。我甚至花了更多時間，端詳後宮的絕色佳麗，她們躲在半掩的宮殿門後，站在遙不可及的塔樓窗口，隔著簾幕往外窺探，每個人都用手指堵住嘴巴。敗給波斯軍隊並失去王位的帖札夫準備逃離戰場時，他的後宮寵妃，絕世美女伊絲琵奴，站在宮殿窗口震驚而悽愴地望著他，手指放在嘴裡，用眼神乞求他不要遺棄她，留給敵軍擺布。當喬瑟夫因為蘇莉亞的強姦誣告被捕下獄時，她站在窗邊觀望，一隻手指放進迷人小口，顯現出她的奸邪與肉慾，而非慌亂迷惑。一對彷彿出自情詩場景、快樂但面色憂愁的愛侶，在一座恍若天堂的花園談情說愛、縱情美酒，然而此時卻有一個陰險的婢女在一旁偷窺他們，羨嫉的手指放入殷紅的嘴裡。

儘管筆記本裡如此記載，每一位細密畫家也都熟記這只不過是代表吃驚的標準動作，然而，一支纖長的手指滑入一位美女口中，這樣的畫面在每一幅畫中各顯不同，也都帶有不同的美感。

這些圖畫能帶給我多少安撫作用？黃昏降臨之後，我走到奧斯曼大師面前，對他說：

「我親愛的大師，等大門再次打開時，我希望您准許我離開寶庫。」

「你為何這麼說！」他說：「我們還有一個晚上和一個早上。面對舉世聞名的偉大繪畫，你的眼睛居然這麼快就滿足了！」

他說話時，臉仍然朝著前方的書頁，然而瞳孔中的一片濁白，卻證明他確實逐漸失明。

「我們已經得知馬鼻孔的祕密了。」我自信地說。

「哈！」他說：「沒錯！剩下的事就交給蘇丹殿下和財務總督了。或許他們會赦免我們全體。」

他準備宣布鸛鳥為凶手嗎？我甚至不敢問，怕他不准我離開。更可怕的是，我一再覺得他很可能指控我。

「畢薩德拿來刺瞎自己的帽針不見了。」他說。

「極可能被侏儒放回原位了。」我說：「您面前的圖畫真是華麗極了！」

他的臉像個孩子般亮了起來，微微一笑。「為愛痴狂的胡索瑞夫，半夜來到席琳的宮殿前，騎在馬背上等待她。」他說：「赫拉特前輩大師的風格。」

此時他凝視著圖畫，彷彿真的看得見，但他手上甚至沒有拿放大鏡。

「你有沒有看見，夜晚黑暗中的耀眼樹葉，一片片好像星星或花朵般綻放色彩？你有沒有注意到，牆壁紋飾內含的謙卑耐心、精緻纖巧的金箔鍍色，以及整張畫面構圖的微妙平衡？胡索瑞夫的英挺駿馬如女人般優雅高貴。他摯愛的席琳在他上方的窗口等待，低垂脖子，但臉上帶著驕傲。這對戀人彷彿永恆停駐於此，畫中的質感、皮膚和細密畫家深情塗染的微妙色彩，發散出一道光芒，籠罩住他們。你可以看見，他們的臉略微轉向彼此，身體卻半轉向我們，因為他們知道自己身於畫中，正被觀者欣賞。這就是為什麼他們無需類似我們周遭所見的人物。相反地，他們試著證明自己是源於阿拉的記憶。這就是為什麼在圖畫中，時間停止了。無論圖畫中的故事進行得多快，他們將永遠停留在那裡，永恆不朽。就像一位有教養、有禮貌的害羞少女，默默地一動不動，沒有突然揮手、比畫、扭身或眨眼。對畫中人而言，周圍一切已凝結在深藍的夜裡：鳥兒襯著點點繁星，飛越黑暗，撲翅拍擊像是戀人狂跳的心臟；在這無與倫比的瞬間，牠們被釘入天空，凍結於永恆不朽。赫拉特的前輩大師們明白，當真主的絲絨黑暗像簾幕覆蓋上他們的眼睛時，如果一動不動地凝視如此完美的圖畫，日日夜夜，直到徹底失明，他們的靈魂最後將融入畫中的永恆不朽。」

到了晚禱時分，經過同樣的繁瑣手續，在同一群司役的注視下，寶庫大門再度打開，奧斯曼大師卻仍專注地瞪著面前的圖畫，瞪著懸浮在天空中靜止不動的飛鳥。然而，如果仔細看他瞳孔裡的一片白茫，將發現他瞪著書頁的方式有點奇特，就像一個盲人在吃飯的時候，有時會無法對準面前的食物。

由於寶庫司役官得知奧斯曼大師將滯留不出，而耶子米．阿甘會守在門口，因此他們只對我草草搜身，沒有發現我藏在內衣裡的帽針。從皇宮庭院出來到伊斯坦堡的街道後，我溜進一條巷弄，從身上拿出偉大的畢薩德用來刺瞎自己的恐怖物品，把它塞入腰帶間。我拔腿奔跑穿過街道。

寶庫裡的寒意鑽透了我的骨頭，久久不散，以致於此刻走在戶外，以為溫暖的早春已經降臨了城市街巷。我走入舊商旅市集，行經一間間正在打烊的雜貨店、理髮店、藥草店、蔬果店和木柴店。我放慢腳步，望進溫暖的商店，仔細檢視昏黃油燈下的木桶、布匹、紅蘿蔔和大小瓶罐。

離開兩天後再度歸來，我恩尼須帖家的街道（我仍說不出「莎庫兒家的街道」，更別提「我家的街道」了）看起來更為陌生而遙遠。雖然如此，想到能夠平安快樂地重回莎庫兒身邊，想到今天晚上能夠與我的摯愛同床共枕——既然凶手幾乎算是抓到了——讓我感覺世界如此溫暖親切，因此看見石榴樹和緊閉的新百葉窗時，我差點克制不住自己大喊出聲，好像農夫朝溪流對岸的人吼叫那樣。稍後一見到莎庫兒，我嘴裡第一句話將是：「我們知道誰是可惡的凶手了！」

我打開庭院大門。或許因為大門的吱呀聲，或許是麻雀從汲水桶飲水的悠遊自在，又或許是屋子裡的一片黑暗，總之，獨居十二年的經驗給我一種野狼般的敏銳，我立刻察覺家裡沒有半個人。儘管苦澀地明白自己被獨自遺棄在這裡，我仍然打開又關上每一扇門、每一個櫥櫃，甚至掀開鍋蓋，搜尋所有可能或不可能的角落。我甚至檢查了每一只箱籠。

一片死寂中，我只聽見自己的心臟碰擊狂跳。我從最隱蔽的箱子翻出我暗藏的寶劍。當我猛然佩上劍時，一股壯士斷腕的安慰襲來。這把象牙柄的長劍，在我執筆為生的歲月裡，總是為我帶來內心的安穩與寧靜。書本，我們總誤以為它能帶給我們安慰，其實，只是添加了哀愁的深度。

我下樓走進庭院。麻雀已經飛走了。彷彿拋棄一艘緩緩下沉的破船，我頭也不回地離開屋子，讓逐漸迫近的黑暗與寂靜將之吞沒。

我的心，此時鎮定了許多，告訴我快衝去找他們。我奔跑。但我放慢腳步穿越擁擠的地區和清真寺庭院，野狗跟了上來，開心地尾隨身後，期待有什麼好玩的事情將要發生。

53 我是以斯帖

正當我把扁豆湯放到爐火上準備煮晚餐時，聽見奈辛說：「門口有客人。」我回答：「看好，別讓湯焦了。」我把湯勺遞給他，然後抓著他蒼老的手引導他往鍋子裡攪了幾下。如果你不做給他們看，他們會拿著湯勺站在那裡呆楞好幾個小時。

我看見布拉克站在門口，一時間心中對他充滿了憐憫。他臉上嚇人的表情讓我根本不敢問他發生了什麼事。

「不用麻煩進來了，」我說：「我換件衣服就出去。」

我換上平常參加齋戒月慶典、吃喜酒、大請客時的衣服，一套黃色和桃紅色相間的外出服，然後拎起我的假日小布包。「等我回來的時候湯得煮好了。」我對可憐的奈辛說。

布拉克和我橫越小猶太社區的一條馬路。家家戶戶的煙囪正費力噴出煙霧，好像水壺用力吐著蒸汽。我說：

「莎庫兒的前夫回來了。」

布拉克沉默不語，一直到我們走出這個社區前，他都沒有開口說話。他的面色死灰，一種即將變天的顏色。

「他們在哪裡？」好一會兒後他問。

聽他這麼問，我猜想莎庫兒和她的孩子不在家。「他們在他們家裡。」我說。我指的是莎庫兒以前的家，但話一出口，馬上曉得這麼說會刺傷布拉克的心，於是又在句子後頭加了「有可能」三個字，留給他一點點希望。

「妳見到她剛回來的丈夫了嗎？」他問我，深深望進我的眼裡。

「我還沒見到他，也沒親眼看到莎庫兒離家出走。」

「妳怎麼知道他們走了？」

「從你的臉上看得出來。」

「告訴我每一件事。」他堅決地說。

心煩意亂的布拉克忘了一點，如果以斯帖——她的眼睛總盯著窗戶，耳朵總聽著地板——還想繼續當原來的以斯帖，幫無數作夢少女尋找丈夫，敲響無數痛苦家庭的大門，那麼她絕不會說出「每一件事」。

「我聽說的是，」我說：「莎庫兒前夫的弟弟哈珊，到你們家裡去，」聽到我說「你們家」，他很滿意。「哈珊告訴席夫克說，他父親正在從戰場回家的路上，大概下午就會抵達。如果到時候發現席夫克的母親和弟弟不在家，他會非常生氣。席夫克把話傳給母親，儘管他母親不敢貿然行動，但又作不了決定。快到下午的時候，席夫克溜出家門，跑去找他的哈珊叔叔和爺爺。」

「妳從哪裡知道這些消息的？」

「莎庫兒難道沒跟你說過，過去兩年來哈珊千方百計要把她弄回他家嗎？有一段時間哈珊透過我傳信給莎庫兒。」

「她曾經回信給他嗎？」

「伊斯坦堡各種女人我都見識過，」我驕傲地說：「從來沒有一個人像莎庫兒這樣，對她的家、她的丈夫和她的節操如此忠貞不二。」

「可是，現在我是她的丈夫。」

他的聲音帶著一種典型男性的手足無措，讓我很難過。真是不可思議，無論莎庫兒逃往哪一邊，另一邊都會心碎。

「哈珊寫了一張紙條要我轉交給莎庫兒。上面描述席夫克怎樣回到家裡等待父親歸來，又提到莎庫兒的婚禮不合法，席夫克多麼不快樂，因為他不喜歡要當他新父親的假父親，打算留在那裡不再回去。」

「莎庫兒怎麼回答？」

「她和可憐的奧罕兩個人等你等了一整夜。」

「哈莉葉呢？」

「哈莉葉已經等待了好幾年，想找機會對你美麗的妻子落井下石。為了這個目的，她才會答應你的恩尼須帖，願他安息，陪他睡。哈珊得知莎庫兒獨自在凶手和鬼魂的陰影下度過夜晚後，又派我送了另一封信。」

「他寫了些什麼？」

感謝真主，你們不幸的以斯帖不會讀也不會寫，因為每當憤怒的埃芬迪和惱火的父親們問起這個問題，她可以說：「我看不懂信，只看得懂美麗姑娘讀信時的表情。」

「妳在莎庫兒臉上讀出什麼？」

「無助。」

很長一段時間，我們彼此都沒有開口。一隻貓頭鷹棲息在一座小希臘教堂的圓頂，等待著夜晚；掛著兩條鼻涕的鄰居小孩嘲笑我的衣服和布包；一條瘌痢狗一邊開心地搔癢，一邊蹦蹦跳跳走下柏樹聳立的墓園，迎接黑夜的到臨。

「走慢一點！」我朝布拉克喊：「我沒辦法像你爬坡爬得那麼快。我提著這麼一個包袱，你要帶我上哪兒去？」

「在妳帶我到哈珊家之前，我要先帶妳去見幾個慷慨而勇敢的年輕人，這麼一來妳就可以打開布包，向他們兜售碎花手帕、絲綢腰帶和銀線繡花錢包，叫他們買給自己的祕密情人。」

如此淒慘的狀態下，布拉克仍說得出笑話，這是好現象。然而我感覺得出在他嬉笑的背後，蘊藏何等的嚴肅。「如果你打算召集群眾，那麼我絕不會帶你去哈珊的房子。」我說：「我怕死了爭吵和打架。」

「假如妳繼續作一個平常那樣的聰明以斯帖，」他說：「將不會有爭吵或打架。」

我們穿越阿克薩瑞，往回走上一條直通蘭哥花園的馬路。泥濘街道的前半段是一片已經沒落的區域，布拉克走進一間尚未打烊的理髮店。我看見他與理髮師交談，昏黃的油燈下，一個長相老實的男孩正用細緻的手為理髮師修臉。沒過多久，理髮師與他俊俏的學徒加入了我們的行列；之後，在阿克薩瑞又有兩個男人加入。他們帶著寶劍與斧頭。來到雪沙德巴胥一條巷弄時，一位我怎麼也想像不到會捲入這種暴力行動的神學院學生，在黑暗中加入我們，手裡拿著一把劍。

「你打算在光天化日之下闖入市中心的房子嗎？」我說。

「不是光天化日，現在是晚上。」布拉克語氣輕鬆，但又不是開玩笑地說。

「別因為你只不過召集了一群人就這麼自信滿滿。」我說：「祈禱禁衛步兵不會發現一群武裝暴徒在路上閒逛。」

「不會有人發現我們。」

「昨天在沙吉卡比，一群艾祖隆教徒先突襲了一間酒館，接著又闖入一個苦行僧修院，在兩個地方都是見人就打。一個老人頭上挨了一棍之後死了。烏漆抹黑的夜裡，他們可能會以為你們是同一夥的。」

「我聽說妳去過亡者高雅・埃芬迪的家裡，探望他的妻子，真主保佑她，也見到了墨漬斑斑的馬匹草圖，之後妳轉告莎庫兒這件事。既然如此，妳知道高雅・埃芬迪與艾祖隆傳道士的忠實信徒們，是不是走得很近？」

「我之所以打探高雅・埃芬迪的妻子，是因為我認為，或許到時候這些消息能幫助我可憐的莎庫兒。」我說：「總之，我去那裡是給她看法蘭德斯商船最新運到的布匹，而不是想介入你的法律政治事務——反正我愚鈍的頭腦也搞不懂。」

當我們走進恰席卡比後頭的街道時，我的心臟恐懼地狂跳。天上的半月投下蒼白的月光，照得栗子樹和桑椹樹上光禿禿、濕漉漉的樹幹閃爍發亮。一陣微風，被邪靈與鬼魂攪動捲起，吹皺我布包上的荷葉花邊，穿入樹林引起一陣窸窣耳語，並帶著我們一行人的氣味，飄送到路旁蜷伏等待的野狗面前。一隻接著一隻，牠們開始狂吠，這時我向布拉克指出房子的所在。我們靜靜地瞪著黑暗的屋頂和百葉窗。布拉克安排手下包圍房子，各就各位：有人去空曠的花園，有人負責庭院大門兩側，還有人躲進屋後的無花果樹後。

「大門入口那邊有一個骯髒的韃靼乞丐。」我說：「他是個瞎子，可是對這條馬路上的來往行人一清二楚，甚至比這裡的區長還熟。他成天搞怪搗蛋，好像是蘇丹的一隻齷齪猴子。只要遠遠地扔個八、九枚銀幣給他，他就會告訴你知道的一切。」

我隔著一段距離，望著布拉克遞錢幣給他，然後拔出長劍抵住乞丐的喉嚨，逼問他問題。接著，我不確定事情是怎麼發生的，總之，本來我以為只是在看守房子的理髮師學徒，卻開始用斧頭的握柄猛搥韃靼人。我觀望了一會兒，以為應該一下就結束，可是韃靼人卻不停哀號。我跑上前去，把乞丐拉開到一旁，免得被他們給殺了。

「他詛咒我的母親。」學徒說。

「他說哈珊不在家。」布拉克說：「我們能夠相信這瞎子的話嗎？」他遞給我一張隨手寫下的紙條。「拿進屋裡去，交給哈珊。如果他不在裡面，就交給他的父親。」他說。

「你沒有寫什麼給莎庫兒嗎？」收下紙條時，我問。

「如果我另外給她一張紙條，將會更激怒屋裡的男人。」布拉克說：「告訴她，我已經找到殺她父親的卑鄙凶手了。」

「真的嗎？」

「告訴她就是了。」

韃靼乞丐仍然又哭又唸個不停，我喝斥他安靜。「可別忘了我對你的恩惠。」我說，忽然明白自己是在故意拖延，只因為不想離開這裡。

我幹嘛來蹚這渾水？兩年前有一個布販在埃迪尼城門區被殺，他們還先割掉她兩隻耳朵，原因是她替一個男人媒合的姑娘嫁給了別人。祖母以前常告誡我，土耳其人經常不分青紅皂白亂殺人。我真希望現在就能回家，和我最親愛的奈辛一起喝扁豆湯。儘管我的雙腳抗拒，但想到莎庫兒在屋裡的情況不知如何，便朝屋子走去。好奇心啃蝕著我。

「賣布的！我有最新的中國絲綢，可以做漂亮的禮服。」

我察覺從百葉窗縫隙滲透而出的橘色光芒動了動。門開了。哈珊好脾氣的父親請我進屋。室內很溫暖，像是有錢人家的房子。莎庫兒與她的男孩們坐在一張矮餐桌旁，一看見我，她馬上站起身。

「莎庫兒，」我說：「妳的丈夫來了。」

「哪一個？」

「新的那個。」我說：「他派出一群武裝手下包圍了房子。他們已經準備好與哈珊一決生死。」

「哈珊不在這裡。」客氣的公公說。

「太幸運了。看看這張紙條。」我說，把布拉克的紙條遞給他，像一位蘇丹的大使，高傲地下達君主的冷酷聖旨。

趁彬彬有禮的公公閱讀紙條時，莎庫兒說：「以斯帖，來吧，我替妳盛碗扁豆湯暖暖身子。」

「我不喜歡扁豆湯。」起初我這麼說。我不喜歡她以屋裡女主人的樣子說話。然而，當我了解到她是想與我獨處時，便抓起湯匙趕上她。

「告訴布拉克，全都是因為席夫克。」她低語道：「昨天晚上我一個人與奧罕等了一整夜，恐懼得要死，害怕凶手。奧罕嚇得發抖直到天亮。我的孩子們分隔兩地！什麼樣的母親能夠忍受與自己的孩子分離？布拉克遲遲沒有回來，我聽他們說蘇丹殿下的劊子手已經拷問出他的自白，他確實參與謀殺我的父親。」

「妳父親遇害時，布拉克不是和妳在一起嗎？」

「以斯帖，」她說，睜大一雙美麗的黑眼睛：「我求妳，幫幫我。」

「那麼妳得告訴我，為什麼妳要回到這裡，這樣我才能了解，也才幫得了妳。」

「妳以為我很清楚自己為什麼回來嗎？」她說。她似乎強忍著眼淚。「布拉克對我可憐的席夫克很凶。」她說：「所以，聽到哈珊說孩子們真正的父親回來了，我就相信了他。」

然而從她的眼裡，我知道她在撒謊，她也明白我分辨得出來。「我被哈珊耍了！」她悄聲說。我察覺到她希望我從這句話裡，推論出她愛著哈珊。可是，莎庫兒自己究竟明不明白，她之所以對哈珊愈來愈念念不忘，是因為她嫁給了布拉克？

門開了，哈莉葉端著香氣誘人、剛出爐的麵包走進來。她瞥見我，我可以從她憤而不悅的表情看出，恩尼須帖．埃芬迪死後，她，這可憐的東西，既不能被賣掉，也不能被遣散，已經變成莎庫兒擺脫不掉的痛苦遺物。新鮮麵包的芳香充滿了整個房間，在香氣中我頓時領悟，事實的真相是莎庫兒為了孩子們必須面臨抉擇：不管是他們的生父、哈珊或布拉克，她的困擾不在於找到一個真心所愛的丈夫，她的難題是要找到一個能夠愛兩個男孩的父親，真心深愛這兩個天真無邪卻又擔心害怕的小男孩。莎庫兒已經準備好，用盡努力，去愛任何一位好丈夫。

「妳用妳的心在追尋自己想要的，」我不假思索地說：「然而妳必須用頭腦來作決定。」

「我打算立刻帶著孩子回到布拉克身邊。」她說：「可是我有幾個條件！」她沉默了一會兒。「他必須善待席夫克和奧罕。他不可以質問我返回這裡的理由。最重要的，他必須遵守我們當初的婚姻條件——他知道我指的是什麼。昨天晚上他拋下我孤零零一個人，讓我獨自抵擋凶手、小偷和哈珊。」

「他還沒找到殺害妳父親的凶手，但他叫我告訴妳，他已經找到了。」

「我應該去找他嗎？」

我還來不及回答，莎庫兒前任公公早已讀完紙條。他說：「告訴布拉克．埃芬迪，我的兒子不在場，我負擔不起把媳婦交出去的責任。」

「哪一個兒子？」我故意這麼說，想裝潑悍樣，語氣卻很輕柔。

「哈珊。」他說。他是個老實人，所以紅著臉說：「我的大兒子正從波斯趕路回來。有人可以作證。」

「哈珊上哪兒去了？」我問。我吃了兩勺莎庫兒盛給我的湯。

「他去召集海關的官員、守衛和其他人。」他用幼稚的口吻說，正如一個不會說謊的正直木訥男人：「昨天發生艾祖隆教徒的事情後，今天晚上禁衛步兵一定會上街巡邏。」

「我們沒看到半個他們的人影。」我邊說邊走向大門：「你想說的就只有這些？」

我向公公問這個問題好嚇唬他，但莎庫兒很清楚我其實是在對她說話。她的頭腦真的如此昏亂，還是在隱瞞些什麼？比如說，她是不是在等哈珊帶著人手回來？很奇怪，我發覺我還滿喜歡她的猶豫不決。

「我們不要布拉克。」席夫克堅定地說：「不要再來了，肥女人。」

「但是這麼一來，誰會替你母親帶來她喜歡的花邊桌布、花鳥刺繡手帕，還有你最喜歡的紅色襯衫布料？」我說，把我的布包留在房間中央：「在我回來之前，你可以把它打開來，隨你喜歡拿出來看一看、試穿、修改或縫補。」

當我離開時，心情很沉重。我從沒見過莎庫兒眼中含著這麼多淚水。我才剛適應外頭的寒冷，布拉克就在泥濘的路上攔下我，他手裡握著劍。

「哈珊不在家。」我說：「或許他去市場買酒慶祝莎庫兒回家。或許他很快會帶著一群手下回來。若是那樣，你們就會爆發衝突，因為他是個瘋狂的傢伙。如果他拿起他的紅寶劍，沒有人知道他會幹出什麼事來。」

「莎庫兒說了些什麼？」

「公公說絕對不行，我不會交出我的媳婦。不過要是我，我不會擔心他，我擔心的是莎庫兒。你的妻子非常困惑。如果你問我，她在父親過世後兩天逃到這裡來，是因為害怕兇手，因為哈珊的恐嚇，以及你突然不見蹤影，毫無消息。她知道那間充滿恐怖陰影的房子她一個晚上也待不住。她還聽說你參與謀殺她的父親。不過她的第一任丈夫並沒有回來，也沒有類似的消息。是席夫克，似乎還有公公，是他們相信了哈珊的謊言。她想回到你身旁，但有幾個條件。」

我直視著布拉克的眼睛，列出她的條件。他當場接受，畢恭畢敬的態度彷彿對一位真正的外交使節說話。

「我呢，也有一個條件。」我說：「我準備再回到那間屋子。」我指了指窗戶的百葉窗，公公就坐在窗戶後面。「等一下從這裡和前門攻擊。時機到了我會大聲尖叫，暗示你們住手。如果哈珊回來的話，別猶豫，直接攻擊他。」

我的話，當然，絲毫不像一位盡量避免衝突的大使會說的。我知道自己有點演過頭了，但是我不管。這一回，我才大吼：「賣布的！」門就開了。我直接走向公公。

「整個鄰里，以及治理這幾個區的法官，也就是每一個人，都知道莎庫兒早已離婚，並且遵循古蘭經的戒律再嫁。」我說：「就算你早已過世的兒子再度復活，並且在先知摩西的帶領下從天堂返回家來，也沒用，因為他和莎庫兒已經離婚了。你們綁架了一位已婚婦女，違反她的意願把她關在這裡。布拉克要我轉告你，他和他的手下會在法官插手之前，先要你為此罪行接受懲罰。」

「那麼他將犯下嚴重的錯誤。」公公不慍不火地說：「我們根本沒有綁架莎庫兒！我是這幾個孩子的祖父，讚美真主。哈珊是他們的叔叔。當莎庫兒被丟下一個人時，除了來這裡尋求庇護，她還能上哪兒去？如果她想要，大可以現在就帶著孩子離開。可是永遠別忘了，這是她的第一個家，她曾在這裡生兒育女，快樂地撫養孩子長大。」

「莎庫兒，」我魯莽地問：「妳想回妳父親的家嗎？」

聽見「快樂家庭」一席話，讓她哭了起來。「我沒有父親。」她說，或者我以為她這麼說？她的孩子們先是抱住她的腿，然後拉她坐下來，摟著她。他們三個人抱成一團，相擁而泣。然而以斯帖可不是白痴：我非常清楚莎庫兒哭泣的目的是為了安撫雙方，並且逃避自己作決定。但我也知道它們是真誠的眼淚，因為我被它們感動得哭了起來。過了一會兒，我注意到哈莉葉，那條狡猾的蛇，也在哭。

就在這時，好像要處罰屋子裡唯一沒哭的綠眼睛公公一樣，布拉克和他的手下開始朝房子進攻，用力撞擊門窗。兩個男人對準前門狂敲猛踹，乒乒乓乓的巨響像大砲一樣傳遍整間屋子。

「你是一個成熟穩重的男人，」我的眼淚鼓勵我說：「打開大門，告訴外頭那群發瘋的野狗，莎庫兒要出去了。」

「妳會把一個孤苦無依、逃到妳家尋求庇護的弱女子，更別說是妳的媳婦，丟到馬路上給那群野狗嗎？」

「是她自己想要走的。」我說。我拿出一條紫手帕擤鼻涕，哭太久鼻子塞住了。

「如果是這樣，那麼她可以自己打開門離開。」他說。

我在莎庫兒與孩子們身旁坐下。一聲接著一聲嚇人的撞門巨響，反而給他們藉口流下更多眼淚。孩子們愈哭愈大聲，刺激莎庫兒哭得更加悲切，我也一樣。儘管外頭的恐嚇叫囂愈來愈凶，儘管門上砰砰作響的撞擊幾乎要拆了房子，但我們兩人都明白，哭泣是為了爭取時間。

「我美麗的莎庫兒，」我說：「妳的公公給了妳許可，而妳的丈夫布拉克也接受了所有條件，正深情地等著妳回去。妳與這棟屋子再也沒有任何關聯。披上妳的斗篷，戴好妳的面紗，帶著妳的物品和妳的孩子，打開大門，讓我們安靜地回妳家去。」

聽見我的話，孩子們哭得更厲害了，莎庫兒則睜開驚恐的大眼。

「我怕哈珊。」她說：「他一定會用可怕的手段報復，他是個凶暴的人。別忘了，我可是自願來這裡的。」

「這並不抵銷妳新的婚姻啊。」我說：「妳被丟下來無依無靠，當然會找個地方尋求保護。妳丈夫已經原諒妳了，他也準備好要帶妳回去。至於哈珊，我們可以照這些年的老方法應付他。」我微微一笑。

「可是，我不要去開門。」她說：「因為這麼一來，就表示我是自願回到他身邊。」

「我最親愛的莎庫兒，我也不能開門。」我說：「妳和我同樣明白，如果我打開門，就表示我干涉你們的家務事，我會因此遭受嚴厲的報復。」

她的眼神告訴我她懂。「那麼，大家都不要開門。」她說：「我們就等著他們把門撞破，然後拉我們出去。」

我馬上明白，對於莎庫兒和她的孩子而言，這將是最好的選擇，但我很害怕。「可是，那表示一定會有傷亡。」我說：「如果不找法官解決這件事，將會發生流血事件，而一場血仇可是多年都還不清啊。一個有尊嚴的男人，絕對不可能眼睜睜看著自己的房子被人破門而入，居住在屋子裡的女人被人強行綁架，還袖手旁觀。」

莎庫兒沒有回答，只是抱緊她的兩個男孩，摧心掏肺地痛哭。我忽然感到後悔，再次發現這位莎庫兒原來是如此虛偽狡猾。耳邊一個聲音叫我別管了，走吧，但是我再也沒辦法從快被他們撞爛的前門走出去。事實上，無論他們究竟是否會撞破大門闖進屋內，我都很害怕，不曉得接下來將發生什麼事。我心裡想，布拉克的手下，由於他們信賴我，或許會擔心自己做得太過火，因而隨時可能住手，但這麼一來，將使得公公大膽起來。當他走到莎庫兒身旁時，我知道他開始假哭；然而更糟的是，他居然全身顫抖，顯然不是裝的。

我跨步走向大門，用盡全力尖叫：「住手！夠了！」

屋外的行動和屋內的哭號瞬間中斷。

「母親，叫奧罕把門打開。」我靈機一動，用甜美的語氣，好像對著男孩說話：「他想回家，沒有人可以怪罪這一點。」

我嘴裡的話幾乎還沒有說完，奧罕已經從母親鬆開的手臂間溜了出來，以一種在這裡居住多年的熟練姿態，拉開門閂，抬起木條，解開扣鎖，然後往後退了兩步。大門懶洋洋地滑開，外頭的寒意湧入室內。四周一片鴉雀無聲，遠處一條懶狗的吠叫清晰地傳入每個人耳中。莎庫兒親吻返回她懷裡的奧罕，席夫克則說：「我要去告訴哈珊叔叔。」

我看見莎庫兒站起身，收拾包袱拿起斗篷，準備離開。我實在鬆了一大口氣，差點忍不住笑出聲來。我坐回桌子旁，又喝了兩勺扁豆湯。

布拉克很明智，他沒有朝屋子大門靠近。後來，當席夫克把自己鎖進亡父的房間時，儘管我們拜託布拉克幫忙，他和他的手下也都沒有過來。最後莎庫兒同意讓席夫克帶走哈珊叔叔的紅寶石柄匕首，這男孩才願意跟隨我們離開房屋。

「你們要小心哈珊和他的紅寶劍。」公公的話裡帶著真誠的擔憂，而不是挫敗和報復的口氣。他親吻兩個孫子，聞了聞他們的腦袋。他也對莎庫兒耳語了幾句。

我看見莎庫兒最後一次望向屋子的大門、牆壁和爐火，再度想起在這間屋子裡，她曾經與第一任丈夫度過生命中最快樂的時光。然而，她是否也分辨得出，同樣一間屋子，如今只是兩個悲慘寂寞男人的避難所，瀰漫著死亡的惡臭？我沒有跟隨她走出大門，因為她回到這裡已經著實傷透了我的心。

我們一行人，兩個無父的孩子和三個女人——一個僕人、一個猶太人和一個寡婦——緊緊聚在一起，並不是因為夜晚又冷又黑，而是身處陌生的鄰里、難以通行的街巷，以及對哈珊的恐懼中。我們擁擠的隊伍在布拉克等人的保護下，像一列運載寶物的篷車隊，為了避開守衛、禁衛步兵、難纏的地痞流氓、小偷或哈珊，特意穿越偏僻荒涼的道路和巷弄，走過人煙罕至的區域。偶爾，四周黑得伸手不見五指，我們只能摸索而行，一路上互相碰碰撞撞。我們緊拉著彼此行走，滿懷恐懼，總覺得各種活死人、邪靈和惡魔隨時可能從地底竄出，把我們吞入黑夜。在我們伸手盲目摸索的同時，從牆壁和緊閉的百葉窗後面，傳來人們在寒冷夜晚的咳嗽與鼾聲，以及馬廄裡的動物低鳴。

我走遍伊斯坦堡大街小巷，對所有最窮、最亂的地區也毫不陌生——那是指除了移居者和各種牛鬼蛇神聚集的地區之外，然而，此刻，當我走下這些迂迴蜿蜒、只通向無窮無盡黑暗的道路時，偶爾也覺得我們可能消失在路上。不過，我仍然分辨得出曾在白天提著布包耐心走過的某些街角。比如說，我認得裁縫總管街、從努汝拉教長住處隔壁的馬廄飄出的刺鼻肥料氣味——很奇怪總讓我聯想到肉桂、雜技街旁的火災廢墟，以及通往盲眼教士噴泉廣場的獵鷹人拱廊。這麼一來，我知道我們根本不是朝莎庫兒亡父的屋子走去，而是前往另一個神祕的目的地。

沒有人說得準如果哈珊發火了，會做出什麼事，所以我明白布拉克已經找好另一個地方藏匿他的家人，避免他找上門，也避免殺人惡魔找上門。要是我猜得出那個地方在哪兒的話，現在就會告訴你們，明天早上也會告訴哈珊——不是因為存心不良，而是我深信莎庫兒還會想要哈珊的追求。不過，聰明的布拉克，再也不信任我。

正當我們沿著奴隸市場後面一條暗巷行走時，街道遙遠的盡頭突然爆開一陣尖叫、哭號的騷亂。我們聽見一團混亂的聲音，恐懼中，我認出打鬥開始的吵雜噪音：棍棒齊飛、劍斧碰撞，以及痛楚的慘叫。布拉克把自己的長劍交給一位最信賴的手下，搶下席夫克手裡的匕首，惹得男孩哭了起來；接著他叫理髮師學徒與另外兩個手下，帶領莎庫兒、哈莉葉與孩子們到安全的距離。神學院學生告訴我，他會抄捷徑護送我回家；也就是說，他不讓我和其他人待在一起。這是一場命運的轉折呢，還是他們想保密藏身處的某種巧妙手法？

我們剛才走來的這條窄巷底有一間店鋪，我發現它是一間咖啡館。也許打鬥才開始沒多久就結束了。一群人一面叫嚣，一面在咖啡館進進出出。起初我以為他們在搶劫，然而，不，他們打算拆了這間咖啡館。在旁觀者手中火炬的光芒下，他們小心翼翼地搬出所有陶杯、銅罐、玻璃杯和矮桌，然後把它們全部砸爛，以示警告。他們對一個試圖阻止的男人拳打腳踢，不過他逃掉了。開始的時候，我以為這些人的目標只是咖啡而已，畢竟他們自己是這麼講的。他們譴責它帶來不良的影響，傷害人們的視力和腸胃，蒙蔽人們的智識，誘使人們喪失信仰，更是法蘭克人傳來的毒藥。不僅如此，崇高的穆罕默德也明白地拒絕咖啡，即使是一位美女——撒旦的偽裝——為他端來的。眼前的暴動就好像在上演一個晚上的道德教化劇，如果到時候真的回得了家，我想大概會好好罵奈辛一頓，警告他別再喝太多那種毒藥。

由於附近有許多出租房舍和廉價客棧，很快就聚集了一群好奇的民眾，裡面有地痞無賴、流浪漢，以及違法潛入城市的人渣，他們的圍觀更加激勵了那群咖啡的仇敵。這時我才明白，原來那群人是艾祖隆傳道士努索瑞教長的信徒。他們企圖掃蕩伊斯坦堡每一間酒店、娼寮，以及咖啡館，並且嚴加懲罰所有叛離先知正道的人；那些人，比如說，以舉行苦行僧儀式做為藉口，其實根本是在彈奏音樂跳肚皮舞。這群宗教狂熱份子唾棄所有危害宗教的敵人，像是與魔鬼串通的人、異教徒、不信教者和插畫家。我突然想起，就是這間咖啡館，聽說裡面的牆壁上掛了圖畫，說書人老是誹謗宗教和艾祖隆的教長，下流無恥的閒扯滿天飛。

一位臉上濺滿血漬的咖啡學徒從屋裡逃出，我本來以為他就要倒下，沒想到他卻用袖口擦掉前額和臉頰的血跡，混入我們這群人裡面，看起熱鬧來。害怕的群眾稍微往後退了一點。我注意到布拉克認出某個人，並遲疑了一下。這時四散的艾祖隆信眾開始重新集結，照他們的樣子看來，顯然禁衛步兵或某個攜帶棍棒的團體正往這邊趕來。人們把火炬熄了，一群人變成一團混亂的烏合之眾。

布拉克抓住我的手臂，叫神學院學生帶我離開。「走小巷。」他說：「他會護送妳回家。」學生早已急著想溜了，我們幾乎是跑步離開的。儘管滿腦子替布拉克擔心，可是，既然現在以斯帖已經被迫退場，她就不可能再繼續跟隨故事走下去，不是嗎？

54 我是一個女人

我已經可以聽見你們的抗議：「我親愛的說書人．埃芬迪，你或許能夠模仿任何人或任何東西，但絕對不可能是女人！」然而我可不同意。沒錯，我流浪過一座又一座城市，在婚禮、節慶和咖啡館模仿各種角色，從傍晚開始一直到喉嚨沙啞，也因此從來沒有機會結婚，但是，這並不表示我不熟悉女人。

我可是很懂女人的，事實上，我本人就認識四位，不僅看過她們的臉，也跟她們說過話：一，我母親，願她永恆安息；二，我摯愛的姑姑；三，我哥哥（他總是打我）的妻子，也是我初戀的女人。有一次機會難得地見到她，結果我哥哥叫我「滾！」；以及四，當我在康亞旅行時，在一扇窗口陡然瞥見的一位女子。雖然從未與她交談，但多年來我對她滿懷慾望，直到今天依然不變。說不定，她已經過世了。

看見一個女人裸露的臉蛋、與她交談、感受她的溫柔慈愛，為我們男人開啟了慾望的折磨與心靈的痛苦。因此，為了避免這樣的後果，最好的方法是遵照我們高貴信仰的訓誡，根本不要看女人，尤其是漂亮女人，除非你已經正式結了婚。肉體慾望的唯一解藥是尋求俊美男孩的友誼，他們是女人的極佳替代品，而且等時間久了，這也會變成一項甜蜜的習慣。在歐洲法蘭克人的城市，女人不僅在街上拋頭露面，還會展示她們閃閃發亮的秀髮（飄揚在她們誘人的頸子後面）、她們的手臂、她們美麗的喉嚨，甚至，如果傳言是真的，她們還露出一小段迷人的小腿。結果是，那些城市裡的男人走起路來相當艱辛、尷尬，並且極度痛苦。因為，是這樣的，他們的前面老是硬邦邦的，如此的後果自然而然導致整個社會癱瘓。毫無疑問，這就是為什麼法蘭克異教徒每天都能把一座新堡壘輸給我們鄂圖曼人。

當我年紀還很小的時候，就已經明瞭，促成心靈快樂與滿足的最佳配方，便是遠離美麗的女人；明白這一點之後，我反而對這群生物益發感到好奇。那時，由於除了自己的母親和姑姑之外沒見過別的女人，我的好奇心充滿神祕的色彩，讓我的腦袋隱隱作痛。我明白若要了解女人的感受，除非學習做她們做的事，吃她們吃的食物，說她們說的話，模仿她們的舉止，以及，是的，除非我穿上她們的衣服。於是，某個星期五，當我的母親、父親、哥哥和姑姑前往祖父位於發呼瑞海邊的玫瑰花園時，我告訴他們身體不舒服，要留在家裡。

「跟著來吧。你可以模仿鄉下的狗、樹和馬，娛樂大家。況且，你一個人待在這裡能幹嘛呢？」母親說，願她安息。

「親愛的母親，我打算換上妳的長裙，裝扮成女人。」總不可能這麼回答，因此我說：「我肚子痛。」

「別那麼沒用，」父親說：「跟著來，我們可以摔角。」

他們一離開，我立刻穿上如今已故的母親和姑姑的襯衣與長裙。我的畫家和書法家弟兄們，現在我要一五一十地向你們描述當我換上女人衣服時的感覺，還有那一天我所學到的，身為一個女人的祕密。先容我坦白地澄清，不同於書本的記載和傳道士的說法，當你是個女人的時候，相反地，並不覺得自己像魔鬼。

一點也不！當我套上母親的玫瑰繡花羊毛襯衣時，一股溫柔的幸福感受傳遍全身，我變得和她一樣敏感。我姑姑自己從來不敢穿的開心果綠絲綢長衫，碰觸著我裸露的皮膚，讓我感到一股對所有孩童，包括對我自己，難以遏抑的關愛。我想要哺育每一個人，煮飯餵養全世界。這時的我已經略微了解擁有乳房是怎麼一回事，於是我把所有找得到的東西，諸如襪子和洗臉毛巾都塞進胸膛，讓自己能夠明白一件著實好奇不已的事情：作一個大胸部的女人是什麼感覺。當我看見自己胸前巨大的凸起時，是的，我承認，我驕傲得跟撒旦一樣。當下我明白了，男人呀，只要瞥一眼我豐碩的乳房，就會追著它們跑，想盡辦法只求把它們放入自己的嘴裡。我覺得充滿力量，然而，這是我想要的嗎？我被搞糊塗了：我又想要充滿力量，又想要可憐可愛。我想要一位有錢有勢有智慧、素未謀面的男人，瘋狂地愛上我；但同時我又懼怕這樣的一個男人。我翻出母親的嫁妝箱，從枝葉花紋刺繡的床單旁邊、薰衣草芬芳的羊毛襪之間，找出她藏在箱底的黃金編飾手環，把它們滑入手腕。接著，我抹上她每次從公共澡堂回家用來紅潤臉頰的胭脂，穿上姑姑的翠綠斗篷，束攏頭髮，罩上同樣翠綠色的薄面紗。我凝視著珍珠母貝鑲框鏡子中的自己，打了一個哆嗦。雖然沒有妝點我的眼睛和睫毛，但它們已經變成女人的了。儘管只露出眼睛和臉頰，但我顯然是一位嫵媚動人的女人，這使我快樂極了。我的陽具，比我自己早注意到面前的美女，挺了起來。自然，我感到很沮喪。

從手裡的鏡子中，我望著一顆淚珠滑落眼眸。突然間，我傷痛地憶起一首從不曾忘卻的詩。就在這一刻，在萬能真主的啟發下，我用歌唱般的節奏吟出這首詩，試圖忘記心中的煩憂：

我善變的心啊，當我身處東方時，渴望西方；當我身處西方時，渴望東方。
我的身體啊，當我是男人時，想作女人；當我是女人時，想作男人。
身為人類何其困難，人類的生活更是無比艱辛。
我只希望能享受前面，也能享受後面；成為西方人，也成為東方人。

我原本想說：「希望我們的艾祖隆弟兄們不要聽見這首發自我內心的歌。」因為他們一定會氣壞。可是，我為什麼要害怕？或許他們壓根兒不會生氣。聽著，我可不是因為愛講閒話才說的，只不過，我聽說那位有名的傳道士，崇高的「絕對不是胡索瑞」．埃芬迪，雖然已經結了婚，但其實喜歡漂亮男孩勝過我們女人，就和你們這些敏感的畫家一樣。我只是把聽說的轉述給你們聽。可是我一點也不在乎這件事情，因為除了覺得他很噁心之外，他還好老喔。他的牙齒都掉光了，而且，聽一些跟他熟稔的年輕男孩說，他的嘴巴臭得要死，就像一頭熊的屁股——原諒我的用詞。

那麼好吧，謠言先在此打住，讓我回到眼前真正的重點：當我一看見自己如此美麗之後，再也不想洗衣服、洗碗、像個奴隸般上街拋頭露面。貧窮、眼淚、哀愁、絕望地凝視鏡中沮喪的影像，以及哭泣，是可憐醜女人的命運。我必須找到一個會把我高高供奉起來的丈夫，然而，那個人會是誰呢？

這就是為什麼我開始躲在窺孔後面，偷看先父以各種名義邀請來家裡的帕夏與貴族的兒子。我希望我的處境類似那位櫻桃小口、帶著兩個小孩、讓所有細密畫家為之迷戀的美人兒。或許我最好講一段可憐莎庫兒的故事給你們聽，不過，等等，我已經答應今天晚上要說下面的故事：

一位受魔鬼慫恿的女人述說的愛情故事

其實很單純。故事發生在坎莫瑞蘇，伊斯坦堡一個比較窮困的地區。當地有一位名聲顯赫的居民：凡斯地帕夏的祕書卻勒比．阿赫曼。這位潔身自愛的紳士已經結了婚，有兩個小孩。有一天，他從一扇敞開的窗戶瞥見一位黑髮、黑眼、銀白肌膚、高眺苗條的波士尼亞美女，深陷情網，無法自拔。只可惜女子已經嫁人，她忠心愛戀自己英俊的丈夫，對卻勒比絲毫不感興趣。無緣的卻勒比沒向任何人傾吐心中的苦悶，只是鎮日狂飲從希臘人那兒買來的酒，被情傷折磨得形銷骨立。到最後，他再也無法向鄰居們隱藏自己的痴情單戀。剛開始，由於鄰居們欽慕這樣的愛情故事，欣賞且敬重這位卻勒比，因此讚賞他的痴情，偶爾開他一、兩個小玩笑，任由一切順其自然。然而，卻勒比壓抑不住心中無可救藥的哀傷，開始每天晚上喝得爛醉如泥，跑到銀白肌膚的美女與丈夫快樂生活的住家門口，坐在屋前的台階上，像個孩子一樣哭上好幾個小時。終於，鄰居們被他嚇壞了。每天夜裡，這位痴情男子哀傷痛哭時，他們不能打他趕他走，又想不出方法安慰他。這位有教養的卻勒比，知道自己打擾了鄰居，學會把眼淚往肚裡吞，不發洩出來干擾別人。儘管如此，他的絕望憂愁卻逐漸蔓延入街坊鄰里，成為眾人的哀傷和憂愁。居民們失去了快樂的心情，而且，如同廣場上鬱鬱溢流的飲水泉一樣，卻勒比自己也變成了悲傷的泉源。一開始傳遍街頭巷尾的牢騷抱怨，慢慢地變成厄運的謠傳，最後終究成為某種不幸的宿命。有些人搬走了，有些人遭遇一連串災禍，有些人失去工作的動力，再也無法繼續原本的行業。等鄰居們全部搬走之後，有一天，失戀的卻勒比也帶著妻兒搬離此地，只剩下銀白肌膚的美女和丈夫兩個人留下來。這場因他們而起的悲劇，澆熄了兩人之間的愛情烈焰，使得他們漸行漸遠。儘管仍然共度餘生，但是從此以後，他們再也感受不到快樂。

＊　＊　＊

我正準備開口說我好喜歡這個故事，因為它提醒我們愛情和女人都是陷阱，然而天曉得，我忘了自己早已喪失思考的能力。既然現在我是個女人，那麼我想來說一件完全不相干的事。好吧，大概是這個樣子的：

噢，愛情真是美妙極了！

這會兒，闖進屋子裡的那些陌生人是誰呀？

55 我的名字叫「蝴蝶」

看見破門而入的暴民，我知道艾祖隆教徒已經開始動手殺害我們這些機智的細密畫家了。布拉克也擠在看熱鬧的人群中。我看見他拿著匕首，周圍有一群奇奇怪怪的男人、鼎鼎大名的布販以斯帖和幾個拎著布包的女人。我站在旁邊觀看，各種物品被砸得稀爛，試圖溜走的咖啡館客人被毒打一頓，我有股衝動想逃走。過了一會兒，另外一群人馬趕到現場，大概是禁衛步兵。艾祖隆教徒趕緊熄掉他們的火把，逃之夭夭。

咖啡館漆黑的入口沒有半個人，趁著沒人注意，我走進屋裡。屋內一片狼藉。我踩著碎滿一地的杯盤、玻璃和碗。一盞油燈高掛在牆壁的釘子上，經過一陣混亂後尚留餘光，然而也只照亮了天花板上煤煙燻黑的痕跡。遍布木椅、矮桌碎片等各種殘骸的地面，則陷於一片黑暗。

我把一張張長坐墊堆疊起來，爬上去伸手取下油燈。在它的光暈之中，我發現地上躺著幾具屍體。我看見一張臉浸在血泊中，轉過身，檢查另一個。第二具軀體仍在呻吟，一看見我的油燈，他便發出嬰孩般的咕噥。

有人走進來。我先是猛然一驚，然後才感覺到是布拉克。我們一起彎身察看癱在地上的第三具屍體。我垂下油燈靠近他的頭，這時，我們看見內心猜測的事實：他們殺了說書人。

他打扮成女人的臉上沒有半點血跡，然而下巴、眉頭和塗了胭脂的嘴巴都被打腫了，脖子上一片瘀青，顯然是被勒死的。他的手臂被往後拗到腦袋兩側。不難推斷出其中一人從背後抓住老人的手臂，讓其他人毆打他的臉，最後才勒死他。我很好奇，他們有沒有說：「割斷他的舌頭，讓他再也不能誹謗崇高的傳道士教長．埃芬迪。」然後動手這麼做？

「把燈拿過來。」布拉克說。火爐邊，油燈的光芒照出摔爛的咖啡研磨器、篩子、磅秤和咖啡杯碎片，這些東西七零八落地散布在打翻一地的咖啡泥濘中。布拉克走到說書人每天晚上掛圖畫的角落，搜尋表演者的道具、腰帶、魔術手帕和掛圖架。布拉克說他在尋找圖畫，並把剛才我遞給他的油燈舉到我面前：沒錯，我是出於道義畫了兩張圖。我們什麼也沒發現，只找到一頂死者平常戴在剃得光溜溜頭頂上的波斯小圓帽。

趁四下無人，我們從後門離開，穿過一條狹窄的通道走入黑夜。剛才的突擊過程中，屋裡大部分藝術家和人群想必就是從這扇門逃走的，然而從到處散落的花盆和一袋袋咖啡豆看來，顯然這裡也曾有一番纏鬥。

咖啡館被毀及說書大師遇害的事件，加上夜晚的恐怖黑暗，拉近了我與布拉克的距離，同時也引發我們之間的沉默。我們又經過兩條街。布拉克把油燈交還給我，然後抽出匕首，抵住我的喉嚨。

「我們往你家走。」他說：「我想搜查你的屋子，這樣我才能放心。」

「我家已經被搜過了。」

我非但沒有對他動怒，甚至忍不住想戲弄他。布拉克會去相信關於我的無恥傳言，不剛好證明他也在嫉妒我嗎？他握住匕首的樣子沒什麼自信。

我的房子與我們離開咖啡館後走的道路是相反方向。我們調頭，左拐右彎地走過大小街道，穿越空曠的花園，潮濕而孤寂的樹木飄散出鬱沉的芳香。我們沿著一道寬弧線，繞遠路走向我家。走完一大半的路途時，布拉克忽然停下來說：

「接連兩天，我和奧斯曼大師都待在寶庫裡檢視傳奇大師的經典畫作。」

好一會兒之後，我幾乎尖叫地說：「一位畫家到了某個年紀之後，就算他與畢薩德在同一張工作桌上繪畫，他所看見的也只能取悅他的眼睛、滿足並感動他的靈魂，卻沒有辦法增長他的才華。因為一個人是用手繪畫，而不是用眼睛。到我這個年紀，更別說奧斯曼大師的年紀，一個人的手很難再學習新的東西了。」

我確信美麗的妻子正在等我回家，因而扯開喉嚨大聲說話，警告她我並不是獨自一人，讓她能夠躲起來，別被布拉克看見——不是說我就怕了這個揮舞匕首的可悲笨蛋。

我們通過庭院大門，我依稀看到屋子裡一盞燈影搖曳，不過感謝真主，現在只剩下一片黑暗。這隻耍刀的禽獸竟敢強行闖入我的神聖家園，粗暴地侵犯我的隱私。在這間屋子裡，我日復一日，花費所有時間尋求並繪畫阿拉的記憶，直到眼睛痠疼，那時我曾和我美貌無雙的妻子做愛。因此，我發誓一定要報復他。

他放下油燈，逐一檢查我的紙張、一幅進行中的繪畫——被判罪的囚犯乞求蘇丹解開他們的債務鎖鍊，並接受殿下的慈善賞賜——我的顏料、我的工作桌、我的刀子、我的削筆板、我的毛筆、我寫字桌旁的各種物品、我的紙張、我的磨光石、我的筆刀，以及我的筆與紙匣之間的空隙。他翻遍我的櫥櫃、箱籠、坐墊底下、我的一把剪紙刀、一個柔軟的紅枕頭和一塊地毯下面。接著他從頭來過，把油燈拿得更靠近每一樣物品，再次檢查同樣的地方。初次拔出匕首時，他曾說過不會搜索整棟房子，只會檢查我的畫室。的確，我能不能就把我的妻子——我唯一想藏的物品——藏匿於她此刻正從那裡偷窺我們的房間呢？

「我恩尼須帖尚未完成的手抄本裡，有一張最後的圖畫。」他說：「殺死他的凶手偷走了那幅畫。」

「它不同於其他圖畫。」我立刻接口：「你的恩尼須帖，願他安息，要求我在紙的一個角落畫一棵樹。

在背景某處……畫面的中央、前景的部分，將置入某人的圖畫，或許是蘇丹殿下的肖像。那塊空間頗大的留白正等著被添上圖畫。由於依照歐洲的風格，放在背景的物品必須比較小，所以他要我把樹畫得小一點。隨著畫面的細節慢慢發展，整幅圖感覺起來彷彿是從一扇窗戶望出去的世界景象，完全不像一幅插畫。然後我才領悟到，利用法蘭克的透視方法作畫時，頁緣的邊框與鍍金取代了窗戶的窗框。」

「高雅．埃芬迪負責邊框裝飾和鍍金。」

「如果你想問的是這件事，我已經說過我沒有殺他。」

「一個凶手絕不會承認他的罪行。」他馬上回嘴，接著問我，剛才咖啡館遇襲的時候，我在那裡做什麼。

他把油燈放在我坐著的椅墊旁邊，藉此照亮我的臉、我的紙張，以及我鍍色到一半的書頁。他自己則在房間來回疾走，像黑暗中的一個影子。

我告訴他大家都知道的事實，我其實是咖啡館的稀客，今天只是恰巧路過。除此之外，我再次提起為他們畫過兩幅牆上的掛畫——雖然老實說，我反對咖啡館的活動。「因為，」我補充：「如果繪畫藝術企圖透過對人性邪惡的批判與懲罰，取得其影響力，而不是從畫家個人的技巧、對藝術的熱愛與擁抱阿拉的渴望中，孕育出力量，那麼，唯一的下場便是藝術受到自身的批判和懲罰。不管它的內容譴責的是艾祖隆的傳道士或撒旦，後果都一樣。更何況，如果咖啡館群眾不把艾祖隆教徒當作攻擊的目標，今天晚上它也不會被掃蕩。」

「就算這樣，你還是會去那裡。」這混蛋說。

「沒錯，因為那裡很愉快。」他到底懂不懂我有多坦白？我又說：「即使明知某樣事情是錯的，我們這群亞當的子孫仍然可以從中獲得極大的樂趣。我必須羞愧地說，我也喜歡觀賞那些廉價插畫和模仿表演，還有說書人用平鋪直敘的白話文講述的各種撒旦、金幣和狗的故事。」

「就算是這樣，為什麼一開始你會踏入那個不信教者的巢穴？」

「好吧。」我放任內心的聲音說：「我自己也時常被懷疑的蠹蟲啃蝕：自從奧斯曼大師，甚至包括蘇丹殿下，公開認定我是工匠坊中最具才華也最為專精的畫師之後，我開始戰戰兢兢深怕別人嫉妒，因此有時候會努力試著去他們出沒的場所，和他們交朋友，學習像他們一樣，如此他們才不會出於一時的妒意陷害我。你懂嗎？而且，自從他們把我標記成一個『艾祖隆信徒』之後，為了駁斥這種謠言，我開始經常進出那個邪惡不信教者的巢穴。」

「奧斯曼大師說，你時常表現出好像對自己的才華與專精感到抱歉似地。」

「他還說了我什麼事？」

「為了讓別人相信你確實拋棄一切投入藝術，你刻意在米粒和指甲上繪畫瑣碎無聊的圖畫。他說因為你對阿拉賜予的偉大天賦感到不好意思，所以總是努力討好別人。」

「奧斯曼大師已達到畢薩德的層次。」我誠心地說：「還有呢？」

「他毫不猶豫地列出你的種種缺點。」這混蛋說。

「來聽聽我的缺點。」

「他說，儘管擁有超凡的才華，然而你繪畫的原因，並不是出於對藝術的熱愛，而是為了取悅自己。顯然，促使你繪畫的最大動機，是去想像一位觀畫者將會感受到的喜悅。然而，你實在應該純粹為了繪畫本身的喜悅而畫。」

奧斯曼大師竟如此坦率地向這個傢伙揭露對我的觀感，我的心不禁一陣灼痛。他只不過是個靈魂卑賤的東西，一輩子不是致力於藝術，而是專心當個小官員，寫寫信拍拍馬屁。布拉克繼續說：

「奧斯曼大師認為，偉大的前輩大師絕不會為了服從新沙皇的權威、新王子的一時興起或新時代的喜好，放棄他們奉獻一生建立的風格和技巧。因此，為了避免被迫變更風格技巧，他們會英勇地刺瞎自己。相反地，你卻無恥地熱情仿效歐洲畫師的技法，為我恩尼須帖的書本作畫，藉口說是蘇丹殿下的旨意。」

「偉大的繪畫總督奧斯曼大師這麼說想必沒有惡意。」我說：「我親愛的客人，讓我去替你煮一壺菩提茶。」

我走進隔壁房間。我的摯愛把她身上穿的中國絲緞睡衣往我頭上拋，這是她向布販以斯帖買的，然後揶揄地模仿我說：「我親愛的客人，讓我去替你煮一壺菩提茶。」她伸手握住我的陰莖。

她已經滿懷希望地把捲收好的床墊攤平在地上，我在床墊旁邊的箱子最底部，翻出藏在玫瑰花香床單中的瑪瑙鑲柄刀，把它從刀鞘抽出。刀鋒銳利無比，如果把一條絲手帕往上面拋，才輕輕一沾刀鋒，手帕就會裂成兩半；如果把一張金箔放在上面，割下來的金箔切邊將和用尺割的一樣平滑。

我盡可能把刀藏好，回到畫室。布拉克很滿意剛才對我的質詢，還一直繞著紅坐墊打轉，手裡拿著匕首。我把一張未完成的插畫擺在坐墊上。「過來看看。」我說。他好奇地跪下來，試著分辨畫中究竟。

我走到他身後，拔出刀子，猛然把他推下地，用身體的重量釘住讓他動彈不得。他的匕首跌落一旁。我抓住他的頭髮，用力把他的頭壓在地上，舉起刀子從下方抵住他的脖子。我攤平布拉克纖弱的身體，用碩壯的身軀壓得他緊緊趴在地上，下巴和空出來的手硬推他的頭，讓他幾乎碰到刀尖。我一隻手裡抓滿了他的髒頭髮，另一隻手握著刀子抵向他細皮嫩肉的喉嚨。他很明智地一動也不動，因為我大可當場解決他。如此貼近他的鬈髮、他的頸背——其他情況下很可能誘人賞巴掌的地方——和他醜陋的耳朵，更加激怒了我。「我盡可能克制自己不要現在就把你做掉。」我朝他耳裡低語，彷彿洩漏一個祕密。

於是他像個乖順的小孩不吭一聲聽我說話，讓我極滿意。「你一定曉得《君王之書》裡的這個傳說。」

我輕聲耳語：「法里登沙皇犯了一個錯，把最貧困的領土分封給自己兩位較長的兒子，而把最富饒的土地波斯，給了最年幼的伊拉支。嫉妒不已的圖爾決心報仇，設計陷害自己的弟弟伊拉支。當他準備割斷伊拉支的喉嚨時，動作和我現在一模一樣。他抓住伊拉支的頭髮，用全身的重量壓在他身上。你感覺到我身體的重量嗎？」

他沒有回答，不過待宰羔羊般瞪得大大的空洞雙眼，告訴我他正在聽。這激起了我的興致：「我對波斯風格的忠誠景仰，不限於繪畫藝術，還包括砍頭的習慣。沙皇細亞兀敘之死這個廣受喜愛的故事場景，我還看過另一個版本。」

我向安靜聆聽的布拉克解釋各個場景的細節：細亞兀敘為了向兄長報仇所做的準備；他燒毀自己的整座宮殿、所有財產和物品；他溫柔地辭別妻子，跨上馬背，前往戰場；輸掉戰爭之後，他被人抓著頭髮在地上拖行，然後面朝下地摔在土裡，「和你現在一模一樣」，一把刀子抵住他的喉嚨；戰敗的國王滿臉吃土，聆聽俘虜他的敵軍與他的朋友爆發爭執，辯論究竟該殺了他還是放了他。接著我問他：「你喜歡這幅插畫嗎？葛如伊從背後襲擊細亞兀敘，就像剛才我對你一樣。他壓在他身上，拔劍抵住他的脖子，手裡抓著他一大把頭髮，然後割開他的喉嚨。你的殷紅鮮血即將噴湧而出，流入乾燥的地表，飽脹成為黑色的沃土，再過些時日，一朵鮮花將在此綻放。」

我安靜下來，我們可以聽見遠處的街道上艾祖隆教徒奔跑慘叫。剎時間，屋外的恐懼拉近了我們兩個互相堆疊的人之間的距離。

「然而在那些圖畫中，」我更猛力拉扯布拉克的頭髮，補充說：「可以察覺到，畫家難以用優美的手法呈現出兩個男人，雖然互相憎恨，身體卻和我們一樣合而為一。那些圖畫似乎滿溢著一股背叛、妒忌和鬥爭的混沌氛圍，屏息等待著下一秒即將發生的壯烈斬首。即使卡茲文最偉大的畫師，也很難畫出兩個男人的身體互相壓制，而不會混亂失焦。相反地，你和我，你自己看，我們就優雅俐落得多。」

「刀鋒刺到我了。」他呻吟。

「我很感激你客氣的言辭，親愛的老兄，可是沒這回事。我始終非常小心。我絕不願意破壞我們的姿勢之美。在愛情、死亡與戰爭的場景中，偉大的前輩大師們描繪出合而為一的交纏身軀，令觀者泫然欲泣。你自己看：我的頭靠在你的頸背上，好像是你身體的一部分。我可以聞到你的頭髮和脖子的氣味。我的雙腿分別夾在你的兩條腿外側，直直伸長與你的腿互相契合，外人要是看見了或許會誤以為我們是一隻優美的四腿動物。你有沒有感覺到我的體重均勻地分散在你的背和臀上？」又是沉默，但我沒有把刀子往上推，因為這麼一來真的會刺進他的喉嚨。「如果你不打算開口，我可能會忍不住咬你的耳朵。」我說，朝那隻耳朵裡呢喃。

從他眼裡，我看出他準備說話，於是再問一次同樣的問題：「你有沒有感覺到我的體重均勻地分散在你的背和臀上？」

「嗯。」

「你喜歡嗎？」我說。「我們是不是很美？」我問：「我們是不是就像前輩大師的經典畫作中，那些以極其優雅的姿勢肉搏扭打的傳奇英雄一樣美？」

「我不知道。」布拉克說：「我從鏡子裡看不見我們。」

我想像我的妻子正在隔壁房裡，藉由不遠處那盞咖啡館油燈流瀉的光芒，觀看我們。一想到這裡，我興奮得忍不住想真咬布拉克的耳朵一口。

「布拉克．埃芬迪，你為了調查我，手持匕首，硬闖入我家，侵犯我的隱私。」我說：「現在你感覺到我的力氣了嗎？」

「是的，我也了解到你的確是正直的。」

「那麼，繼續呀，問我任何你想知道的問題。」

「形容一下奧斯曼大師如何撫摸你。」

「我在當學徒的時候，比現在柔弱、纖細而美麗得多，那個時候他會像我騎在你身上一樣騎在我身上。他會撫摸我的手臂，有時甚至弄痛我，然而因為敬畏他的學識、他的才華與力量，因此他的行為讓我很高興。我從來不曾對他心存任何惡念，因為我愛他。對奧斯曼大師的愛引導我熱愛藝術、色彩、紙張、圖畫與彩飾之美，以及畫中的萬事萬物，進一步衍生為對整個世界及真主的熱愛。奧斯曼大師就如同我的父親。」

「他時常打你嗎？」他問。

「身為一位父親的角色，他打我是為了給我合理的規誡；身為一位大師，他痛打我是為了讓我從懲罰中學習教訓。多虧他用尺敲打指甲帶給我的疼痛與恐懼，激勵我比以前學得更快、更好。因為害怕他抓住我的頭髮拉著頭猛撞牆壁，作學徒的時候，我從不曾打翻顏料，也從不曾浪費他的金彩。我能很快地熟記，比如說，馬前腿的弧度；我知道怎麼掩蓋描邊師的失誤，懂得經常清洗毛筆，以及如何心無旁騖地專注於面前的書頁。由於我的才華與專精全得自年少時接受的責打，因此，如今我反過來理直氣壯地責打我的學徒。不僅如此，我知道就算一頓不合理的責打，只要不擊垮學徒的精神，最後終將使他受益無窮。」

「儘管如此，你知道毆打一位長相清秀、眼神嫵媚、天使般的學徒時，偶爾，你會因為純粹的享受而耽溺其中。你很清楚奧斯曼大師想必也從你身上得到同樣的快感，對不對？」

「有時候他會拿一塊大理石磨光石狠狠敲擊我的後腦，害我耳鳴好幾天，連走路都處於半恍惚狀態。有時候他會使勁摑我巴掌，使得我的臉頰痛上好幾個星期，眼淚直流。我永遠忘不了，但仍然敬愛我的導師。」

「不，」布拉克說：「你對他滿懷怨恨。憤怒在你心底暗暗累積，為了報復，你替我的恩尼須帖繪畫擬法蘭克風的手抄本。」

「事實剛好相反。大師的責打，能使一位年輕細密畫家對自己的大師忠誠尊敬，至死不渝。」

「伊拉支和細亞兀敘被人從背後割喉的奸殘場景，就如此刻你對我下手的情況，肇始於兄弟鬩牆，而根據《君王之書》所述，兄弟鬩牆的原因往往源於一位偏心的父親。」

「的確。」

「你們這群細密畫家的偏心父親，不僅促使你們自相殘殺，現在更打算背叛你們。」他狂妄地說：「呃，拜託，刺到了。」他呻吟。他痛苦地哀號了一會兒，接著繼續說道：「沒錯，只需一眨眼的工夫，你就能割裂我的喉嚨，讓我血流滿地，像頭獻祭的羔羊，不過，如果你沒聽完我的解釋便下手——我想你也不敢，呃，求求你，夠了——一輩子都不會知道我到底打算說什麼。拜託，刀鋒稍微挪開一點。」我照做了。「雖然從你小時候開始，奧斯曼大師就密切注意著你的一舉一動、一顰一笑，喜悅地看著你的天賦才華在他的悉心教導下，於繪畫作品中盛開綻放，不過如今為了拯救他奉獻畢生精力的工匠坊及其風格，他決定棄你不顧。」

「高雅．埃芬迪的葬禮那天，我講述了三個寓言，向你解釋人們所謂的『風格』實際上是多麼可厭的東西。」

「你的故事適用於一位細密畫家的個人風格。」布拉克謹慎地說：「然而奧斯曼大師關心的，是如何延續全工匠坊的風格。」

他解釋，蘇丹下令盡全力找出謀殺高雅．埃芬迪與恩尼須帖的凶手，為了這個目的，殿下甚至准許他們視察皇家寶庫。奧斯曼大師準備趁此機會從中阻撓恩尼須帖的書，並懲罰那些模仿歐洲人的叛徒。布拉克又說，根據風格來判斷，奧斯曼大師懷疑圖中的裂鼻馬是出於橄欖之手；不過，身為繪畫總督，他相信凶手是鸛鳥，並打算把他交付給劊子手。我可以感覺到，在尖刀的逼迫下，他說的是事實。看見他像個孩子般認真地說話，讓我很想親吻他。他說的事情我一點也不擔心，剷除掉鸛鳥，意謂奧斯曼大師死後我將接替他擔任繪畫總督，願真主賜福他長命百歲。

令我憂慮的不是他的話可能成真，而是它可能不會成真。反覆思索布拉克話中的言下之意，我從瑣碎的線索中得出一個結論：奧斯曼大師不僅願意犧牲鸛鳥，就連我也一樣。想到這難以置信的可能性，我的心臟狂跳，內心湧起一股被遺棄的恐慌，彷彿一個孩子突然失去了父親。只要一想到這點，我就幾乎克制不住衝動想割斷布拉克的咽喉。我並不打算詰問布拉克或自己：我們只不過從歐洲畫師那裡擷取靈感畫了幾幅蠢畫，憑什麼就鄙視我們為叛徒？我再次肯定，高雅的死是鸛鳥與橄欖為了陷害我設下的陰謀。我把刀子從布拉克的喉嚨移開。

「我們一起去橄欖家，把他的房子從裡到外仔細搜一遍。」我說：「如果最後一幅畫在他手中，至少我們知道應該害怕誰。如果不在他那裡，我們就拉他為盟友，共同突擊鸛鳥的房子。」

我叫他信任我，並說我們兩人之間只需要他的匕首做為武器就夠了。我向他道歉，居然連一杯菩提茶都沒招待他。我拿起地上的油燈，兩個人意味深長地凝視著剛才我把他壓倒在上的坐墊。我提著燈走向他，對他說，他喉嚨上輕描淡寫的刀痕將成為我們友誼的印記。傷口只滲了一點血。

街上仍聽得見艾祖隆教徒及其追兵的奔跑騷亂，不過沒有人察覺我們。我們很快抵達橄欖的屋子。我們敲遍庭院大門、房屋前門，又不耐煩地拍了拍百葉窗。家裡沒人。我們故意製造吵雜的聲響，以確定他不是在睡覺。布拉克說出我們心中的想法：「該闖進去嗎？」

我用布拉克的匕首鈍邊，扭斷門鎖上的鐵環，接著把刀子插入門與門框之間的縫隙，兩人使盡力氣用力一壓，撬開了門鎖。撲面而來的是一股長年累積的潮濕、泥土和寂寞悶臭。借助油燈的光芒，我們看見一張凌亂的床、幾條腰帶隨便丟在坐墊上、背心、兩頂包頭巾、內衣、那席班的尼梅士拉·埃芬迪的波斯文字典、一個木製頭巾架、寬毛巾、針線、一個裝滿蘋果皮的小銅盤、好幾個坐墊、一張絨布床罩、他的顏料、畫筆和各種繪畫材料。我正想上前翻看他用來書寫的一疊裁切整齊的印度斯坦紙，還有小桌子上的彩繪畫紙，但克制住自己。一來是因為布拉克比我還積極；二來我深知如果一位細密畫師去檢視二流畫師的物品，只會為自己招來厄運。橄欖並不如大家想像的那麼有才華，他只是有熱情而已。為了掩蓋自己的才能不足，他致力於仰慕前輩大師。雖然如此，過去的傳奇人物只能夠喚醒藝術家的想像力，真正作畫的畢竟是手。

布拉克一絲不苟地搜索每一個箱子與盒子，甚至洗衣籃的底部都不放過。我則沒有動手，只是用眼睛掃視橄欖的布爾薩布巾、黑檀木梳、骯髒的擦手毛巾、花露水瓶、一條印著印度格子花紋的難看纏腰布、鋪棉外套、一件骯髒厚重的女性開岔長袍、一個凹陷一塊的銅托盤、汙穢的地毯，以及其他邋遢廉價的家具，房裡的物品根本配不上他賺的錢。橄欖要不是吝嗇到把錢都存起來，就是浪費在什麼東西上……

「毫無疑問，這是一個凶手的家。」一會兒後我說：「連塊膜拜墊都沒有。」不過我心裡想的不是這件事。我排除雜念。「這些物品的主人，不知道如何快樂……」我說。雖然在內心一角，我悲傷地想到，孕育繪畫的其實正是痛苦與接近魔鬼。

「就算一個人明知讓自己滿足的方法，他仍然可能不快樂。」布拉克說。

他拿了一系列圖畫放在我面前。他從一個箱子深處翻出這些畫在撒馬爾罕粗紙上、後面裱以厚紙的圖片。我們仔細端詳：一個迷人的撒旦從遙遠的呼羅珊冒出地底、一棵樹、一個美女、一條狗，還有我畫的死亡。這些畫，就是遇害的說書人每晚掛在牆上用來講故事的插圖。布拉克問哪些是我畫的，我指出死亡的圖片。

「我恩尼須帖的書中也有相同的幾張圖畫。」他說。

「說書人和咖啡館老闆共同想出這個主意，請細密畫家每天晚上畫一幅插圖。說書人先請我們其中一人在粗紙上隨手畫圖，然後要我們提供一點故事和笑話，最後再加上他自己的內容，一場夜間表演就開始了。」

「你為他畫的死亡和你為我恩尼須帖畫的，是相同的圖，為什麼呢？」

「說書人要求我們在一張紙上畫一個單獨的角色。然而，我並沒有像替恩尼須帖畫圖的時候那樣，畫得那麼認真而精細。我放任我的手隨意揮灑，很快就畫好了。其他人也一樣，或許是想炫耀能力，他們選擇自己在祕密手抄本中的題材，重新隨手為說書人再畫出另一張。」

「馬是誰畫的？」他問：「誰畫了有裂鼻的馬？」

垂下油燈，我們好奇地觀察面前的馬匹。牠長得很像恩尼須帖書中的馬，不過比較倉卒，比較潦草，迎合較為通俗的品味，似乎買畫的人不僅付給插畫家較少的錢要求他畫快一點，更強迫他畫一匹較為粗糙，但也因此（我相信是這個原因）較為寫實的馬。

「鸛鳥一定最清楚馬是誰畫的。」我說：「他是個傲慢的蠢蛋，每天非得講細密畫家的閒話，不然活不下去，所以他每晚一定前往咖啡館報到。沒錯，不用懷疑，這匹馬是鸛鳥畫的。」

56 我的名字叫「鸛鳥」

蝴蝶和布拉克三更半夜抵達我家。他們把圖畫攤開在我面前的地板上，要求我告訴他們誰畫了哪張圖。我想起我們小時候經常玩的「猜頭巾」遊戲：先畫出各式各樣不同人的頭飾，有教長的、騎兵的、法官的、劊子手的、財務總督和祕書的；接著，在另外一疊紙的背面寫上對應的稱呼，遊戲的內容就是要把它們湊成正確的一對。

我告訴他們，狗是我畫的。我們向說書人解釋牠的故事。我說「死亡」必定是出於溫柔的蝴蝶之手，此時拿匕首架住我脖子的那隻手，油燈的光芒在死亡的圖畫上愉快地搖曳。我記得橄欖興致勃勃地描繪「撒旦」，不過故事內容完全是往生的說書人自己編的。「樹」一開始是我畫的，但樹葉則是由當天咖啡館中的眾人共同合作完成，故事也是大家一起想的。「紅」的情況也一樣：有一張紙被濺到幾滴紅墨水，小氣的說書人問我們能不能藉此發揮。我們朝紙上多灑了幾滴紅墨水，接著各自在一角勾勒某樣紅色的物品，再輪流告訴說書人自己的圖畫有何故事，讓他能講述給大家聽。眼前這匹精美的馬是橄欖所畫——他的才華教人讚嘆——而我猜這位憂鬱的女子必定是蝴蝶的作品。就在這個時候，蝴蝶放下抵住我喉嚨的匕首，向布拉克說，確實，女人是他畫的，現在他記起來了。市場裡的金幣是眾人的共同創作；而兩位苦行僧人，則是橄欖的畫作，畢竟他終究是卡連德里的後代。卡連德里教派的基本精神，在於雞姦小男孩、乞討，以及他們的長老：克曼的伊哈烏德・迪尼。兩百五十年前，這位長老寫下教派的聖書，以詩文闡明他在美麗的臉孔中見證了真主的完美。

我請求我的藝術大師弟兄們原諒屋內的凌亂，因為他們來得太突然，我們沒能事先準備。我告訴他們實在很抱歉，不能招待他們芬芳的咖啡或香甜的柳橙，因為我的妻子還在內室熟睡。我這麼說的目的是警告他們，就算在這裡找不到想要的東西，也別想闖入內室搜尋，不然我絕對會讓他們傷亡慘重。他們翻箱倒櫃，搜遍各種帆布、抽繩袋、印度絲綢和細棉布薄腰帶、波斯印花布和土耳其掛袍，掀起每一塊地毯和坐墊，翻開每一本裝訂的書冊，以及我為各種手抄本繪製的零散圖畫。

我裝出好像很害怕他們的模樣，但老實說，我享受其中的樂趣。一位藝術家的技能取決於他是否能夠留心注意眼前之美，嚴肅記下最微小的細節，並且同時往後退一步，把自己從庸庸碌碌的世界抽離，彷彿望著鏡子般，自遠處冷眼笑看凡間的世界。

因此，我回答他們的問題：是的，艾祖隆教徒發動突擊時，咖啡館一如平常夜晚，聚集了四十多人，除了我之外，還包括橄欖、描邊師奈席爾、書法家雅默、兩位年輕的插畫助手，以及最近與他們形影不離的幾位年輕書法家、美貌無雙的學徒拉米，其他幾個俊秀的見習生，還有六、七個閒雜人等，一些詩人、酒鬼、吸大麻菸的和苦行僧之類的人，他們巧語哄騙咖啡館老闆讓他們加入這群歡樂而機智的團體。我描述當時的情況，攻擊一開始，屋內馬上陷入混亂，應咖啡館老闆邀集前來享受低級娛樂的觀眾們倉皇奔逃，沒有半個人想到要留下來保護屋裡的物品或打扮成女人的可憐老說書人。我哀悼這場浩劫嗎？「是的！我，畫家穆斯塔法，又名『鸛鳥』，畢生投入彩繪藝術，非常享受每天晚上與我的藝術家弟兄們坐在一起聊天、說笑、瞎扯、互相恭維、吟詩誦詞、妙語雙關。」我坦白自首，直視著愚鈍的蝴蝶的眼睛，一股強烈的羨嫉籠罩住這位身形圓潤、清澈大眼的男孩。我們的蝴蝶，有著孩子般的美麗雙眼，打從學徒時開始，就是清秀敏感的絕色。

接著，在他們的詢問下，我向他們描述掛圖說故事的起源。遊走於城市街巷的說書人，願他的靈魂在天堂安息，抵達這間咖啡館展開表演工作的第二天，有一位細密畫家可能受了咖啡影響，在牆上掛起一幅畫自娛娛人。伶牙俐齒的說書人注意到牆上的畫，開玩笑地表演了一場獨腳戲，假裝自己是圖畫中的狗在說話，結果大受歡迎。從此以後，每天晚上，他都會扮演細密畫師筆下的一個角色，講述他們偷偷告訴他的各種詼諧故事。由於藝術家們終日活在艾祖隆傳道士的怒火恐嚇之下，說書人對傳道士的譏嘲謾罵很快就引起眾人的共鳴與喜愛，也為咖啡館招來了更多顧客，埃迪尼來的老闆當然更加鼓勵他的表演。

他們問我，我怎麼解釋說書人每晚掛在身後、他們從橄欖兄弟的屋子裡搜出來的圖畫。我告訴他們，沒什麼好解釋的，因為咖啡館老闆就和橄欖一樣，是一個乞討、偷竊、粗野的卡連德里苦行僧無賴。頭腦簡單的高雅·埃芬迪聽了教長·埃芬迪的講道，尤其是每星期五的地獄烈火懲罰篇之後，嚇得六神無主，一定曾向艾祖隆信徒批評他們在咖啡館的所作所為。或者甚至更有可能的，當高雅警告他們停止惹麻煩時，脾氣同樣火爆的咖啡館老闆和橄欖，便共謀做掉這位倒楣的鍍金師。高雅被謀殺點燃了艾祖隆教徒的怒火，而或許因為高雅·埃芬迪曾向他們提及恩尼須帖的書，因此他們視恩尼須帖為凶殺的主謀，把他給殺了。接著，為了徹底報仇，他們對咖啡館發動攻擊。

我所說的話，圓胖的蝴蝶和陰鬱的布拉克（他像個鬼似的）到底聽進多少？他們自顧自地搜索我的財產，興高采烈地翻開每一個蓋子，不放過任何可以搜查的角落。當他們在胡桃木雕紋箱裡發現我的長靴、盔甲和成套戰士裝備時，蝴蝶的幼稚臉孔上綻放一抹嫉妒的表情。於是，我再次向他們重複大家早已熟知的事實。我是第一位跟隨軍隊參與戰役的穆斯林插畫家，也是第一位細密畫家，能將仔細觀察到的戰場實景描繪於各勝利《編年史》中——大砲發射、敵軍城堡的高塔、異教士兵的制服顏色、遍地橫陳的屍體、沿著河岸堆積如山的頭顱，以及精裝騎兵隊的井然秩序與衝鋒陷陣。

蝴蝶要我示範穿戴盔甲給他看。我立刻大方脫下罩衫、黑兔毛滾邊襯衣、長褲與內衣。他們藉由火爐的光線凝神看著我，讓我很高興。我套上乾淨的長內衣，穿上冬天穿在盔甲裡的紅細棉布厚襯衣、羊毛襪、黃色皮長靴，最後在靴子外套上綁腿。我把護胸甲從箱子裡拿出來，欣喜地穿上，然後轉身背向蝴蝶，用命令僮僕的語氣指示他綁緊盔甲的繫帶，並為我裝上護肩。我繼續套上護臂、手套、駱駝毛編劍帶，最後再戴上為慶典儀式準備的黃金鑲飾頭盔。穿戴完成後，我驕傲地宣布，從今以後戰爭場景再也不是過去的畫法。「再也不能允許像從前那樣，描繪互相對峙的騎兵隊時，將兩方畫得整齊一致，就好像拿同一塊圖樣，先描出我方的軍隊，然後翻到另一邊去描出敵軍的兵馬。」我說：「從今天起，鄂圖曼工匠坊中創作的戰爭場景，將會如同我親眼目睹並親筆繪畫的模樣：軍隊、馬匹、武裝士兵和浴血屍首的混亂場面！」

蝴蝶又妒又羨說：「畫家不是畫自己看見的，而是畫阿拉所見的景象。」

「沒錯，」我說：「不過，我們所見的一切，崇高的阿拉一定全看到了。」

「當然，阿拉看見我們所見，但是祂的觀察角度不同於我們。」蝴蝶一副責備我的樣子說：「我們迷惑中觀察到的混亂戰場，在祂全知全能的眼中則是兩隊整齊畫一的對峙軍隊。」

我自然有話可以反駁。我想說：「我們的責任是信仰阿拉，只描繪出祂向我們揭露的事物，而非祂隱藏的景象。」但我保持緘默。我之所以沉默不語，不是因為擔心蝴蝶指控我模仿歐洲人，也不是他不斷用匕首一端敲打我的頭盔和背部，顯然在測試我的盔甲。我之所以不回嘴，是心裡盤算著，只有忍住自己，贏取布拉克和這媚眼驢蛋的信賴，我們才有機會逃離橄欖的陰謀。

一旦明白在這裡找不到想找的東西後，他們才告訴我究竟在搜尋什麼。卑鄙的凶手帶著一幅畫潛逃……我說他們為了相同的原因已經搜過我家。既然遍尋不著，想必聰明的凶手把畫藏在某個沒有人找得到的地方（我想到橄欖）。然而，他們真的有注意我的話嗎？布拉克解釋裂鼻馬事件，說明蘇丹殿下給奧斯曼大師三天的時間，眼看期限將屆。我進一步詢問他馬的裂鼻有何重要性，布拉克直視我的眼睛，告訴我奧斯曼大師分析過這個線索後，推斷出它們是橄欖所畫，不過他更懷疑我，因為他深知我野心勃勃。

乍看之下，他們顯然已認定我是凶手，因此到這裡找尋證據。不過，依我看，這並不是他們來訪的唯一理由。孤獨和絕望驅使他們前來敲響我的大門。當我開門時，蝴蝶用以指向我的匕首在他的手裡微微顫抖。他們不僅驚惶失措，擔憂他們絞盡腦汁仍找不出身分的下賤凶手，可能會在黑暗中圍堵他們，像個老朋友微笑著，揮刀割斷他們的喉嚨；更輾轉難眠，害怕奧斯曼大師可能與蘇丹殿下及財務總督共謀，把他們交付給酷刑手。更別提滿街遊蕩的艾祖隆暴徒們，擾得他們心神不寧。簡言之，他們渴求我的友誼。只不過奧斯曼大師在他們心中植入了相反的想法。我的當前任務，便是誠懇地向他們指出奧斯曼大師搞錯了，畢竟這正是他們內心深處的期望。

直截了當宣布偉大的大師年老昏聵弄錯了，必然會激起蝴蝶的敵意。這位俊美的彩繪師仍不停用匕首敲擊我的鎧甲，我望進他一雙水汪汪的眼睛，睫毛撲拍搧動得像蝴蝶展翅。從他的眼裡，我依然看得見他對大師的愛情的黯淡火光；曾經，他是大師最寵愛的學徒。我年輕的時候，這兩個人，大師與學徒之間的親密關係，常受到嫉妒人士奚落。然而他們毫不在乎，在眾人面前意味深長地凝視對方，甚至彼此撫觸。後來，奧斯曼大師偶爾不知含蓄地公開稱讚蝴蝶，說他擁有最活潑的蘆稈筆及最成熟的彩繪筆。這項宣言的確是實話，然而後來在眼紅的細密畫家之間成為數不盡雙關語的來源，他們用蘆稈筆、毛筆、墨水瓶和筆盒編造出各種下流的象徵、低賤的指涉和淫穢的暗喻。基於這個原因，不只是我才感覺到奧斯曼大師希望蝴蝶繼承他擔任工匠坊的領導人。從他對別人批評我好鬥、剛愎、固執的態度，很早以前我就明瞭偉大的大師內心深處暗藏此種想法。他認為（確實也合情合理），比起橄欖和蝴蝶，我對歐洲的技法由衷嚮往，而且始終抗拒不了蘇丹殿下對創新的渴望，不時讚嘆：「偉大的前輩大師絕對不會這麼畫。」

我明白我能夠與布拉克並肩合作，因為我們熱切的新郎一定極想完成他已故恩尼須帖的書，一方面為了贏得美麗莎庫兒的芳心，向她證明自己可以取代她父親的地位；另一方面，無庸置疑地，是為了撿最現成的便宜來討好蘇丹殿下。

因此，我突如其來地切入話題，讚嘆恩尼須帖的書真是一本舉世無雙的神妙奇蹟。等這本經典大作依循蘇丹殿下的命令與故恩尼須帖．埃芬迪的旨意完成後，全世界將震懾於鄂圖曼蘇丹的力量與財富，以及他手下細密畫師們的天賦、典雅與才能。這本書不僅會使他們懼怕我們、我們的力量與我們的冷酷，更會讓他們感到意亂神迷，看見我們會哭也會笑、我們向法蘭克畫師偷學技巧、我們使用最鮮麗的色彩、注意最瑣碎的細節。最後，他們將在恐懼中省悟一項只有最睿智的君主才明白的道理：我們不僅處於眼前的畫中世界，也與歷代前輩大師同在。

蝴蝶始終沒有停止敲打我，一開始像個好奇的孩子，想確定我的鎧甲是真的還是假的；接下來，像個朋友測試它夠不夠堅固；到最後，則彷彿一個懷恨在心的妒忌仇敵，想狠狠傷害我。事實上，他明白我的才華高於他；甚至，他大概也察覺到奧斯曼大師知道這一點。天賦才華的蝴蝶是卓越的畫師，他的嫉妒令我頗感驕傲：不同於他，我的成就來自於揮灑自己的「蘆稈筆」，而非握緊師父的。我相信他不得不承認我的優越。

我提高音量說，我很遺憾有些人想破壞蘇丹殿下和故恩尼須帖的偉大巨著。奧斯曼大師待我們如父，他是每個人景仰的大師，我們的一切成就都來自他的教導！然而基於某種莫名的原因，奧斯曼大師追蹤過蘇丹殿下寶庫裡的線索後，試圖隱瞞橄欖就是卑鄙凶手的調查結果。我說，橄欖既然不在家，想必一定躲在斐納城門附近一間廢棄的卡連德里苦行僧修院。蘇丹殿下的祖父在位時，關閉了這間苦行僧修院，不是因為它窩藏道德墮落的行徑，而是長年來與波斯之間無休無止的爭戰；而且，我又補充，有一陣子橄欖甚至誇口說他負責看守這座廢棄的苦行僧修院。如果他們不相信我，懷疑我的話中暗藏詭計，反正，匕首在他們手裡，屆時到了那裡我任憑處置。

蝴蝶又舉起匕首狠狠重擊了兩下，若是一般的鎧甲早已承受不住。他轉向被我的話說服的布拉克，孩子氣地朝他大叫幾聲。我一個箭步跨到他身後，伸出盔甲包覆的手臂勒住蝴蝶的脖子，把他拖向我。我用另一隻手抓住他的手往後扳，逼他鬆手放掉匕首。我們並不算真的肉搏，但也不只是打鬧而已。我回想起《君王之書》中，有一個鮮為人知的類似場景。

「波斯軍隊與圖蘭軍隊全副武裝，蓄勢待發，列隊在哈瑪蘭山腳下對峙。兩天下來，一位神祕的波斯將領殺死了兩位偉大的圖蘭戰士；到了第三天，圖蘭軍隊派遣足智多謀的珊吉爾深入沙場，探聽這位波斯將領的身分。」我說：「珊吉爾向神祕的戰士挑戰，他接受了。雙方的軍隊屏息觀戰，午後的烈陽照得他們的鎧甲閃閃發亮。兩位戰士的戰馬向前疾馳衝撞，風馳電掣，金屬鏗鏘，四濺的星火燒得馬匹的毛皮冒出陣陣白煙。這是一場冗長的決鬥。圖蘭戰士拉弓射箭；波斯戰士神乎其技地駕馭馬匹、揮舞長劍。最後，神祕的波斯人抓住圖蘭人坐騎的尾巴，把他摔下馬來。接著他追上企圖逃跑的珊吉爾，從後面一把抓住他的盔甲，然後勒住他的脖子。不得不接受自己戰敗的圖蘭人，仍然渴望知道這位神祕戰士究竟是何方神聖，絕望中，他吐出眾人心中多日來的疑問：『你是誰？』『對你而言，』神祕的戰士回答：『我的名字是死亡。』告訴我，我親愛的朋友，他是誰？」

「鼎鼎大名的魯斯坦。」蝴蝶天真開朗地回答。

我親吻他的脖子。「我們全都背叛了奧斯曼大師。」我說：「在他懲罰我們之前，我們必須找到橄欖，揪出我們之中的毒瘤，彼此合作洗刷我們的汙名，如此一來才有力量抵禦那些破壞藝術的永恆敵人，對抗那些亟欲把我們送入酷刑地獄的惡人。或許，等我們抵達橄欖的廢棄苦行僧修院後，會發現那個殘酷的凶手甚至不是我們之中的人。」

可憐的蝴蝶不發一言。無論他多麼有才華、有自信或受到青睞，就像所有雖然互相厭惡嫉妒但仍結黨共謀的插畫家一樣，深怕被眾人孤立，也恐懼下地獄。

前往斐納城門的路上，一股詭異的綠黃光芒籠罩著我們，但它並不是月光。柏樹、圓頂、石牆、木屋及大火肆虐後的土地，浸淫在這片光芒下，使得古老、一成不變的伊斯坦堡夜景瀰漫一股陌生的氛圍，像是置身敵人的碉堡。爬上山坡的時候，我們看見在遠處，巴耶塞特清真寺再過去的某個地方，一把火正在燃燒。

我們在沉窒的黑暗中遇到一輛牛車，上面載著幾袋麵粉，正朝城牆的方向駛去。我們給車夫兩枚銀幣，請他載我們一程。布拉克身上帶著圖畫，小心地坐下。我仰身躺下，望著低矮的雲層映著火光，微微泛紅。這時，兩滴雨水落在我的頭盔上。

走了好長一段路之後，我們來到一個深夜裡似乎荒無人煙的區域。我們沿路搜尋廢棄的苦行僧修院，吵醒了周圍每一條狗。雖然看見許多石造房舍亮起燈火，想必是聽見我們的騷動，然而一直敲到第四扇門，才有人開門回應。一個頭戴小圓帽的男人，透過手裡的油燈火光，目瞪口呆地望著我們，彷彿見了鬼。他甚至不肯朝雨勢漸大的屋外多探出一點，就這樣縮在門裡指示我們廢棄苦行僧修院的方向——愉快地補充說，到了那裡之後，我們別想從邪靈、惡魔和鬼魂的糾纏下全身而退。

走進苦行僧修院的庭院，迎接我們的是一排高傲的柏樹，安詳平靜，無視於驟雨和爛草的臭味。我的目光滑上苦行僧修院牆壁上的木板縫隙，之後，再移向一扇小窗的百葉窗。透過屋內一盞油燈的光芒，我看見一個男人陰森的影子正在進行拜禱——或者也許，為了我們的緣故，正在假裝拜禱。

57 我的名字叫「橄欖」

怎麼做比較適當呢？是中斷禱告，一躍而起替他們開門，還是讓他們在大雨中等待，直到我結束儀式？我察覺他們正在注視我，於是在心神不寧中完成整個拜禱儀式。我打開門，是他們——蝴蝶、鸛鳥和布拉克。我開心地大喊一聲，抱住蝴蝶。

「唉呀，我們最近是遭遇了什麼呀！」我悲嘆，把頭埋入他的肩膀。「他們究竟想對我們怎樣？他們為什麼要殺我們？」

他們每個人都面露恐慌，發現自己被排除在外。這種表情，我這輩子不時在各個繪畫大師臉上見過。就算在這間小屋裡，他們也絕對不想彼此分開。

「我們可以安全地在這裡躲幾天。」

「我們擔心，」布拉克說：「我們應該恐懼的那個人，也許就在我們這群人之中。」

「我也非常焦慮，」我說：「我同樣聽說了這樣的傳聞。」

從皇家侍衛隊官員一直到細密畫家部門，都已傳遍了這個謠言，聲稱高雅．埃芬迪和故恩尼須帖的凶殺之謎已經解開：凶手正是製作那本書的我們其中之一。

布拉克問我，為恩尼須帖的手抄本畫了幾幅圖畫。

「我畫的第一張圖是撒旦。他是白羊王朝工匠坊前輩大師擅長的各種地底惡魔之一。由於我和說書人同屬蘇菲教派，因此畫了兩個苦行僧人。也正是我，建議恩尼須帖在書中加入他們，我向他解釋，這些苦行僧人在鄂圖曼的土地上占有特殊的地位。」

「就這些？」布拉克問。

當我回答「對，就這些」時，他以一種大師逮到學徒偷竊的優越姿態走向門邊，然後帶回一捲沒有被雨淋濕的紙。他把它放在我們三位藝術家面前，好像母貓啣來一隻受傷的小鳥給她的小貓。

紙張還夾在他的腋下，我就已經認出來了：它們是咖啡館遇襲時，我從裡面救出來的插畫。我沒有降低自己的身分去質問這幾個傢伙，他們是如何進到我的屋子裡，又怎麼翻出它們來的。總而言之，蝴蝶、鸛鳥和我皆爽快地承認個別為說書人所畫的每一張圖畫，願他安息。最後，只剩下馬，一匹壯麗輝煌的馬，還留在一旁沒有人認領，牠的頭部低垂。相信我，我甚至不知道有這幅馬的畫像。

「畫馬的人不是你嗎？」布拉克說，語氣像一個手持籐條的老師。

「不是我。」我說。

「那麼我恩尼須帖書裡的那一幅呢？」

「那幅也不是我畫的。」

「然而，根據馬的風格來判斷，畫牠的人必定是你。」他說：「不僅如此，歸納出這個結論的人是奧斯曼大師。」

「可是我根本沒有任何風格呀。」我說：「我這麼說不是出於驕傲，故意反抗最近的潮流。我這麼說也不是為了脫罪。對我而言，擁有風格比身為一個殺人凶手更大逆不道。」

「你擁有一項獨一無二的特質，使你不同於前輩大師和其他人。」布拉克說。

我對他微笑。他開始解釋一些我相信你們此刻都已知道的事情。我專心聆聽他的敘述：蘇丹殿下與財務總督商議後找出一個破案之道、奧斯曼大師的三天期限、「女伶法」的利用、馬鼻子的特異之處，以及布拉克出乎意料地獲准進入皇家禁宮，以便親自檢視那些卓越的經典書籍。每個人的一生中，總有些時刻，甚至在身歷其境的當下，會突然頓悟，我們正經歷著一場自己永難忘懷的事件，就算多年後也將歷歷在目。憂愁的大雨從天而落。彷彿受到陰雨的影響，蝴蝶哀傷地緊握他的匕首。盔甲背後沾滿白色麵粉的鸛鳥，則高舉油燈，勇敢地跨步走入苦行僧修院深處。他們鬼魅的影子在牆上遊走，我的藝術大師弟兄們，我是多麼深愛他們！我何其榮幸身為一位細密畫家。

「這幾天來，當你與奧斯曼大師並肩欣賞前輩大師的傑作時，是否慶幸自己竟如此好運？」我問布拉克：「他有親吻你嗎？他有撫摸你英俊的臉孔嗎？他有抓住你的手嗎？你是不是對他的才華與知識敬畏不已？」

「他透過前輩大師的傑作，向我說明你的風格從何而來。」布拉克說：「他教導我，隱藏的『風格』錯誤並非一位藝術家個人自主的選擇，而是源於藝術家的過去及其遺忘的記憶。他也告訴我，這些祕密的錯誤、弱點和缺陷，過去被視為可恥的象徵，畫家為了怕悖離前輩大師，不得不刻意隱藏。然而，由於歐洲大師們將它們傳遍全世界，於是從今以後，人們便讚美它們為『個人特質』或『風格』。從今天起，多虧了那些以自己的缺點為榮的蠢蛋們，我們的世界將變得更加豐富而愚蠢，當然，也將變成一個更不完美的環境。」

布拉克對自己所言深信不疑，證明了他屬於那群新品種的白痴。

「然而這些年來，我為蘇丹殿下的書籍所畫的馬匹，卻都是正常的鼻孔。這一點奧斯曼大師做何解釋？」我問。

「這是因為你們童年時他給予你們的愛與責打。因為他既是你們的父親，也是摯愛的師長，所以你們每個人都遵從他，並且彼此學習。他不要你們各自擁有自己的風格，而是希望皇家畫室擁有一個整體的風格。由於他凜然的身影籠罩著你們每一個人，以致於你們忘了內心深處的記憶，那些不完美、超乎標準形式的歧異特點。只有當你為別的書製作別的圖畫時，才能脫離奧斯曼大師的目光，也才能畫出蟄伏心中多年的馬。」

「我的母親，願她安息，她比我的父親還有智慧。」我說：「有一天晚上我哭著回家，下定決心再也不要回工匠坊。我沮喪而氣餒，不只是因為奧斯曼大師的責打，還有那些嚴厲而暴躁的畫師，以及老是拿著尺威嚇我們的部門總管。我已故的母親安慰我，告訴我世界上有兩種類型的人：一種人，童年時受到責打的恐嚇與摧殘，從此一蹶不振，她說，因為責打扼殺了他內心的惡魔；另一種則是幸運的人，責打只是嚇阻並馴服了他內心的惡魔，沒有扼殺它。雖然後面這種人永遠不會忘記童年的痛苦記憶——她警告我別向任何人透露這一點——但他受到的責打，屆時將幫助他培養敏銳度、洞察未知、結交朋友、分辨敵人、察覺陰謀，並且，讓我再添一項，使他畫得比任何人好。奧斯曼大師會因為我的樹枝畫得不和諧而用力甩我耳光，讓我在奔流的淚水中，看見樹林在我眼前萌芽。他會因為我沒看見頁面底下的錯誤而憤怒地敲我的頭，但接下來又慈愛地拿起一面鏡子，放在書頁下方讓我從全新的角度觀看圖畫。然後他會把臉頰貼向我，和藹地指出鏡子中神奇出現的圖畫錯誤，我永遠忘不了他的慈愛與這項儀式。當我因為被他在眾人面前斥責打罵而自尊心受傷，躲在棉被裡哭了一整晚後，隔天早晨他會來到我身邊，溫柔地親吻我的手臂，讓我在感動中立志終有一天要成為一位偉大的細密畫家。不，那匹馬不是我畫的。」

「我們，」布拉克意指鸛鳥和他自己：「準備搜索苦行僧修院，尋找謀殺我恩尼須帖的無恥凶手偷走的最後一幅圖畫。你見過最後一幅圖畫嗎？」

「那幅畫，將不見容於蘇丹殿下、和我們一樣追隨前輩大師的插畫家，或是忠於信仰的穆斯林。」語畢，我陷入沉默。

我的評論使他更為急切。他和鸛鳥開始搜遍整棟房屋，一磚一瓦都不放過。有好幾次，我走向他們，協助他們進行得更順利。在其中一間漏雨的苦行僧小室，我提醒他們地板上有個洞別摔了進去，如果他們想要也可以搜一搜。我給他們一把大鑰匙開啟一個小房間，三十年前，這間修院的擁護者加入貝格塔胥教派[38]並四散離去之前，他們的長老便住在這個房間。他們興沖沖地走入房裡，只見整面牆已經不見了，房間暴露在雨中，於是他們搜都懶得搜就調頭離去。

我很高興蝴蝶沒有跟他們一起，不過，只要找到暗示我涉案的證據，他也會加入他們的陣營。鸛鳥與布拉克想法一致，他害怕奧斯曼大師會把我們交付給酷刑者，堅持我們必須互相扶持，團結對抗財務總督。我感覺布拉克的動機不只是想藉著找出殺害他恩尼須帖的凶手，送給莎庫兒一個真正的結婚禮物，同時也打算引導鄂圖曼細密畫家走上歐洲大師的道路，用蘇丹的錢支付給他們，要他們完成恩尼須帖模仿法蘭克人的書（這本書不僅褻瀆神聖，更荒謬可笑）。我也知道，多多少少可以肯定，這項計謀的根源是鸛鳥渴望剷除我們，甚至奧斯曼大師，因為他夢想當上繪畫總督，而每個人都猜測奧斯曼大師屬意蝴蝶，於是他準備不擇手段增加自己的機會。一時間我迷糊了。我聽著雨聲，思忖良久。接著，我突然閃過一個想要討好鸛鳥和布拉克的念頭，就好像一個人掙扎著突破重圍，想把請願書遞交給騎馬路過的君主和大宰相。我帶領他們穿過黑暗的走廊和一扇大門，走進一間曾經是廚房的陰森房間。我問他們有否在斷垣殘壁中找到什麼。當然，他們什麼也找不到。四周看不見任何過去用來煮飯給窮人難民吃的鍋碗瓢盆和鼓風箱。我甚至從來不曾試圖打掃這個恐怖的房間，任由它蓋滿了蜘蛛網、灰塵、泥巴、瓦礫和貓狗排泄物。一如往常，一陣不知從何處竄出的強風，吹暗了燈火，映得我們的影子一會兒淡、一會兒濃。

「你們到處都翻遍了，卻沒有找到我的祕藏寶庫。」我說。

出於習慣，我用手背當掃帚，撥掉廢棄壁爐裡的灰燼，隨之出現一個舊爐灶，我吱呀一聲地拉起它的鐵蓋。我把油燈拿近爐灶的小開口。接下來的景象我絕不會忘記，在布拉克還來不及行動之前，鸛鳥已經一躍向前，貪婪地攫走裡頭的幾個皮囊。他正打算就在爐灶口打開它們，但是我轉身回到寬敞的客廳，害怕留在後頭的布拉克尾隨在後，接著，鸛鳥細長的腿也蹦跳著跟上我們。

他們看見其中一個袋子裡裝著一雙乾淨的毛襪、我的抽繩褲、我的紅內衣、我最上等的襯衣、我的絲襯衫、我的剃刀、梳子和其他私人物品，一時間楞住了。布拉克打開另一個袋子，發現五十三枚威尼斯金幣、近年來我從工匠坊偷取的幾片金箔、我私藏的標準圖式手冊、書頁中夾著更多偷來的金箔、淫穢的圖片——有些是自己畫的，有些是我蒐集來的——我親愛母親的遺物瑪瑙戒指、她的一縷白髮，以及我最好的畫筆和毛筆。

「如果我真的是你們懷疑的凶手，」我說，語氣帶著愚蠢的高傲：「我的祕藏寶庫裡必然藏著最後一幅畫，而不是這些東西。」

「為什麼這些東西在這裡？」鸛鳥問。

「皇家侍衛隊趁著搜查我的房子時，順手牽羊，無恥地偷走兩片我花了一輩子蒐集的金箔。我擔心我的房子很可能為了那卑賤的凶手再被搜一次——果然沒錯。如果最後一幅畫在我身上，它只可能出現在這裡。」

最後一句話實在不該講出口；雖然如此，我可以感覺到他們鬆了一口氣，不再害怕我會在修院的陰暗角落勒死他們。我是否也取得了你們的信賴？

然而這個時候，我心中突然湧起一股極度的不安。不，不是因為自幼便熟識的插畫家朋友們看見了這

38 譯注：貝格塔胥教派（Bektashis），伊斯蘭神祕主義教派之一。

些年來我貪心地攢錢、收購並儲存金幣，或甚至讓他們發現我的手冊和春宮畫。老實說，我很後悔自己出於一時的恐慌，向他們展示所有這些東西。只有一個生活漫無目標的人，才可能如此輕易地暴露自己的祕密。

「不過，」好一會兒後布拉克開口：「如果奧斯曼大師沒有事先警告，突然把我們交付給酷刑者，到時候在刑求拷打之下該說些什麼，我們必須先串供好。」

一股空虛與沮喪降臨我們身上。油燈的慘淡光芒下，鸛鳥與蝴蝶瞪著我手冊中的春宮畫。他們全身散發著漠然不在乎的態度，事實上，他們甚至透露出某種怪異的快樂。一股強烈的衝動驅策我去看那幅圖畫一眼，我可以猜出是哪一幅。我站起身，繞到他們背後，安靜地凝視自己所畫的淫圖，彷彿回想起某段今已遠去但仍清晰的歡樂記憶，內心激盪不已。布拉克加入我們。不知何故，我們四個人一起觀看那張圖畫讓我感到寬心。

「盲人和明眼人有可能平等嗎？」過了一會兒，鸛鳥說。他是否在暗示，雖然眼前所見是淫穢的，但阿拉賜予我們的視覺享樂卻是榮耀的？不對，鸛鳥怎麼可能明白這種事？他從來不讀古蘭經。我知道赫拉特前輩大師經常引述這句箴言。偉大的畫師們常用這句話來回應反對繪畫的敵人，這些人恐嚇說我們的宗教禁止圖畫，審判日到臨時畫家們全部會被打入地獄。接著，出乎意料地，從蝴蝶的嘴裡吐出一句我從來不曾聽他說過的話：

「我很想畫一幅圖，呈現盲人和明眼人不平等！」

「圖中的盲人和明眼人會是誰呢？」布拉克天真地問。

「've ma yestevil'ama ve'l basiru'nun，意指盲人和明眼人不平等。」蝴蝶說，並接著背誦：

「……黑暗與光明也不平等。
背陰和當陽也不平等，
活人和死人也不平等。」[39]

我頓時打了一個寒顫，想起不幸的高雅．埃芬迪、恩尼須帖，以及今晚被殺害的說書人兄弟。其他人是否和我一樣害怕？很長時間，大家一動也不動。鸛鳥仍捧著我的書，儘管眾人都瞪著攤開的書頁，但似乎沒有一個人注意到畫中的粗鄙！

「我想畫最後的審判日。」鸛鳥說：「我想畫死人如何復活，罪人如何與純潔的人區隔。為什麼我們不可以描繪我們宗教的聖言？」

小時候，當我們在同一間工匠坊房間並肩工作時，偶爾會從工作板和工作桌上抬起頭，學習年老畫師那樣讓眼睛休息，然後開始談論心中浮現的任何繪畫題材。那個時候，就如同此刻盯著面前的書本一樣，我們互相聊天，卻不望向對方，把眼睛轉向窗外某個遙遠的目標。我不確定為什麼，是因為興奮，回想起無憂無慮的學徒歲月中某個異常迷人的片段；或是因為悔恨，忽然明白自己已經很久沒有閱讀古蘭經；還是因為恐懼，前不久才目睹了咖啡館裡的罪行。總之，輪到我開口時，我卻一片茫然，心跳加快，好像面臨某種危難。由於腦中空無一物，我只能說出下面的話：

「你們記得〈黃牛章〉中最後一段詩文嗎？我最想畫的就是它們：『我們的主啊！求您不要懲罰我們，如果我們遺忘或錯誤。求您不要使我們荷負重擔，猶如您使古人荷負它一樣。我們的主啊！求您不要

39 譯注：取自古蘭經第三十五章〈創造者章〉（The Creator）。

使我們擔負我們所不能勝任的。求您恕饒我們，求您赦宥我們，求您憐憫我們。』」我的聲音啞了，突如其來的淚水湧出。我尷尬極了，惟恐別人譏笑，因為當學徒的時候，我們總是隨時要保護自己，提防暴露出自己的敏感纖細。

我以為我的眼淚很快就會消退，但是卻克制不了自己，忍不住大聲嗚咽起來。淚眼朦朧中，我感覺到身旁每一個人都感染了同情、淒涼與哀愁的情緒。從今以後，蘇丹殿下的工匠坊將臣服於歐洲的風格；我們畢生奉獻的風格與書籍將逐漸被人淡忘。是的，事實如此，一切的心血努力都將終結。倘若艾祖隆教徒沒能以暴力鏟除我們，蘇丹的劊子手也將折磨得我們不成人形……不過，我一方面痛哭、抽噎、嘆息，耳朵仍傾聽著哀傷的雨聲淅瀝，另一方面，我心中卻察覺到自己真正哀悼的不是那些事情。周圍的人感覺得出來嗎？我不禁有點罪惡感，我的淚水既真誠又虛偽。

蝴蝶來到我身旁，手臂摟住我的肩膀。他撫摸我的頭髮，親吻我的臉頰，用甜蜜的話語安慰我。他的友誼激起我更誠摯而罪惡的眼淚。雖然看不見他的臉，但不知為何，我卻誤以為他也在流淚。我們坐了下來。

我們回憶起過去的種種：我們同一年進入工匠坊作學徒、被迫離開母親展開新生活的陌生悲傷、從第一天起開始承受責打的疼痛、收到財務總督的第一份禮物時那份歡欣喜悅，以及那些返家的日子，我們一路奔跑回家。最初只有他在講，我則感傷地聆聽，之後鸛鳥加了進來，再過一會兒布拉克也加入我們哀愁的談話。他曾在工匠坊待過一陣子，可是在我們學徒生涯初期便離開了。我忘了自己不久前才哭過，開始與眾人一起自在談笑。

我們促膝話舊，憶起以前冬天的早晨，很早就起床，先把工匠坊大房間裡的火爐點燃，然後用熱水拖地。我們想起一位年老的「大師」，願他安息，這個老頭平庸謹慎到整整一天裡只能畫一棵樹上的一片葉子，當他發現我們根本沒在看他筆下的樹葉，而是望向窗外青蔥翠綠的茂密枝葉時，不曾打我們，而是不下一百次地斥責我們：「不是那裡，是這裡！」我們回想起一位細瘦學徒傳遍整間畫室的哭號，他一邊哭一邊拿著包袱走向門口，因為繁重的工作導致他一眼斜視，不得不被送回家。接著，我們再一次想像，曾經有一次我們愉快地注視著（因為不是我們的錯）殷紅顏料從裂開的青銅墨水瓶滲出，徐緩地暈散在一幅由三位插畫家花了三個月心血繪製的圖畫上（內容描述鄂圖曼軍隊前往什爾文途中，來到基尼克河岸邊，占領埃芮敘填飽肚子，克服了飢荒危機）。我們以文雅而恭敬的態度，談論起一位三人同時追求、也一起愛上的切爾克斯女子，她是一位七十歲帕夏的妻子中最美麗的。這個帕夏，為了展現他的戰績、權力與財富，要求我們仿照蘇丹殿下狩獵宮殿的天花板紋飾，為他裝飾自己的住家。接下來，我們熱切地回想著，冬天的早晨，我們會在微敞的門邊喝我們的扁豆湯，以免蒸氣濡濕了畫紙。我們一同嗟嘆，自從工匠坊的大師強迫我們遠行到外地擔任職工後，就與許多朋友及大師疏遠了。陡然間，我眼前出現親愛的蝴蝶十六歲時甜美的模樣：他正拿著一只平滑的貝殼，飛快摩擦一張紙，企圖把它打得光亮。夏日的豔陽從敞開的窗戶投射而入，映上他蜂蜜色的赤裸臂膀。他忽然停下手中心不在焉的工作，低下頭，仔細檢視紙上一塊汙斑。他改變剛才打磨的動作，拿貝殼在那塊惱人的汙斑上加強磨了幾下，然後又回到之前的規律，手臂前後擺動，目光飄向窗外遙遠的天邊，陷入白日夢中。我永遠不會忘記，當他轉頭再次望向窗外前，有一剎那深深望入我的眼睛，後來我也曾經如此看別人。他悽愴的眼神只有一個含意，每一位學徒都了然於心：如果你不作夢，時光不會流逝。

58 我將被稱為凶手

你們已經把我忘了，對不對？我何必繼續對你們隱藏自己的存在？這股語氣變得愈來愈強大，再也壓抑不住，我已習慣用它說話。有時候，我得用盡全力才克制得了自己，隨時提心吊膽，深怕緊繃的聲音洩露我的身分。有時候，我放縱自己無拘無束地暢談，任由嘴裡滔滔不絕湧出象徵第二個身分的語言，或許你們已經認出那人是誰了。我的雙手開始顫抖，額頭冒出滴滴汗珠，忽然察覺到，我身體吐露的這些輕聲細語，也將提供新的線索。

然而我感覺舒適自得！與眾人一起促膝敘舊，追溯過去二十五年的種種，我們想起的不是昔日的怨懟與仇恨，而是繪畫的美麗與喜悅。坐在這裡，我們彷彿等待著逼臨眼前的世界末日，在淚眼婆娑中彼此相擁，共同追憶美好的過往歲月，這幅景象也隱隱讓人聯想起後宮嬪妃的處境。

我的這個比喻，取自克曼的阿布．薩伊德，在他為帖木兒之子撰述的《歷史》一書中，收入許多設拉子與赫拉特前輩大師的故事。三十年前，黑羊王朝的統治者吉罕沙皇舉兵東進，打敗當時帖木兒王朝自相殘殺的大小君主，擊潰軍隊，劫掠領地。接著，他率領手下戰勝的土庫曼游牧部落，穿越整個波斯，來到東方。最後，在阿斯特拉巴德，他擊敗亞伯拉罕——帖木兒之子沙皇魯乎的孫子。占領果兒更之後，他派遣軍隊進攻赫拉特城。根據克曼的歷史學家記載，這場戰爭，不只撼動全波斯，更消滅了帖木兒王室至此全勝無敵的勢力；這個王朝，半世紀以來統治了半個世界，領土從印度斯坦延伸到拜占庭。赫拉特的圍城，造成空前的毀滅災難，男女老少哀鴻遍野，整座城市宛若人間煉獄。歷史學家阿布．薩伊德以某種殘酷的快感，向讀者描述圍城的場景：黑羊王朝的吉罕沙皇進入他攻占的城堡，冷血地殺光所有帖木兒的後裔；他到眾沙皇和王子的後宮挑揀嬪妃，把她們納入自己的後宮；他無情地隔離各個細密畫家，強迫他們服侍他自己的繪畫大師，充當他們的學徒。阿布．薩伊德的《歷史》寫到這裡，筆鋒一轉，不再描寫躲在城堡高塔的牆垛後，試圖反擊敵軍的沙皇和戰士，而把焦點轉向工匠坊的細密畫家們；身陷畫筆和顏料堆中的他們，等待著圍城達到恐怖的高潮，走向無法逃避的結局。他列出藝術家的姓名，一個接一個述說他們如何的舉世聞名，並且將永垂不朽。然而，如同沙皇的後宮佳麗們，如今早已為人淡忘的這群彩繪大師，困在工匠坊中什麼事都不能做，只能相擁而泣，共同回憶過去的幸福歲月。

我們也是，如同哀傷的後宮嬪妃，追憶著蘇丹下賜的皮毛滾邊長衫與塞滿金幣的錢袋。他送這些禮物給我們做為酬庸，答謝我們節慶時呈獻給他的彩繪雕花箱盒、鏡子與盤子、紋飾鴕鳥蛋、剪紙畫、單頁圖片、幽默書籍、遊戲紙牌和手抄繪本。那些認真工作、辛勤勞苦、清心寡慾的年長藝術家們，而今安在？他們從來不會幽居家中，心機深重地隱藏自己的技巧，唯恐自己的兼差被人發現；相反地，他們每天都會來工匠坊，從不缺席。那些謙卑地投注畢生心力，勾勒枝微末節的年老細密畫家們，而今安在？他們終生致力繪畫城牆上錯綜複雜的圖案、肉眼幾乎難以辨別差異的柏樹葉片，以及填滿畫面空白的七葉草。那些才華平庸，卻從不嫉妒他人的畫師們，而今安在？他們了解真主賜予某些藝術家才華和能力，賜予另一些藝術家耐心和恭順，誠心接受祂的旨意中的智慧與正義。我們眼前再度浮現這些父親般的大師，其中幾位身形佝僂，但永遠面帶微笑，有幾位老是輕飄飄又醉醺醺，還有一些不時就想誘拐未出閣的閨女。隨著我們一點一滴回想，慢慢地，我們學徒時期和畫師初期在工匠坊生活的種種細節，再度從塵封的記憶中甦醒。

你們記不記得有一位描邊師，每當他畫格線的時候，總喜歡鼓起臉頰？如果畫的線朝右邊，就鼓左頰；如果線朝左，就鼓右頰。一位喜歡兀自發笑的瘦小畫家，常常一邊上顏料一邊咯咯笑，喃喃自語：「耐心點，耐心點，耐心點。」一位年逾七旬的鍍金大師，花好幾個小時與樓下的裝訂師學徒聊天，宣稱把紅墨水塗在前額可以預防衰老。一位脾氣暴躁的大師，總把工作推給他單純的學徒，甚至隨意攔下任何路過的人，借用他們的指甲測試顏料的濃稠度，只因為自己的指甲已經塗滿了。還有一位肥胖的藝術家，他會拿鍍金時撥掃多餘金粉的毛絨絨兔子腳，梳理自己的鬍鬚，逗我們笑。這些人，如今身在何方？

那些用了太多次，最後甚至成為學徒身體的一部分，然後又被丟棄的磨光板，到哪兒去了？那些被學徒們拿來玩「劍士」而磨鈍的長剪刀，又到哪兒去了？刻著大師姓名以免混淆的寫字板、中國墨水的芳香、寧靜中從咖啡壺裡傳來的微弱滾沸聲，這一切，都到哪兒去了？每年夏天，我們的虎斑貓會新生下小貓仔，我們從牠們的脖子與內耳剪下細毛，製成各式各樣的畫筆，這些毛筆哪兒去了？為了讓我們閒暇時可以學書法家那樣練習技巧，而發給我們的一大捆印度紙張，又在哪兒呢？還有一把醜陋的鐵柄筆刀，使用它必須事先得到繪畫總督的允許，如此一來，當我們需要用它刮掉嚴重的錯誤時，便能向全工匠坊立下警示作用，這把筆刀，現在在哪裡？處罰這類錯誤的儀式，如今還存在嗎？

我們也同意，蘇丹准許細密畫師在家工作，是一項錯誤的決定。我們回想起冬天傍晚，當我們在油燈和燭光下工作到眼睛痠疼時，御膳房會送來芳香甜美的熱哈發糕。我們含淚笑著回想起一位年老力衰的鍍金大師，因為雙手顫抖不止，無法再握筆或拿紙，但每個月都會來工匠坊探視，並且帶來一包女兒特地為我們學徒做的點心：浸飽糖漿的炸麵球。我們談論已故布拉克．曼密的精美畫作，他是奧斯曼大師前任的繪畫總督。他的葬禮過後幾天，人們進入他空蕩的屋裡，在他攤平做為午睡之用的薄床墊底下發現一捆卷宗，從裡面找到這些華麗的圖畫。

我們提出對哪幾幅圖畫引以為傲，而且如果手邊有複製版的話，會想隨時再拿出來欣賞，就像布拉克．曼密大師自己的收藏一樣。他們提起《技藝之書》中的一幅宮殿畫，畫面上半部的天空以金色塗料彩飾，預言著世界末日的到臨，然而營造出這股氛圍的並非金彩本身，而是高塔、圓頂和柏樹之間的色調變化——展現金彩使用的細膩精巧。

他們描述一幅我們崇高先知的肖像，天使從祂的腋下抓起祂，引領祂從叫拜樓頂升上天堂，先知的臉上露出昏惑和發癢的神情。圖畫的色彩晦暗，就連孩童們，乍見這個祝福的場景，也不免先因為虔誠的敬畏而顫抖，接著才恭敬地開懷大笑，好像自己被搔癢了。我則述說曾經為前任大宰相畫過一幅畫，紀念他弭平山區叛軍的功績；在頁面的邊緣，我戒慎恭敬地排列出被他砍下的頭顱，一顆顆畫得細膩而雅致。我並不把它們當成普通屍體的腦袋，而是依法蘭克肖像畫家的態度，勾勒出每一張獨一無二的臉孔，刻下他們死前深鎖的眉頭，染紅他們的脖子，描繪他們微啟的嘴唇質問著生命的意義，張開他們的鼻孔吸入最後一口絕望的空氣，最後，闔上他們殷盼塵世的雙眼。藉此，我為畫面注入一股神祕的恐怖氤氳。

我們依依不捨地討論彼此最喜愛的愛情與戰爭場景，回想它們令人驚豔而泫然欲泣的微妙含蓄，彷彿它們是我們難以忘懷卻又遙不可及的親身經歷。星夜下情侶幽會的隱祕花園浮現我們眼前：青蔥的樹木、璀璨的飛鳥、凝結的剎那……我們看見腥風血雨的戰場，真實得有如驚醒我們的惡夢：斬為兩半的軀體、戰馬的盔甲濺滿斑斑血跡、俊美的士兵彼此揮刀殘殺、纖手小口鳳眼的女子垂著頭站在虛掩的窗邊目睹整場殺戮……我們回想起那些高傲自大的漂亮男孩、那些英俊的沙皇與大汗，他們的權勢和宮殿早已在歷史中灰飛煙滅。如同這些沙皇們後宮中相擁而泣的嬪妃，如今我們明白，我們的生命正逐漸走入記憶。然而，我們是否也會像她們一樣，從歷史走入傳奇？不敢繼續往下想，再往下想只會加深恐懼的陰影，被世人遺忘的恐懼——甚至比死亡還要可怕——於是我們轉移話題，詢問彼此最欣賞的死亡場景。

第一幅閃過腦海的圖畫，是撒旦誘騙德哈克殺害自己的父親。根據《君王之書》最開始的描述，故事發生在世界初創的時代，凡事皆簡單明瞭，無需解釋。如果你想要羊奶，就去擠羊奶喝；如果你說「馬」，就騎上馬離開；如果你心中沉思「邪惡」，那麼撒旦就會出現，說服你殺死父親是件美妙的事。於是德哈克殺死了阿拉伯裔的父親模答斯，畫面優美，一方面因為過程單純，沒有掙扎；另一方面事件發生在夜晚一座華麗的宮殿花園，金色的星光溫柔地灑落青翠的柏樹和繽紛的花朵。

接著，我們回想傳奇的魯斯坦，他在不明就裡的情況下殺死了對戰三天的敵軍將領，然後才發現對方原來是自己的親生兒子蘇拉伯。魯斯坦看見對方的手臂上，戴著多年前他送給男孩母親的臂環，這時才認出眼前被自己的長劍砍得血肉模糊的敵人，竟是他的兒子，哀痛欲絕。魯斯坦悔恨地搥打自己的胸膛，畫中的情緒深深觸動我們每個人。

觸動我們的是什麼呢？

雨水繼續打在苦行僧修院的屋頂上，我來回踱步。突然間，我脫口而出下面的話：

「我們若不想被我們的父親奧斯曼大師出賣並殺害，那麼就得先下手為強。」

眾人陷入恐慌，因為我的話無可辯駁。我們沉默不語。我繼續踱步，心裡惶恐不已，擔心自己先前的好言好語都白費了，趕緊對自己說：「快說個阿發西亞謀殺細亞兀敘的故事來改變話題吧。可是故事是關於背信忘義，我怕不適合。那麼，談談胡索瑞夫的死吧。」好吧，不過，我是該講菲爾多西《君王之書》的版本呢，還是內札米在《胡索瑞夫與席琳》一書中的故事？《君王之書》的悲劇焦點，在於胡索瑞夫的哀痛頓悟，潛入他寢室的凶手竟是自己的兒子！胡索瑞夫孤注一擲，藉口說他想做最後的禱告，吩咐貼身僮僕去取水、肥皂、乾淨的衣服及膜拜墊。男孩不明白主人其實是派他去求救，反而天真地離開房間準備這些物品。等到房裡只剩下胡索瑞夫，凶手立刻反鎖房門。在《君王之書》最後的這個場景中，菲爾多西語帶厭惡地描寫被共犯看見正在殺人的這位凶手：他全身惡臭、毛髮濃密、大腹便便。

我來回踱步，腦子裡塞滿了話語。然而彷彿在夢中，我發不出半點聲音。

就在這個時候，我感覺到其他人正在低聲交談，說我的壞話。

他們猛然出手抓住我的雙腿，衝勁之大令我們四個人全摔在地上。一陣短暫的扭打掙扎之後，我被他們三人仰天壓倒在地板上。

其中一個人坐在我的膝蓋上，另一個人按住我的右臂。

布拉克跨坐在我身上，全身的重量緊緊壓住我的肚子和胸膛，並用雙膝釘住我兩邊的肩膀。我完全無法動彈。所有人都楞在原地不動，重重地喘氣。我腦中想起一段過去的事：

我已故的伯父有個流氓兒子，比我大兩歲，我希望他早在搶劫商旅隊時遭逮捕，已被砍頭。這頭嫉妒的禽獸，因為知道我的才識比他豐富又較聰明，總是隨便找藉口向我挑釁，不然就是堅持與我摔角。當他很快制伏我之後，會以同樣的方式把我壓倒在地，用膝蓋頂住我的肩膀。他會盯著我的眼睛，就像布拉克現在這樣，然後垂下一絲唾液，緩緩地對準我的眼睛，等待它一點一滴積聚。他非常享受觀看我把頭左甩右轉試圖躲避的掙扎。

布拉克叫我別想隱瞞：最後一幅畫在哪裡？快說！

我感到無比懊悔與憤怒，有兩個原因：第一，我先前說的一切全是白費唇舌，沒發現他們事先已經達成協議；第二，我沒有逃走，想像不到他們的妒意竟然強烈到這種地步。

布拉克恐嚇我，如果不交出最後一幅畫，就要割斷我的喉嚨。

多麼荒謬呀。我緊閉嘴唇，好像擔心如果自己張開口，事實就會順口溜出。某部分的我也了解自己已經無能為力。如果他們彼此達成協議，把我當成凶手交給財務總督，這麼一來他們就能逃過一劫。我唯一的希望只能仰賴奧斯曼大師，他或許會指出另一個嫌犯或另一條線索。可是話說回來，我能確定布拉克關於奧斯曼大師的說法都是正確的嗎？他可以先當場殺死我，之後再把罪名加在我身上，不是嗎？

他們拿匕首抵住我的喉嚨，我看到布拉克臉上立刻閃現一抹歡愉。他們打我一巴掌。匕首是不是割進了我的皮膚？他們又打我一巴掌。

我心中歸納出下面的邏輯：只要我保持沉默，一切都會安然無恙！這個想法給我力量。他們再也藏不住一個事實，自從當學徒那天起，他們始終嫉妒我。無庸置疑地，我，上色的手法最純熟，線條畫得最直，鍍色的作品最佳。他們的強烈妒意讓我深愛他們。我向我摯愛的弟兄們微微一笑。

其中一個人，我不想要你們知道是誰做出如此下流的行為，熱情地親吻我，好像在親吻渴求已久的情人。其他人把油燈拿到我們身旁，在燈光下觀察我們。對於我摯愛弟兄的親吻，我不得不以同樣的深吻回報。倘若我們逐漸逼近終點，至少讓大家知道我鍍色的工夫無人能比。找出我的圖畫，自己親眼瞧瞧。

他開始惱怒地毆打我，好像我的回吻激怒了他。不過旁邊的人制止他。一時間他們有點猶豫不決，他們之間的一段混亂讓布拉克頗感不悅。似乎他們並不是對我生氣，而是對自己未來的人生方向感到憤怒，因此，他們想向全世界復仇。

布拉克從腰帶裡抽出一樣物品：一根尖端銳利的長針。不假思索地，他把它拿到我面前，作勢要戳入我的眼睛。

「八十年前，大師中的大師，偉大的畢薩德，預見一切將隨赫拉特的陷落而終結。為了不讓任何人強迫他以另一種風格作畫，他光榮地刺瞎自己的雙眼。」他說：「他從容不迫地把這根帽針插入自己的眼睛，再拔出來。沒多久，真主的華麗黑暗緩緩降臨祂鍾愛的僕人，這位擁有神妙之手的藝術家。這根針隨著此時昏醉失明的畢薩德從赫拉特來到大不里士，後來沙皇塔哈瑪斯普又把它偕同著名的《君王之書》，當作禮物呈獻給蘇丹殿下的祖父。一開始，奧斯曼大師並不了解為什麼沙皇會送上這個物品，不過如今，他終於想通了這份殘酷禮物背後的邪惡意旨與正直道理。奧斯曼大師明白蘇丹殿下想擁有歐洲大師風格的個人肖像，也察覺愛如己子的你們全部背叛了他，於是，昨天深夜，在寶庫裡，他拿這根金針插入自己的雙眼——仿效畢薩德。現在，如果我刺瞎你，這個卑賤的傢伙，你毀掉奧斯曼大師費盡畢生血汗建立起來的工匠坊，如果我這麼做，怎麼樣？」

「不管你要不要刺瞎我，到最後，這裡都再也不會有我們的容身之處。」我說：「就算奧斯曼大師真的瞎了，或過世了，從此可以任意畫我們喜歡的，在法蘭克的影響下接納自己的瑕疵和特質，試圖追求擁有個人的風格，也許這麼一來會比較像自己，但那終究不是我們。不，就算我們堅持學前輩大師那樣繪畫，解釋說唯有如此我們才是真實的模樣，然而，蘇丹殿下，他甚至連奧斯曼大師都可以背棄，當然會找別人來取代我們。再也不會有人看我們的畫，別人對我們只有憐憫。咖啡館的遇襲更是在我們的傷口上撒鹽，因為事件的發生將有一半怪罪到我們細密畫家頭上，我們誹謗了受人敬重的傳道士。」

儘管我滔滔不絕地試圖說服他們，我們的內鬨將無益於自身，卻只是白費唇舌。他們根本不想聽我說話。他們驚慌失措。只要能在清晨之前趕快決定究竟誰有罪，管它是對是錯，如此一來他們確信自己就能獲救，免除嚴刑拷打；同時，與工匠坊有關的一切都將回復從前，朝未來延續下去，不會改變。

不過，另外兩人並不支持布拉克的恐嚇。假使後來查出凶手另有他人，而蘇丹殿下得知他們無緣無故刺瞎了我，那時該怎麼辦？他們既擔心布拉克與奧斯曼大師的親密關係，又懼怕他對大師的不敬態度。他們試圖拉開布拉克的手，移開布拉克在狂怒中堅持對準我眼睛的金針。

布拉克驚恐萬分，以為他們想奪走他手裡的金針，以為我們聯手對抗他。頓時一陣混亂。我只能努力把頭往上抬，避開逼近眼前隨時可能發生意外的金針搶奪戰。

事情來得太快了，一開始我甚至搞不清楚發生什麼事。我的右眼感覺到一陣銳利的短暫痛楚；我的前額猛然一麻。接著一切回復原來的樣子，然而恐懼已在我心底扎根。雖然油燈已被移到一旁，我依舊能夠清晰地看見面前的身影果斷地舉起金針，插入我的左眼。他才剛從布拉克手裡搶過金針，這次下手比之前更加小心翼翼。明白金針輕而易舉地穿透我的眼球時，我癱在地上無法動彈，只能任由同樣的燃燒痛楚襲來。前額的麻木似乎擴散至整個腦袋，不過，金針被抽出來後便停止了。他們輪流看了看金針，又看了看我的眼睛，彷彿不確定發生了什麼事。等眾人終於了解降臨在我身上的慘劇後，騷動停下來，壓住我手臂的重量也減輕了。

我放聲尖叫，近乎狂嚎。不是因為疼痛，而是出於戰慄，徹底領悟到他們對我做了什麼。一開始，我察覺哀號不僅使我略微平復，對他們也一樣。我的聲音拉近了彼此。

雖然這麼說，但是隨著我的尖叫持續不停，他們愈來愈緊張。我不再感覺任何疼痛，滿腦子所能想到的只是我的眼睛被針刺穿了。

我尚未失明。感謝上天我還看得見他們驚駭悲傷地注視著我，我還看得見他們的影子在修院天花板上茫然游移。我頓時覺得寬心，但又惶恐不安。「放開我。」我狂叫：「放開我，讓我再看一次這個世界，求求你們。」

「快點告訴我們，」布拉克說：「那天夜裡你怎麼會巧遇高雅．埃芬迪？說了我們就放開你。」

「我正從咖啡館要回家，倒楣的高雅．埃芬迪上前跟我攀談。他神智不清，而且非常激動。一開始我很可憐他。現在先放開我吧，等會兒我再仔細告訴你們。我的眼睛快要看不見了。」

「它們不會立刻失明。」布拉克語氣堅決：「相信我，奧斯曼大師刺穿了自己的眼睛後，還能夠辨識出裂鼻的馬。」

「不幸的高雅．埃芬迪說他想和我談談，因為我是他唯一信賴的人。」

如今我同情的不是他，而是我自己。

「如果你能在眼睛凝結血塊之前告訴我們，明天早上你就可以盡情觀看世界最後一眼。」布拉克說：

「是啊，雨勢已經減弱了。」

「我對高雅說：『我們回咖啡館去。』不過，我馬上察覺他不喜歡那裡，甚至害怕那個地方。這個時候我才第一次明白，和我們共同繪畫二十五年之後，高雅．埃芬迪已經與我們分道揚鑣，走上不同的道路。過去八、九年來，自從他結婚後，雖然仍常在工匠坊看到他，但我從來不知道他在忙些什麼……他告訴我，他見到了最後一幅畫，畫中蘊含的深重罪孽我們一輩子都洗刷不掉。他斷言我們每一個人最後都會下地獄遭受凌遲。他既激動又害怕，覺得自己無意中犯下異端邪說，恐慌得幾近崩潰。」

「什麼異端邪說？」

「當我問他同樣的問題時，他訝異地瞪大眼睛，好像在說：你的意思是說你不知道？這時我才明白我們的朋友老了很多，我們也一樣。他說，不幸的恩尼須帖在最後一幅畫中，厚顏無恥地使用了歐洲的透視法。畫中的物品不是依照它們在阿拉心中的重要性所繪，而是根據肉眼看見的形態——如同法蘭克人的畫法。這是第一道罪。第二道罪，則是把蘇丹殿下，伊斯蘭哈里發，畫成和一條狗等同大小。第三道罪，也是關於把撒旦描繪成相同的大小，甚至把他畫得模樣討喜。不過，比起這些，最嚴重的一道罪，也是在我們的繪畫中引進法蘭克技巧的必然結果，則是依照真人大小描繪蘇丹殿下的肖像，還畫出他臉上所有細節！正如偶像崇拜者的作為……或者，就好像基督徒畫在教堂牆壁上日夜膜拜的『肖像』一樣，那些無可救藥的異教徒，天生忍不住去崇拜偶像。這一點高雅．埃芬迪很清楚，畢竟你的恩尼須帖告訴過他許多關於肖像畫的事，於是他深信肖像畫是最嚴重的罪孽，並且將導致穆斯林繪畫的滅亡。我們一面走下街道，高雅一面跟我解釋這些話，我們沒有去咖啡館，因為他宣稱店裡的人誹謗崇高的傳道士．埃芬迪及我們的宗教。走著、走著，偶爾他會停下來尋求我的支持，問我這一切到底是否正確，有沒有任何解決的方法，我們是不是逃不過地獄酷刑。他不時突然悔恨交加地搥打胸脯，然而我絲毫不為所動。他是個假裝後悔的大騙子。」

「你怎麼知道？」

「我們從小就認識高雅．埃芬迪。他是個整齊、安靜、平凡、無趣的人，和他的鍍金作品一樣。當時站在我面前的人，看起來甚至比我們認識的高雅還要遲鈍、天真、虔誠，也更為膚淺。」

「我聽說他後來與艾祖隆教徒走得很近。」布拉克說。

「沒有一個穆斯林會因為無意間犯了一個罪，就感到如此內疚折磨。」我說：「一位虔誠的穆斯林曉得真主是公正而明理的，祂會分辨僕人的內心真意。只有腦袋像豆子的白痴，才可能相信不小心吃到一口豬肉就得下地獄。總之，一位真正的穆斯林明白，打入地獄的恐嚇是用來嚇別人的，而不是針對自己。高雅．埃芬迪就是故意這麼做，你們懂吧，他想嚇唬我。教他可以這麼做的人正是你的恩尼須帖，當時我恍然大悟。現在，老實告訴我，我親愛的畫師弟兄們，鮮血是不是已經在我眼裡凝結，我的眼睛是不是失去了顏色？」

他們把油燈拿到我臉旁，凝神觀看，露出外科醫生般的關心和同情。

「看起來毫無改變。」

難道這三個緊盯著我瞧的人，將是我在世上看到的最後一幕？我知道自己到死都不會忘記這一刻。接著我說出下面的話，因為除了後悔之外，我仍懷抱一線希望：

「你的恩尼須帖故作神祕，好讓高雅．埃芬迪察覺自己涉入某件禁忌計畫。他遮住最後一幅畫，只向每個人顯露特定的一小部分，要我們在那裡作畫。他故意為這幅畫營造祕密的氣氛。異端邪說的恐懼根本是恩尼須帖一手灌輸進去的。最先散布褻瀆之罪的想法，造成眾人躁動恐慌的人，是他，而不是那些一輩子沒看過手抄繪本的艾祖隆信徒。究竟，一位良心清白的藝術家何需懼怕？」

「當今時代，一位良心清白的藝術家必須害怕的事情可多了。」布拉克自以為是地說：「的確，沒有人可以反對裝飾藝術，但是圖畫為我們的信仰所禁止。過去波斯大師的插畫，甚至赫拉特偉大畫師們的經典作品，因為終究被視為頁緣裝飾的延伸，不會有人反對。人們認為它們的功用在於加強文章之美與書法之雅。而且，老實說，誰會去看我們的飾畫？然而，當我們開始使用法蘭克的技法後，我們的繪畫變得不再著重裝飾花紋或繁複圖案，而更接近簡單明瞭的圖像。這正是榮耀的古蘭經禁止、我們的先知反對的行為。蘇丹殿下與我的恩尼須帖都非常了解這個道理。我的恩尼須帖便是因此遇害。」

「你的恩尼須帖被殺的原因，是因為他害怕了。」我說：「就像你一樣，他開始聲稱手邊正在進行的最後一幅畫，並沒有違逆宗教或聖書……剛好給艾祖隆教徒一個好藉口，長久以來，他們一直焦急地尋找任何違逆宗教的證明。高雅．埃芬迪與你的恩尼須帖是一對完美搭檔。」

「而殺死他們兩人的傢伙就是你，是不是這樣？」布拉克說。

剎那間我以為他會揍我，但在短短的片刻，我也知道關於恩尼須帖的遇害，美麗莎庫兒的新丈夫實在沒什麼好抱怨的。他不會打我，就算當真動手，對我而言也不再有任何差別了。

「蘇丹殿下渴望編輯一本受到法蘭克藝術家影響的手抄本，彰顯他的威勢。」我執拗地繼續說：「事實上，你的恩尼須帖的企圖也不減於蘇丹，他想製作一本具爭議性的書籍，內容隱含禁忌，滿足他個人的驕傲。他在旅行途中看到法蘭克大師的繪畫，不禁感到一股卑躬屈膝的敬畏，於是深深迷戀上這種藝術風格，一天到晚向我們吹噓——你一定也聽過那一大堆透視法和肖像畫的胡扯。如果你問我，我會說我們的書裡沒有半點褻瀆或不敬……他自己清楚得很，所以才假裝在編輯一本禁忌之書，滿足個人的虛榮……

能夠在蘇丹親自首肯下領導如此危險的工作，其中的意義對他而言不下於法蘭克大師的圖畫。沒錯，如果當初我們作畫的意圖是為了公開展示，那麼或許真的有褻瀆的意味。然而，書中沒有任何一幅畫讓我覺得它牴觸宗教、背棄信仰、不敬，或甚至有一絲一毫的禁忌。你們有這些感覺嗎？」

我的視力在不知不覺中慢慢消失，還好感謝上天，我仍然依稀可以看出我的問題讓他們楞住了。

「你們不確定，對不對？」我洋洋得意地說：「即使你們暗中相信我們繪製的圖畫中，隱含汙蔑的痕跡或褻瀆的陰影，也不願意接受這個想法，更不會說出來，因為如此一來，等於親手把證據交給指控你們的艾祖隆信徒等宗教狂熱份子。另一方面，你們也無法大聲宣稱自己如初降的新雪般純潔無瑕，因為這麼一來，意謂必須放棄令人目眩神迷的驕傲，放棄那種參與一項隱匿、神祕、禁忌行動的沾沾自喜。我後來才發現自己這種行為很做作。你們知道我是如何察覺的嗎？當我半夜帶可憐的高雅．埃芬迪到這間苦行僧修院的時候！我藉口說在路上走這麼久快凍僵了，帶他來這裡。事實上，我很高興向他展示我是一個自由思考的卡連德里懷舊人士，甚至，我渴望成為一位卡連德里。我想讓高雅知道我是苦行僧教派的殘餘追隨者，這個教派奉行雞姦、吸食大麻、流浪等各種離經叛道的行為。我以為等他發現這個事實，會更加害怕並尊敬我，從此嚇得不敢再到處亂說話。可惜人算不如天算，結果正好相反。我們弱智的童年友伴憎惡這個地方，並且很快認定，各種有關你恩尼須帖的褻瀆指控都千真萬確。所以，我們摯愛的學徒同儕，本來還哀求著：『幫助我，告訴我，我們不會下地獄，讓我今晚睡得安穩。』卻轉為用一種全新的恐嚇語氣強調：『一切終歸是邪惡。』他堅信艾祖隆的教長傳道士將得知，我們在最後一幅畫中悖離了蘇丹殿下原初的命令，屆時殿下也絕不會容忍此等罪行。要說服他一切都是子虛烏有是不可能的。他將向傳道士的昏庸追隨者全盤托出，誇大恩尼須帖的荒誕思想、公然冒犯宗教，以及把魔鬼畫成迷人的模樣等等，而他們自然會相信他的每一句無稽之談。不用我多說，你們也知道，自從成為蘇丹殿下眼前的寵兒之後，不只藝術家，整個工藝匠社群對我們都又羨又嫉。如今他們將幸災樂禍地異口同聲道：『細密畫家們已經陷入異端邪說。』不僅如此，恩尼須帖與高雅．埃芬迪之間的合作更證明了大家的誹謗是正確的。我之所以說『誹謗』，是因為不相信我的弟兄高雅針對這本書及最後一幅畫的指控。就算當時，我也不能容忍有人指責你已故的恩尼須帖。我認為蘇丹殿下放棄奧斯曼大師，轉而偏愛恩尼須帖．埃芬迪，是頗為正當的抉擇。我甚至相信（儘管不到同樣狂熱的地步），恩尼須帖口沫橫飛對我描述的法蘭克大師和其藝術技巧。過去，我曾經深信不疑，認為我們鄂圖曼藝術家可以隨心所欲地採用法蘭克的技法，或者前往國外參觀學習，信手捻來，沒有困難——無需與魔鬼交易，也不會為自己招來災禍。未來的日子光明可盼。你的恩尼須帖，願他安息，取代了奧斯曼大師，成為我的新父親，引導我走向新的生活。」

「我們先別討論這一點。」布拉克說：「先描述你是如何謀殺高雅的。」

「這樁事件，」我說，察覺自己說不出「謀殺」兩個字：「我幹下這樁事件，不只是為了拯救我們，更是為了拯救整個工匠坊。高雅．埃芬迪明白自己提出一個有威力的恐嚇。於是我祈禱全能的真主，懇求祂給我一個暗號，向我證明這個混蛋究竟卑鄙到什麼程度。我的祈禱應驗了，我告訴高雅願意給他錢，他露出貪婪的眼神，真主讓我看清了他醜陋的真面目。這些金幣是我靈機一動想出來的，其實我在撒謊。我說金幣不在修院，被我埋在別的地方。於是我們出門。我帶著他穿越空曠的街道和荒涼的區域，腦中毫無頭緒究竟要走去哪裡。我不曉得自己在幹嘛，走著、走著，心裡愈來愈怕。漫無目標地晃了一圈後，我們回到一條先前走過的街道。這時，我們的弟兄高雅．埃芬迪，一輩子鑽研形式和重複的鍍金師，開始起疑。幸好真主賜予我一片祝融肆虐後的空曠廢墟，以及不遠處，一口枯井。」

說到這裡，我知道自己再也說不下去，也向他們坦白：「如果你們在我的處境，也會為了拯救所有藝術家弟兄們，做出同樣的事情。」我自信滿滿地說。

聽見他們附和我時，我的淚水幾乎奪眶而出。我原本想說這是因為他們的關愛，我根本配不上，軟化了我的心，但不是。我原本想說這是因為我再次聽見身體重擊井底的聲響，在我殺了他拋入井裡時轟然響起，但不是。我原本想說這是因為我回想起成為殺人凶手前的快樂生活，我曾經和大家一樣，但不是。一個影像浮現心底，童年時經常出入我們鄰里的瞎眼老人：每當他出現時，我們這些小孩總是站在遠處的飲水池邊觀望他。他會從汙穢的衣服裡拿出一只骯髒的長柄鐵杯，然後呼喚我們：「我的孩子，誰能幫一個瞎眼老頭，拿這只水杯去池子裡舀點水？」沒有人幫他時，他會說：「好心有好報啊，我的孩子！」他眼珠的虹膜早已褪去了顏色，幾乎和他的眼白混成一片。

想到自己將會像這位瞎眼老人，我的心情激動難耐，飛快地供出殺害恩尼須帖·埃芬迪的過程，毫不加油添醋。我對他們既沒有太誠實，也沒有太保留：我找到一個中庸之道，讓自己不至於太激動，也讓他們相信我當初到恩尼須帖家中並非為了殺他。我希望澄清這不是蓄意謀殺。我一面設法說服自己：「若一個人心中不存惡意，絕不會下地獄。」一面向他們解釋其中的意圖：

「把高雅·埃芬迪交給阿拉的天使之後，」我深思熟慮地說：「往生者臨終時對我說的一席話開始囓蝕我的心。導致我雙手染血的最後一幅畫，黑壓壓地籠罩腦海，於是，我決心看它一眼。我去找你的恩尼須帖，這些日子來他再也不召喚我們任何人去他家中。見到我之後，他不僅拒絕展示那幅畫，甚至表現出沒什麼好大驚小怪的態度。他嗤之以鼻，根本沒有哪幅畫或其他什麼神祕到會促成謀殺！為了阻止他的繼續羞辱，也為了引起他的重視，我向他坦白殺死高雅·埃芬迪並棄屍井底的人就是我。是的，接著他才對我認真起來，但還是一樣繼續羞辱我。一個羞辱自己兒子的人怎麼配得上當父親？偉大的奧斯曼大師或許會向我們發火、責打我們，但他從不曾羞辱我們。噢，我的弟兄們，我們背叛他真是大錯特錯。」

我對我的弟兄們微笑，他們全神貫注望著我的眼睛、聆聽我說話，好像我快死了。如同一個瀕死之人，我看見他們的身形逐漸模糊，離我遠去。

「我殺死你的恩尼須帖有兩個原因。第一，因為他無恥地逼迫偉大的奧斯曼大師去模仿威尼斯藝術家塞萬提歐；第二，因為我一時軟弱，降低姿態問他我是否擁有個人風格。」

「他怎麼回答？」

「似乎我確實擁有個人風格。當然，從他嘴裡說出這句話，絕非侮辱。我記得自己在羞愧之中思考著，這是否真的是讚美：雖然我認為風格代表了無師承和不光榮，但心中的疑慮不停啃蝕我。我不想要有任何風格，可是，魔鬼卻在一旁搧風點火，使我好奇極了。」

「每個人暗地裡都渴望擁有個人風格。」布拉克機伶地說：「甚至每個人都渴望擁有自己的肖像，就像蘇丹殿下一樣。」

「難道抗拒不了這種誘惑的折磨？」我說：「等這場浩劫散播開來，任誰都沒有能力阻擋歐洲人的技法。」

然而，沒有人在聽我說話。布拉克正在講述一個故事，一位憂愁的土庫曼酋長因為魯莽地向沙皇的女兒示愛，結果被放逐到中國十二年。雖然十二年來對愛人朝思暮想，但由於沒有她的肖像，他終究在眾多中國佳麗間遺忘了她的容顏。他的相思之苦轉變成為阿拉賜予的試煉。

「多虧了你的恩尼須帖，我們全都明瞭『肖像』的意思。」我說：「真主祝福，希望有一天，我們能無憂無懼地敘述自己一生的故事，呈現我們最真實的生活樣貌。」

「所有寓言都是大家的寓言。」布拉克說。

「所有繪畫也都是真主的繪畫。」我接下去，替他講完赫拉特詩人哈地非的詩句：「可是，隨著歐洲技法的散播，人們將會推崇藝術家以親身經歷般的技巧，講述別人的故事。」

「這必然是撒旦的旨意。」

「現在放開我，」我大叫：「讓我再看世界最後一眼。」

他們嚇壞了，我心裡湧上一股新的自信。

「你會拿出最後一幅畫嗎？」布拉克說。

我斜睨了布拉克一眼，他立刻明白我會這麼做，於是放開我。我的心臟開始狂跳。

我確信你們早已發現我始終努力隱藏的身分。即便如此，不要訝異我仍然仿效赫拉特前輩大師的作風，他們藏匿自己的簽名不是為了隱瞞身分，而是出於原則及對自己老師的尊敬。我難掩興奮地跨步穿越修院的漆黑房間。我提著油燈，替自己黯淡的影子開路。難道黑暗的簾幕已經開始蓋住我的雙眼了嗎，還是這裡的房間和走廊真的這麼黑？我還剩多少時間，幾天，幾星期，才會完全失明？我與我的影子在廚房的鬼魅中停下腳步，從一個骯髒櫥櫃的乾淨角落拿出畫紙，接著轉身回去。布拉克跟在我身後以防萬一，但忘了帶他的匕首。我是不是，也許，該考慮在自己失明之前，撿起匕首刺瞎他的眼睛？

「我很慶幸自己能在失明之前再看它一眼。」我高傲地說：「我也希望你們都能看看它。這裡。」

在油燈的光芒下，我向他們攤開最後一幅畫。這幅畫，是我殺死恩尼須帖後從他家搜出來的。一開始，我觀察他們望向跨頁圖畫時的表情，好奇又膽怯。接著我繞到他們身後，加入他們。凝視著圖畫，我全身微微顫抖。眼睛的刺痛，或是一陣倏然的狂喜，使我頭暈目眩。

雙頁畫紙上，我們過去一年在各個角落繪製的圖畫——樹、馬、撒旦、死亡、狗和女人，依照恩尼須帖看似拙劣的新構圖技法，大小不一，排列於畫面中，四周再框以死去的高雅·埃芬迪的頁緣鍍金；整體看起來，感覺好像我們不再是望著一本書裡的一幅畫，而是望出一扇窗戶，看向窗外的世界。在這個世界的中央，原本應該放上蘇丹殿下的位置，是我自己的肖像。我驕傲地端詳它一會兒。我不是非常滿意這幅肖像，因為我已經花費了好幾天時間，對著鏡子擦掉又重畫，還是達不到栩栩如生的效果。不過，我仍感到難以言喻的狂喜，因為在圖畫中，我不只是位於廣大世界的正中央，而且基於某種奧妙而邪惡的理由，我看起來比真實的自己更為深沉、複雜而神祕。我只希望我的藝術家弟兄們能體會、了解、分享我的無限欣慰。我不但是萬物的中心，好像一位蘇丹或國王，同時又是我自己。如此的處境一方面滿足我的自傲，另一方面增加我的尷尬。慢慢地，這兩種對立的情緒終於互相平衡，我平靜下來，盡情享受圖畫帶來的暈眩快感。不過我也知道，若要這股快感臻至頂點，我必須徹底呈現臉上和衣服上的每一個痕跡、所有皺紋、陰影、痣和疣，從我的鬍髭到衣服縫線的種種細節，所有的顏色和明暗，都必須精雕細琢到最瑣碎的細節，細膩到只有法蘭克畫家的技巧才能呈現。

我在昔日夥伴的臉上察覺到恐懼、昏惑，以及吞噬我們全體的必然情緒：嫉妒。對於一個深陷罪惡泥沼的人，除了感到憤怒的憎惡，他們也羨嫉不已。

「好多個夜晚，當我來到這裡，在油燈的光芒下凝視這幅畫時，第一次感覺到真主已經遺棄了我，孤獨中只有撒旦與我為友。」我說：「我知道即使真的身處世界的中心——每當看見這幅畫，我都再次確定這是我的願望——即使畫中瀰漫的紅色燦爛輝煌，即使所有鍾愛的事物都圍繞身旁，包括我的苦行僧夥伴與貌似美麗莎庫兒的女人，就算擁有這一切，我依舊孤獨。我不怕擁有特質或個人風格，也不怕別人彎腰低頭崇拜我；恰好相反，我渴望得到這些。」

「你是說你毫無悔意？」鸛鳥的語氣好像剛聽完星期五的講道。

「我能感覺到心中的魔鬼不是因為殺了兩個人，而是我畫出如此的肖像。我懷疑我之所以殺死他們，其實是為了創作這幅畫。可是如今，孤獨之感讓我恐懼。如果一位細密畫家去模仿法蘭克大師，卻又無法達到他們的精湛，只不過會更像個奴隸。現在的我想盡辦法逃離這個陷阱。當然，你們都知道：總而言之，我殺死他們兩人，是為了讓工匠坊像從前一樣延續下去，阿拉必定也知道這一點。」

「你的行為只替我們帶來更大的麻煩。」我摯愛的蝴蝶說。

蠢蛋布拉克還在看畫，我猛然一把抓住他的手腕，用盡全力，把指甲掐入他的肉裡。我憤怒地扭轉他的手腕。怯生生握在他手裡的匕首掉了下來，我從地上一把搶過來。

「只不過現在，你們不能用把我交給劊子手這個辦法，來解決你們的麻煩。」我說。我把匕首的尖端舉到布拉克臉前，作勢要戳他的眼珠。「把帽針給我。」

他用空出來的手拿出金針，遞給我。我把它塞進腰帶。我狠狠盯著他羔羊般的眼睛。

「我同情美麗的莎庫兒，因為她別無選擇，只能嫁給你。」我說：「如果我沒有被迫殺死高雅．埃芬迪，拯救你們大家免於毀滅，她早已嫁給我，過著幸福快樂的生活。的確，我最透徹了解她父親告訴我們的歐洲畫家故事。現在仔細聽我想對你們說的最後一句話：對我們這些想靠技藝和尊嚴為生的細密畫師而言，伊斯坦堡再也沒有我們的容身之處。沒錯，我終於看清了事實。就算我們降低身分模仿法蘭克大師，遵循故恩尼須帖和蘇丹殿下的旨意，也會綁手綁腳，不只是因為有像艾祖隆教徒或高雅．埃芬迪這些人的阻礙，也因為我們內心不可避免的怯懦，使得我們窒礙難行。就算順從魔鬼的左右，堅持下去，棄絕過去所有傳統，企圖追求個人的風格和歐洲的特色，一切仍是白費力氣，我們終究會失敗，正如我費盡畢生能力和知識，還是畫不出一幅完美的自畫像。這幅甚至一點也不像我的粗糙自畫像，告訴我一件我們都心知肚明但始終不願承認的事實：法蘭克人的嫻熟技巧需要經過好幾世紀的磨練。如果屆時恩尼須帖．埃芬迪的書完成了，送到威尼斯畫師手中，他們看了一定會輕蔑地冷笑，而威尼斯總督也將附和他們的奚落，別無其他。他們會嘲諷鄂圖曼人放棄身為鄂圖曼人，並且從此不再害怕我們。如果我們能繼續依循前輩大師的道路，該有多好！可是沒有人想要，高貴的蘇丹殿下不要，布拉克．埃芬迪也不要——憂鬱的他渴望擁有一張寶貝莎庫兒的肖像。這麼一來，你們終其一生只能乖乖模仿歐洲人！在你們的贗品畫上驕傲地簽下自己的名字。赫拉特的前輩大師試圖描繪真主眼中的世界，為了隱藏個人的身分，他們從不簽名。相反地，你們為了隱藏自己欠缺個人特色，不得不在畫上簽名。然而，有另一條出路。你們大概都接到徵召了，只不過一直瞞著我：印度斯坦的蘇丹阿克巴，最近正以高金禮聘全世界最優秀的藝術家，美言勸誘他們投效他的宮殿。很顯然，慶賀伊斯蘭曆第一千年的紀念手抄本，將不是由伊斯坦堡編纂，而會來自阿格拉[40]的工匠坊。」

「一位藝術家非得先殺過人，才可能像你一樣高高在上嗎？」鸛鳥問。

「不，他只需要最具天賦和才華就夠了。」我不假思索地回答。

遠處，一隻驕傲的小公雞啼了兩聲。我收好我的包裹、金箔、標準圖式手冊，把我的插畫放入卷宗夾。我心想或許可以用抵住布拉克喉嚨的匕首，一個一個殺死他們，然而，我對童年的朋友充滿了感情，包括拿帽針刺入我眼睛的鸛鳥。

蝴蝶站起身，我朝他叱喝一聲，嚇得他跌坐回去。確信自己能安全逃離修院後，我快步走向大門。跨出大門前，我急躁地吐出準備好的臨別箴言：

「如今我逃離伊斯坦堡，就好像當初伊本·沙克在蒙古的占領下逃離巴格達。」

「若是這樣，你應該前往西方而不是東方。」嫉妒的鸛鳥說。

「東方和西方都是真主的。」我學已故的恩尼須帖用阿拉伯語說。

「但東方是東方，西方是西方。」布拉克說。

---

40 編注：阿格拉（Agra），印度古城，泰姬瑪哈陵所在地。

「藝術家不該屈服於任何形式的支配。」蝴蝶說：「他應該畫他認為適合的，無需擔憂是東方還是西方。」

「完全正確，」我對摯愛的蝴蝶說：「請接受我一吻。」

我才朝他跨出兩步，盡忠職守的布拉克已經撲向我。我的一隻手裡拿著裝滿衣服和金箔的布包，另一隻手的手臂下則夾著裝有圖畫的卷宗。太過小心保護我的物品，以致於我忽略保護自己。我眼睜睜地讓他抓住我拿著匕首的手臂。不過他也沒那麼好運，他絆到一張矮工作桌，陡然失去平衡。結果他不但沒能控制住我的手臂，反而整個人倚著它才不致跌倒。我用盡全力踹他，咬他的手指，掙脫他的掌握。他哀號著，怕我殺了他。接著，我一腳踩上他剛才抓住我的手，他痛得慘叫。我朝另外兩人揮舞匕首，大吼：

「不准動！」

他們坐在原地沒有動。我把匕首的尖端戳進布拉克的鼻孔，仿效傳說中刻卡夫斯的作法。當鮮血開始滲出時，他求饒的眼睛流下痛苦的眼淚。

「現在告訴我，」我說：「我會失明嗎？」

「根據傳說，有些人的眼睛會凝結血塊，有些人不會。如果阿拉讚賞你的藝術成就，祂將賜予輝煌的黑暗，帶你到祂的國度。若是如此，你所看見的將不再是這個醜陋的世界，而是祂眼中的燦爛景色。如果祂不讚賞你，則你將繼續像現在這樣看見世界。」

「我將在印度斯坦發揮我真正的藝術成就。」我說：「我現在才要開始進行給阿拉評斷的圖畫。」

「你別抱太大的幻想，以為自己能夠擺脫法蘭克的影響。」布拉克說：「你知不知道阿克巴汗鼓勵他所有藝術家在作品上簽名？葡萄牙的耶穌會教士早已把歐洲的繪畫和技法引進了那裡，如今它們遍布各地。」

「一位堅持純正的藝術家，總會有人需要，也一定能找到庇護。」我說。

「是啊，」鸛鳥說：「瞎了眼逃到不存在的國家。」

「為什麼你一定要堅持純正？」布拉克說：「和我們一起留下來吧。」

「因為你們將畢盡餘生仿效法蘭克人，只希望藉此取得個人風格。」我說：「但正是因為你們仿效法蘭克人，所以永遠不會有個人風格。」

「我們無能為力。」布拉克恬不知恥地說。

當然了，他唯一的快樂來源不是藝術成就，而是美麗的莎庫兒。我把染血的匕首從布拉克血流如注的鼻孔中抽出，對準他的頭高高舉起，像一個劊子手舉刀準備砍下死刑犯的腦袋。

「只要我願意，可以當場砍斷你的脖子。」我說，這是顯而易見的事實：「但是為了莎庫兒的孩子和她的幸福，我打算饒你一命。好好善待她，不准糟蹋或忽視她。向我保證！」

「我向你保證。」他說。

「我特此賜予你莎庫兒。」我說。

然而我的手臂卻不聽使喚，自顧自地行動，握緊匕首使勁朝布拉克砍下。最後那一瞬間，一方面因為布拉克動了，一方面我中途轉向，匕首砍入他的肩膀，而不是脖子。驚駭中，我望著我的手臂幹下的好事。整支匕首插入布拉克的肉裡，只露出刀柄。我拔出匕首，傷口頓時綻放一朵豔紅。我為自己的行為感到既羞慚又恐懼。但是，如果上船到了阿拉伯海後失明，我知道屆時再也沒有機會對任何一位細密畫家弟兄報仇。

鸛鳥害怕接下來輪到他，聰明地逃進漆黑的內室。我高舉油燈追上去，但是馬上感到膽怯而轉身回來。最後，在向蝴蝶道別、離開他之前，我吻了他。可惜瀰漫在我們之間的濃稠血腥味，讓我無法盡情吻他。不過，他注意到淚水從我眼中滑落。

我離開修院，留下一片死寂，穿插著布拉克的呻吟。我幾乎用跑的，逃離泥濘濕滑的花園及黑暗的街坊。帶我前往阿克巴汗工匠坊的帆船，將在晨禱的召喚之後出航，我必須及時趕到帆船碼頭，搭乘最後一艘駛往帆船的划艇。我大步快跑，淚水從眼中奔流而下。

當我像個賊穿越阿克薩瑞時，隱約可見地平線泛出第一道天光。我第一個行經的公共飲水池對面，在交錯的小巷、窄道和牆壁間，是我二十五年前第一天抵達伊斯坦堡時居住的石屋。透過微掩的庭院大門，我再度瞥見那口井，曾經有一個深夜，我差點在罪惡感的驅迫下朝它縱身一躍，因為十一歲的我，居然尿濕了一位慷慨好客的遠親為我鋪設的床墊。等我來到巴耶塞特，只見周圍所有店鋪全都肅然而立，迎接我和我淚濕的眼睛：鐘錶店（我時常拿故障的時鐘來這裡修）、賣瓶瓶罐罐的店（我從店裡購買沒有花紋的水晶燈、蛋奶杯和小瓶子，帶回去在上面繪飾花草圖案，再偷偷賣給富商），以及公共澡堂（因為它很便宜，人又很少，有一陣子我很習慣往那邊跑）。

焦黑一片的咖啡館廢墟附近沒有半個人，美麗的莎庫兒和她的新丈夫——此時此刻他可能正在垂死掙扎——居住的房子裡也沒有人。我衷心祝福他們幸福美滿。自從雙手染血後，這些日子來每當我在街上遊蕩，伊斯坦堡的每一條狗、每一棵蔥鬱的樹木、每一扇百葉窗、每一支黑煙囪、每一個鬼魂，以及每一位辛苦、憂鬱、早起趕到清真寺參加晨禱的路人，瞪著我的眼神總是充滿憎惡。然而，自從供出罪行，並決心拋棄這座唯一熟悉的城市後，他們全都投給我友善的目光。

經過巴耶塞特清真寺後，我站在海岬邊望著金角灣：地平線上方逐漸亮了起來，但水色依舊深黑。兩艘漁船、捲起船帆的貨船和一艘廢棄的遠洋帆船，在看不見的波浪中上下起伏，一再要求我不要離開。奪眶而出的淚水，是由於金針的刺痛嗎？我告訴自己去夢想在印度斯坦的未來，我的才華將創造出多麼輝煌的作品，我將因此享受多麼輝煌的生活！

我離開馬路，穿越兩座泥濘的花園，來到一間綠樹圍繞的老舊石屋下。當我作學徒時，每個星期二會來到這間屋子迎接奧斯曼大師，然後扛著他的包袱、卷宗、筆盒及寫字板，以兩步的距離跟在他身後，一起前往工匠坊。這裡完全沒變，除了院子裡和路旁的梧桐樹濃密了許多，高大的樹木帶給房子和街道一股莊嚴、權力及財富的氣氛，讓人回想起蘇里曼蘇丹寄居此地的時光。

由於通往港口的路不遠，在魔鬼的誘惑下，我滿懷興奮，忍不住想再看一眼讓我度過四分之一世紀歲月的工匠坊及它壯麗的拱廊。我沿著從前作學徒時跟隨奧斯曼大師行走的路徑：走下春天時瀰漫菩提花幽香的射手街、經過大師買圓肉餡餅的麵包店、爬上兩旁排列著乞丐和榅桲樹及栗樹的山坡、穿越百葉窗緊閉的新市場、大師每天早上問候的理髮師、行經夏天時賣藝人搭帳篷表演的空曠平地、走過氣味難聞的單身漢公寓、鑽過霉味濕重的拜占庭拱廊、來到亞伯拉罕帕夏的宮殿和盤繞著三條蛇的石柱（我畫過它上百遍）、經過一棵梧桐樹（我們每次都用不同的方法描繪它）、穿入競技場、走進栗樹和桑樹的綠蔭裡，每天早晨，枝葉中總是擠滿了撲翅亂飛、高聲啁啾的麻雀和喜鵲。

工匠坊的厚重大門緊閉。入口處或上方的拱頂迴廊下，都見不到半個人影。房子旁邊有幾扇以百葉窗遮蓋的小窗，以前我們作學徒的時候，每當工作得窒悶無聊，總會望出窗戶，盯著外頭的樹木發呆。然而我只來得及抬頭瞥了一眼，就被人叫住。

他的聲音尖銳刺耳。他說我手裡那把染血的紅寶石柄匕首是他的，他的姪兒席夫克與莎庫兒共謀從他家裡把它偷走。我手裡的匕首清楚證明了我是布拉克的同黨，昨天夜裡闖入他家綁架了莎庫兒。這個傲慢、狂怒、聲音尖銳的男人知道布拉克有一些畫家朋友，所以來到工匠坊圍堵他們。他揮舞著一把泛著奇異紅光的閃亮長劍，暗示他有許多恩怨必須跟我算帳，無論究竟是什麼。我本想告訴他其中必有誤會，卻看見他臉上失控的憤怒。他的眼神告訴我，他隨時會猛然揮劍殺死我。我多麼想說：「求求你，住手。」

可是他已經出手了。

我甚至還來不及舉起我的匕首，只是抬高拿著布包的那隻手。布包落地。一氣呵成，動作流暢而毫無窒礙。長劍首先砍入我的手，接著貫穿我的脖子，切斷我的腦袋。

我可憐的身體往前踉蹌了兩步，留下身後茫然困惑的我；我的手笨拙地揮舞匕首；我孤零零的身體往旁一歪，癱倒在地；鮮血從脖子噴濺而出。看見眼前的景象，我才明白自己被砍頭了。我可憐的腳，渾然不覺有異，仍繼續走動，像垂死馬匹的腿無助地踢向空中。

我的腦袋跌落在泥濘的地上，從這裡，我看不到我的凶手，也看不到我的圖畫和塞滿金箔的布包，我的心思仍緊抓住它們不放。它們都在我身後，朝向下坡的方向，通往我永遠抵達不了的海洋與帆船碼頭。我再也無法轉頭看它們一眼，或整個世界。我拋開它們，任憑我的思緒帶我離開。

被砍頭前的一瞬間，我腦海中閃過的是：船即將駛離港口了。一個催促我趕快的命令竄入心裡，就好像小時候母親催我「快一點」。母親，我的脖子好痛，全身動彈不得。

這就是人們所謂的死亡。

不過我知道我還沒死。我穿孔的瞳孔僵止不動，但透過張開的眼睛，我依舊可以看得很清楚。從地面高度望出去的景象，令我著迷：街道微微往上傾斜延伸，牆壁、拱廊、工匠坊的屋頂、天空……圖畫就這樣愈遠愈模糊。

眼前的這一刻似乎永無終止，我發現觀看竟成為一種記憶。我想起以前接連好幾小時凝視一幅美麗圖畫時，內心的想法：如果凝視得夠久，你的心靈會融入畫中的時間。

所有歲月全部凝結在當下這一刻。

彷彿將不會有人打擾我，等我的思想褪去之後，汙泥覆蓋的頭顱將繼續凝視這片引人愁思的斜面、石牆、咫尺天涯的桑樹與栗樹，日復一日，年復一年。

這永無止境的等待突然間不再令人嚮往，反而變得極端痛苦而冗長，我只渴望能夠結束這一刻。

59 我，莎庫兒

布拉克把我們藏在一個遠親的房子裡，我在那裡度過了失眠的一夜。躺在床上，依偎著哈莉葉和我的孩子，伴著鼾聲及咳嗽聲斷斷續續睡了又醒。在起伏的夢境中，我看見四肢被砍斷又隨便重組的怪物和女人們緊追著我不放，一再把我驚醒。黎明將臨時，我在寒意中醒來，替席夫克和奧罕蓋好棉被，摟了摟他們，親吻他們的小腦袋。我懇求阿拉賜予我美夢，如同我住在先父的屋頂下那段幸福歲月中，平靜夜裡的甜美夢境。

然而我再也無法入睡。晨禱過後，從狹窄、陰暗的屋裡透過百葉窗望出街道，我看見了過去在美夢中反覆出現的景象：一個鬼魅般的男人，傷痕累累，筋疲力竭，高舉一根木棍當作寶劍揮舞，踩著熟悉的步伐殷切地走向我。每次在夢中看見這個景象，正當要衝上去擁抱他時，我總會驚醒，淚流滿面。當我認出街上的男人是布拉克時，夢中永遠發不出的叫喊脫口而出。

我衝過去開門。

他的臉被打得腫脹瘀青。他的鼻子血肉模糊。一道又深又長的切口從他的肩膀劃入脖子。他的襯衫浸飽了豔紅的鮮血。正如夢中的丈夫，布拉克對我虛弱地微笑，因為，他終究是成功歸來了。

「快進來。」我說。

「叫醒孩子們，」他說：「我們要回家了。」

「你這個樣子不能回家。」

「再也不需要怕他了。」他說：「凶手是凡利安．埃芬迪，那個波斯人。」

「橄欖……」我說：「你殺死那個卑鄙的混蛋了嗎？」

「他已經從帆船碼頭坐船逃到印度斯坦去了。」他說，避開我的眼睛，深知自己沒能徹底完成任務。

「你有辦法走回我們家嗎？」我說：「還是請他們弄匹馬給你？」

我感覺他會死在家門口，對他無限憐憫。不是因為他將在孤獨中死去，而是他還不曾品嘗過一絲一毫真正的快樂。他眼中的憂傷和堅決告訴我，他不想待在這間陌生的屋子裡，只渴望消失，不讓任何人看到他淒慘的狀態。他們費了一點力氣，把他抬上馬背。

回程的路上，我們緊抓著包袱穿越窄巷，一開始孩子們嚇得不敢看布拉克的臉。然而，騎在馬背上緩緩而行的布拉克，仍有餘力描述事情的經過，解釋他如何揭發殺死他們外公的可惡凶手，如何擊破他的計謀，如何與他比劍一決生死。我可以看見孩子們慢慢對他產生好感，不禁懇求阿拉：求求您，別讓他死！

當我們抵達屋子時，奧罕大叫：「我們到家了！」他的語氣如此快樂，使我直覺以為死亡的天使阿茲拉爾可憐我們，阿拉決定再給布拉克一點時間。但經驗告訴我，我們永遠無法猜測崇高的阿拉何時會帶走一個人的靈魂，因此不抱太大希望。

我們扶布拉克下馬，帶他上樓，在我父親藍門的房間鋪好床，讓他躺下。哈莉葉煮了一壺熱水帶上樓。我和哈莉葉脫下他的衣服，用手撕開或拿剪刀剪開，移除黏在他肉上的浸血襯衫，解下他的腰帶、鞋子和內衣。我們推開百葉窗，柔和的冬陽穿透花園裡搖曳的枝葉，滿溢了整個房間；寬口瓶、水壺、膠水盒、墨水瓶、幾片玻璃和筆刀上反射點點光芒，照亮了布拉克慘白的皮膚，以及酸櫻桃色的紫紅傷口。

我撕下幾片床單，浸泡在熱水中用肥皂搓洗，然後拿它們擦拭布拉克的身體。我的動作小心翼翼，彷彿在擦拭一塊珍貴的古董地毯，同時又溫柔專注，如同照料一個我的孩子。我悉心謹慎，不壓到他滿臉的瘀腫，不觸痛他鼻孔的切口，像個醫生清洗他肩膀上的恐怖傷口。好像孩子們還是嬰兒時幫他們洗澡那樣，我用唱歌的聲音喃喃哄他。他的胸口和手臂也遍布傷痕，左手的指頭被咬得青腫。用來擦拭他的碎布很快便吸飽鮮血。我撫摸他的胸膛，用手掌感覺他腹部的柔軟。我看著他的陰莖良久。下面的庭院裡傳來孩子們的聲音。為什麼有些詩人稱呼這個東西為「蘆稈筆」？

我聽見以斯帖走進廚房，一貫愉悅的聲音和故作神祕的姿態宣布她又帶來了消息。我下樓迎接她。

她興奮得連擁抱我或親吻我都忘了，劈頭就說：人們在工匠坊前發現了橄欖的斷頭，證明他有罪的圖畫與他的包袱也被找到了。他原本打算逃往印度斯坦，但決定臨走前再看工匠坊最後一眼。

有人目擊了慘劇的經過：哈珊巧遇橄欖後，拔出他的紅寶劍，一劍砍下橄欖的腦袋。

一面聽她複述事情經過，我心想不知道不幸的父親此刻在哪裡。得知凶手已受到應有的懲罰，先是使我放下了心中的恐懼；接著，復仇的快感給我一種舒坦和正義的輕鬆。當下，我真想知道如今已故的父親是否也能感覺到同樣的情緒。突然間，整個世界對我而言，好像是一座擁有無數房間的宮殿，裡面每一扇房門都通往另一個房間。只有靠回憶與想像的馳騁，才能從一間房走入下一間，然而我們大多數人，由於懶惰的緣故，極少發揮這些能力，於是一輩子停留在同一個房間。

「親愛的，別哭。」以斯帖說：「看吧，到最後一切都圓滿收場。」

我給她四枚金幣。她一個一個把它們放進自己的嘴裡狠咬幾口，掩不住興奮和期盼。

「威尼斯人的偽幣滿街都是。」她微笑著說。

一等她離開，我馬上命令哈莉葉不准讓孩子們上樓。我回到布拉克所在的房裡，反手鎖上門，急切地來到布拉克身旁，貼上他赤裸的身體。接著，比較是出於好奇而非慾望，比較是出於愛憐而非懼怕，我做了那件事情，父親遇害當晚在吊死猶太人的屋裡布拉克要我做的事。

我不能說我完全了解，為什麼長久以來用蘆稈筆象徵男性陽具的波斯詩人，同時要將我們女人的嘴比擬成墨水瓶。或者該說我不太懂這個代代相傳、來源早已不可考的比喻，背後究竟是什麼意思——是形容嘴巴的小嗎？墨水瓶的神祕寂靜嗎？還是說，真主自己是一位畫家？然而，要了解愛情，不能透過邏輯，像我這樣一個無時無刻絞盡腦汁以求自保的女人，是想不通的；要了解愛情，必須透過它的不合邏輯。

好吧，我告訴你們一個祕密：那兒，在瀰漫死亡氣息的房間裡，引起我歡愉的不是嘴裡的物品。當時，趴在那裡，整個世界在我唇間顫動，引起我歡愉的卻是我的兒子們在庭院互相吵鬧咒罵的快樂呢喃。

嘴裡飽含著，我的眼睛瞥見布拉克用一種全然不同的眼神望著我。他說他永遠不會再忘記我的臉和我的嘴。他的皮膚聞起來好像我父親濕霉的舊書，寶庫中的灰塵與布匹的氣味滲入了他的頭髮。我放縱慾望的驅使，愛撫他的傷口、他的刀痕與瘀腫，他像個孩子般呻吟，一步一步遠離了死亡。然後我才明白，我甚至會更加依戀他。彷彿有一艘陰鬱的船隻，脹飽了風帆逐漸加速，使我們愈來愈急促地做愛，帶著我們大膽地航向未知的海域。

他對這些海域瞭若指掌，即使躺在瀕死的病榻上，也能駕馭自得，從此我可以知道布拉克過去曾多次往返這些海面，天曉得是與什麼樣低賤的女人。迷亂中我已分不清自己親吻的前臂是我的還是他的，嘴裡吸吮的是我自己的手指還是他的陽具。陶醉於歡愉和傷口的痛楚中，他透過半閉的雙眼，檢視著前方的未知世界。偶爾，他會溫柔地用雙手捧起我的頭，難以置信地凝視我的臉，一會兒彷彿在端詳一幅圖畫，一會兒又好像看著一個明加利亞娼妓。

達到歡愉的頂點時，他狂叫一聲，像是在紀念波斯與圖蘭軍隊爭戰的寓言圖畫中，傳奇的英雄被一劍斬成兩截時的哀叫。想到整條街的鄰居都可能聽見這聲叫喊，我駭懼不已。然而就如同一位真正的細密畫師，在靈感高潮的剎那，一方面順從阿拉的引導握筆揮毫，一方面仍然能理智地控制整幅畫面的形式與構圖。布拉克也一樣，即使在狂喜的頂端，也能繼續從心中一角校正我們在茫茫大海中的位置。

「妳可以告訴他們，妳正在我的傷口上塗藥。」他喘著氣說。

這句話不僅象徵了我們情慾的色彩——處於生與死、禁忌與樂園、絕望與羞恥的臨界點，日後也成為我們情慾的藉口。接下來二十六年，直到一天早晨我摯愛的丈夫布拉克心臟病發倒在井邊猝逝，每個下午，當陽光從百葉窗間隙滲透入房裡，並且最初幾年伴著席夫克與奧罕的玩耍聲，我們做愛，總是稱它為「在傷口上塗藥」。就因為這樣，我嫉妒的兒子才得以繼續與我同床共枕多年。我不希望粗暴而憂鬱的父親出於一時嫉妒，責打他們。所有明智的女人都知道，與其和一位被生命擊垮的憂鬱丈夫同床，還不如和自己的孩子相擁而眠愉快舒適得多。

我們，孩子們和我，幸福快樂，但布拉克卻快樂不起來。最明顯的原因，在於他肩膀和脖子上的傷口始終沒能痊癒。我摯愛的丈夫從此「殘廢」，我聽別人這麼形容他。不過，除了外表受影響之外，這並沒有阻礙他的生活。我甚至聽過幾個從遠處看見他的女人形容他長得英俊。然而事實上，布拉克的右肩比左肩低，脖子始終怪異地傾斜一邊。我也聽說過一些流言，大意是說：像我這種女人，只能嫁給一個她覺得比自己卑下的丈夫；而且，就好像布拉克的傷是他鬱鬱寡歡的原因，同樣地，這也是我們兩人之間的幸福祕訣。

雖然只是流言，但流言中總含有一絲真實成分。除了遺憾和無奈自己無法在奴隸、女僕和侍從的簇擁下，騎著高大的駿馬，昂首闊步走下伊斯坦堡的街道——以斯帖總認為這是我應得的待遇——偶爾我也會期盼擁有一位勇敢而強壯的丈夫，能夠抬頭挺胸睥睨世界。

無論真正原因為何，布拉克始終沉浸於憂愁當中。由於知道他的悲傷絲毫無關乎他的肩膀，因此我相信，必定是某個憂傷的邪靈占據了他靈魂的陰暗一角，使他情緒消沉，就算在我們共赴雲雨的極樂剎那，也揮之不去。為了平撫心中的邪靈，有時他會喝酒，有時凝視著書本中的插畫，投身藝術鑑賞；有時他甚至會與細密畫家們一起追求漂亮男孩，流連忘返。有一段時間，他很喜歡與畫家、書法家和詩人們聚在一起狂歡作樂，吟詩弄詞，以各種雙關語、比喻或文字遊戲自娛娛人。也有一陣子，他拋開一切全心投入工作，在駝背的蘇里曼帕夏行政部門替自己謀得一職，成為政府職員，負責祕書工作。四年後，蘇丹殿下逝世，繼任的蘇丹默哈姆對藝術毫無興趣。從此以後，布拉克對繪畫和裝飾的熱情從原本的公開頌揚，轉為私底下的祕密追逐。有些時候，他會打開我父親遺留的手抄本，帶著罪惡和悲傷，望向一幅帖木兒之子時代繪製於赫拉特的圖畫——是的，席琳瞥見胡索瑞夫的肖像，一見鍾情——對他而言，欣賞圖畫不像是參與一場至今宮廷內依然風行的才華饗宴，而彷彿停駐於一個早已塵封在記憶中的甜美祕密。

蘇丹殿下即位的第三年，英格蘭女王送給殿下一個神奇的時鐘，上面裝著一個風箱樂器。一個英國代表團花費好幾星期的辛勞，拼裝起各式各樣他們從英國帶來的零件、機械、圖案和小雕像，終於組好了這座巨大的時鐘，將它豎立在皇室御花園一個面向金角灣的斜坡上。大批民眾蜂擁圍觀，有的聚集在金角灣的斜坡上，有的乘著輕舟，帶著震撼而敬畏的心情，眾人爭睹真人大小的雕像與裝飾在巨鐘的吵雜音樂聲中，互相牽引、移動；雕像們隨著節奏自動翩翩起舞，彷彿它們是活生生的真主造物，而非祂僕人的創造。時鐘報時的鳴聲好像敲響一座大鐘，遠遠傳遍全伊斯坦堡。

布拉克和以斯帖分別在不同的場合告訴我，這座形成全伊斯坦堡愚夫愚婦驚奇焦點的時鐘，不出所料因為象徵異教徒的力量，成為虔誠教徒和蘇丹殿下的眼中釘。這樣的閒言閒語很快地甚囂塵上，直到有一天半夜，蘇丹默哈姆的繼任統治者蘇丹艾哈邁德，受到阿拉的鼓舞，抓起長矛從後宮跑下御花園，把時鐘和上面的雕像砸成碎片。告訴我們這個小道消息的人解釋說，蘇丹殿下在熟睡中看見了我們的崇高先知沉浸於聖光裡的神聖臉孔，這位真主的使徒警告殿下：如果蘇丹殿下放任不管，讓他的臣民尊崇擬仿人類、意圖取代阿拉造物的圖畫或雕塑，那麼他的帝國將會悖離上天的旨意。他們還補充說，蘇丹殿下抄起長矛的時候還在作夢呢。蘇丹殿下向忠誠的歷史學家口述此事件，內容約略如此。他找來書法家，賜予他們大筆黃金，編纂這本名為《歷史精髓》的手抄本，不過書中禁止任何細密畫家的插畫。

於是，一百年來，吸取波斯地區傳來的靈感滋養，在伊斯坦堡綻放盛開的繪畫藝術，就這樣如一朵燦爛的紅玫瑰般凋萎了。究竟要依循赫拉特前輩大師還是法蘭克大師的風格，這個可以預見將讓藝術家爭論不休、進退兩難的衝突，始終沒有解決。因為繪畫被徹底遺棄，藝術家畫得既不像東方也不像西方。細密畫家們沒有因此憤怒或鼓譟，反倒像認命屈服於疾病的老人，帶著卑微的哀傷和順從，慢慢接受了眼前的情勢。過去，他們曾肅然追隨赫拉特與大不里士的偉大畫師，但如今不再夢想前輩的傳奇作品；過去，他們曾對法蘭克畫師新奇的技法心生嚮往，在羨妒與仇恨中進退維谷，如今卻也不再好奇。就好像入夜後家家戶戶關起房門，城市陷入黑暗，繪畫也被棄絕在外。人們無情地遺忘了，曾經，我們透過截然不同的眼光觀看世界。

我父親的書，令人遺憾地，終究沒有完成。被哈珊散落一地的已完成圖畫，後來送入寶庫。在那裡，一位效率極高且一絲不苟的圖書館員，把它們和其他不相關的工匠坊插畫混雜在一起，裝訂成冊，於是它們便分散到好幾本不同的書裡。哈珊逃離伊斯坦堡，從此消失無蹤，再也沒有聽到他的消息。席夫克和奧罕則始終沒有忘記，殺死卑鄙凶手的人是他們的哈珊叔叔，而不是布拉克。

奧斯曼大師在失明後兩年與世長辭，鸛鳥接替他成為繪畫總督。同樣敬畏我先父才華的蝴蝶，投注餘生為地毯、布匹和帳篷繪製裝飾圖案。工匠坊的年輕助理畫師也獻身類似的工作。對大家來說，放棄插畫似乎不是什麼嚴重的損失，或許，是因為不曾有人看過自己的臉完美無瑕地呈現在畫紙上。

我的一生中，暗地裡渴望有人能夠為我畫兩幅畫，這個心願我從沒向任何人提起：

一，我自己的肖像：但我明白，不管蘇丹的細密畫家多麼努力，他們還是會失敗，因為就算看見了我的美貌，很可惜地，他們仍然堅信一個女人的眼睛和嘴巴非得畫得像中國美女那樣，才是美麗。假使他們根據赫拉特前輩大師的手法，把我畫成一位中國美女，也許那些認識我的人看了畫像，能夠從中國美女的容貌背後，辨別出我的臉。但後世的人，就算他們了解我其實不是鳳眼，依舊分辨不出我的臉孔到底是什麼模樣。如果今天，年華老去、在孩子的陪伴下活到老年的我，能有一張自己年輕時的肖像，該有多好！

二，一幅幸福之畫：誠如詩人芮恩的金髮那辛在詩中描述的。我非常清楚這幅畫應該怎麼畫。想像這個畫面，一個母親與她的兩個孩子，她懷裡抱著年紀較小的那個，微笑哺育他，孩子開心地吸吮她飽脹的乳房，也回以微笑；哥哥略微嫉妒的眼神，與母親四目交投。我想成為這幅畫中的母親。我想要畫面上天空中的鳥兒，好像在飛翔，但同時又喜悅而永恆地懸在半空，正如赫拉特前輩大師的風格，讓時間停止。我知道這不容易。

我的兒子奧罕，傻到用理智解釋一切事物。他提醒我，一方面，能停止時間的赫拉特畫師絕對畫不出我的模樣；但另一方面，善於描繪母與子肖像的法蘭克畫師，則永遠停不住時間。多年來他始終堅持，我的幸福之畫無論如何都畫不出來。

也許他說得沒錯。事實上，我們並不在幸福的圖畫裡尋找微笑，相反地，我們在生命中尋覓快樂。畫家深知這一點，但這也正是他們描繪不出來的。這就是為什麼，他們用觀看的喜悅取代生命的喜悅。

我告訴我的兒子奧罕這個故事，希望他或許能把它寫下來，既然繪畫辦不到。我毫不猶豫地把哈珊和布拉克寄給我的信交給他，以及我們在可憐的高雅．埃芬迪身上發現的圖畫，那幅墨跡暈散的馬匹草圖。最重要的一點，如果奧罕在敘述中誇張了布拉克的散漫、加重我們的生活困苦、把席夫克寫得太壞，或將我描繪得比實際還要美麗而嚴厲，請別被他騙了。為了讓故事好看並打動人心，世上沒有任何奧罕不敢說出口的謊言。

年表

西元前三三六年至西元前三三〇年

大流士統治波斯。他是阿契美尼德王朝末代君王，亞歷山大大帝征服他的帝國。

西元前三三六年至西元前三二三年

亞歷山大大帝建立帝國。他征服波斯，入侵印度。這位英雄君主的豐功偉業傳遍全伊斯蘭世界，流傳久遠，至今仍為人稱道。

六二二年

黑蚩拉。先知穆罕默德離開麥加至麥地那，開始了穆斯林的年曆。

一〇一〇年

菲爾多西的《君王之書》。波斯詩人菲爾多西（生卒約九三五年至一〇二〇年）向嘎茲尼的蘇丹瑪哈姆德呈獻其著作《君王之書》。書中記載波斯神話與歷史，內容包括亞歷山大的侵略、英雄魯斯坦的傳說，以及波斯與圖蘭之間的爭戰。十四世紀以來，許多細密畫家從此書中擷取靈感。

一二〇六年至一二二七年

蒙古統治者成吉思汗統治時期。他入侵波斯、俄羅斯與中國，帝國版圖從蒙古延伸至歐洲。

約一一四一年至一二〇九年

波斯詩人內札米在世。他寫下愛情史詩《五部曲》，書中的故事帶給細密畫家深刻的啟發。《五部曲》包含《祕密之寶》、《胡索瑞夫與席琳》、《莉拉與莫札那》、《七美人》，以及《亞歷山大大帝之書》。

一二五八年

巴格達陷落。成吉思汗的孫子旭烈兀（一二五一年至一二六五年在位）征服巴格達。

一三〇〇年至一九二二年

鄂圖曼帝國。素尼派穆斯林勢力，統治東南歐、中東及北非。帝國最強盛的時期，領土曾延伸至維也納與波斯邊境。

一三七〇年至一四〇五年

突厥君王帖木兒在位時期。他鎮壓黑羊王朝統治的波斯地區。帖木兒征服從蒙古到地中海的領土，包括一部分俄羅斯、印度、阿富汗、伊朗、伊拉克及安那托利亞（一四〇二年，帖木兒在此地擊敗鄂圖曼蘇丹巴耶塞特一世）。

一三七〇年至一五二六年

帖木兒王朝。帖木兒建立的王朝，統治波斯、中亞與索格底亞那，大力提倡文藝復興，孕育璀璨的藝術與學識成就。在帖木兒王朝的統治下，設拉子、大不里士與赫拉特的各家細密畫派蓬勃發展。十五世紀初期，赫拉特成為伊斯蘭世界的繪畫中心，畢薩德大師便是出身於此。

一三七五年至一四六七年

黑羊王朝。土庫曼部落的聯盟政府，統治一部分伊拉克、安那托利亞東部和伊朗。黑羊王朝最後一位統治者吉罕沙皇（一四三八年至一四六七年在位），一四六七年被白羊王朝的塔爾．哈珊所敗。

一三七八年至一五〇二年

白羊王朝。土庫曼部落的聯盟政府，統治伊拉克北部、亞塞拜然與安那托利亞東部。白羊王朝的統治者塔爾．哈珊（一四五二年至一四七八年在位）雖然未能成功地遏阻鄂圖曼帝國的東向侵略，然而於一四六七年打敗了黑羊王朝的吉罕沙皇，一四六八年打敗帖木兒王朝的阿布．薩伊德，將領土擴張到巴格達、赫拉特及波斯灣。

一四五三年

鄂圖曼蘇丹征服者穆哈瑪占領伊斯坦堡。拜占庭帝國滅亡。蘇丹穆哈瑪曾委任文藝復興時期威尼斯最傑出的聖母像畫家貝里尼為其繪製肖像。

一五〇一年至一七三六年

薩非王朝統治波斯。以伊斯蘭什葉派為國教，進一步鞏固帝國。帝國最初立都於大不里士，隨後遷至卡茲文，之後又遷到伊斯法罕。薩非王朝的第一位統治者沙皇伊斯美（一五〇一年至一五二四年在位），征服白羊王朝統治下的亞塞拜然與波斯。在沙皇塔哈瑪斯普一世（一五二四年至一五七六年在位）的治理下，波斯的勢力大為減弱。

一五一二年

畢薩德逃亡。偉大的細密畫家畢薩德從赫拉特逃至大不里士。

一五一四年

劫掠七重天宮殿。鄂圖曼蘇丹嚴峻的謝里姆，在察地倫擊敗薩非王朝軍隊之後，大舉劫掠大不里士的七重天宮殿，將其中的波斯細密畫和書籍等精美收藏帶回伊斯坦堡。

一五二〇年至一五六六年

蘇里曼大帝與鄂圖曼文化黃金時期。鄂圖曼蘇丹蘇里曼大帝在位時期。幾場重要的軍事勝利將帝國的版圖往東方及西方延伸，包括初次占領維也納（一五二九年），以及從薩非王朝手下奪取巴格達（一五三五年）。

一五五六年至一六〇五年

印度斯坦皇帝阿克巴在位時期。阿克巴為帖木兒和成吉思汗的後裔，在阿格拉設立了細密畫工匠坊。

一五六六年至一五七四年

鄂圖曼蘇丹謝里姆二世在位時期。與奧地利及波斯簽署和平條約。

一五七一年

勒潘托戰役。基督教聯合軍隊與鄂圖曼一場歷時四小時的海戰，起因於鄂圖曼入侵塞浦路斯（一五七〇年）。雖然此戰役中鄂圖曼戰敗，最後威尼斯仍於一五七三年將塞浦路斯讓給鄂圖曼。勒潘托戰役為歐洲人的士氣帶來極大影響，多次出現在提香、丁托列多和韋羅內塞等畫家的作品中。

一五七四年至一五九五年

鄂圖曼蘇丹穆拉德三世在位時期（本書的故事便發生在這段時間）。在他的統治下，一五七八年至一五九〇年間，鄂圖曼與薩非王朝爭戰不斷，稱為鄂圖曼—薩非戰爭。他是最熱中細密畫和書籍的鄂圖曼蘇丹，下令在伊斯坦堡編纂《技藝之書》、《慶典之書》和《勝利之書》。參與書本製作的畫家皆是最卓越的鄂圖曼細密畫家，包括細密畫家奧斯曼（奧斯曼大師）與他的生徒。

一五七六年

沙皇塔哈瑪斯普送給鄂圖曼和平貢品。蘇里曼大帝死後，薩非王朝沙皇塔哈瑪斯普獻給鄂圖曼蘇丹謝里姆二世一份貢品，意圖求取未來的和平，結束過去幾十年的敵對。送到埃迪尼的禮物中，包括一本獨一無二、耗時二十五年製作的《君王之書》。此書後來被收藏入托普卡匹宮的寶庫。

一五八三年

移居伊斯坦堡約十年後，波斯細密畫家凡利安（橄欖）接受鄂圖曼宮廷的委託繪畫。

一五八七年至一六二九年

薩非王朝波斯統治者沙皇阿拔斯一世在位時期。他推翻父親穆罕默德．喀軻巴地登上皇位。阿拔斯將首都從卡茲文遷至伊斯法罕，削弱土庫曼在波斯的勢力。一五九〇年，阿拔斯與鄂圖曼締結和平。

一五九一年

布拉克與鄂圖曼宮廷畫家的故事。黑蚩拉第一千年（陰曆計算）之前的一年，布拉克從東方返回伊斯坦堡，開始故事中描述的事件。

一六〇三年至一六一七年

鄂圖曼蘇丹艾哈邁德一世在位時期。他摧毀伊莉莎白一世女王贈送蘇丹的禮物：一座飾有雕塑的巨鐘。

特別收錄

哀傷男孩與魔法師——我讀帕慕克

文◎阮慶岳（小說家・元智大學藝術與設計系教授）

我在晚餐廳堂初見奧罕・帕慕克時，覺得他好像俯著身子慈慈笑著和我握了手。我覺得他很高，頭與肩背都顯得厚實，立在他面前，尤其感覺得自己的細瘦單薄，像一條游絲什麼的閃飄著。

那是在二〇〇五年的秋天，也正是帕慕克得到諾貝爾文學獎的前一年。

晚餐時我坐得遠，又與他同側，幾乎不太能聽見他說的話。偶爾在他逗趣開朗的歡笑聲揚起時，就屈身側著去看他的臉。帕慕克的臉自信飽滿一無所懼，開起玩笑時熟練自在，但是身子一直挺著，警戒什麼的並不鬆下來，從側邊看過去有些駝，眼珠子機靈溜轉，似乎隨時會對任何挑釁者，發出聰明的致命一擊似的。

後來見他吃著自己盤裡的魚，低頭安靜也專注用筷子挑夾著，一口一口端莊送入口裡，模樣讓我想到某個男孩。

初讀帕慕克的小說《新人生》時，也有見到小男孩身影隱現的感覺。

例如他這樣寫著的：

時間一分一秒隨著翻動的書頁流逝，遠方有火車經過。我聽見母親出門又回來；我傾聽這個城市日復一日的喧譁，聆聽街上賣優格小販鈴鐺的叮咚聲，還有汽車引擎聲，傾聽所有熟悉的聲音，彷彿認真聽著充滿異國風情的音調。一開始我以為外面下著傾盆大雨，但原來是女孩們在跳繩。我以為將開始放晴，雨水又啪答啪答打在我的窗上。我翻下一頁，再一頁，一頁頁讀下去；我看見光線從另一個人生的入口滲入；我看見自己所知與不知；我看見自己的人生，看見自己將來會走的人生道路……。

用一種舒緩優美的語調，描述著詩意卻隱著什麼不可見的外界恐懼，有些類同普魯斯特無助男孩立著眺看世界的視覺高度，非常貼近一己內在獨白的寫法。但是帕慕克《新人生》裡的男主角「我」，並不像普魯斯特的角色，那樣固執的停駐在男童靈魂裡不離去，反而勇敢的跨步出去那個令人不安的世界，並選擇以無目的靈魂漫遊，讓自己得以逐日成長下去。

《新人生》故事是描述一青年學子奧斯蒙，因讀了本奇特的書，決定隨著這書的指引，漫無目的踏上了一個追尋愛、快樂、新世界與新人生的旅程，並在經歷各樣離奇殊異的過程後，還是決定回到最初所拋棄舊人生的故事。

帕慕克在這本小說裡的漫遊與離家，容易讓我們想起來荷馬的史詩《奧德賽》裡，那個離鄉漂流近二十年後，最終返家與尋得自我的奧德修斯，或也源於這同樣故事，只是時間縮短到一日一夜喬伊斯的《尤里西斯》，以及已幾乎成為許多作家創作原型的「浪子回家」聖經故事。

《新人生》的離家漫遊，除了隱約有著作者自身回首的身影，以及對土耳其當今處境的批判外，自然也有著前述例子裡，因被未知吸引而出走的少年扣尋人生態度，與想與既存一切斷離的決然。帕慕克的故事鋪陳，可以嗅聞出除了對微觀內在生命的關照外，更有著濃濃想對土耳其歷史與文化、社會，作宏觀覽視的意圖，他用隱諱的象徵手法，設下一個接一個待破解的謎語，像個迷人的魔法師或說書人，以精采生動的故事情節，將讀者甘心情願地引入五里霧般他的小說世界裡。

但這樣恢弘國族史家的記錄企圖，自然不是容易達成的。這小說也因此出現了兩個可能的問題，一個是在處理內在獨白的自我探索，與外在客觀世界敘述批判時，在寫作距離與角色位置上，會有出入時突兀的感覺；也就是原本第一人稱的角色「我」，會有「第一人稱下的我」，以及「第三人稱下的我」兩個類似斷裂的關係。喬伊斯是以他著名的意識流的手法，來解決這樣內在與外在間流轉時的問題，帕慕克則比較是以遠鏡頭／近鏡頭，聚焦點轉換的方法作處理，少了快速的剪接蒙太奇易有的跳躍，但是融入融出（**zoom in / zoom out**）間，並不如想像的成功，也就是說他在內在獨白與描述外在事件間，轉換並不夠流暢成功，也因此會有由此衍生出來，語言的節奏與韻律，在轉換時令人錯愕的不舒暢感覺（語言速度快慢的差異，與作者與角色間距離的不確定）。

另一個問題，是小說以象徵的故事謎語來作布局，並似乎想藉之來對應外在世界的龐大複雜議題，這種冰山式的躲隱手法，留下許多空間讓讀者自行回答，可以是寫作時謙遜態度的優雅展現，但也可以同時是一種不負責任的聰明伎倆，類同諸葛亮以空城計作脫身妙方的複製。帕慕克是前者或後者，還不能確知，但這小說的確並沒有讓我們清楚見出他真正的思考旨意；許多片段的思想，會不時靈光般動人閃現，但整個輪廓卻始終模糊不明，隱諱處太多，這樣的隱諱並不是海明威的以一角顯現全局，也不是馬奎斯那樣以超現實來回答現實的不可答，而比較像是知道答案卻故布迷陣，或是因不知道答案所以也布迷陣，讓人不免要猜想這是否是在困惑制伏評論家時的某種巧思。讀者隨著故事情節穿出入時，會覺得琳琅滿目美不勝收，但細迴思，卻未必能真切明白文意所指，可能只有感受到某種濃濃對什麼失望的哀傷瀰漫全書，與作者對這樣哀傷意圖捕捉的徒然感。

我覺得《新人生》還是本好小說，裡面真正吸引我的，不是他對外在世界的意圖破解，而是當他以男童姿態，第一人稱攤露自己內在心靈的脆弱部分時。就例如這樣的書寫：

天使啊，我身處位在兩山之間的城市阿馬斯雅，在店鋪窗前佇立，流著眼淚，最終嚎啕大哭。你問一個小孩為什麼哭，他落淚，是因為心中有個深刻的傷痕，但他卻告訴你，哭泣是因為搞丟了藍色的削鉛筆機；望著窗內展示產品的我，完全被那股哀傷淹沒。到底是什麼道理，讓人為了虛空的理由，變成殺人凶手？是為了終其一生，都要與靈魂的痛楚同在？

晚餐的隔夜，我有機會與他獨處，安排的人說他想去逛夜市買東西。我來到與他相約某書店前的廣場，他早我先到，我遠遠見他立在階梯正中央張望，四周的人急速穿出入，他立著不動，顯得沉著卻孤單。

當我們去到一著名的大型夜市時，他在車內就叫了起來：

「不是這裡，我不是要到這樣的地方。這種地方的東西到處都有，什麼特色也沒有，只是因為他們是攤子，不用付租金，所以東西賣得便宜一點罷了！我不要買這樣的東西……。」

有些像因為失望，而生著氣的孩子。

後來弄清楚，原來要買的是自己要的一些小玩具，尤其是偏愛七〇年代前後的舊物，就轉去到永康街那一帶。有幾家專門販賣這樣物件的店，立刻引得他開懷，他專注的翻視著這些台灣十幾、二十年前的舊玩物，最後挑了幾乎全是狗偶的幾樣東西，轉頭愉悅對我解釋說，他家裡收藏了許多狗偶，全是這樣年代的舊玩具。

走離時，經過巷口一家老式的雜貨店，他忽然止了步的定住張望，以為他又見到了什麼玩具，幽幽他轉回頭來，說：

「我一直想寫一本像這雜貨店一樣的小說。」

見我露著不明的神色，又再說著：

「是像這雜貨店一樣，有成千上萬有趣小東西的那種小說。你只要走入小說內，伸手碰到的和拿到的每一個物件，背後一定都有一個迷人的故事。」

這雜貨店的譬喻，讓我聯想到帕慕克的另一本小說《我的名字叫紅》。這小說是講十六世紀末在伊斯坦堡的蘇丹宮廷裡，一個細密畫家失蹤了，於是各樣的敘事者紛紛獨立出來講述個人所見所聞，不同的距離關係、私己與公眾、形上與形下、物與人，交織鋪出一個複合多元的文本，活脫脫像是他見到永康街裡，那間物品層層交疊、真相因堆滿塵埃而永遠難明的雜貨店即景。

帕慕克在這本小說裡，充分展顯他高度的敘事能力與技巧。他手法的華麗與繁複，會讓人想起馬奎斯，但是他的故事事實上貼緊現實，很少「魔幻」的離地升空而去，即使引入馬、狗或樹這樣非人類的敘述者也無礙，因為這在某個程度只是賦予天地萬物其自主意識，並非使起具有超常靈異能力，二者看似相似，實則並不相同；這樣的寫法，使得他的小說雖然繁複多變，卻依然能與現實並轡共馳的讓人相信。

帕慕克的小說其實是與現實十分接近的，只是他眩目的敘述技巧，常會拉遠了觀者與現實的距離感罷了！這就有如魔術師雖然一直在現實裡變東西（藏在袖裡的白鴿、腹部的白兔等），但因手法的華麗巧妙，我們甚或就會相信這一切皆是非現實的了。在《我的名字叫紅》裡，所有的敘事者皆以第一人稱的我出現，這裡所有的我，都被準確的定位在「第三人稱下的我」的位置距離，交織的複層故事，雖然還是波斯迷宮花園般引人失途，但作者在障眼迷途的同時，也一層層撥露出他的旨意所在，雲霧與火把同施同舉，是一本就技巧而言，算是十分成功的作品（雖然他完全沒有失足從鋼索上墜落，但我個人還是比較偏愛《新人生》裡那樣的私己部分）。

文字則維持流暢的迷人說書人特質，情節轉換快速有如舞者起落的紅色裙襬，令觀者難於移目，視覺性鮮明如眼前歷歷影像。看一段這樣華麗的表演吧！

> 在第一幅畫中，細密畫家筆下的我們，乘坐一艘紅色的四槳長船，擠在一群粗獷結實的船夫之間，從安卡帕尼出發，徐緩地穿越藍色的博斯普魯斯海峽，航向烏斯庫達。傳教士和他瘦小黝黑的弟弟正忙於與船夫聊天談笑，享受這段驚喜的旅程。在此同時，沉浸於眼前揮之不去的婚姻美夢中，我深深望入博斯普魯斯海峽，奔流的海水在陽光明媚的冬日早晨顯得格外清澈。我留意著潮水裡是否有任何不祥的徵兆。比如說，我擔心自己可能看見海底有一艘海盜沉船。因此，無論這個細密畫家為海水和雲朵塗上多麼歡愉的色彩，他必須在深邃的海水裡加入某種與我的快樂美夢同等強烈的暗示，來象徵我的黑暗恐懼——譬如，一條長相醜惡的魚——讓讀者明白我的冒險並非全然前程似錦。

在這樣平常的敘述裡，帕慕克遠景／近景、現實／想像、表象／隱喻相互交織，充分展現其寫作能力的豐沛能量。他的小說常從私己微觀的觸探裡，逐步浮現出茫然灰濛濛的龐大世界，這工夫於內於外，皆已具大家風範。我自己覺得若有可議處，可能還是在他處理小說形式與內容的關係上，目前看起來，帕慕克對形式的迷戀與依賴極大，而其思想與形式是否吻合，仍然有可討論的空間，至少在這兩本小說裡（尤其是後者），思想有被形式碎片與模糊化的傾向，甚至就僅以待解的謎語來挑戰與應付讀者（而立在一旁冷眼觀看的帕慕克，會讓人覺得他對謎底是否揭曉，根本是無動於衷的呢！）

緩步走回車子的途中，我忽然想起永康街那家賣水果的店攤子：「要不要吃點水果，你這樣奔波於旅程……。」

帕慕克似乎詫異這樣的溫婉關懷，用眼神回望我說：「我旅店裡，每日都置放有新鮮水果……。」但還是步隨我走向水果店。他挑看水果時，我想起來我該照些照片的，就噗嗤噗嗤的閃燈拍著。後來我們走入已暗著的永康公園，選著水泥長條凳子坐下來，分吃塑膠盒裡的果子，看我喜歡吃，帕慕克掏出另一盒，說：

「把這盒也吃了吧！我其實不用帶回去的，旅店裡還有。」

就一起吃光了果子。

離去時，我要求他在行道上走慢些，好讓我可以再照些相。他就忽然卓別林默劇般的，在原地比畫出快步走，其實卻不移動的好笑姿態，逗笑了我以及一旁看著的路人們。

我又覺得他像個男孩了。

（本文原刊載於《印刻文學生活誌》二〇〇五年一月號）

帕慕克年表

一九七九年

第一部作品《謝福得先生父子》（*Cevdet Bey ve Ogullari*）得到Milliyet小說首獎，隨即於一九八二年出版，一九八三年再度贏得Orhan Kemal小說獎。

一九八三年

出版第二本小說《寂靜的房子》（*Sessiz Ev*），並於一九八四年得到Madarali小說獎；一九九一年，這本小說再度得到歐洲發現獎（la Découverte Européenne），同年出版法文版。

一九八五年

出版第一本歷史小說《白色城堡》（*Beyaz Kale, The White Castle*），此書讓他享譽全球。紐約時報書評稱他：「一位新星正在東方誕生——土耳其作家奧罕・帕慕克。」這本書得到一九九〇年美國外國小說獨立獎。

一九九〇年

出版《黑色之書》（*Kara Kitap, The Black Book*）為其重要里程碑，此書使他在土耳其文學圈備受爭議，卻也同時廣受一般讀者喜愛。一九九二年，他以這本小說為藍本，完成Gizli Yuz的電影劇本，並受到土耳其導演Omer Kavur的青睞，改拍為電影。

一九九七年

《新人生》（*Yeni Hayat, The New Life*）的出版，在土耳其造成轟動，成為土耳其歷史上銷售速度最快的書籍。

一九九八年

《我的名字叫紅》（*Benim Adim Kirmizi, My Name Is Red*）出版，奠定他在國際文壇上的文學地位，並獲得二〇〇三年都柏林文學獎（獎金高達十萬歐元，是全世界獎金最高的文學獎）。

二〇〇四年

出版《雪》（*Kar, Snow*），名列《紐約時報》十大好書。

二〇〇六年

獲諾貝爾文學獎。

二〇〇九年

出版《純真博物館》（*Masumiyet Müzesi, The Museum of Innocence*），為《紐約時報》「最值得關注作品」，西方媒體稱此書為「博斯普魯斯海峽之《蘿麗塔》」。於土耳其出版的兩天內，銷售破十萬冊。

二〇一〇年

獲「諾曼・米勒終身成就獎」。

帕慕克作品集 01

Orhan Pamuk

國家圖書館出版品預行編目資料

我的名字叫紅（十週年紀念版）／奧罕・帕慕克（Orhan Pamuk）著；李佳姍譯.一初版, -- 台北市：麥田，城邦文化出版；家庭傳媒城邦分公司發行，2015.12
面；公分（帕慕克作品集；1）
譯自：Benim Adim Kirmizi
ISBN 978-986-344-286-8（平裝）

864.157　　104024615

我的名字叫紅（十週年紀念版）

原著書名・Benim Adim Kirmizi
作者・奧罕・帕慕克 Orhan Pamuk
翻譯・李佳姍
封面設計・廖韡
協力編輯・聞若婷

責任編輯・蕭秀琴（初版）、徐凡（三版）
國際版權・吳玲緯、楊　靜
行銷・闕志勳、吳宇軒、余一霞
業務・李再星、李振東、陳美燕
總編輯・巫維珍
編輯總監・劉麗真
發行人・凃玉雲
出版社・麥田出版
城邦文化事業股份有限公司
104台北市中山區民生東路二段141號5樓
電話：(02) 25007696　傳真：(02) 25001966
發行・英屬蓋曼群島商家庭傳媒股份有限公司城邦分公司
台北市中山區民生東路二段141號11樓
書虫客戶服務專線：(02) 25007718 ; 25007719
24小時傳真服務：(02) 25001990 ; 25001991
讀者服務信箱：service@readingclub.com.tw
劃撥帳號：19863813　戶名：書虫股份有限公司
香港發行所・城邦（香港）出版集團有限公司
香港灣仔駱克道193號東超商業中心1樓
電話：(852) 25086231　傳真：(852) 25789337
馬新發行所・城邦（馬新）出版集團【Cite (M) Sdn Bhd】
41-3, Jalan Radin Anum, Bandar Baru Sri Petaling, 57000 Kuala Lumpur, Malaysia.
電話：(603) 90563833　傳真：(603) 90576622
印刷・前進彩藝有限公司
2004年6月初版
2023年11月三版六刷
定價480元

城邦讀書花園
www.cite.com.tw